KB116320

필립 K. 딕

필립 K. 딕

나는 살아 있고, 너희는 죽었다
1928-1982

에마뉘엘 카레르 지음 임호경 옮김

⌂ 사람의집

사람의집은 열린책들의 브랜드입니다.
시대의 가치는 변해도 사람의 가치는 변하지 않습니다.
사람의집은 우리가 집중해야 할 사람의 가치를 담습니다.

이 책은 실로 꿰매어 제본하는 정통적인 사철 방식으로 만들어졌습니다.
사철 방식으로 제본된 책은 오랫동안 보관해도 손상되지 않습니다.

안을 위하여

여러분은 분명히 내 말을 믿지 않을 것입니다. 심지어 내가 자기 말을 믿는다는 것도 믿지 않을 것입니다. 하지만 이것은 사실입니다. 내 말을 믿고 안 믿고는 여러분 자유지만, 내가 지금 농담하고 있지 않다는 것, 적어도 이것만은 믿어 주시기 바랍니다. 이것은 매우 심각하고 매우 중요한 일입니다. 여러분도 아실 겁니다. 이런 것을 주장하는 것이 나 자신에게도 너무나 놀랍게 느껴진다는 걸요. 많은 사람이 전생을 기억한다고 주장하지만, 나는 또 다른 현생이 기억난다고 말하고 싶습니다. 이와 비슷한 주장을 한 사람은 내가 알기로 없지만, 내 경험이 유일하지는 않을 거라고 생각합니다. 하지만 여기에 대해 얘기하고 싶어 하는 사람은 어쩌면 내가 유일할 겁니다.

1977년 9월 24일,
메스에서 있었던 필립 K. 딕의 연설에서

차례

1
버클리

1928년 12월 16일, 시카고에서 에드거 딕의 아내 도러시 킨 드리드는 쌍둥이 남매를 낳았다. 6주 이른 조산이었고, 왜소하기 이를 데 없는 이 아이들에게는 필립과 제인이라는 이름이 붙었다. 아마도 무지 탓이었는지 — 산모에게 모유가 충분치 않았고, 주변 사람이나 의사를 포함한 그 누구도 영양 보충을 위한 젖병 사용을 권하지 않았다 — 어미는 생후 첫 몇 주 동안 아이들을 굶주림에 방치했다. 1월 26일, 제인은 사망했다.

아이는 어머니 쪽 고향인 콜로라도주 포트 모건의 공동묘지에 묻혔다. 묘비에 새겨진 제인의 이름 옆에는 살아남은 쌍둥이의 이름도 새겨졌고, 그 뒤 생년월일과 줄 하나, 빈칸이 이어졌다. 그리고 얼마 후, 딕 일가는 캘리포니아주로 이주했다.

몇 장 남지 않은 가족사진을 보면, 에드거 딕은 칼날처럼 얼굴이 길쭉하고, 금주법 시대 영화에 나오는 FBI 요원들처럼 더블브레스트 정장과 중절모 차림이다. 사실 그도 연방 공무원이었고, 농업부 소속이었다. 그의 업무는 농부들이 보고한 도살된 가축의 수효가 실제로 그런지 확인하고, 그렇지 않을 경우 자신이 직접 도살하는 일이었다(당시에는 사기 행위가 횡행하여서 짐승을 죽이면 마리당 수당을 받았다). 그는 뷰익 승용차를 몰고 경기 침체로 빈곤해진 시골 마을을 돌아다니며, 임시 화로에 구운 쥐 고기를 검사관의 면전에 흔들어 댈 수 있는 불신과 증오에 찬 영락한 농부들을 상대해야 했다. 이런 순회 업무 중 한 가지 위안이 있다면, 자신과 같은 참전 용사들을 만나는 거였다. 자원입대한 그는 자신이 참전했던 유럽의 전쟁에서 영웅적인 추억과 중사 계급, 그리고 어느 날 케이스에서 꺼내 세 살배기 어린 아들에게 보여 주었던 방독면을 가져왔다. 하지만 필[1]은 재미있지 않았다. 둥글고 불투명한 두 눈과 음산하게 늘어져 덜렁거리는 검은색 고무 코앞에서 필은 겁에 질려 울부짖었다. 아이는 거대한 곤충같이 생긴 어떤 괴물이 자기 아버지를 대신해 나타났다고 생각한 것이다. 그 후 몇 주 동안, 아이는 정상으로 돌아온 얼굴을 유심히 들여다보며, 또 아버지가 다른 것으로 변할 조짐이 없는지 불안스레 살폈다. 아버지가 어르고 달래 봤지만 아이의 경계심만 키울 뿐이었다. 이 실수 이후, 확고한 자녀 교육관이 있었던 도러시는 에드거의 당황해하는 시선과 마주칠 때면 콧방귀를 뀌면서 하늘을 올려다보곤 했다.

그가 전선에서 돌아와 그녀와 결혼했을 때, 도러시는 그레타 가르보[2]와 닮았다는 소리를 많이 들었다. 나이가 들고 여러 가

---

1 필립Philip의 애칭. 이하 모든 주는 옮긴이의 주이다.

지 질환을 앓으면서 그녀는 관능이라곤 조금도 느껴지지 않는 허수아비 같은 모습이 되었지만, 어떤 도도한 매력은 남아 있었다. 엄청난 다독가인 그녀는 인류를 두 진영으로 나누었는데, 창조적 활동에 전념하는 사람들과 그렇지 않은 사람들이었다. 첫 번째 범주 밖에서 완성된 인간이 존재하는 것을 상상할 수 없었던 그녀는 출판된 작가들이 이루는 선민(選民)들의 동아리에 한 번도 들어가 보지 못한 채, 철저하게 지적인 일종의 청교도적 보바리슴³ 속에서 평생을 보냈다. 그녀는 군사적인 것들 말고는, 오직 미식축구에만 관심 있는 남편을 경멸했다. 에드거는 아내 몰래 필을 경기장에 데려가곤 하면서, 자신의 취향을 아들과 나누려 했다. 하지만 아이는 엄마가 시키는 대로 하지 않은 것을 자랑스러워할 때도 그녀와 한편이었고, 왜 어른들이 그 우스꽝스러운 공 주위에서 난리를 치는지 이해하려고 들지 않았다.

필의 어린 시절은 블라디미르 나보코프의 루진⁴이나 정확히 그의 동시대인이고 어떤 점에서는 정신적 사촌이라 할 수 있는

---

2 스웨덴 태생의 미국 배우로, 영화계 역사에서 가장 유명한 배우 중 하나이다. 신비스러운 아름다움과 관능적 매력을 지녔다.

3 프랑스의 철학자 쥘 드 고티에가 소설 『마담 보바리』의 주인공 성격에서 따서 지은 말로 인간이 자신의 환영에 취해 자기를 현실적 실제 이상의 존재로 생각하는 정신 작용을 뜻한다.

4 소련 태생의 미국 소설가 블라디미르 나보코프가 쓴 세 번째 장편소설 『루진의 방어 The Luzhin Defense』에 등장하는 체스 천재 소년이다.

글렌 굴드[5]와도 비슷했다. 각각 체스 챔피언과 천재 피아니스트로 키워진 그 통통하고 무뚝뚝한 사내아이들 말이다. 사람들은 그의 차분함과 음악에 대한 조숙한 관심을 칭찬했다. 그가 가장 즐거움을 느끼는 일은 낡은 판지 상자 속에 몇 시간이고 숨어 있는 일이었다.

그가 다섯 살 때 부모는 이혼했다. 이혼을 제안한 것은 도러시였다. 그녀는 정신과 의사로부터 아이가 이혼으로 고통받지 않을 거라는 보장을 얻어 냈다(하지만 그는 평생 이 일을 한탄한다). 에드거는 완전히 관계를 끊고 싶지 않았던 듯한데, 처음 몇 번 방문했을 때 너무도 차가운 대접을 받자 기가 죽어 네바다주로 떠나 버렸다. 한편 비서 일을 하며 근근이 살아가던 도러시는 더 흥미롭고 보수가 높은 직장을 찾을 수 있으리라는 희망을 품고 아들과 함께 워싱턴에 정착한다.

거기서 그들은 끔찍한 3년을 보낸다. 너무 어린 탓에 미국 서해안에 대해 축복받은 기후만 기억하고 있던[6] 필은 비와 추위와 가난과 고독을 발견했다. 그의 어머니는 연방 아동국 사무실에서 교육용 소책자들 원고를 교정하며 온종일 일했다. 그녀는 필립을 성령의 음성을 듣기 위해 둥그렇게 앉기도 하는 퀘이커파 계통의 어느 초등학교에 입학시켰는데, 아이는 수업을 마치고

---

5 어릴 적부터 신동으로 불린 캐나다의 전설적 피아니스트. 바흐의 「골드베르크 변주곡」을 독창적으로 연주하여 전 세계적 사랑을 받았다.

6 시카고에 살던 도러시와 필립은 워싱턴에 정착하기 전 샌프란시스코에서 3년을 보낸다.

돌아오면 어둡고 쓸쓸한 아파트에서 혼자 몇 시간씩 기다리곤 했다. 그녀는 너무 늦게 너무 지친 몸으로 귀가해 이야기를 들려줄 수 없었으므로, 아이는 이미 알고 있는 이야기들을 스스로에게 들려줘야 했다. 가장 좋아하는 것은 요정이 농부 부부의 세 가지 소원을 들어준 이야기였다. 「나는 먹음직한 소시지 하나를 원해요!」여자가 외친다. 소시지가 그녀 앞에 솟아나고, 남편은 불같이 화를 낸다. 「아니, 이따위 걸로 소원 하나를 낭비해? 이 소시지가 영원히 당신 코에 붙어 버렸으면 좋겠어!」그러자 여자의 코에 기다란 소시지가 달라붙고, 마지막 소원으로만 문제를 해결할 수 있게 되었다. 이 이야기를 기반으로 아이는 유사한 다른 이야기들을 무한히 상상해 냈다. 그러고 나서 글 읽는 법을 배운 그는 『곰돌이 푸』를 발견했다. 얼마 후에는 『쿠오바디스』 축약본을 읽고 엄청난 감동을 받았다. 이 이야기의 아름다움 덕분에 퀘이커파 학교에서 얘기하는 모든 것이 생명력을 얻었다. 어머니는 아이가 겨우내 아무에게도 얘기하지 않고서, 카타콤[7]에 숨어 산 초기 기독교도들을 혼자 연기하며 지냈다는 사실을 꿈에도 몰랐다.

1938년, 도로시는 캘리포니아 대학교 버클리 캠퍼스에 있는 미국 산림국에 직장을 얻었다. 워싱턴에서 유배와 같은 삶을 산 모자는 다시 숨을 쉴 수 있었다. 버클리에서 보름 이상 지낸 사람은 다 마찬가지였지만, 그들은 자기 집에 있으면서 또한 세계

7 초기 기독교 시대의 비밀 지하 묘지.

의 중심에 있는 느낌이었다. 일단 거기 있으면, 세상 다른 곳은 존재하지 않는 것 같았다. 페미니스트요, 평화주의자요, 진보적 문화와 사상에 심취해 있던 도러시는 공무원인 동시에 여성 참정권자라고 해도 아무도 시비를 걸지 않는 이 고립된 장소에서 활짝 피어났다. 한편 필은 햇빛을 받아 반짝이는 샌프란시스코 만(灣)과 잔디밭을, 도시 아이들이 자유로이 뛰어노는 캠퍼스 안을 흐르는 작은 강을 사랑했다. 또 너무나 유익하게 지나간 시간들에 대한 보상인 양 평화롭고도 즐거운 종소리를 지붕들 위에 비처럼 내려 주는 세이더 타워의 차임벨도 좋아했다. 학교는 덜 좋아했지만 천식과 두근거림을 앓은 덕에 종종 수업을 빼먹을 수 있었다. 심지어 아프지 않을 때도 도러시는 결석한 아들을 비호해 집에서 빈둥거리게 해주었다. 사실 그녀는 아이가 자기 아버지와 달리, 스포츠와 소란 떨기, 그리고 멍청하기 그지없는 평균적 미국인들을 양성하기에나 적합한 그 모든 집단적 바보짓을 경멸하는 게 기분 좋았다. 아이는 명백히 그녀 편이었다. 예술가들, 거대한 날개 때문에 제대로 걷지 못하는 신천옹[8]들 편이었다.

열두 살 때, 그는 평생 사랑하게 될 것, 즉 음악 감상과 타자기 치기를 벌써부터 좋아하고 있었다. 그는 어머니를 졸라 고전 음악 음반들을 — 처음에는 78회전 음반들이었다 — 선물로 받았

---

8 샤를 보들레르의 시 「신천옹L'Albatros」은 크고 아름다운 날개 때문에 하늘에서는 왕이지만 땅에서는 그 날개가 방해되어 제대로 걷지도 못하는 신천옹(信天翁)을 그리는데, 신천옹은 천재적 재능으로 인해 오히려 현실에서 불행해지는 예술가를 상징한다.

다. 누가 첫 몇 소절만 연주하거나 심지어 앞에서 흥얼거리기만 해도 그게 무슨 오페라, 무슨 교향곡, 무슨 협주곡인지 알아맞히는 재능을 발전시켰고, 엄마와 아들 둘 다 이를 꽤나 자랑스러워했다. 또 그는 과학의 대중화라는 미명하에 대양에 삼켜진 대륙, 저주받은 피라미드, 사르가소해(海)에서 신비스럽게 실종된 선박 등을 삽화를 곁들여 소개하는 잡지들도 수집했다. Astounding(경악스러운), Amazing(놀라운), Unknown(초유의) 같은 요란스러운 형용사들이 제목으로 붙은 잡지들이었다……. 하지만 그는 에드거 앨런 포, 그리고 너무나 흉측한 것들을 보게 되어 그것들을 제대로 묘사하지도 못하는 인물들을 창조한 〈프로비던스의 은둔자〉 H. P. 러브크래프트도 읽었다.

그는 아주 이른 나이에 이 모델들을 모방하기 시작했다. 그는 워싱턴에서 새를 산 채로 잡아먹는 고양이, 죽은 말벌을 끌고 가는 개미, 앞 못 보는 개를 눈물 흘리며 매장해 버리는 가족 등을 묘사한 음산한 시를 몇 편 끼적거린 바 있었다. 타자는 그의 영감을 해방시켜 주었다. 타자기를 한 대 소유하자마자 그는 타자의 달인이 되었다. 그를 알았던 사람들의 말에 따르면, 아무도 그렇게 빨리, 또 그렇게 오랫동안 타자를 치지 못했다고 한다. 키들이 저절로 손가락에 달라붙은 것 같다는 거였다. 아이는 사흘 만에 첫 번째 소설을 완성했는데,『걸리버 여행기』속편이었지만 그 원고는 소실되었다. 그가 처음으로 발표한 글은 에드거 앨런 포에게서 영감을 받은 음울한 이야기들이었는데, 이것들은『버클리 데일리 가제트 *Berkeley Daily Gazette*』의 〈새싹 재능〉이라는 난에 소개되었다. 〈플로 이모 Aunt Flo〉라는 필명을 사용하고, 리얼리즘(체호프-너대니얼 웨스트 계열의)에 집착하는 이 잡지의 책임자는 필에게 그가 아는 것, 매일의 삶, 실제로 일어난 조그만 세부 사항들을 쓰고, 상상력은 좀 묶어 두라고 충고했다. 자신이 이해받지 못한다고 생각한 필은 아예 신문을 창간하고, 자신이 유일한 편집자가 되었다. 나는 이 신문의 이름(The Truth[진실]), 창간호를 여는 발언(〈우리는 여기서 오직 진실만을 쓸 것을 약속하며, 이는 분명히 가능한 일이다〉) 그리고 이 타협 없는 진실이 열세 살배기 작가가 해온 몽상의 결실인 은하계 간 모험담의 형태를 취했다는 사실은 하나의 전조였다고 판단하는 바이니, 독자 여러분은 그럴 수도 있겠거니 생각하고 넘어가 주시라.

이 시절 어느 날 밤 그는 꿈을 꾸었는데, 그 후에도 여러 차례 같은 꿈을 꾸었다. 그는 어떤 서점에서 자기 컬렉션에서 빠진 『어스타운딩 사이언스픽션 Astounding Science-Fiction』 어느 호(號)를 찾고 있었다. 아주 희귀하고, 값어치를 따질 수 없는 이 호에는 「제국은 결코 끝나지 않았다 The Empire Never Ended」라는 이야기가 들어 있었다. 만일 이것을 손에 넣을 수만 있다면, 이 이야기를 읽을 수만 있다면, 그는 모든 것을 알게 될 터였다. 첫 번째 꿈은 그 귀중한 책이 묻혀 있다고 믿어지는 퇴색한 잡지 더미 끝에 이르기 전에 중단되었다. 그는 불안한 열기에 들떠 이 꿈이 돌아오기를 기다렸고, 마침내 그 일이 일어나자 그 더

미가 여전히 거기 있는 것에 안도하고는 허겁지겁 뒤지기 시작했다. 꿈이 다시 이어질 때마다 더미는 줄어들었지만 그는 언제나 마지막 호에 이르기 전에 깨어났다. 그는 하루 종일 이 이야기의 제목을 되뇌며 시간을 보냈고, 결국 그것의 음색은 열병에 걸렸을 때 귀에서 들리는 맥박 소리와 혼동되었다. 그는 이 제목을 이루는 글자들과 표지에 그려진 삽화를 상상했다. 이 삽화는 흐릿했지만 ─ 혹은 흐릿했기 때문에 ─ 그를 불안하게 만들었다. 그렇게 몇 주가 지나갔고, 그의 욕망에는 고통스러운 불안감이 섞여 들었다. 그는 만일 「제국은 결코 끝나지 않았다」를 읽게 되면, 세상의 모든 비밀이 밝혀지리라는 것을 알았지만, 이 지식에는 위험도 도사리고 있음을 느끼고 있었다. 러브크래프트는 말하지 않았던가? 만일 우리가 모든 것을 알게 된다면, 끔찍한 공포가 우리를 미치게 만들 거라고. 필은 자신의 꿈을 악마적인 덫으로, 낡은 잡지 더미 밑바닥에 묻힌 과월 호는 아가리로 이어지는 미끄럼틀로 떨어져 내려가면 꿀꺽 삼킬 준비를 하고 있는 웅크린 괴물로 상상하기에 이르렀다. 그래서 그는 꿈을 꾸게 되면 처음처럼 서두르는 대신 잡지들을 한 권 한 권 옆으로 치우며, 소름 끼치는 마지막 호에 다가가게 하는 손가락의 움직임을 억제하려 애썼다. 그는 잠을 두려워했고, 자지 않고 밤을 새우는 연습을 했다.

명확한 이유 없이 꿈이 멈추었다. 그는 꿈이 돌아오기를 불안하게 기다렸다. 그러다가 또다시 조바심을 내며 기다렸고, 2주 후에는 그 꿈을 다시 꿀 수만 있다면 무엇이라도 줄 수 있을 것 같은 기분이 들었다. 그는 〈세 가지 소원〉의 이야기, 즉 경솔한 소원의 폐해를 시정하려다 더 형편없는 소원을 말하고, 그렇게 세 번의 기회를 몽땅 날려 버리는 이야기를 떠올렸다. 그는 「제국은 결코 끝나지 않았다」를 읽고 싶었다. 첫 번째 소원이었다. 그러다가 위험을 예감하고는 이 책을 읽지 않기를 바랐고, 이게 두 번째 소원이었다. 이제 그는 또다시 읽고 싶어졌는데, 만일 지금 누군가가 이 바람을 들어주지 않고 있는 거라면, 어쩌면 — 그는 이렇게 생각했다 — 그를 불쌍히 여긴 것일 터인데, 이유는 그에게 네 번째 소원의 권리가 없기 때문이었다. 하지만 꿈이 돌아오지 않자 그는 실망했다. 그는 애타게 기다렸고, 그러다가 잊어버렸다.

그는 어머니와 단둘이 살았는데, 움직이면 조금 숨이 찰 정도로 살이 쪘다. 서로를 필립과 도러시라고 부르며 모자는 어떤 기묘한 격식을 갖춰 서로를 대했다. 그들은 저녁마다 복도 쪽으로 문을 열어 놓은 각자 방의 침대에 누워 대화를 나눴다. 대화 주제는 책과 질병, 그리고 그 질병을 완화해 준다고 여겨지는 약품들이었다. 건강 염려증 환자였던 그녀는 아들의 음반 컬렉션만큼이나 광범위하고, 신약(新藥)에 대해 열려 있는 약장을 보유하고 있었다. 전후(戰後)에 신경 안정제들이 처음 나타났을 때, 그녀는 소라진, 발륨, 토프라닐, 리브륨 등이 출시될 때마다 이 화학적 엘도라도의 개척자 중 하나가 되어 그것들을 실험해 보기도 하고, 그것들의 몽롱한 효과를 비교해 보기도 하고, 주위 사람들에게 약효를 칭찬하기도 했다.

이따금 필은 그동안 재혼해 패서디나에 정착해 살며, 어느 지역 라디오 방송의 사회자가 된 아버지를 만나곤 했다. 다른 이들에게 영향력을 발휘하기를 꿈꾸는 소심한 소년에게 이 직업은 아주 대단한 것으로 느껴졌다. 필은 전시(戰時)에 모든 이가 그랬듯 애국자였지만, 또 괴벨스의 프로파간다에 매혹되기도 했다. 그는 자신은 어떤 계획이 비록 혐오스러운 목적을 가질지라도 그 집행이 완벽하게 이뤄지는 한 그것을 숭배할 수 있노라며 우쭐대곤 했다. 선동가와 리더의 본능이 그의 안에 숨어 있었지만, 실제로는 아무도 이끌 수 없었기 때문에 얌전히 자신의 구석에 머물러 있었다.

그렇다, 그가 가장 좋아하는 것은 바로 이것이었다. 자신의 구석에 죽치고 있으면서 거기에 자기 물건을 잔뜩 쌓아 놓는 일이었다. 어머니는 틈만 나면 아이에게 사정하곤 했다. 셜록 홈스처럼 덮여 있는 먼지 두께만 보고도 파일 작성 일자를 알아맞힐 수 있는 편집증 환자 특유의 무질서가 지배하는 그의 방을 제발 좀 치우라고 말이다. 오직 그만이 편안함을 느끼는 그 방에는 그의 머릿속에서만 분류되어 있는 비행기 모형이나 탱크 모형, 체스판과 체스 말, 음반, SF 잡지 등이 어지럽게 널려 있고, 이 모든 것보다 세심하게 숨겨진 여자의 나체 사진들도 있었다.

왜냐하면 당연하게 그도 여자에게 관심을 갖기 시작했기 때문이다. 자신감이 부족한 아이는 별 소득을 거두지 못했지만, 이로 인해 엄마와의 깊은 유대감에 흠집이 났다. 당황한 도러시는 학업에 열의가 없고 내성적이며 불안감에 시달리는 아이가 정신과 치료를 받을 필요가 있다는 생각이 갑자기 들었다. 열네 살이 된 아이를 정신과 의사에게 데려갔는데, 이 의사는 필이 죽을 때까지 거의 끊어지지 않고 이어진 정신과 의사 중 첫 번째가 되었다.

몇 차례 상담 치료를 거친 후, 어린 딕은 어머니가 열심히 메모를 달아 놓은 책들을 참고해 가며 신경증, 콤플렉스, 공포증 등을 태연하게 얘기할 수 있게 되었다. 또 급우들에게 성격 테스트를 해주면서, 지식의 비밀은 밝히지 않은 채 각자에게 기분 좋은 결론을 내려 주어 아이들이 고개를 끄덕이게 만들었다.

1930년대 말, 이런 테스트들의 발전은 자신과 이웃의 머릿속에서 일어나는 일에 대한 평균적 미국인들의 생각을 상당히 바꿔 놓았다. 전쟁이 발발했을 무렵, 이런 테스트들은 1천4백만 명의 소집병 중 2백만 명이 일상생활에 지장을 주는 신경 정신 병증을 보인다는 사실을 밝혀낸 바 있었다. 아무도 예상하지 못했던 이 숫자 앞에서 화들짝 놀란 사람들은 정신 보건 영역에서 엄청난 지출을 했고, 정신분석이 이 반(半)정신병자들을 책임감 있고 균형 잡힌 시민으로 만들어 주리라 기대하며 이 학문의 대유행을 도왔다.

이러한 믿음은 순진하게 보일 수 있으며, 뉴욕을 방문하며 정신분석이라는 역병을 신세계에 들여온 늙은 프로이트를 미소 짓게 했다. 하지만 유럽인들보다 두 학문의 차이에 덜 엄격했던 미국의 정신과 의사와 정신분석학자들은 프로이트 이론을 그들의 실용주의적 목적에 맞추어 조정했고, 자아 인식과 수용보다는 사회적 규범에의 적응을 목표로 삼았다. 그들이 온갖 곳에 적용시킨 심리 테스트들은 환자들이 〈정상적으로 행동하기〉 — 적어도 〈정상적으로 행동하는 것처럼 보이기〉 — 라는 목표에 얼마나 진전을 이뤘는지 평가했다.

나는 아이였을 때부터 근시였는데, 시력 검사표 글자들을 다 외워 버려 안경점 주인을 당황하게 했던 게 생각난다. 나는 시력 검사표 하단의 조그만 글자들을 포함한 모든 것을 읽을 수 있으므로, 안경을 쓸 필요가 없다고 주장했다(하지만 이 전략은 통하지 않았다). 딕 소년도 나와 비슷하게 심리 테스트에 도가 텄지만 그것들을 다른 방향으로 능숙하게 사용했다. 그는 직감과 경험과 시스템의 경직성을 이용해, 문항들이 숨기고 있는 함정을 피하고, 자신에게서 기대되는 답변을 짐작해 내는 법을 배웠다. 선생님의 책을 손에 넣은 학생처럼 우드워스 인성 검사 테스트나 미네소타 인성 검사 테스트에서 사람들을 만족시키려면 어떤 칸에 표시해야 하며, 로르샤흐 얼룩에서 사람들을 당혹시키려면 어떤 그림을 찾아내야 하는지 터득한 그는 마음먹는 대로 〈정상적으로 정상적〉, 〈정상적으로 비정상적〉, 〈비정상적으로 비정상적〉 혹은 〈비정상적으로 정상적〉(이 결과는 그를 의기양양하게 만들었다)이 될 수 있었고, 이렇게 다양한 증상을 보임으로써 그의 첫 번째 정신과 의사를 성질나게 했다.

훨씬 더 똑똑한 샌프란시스코의 한 정신분석가가 그의 뒤를 이었다. 그는 얼마 전부터 버클리의 학자들이 창조적 정신에만 허용된 최고 이론이라고 믿어 온 융 심리학 추종자였다. 그래서 필은 매주 두 번씩 페리호를 타고 샌프란시스코만을 건너곤 했다. 평소와 다른 이동에 놀란 한 친구에게 그는 자신이 예외적으로 높은 아이큐를 가진 영재들을 위한 수업을 받고 있는데, 속임수를 써서 시험을 통과했다고 말했다. 친구는 열등생인 것이 자랑스러운 열등생들끼리 그러하듯 낄낄댔지만, 필은 천재 행세를 할 수 있는 사기꾼은 진짜 천재보다 더 천재적이라고 거만한 어조로 설명했고, 친구는 그의 첫 번째 정신과 의사가 결국 보이고 말았던 시선과 거의 비슷한 눈으로 그를 쳐다보았다. 그리고 나서 그를 피했다.

두 번째 치료를 받으면서 필은 심리학에 심취한 사람에게 제인 이야기가 얼마나 큰 효과를 낳을 수 있는지, 이렇게 엄청난 트라우마를 전문가들이 얼마나 중요하게 생각하고 있는지 알게 되었다. 그는 자신의 죽은 쌍둥이 누이에 대해 말하는 것이 자신을 흥미로운 존재로 만든다는 사실을 깨달았고, 긴 상담 시간 내내 자기 출생의 비극을 누구에게서 들었는지 자문해 보곤 했다. 아마 어머니가 일찌감치 알려 주었을 것이다. 그 이야기를 아주 오래전부터 알고 있던 것처럼 느껴졌다. 그는 아주 어린 나이 때부터 검은 머리칼과 검은 눈을 가졌고, 항상 낡은 종이 상자에 숨어 지내는 굼뜬 자신과 달리 위험한 상황에 처해도 아주 유유하게 빠져나오는 누이를 떠올리곤 했다. 또 어머니가 화나서 제인 말고 차라리 그가 죽었으면 좋았을 거라고 소리쳤던 게 생각난다고 주장하기도 했다.

정신분석가가 〈거세(去勢)적 어머니〉가 무엇인지 설명해 주었을 때, 필은 배신감 같은 것을 조금 느꼈지만(엄마가 치료비를 지불하는데 엄마를 욕하다니!) 이 정보는 사라지지 않고 그의 마음속에서 불안감으로 변했다. 어머니도 이런 사람이고 아버지도 없는 데다 예술적, 정신적 분야에 흥미가 이렇게나 많으니 난 동성애자가 될 조건을 모두 갖춘 것 아닐까?

이것은 그의 소년기 강박 관념 중 하나였지만, 이것만 있는 게 아니었다. 그에게는 고소 공포증과 광장 공포증도 있었다. 그는 대중교통 수단을 무서워했고, 사람들이 있는 곳에서는 샌드위치도 먹지 못했다. 열다섯 살 때 어떤 교향곡 연주회에 간 그는 갑작스러운 공황에 사로잡혔다. 마치 물속에 빨려 들어가 잠수함 잠망경을 통해 세상을 보는 것 같은 느낌이었다.

또 한번은 영화관에서 미군이 태평양 어느 섬에서 화염 방사기로 일본군 병사들을 태워 죽이는 장면이 나왔을 때 기분이 안 좋아졌다. 그를 가장 힘들게 한 것은 일본인들의 고통이라기보다 원숭이처럼 왜소한 사람들이 횃불처럼 타오르는 광경에 열광하는 관객들의 모습이었다. 그는 깜짝 놀란 도러시를 뒤에 달고 황급히 홀을 빠져나왔고, 그 후 몇 년 동안 영화관에 발도 들여놓지 않았다.

이런 갖가지 공포증 때문에 학업에 지장이 많았다. 그는 더 이상 학교 수업을 듣지 않고 음반을 들으며 집에서 공부했다. 이 배경 음향과 잘 어울려서 그가 특별히 좋아한 과목이 있었다. 바로 독일어였다. 독일어는 그가 전쟁이 끝날 무렵 허세를 부리려고 선택한 언어였는데, 여기서 그는 노래 가사로 사용된 시들을 발견했다. 이렇게 해서 슈베르트, 슈만, 브람스의 멜로디들이 그의 삶 가운데로 들어왔다. 그는 인생에서 이것들을 듣는 것보다 더 좋은 일을 상상할 수 없었고, 열여섯 살 때는 이 일을 평생의 직업으로 삼으리라 결심했다.

그는 유니버시티 라디오University Radio라는 상점에서 파트타임 일자리를 구했다. 음반, 라디오, 전축, 그리고 최초의 텔레비전 수상기 등속을 판매하는 상점이었다. 그곳에서는 이런 것들을 수리하기도 했는데, 어린 필의 눈에는 수리공들이 부러운 능력을 가진 귀족 계급으로 보였다. 영어 fix는 〈만들다〉, 〈제조하다〉, 〈수리하다〉, 〈한데 붙어 있게 하다〉 등의 의미를 지녔고, 프랑스어 fixer와 달리 치열한 투쟁 끝에 획득되는 안정성의 개념까지 포함하고 있는바, 이 동사는 그가 인간의 특질 중에서 가장 높이 평가하는 모든 것을 포함하고 있었다(그의 책 주인공들은 항상 뭔가를 수선하고 있는 사람, 작업대 앞에만 붙어 있는 장인이 될 것이다). 미친 듯이 책을 읽어 치우고, 가장 지적인 대학 도시에서 성장한 소년으로는 조금 이상한 일이지만, 그는 아주 이른 나이에 그러니까 〈올라가지 못할 나무라 생각하고 쳐다보지도 않는다〉라고 비난할 수 있는 나이가 되기도 전에 자신의 진영을 선택했다. 그가 가장 좋아하는 장소는 대학이나 학생들이 입에 침을 튀기며 세상을 논하는 카페가 아니라, 철제

셔터를 올리고 첫 손님을 맞이하기 전에 아침마다 보도를 비로 쓰는 작은 회사나 가게였다.

그가 하는 일은 배급사가 보낸 클래식 음반 포장을 뜯어 음반을 진열 칸에 정리해 놓고, 어떤 방송 프로그램이 서로 다른 작곡가의 작품들을 함께 소개했을 경우 이 음반을 어떻게 분류할 것인가 고민하고, 자신의 컬렉션을 위해 음반을 할인가로 구입하고, 고객이나 다른 점원들과 함께 「마술피리」의 다른 버전을 비교하고, 바닥을 쓸고, 제3호 감상실 뒤에 있는 화장실의 두루마리 화장지를 가는 것이었다. 유니버시티 라디오는 그의 세계, 어떠한 기분 나쁜 일도 일어나지 않는 안정되고도 친숙한 세계였다. 거기에 있으면 불안감이나 광장 공포증 같은 것으로부터 보호되는 느낌이었다. 마음에 드는 여자 고객이 나타나면, 그는 그녀를 감상실 한 곳으로 데려가 슈베르트의 가곡을 지금껏 들어 보지 못한 음색으로 부르는 기가 막힌 젊은 바리톤, 디트리히 피셔디스카우의 첫 앨범을 들려주었다. 음반이 돌아가는 동안 그는 아가씨에게 강렬한 푸른 시선을 고정시킨 채, 얼마 전부터 변성기의 가성을 대체한 깊고도 약간 허스키한 목소리로 노래를 흥얼거리곤 했다.

그는 이런 종류의 매력을 발전시키고자 가게 사장이 후원하는 지역 라디오 방송의 음악 프로그램 진행자가 되기를 꿈꿨다. 하지만 슬프게도 방송국은 프로그램 짜는 일만 그에게 맡겼을 뿐 진행 마이크는 머리에 포마드를 바르고 체크무늬 재킷에 투톤 컬러 구두를 신은, 그가 증오해 마지않던 어떤 친구의 차지가 되었다. 당시 그가 꾸던 백일몽 중 하나에서, 그는 자신을 핵 전쟁으로 파괴된 지구 주위를 도는 우주 비행사로 상상했다. 지구로 귀환할 기술이 없어 죽을 때까지 우주 공간을 빙빙 돌아야 하는 운명이 된 인공위성에서 그는 황폐해진 행성에 흩어진 생존자들로부터 전파 메시지를 수신한다. 그도 지구로 전파 메시지를 발송하고, 생존자들은 독일 점령 시대 런던발 방송을 청취했던 프랑스인들처럼 이 메시지를 들으려 애쓴다. 그는 음반을 틀어 주고, 책을 읽어 주고, 여러 가지 소식을 들려준다. 그 덕분에 고립된 그룹들은 서로 연결되고, 그의 뜨거운 목소리에서 시련을 견뎌 낼 용기를 얻는다. 사람들은 경건한 마음으로 그들의 가장 소중한 재산인 광석 수신기 주위에 모여 그의 메시지를 청취한다. 이 광석 수신기들이 없다면, 저 까마득한 하늘 위에서 그들을 굽어살피는 외로운 디스크자키가 없다면, 그들은 야만 상태로 돌아갈 것이다. 만일 문명이 다시 태어난다면, 그것은 그의 지휘하에 이뤄질 거다. 이 백일몽에서 가장 달콤한 순간은 그가 사람들로부터 신처럼 숭배받고 싶은 유혹과 마주하는 순간이다. 그는 가까스로 이 유혹을 이겨 낸다.

그가 어머니의 집을 나온 일에 대해서는 증언이 엇갈린다. 필은 도러시가 이것을 아주 나쁘게 받아들이고는, 자기가 감시하지 않으면 그가 분명히 동성애자가 될 것이니 경찰을 불러서라도 못 나가게 하겠다고 위협했다고 투덜댄다. 반면 도러시는 반대로 그가 더 이상 함께 살 나이가 아니므로 쫓아냈다고 주장한다. 어쨌든 그는 그동안 수집한 서적과 음반과 잡지, 그리고 그의 소중한 마그나복스 전축을 들고 집을 나와 일단의 자유분방한 대학생이 거처하는 아파트로 이사하는데, 이들의 영향으로 그의 문학적 취향이 변했다. 교양이 과도하게 넘치는 이 학생들의 세계에는 이른바 〈위대한 문학〉만이 문학으로서 자격이 있었다. 대중적 장르들을 호의적으로 대하는 경향은 나중에야 올 거였다. 따라서 딕은 온순한 카멜레온처럼 공상 과학 소설 읽기를 중단했다. 어린 시절 그토록 열광했던 싸구려 잡지책들을 감춰 버리고, 대신 조이스, 카프카, 파운드, 비트겐슈타인, 그리고 알베르 카뮈만을 읽었다. 이제 그에게 이상적인 저녁 시간은 전위적 시인들의 시를 읊으며 북스테후데나 몬테베르디의 음악을 듣고, 『피니건의 경야』몇 구절을 통째로 암송하면서 거기에 단테의 영향이 어떻게 남아 있는지 논하는 거였다. 그 주위 모든 사람이 글쓰기를 시도했고, 앞다투어 위대한 작가와 예술가들을 들먹거리며 서로 원고와 조언을 교환했다. 이 시절 딕은 잡지에 실으려 애썼지만 성공하지 못한 몇 편의 단편소설 외에도 우리로선 그가 나중에 언급한 내용만 알고 있는 장편소설 두 편을 썼다. 첫 번째 것은 불가능한 사랑의 추구와 융의 원형들을 다룬 긴 내적 독백이었고, 두 번째 것은 거짓말과 암묵적인 말들이 얽히고설키는 마오쩌둥 시대 중국에서의 어느 삼각관계를 묘사했다고 한다.

이 무렵 그는 동정을 잃었고, 동시에 자신이 동성애자일지 모른다는 두려움도 사라졌다. 상대는 상점의 어느 고객으로, 그보다 경험이 많은 다른 점원이 부추긴 결과였다. 그는 그녀가 사러 온 달콤한 크리스마스 캐럴 파는 것을 거부하고는, 대신 감상실에서 자기가 좋아하는 음반들을 듣게 했다. 그런 다음 점심시간에 수리공들이 노닥거리는 지하실로 데려갔고, 일주일 뒤 그녀와 조촐한 결혼식을 올림으로써 이후 한동안 이어질 의무적인 결혼 생활을 시작했다. 필과 지넷은 음울한 원룸을 임대했고, 거기서 필은 가난한 부부 생활의 속박과 함께 자신은 아내와 별로 공통점이 없다는 사실을 발견했다. 지넷은 그가 윌리엄 제임스의 『종교적 경험의 다양성』이나 그의 단편소설을 읽고 있으면 잠이 들었고, 『피니건의 경야』를 전혀 이해하지 못했으며, 그가 끊임없이 듣는 음반들을 지겨워했다. 급기야 결혼하고 몇 주 지나자 지넷은 그것들을 박살 내버리겠다고 선언해 파경이 불가피해졌다. 판사는 이게 이혼 사유로는 너무 가볍다고 생각했던 모양이지만 아내의 위협은 오랫동안 딕의 뇌리를 떠나지 않았다. 조지 오웰의 『1984』에서 경찰은 각 시민에게 개인적 압력을 행사하기 위해 생매장당하는 것, 쥐에게 잡아먹히는 것 등 그가 가장 두려워하는 게 무엇인지 알아내려고 애쓴다. 딕에게 절대적 공포는 누군가가 자신의 소중한 음반들을 부숴 버리는 거였다. 그의 작품들에서 잔인한 아내들은 남편들에게 이런 못된 짓을 행하며, 그의 마지막에서 두 번째 장편소설 『성스러운 침입』에서는 하느님 자신이 자기 뜻을 따르려 하지 않는 주인공을 움직이기 위해 이 방법을 사용한다.[9]

9 『성스러운 침입』에서는 외계 행성에 혼자 살던 주인공에게 하느님이 나타나서

이 위험은 두 번째 아내와 함께 사라져 버린다. 그녀를 만난 곳도 음반 가게로, 거기서 그녀는 이탈리아 오페라 음반 코너를 뒤적거리고 있었다. 바짝 달아오른 그는 적극적으로 구애하기 전에 그녀가 자신과 같은 연주를 좋아하는지 확인하기 위해 먼저 그녀의 취향을 시험해 봤다. 이때 클레오 아포스톨리데스는 열아홉 살이었다. 그리스 출신 여대생인 그녀는 갈색 머리에 꽤 미인이었고, 엄청난 독서가였으며, 나중에 딕이 세운 이상적 아내의 기준으로 보자면 아주 균형 잡힌 여자였다. 그들은 1950년 6월에 결혼식을 올렸고, 버클리의 어느 달동네에서 낡은 집 한 채를 할부로 구입했다. 지붕은 내려앉았고, 페인트칠은 벗겨졌으며, 비가 억수로 내리는 겨울철에는 침수를 막기 위해 집 안 여기저기에 대야를 받쳐 놓아야 했다. 필도 클레오도 일할 생각이 없었는데, 돈만 생기면 음반을 사고 그 음반을 듣는 데 대부분의 시간을 보낼 뿐 일에는 도무지 관심이 없는 남자의 무관심 때문이었고, 보헤미안적인 삶을, 부르주아적 생활 방식과 반대되는 모든 것을 원하는 여자의 의도적 선택의 결과이기도 했다. 급진적 진보주의의 작은 병사 클레오는 청바지와 뿔테 안경 차림을 하고 다녔고, 증오로 불타는 가슴으로 마드리드를 행진한다는 내용의 국제 여단[10] 군

근처에 사는 한 여자를 데리고 지구로 가라고 지시한다. 주인공이 거부하자 하느님은 그가 평소에 애지중지하던 오디오 테이프를 싹 지워 버려서 아무 소리도 나오지 않게 만든 다음, 그 여자를 돌보고 나서 돌아와야만 원상 복구해 주겠다고 선언한다.

10 스페인 내전에서 인민 전선 정부를 지원하기 위해 코민테른이 조직한 국제 의용군.

가를 흥얼거렸으며, 뭔가에 열광하든 분개하든 간에 언제나 열변을 토하곤 했다. 그녀는 특히 분개하기를 좋아했다.

정치학을 공부하는 그녀는 학비를 벌기 위해 갖가지 아르바이트를 했다. 한편 필은 결혼하고 나서 온종일 유니버시티 라디오에서 시간을 보냈다. 대부분의 버클리 주민들과 달리 그는 대학생이 아니었다. **슈투름 운트 드랑**Sturm und Drang[11]과 흄 철학에 대한 강의에 수강 신청을 한 지 며칠 후, 갑자기 찾아온 아주 심각한 불안 발작이 그의 학문적 커리어를 끝장낸 것이다. 별로 사회적 야심이 없었던 듯, 그는 이를 담담히 받아들였다. 하지만 승진해 봤자 — 그것도 먼 훗날의 일이겠지만 — 가게 매니저가 최고인 풀타임 음반 장수가 되고 나자 이 선택에 대한 후회가 밀려들었다. 이렇게 세월을 보내다 보면 기껏해야 여러 세대 학생들이 허물없이 대하는 버클리의 명물 중 하나가 되지 않겠는가? 평범한 점원처럼 보이지만 얼마나 박식한지 독일 이상주의나 빌헬름 푸르트뱅글러가 지휘하는 「트리스탄과 이졸데」에서 나이 든 시르스텐 플라그스타를 대신해 하이 C를 부른 젊은 소프라노 엘리자베트 슈바르츠코프에 대해 수다를 떨 준비가 되어 있는 유니버시티 라디오의 그 늙은 아저씨 말이다.

이때 그는 — 이번에도 유니버시티 라디오에서 — 누군가를 만나게 되고, 이 만남은 그의 삶에 결정적 영향을 미친다. 앤서니 바우처라는 이름의 작가였는데, 여러 가지 필명으로 추리 소

---

11 독일에서 18세기 후반에 일어난 낭만주의 문학 운동. 우리말로는 〈질풍노도〉로 번역된다.

설과 공상 과학 소설을 쓰고, 비평하고, 출판하는, 일종의 문학의 오케스트라 지휘자라 할 수 있는 사람이었다. 어엿한 성인이, 박식한 음악 애호가가, 어느 모로 보나 뛰어난 인물이, 자신은 지질한 녀석으로 보이지 않으려면 피해야 한다고 생각했던 장르를 경멸하지 않는다는 사실에 딕은 경악했고 또 안도했다. 소심한 필은 바우처가 매주 한 번씩 그의 집에서 진행하는 **창의적 글쓰기**creative writing 수업에 참석하지 못했지만, 클레오가 남편이 쓴 몇 편을 바우처에게 가져다주었고, 거기에는 공상 과학 이야기가 한 편 포함되어 있었다. 그런데 놀랍게도 이 이야기가 장래성 있다고 평가된 것이다. 용기를 얻은 딕은 섬세한 심리 묘사며 내적 독백 같은 것들을 던져 버리고 그의 상상력을 은하계로 쏘아 올렸다. 이렇게 해서 1951년 10월, 바우처가 편집장으로 있는 잡지는 필립 K. 딕의 첫 번째 〈전문적〉 단편소설, 「루그Roog」를 계약한다.[12] 이 소설에서 개 한 마리가 짖어 대며 청소부들을 추격하는데, 이들이 진짜 청소부가 아니라 지구인들을 납치하기 전에 먼저 지구인의 쓰레기를 분석하기 위해 가져가려는 외계인임을 간파했던 것이다. 1952년에 그는 단편소설 4편, 1953년에는 30편, 1954년에는 28편, 그리고 1955년에는 그의 첫 번째 선집과 첫 번째 장편소설을 발표한다.

---

12   실제로 「루그」가 『판타지 앤드 사이언스 픽션*The Magazine of Fantasy and Science Fiction*』에 실린 것은 1953년 2월 호였다.

2
녹색의 소인(小人)들

　스물네 살 나이에 전문 SF 작가로 자리 잡은 딕은 이 결정이 그의 삶 전체에 걸쳐 유효하리라고는 전혀 상상도 하지 못했다. 그저 기회를 한 번 잡았을 뿐이라고, 일시적 상황에 역시 일시적으로 적절하게 반응했을 뿐이라고 생각했다. 학문의 길에서 멀어진 그는 여러 가지 병적인 공포증 때문에 정상적인 미국 성인에게 열려 있는 대부분 직업을 가질 수 없었다. 적어도 심리 테스트는 이 사실을 알려 주었다. 그는 자신이 인터뷰하는 동안에는 속임수를 써서 인사과장이 서슴없이 채용할 만한 괜찮은 친구로 보일 수는 있지만, 매일 사무실에서 그럴 수 있는 능력은 없음을 잘 알고 있었다. 그리고 사무실 생활을 통해 만족감을 얻고 싶은 생각도 없었다. 스스로 인정하지는 않았지만 그도 권력에 매력을 느끼지 않는 것은 아니었으나 간부가 직원들에게, 고위 간부가 중간 간부들에게 행사하는 권력은 결코 아니었다.

　얼마 전부터 스스로의 번영에 놀라 입을 딱 벌리고 있는 나라의 광고 산업이 하나의 모델로 제시하고 있던 화이트칼라의 생활 방식에 대해 말하자면, 버클리 주민 딕의 눈에는 그게 그저 기괴하게 느껴질 뿐이었다. 아침 일찍 똑같은 애프터 셰이브 로션 냄새로 교외선 열차 안을 가득 채우고, 온종일 의미 없이 부산을 떨다 저녁때 되면 집으로 기어들어 가서, 미소와 함께 마티니 한 잔을 내밀며 〈그래, 자기야, 하루 잘 보냈어?〉라고 묻는 금발의 아내들에게 돌아가는 그 미소 머금은 넥타이 부대 로봇들의 브라운 운동[1]이 말이다. 차라리 자신의 특이성을, 다시 말해 SF에 대한 약간 유치하고 퇴행적인 취향을 키우는 편이 나을 것이니, 이 분야에서는 당시 확장 일로에 있던 시장이 존재했기 때문이다. 이른바 〈문학적〉 글을 써봤자 아무도 받아 주지 않는 젊은 작가에게 활짝 열려 있는 시장 말이다. 이 일을 당분간 생업으로 삼아도 되지 않겠는가? 겨우 입에 풀칠하는 정도겠지만 그래도 글솜씨를 갈고닦을 수 있고, 그의 열망에 걸맞은 유일한 일을 배울 수 있으니 그게 어디인가? 물론 여기에는 게임의 규칙이 있었다. 죽을힘을 다해 생산해 내고, 출판사가 부과하는 난폭한 삭제와 말도 안 되는 제목, 그리고 더듬이 끝에 눈이 달린 조그만 녹색 인간을 그린 유치한 삽화를 받아들여야 했다. 바우처는 이렇게 농담하곤 했다. 「만일 『성경』을 SF 전집의 하나로 출판한다면, 각기 2만 단어로 된 책 두 권으로 나올 거고, 구약에는 〈혼돈의 마스터〉, 신약에는 〈세 영혼을 가진 것〉

---

1 액체나 기체 등 유체 안에 존재하는 거대한 입자가 끊임없이 불규칙적으로 움직이는 현상.

이라는 제목이 붙을 걸세.」하지만 이런 상황은 오래가지 않을 거라고 딕은 생각했다. 곧 『뉴요커』에 그의 단편소설들이 실릴 거고, 그의 진정한 책들이 진짜 출판사들에서 출판되어 진짜 비평가들에게 읽힐 거고, 사람들은 마치 노먼 메일러나 넬슨 올그런에 대해 말하듯 그에 대해 말할 거였다. 그리고 그다지 화려하지 못한 이 수련 기간은 그의 전기(傳記)에 위대한 미국 소설가에게 걸맞은 불량스러운 색조를 가해 줄 거였다.

하지만 너무나 이상하게도 이런 일은 일어나지 않았다. 어쩌면 그의 〈진지한〉 — 미국에서 이른바 〈주류 문학〉이라고 불리는 — 작품들이 그다지 훌륭하지 못한 탓일 수도 있겠지만, 그보다 훨씬 못한 작품들도 많이 출간되고 있던 게 사실이었다. 수많은 작가가 망각에 묻히기 전에 재능 있는 신예 작가로 각광받는 것처럼, 딕도 한 번쯤은 기회를 잡고, 사실은 그렇게 폐쇄적이지 않았던 부르주아 문학 살롱에서 모든 이와 마찬가지로 제대로 소개되어야 옳았다. 무언가가 그렇게 하는 것을 방해했는데, 그는 처음에는 이를 설명할 수 없는 불운으로 느끼다 — 이건 훨씬 나중의 일인데 — 비교할 수 없을 정도로 더 높은 어떤 소명의 징표로 여겼다.

1950년대에 그는 80편의 SF 단편과 7편의 SF 장편 외에도 8편의 〈주류 문학〉 소설을 썼지만 모두 거부당했다. 이러한 실패에도 〈이해받지 못하는 예술가〉와 〈즐거운 보헤미안〉의 신화를 믿는 클레오는 좌절하지 않았다. 그녀가 생각하기에 군인들은 당연히 계급장 단 깡패들이고, 할리우드 영화는 멍청한 상업적 기계들인 것처럼, 예술가는 적어도 데뷔한 초기에는 이해받지 못하는 즐거운 보헤미안**이어야 한다**고 생각했다. 그녀는 우려할 만한 리듬으로 우편함에 쌓이는 거절 편지들을 — 하루에 열일곱 통을 받은 적도 있었다 — 벽에다 압침으로 꽂아 놓으며, 이것들이 출판계를 지배하는 회색 정장 차림 좀비들의 멍청함과 곧 인정받게 될 자기 남편의 독창성을 증명한다는 것을 조금도 의심하지 않았다. 신문들은 **비트 제너레이션**beat generation[2]에 대해 얘기하기 시작하면서, 청바지, 벌목꾼 옷을 연상시키는 체크무늬 셔츠, 낡아 빠진 군용 장화 등 적어도 복장만큼은 비트 제너레이션인 필 같은 이들에게 〈반항적이면서도 태평스러운 작가〉라는 그럴싸한 모델을 제시하고 있었다. 그녀는 남편이 잭 케루악처럼 영광을 얻으리라 꿈꿨고, 어쩌다 만(灣)을 건너 샌프란시스코에 갈 때면, 비트 제너레이션 시인들이 밤늦게까지 재즈를 듣고, 자기 작품을 낭독하는 노스비치의 담배 연기 자욱한 카페들로 그를 데려가려고 하기도 했다.

불행히도 필은 만을 건너는 것도, 담배 연기 자욱한 카페도, 재즈도, 작가들의 모임도 좋아하지 않았다. 그는 무엇을 썼느냐는 질문을 받을까 봐 너무 두려웠다. 그가 〈SF〉라는 말을 얼버무리듯이 발음하면, 자비로 출판하는 최하급 시인들이 오만한

---

2 기존 질서와 도덕을 거부하며 문학의 아카데미즘을 반대한 1950년대 미국의 방랑자적인 문학 예술가 세대. 앨런 긴즈버그, 윌리엄 버로스, 잭 케루악이 대표적 작가들이다.

미소를 지으며 고개를 끄덕이는 것에 익숙해져 있었기 때문이다. 아내보다 자신감이 덜하고, 분개도 덜한 그는 딱지를 맞은 게 천재성의 증거라고 생각하지 않았고, 붙여 놓은 전리품들을 떼라고는 감히 말하지 못했지만 — 만일 그랬다면, 〈뭐? 부끄럽지도 않아?〉라고 클레오는 소리칠 거였다 — 벽에서 슬그머니 눈길을 돌리곤 했다. 그는 허브 골드라는 주류 문학 작가에게서 받은 아주 사소한 편지를 꺼내 그게 마치 성물이나 되는 것처럼 들여다보곤 했는데, 그가 거의 알지도 못하는 이 작가는 너무나 감사하게도 그를 — 마치 그가 진짜 작가이기라도 한 듯이 — 〈친애하는 동료〉라고 불러 주었다.

자기 동료였으면 하는 사람들 틈에서 굴욕감을 느끼는 그는 얼마 지나지 않아 〈정상적인〉 사람들, 그러니까 번듯한 직업을 갖고, 멋진 집에 살며, 돈을 버는 사람들 앞에서도 굴욕감을 느끼게 되었다. 클레오처럼 그도 그들의 성공을 경멸할 수 있었지만 그들이 실패한 자신을 경멸한다는 것을 잘 알고 있었다. 자신이 독립적이며, 사장의 〈갑질〉 같은 것을 모르고 지낸다는 자부심은 사람을 끊임없이 괴롭히는 빈곤 앞에서 별 의미가 없었다. 그들의 집 근처에 반려견용 식품을 파는 러키 도그 펫 스토어가 있었는데, 그는 거기에 가끔 가서 미국에서는 사람이 먹기에 적합하지 않다고 여겨지는 말고기를 사곤 했다. 어느 날 점원이 그를 위아래로 훑어보면서, 딱 한 문장으로 그 스스로 자신이 루저임을 절감케 했다. 「혹시 이걸 당신이 먹으려는 것은 아니겠죠?」 이 일을 얘기해 줬더니 클레오는 웃음을 터뜨리며,

그의 이름 〈필립Philip〉은 그리스어로 〈말을 사랑하는 사람〉을 의미한다고 위로 삼아 알려 주었다. 그렇다면 — 그가 물었다 — 말을 사랑하는 사람은 녀석들의 고기를 먹어야 옳을까, 아니면 반대로 그걸 끔찍하게 여겨야 옳을까? 힌두교도들은 그들이 신성한 동물로 여기는 소를 먹지 않고 유대인들은 그들이 더러운 동물로 여기는 돼지를 먹지 않고……. 비교 종교학적 관점에서 볼 때, 두 주장은 모두 타당하다고 그들은 결론 내렸다. 어쨌든 그들은 말고기를 먹었는데, 1955년 캘리포니아주에서 그것은 천민의 음식이었다.

필은 음반 가게에서 일하던 시절 밤중에 글을 쓰는 버릇이 생겼는데, 이 버릇은 나중에까지 계속되었다. 아침이 되면 집 주변을 어정거리고 — 움직이는 반경은 갈수록 줄어들었다 — 서가에 꽂힌 중고 음반들을 점검하고, 특히나 황량하게 방치된 손바닥만 한 정원에 앉아 뭔가를 읽었다. 만일 그처럼 한가했더라면 이웃 남자는 뚝딱거리며 뭔가를 만들거나 수리했겠지만 그에게는 그런 일이 없었다. 이웃 남자는 출근하면서 의심에 찬 눈으로 그를 한번 쓱 노려보았고, 그가 떠나고 나면 필은 자기가 자러 들어갈 시간에 집안일을 시작하는 이웃집 여자 쪽으로 소심하면서도 아련한 눈길을 던지곤 했다. 그들 사이에 뭔가 〈섬싱〉이 있었겠지만, 어쨌든 1958년까지는 별다른 일이 벌어지지 않았다.

그는 무엇을 읽었는가? 잡다한 책들이 뒤죽박죽으로 섞여 있었다. 도스토옙스키, 루크레티우스, 뉘른베르크 재판 속기록, 독일의 시와 철학, SF, 그리고 정신분석……. 특히 융의 저서를 많이 읽었는데, 융의 전집이 포함된 볼링겐 시리즈가 차례로 출간될 때마다 빠짐없이 샀다. 이렇게 하여 그는 융이 2세기 알렉산드리아의 어느 영지주의자의 이름에서 따온 〈바실리데스〉라는 필명으로 1916년에 출간한 『죽은 자를 위한 일곱 가지 설교 *Septem Sermones ad Mortuos*』를 발견했다. 이 의고적 문체의 산문은 어떤 신비주의적 체험을 얘기하고 있는데, 여기서는 이상한 음향과 색채 속에서 예언자 엘리야, 마술사 시몬, 혹은 융이 정신의 — 더 지혜롭고 더 박식한 — 체현으로 느끼는 필레몬 같은 인물들이 인간의 비밀에 대해 알려 주고 있다. 딕은 이기이한 글에 열광했고, 이 내용을 바탕으로 책을 한 권 쓰면 어떨까 며칠 동안 생각했다. 그것은 최근 출간되어, 그가 열정적으로 읽은 토마스 만의 『파우스트 박사』처럼 어떤 상상적 작가의 삶을 그린 소설이 될 거였다. 그는 이 아이디어를 만지작거리다 얼마 후 잊어버렸다.

일반적으로 말해, 그가 이 시절에 쓴 주류 문학 소설들에는 당시 그가 읽던 책들의 흔적이 전혀 보이지 않는다. 거기에서는 나이를 먹어 가는 텔레비전 수리공, 현실에 만족하지 못하고 디스크자키가 되기를 꿈꾸는 음반 판매원, 서로 맞지 않는 부부가 변해 가는 모습들이 그려지고 있다. 사실 〈변해 간다〉라는 표현은 그리 정확하지 않다. 이 인물들은 비참한 일상적 삶에 갇혀 우울증에서 절망감으로 이어지는 길에서 한없이 꾸물대고 있을 뿐이다. 부질없는 장광설로 채워지고, 서자의 깊은 우울증을 적나라하게 보여 주는 이 무기력하면서도 산만한 책들은 그가 글을 쓰기 위해 지불해야 하는 대가였고, 그는 이 책들을 통해 자신이 토마스 만과 비슷해진다고 믿었다. 반면, 녹색 소인과 비행접시들이 나오는 이야기들을 쓰면 오히려 그 대가를 지불받고, 잘하면 A. E. 밴 보그트 같은 이들과 어깨를 나란히 할 수 있었다. 딕은 이 장르의 마니아들이 그들의 군집 본능을 표출하는 컨벤션 중 하나에서 밴 보그트와 함께 사진 찍힌 일이 있었는데, 이 사진은 어느 동인지에 〈장로와 신예〉라는 제목으로 실렸다. 3년의 커리어는 그를 유망한 신인의 위치로 끌어올린 것이다.

밴 보그트와 나중에 사이언톨로지를 창시한 라파예트 로널드 허버드 같은 몇몇 작가의 전문 분야는 중세 무훈시를 은하계 공간으로 올려 근대화한 것, 이른바 〈스페이스 오페라space opera〉라고 하는 것이었다. 용감한 지구인들이 외계에서 온 괴생명체들을 무찌르는 이런 이야기들의 본질은 거인들의 싸움, 통과 제의적 시련, 그리고 초자연적 힘의 과시라 할 수 있었다. 몇몇 비평가가 불우한 대중에게 보상적 판타지를 제공한다고 비난한 이런 순진하면서도 꾀바른 장르 옆에 〈더 어른스러운〉 또 다른 유파가 존재했으니, 그 작가들은 〈과학 소설science-fiction〉이라는 용어에서 앞의 단어만을 취해, 무엇보다 미래를 정확히 묘사하는 것을 목표로 삼았다. 이들은 2000년도의 독자가 그들의 책을 읽으며 낯설다고 느끼지 않으리라는 희망을 품고, 현존하는, 아니면 적어도 개연성 있는 테크놀로지에서 나올 수 있는 것들을 상상해 내기 위해 머리를 쥐어짰다.

딕은 이 허세스러운 형태나 테크놀로지적 형태에 전혀 마음이 끌리지 않았다. 하지만 시장을 존중하는 그는 데뷔 초기에는 자신을 희생하기로 하고, 밴 보그트식 **스페이스 오페라**류의 작품들을 쓰는 한편, 최신 정보를 접하고자 대중화된 과학 지식을 다루는 잡지들을 구독했다. 그의 투철한 직업 정신은 이걸로 그치지 않았다. 러시아에서의 연구가 특수 상대성 이론에 어떤 타격을 가했는지 다룬 기사를 읽고, 언급된 러시아 학자 중 하나인 소련 과학원 회원 알렉산드르 토프체프에게 편지를 썼다. 물리학자들에게는 〈특종〉이라 할 수 있는 어떤 정보를 당사자에게 직접 받아 자기 소설의 소재로 삼을 심산이었다. 불행히도 답장은 오지 않았지만, 편집자들은 이런 과학적 고려가 끔찍하게 지루한 글들을 낳는다는 사실을 금방 알아챘고, 작가들은 다시금 시간의 역전, 4차원 여행, 토성의 고리에서 벌어지는 저녁 파티로 데려다주는 우주 택시 등 제멋대로 상상의 나래를 펴기 시작했다.

1950년대 중반에 딕으로선 훨씬 편안하게 느껴지는 새로운 경향이 나타났다. 로버트 셰클리, 프레드릭 브라운, 리처드 매드슨 등은 기괴한 플롯에 따라 일상이 악몽으로 변하는 천연덕스러운 블랙 유머 이야기들을 발표하기 시작했다. 이 작품들은 급작스러운 결말을 맞는 경우가 많으며, 현실의 기준들을 흔들고 사물의 질서를 음험하게 무너뜨리는 마지막 반전이 있도록 짜여 있었다. 전통적 환상 문학과 SF의 중간 지점에 위치하는 이 유파는 프랑스에서 잘 알려지지 않았다. 나는 『콧수염』을 발표했을 때 이 점을 확인할 수 있었다. 이 소설은 매드슨의 모작이라 해도 과언이 아닌데, 대부분의 서평이 카프카를 끊임없이 들먹인 반면 매드슨을 언급한 비평가는 하나도 없었던 것이다. 프랑스에서 알려졌다면 그것은 텔레비전이나 영화를 통해서다. 이 유파의 정신은 매드슨이 직접 각본을 쓴 「환상 특급」이나 「침략자들」 같은 텔레비전 시리즈물, 그리고 돈 시겔의 뛰어난 작품 「신체 강탈자의 침입」 같은 영화에 영향을 미쳤다.

  돈 시겔이 만든 영화의 개요는 이렇다. 미국의 어느 작은 마을에 이상한 채소가 주민들의 몸을 탈취해 간다. 겉으로 볼 때 주민들은 모습이 변하지 않고, 모두가 알고 존중하는 의사, 담배 가게 주인, 술집 주인으로 남아 있다. 하지만 그들은 더 이상 그들이 아니고 괴생명체들, 음험하게 우리 행성을 차지하려고 작정한 외계인들이다. 처음에는 아무것도 알아채지 못했던 주인공은 어떤 이웃, 어떤 가까운 이에게서 이상한 점을 발견하고 의문을 품는다. 그는 합리적 해답을 찾지만 결국 비합리적이며 말도 안 되는, 그러나 진짜인 해답이 등장한다. 온실 안에 보이는 애호박같이 생긴 것이 점점 자라나서 사람의 몸, 그러니까 주민들의 몸 같은 모습이 되고, 결국에는 그들을 대체해 폐기물로 만들어 버린다. 낯익은 얼굴들, 사랑하는 얼굴들 뒤에 냉혹한 괴물이 숨어 있을 수 있다. 진짜 사람들 — 그런 게 남아 있을

지 모르겠지만 ― 과 〈대체된〉 사람들을 구별할 방도가 없다. 그리고 주인공 자신도 괴물로 대체될 위험에 처해 있다. 만일 그런 일이 일어난다면 남을 해칠 수 없게끔 생존자들에 의해 처리되는 편이 나을 것이다. 하지만 그는 안다. 만일 그런 일이 일어난다면, 자기는 더 이상 처리되기를 원치 않고, 다른 이들을 해칠 생각만 할 거라는 것을. 왜냐하면 자기는 더 이상 인간이 아니고, 더 이상 자기 자신이 아닐 것이기 때문에.

극장 안에 있으면 불안해지는 딕은 1956년에 이 영화가 나왔을 때 관람하지 못했지만, 다른 사람에게서 내용을 전해 듣고 며칠 동안 자기 아이디어를 도둑맞았다고 생각했다. 2년 전에 그는 아버지가 어떤 괴물에 의해 대체되었다고 믿는 사내아이의 관점으로, 같은 주제의 단편을 한 편 발표했다. 아이는 괴물이 아버지와 비슷할수록 둘이 바뀐 게 확실하다고 느낀다. 아이가 차고의 소각로에서 진짜 아버지의 유해를 찾고 있을 때, 사기꾼은 거실에서 어머니에게 그들 아들의 상상력이 지나치다고 투덜거린다.

자세히 알아보니, 이 영화는 그의 것보다 몇 달 먼저 발표된 잭 피니의 소설에서 영감을 얻은 것으로 밝혀졌다. 딕은 이 아이디어가 흔해 빠진 것이라는 결론을 내렸고, 이는 사실이었다.

3
조지 스미스와 조지 스크럭스

    이 냉전과 마녀사냥 시대에 두 종류 의심이 맹위를 떨치고 있었다. 한편으로는 상원 의원 조지프 매카시의 주술에 홀린 FBI가 모든 미국 시민을 변장한 공산주의자로 의심했다(하지만 에드거 후버의 고백에 따르면, 당시 미국 전체 공산당원은 2만 5천 명을 넘지 않았으며, 이것도 여섯 명당 한 명의 비율로 잠입한 FBI 요원이 포함된 숫자다). 다른 한편, 반드시 공산주의자는 아닐지라도 공산주의자로 의심받을 가능성이 있는 시민들은 그들의 이웃을 자신을 의심하는 경찰관으로, 아니면 적어도 자신을 고발할 수 있는 밀고자로 의심했다. 따라서 『신체 강탈자의 침입 *Invasion of the Body Snatchers*』[1]이나 이와 유사한 수십여 편의 다른 이야기에서, 우리 가운데 침투한 악당들은 모스크

---

1 공상 과학 소설가 잭 피니의 1955년 작품. 평론가들은 〈신체 강탈자〉라는 소재가 냉전 시대 미국인들이 가지고 있던 공산주의 침투에 관한 공포를 은유한 것으로 보았다. 이 소설은 이듬해 돈 시겔에 의해 처음 영화화되고 이후 세 번이나 리메이크되었다.

바의 스파이 혹은 그들을 추적하는 FBI 요원일 수 있었다. 그런데 중요한 것은 저자의 의도보다 이런 얘기를 쉽사리 받아들이는 대중의 태도였다. 모두가 낯익은, 어제와 똑같은 이웃의 얼굴 뒤에서 의식적 혹은 무의식적으로 적을 찾아내려 하고 있었다. 중서부의 농부는 더러운 빨갱이를, 버클리의 토박이는 쓰레기 같은 〈짭새〉를 말이다.

1930년 이후 버클리는 미국의 붉은 수도였다. 단지 거기에 핵심적인 〈진짜〉 공산주의자, 즉 미국 공산당 당원들이 있기 때문만은 아니었다. 그곳 주민 모두가 서로를 동지로 여기고, 일종의 마르크스주의적인 방언을 사용하기 때문이기도 했다. 예를 들어 이 특별한 언어에서 〈자본주의자〉는 〈파시스트〉의 동의어이며, 이 두 단어는 권력 기관과 조금이라도 관련 있는 사람이나 그냥 넥타이만 매고 있는 사람을 지칭했다.

딕은 이런 환경 가운데서 성장했다. 그의 베이비시터는 올리브 홀트라는 여자였는데, 그녀는 소련 노동자들이 누리는 멋진 삶과, 피와 땀으로 월 스트리트 흡혈귀들을 살찌우는 미국 프롤레타리아의 비참한 운명을 끊임없이 대립시켰다. 그의 어머니는 공산당에 가입할 정도는 아니었지만 이런 말들에 고개를 끄덕였다. 그리고 딕의 아내도 낭랑한 목소리로 거의 비슷한 주장을 펼치곤 했으며, 정치학 수업이 끝나면 이런저런 모임에 참석해 구호를 외치는 일도 있었다. 한편 딕은 공산주의에 전혀 호감을 느끼지 못했으며, 클레오가 집에 데려오는 친구들 사이에서는 골수 반동분자로 통했다. 그가 읽은 책들, 특히 조지 오웰과 해나 아렌트에게서 공산주의와 파시즘을 똑같이 거부하는 정치 철학을 길어 낸 그는 공산주의자들에게 선의가 있다는 것을 믿지 않았고, 오직 결과만을, 다시 말해 그들이 전체주의 체제를 수립했다는 사실만을 중시했다. 한번은 어느 공산주의자와 토론하다 그의 교조주의와 정신의 협소함에 벌컥 화를 낸 적도 있었다. 그렇긴 하지만 혁명을 일으킨 위대한 인물들을 숭배하고, 본능적으로 박해받는 자들 편에 섰으며, 소련을 좋아하지는 않았지만 소련을 두려워하는 부르주아들을 증오했다. 이렇게 그는 〈급진적인〉 주변 사람들, 다시 말해 ― FBI의 기막히게도 정확한 표현을 빌리자면 ― 〈공산주의에 대해 호의적 경향을 보이는 그룹이나 사람들에 대해 호의적 경향을 보이는〉 사람 가운데 혼자 튀지는 않았다.

이런 경향을 보이는 사람들은 1940년대 말경 오렌지 카운티에 출현한 캘리포니아주 공화당 상원 의원 리처드 닉슨의 화려한 데뷔를 주목하지 않을 수 없었다. 버클리 주민들에게 있어서, 남쪽으로 1천 킬로미터 떨어진 곳에 있고, 〈인간〉이 한 번도 발 디딘 적 없으며 그러지도 않을 끔찍이 보수적인 이 지역은 일종의 야만 지대였다. 프랑스로 말하자면 아르데슈도(道)의 어느 1968년 세대 공동체의 눈에 비친 바Var도(道), 그러니까 국민 전선Front National[2]에 표를 던지는 그 보수적 지역과 같은 곳이었다. 파르스름하게 면도한 턱과 포마드로 번들거리는 머리칼, 여기에 카우보이모자를 쓰고 자신의 총기 컬렉션 앞에

2 프랑스의 우익 정당으로, 2018년 〈국민 연합〉으로 이름을 바꾸었다.

서 포즈를 취하는 거친 사내, 닉슨은 이 오렌지 카운티의 이상적 발현이라 할 수 있었다. 〈과연 저런 친구에게서 중고차를 사도 될까?〉라는 질문은 아직 명시적으로 제기되지 않았지만, 그는 벌써부터 〈교활한 딕Tricky Dick〉이라는 별명으로 불렸고, 두 사람의 커리어가 시작될 무렵부터 내 이야기의 주인공 딕은 이 또 다른 딕을 개인적인 적으로 느꼈다.

『버클리 데일리 가제트』의 기사에 따르면, 닉슨은 짐승처럼 손가락에 털이 수북하며, 자신의 정적인 민주당 후보를 가리켜 레즈비언이며 〈속옷까지 분홍색〉이라고 맹렬한 비방 전략을 편 끝에 상원 의원으로 선출되었다. 반국가 행위 조사 위원회 위원으로 임명된 닉슨 상원 의원이 누구보다 열성적으로 그 임무를 수행하는 것에 아무도 놀라지 않았다. 그에 비하면 매카시는 소리나 꽥꽥 지를 뿐, 의회가 듣다 지겨워지면 입 닥치게 할 수도 있는 인물에 불과했다. 하지만 닉슨은 입 닥치게 할 수 없었다. 그는 목소리를 높이지 않고 음험하게 뒤통수치는 사람이었다. 필 딕이 1952년에 그의 첫 번째 단편을 발표했을 때, 아이젠하워의 러닝메이트 〈교활한 딕〉은 미국의 부통령이 되어 있었다. 베이비시터들이 공공연히 공산주의자임을 자처하던 시대는 완전히 지나간 것이다.

1955년 어느 겨울날, 딕이 혼자 집에서 베토벤 교향곡을 듣고 있을 때, 남자 둘이 찾아왔다. 처음에 딕은 그들이 집집마다 다니며 물건을 파는 세일즈맨인 줄 알았다. 한 사람은 키가 크고 비대한 반면 다른 사람은 키가 작고 깡말랐는데, 똑같은 옷을 입고 있어 둘의 체구가 더욱 대조적이었다. 둘 다 당시 텔레비전에서 방영되기 시작한 「언터처블」 시리즈의 등장인물들처럼 회색 스리피스 정장에 중산모를 쓰고 반들거리는 검정 구두를 신고 있었다. 그리고 이 옷차림은 너무나 편협하고 경직된 보수주의자가 되어 버려 왕래를 끊은 지 오래된 ─ 사실은 히로시마에 원자 폭탄이 투하됐을 때, 〈눈 찢어진 놈들〉에 대한 이 화끈한 경고를 아들이 비난하는 것을 용납하지 못하게 된 이후 ─ 딕의 아버지 것이기도 했다.

두 사내는 팔 게 아무것도 없었다. 대신 그들은 딕에게 FBI 신분증을 보여 주었다. 그는 아무렇지 않은 척하려고 농담을 하나 했다. 『뉴요커』의 〈장안의 화젯거리〉라는 난에서 읽은 것으로, FBI 요원들이 어떤 수상쩍은 사내의 이웃을 심문하는 내용이었다. 이웃이 그 사내는 교향곡을 자주 듣는다고 알려 주니까, FBI 요원들은 〈흠, 교향곡을 듣는다고요? 그래, 어느 나라 말로 듣습디까?〉라고 반문했단다.

아주 간단한 이야기였지만, 그는 버벅거렸다. 당황했을 때 늘 그렇듯이 그의 목소리는 높고 날카로워져 변성기 소년 같은 소리를 냈다. 문턱에 선 두 요원은 웃지도 않았다.

「그건 분명히 우리 기관 사람들이 아닐 것이오.」 요원 중 한 명이 말했다.

집 안에 들어온 그들은 타자기와 그가 떨리는 손으로 중지시키는 전축을 쳐다보았다. 그들은 셔츠 바람에 면도도 제대로 하지 않은 몰골로, 모두가 사무실이나 직업장이나 상점에서 열심히 일하고 있는 오전 11시에 집에서 어슬렁대고 있는 이 덩치 큰 사내를 못마땅해하는 기색이 역력했다. 둘 중 몸집이 비대한 요원이 그에게 정확히 어떤 글을 쓰느냐고 물었고, 딕의 대답은 그를 씩 웃게 했다. 화성인 이야기, 녹색 소인 이야기, 한마디로 애들이나 보는 것들을 쓴다는 거였다. 물론 그는 한 번도 읽은 적이 없었지만 그게 뭔지는 알 것 같았……. 희미한 미소가 드러내는 경멸감에 딕은 익숙해져 있었지만 이런 상대에게서 보게 되니 훨씬 기분이 나빴다. 그는 자기가 SF 작가라고 하면 그들이 관심을 가지리라 잠시 상상했던 것이다. SF 작가인 자신을 의심하는 것은 논리적일 터였다. 만일 자기가 FBI 요원이었다면, 당연히 그런 의심을 품었을 거다. SF 작가는 광범위한 대중을 상대하지 않는가? 다른 것은 전혀 읽지 않는 교양 없는 사람들, 따라서 조작하기 쉬운 사람들 말이다. SF 작가는 어떤 수도국 엔지니어가 대도시 식수 저수장에 독을 풀어 넣는 것보다 훨씬 쉽게 사람들의 정신을 집중시킬 수 있지 않은가? 더구나 SF 작가는 단순히 상상력을 편다고 생각하면서, 국가의 안전이 걸린 중대한 기술적 기밀들을 발견하거나 누설할 수도 있었다. 그렇다, 만일 자신이 마녀사냥꾼이라면, 딕은 동부 해안의 세련된 작가들이나, 아마도 주의를 분산시키려는 목적으로 좌파 성향을 보란 듯이 드러내는 할리우드의 제작자들을 신경 쓰지 않을 것이다. 그는 이런 것들에 속지 않고, 진짜 여론 조작자들, 그러니까 모두가 경멸하는 척하는 이 프롤레타리아적이고도 유치한 문학을 사용해 나라의 근원에서 작업하는 자들을 줄기차게 감시할 것이다.

「미스터 딕, 당신은 정치 활동을 하시오?」 뚱뚱한 요원이 물었다.

그는 아니라고 솔직하게 대답했다. 그는 한 번도 정치 활동을 한 적이 없었고, 그의 삶에서 가장 체제 전복적으로 보일 수 있는 것은 도스토옙스키와 두 종류의 음반을 가지고 있는 「보리스 고두노프」를 열렬히 좋아한다는 점이었다.

「하지만 당신의 아내는……」 뚱뚱한 요원이 말을 이었다. 「사회주의 노동자당 학생부에 속해 있소. 그녀가 자신이 참석하는 모임에 대해 얘기하지 않았소?」

「아뇨, 아내는 내가 그런 데 관심 없다는 걸 알아요.」

「당신이 관심을 보이면 아마 얘기해 줄 거요. 어떻소, 좋은 생각 같지 않소?」

딕은 자기 아내를 염탐하라고 이렇게 직설적으로 제안할 수 있다는 게 믿어지지 않았다. 이것은 도무지 있을 수 없는 일이었다. 혹시 이들은 가짜 FBI 요원 아닐까? 사회주의 노동자당이나 좌파 성향의 군소 정당에 밀정이 쌔고 쌨다는 것은 모두가, 심지어 클레오도 아는 사실인데, 왜 굳이 그에게 이런 요구를 한단 말인가? 그리고 모종의 이유로 그들에게 그가 필요하다 하더라도 길고 교묘한 접근 공작이 있어야 하지 않겠는가? 그에게 덫을 놓고, 거부할 수 있는 모든 가능성을 제거한 후에야 뭔가 강요하는 게 맞지 않겠는가? 어쩌면 이들이 덫을 쳐놓았는데 그가 보시 못했는지도 모른다.

대체 어떤 맥락에서 이런 질문을 하는지 알 수 없어 딕은 얼 빠진 얼굴을 하고서, 〈아뇨, 난 흥미 없어요〉라는 말만 되풀이했다. 이 제안에 흥미가 없기는 딕의 책상 앞에 서서 타자기에 끼워진 종이를 거리낌 없이 읽고 있는 깡마르고 말 없는 요원도 마찬가지인 듯했다. 그러자 그의 뚱뚱한 동료는 딕이 공산당에 호감을 느끼는지 물었다.

지적인 측면에서, 그는 공산당에 아무런 호감을 느끼지 못했지만 이번에도 질문의 의미를 파악할 수 없었다. 이 나라에서 공산주의자가 되는 게 금지된 마당에 대체 무슨 대답을 원한단 말인가? 그는 문득 어떤 유명한 영국 스파이가 이와 비슷한 질문에 했던 답변이 생각났다. 그는 이 답변의 우아함에 매료되었지만 써먹을 기회를 찾지 못한 터였다.

「아뇨, 난 공산당에 대해 호감이 없어요. 하지만 설사 내가 호감을 느낀다 해도, 내 대답은 마찬가지라는 것을 잘 아시지 않습니까?」

너무나 적절한 답변이었지만, 두 사내는 불쾌해진 것 같았다. 그들은 서로를 쳐다본 후, 다시 찾아오겠다고 말하며 작별을 고했다. 혼자 남은 딕은 자기가 이 두 천치를 교묘하게 쫓아 버린 건지 아니면 오히려 자기가 어떤 교묘한 덫에 걸린 건지 알 수 없었다. 그는 유명한 빨갱이이며 아내가 제일 좋아하는 작가인 베르톨트 브레히트의 책에서 자기가 밑줄 그어 놓은 문장을 떠올리며 생각에 잠겼다. 〈그는 적들이 자신을 잡지 못하기 때문

에 웃었다. 하지만 그는 그들이 자신을 잡지 않는 훈련을 한다는 사실을 알지 못했다.〉

클레오는 처음에 이 일을 매우 심각하게 받아들였다. 다시 말해, 비분강개하여 미국은 파시스트 국가가 되었다고 온 사방에 떠들고 다녔다. 그러고 나서 일이 해결되었다. 얼마 동안 조지 스미스와 조지 스크럭스 — 이게 두 요원의 이름이다 — 는 매주 한 번씩 그들을 방문했다. 뚱보 스미스는 질문을 하거나 이런저런 말을 했고, 말라깽이 스크럭스는 마치 아무 할 일이 없어 친구를 따라 자기와 아무 관계 없는 자리에 나온 사람처럼 옆에 조용히 앉아 있었다. 이를 통해 클레오는 그가 둘 중에서 더 위험한 인물이라고 결론 내렸지만 이 느낌을 뒷받침할 증거는 전혀 없었다. 그들은 떠나면서 질문지를 남겼고, 작성해 놓으면 다음번에 올 때 회수해 갔다. 그들은 그것이 마치 어떤 여론 조사지 같은 것인 양 얘기했지만, 명확히 그것은 사람들이 얼마나 올바르게 생각하고 있는지 판별하기 위한 테스트였다. 이 테스트는 대체 어떤 관점에서 응해야 할지 판단하기 힘들었기 때문에 두 조지가 보이는 행동만큼이나 당황스러웠다. 거기에 적힌 질문들은 입국 심사장에서 하는 질문들, 〈당신은 마약 중독자입니까? 테러리스트입니까? 당신은 미국 대통령을 암살할 의도가 있습니까?〉와 같은 말들을 떠오르게 했다. 질문이 더 어이없이 느껴지고 질문자가 원하는 답변이 명백할수록 딕은 여기에 함정이 숨겨져 있을 가능성이 크다고 생각했다. 미네소타 다면적

인성 검사의 K 레벨, 이른바 〈거짓의 레벨〉처럼 말이다. 예를 들어 다음 세 가지 항 중에서 하나를 선택하라고 한다.

러시아는

1) 약해지고 있다

2) 강해지고 있다

3) 자유세계와 거의 같은 수준에 머물러 있다

러시아의 커지는 힘 앞에서 지도자들이 느끼는 불안감과 자유세계 수호를 위해 끊임없이 군사비를 증액할 필요가 있다는 그들의 신념을 공유하고 있다는 것을 보여 주기 위해서는 당연히 2번을 선택하는 게 적절할 것이다. 하지만 그다음에 나오는 질문은 첫 번째 질문의 진의를 의심스럽게 만든다.

러시아의 기술력은

1) 아주 좋다

2) 괜찮은 편이다

3) 형편없다

1번을 선택하면 러시아 악당들을 칭찬하는 것처럼 보인다. 2번이 최상의 선택이고, 아마도 현실과 일치하는 답일 것이다. 한편 3번에 사용된 표현은 양식 있는 모든 시민에게 더 이상 생각하지 않고 이 답을 찍게 만든다. 쇠사슬에 묶여 있는 슬라브족

무뢰한들한테 형편없는 기술력 외에 뭘 더 바라겠는가? 하지만 이 경우, 기술적으로 형편없는 국가가 어떻게 끊임없이 강해질 수 있단 말인가? 다행히 그다음 질문에 정답이 암시되어 있었다.

자유세계의 가장 큰 적은
1) 러시아
2) 우리의 높은 생활 수준
3) 우리 가운데 은밀하게 스며든 불순분자들

클레오가 말했다. 「오케이, 3번에다 표시하지. 하지만 내가 저들의 생각을 제대로 이해했다면, 우리 가운데 은밀히 스며든 **불순분자는 바로 우리네!**」

그들은 깔깔대며 웃었고, 서로에게 겁을 주는 시늉을 했다. 그들은 자신이 피라미도 못 된다는 것을 잘 알고 있었다.

나중에 조지 스크럭스는 독일산 사냥개 머턴을 데리고 혼자 찾아오기 시작했다. 딕 부부는 이 변화가 어떤 새로운 전략을 숨기고 있는 것인지 아니면 단순히 감시 완화를 예고하는 것인지 자문했다. 그런데 알고 보니 말라깽이 조지는 멀지 않은 곳에 살고 있어, 사무실에 출근하는 길에 그들 집에 잠시 들러 잡담 나누는 게 좋은 것뿐이었다. 그의 방문에 위협적인 점이라곤 없었다. 무식하면서도 경멸적인 동료와 달리, 그는 작가를 한 사람 알게 되어 감동한 모양이었다. 그는 딕에게 작품 아이디어는 어떻게 얻는지 물었고, 심지어 그의 책 중 하나를 읽었다는 말까지 했다. 이 관심에 필은 으쓱해졌다. 조지 스크럭스가 자기를 더 잘 옭아매기 위해 신뢰를 얻으려는 것 아닌가 하는 의심도 들었지만, 결국 일종의 동지애 같은 것으로 그와 맺어지게 되었다. 딕이 운전할 줄 모른다는 사실을 알게 된 조지가 직접 가르쳐 주겠다고 제안했다. 이 작달막한 사내의 승용차 역시 놀라울 정도로 작아, 필은 그 안에 긴 두 다리를 욱여넣기 위해 온몸을 비틀지 않으면 안 되었다. 일요일 아침마다 그는 운전석과 핸들 사이에 몸이 꽉 끼인 상태로 연방 요원과 대화를 나누며 한두 시간 보냈고, 그를 교묘히 속여 먹는 즐거움을 발견했다. 조지 스크럭스는 그의 직무가 요구하는 거만한 확신의 외관 밑에 정직하고 순진한 바탕을 감추고 있어, 궤변가가 가지고 놀기에 딱 알맞은 사람이었다. 그는 그의 직업에 필요한 것 이상으로 이성적 사유가 가능한 사람이었고, 필은 이 점을 이용해 농담이나 상상 혹은 순수한 추론을 한다는 구실로, 그로 하여금 완전히 전복적인 생각들을 받아들이게 했다.

그들이 동네 주변을 천천히 돌던 어느 날, 딕은 FBI가 자신과 클레오에 대해 가지고 있을 파일 쪽으로 슬슬 대화를 유도했다. 당황한 조지 스크럭스는 어깨를 으쓱하면서 모호하게 뭐라고 웅얼댔다.

「아, 솔직히 말해 보세요!」 딕은 집요하게 물고 늘어졌다. 「요원님은 여전히 내 아내가 공산주의자라고 믿고 계시죠?」

「아내분은 사회주의 노동자당 모임에 자주 참석하고, 사회주의 노동자당은 공산당의 잠수함이오. 그리고 그녀는 스톡홀름 어필[3]에도 서명했소. 미안하지만, 난 도무지 의심을 지울 수가 없소.」

「에이, 설마…….」 필은 한쪽 눈을 찡긋하며 말했다. 「그녀는 모임에도 참석하고, 입만 열면 좌파 구호를 외치고, 갖가지 청원서에 서명하죠. 이 모든 것이 증명하는 것은 단 하나라는 것을 요원님은 나만큼 잘 알고 계세요. 그녀가 왜 이렇게 하느냐면 바로 공산주의자가 아니기 때문이죠. 만일 정말로 공산주의자라면 어떻게 대놓고 그러겠어요?」

「오케이.」 조지 스크럭스가 대답했다(이만큼 수긍한 것만도 그가 필의 농간에 걸려들었음을 알려 주었다. 조지 스미스 같았으면 절대로 〈오케이〉라고 안 했을 것이다). 「하지만 그렇다면 어떻게 우리가 공산주의자들을 분간해 내겠소? 만일 그들이 모임에 참석하지 않고, 구호를 외치지 않고, 청원서에 서명하지 않는다면 말이오?」

「에, 그러니까 바로 이런 것을 전혀 하지 않는 것을 보고서 알아낼 수 있지요. 솔직히 요원님도 잘 아시지 않습니까? 요원님께서는 내 아내 같은 아무 위험성 없는 선량한 동조자들을 감시하는 척하지만, 요원님이 정말로 관심 있는 사람은 바로 자신을 드러내지 않는 친구들이잖아요. 공산주의를 반대한다고 소리 높여 외치는 친구들 말이에요. 에이, 날 순진한 친구로 생각하지 마세요.」

조지 스크럭스는 머리를 긁적거렸다. 필은 어떤 저의가 있다는 식으로 얘기하면 그가 쉽게 동요한다는 것을 알아차렸다. 그

---

3 1950년대 초, 냉전 시대의 핵 군비 경쟁에 반대하며 일어난 평화 운동.

러자 이 사람의 머릿속에는 그런 게 없는 것 아닐까 하는 생각이 들기 시작했다.

조지는 힘없이 항의했다. 「하지만 우리는 어떤 단서들을, 사람들이 실제로 하는 일을 기반으로 할 수밖에 없잖소. 그러지 않으면 사람들의 머릿속에서 일어나는 일을 어찌 알 수 있단 말이오?」

「에이, 요원님, 난 그렇게 순진한 놈이 아니라고요.」

조지는 점점 더 불안해졌다. 이게 언제, 어떻게 시작되었는지는 알 수 없지만, 지금 둘의 역할이 바뀐 것 같은 느낌이었다. 필이 사실은 자신도 FBI 요원, 그것도 부스스한 행색의 초라한 작가로 변장한 상급자라고 밝힌다 해도 그리 놀라지 않을 거였다.

「만일 당신처럼 생각한다면, 이 나라 모든 사람이 위험 분자일 거요…….」

「아니라고 할 수도 없잖아요?」

「에이, 그만두쇼……. 그렇다면 닉슨도 빨갱이일 거요.」

필의 파란 눈에 냉소적인 빛이 스쳤다. 그는 씩 웃었다.

「요원님, 이 말을 한 사람은 내가 아니라는 것을 훗날 기억해 주셨으면 합니다.」

이 대화는 딕을 깊은 상념에 빠뜨렸다. 특히 그는 사람들의 머릿속에서 무슨 일이 일어나는지 알기 힘들다는 FBI 요원의 의기소침한 고백을 곰곰이 생각해 봤다. 만일 조지 스크럭스만큼이나 자신과 다른 누군가의 머릿속에 들어가면 과연 어떤 결과가 생길까 자문해 봤다. 혹은 더 고약하게 조지 스미스 같은 사람, 혹은 자기 아버지, 혹은 리처드 닉슨의 머릿속에.

그는 자신의 뇌를 닉슨의 뇌와 바꾼다는 내용으로 책을 한 권 써보면 어떨까 잠시 생각하다 포기해 버렸다. 어느 날 아침, 잠에서 깨어난 필 딕은 캘리포니아주 상원 의원의 몸속에, 상원 의원은 버클리의 어느 삼류 작가의 몸속에 들어와 있다……. 이것은 아마도 아주 흥미진진한 이야기가 될 거지만, 그가 생각하는 바가 아니었다. 그는 얼마 전 어떤 철학 입문서를 읽다 〈개별적 우주관〉을 뜻하는 **이디오스 코스모스**idios kosmos와 〈객관적 우주로 여겨지는 것〉을 뜻하는 **코이노스 코스모스**koinos kosmos의 차이점이 무엇인지 알게 되었다. 〈현실〉에 대해 말할 때, 우리는 편의상 코이노스 코스모스에 의거해 얘기하지만, 사실 코이노스 코스모스는 존재하지 않는다. 그것의 인식은 그들의 관계가 어떤 안정적 기반 위에서 이뤄지기를 바라는 사람들 간의 관습적 합의에서 기인한다. 그것은 일종의 외교적 허구, 나의 이디오스 코스모스와 내 이웃들(어떤 극단적 이상주의의 주장과 달리, 세상에 나 혼자만 존재하는 게 아니라 이웃들도 존재하는 것이라면)의 그것 간 최소한의 공통분모인 것이다.

사실, 딕의 아이디어는 자신의 이디오스 코스모스를 어떤 다른 사람의 이디오스 코스모스와 바꾸는 것이 ─ 그리하면 자신은 더 이상 자신이 아니라 이 다른 사람이 되어 버리기 때문에 아무것도 느끼지 못할 수 있었다 ─ 아니라, 자신의 이디오스 코스모스를 간직한 채로 다른 사람의 이디오스 코스모스를 방문한다는 것이었다. 다시 말해, 어떤 외국을 여행하듯 타인의 이디오스 코스모스를 여행하는 것이다. 이런 여행이 가능하려면 어떤 인위적 장치 하나로 충분한데, 그가 작업하는 장르는 이런 인위적 장치를 얼마든지 제공할 수 있다는 이점이 있었다. 바로 그날 저녁, 그는 SF 문학에서 교양 있는 상당한 독자가 다음 페이지로 넘어갈 생각을 접어 버리게 만드는 요소들을 모두 모아 놓은, 다음 행들을 썼다.

1959년 10월 2일(이 글을 쓸 때가 1956년이었으니까, 그리 머지않은 미래를 예상했다), 벨몬트의 베바트론[4]에서 입자 가속기에 고장이 발생했다. 60억 볼트의 전류가 홀의 천장을 향해 아치 형태로 분출되면서 마주치는 모든 것을 태워 버렸는데, 특히 여덟 명의 사람이 서 있던 참관용 플랫폼에 들이쳤다. 이 사람들은 바닥에 쓰러져, 자장(磁場)이 중단되고, 방사 작용이 부분적으로 해소될 때까지 부상을 입거나 의식을 잃은 상태로 거기 누워 있었다.

다음 문단에서 사고를 당한 이 여덟 명은 의식을 회복해 병원으로 호송되고, 가볍게 다친 사람들은 귀가한다. 다시 모든 게 정상으로 돌아온 것처럼 보이지만 이상한 느낌을 주는 사소한 디테일 몇 가지가 있다. 곧 이 디테일들은 덜 사소해진다. 내뱉은 욕설 한마디가 구름 같은 메뚜기 떼를 끌어들인다. 자신도

---

4 양성자 가속 장치의 하나로 6.2베브, 곧 62억 전자볼트의 양성자를 낸다고 하여 이 이름이 붙었다.

모르게 어떤 기도를 중얼거리자 그 기도가 곧바로 실현된다. 얼마 안 가 사고를 당한 사람들은 이게 어찌 된 영문인지 모르겠지만 자신이 어떤 맛이 간 세계에 떨어졌다는 사실을 깨닫는다. 거기서는 가장 어처구니없는 미신들이 〈진짜 세계〉에서는 물리학 법칙들에 귀속된 객관적 권위를 획득하고, 기도가 기술을 대체하며, 누구라도 조그만 잘못을 범하면 하늘의 불로 응징된다. 한마디로 그것은 어느 미친 설교자의 정신세계였다.

하지만 이것은 정확한 사실이 아니다. 주인공들은 자신들이 여전히 의식을 잃은 채 베바트론 안에 있다는 사실을 깨닫는다. 하지만 사고로 방출된 에너지가 그들 중 한 사람 — 아마도 의식 상태에 가장 가까운 사람 — 의 개인적 우주를 집단적인 정신적 우주로 바꾸어 놓아, 모두가 그 안에 갇혀 버린 것이다. 겁에 질린 여자 주인공의 말마따나 〈우리는 이슬람과 중세 기독교의 혼합물 같은 어떤 말도 안 되는 종교에, 1930년대 시카고에서 미치광이들의 집회에서 흥분해 날뛰었던 어떤 노인네의 신앙에 사로잡혔어. 우리는 그의 정신 속에 갇혀 있는 거야〉.

딕은 이 맛이 간 우주를 묘사하는 게 아주 재미있었다. 하지만 여기에 책 전체를 할애할 생각은 없었다. 베바트론에 여덟 사람을 집어넣은 것은, 그들 각자의 이디오스 코스모스를 하나하나 방문할 의도였기 때문이다. 딕은 자신의 아버지와도 비슷한 어느 참전 용사의 종교적 근본주의 다음에, 선한 감정들로 가득하며 자기 어머니처럼 예술과 아름다움과 순수함을 좋아하는 반면, 무질서와 섹스와 유기(有機)적 생명을 끔찍이 싫어하고, 선과 악을 분리할 수 있다고, 다시 말해 악을 제거할 수 있다고 확신하는 어떤 자그맣고 친절한 부인의 청교도적 유토피아를 등장시킨다. 그녀는 이 세상의 악들을 없애면서 단지 몇몇 특정한 대상을 제거하는 게 아니라 클랙슨, 시끄럽게 쓰레기통을 옮기는 청소부, 가정 방문 세일즈맨, 고기, 가난, 성기, 천식, 주사(酒邪), 불결, 러시아, 12음계 음악 등 불쾌한 범주 자체를 없애 버린다.

이렇게 바람직하지 못하다고 판단되는 요소들이 갈수록 맹렬하게 제거되어 부인의 세계는 결국 해체되고, 어느 편집광적인 젊은 여자의 더욱 무시무시한 세계에 자리를 내준다. 그것은 얼어붙고, 음험하고, 빈틈없이 정상적인, 하지만 위협으로 가득한 세계다. 거기서는 모든 것이 의미를 지니고, 어떤 음모의 일부다. 모든 것이, 심지어 사물들조차 적대적이고 위험하고 기만적이다. 이 병적인 정신에 갇혀 버린 사람들은 공황에 사로잡힌다. 지금까지 각 세계는 그 이전 세계보다 고약했다. 그렇다면 만일 그다음에도 세계가 있다면 그것은 어떤 세계일까? 그들 중 세 사람은 완고한 군인, 열심히 자선 사업하는 부인, 약간 새침한 비서 등 겉으로는 아주 평범해 보이지만 알고 보니 종교적 광신도와 단조로운 청교도, 그리고 정신병자였다. 다른 사람들은 어떤 심연을 감추고 있을까? 아니, 가장 똑똑한 이들은 자문한다. 내 속에는 어떤 심연이 숨어 있을까? 나 자신의 우주가 동료들에게 부과되면 그것은 어떤 악몽으로 느껴질까?

소설이 시작되자마자 딕은 베바트론 방문자 중 하나인 부부를 소개하는데, 두 사람 중 마샤는 공산주의자라는 의심을 받는다. 그녀는 절대 아니라고 남편에게 단언하지만, 남편의 마음에도 의심이 일기 시작한다. 게다가 위에서 말한 편집증 환자 아가씨가 결국 자신의 논리에 따라 거대한 곤충으로 변한 두 사람에게 잡아먹힌 탓에, 다시 세계를 바꿔야 했던 사람들이 어느 공산주의 운동가의 정신에 들어가는 바람에 더욱 그랬다. 딕은 어린 시절 베이비시터가 해준 얘기들과 클레오의 짜증 나는 친구에게서 들은 말들을 떠올리고는 신나게 써 내려갔다. 피에 굶주린 자본주의자들, 파시스트 민병대, 이 골목 저 골목에서 린치당하는 검둥이들, 쓰레기통을 뒤지는 굶주린 아이들…… 이게 바로 진짜배기 공산주의자가 보는 미국의 모습이었다.

하지만 이 진짜배기 공산주의는 대체 누구란 말인가? 대체 여덟 명 중 누구에게서 이 흉측하고도 기괴한 환상이 흘러나온단 말인가? 모든 의심은 초장부터 베바트론의 보안 책임자가 의심한 마샤에게로 향한다. 그리고 그녀의 거듭된 부인에도 불구하고, 절망한 남편은 보안 책임자의 말을 믿기 시작하고, 마샤가 전부터 자기에게 거짓말을 해왔다고 생각하게 된다.

이 점에서 딕은 약간 과장하고 있다. 그와 클레오 사이 정치적 이견이 이렇게 극적인 양상을 띤 적은 한 번도 없었다. 하지만 그는 빨갱이의 정체가 밝혀지는 것이 이 책의 클라이맥스가 되기를 바랐다. 글을 시작한 지 채 2주도 안 되어 마지막 장을 타이핑하면서, 그는 조지 스크럭스가 원고를 읽고 있다고 상상했다. 스크럭스는 이 최후의 반전을 과연 예상이나 할까? 그룹

가운데 숨어 있는 공산주의자는 고귀한 영혼의 좌파 활동가가 아니라 그 역겨운 보안 책임자, 자기는 사방에 빨갱이들이 보인다고 주장하는 그 대자본의 하수인, 그 왕초 마녀사냥꾼이라는 사실을 과연 꿈이나 꿀까?

이 작품 『하늘의 눈 *Eye in the Sky*』(1957)이 이듬해 출간되었을 때, 그는 출판사에서 받은 세 권 중 하나를 그의 친구 FBI 요원에게 보냈다. 매카시는 간경변증으로 죽었고, 일련의 고등 법원 판결은 전국적 마녀사냥에 종지부를 찍었다. 얼마 전부터 조지 스크럭스는 더 이상 그들을 보러 오지 않았다. 하지만 그는 보내 준 선물에 감사하고, 읽은 소감을 밝히기 위해 일부러 찾아왔다. 그는 이 책에 담긴 철학적 차원은 고사하고, 명백한 정치적 암시들조차 포착하지 못한 것 같았다. 딕은 그에게 코이노스 코스모스와 이디오스 코스모스의 개념을 이해시키려 해보았지만 허사였다. 그는 어떤 가설의 과학적 개연성에만 관심 있었다. 이런 종류의 정신적 지배가 과연 가능한 거요? 어쩌면 최면술로? 아니면 마약으로? 딕은 그를 마지막으로 한번 놀려 먹고 싶은 유혹을 이기지 못하고는, 5~6년 전에 쓴 순진한 편지를 떠올리면서, 자신이 소련 과학원의 알렉산드르 토프체프 교수와 이 문제에 관해 계속 서신 교환을 해왔노라고 말했다.

〈아, 그건 나도 알고 있소〉라고 조지 스크럭스는 건성으로 대답했고, 이 말에 딕은 스크럭스가 자기를 놀리고 있는 것 아닌가 자문했다.

4
그가 실제로 했던 것

경고 등에 처음 불이 들어온 것은 클레오가 라자냐를 요리한 저녁이었다. 그들은 저녁 식사를 마치고 잡담을 나누고 있는데, 필은 복통을 느꼈다. 그는 약을 찾으러 가야겠다고 말하고는, 욕실로 통하는 어두컴컴한 조그만 복도로 들어섰다.

욕실 문턱에서 그는 전등 켜는 끈을 찾으려고 손을 더듬었다. 〈자기, 괜찮아?〉라고 주방에서 클레오가 물었고, 그는 〈괜찮아〉라고 대답했다. 하지만 줄을 찾을 수가 없었다. 그는 전등 끈이 왼쪽에, 그러니까 문과 평행으로 늘어져 있다는 걸 알고 있었다. 이건 말도 안 되는 일이었다. 그는 두 팔을 쭉 뻗고, 손가락들을 벌려 어둠 속에서 풍차 돌리듯이 두 손을 휘저었다. 마치 주위에 있는 모든 게 사라져 버린 것처럼, 그는 일종의 공황에 사로잡혔다. 그렇게 버둥거리던 그는 벽에 걸린 약장 모서리에 머리를 부딪혔다. 목판 위에 놓인 조그만 유리병들이 서로 부딪쳤다. 그는 욕설을 내뱉었다. 놀라울 정도로 멀리 느껴지는 클레오의 목소리가 〈자기, 괜찮아?〉를 반복했다. 그러고는 〈왜 그래?)라는 물음이 잇따랐다. 그가 이 빌어먹을 전등 끈을 찾을 수가 없다고 — 아마 목소리가 충분히 크지 않아 그녀의 귀에 들리지는 않았을 거다 — 웅얼거리고 있는데…… 그 전등 끈이 존재하지 않는다는 생각이 갑자기 떠올랐다. 문 오른편에 항상 스위치가 있지 않았던가? 그는 어렵지 않게 그것을 찾아냈고, 딸깍, 단번에 스위치를 올렸다. 천장에 걸린 전등에 불이 들어왔다. 그는 욕실을 미심쩍은 눈으로 둘러보았다. 모든 게 정상으로 보였다. 그렇게 깨끗하지는 않았지만, 정상이었다. 욕조 위에서 마르고 있는 빨래한 옷들. 타일 위를 지나가는 바퀴벌레 한 마리. 그것을 짓눌러 버리고 싶은 충동을 억눌렀다.

그는 거울에 비친 자기 모습을 옆으로 치우며 약장 문을 열었고, 넘어진 약병 하나를 세워 놓은 다음, 배가 아플 때 먹는 알약들이 담긴 약병을 집어 알약 하나를 물과 함께 삼켰다. 그런 다음 아무 소리도 나지 않게 아주 살그머니 전등을 끄고 주방으로 돌아왔다. 클레오는 식탁을 다 치우고, 주방에서 설거지하고 있었다. 그는 생각에 잠겨 다가갔다. 그 전등 끈의 기억은 대체 어디서 온 거지? 끈의 길이도, 달려 있는 위치도 내가 정확히 알고 있는 끈이었어. 우리 욕실이 아닌 다른 욕실에서는 되는대로 손을 더듬었겠지만, 난 그러지 않았어. 아니, 난 내가 사용하는 습관이 든 전등 끈을 찾고 있었어. 내 신경계가 반사적으로 반응할 만큼 익숙해진 습관 말이야.

「저기 말이지…….」 그가 물었다. 「자기도 어떤 존재하지 않는 전등 끈을 찾은 적 있어? 스위치 대신에 말이야.」

「그것 때문에 욕실에서 그렇게 오랫동안 꾸물댄 거야?」클레오가 설거지하는 손을 멈추지 않은 채 반문했다.

「도대체 내가 어디서 전등 끈을 잡아당기는 습관을 갖게 된 걸까?」

「몰라. 이제 그런 것은 찾아보기 힘들어졌어. 요즘에는 전등이 모두 스위치로 작동하잖아. 어쩌면 어린 시절 기억이 떠오른 건지도 모르지.」

이렇게 말하고 그녀는 자러 들어갔고, 그는 이 시간에는 그의 서재로 변하는 주방에 고양이 매그니피캣[1]과 함께 남았다. 그는 얼마 전 디트리히 피셔디스카우가 취입한 슈만의 가곡집「리더 스크라이스 Op. 39」음반을 틀어 놓고, 클레오가 타자기를 다시 올려놓은 식탁 앞에 앉았다. 바깥에서 자동차 한 대가 지나갔지만 그게 멀어진 후에는 더 이상 아무 소리도 들리지 않았다. 하루 중 그가 가장 좋아하는 시간이었다. 모음곡 중에서 가장 아름다운 첫 번째 노래는 오래전에 여행을 떠나와, 지금은 눈보라 속을 걸으며 향수에 젖어 고국과 집을 생각하고 있는 어떤 남자에 대해 말하고 있었다. 사실, 가사에 눈 얘기는 전혀 나오지 않았지만, 이 음반은 슈베르트의「겨울 나그네」도 포함된 음반 세트의 일부였고, 그 케이스에는 떨어지는 눈송이들이 그려져 있어, 감상자가 햇볕 쏟아지는 배경을 떠올리기 힘들었다. 딕은 조금 전과 같은 경험을 기반으로 시를 한 편, 아니 가곡을 한 편 써보는 것도 가능하지 않을까 자문해 보고는, 이 엉뚱한 생각에

---

1 라틴어로는 〈찬양하다〉라는 뜻이며 일반적으로 송가를 의미한다.

혼자서 웃었다. 어떤 친구가 그의 욕실에 들어가 스위치를 누르는 대신, 존재하지 않는 전등 끈을 열심히 찾는다……. 그는 하마터면 일어나서 클레오를 깨울 뻔했다. 방금 끝난 슈만의 가락에 지금 즉흥적으로 지은 독일어 시의 마지막 행을 실어, 피셔 디스카우를 흉내 낸 목소리로 그녀에게 노래를 불러 주려고 말이다. 〈Es gab keine Lampen-schnur(전등 끈은 없었네)…….〉

노래는 생각나지 않았지만 어쩌면 여기서 이야기를 하나 끌어낼 수도 있을 터였다. 이런 종류의 일 앞에서 대부분 사람은 〈거참, 이상하군〉이라 말하고는 그냥 지나쳐 버린다. 하지만 그는 그냥 지나치지 못하고, 어쩌면 아무런 의미도 없을 것에서 어떤 의미를, 하나의 질문으로 여기는 것 자체가 무모한 일일 수 있는 것에서 어떤 대답을 찾는 범주에 속한 사람이었다. 그의 직업이 하는 일은 바로 이런 질문들을 상상하는 거였다.

그는 이미 〈어떤 아주 미세한 디테일에서 출발해 **뭔가 이상하다**는 것을 알아채는 사내〉라는 기본 요소를 바탕으로 여러 편의 이야기를 쓴 바 있었다. 이런 이야기 중 하나에서, 이 사내는 그의 서재에 들어가 모든 것이 조금씩 **수정되었다**는 것을 알아챈다. 그게 정확히 무엇인지 말할 수는 없지만 모든 것이, 가구의 위치와 가구들 자체, 방을 정돈한 형태, 비서의 얼굴, 그래, 모든 것이 바뀌었다. 결국 어떤 공식적이고도 은밀한 기관이 어떤 모호한, 그리고 그가 끊임없이 여러 가지 방향으로 추측해 보는 보안상 이유로 — 어떤 건물을 보수하듯이 — 규칙적으로 현실을 재구성하고 있다는 게 드러난다. 또 다른 이야기에서는 어떤 남자와 그의 가족과 친구들, 그리고 모든 사람이 자신들이 1950년대 미국의 어느 소도시에 살고 있다고 믿지만, 사실은 어떤 커다란 무대 배경 속에, 그러니까 23세기 어느 박물관에 전시된 역사적으로 재구성된 배경 가운데 살고 있다. 그들이 이 사실을 모른다는 점만 제외하고 보호 구역 안의 인디언과 똑같은 상황이다. 23세기 사람들은 박물관에 몰려와 어떤 정교한 광학 시스템 덕분에 자기 모습은 감춘 채 그들을 구경한다. 어느 순간 주인공은 이 사실을 알아차리고, 동포들에게 이 사실을 이해시키려 애쓴다. 물론 그는 미친놈 취급을 당한다.

딕은 이런 장면들을 쓰는 것을 너무나 좋아했다. 또 진실을 말하지만 아무도 믿지 않는, 그리고 자기가 상대였어도 자기 말을 믿지 않았을 거라는 것을 아는 사내가 늘어놓는 논증을 세세히 옮기는 것도 좋아했다. 어떤 스토리의 전개를 위해 반드시 들어가야 하는 의무적 장면들이 보통 그렇듯 이 장면들은 무미건조하게 느껴질 수도 있겠지만, 딕은 조금도 싫증 내지 않았다. 역사적 재구성 이야기를 쓸 때, 딕이 특히 잘 썼던 부분은 사내가 정신과 의사를 찾아가 상담하는 장면이다. 이 정신과 의사는 대화 상대로는 최악이니, 사내가 무슨 말을 하든 그 말이 사실인지 아닌지 자문해 보는 일은 없고, 단지 그게 어떤 병의 증상인지만 생각하기 때문이다. 딕은 자기가 무엇이 현실이고 진실인지 안다는 정신과 의사들의 이 요지부동의 확신, 갈릴레이가 지구가 태양 주위를 돈다고 말해도 혹은 모세가 여호와의 말을 전해도 빙그레 미소 지으며 상대에게 그의 어린 시절에 대해 애기해 보라고 할 그들을 끔찍하게 여겼다. 사실 이런 이야기들에서, 특히나 이야기의 이런 장면들에서 그가 너무나 좋아한 것은 여기서 자신이 칼자루를 쥐고 있다는 사실, 정신과 의사들이 틀렸다고 말하고 그들이 미친놈으로 간주하는 환자들이 옳다고 말할 수 있다는 사실이었다. 그는 이야기를 쓰는 위치, 정신과 의사가 자신도 모르는 사이 역사적 재구성의 일부가 되게끔 하는 이 지고의 위치를 즐겼다. 23세기 박물관 관람객들은 이 정신과 의사가 유일하게 진실을 아는 불쌍한 환자에게 〈당신은 현실의 삶을 마주하기를 거부하고 있소. 그리고 이 현실에서 도피하기 위해 어떤 망상적인 구축물 속에 숨어들어 가는 거요〉라고 설명하는 것을 들으며 배꼽을 잡고 웃는다. 〈그걸 도피 증후군이라 하는 거요〉라고 전문가는 무게 잡으며 진단하고, 그의 동료들은 그렇기 때문에 딕은 책임감 있는 어른의 직업을 갖지 않고, 녹색 소인 이야기 따위나 쓰고 있는 거라고 설명했다. 왜냐하면 이 환자는 죄책감을 느끼기 때문에, 상관으로부터 질책을 받고 파면당할까 두렵기 때문에, 그리고 성장하기를 거부하기 때문에 그런다는 거였다. 도피 증후군……. 어쩌면 맞는 말일 수도 있었다.

그로부터 몇 달 전, 그는 「정신분석에 대한 다섯 번의 강의」[2]

---

2 프로이트가 1909년 미국에서 강의한 내용을 담은 「정신분석학에 대한 다섯 번의 강의」는 1910년 『정신분석학에 관하여Über Psychoanalyse』라는 책으로 발간되었다.

를 읽으면서 프로이트가 편집증 환자의 모델로 삼은 슈레버 판사장의 케이스를 발견하고, 이 망상에 시달리는 고위 관리의 이야기를 다른 각도에서 이야기해 보면 한 편의 훌륭한 SF 작품이 될 수 있을 거라고 생각했다. 〈신이 세상을 구하기 위해 여자로 변하게 하여, 애벌레들로 강간하려 했던 사내〉라는 제목을 붙여 본다면? 제목이 다소 길긴 하지만, 만일 앤서니 바우처가 주장하듯이 공상 과학의 본령이 〈그런데 만일〉이라는 문제를 제기하는 데 있다면, 여기에는 아주 재미있는 얘깃거리가 있었다. 그런데 만일 슈레버 판사장의 생각이 옳았다면? 만일 프로이트가 세상을 현혹하는 학자일 뿐이고, 모든 것을 깨달은 사람을 병자 취급하고 있는 거라면? 진실을 **아는** 유일한 사람이 정신 병원의 철창에 갇혀 있다는 아이디어는 충분히 말이 되는 얘기였지만, 애석하게도 이런 형태로는 시장에 가져다 팔 수 없었다. 어떤 SF 편집자도 프로이트와 슈레버를 소설 주인공으로 삼으려 하지 않을 거였다. 반면, 딕 자신이 주인공이 되는 전등 끈 이야기는 얼마든지 쓸 수 있었다. 어차피 이 이야기는 실제로 그에게 일어난 일이 아니던가?

그렇다, 어느 날 전등 끈을 찾다 뭔가 이상하다는 것을 발견한 SF 작가의 이야기를 쓰는 거였다.

이 이야기는 소도시, 조그만 집들, 예쁜 정원들, 이웃의 개, 옥수수 속대 파이프를 입에 문 무뚝뚝한 카센터 주인, 친절한 이웃집 여자가 구운 사과파이 냄새 등 숨 막힐 정도로 주류 문학적인 공간에서 벌어질 거였다. 하지만 사실 이 이야기는 SF 작품일 거였다. 다시 말해, 첫째로 딕은 이 이야기를 출간할 거고, 둘째로 주인공의 느낌이 맞을 거였다. 정말로 무언가 이상하고, 세계는 겉으로 보이는 것이 아니며, 하나의 무대 배경, 주민들을 속이고, 무언가를 — 대체 무엇을? — 감추기 위해 교묘하게 배치된 하나의 눈속임 장치일 거였다.

작가가 주인공이 되는 소설은 편집자들이 미심쩍은 눈으로 볼 것이니, 딕은 『어긋난 시간*Time Out of Joint*』(1959)에서 주인공의 이름과 직업을 바꿨다. 여러 해 전부터 레이글 검은 〈녹색 소인이 다음에는 어디에 있을 것인가?〉라는 제목의 어떤 지역 신문 문제 맞히기 대회에 답을 보내며 생계를 이어 간다.

회답 용지는 격자 형태로 되어 있고, 이 격자가 이루는 수백 개의 칸 중 하나에 녹색 소인이 있다. 소인은 매일 칸을 바꾸고, 신문도 다음번 칸을 찾는 데 힌트를 주기 위해 〈고양이 한 마리는 두 마리보다 낫고 넌 그걸 얻게 되리라〉와 같은 아리송한 문장들을 매일 제시한다. 이 문장들에 필요한 정보가 감춰져 있다고 가정한 레이글은 이 문장들에서 출발해 자유 연상 방식으로 작업하는데, 그가 이 대회에 참가하면서부터 정리해 온 이전 결과들의 도움을 받기도 한다. 논리적 추론과 순수한 영감이 뒤섞인 그의 방식은 신기하게도 매우 효과적이라는 게 밝혀진다. 그는 매번 정답을 맞히고, 상금은 그가 생계를 이어 갈 수 있게 해준다. 물론 그럭저럭 살아가는 정도지만 굶어 죽지는 않는다. 처음에는 하나의 장난, 수수께끼를 맞혀 몇 달러 벌기 위한 수단이었던 것이 결국에는 날마다 해야 하는 생업이 된다. 놀이가 멍에가 되어 버린 것이다. 사람들은 이 사실을 이해하지 못한다. 그들은 그가 그저 책상에 앉아 대충 칸을 하나 찍어서는, 답안을 우편으로 부치고, 수표를 받기만 하면 된다고 생각한다. 정직한 다른 사람들은 사무실에서 뼈 빠지게 일하는 동안, 매일 빈둥거리며 분에 넘치는 상금이나 타 먹는 뻔뻔스러운 건달이라고 생각한다. 그가 얼마나 힘들게 작업하는지, 이 아이들 장난 같은 일이 얼마나 팽팽한 긴장을 요구하는지, 아무도 알지 못한다. 레이글은 자신의 경제적 독립을 자랑스럽게 생각하면서도, 주변 사람들의 시기와 경멸을 받으며 괴로워한다. 이따금 그는 삶을 바꾸는 것을, 문제 맞히기 대회를 그만두고 다른 일을 꿈꿔 본다. 알루미늄 안전모를 쓰고 기중기 아래서 땀을 흘리든지, 갈퀴로 낙엽을 긁어모으든지, 사무실에 앉아 펜으로 숫자를 쓰든지……. 어떤 다른 직업도 지금 그가 갇혀 있는 이 괴상한 놀이보다는 훨씬 어른스럽고, 생산적이며, 현실적일 거였다. 하지만 매일 아침, 신문이 배달된다. 아침을 먹고 나서 식탁도 치우지 않은 채 문제가 실린 면을 펼치고, 이렇게 삶의 수레바퀴는 또 한 바퀴 돌기 시작한다. 어쩌면 그의 카르마가 — 그는 얼마 전 인도 경전 『베다』를 읽었다 — 이걸 원하는지도 모른다.

그래도 위안이 되는 게 하나 있다. 그는 사람들에게 자신이 필요하다는 것을 안다. 문제 맞히기 대회 주최 측은 난공불락의 챔피언인 그를 중심으로 광고 캠페인을 벌이고 있다. 사실 주최 측은 그가 우승하기를 **원한다.** 그들은 그의 우승 가능성을 높이기 위해, 그에게 답안을 여러 개 제출할 수 있는 권한을 주는데, 이는 그들이 비밀리에 맺은 협약이다.

어느 날 레이글은 용기를 내어 대회 감독관에게 묻는다. 온전히 자신의 혜안에 달린 이 수수께끼들, 자기가 순전히 직관으로 답을 찾아내는 이 수수께끼들에 어떤 의미가 있는 거냐고.

「문자적 의미는 없어요.」감독관이 대답한다.

「그건 나도 알아요. 하지만 내가 이해하고 싶은 것은, 이것들에 정말로 어떤 뜻이 있는 건지, 아니면 단지 저 위에 있는 누군가가 답을 알고 있다는 것을 알게 하려고 이것들이 필요한 건지예요.」

「무슨 얘기인지 잘 모르겠군요.」

「내게는 가설이 하나 있어요. 아주 심각한 이론은 아니지만, 가끔 재미 삼아 생각해 보곤 하죠. 무슨 얘긴가 하면, 어쩌면 정답이 없을 수도 있다는 거예요.」

「그렇다면 우리가 어떤 기준으로 여러 가지 답 중에서 특별히 하나를 우승이라고 판정할 수 있겠습니까?」

「어쩌면 당신들이 정답을 나중에 선택하는지도 모르죠. 보내온 답들을 쭉 훑어보고, 더 좋아 보이는 것을 택하는 식으로요. 미적으로 말입니다.」

「당신이 사용하는 테크닉을 우리에게 투사하고 있군요.」

이때 전등 끈 사건이 일어나고, 이에 레이글은 뭔가 이상하다는, 그때까지 막연하게 느껴 온 생각을 굳힌다. 그러고 나서 공터에서 놀던 아이들이 그가 처음 보는 번호들이 적혀 있는 오래된 전화번호부를 발견한다. 거기 적힌 번호로 전화를 하지만 아무도 받지 않는다. 어떤 이상한 괴리감이, **데자뷔** 느낌이 그를 엄습한다. 그는 거리의 모든 사람이 자신을 알아본다는 사실을 의식하게 된다. 어쩌면 문제 맞히기 대회에서 항상 우승하는 그의 사진이 신문에 실려서 그런지도 모르겠지만, 이건 좀……. 얼마 후, 낡은 무선 수신기를 고치던 그는 지역의 상공을 계속 선회하는 항공기들에서 나온, 눈에 보이는 메시지를 포착한다. 그런데 도시의 그 누구도 저 위에 항공기들이 그렇게 많이 돌아다닌다는 사실을 몰랐고, 그게 아니라면 그것에 대해 아무 말도 하지 않고 있었다……. 어쩌면 — 레이글은 생각한다 — 나 혼자만 모르는 것일지도……. 어쩌면 나는 나 몰래 꾸며지고 있는 일의 표적인지도 모르지. 아냐, 진정하자, 진정해! 지금 난 자신이 어떤 음모의 중심에 있다고 상상하고 있어! 우주 전체가 오직 나를 속여먹으려는 목적으로 내 주위를 돌고 있다고 말이야. 지금 난 편집증 환자처럼 굴고 있어……. 그런데 그가 속으로 이렇게 중얼거리는 순간, 수신기의 메시지가 그에 대해 말하기 시작한다.

「맞아.」 지지직거리는 소리 중에 이런 음성이 들렸다. 「맞아, 바로 레이글 검이야. 지금 자네는 그의 위를 돌고 있어. 아니, 그는 아무것도 눈치채지 못하고 있어.」

　덕이 전에 쓴 비슷한 종류의 이야기들에서, 주인공은 세계의 질서에 관련된 엄청난 비밀을 우연히 발견하고, 믿으려는 이 하나 없는 주변 사람들에게 그것을 설명하려고 무진 애쓴다. 이 소설에서 덕은 또 다른 플롯을, 좀 더 소름 끼치는 플롯을 시도해 본다. 〈그만 빼놓고 모든 사람이 모른다〉가 아니라 〈그만 빼놓고 모든 사람이 알고 있다〉이다. 그는 자기가 이해한 것을 설명하려고 무진 애쓰지만, 이번에도 사람들은 믿지 않는다. 이전과 차이가 있다면, 사람들의 이런 태도는 음모의 일부이고, 그들은 레이글 검의 의심이 진전되는 것을 보면서 〈아이고, 저 사람 거의 알아차렸어!〉라고 자기네끼리 수군거린다는 사실이다.

　조사를 진행하기 위해, 레이글은 한 무리의 스파이가 뒤쫓는 줄도 모른 채 도시를 떠나려 한다. 그런데 이 일은 이유를 알 수 없지만 불가능해진다. 영국 드라마 「프리즈너」에서만큼이나 불가능해진다. 마치 도시 바깥에는 아무것도 없고, 그가 이 사실을 알게 되는 것을 무슨 수를 쓰든 막아야 하는 것처럼 말이다. 자동차를 몰고 가면 엔진이 고장 난다. 버스를 타려고 하면 밤중에 정류장이 사라진다. 그는 겁에 질린다. 무선 수신기를 켜면 나에 대해 얘기하는 소리가 들릴 거야. 왜냐하면 나는 이 우주의 중심이기 때문이지. 그들은 나를 얌전히 있게 만들려고 내 주위에 가짜 세계를 세워 놨어. 이 건물들, 이 자동차들, 이 도시 전체가 그런 거야. 모든 것이 진짜 같아 보이지만, 사실은 완전히 인위적인 거야. 그런데 이해가 안 되는 것은, 왜 하필 그게 나냐는 거야. 그리고 이 문제 맞히기 대회는 또 뭐지? 저들에게는 이 대회가 엄청난 중요성을 지니는 것 같아. 이 모든 눈속임 장치가 이걸 중심으로 세워져 있는 걸 보면 말이야. 나는 녹색 소인이 다음에 어디서 나타날까 계산하고 있지만, 사실은 다른 무언가를 하고 있는 게 분명해. 그들은 그걸 알고 있지만, 난 모르지.

나는 이 소설 내용을 끝까지 얘기하지 않고, 요지만 밝히겠다. 레이글은 꾀를 써서 외관을 통과해 실제 현실에 다다른다. 거기서 그가 첫 번째로 발견한 것 중 하나는 1997년 판 『타임』이었고, 표지에 〈올해의 인물, 레이글 검〉이라는 제목과 함께 그의 사진이 실려 있었다. 그리고 그는 다음과 같은 사실을 알게 된다. 20세기 말, 지구와 반란을 일으킨 달 이주민 사이에 전쟁이 한창이었는데, 달 반란군은 우리 행성을 끊임없이 폭격한다. 다행히 지구 방위군에는 천재적 전략가인 레이글 검 사령관이 있어, 성찰과 경험, 그리고 무엇보다 날카로운 후각으로 다음번 미사일이 떨어질 지점을 거의 항상 예측해, 표적이 된 도시 주민들이 미리 대피할 수 있게 해준다. 하지만 어느 날 그는 무거운 책임감에 짓눌려 심리적으로 더 이상 견딜 수 없게 된다. 거기서 벗어나기 위해 편안한 판타지 세계로, 그러니까 그가 어린 시절을 보낸 태평스러운 1950년대로 도피한다. 〈도피 증후군입니다〉라고 정신과 의사들은 유감스러운 얼굴로 진단한다. 그리고 거기서 그를 끌어낼 방도가 없다고 덧붙인다. 이에 지구 당국자들은 이 정신병자의 환경을 그에 맞게 꾸민다는 아이디어를 낸다. 그가 안도할 수 있게 주위 세계를 재구성한다는 것이다. 따라서 극도의 기밀이 유지되는 어느 군사 구역에 그들은 제2차 세계 대전 이전 미국 도시들을 모델로 하여 조그만 도시를 하나 세우고, 그곳을 배우 겸 주민인 사람들로 채우는 한편, 레이글에게는 그의 재능을 충분히 활용할 수 있는 취미를 부여한다. 자신은 유치한 신문 퍼즐이나 푼다고, 녹색 소인이 다음 번에 어디 출현할까 알아맞히며 시간을 보낸다고 생각하지만, 사실 그는 미사일의 다음 타격 지점 좌표를 알아냄으로써 지구인들을 계속 지켜 왔던 것이다. 그러던 어느 날 그는 의혹이 일었고, 아주 사소한 사건들로 인해 기억을 되찾기 시작한다. 전등 끈이 그 시발점이다.

이 장에서 필립 K. 딕의 수련 시절이 끝나는데, 나는 이 장을 더욱 흥미롭게 꾸미기 위해, 여기서 잠시 쉬며 게임을 하나 해 볼 것을 제안한다. 다음 세 개의 연습 문제는 이후 페이지 중 어디에서 녹색 소인이 튀어나올지 알아맞히는 데 도움이 될 것이다.

1) 방금 내가 요약한 책을 쓰고 있을 때, 서른 살 필립 K. 딕은 자신이 목구멍에 풀칠하기 위해, 시간의 모래 위에 자기 족적을 남겨 줄 진정한 문학 작품에서 멀어지게 하는 청소년

용 이야기들이나 정신없이 써 내려가는 빌어먹을 가난뱅이 작가라고 생각했다. 하지만 이런 평가는 왠지 현실을 완전하게 설명하지 못한다는, 자기가 자신도 모르는 사이 다른 것을 하고 있다는 예감이 들었다. 그는 그게 무엇이라고 생각했을까?

2) 당신의 손에 1997년에 나온 『타임』이 들려 있고, 그 표지는 〈올해의 인물〉 필립 K. 딕의 사진으로 장식되어 있다. 기사 내용을 한번 상상해 보라.

3) 변형 문제. 이 잡지의 발행 연도는 1993년이다.[3] 여기서 주의할 점은 이 잡지는 지금 당신이 이 책을 읽고 있는 우주에서 나오지 않았고, 아마도 이 우주의 이웃인 또 다른 우주에서 나왔을 거라는 사실이다. 이 점을 고려하면서 문제를 다시 풀어 보라.

---

3 카레르의 이 책이 나온 해가 1993년인데, 여기서는 프랑스 독자가 이 글을 읽는 현재를 뜻하는 듯하다. 따라서 이 한국어본의 발간 연도인 2022년으로 해도 무방할 것 같다(영어 번역본은 그렇게 처리했다). 결국 이 문제들의 요점은 시시한 SF 작가인 필 딕을 자신은 어떻게 생각했고, 나중에 그가 되기를 꿈꿨으며, 그가 진정으로 속한 세계가 이 세계가 아닌 또 다른 세계라면, 거기서 딕의 의미와 위상은 어떤 것인지 생각해 보라는 것이다. 이 책 뒷부분에 나오겠지만, 딕은 스스로를 어떤 사명을 위해 신이 이 세계에 보낸 존재로 생각한다.

5
집 안의 쥐

덕의 어린 시절에는 평화로운 소읍이었던 버클리는 점점 더 소란스럽고 부산한 곳이 되어 갔다. 그들의 집 맞은편에 몬테소리 유아원이 문을 열었는데, 그는 레크리에이션 시간에 아이들이 소리 지르며 시끄럽게 한다고 불평했다. 또 그는 만을 건널 때마다, 당시 굴착기와 콘크리트 믹서의 굉음 속에서 한창 건설 중이던 엠바카데로 고속도로 때문에 정겨운 옛 샌프란시스코가 망가져 간다고 불평하기도 했다. 그와 클레오는 전원생활을 꿈꾸기 시작했다. 그들은 모두가 서로를 알고, 서로 인사하고, 상부상조하며, 삶이 송어 낚시와 핼러윈 호박 사이에서 천천히 그리고 한결같이 흘러가는 농촌 공동체 중 하나의 일원이 되면 아주 행복할 거라고 생각했다. 그래서 그들은 마린 카운티의 포인트 레예스 스테이션에서 조그만 집을 한 채 샀다. 금문교에서 북쪽으로 60킬로미터 떨어진 이곳은 큰길이 두 개 있고 상점이 몇 개 붙어 있는 조그만 마을로, 울퉁불퉁한 절벽과 거기에 깃들인 수백 종의 새로 인해 유명한 해안 공원 때문에 주말이면

관광객들로 붐볐지만, 주중에는 매우 조용했다.

괴상한 일이 일상인 캠퍼스 부근과 달리, 마을 사람들은 새로 이사 온 부부가 사는 방식을 신기해했다. 클레오는 매주 세 번씩 자동차로 그녀가 파트타임 비서로 일하는 버클리에 갔다. 그리고 주로 밤에 일하는 그는 무위도식하는 사내처럼 보였다. 비트족 같은 모습에 거의 말이 없는 그 커다란 사내는 늘 하는 일 없이 어슬렁거리기만 했는데, 사람들은 그가 소심한 건지 아니면 속으로 사람들을 비웃고 있는 건지 알 수 없었다. 그가 SF 작품을 쓴다는 소문이 퍼지자, 비행접시 연구에 빠져 있던 한 지역 그룹이 그에게 접근해 왔다. 그는 차마 거절할 수 없고, 호기심도 동해 그들의 모임에 한 번 참석했다. 나가 보니 너무나 정상적으로 보이는 사람들이 10여 명 모여 집에서 만든 케이크를 먹고 있었다. 포인트 레예스의 철물점에서 일하는 사내, 우유 농장 주인, 카페테리아 매니저의 아내, 그리고 RCA 방송국 기술자의 아내…… 그나마 조금 색다르게 보이는 사람은 오래전 이 지역에 정착한 풍경화가로, 그가 맨 끈 넥타이의 펜던트는 아마도 비교(秘敎)적 의미가 담겨 있을 어떤 기호로 장식되어 있었다. 그런데 이 평범한 사람들이 말도 안 되는 괴상한 것들을 철석같이 믿고 있었다. 그들은 예수 그리스도가 다른 행성에서 왔다고 단언했다. 자신들이 그 행성 주민들을 접촉했는데, 이 외계인들은 더 진화된 우월한 존재로 우리 행성의 진화를 통제하고 있으며, 완전한 물질적 파괴를 통해 우리를 영적 구원으로 이끌고 있단다. 또 자신들은 세계가 종말을 맞는 날도 정확히 알고 있는데, 1959년 4월 23일이란다. 다시 말해 이 종말을 준비할 날이 석 달밖에 남지 않았다는 얘기다.

딕은 오후를 어떻게 보냈는지 클레오에게 얘기했고, 둘은 배꼽을 잡고 웃으면서 대체 어떤 과정을 통해 이런 믿음이 사람들의 정신 가운데 생겨난 걸까, 자문했다. 이후 딕은 클럽 회원들을 피하느라 진땀을 흘려야 했다. 그들이 다가오지 못하게 하려고 자신은 회의적이라고 털어놓았는데, 상대의 말을 반박하는 것을 끔찍하게 여기는 그로서는 매우 괴로운 일이었다. 그는 어쩔 수 없이 이렇게 설명했다. 「외계인들의 존재를 믿을 수 없는 것은, 내가 바로 그들에 대해 글을 쓰기 때문이에요. SF 작가는 자기가 말하는 것을 믿으면 안 됩니다. 그렇지 않으면 세상이 얼마나 혼란스러워지겠어요?」 이 선언을 들은 사람들은 미심쩍은 표정을 지었고, 그다음에는 적의를 드러냈다. 그들은 말했다. 「그래, 4월 23일에 누가 웃나 봅시다!」

이사 오고 며칠 되지 않아, 앤 루벤스타인이라는 이웃 여자가 그들을 방문했다. 정원 문이 끼어서 잘 열리지 않자 그녀는 서슴없이, 그리고 이렇게 다짜고짜 침입하는 것을 사과하지도 않고 울타리를 성큼 넘어 들어왔다. 선글라스를 불안스레 끊임없이 벗었다 썼다 반복하는 이 금발 여인의 급작스럽고도 매력적인 행동 방식에 젊은 부부는 적잖이 당황했다. 악수할 때는 마치 완력 대결을 하는 것 같았으며, 아무리 사소한 말도 그녀 입에서 나오면 어떤 성적 암시를 담고 있는 것 같았다. 그녀는 그들보다 나이가 많다고 할 수도 없었지만, 필과 클레오는 서른한 살 나이에 벌써 남편을 잃고, 혼자 세 아이를 키우는 이 여자 앞에서 어설픈 십 대가 된 듯한 기분이었다.

그들은 함께 술 한잔하기 위해 그녀의 집에 초대…… 아니, 호출당했다. 앤은 마을에서 조금 떨어진 곳에 있는 커다란 현대식 저택에 살고 있었다. 포석이 깔린 안뜰 쪽 통유리창, 응접실 한가운데 세워진 원통형 굴뚝 난로, 그리고 새하얀 벽 속에 설치된 하이파이 스피커……. 저 멀리 초원에는 말 한 마리가 천천히 뛰고 있었다. 욕실이 세 개나 되고, 주방은 우주선 조종실 같았다. 잡지 사진에서나 볼 수 있고, 버클리의 평범한 서민이 시샘하지 않으려고 서둘러 경멸해 버리는 종류의 풍경이었다. 지금까지 최선을 다해 이런 경멸감을 표현해 왔고, 토스트기를 켤 때마다 전기 퓨즈가 나가는 게 무슨 다채롭고도 반부르주아적인 일인 양 클레오와 함께 낄낄대 왔던 필은 갑자기 자신의 보헤미안적 삶이 한심하게 느껴졌다. 물론 물질적 안락이 그를 매혹하는 것은 아니었지만 이것은 앤을 둘러싼 분위기의 일부였다. 그녀가 블라우스와 실크 반바지 차림으로 방 안을 돌아다닐 때, 그는 그녀를 눈으로 좇으며 그 유연함과 햇볕에 그을린 다리 근육과 그녀에게서 발산되는 에너지에 매혹되었다. 그녀의 움직임은 무희처럼 우아했고 조금도 가식적인 태가 없었다. 그녀는 욕설을 내뱉고 상스러운 말도 했다. 그 녹색 눈으로 마치 도전하듯 그의 눈을 빤히 들여다보다 갑자기 긴장을 풀어 응시를 멈추고는 샌들 소리를 딱딱 내며 멀어지곤 했다.

클레오가 외출한 날, 그는 다시 그녀를 찾아갔다. 그녀는 그를 절벽에 데려가 자기 외에는 아무도 모른다는, 그녀의 말에 따르면 미국 최서단 곳이라는 해변을 보여 주었다. 절벽을 내려가기 위해서는 밧줄이 필요했고, 그는 새파랗게 겁먹었지만, 그녀는 그를 다그쳐 자신을 따라오게 했다. 그는 이렇게나 민첩하고 단호한 여자를 본 적이 없었다. 파도가 맹렬히 울부짖는 물가에 이른 그들은 고래의 뼈를 찾아 헤맸고, 그러다가 바위에 등을 기대고 앉아 얘기를 나누었다. 대화는 그녀가 꿈을 꿀 정도로 흥미를 느끼는 융에서 비행접시 마니아들로 넘어갔다.

「머리가 돈 사람들이에요.」앤은 경멸 어린 어조로 말했다. 「그들은 자신이 어떤 우월한 존재들의 장난감이라고 상상하는데, 사실은 그들의 잠재의식이 꼬여 버린 거죠.」

필이 씩 웃으며 끼어들었다. 「하지만 자고로 예언자와 성인들도 모두 그런 말을 들었지 않나요? 동시대인들은 그들을 미친놈으로 취급했어요.」

「그 동시대인들이 옳았어요. 그럼 당신은 예언자와 성인들의 말을 믿나요?」

「뭐, 꼭 그렇진 않아요. 어쨌든 4월 23일에 무슨 일이 일어나나 한번 보죠. 아세요? 그들이 4월 23일에 세상의 종말이 찾아온다고 믿는다는 걸?」

앤은 가장 편안한 순간에도 도전적으로 느껴지는 시선으로 그의 얼굴을 빤히 쳐다보면서, 지금부터 4월 23일까지 많은 일이 일어날 수 있다고 말했다. 필은 어떤 암시를 느꼈지만 감히 그 뜻을 파고들지는 못했다. 곧이어 그녀는 자기 남편에 대해 얘기하기 시작했다. 부유한 집안의 아들이며, 『뉴로티카*Neurotica*』라는 잡지를 발행하는 약간 불안스러운 시인이었던 그는 지난해 의료진이 그에게 시험해 보던 진정제에 대한 알레르기 반응으로 정신병원에서 사망했단다. 이 얘기를 듣고 필이 얼마 동안 조용히 있어야 좋을까 생각하고 있는데, 그녀는 새된 소리로 웃음을 터뜨리면서 그런 얼굴 하지 말라고, 그럴 필요 없다고 말했다. 그는 보답으로 자기도 뭔가 들려줘야 할 것 같아, 자신의 쌍둥이 누이가 죽은 일과 그가 가장 좋아하는 얘기 중 하나인 마크 트웨인의 인터뷰에 관해 말했다.

어느 기자에게서 어린 시절에 대한 질문을 받자, 마크 트웨인은 자기 쌍둥이 형제 빌에 대해 얘기해 주었다. 빌과 그는 아기였을 때 너무나 똑같아서 그들을 구별하기 위해 손목에 서로 다른 색깔 리본을 묶어 놓을 정도였다. 어느 날 욕조 안에 넣어진 채 방치되는 바람에 둘 중 하나가 익사해 버렸다. 그리고 리본이 풀어져 있었다. 마크 트웨인은 결론지었다. 「그래서 빌과 나 중에서 누가 죽은 건지는 영원한 수수께끼가 되었습니다.」

〈바로 당신 이야기네요〉라고 앤이 갑자기 엄숙한 표정으로 말했고, 그는 〈맞아요, 바로 내 이야기예요〉라고 대답했다.

그들은 하루를 온종일 같이 보내기 시작했다. 그녀는 부드러워졌고, 그는 대담해졌다. 섹스를 하기 전부터 그들은 벌써 섹스하는 것처럼 대화를 나눴다. 서로를 믿는 지극히 편안한 마음으로, 둘의 머릿속에 똑같은 생각이 동시에 떠오르는 것에 놀라면서 말이다. 만난 지 2주 만에 키스할 생각을 했으며, 마침내 함께 침대에 올랐을 때는 마치 지금까지 해온 대화를 계속하는 기분이었다. 그들의 몸은 변덕스러우면서도 자연스럽게, 예측 불가능하면서도 필연적으로 이어져 가는 대화처럼 반응했다. 둘 다 처음 만난 이후 오직 이것만 생각했다고 고백했다. 이 사실을 알게 된 그들은 지난 2주를 돌아보며, 각 장면을 다시 떠올리고 그 순간에는 어떤 기분이었는지 서로 얘기하며 강렬한 쾌감을 느꼈다.

「난 자기가 너무나 공격적으로 느껴졌어……」

「그건 자기를 너무나 원했기 때문이야.」

그들은 숨어서 관계를 이어 나가는 것은 단 한 순간도 고려하지 않았다. 또 포인트 레예스처럼 손바닥만 한 마을에서는 오랫동안 비밀을 유지할 수 없을 거였다. 이것은 운명적인 사랑이었고, 그 강력함은 통상적인 삶을 몰아내고 그 계약들을 파기해 버렸다. 앤은 이 사실을 그녀의 정신분석 상담가와 딸들에게 알렸고, 필은 아내에게 털어놓았다. 클레오는 슬펐지만 차분하고도 의연하게 대처하며 뒤로 물러섰다. 그녀는 이혼을 초연하게 받아들였다. 당시 앤에 빠져 정신없던 딕은 이것을 당연하게 생각했지만, 미국 여성 배우자에게 이것은 그리 쉬운 일이 아니라는 것을 이후 경험을 통해 알게 되었다. 그가 남았기에 그녀는 그에게 집을 주었고, 자신은 떠나야 했기에 자동차를 가졌으며, 둘 다 돈을 쥐꼬리만큼 버는 처지였기에 위자료를 요구하지 않앗다. 그녀는 그에게 키스를 한 뒤, 기운을 내기 위해 그녀의 군가인 국제 여단가를 씩씩하게 휘파람 불며 버클리로 돌아갔다.

그것은 불같은 열정이었다. 앤이 부유한 시댁에서 해결해야 할 일이 있어 떠나면, 필은 그녀에게 이런 종류의 편지를 보내곤 했다. 〈내가 전화로 자기 목소리를 듣는 것과 종교인이 단식과 고독과 명상 끝에 신의 목소리를 듣는 것 사이에는 직접적인 관계가 있어. 한 가지 다른 점이 있다면, 자기는 실제로 존재하는 데 반해 그 신이라는 친구에 대해선 내가 약간 의심을 품고 있다는 사실이야.〉

그들은 4월에 결혼했다. 세상의 종말 예정일을 15일 앞둔 날이었다. 이 세상의 종말은 일어나지 않았는데, 그래도 23일 밤에 자정 종소리가 울리자 필은 한숨을 내쉬지 않을 수 없었다. 필은 그의 마그나복스 전축과 음반 컬렉션과 서적과 잡지 등을 가지고 밝은 분위기의 대저택과 그에게는 새로운 가정생활로 들어갔다. 그는 처음에는 여자아이들과 놀아 주는 등 감동적인 열의를 보여 주었다. 막내에게는 『곰돌이 푸』를, 둘째에게는 『쿠오바디스』를, 큰애에게는 러브크래프트의 소름 끼치는 이야기들을 읽어 주고, 가사에 참여하고, DIY를 배우고, 아침마다 이 모든 여자에게 아침 식사를 차려 주고, 저녁이면 식사 전에 늘 앤과 함께 나누는 음료 — 그녀는 드라이 마티니, 그는 캘리포니아 진판델[1] — 를 준비했다. 밤중에 일하는 것을 그만두고

---

1 캘리포니아주 흑포도로 만든 적포도주.

사무실에 출근하는 사람처럼 오전 9시부터 오후 6시까지 작업했고, 점심 먹는 한 시간 동안은 앤과 함께 잡담을 나눴다.

두 사람은 정오와 저녁에 오랫동안 나누는 잡담에 큰 가치를 부여했다. 그들은 애기를 나누며 서로를 알게 되었고, 대화의 기술을 에로틱한 격투의 한 형태로 여겼다. 앤은 다른 영역에서와 마찬가지로 이 영역에서도 누구의 우위도 인정할 준비가 되어 있지 않았다. 그녀는 심리학 학위가 있었고, 마치 직접 만난 사람들에 대해 애기하듯 프로이트와 융을 논했으며, 어떤 주제에 관해서든 자신의 의견을 마치 자신만 아는 진리처럼 여기는 경향이 있었다. 하지만 그녀는 딕의 대화 방식에 당황했고, 처음부터 매료되었으며, 나중에는 첫날부터 그 독창성을 알아본 자신을 자랑스러워했다. 세상에는 특출한 연인들이 존재하는 것처럼 그는 뛰어난 입담꾼이었는데, 그 가치가 드러나기 위해서는 다만 예민한 파트너가 하나 필요했을 뿐이다. 대화를 에로틱하게 만들기에는 너무 좋은 친구였고 너무 솔직하고 직설적이었던 클레오와 달리, 앤은 이 파트너 역할을 할 줄 알았다.

그것은 단순히 교양의 문제만이 아니었다. 쇼펜하우어나 호주의 원주민이나 뉘른베르크 재판에 대해 그만큼 술술 애기하는 사람은 얼마든지 있다. 아니, 그것은 다른 것이었다. 그것은 완전히 대립되는 의견들을 똑같은 확신으로 변호하면서 그 기반을 침식시키는 열정적이면서도 음험한 방식이었다. 그래서 어떤 의견에 동조하든 간에 그에 의해 은근히 유도되었다는 느낌이 들고, 자기가 생각하는 것을 생각하면서도 그의 말에 넘어

갔다는 느낌이 들었던 것이다. 고정되고, 결정적이고, 확실한 것은 아무것도 없었다. 그를 꼼짝 못 하게 하려고 준비한 가장 견고한 논거조차 결국에는 뒤집히고, 그에게 유리하게 사용되곤 했다. 어떤 사람들은 뱀을 홀리지만 그는 생각들을 홀렸고, 그것들이 자기가 원하는 뜻을 의미하게 했으며, 또 그 뜻을 의미하면 이번에는 반대 뜻을 의미하고 다시금 자신에게 복종하게 만들었다. 그와의 대화는 서로 다른 관점의 교환이라기보다 대화 상대방이 승객 역을 맡고 그는 객차와 레일과 물리학 법칙이 되는 롤러코스터였다. 또 그것은 그가 좋아했던 쥐 게임 놀이와 비슷했다.

앤의 딸들은 부동산을 끊임없이 사는 보드게임, 즉 모노폴리에 빠져 있었는데, 그는 이 모노폴리를 덜 지루하게 느낄 수 있게끔 그것의 변종인 이 게임을 하게 했다. 그 원칙은 이렇다. 〈은행장〉은 주심 역할에 그치지 않고 한 마리 〈쥐〉로서 자유재량으로 게임 규칙을 변경하는 권한을 갖는다. 그가 원할 때 마음대로 바꿀 수 있으며, 여기에 대해 아무도 이유를 물을 수 없다. 그것은 끊임없는 백지화, 순수한 독재, 권리라는 개념 자체의 부정이다. 판을 재미있게 만들기 위해 플레이어들은 가장 뻔뻔하면서도 가장 창의적인 사람을 〈쥐〉로 뽑는 게 좋다(〈필이 해요! 필이 해요!〉라고 아이들은 신나서 합창하곤 했다). 그 이름에 걸맞은 〈쥐〉는 플레이어들에게 적절히 고난을 부과하고, 그의 자의적 결정들 뒤에 어떤 계획이 숨어 있다고 믿게 해야 하며, 이렇게 잔인한 실망과 헛된 희망을 번갈아 주면서 그들을 평소에 하던 모노폴리 게임에서 끌어내, 흥미는 약화시키지 않은 채 점차 혼돈 가운데 빠뜨릴 줄 알아야 한다. 딕은 타고난 〈쥐〉였고, 지금 내가 얘기하고 있는 시기에 이런 모습을 드러내기 시작했다. 그는 모순되는 말을 하는 것에 그치지 않고, 몇 분 전에 자기 입으로 한 것을 다른 사람이 분명히 들었는데도, 그런 말을 한 적 없다고 부인하기도 했다. 이런 그에게 반박하려 들면, 그는 〈지금 내가 웬 귀가 멀고 사악한 인간, 미치광이와 얘기하고 있지?〉라고 자문하는 듯한 표정을 하고서, 괴롭고 어이없다는 눈으로 상대를 쳐다보는 거였다. 그의 이런 행동은 앤이 입을 딱 벌리게 만들었고, 그녀는 화를 내기에 앞서 일종의 매혹과 존경심마저 느꼈다. 「세상에!」 그녀는 외쳤다. 「자기가 정치에 뛰어들지 않은 게 정말 다행이야! 괴벨스 박사도 두 손 들었을 거야!」

그녀는 새 남편에게서 천재적인 뭔가를 느꼈는데, 이것은 그 자신도 의식하지 못한 부분이었다. 그는 자신을 조금 별난 불쌍한 친구라 여겼고, 그녀는 자신이 금강석 원석을 발견해 거기서 보석을 추출하고 연마해 대중에게 보여 주어 경탄하게 만드는 똑똑하고 예민한 여자라고 생각했다. 그녀는 필이 자신에 차서 대화할 때 보여 주는 그 특별한 재능으로 그가 유명한 작가가 될 거라고 확신했지만, 이를 위해서는 작업을, 진지한 작업을 해야 했다. 무엇보다 그가 언젠가 인정받을 수 있는 기회를 애초에 없애 버리는 십 대들을 위한 바보 같은 책을 그만두고 진정한 책을 시작해야 했다. 이것은 부부가 나눈 긴 토론 주제가 되었다. 필은 그녀의 말에 동의했다. 자기도 유명한 작가가 되면 더 바랄 게 없다고 했다. 하지만 이미 한번 시도해 봤는데 성공하지 못했고, 이 바보 같은 책들이 그나마 목구멍에 풀칠이라도 할 수 있게 해준다는 사실을 경험을 통해 알게 되었다는 거였다. 앤은 단호히 고개를 흔들었다. 과거는 과거이고 이제는 자기가 알아서 하겠단다. 돈 문제는 해결될 거란다. 자신과 딸들은 죽은 남편 집에서 나오는 양육비로 살고 있으니 문제없고, 그도 다음에 출간되는 책에서 돈이 얼마간 들어오지 않을 거냐면서⋯⋯.

필은 당황하며 고개를 흔들었다. 그들이 처음 만났을 때 교정쇄를 읽고 있던 『어긋난 시간』은 작품의 주류 문학적인 면 때문에 다른 책들보다 조금 싸게 팔렸고, 일단 선금을 받고 나면 나머지 저작권료를 받아내기가 녹록하지 않을 거였다. 〈그럼 어쩔 수 없지, 뭐〉라고 앤은 조급해하며 말했다. 그가 클레오와 같이 살던 그 오두막 같은 집을 팔아 버리고, 클레오 몫은 나중에 돈 벌어 천천히 주면 된단다. 한마디로 그들은 계산해 보고 나서, 필이 앞으로 2년 동안 풀타임으로 작업하면, 첫째로 출판되고, 둘째로 큰 성공을 거둘 주류 문학 소설을 한 권 쓸 수 있다고 결론 내렸다.

이런 부담스러운 요구 앞에서 웬만한 사람 같으면 손이 얼어붙겠지만 그는 용감하게 작업에 뛰어들었고, 이후 2년 동안 소설을 한 권이 아니라 네 권이나 썼다. 그리하여 결혼하고 나서 몇 달 후, 그는 그녀에게 첫 번째 소설 『허풍선이 과학자의 고백 *Confession of a Crap Artist*』 원고를 내밀었다. 그녀는 그의 아이를 임신 중이었고, 아마도 이 책을 목가적 허니문의 또 하나의 결실로 여기고 싶었을 것이다. 그것은 사실이었지만, 그녀가 기대하던 내용은 아니었다.

그녀는 필에게 설명을 부탁했다. 그러자 필은 그녀가 자신이 뮤즈가 되어 주기로 결심한 남자가 결혼 생활이라는 지옥을 너무나 우울하게 그린 이 책은 순전한 허구일 뿐 결코 자서전이 아니라고 웅얼거렸다. 그녀는 믿어 보려고 애썼다. 하지만 그는 이 답변이 털끝만큼이라도 그럴듯하게 느껴지도록 만들려는 노력을 전혀 하지 않았다. 심지어 현실 내용을 바꿔 보려는 시도조차 하지 않았다. 아마도 그럴 능력이 없었을 것이다. SF 작품을 쓰면 그의 창의적 능력이 총동원되었지만, **진짜** 소설을 쓰기 시작하면 그의 첫 번째 편집자 〈플로 이모〉가 해준 조언을 고집스럽게, 문자 그대로 따랐다. 당신이 아는 것만 쓰세요. 만일 당신이 포인트 레예스에서 살면, 포인트 레예스와 그곳 주민들을 묘사하세요. 당신에게 다정하고 올곧은 아내가 있는데, 어떤 불여우와 사랑에 빠지는 실수를 범한다면, 그 실수를 연대기적으로 기술하세요. 어떤 디테일도 빼놓지 마세요. 물귀신 같은 그녀의 속삭임에 어떻게 홀렸는지, 그녀의 예쁜 하얀 집에 어떻게 속아 넘어갔는지, 어떻게 둘이 한마음이라는 환상에 취해 가장 은밀한 생각들까지 그녀에게 깡그리 털어놓게 되었는지, 그래서 당신에게 돌아올 이 화살들을 그녀에게 줘버린 것을 뼈저리게 후회할 시간조차 없었는지 얘기하세요. 당신 자신에 대해서도 얘기하세요. 돈을 가진 것은 그녀이기 때문에, 또 당신이 죽어라 일해 봤자 그 돈으로는 **그녀의** 가족을 그들에게 익숙한 부르주아 기준에 맞는 삶을 살게 해줄 수 없기 때문에, 당신이 매일같이 얼마나 큰 모욕감을 느끼는지 얘기하세요. 루저로서의 쓰라린 심정을, 고백할 수 없는 원통함을 얘기하세요. 그녀가 자기 생리대를 사오라고 당신을 마을에 보낼 때마다 얼마나 그녀를 죽이고 싶은지를…….

앤은 이해할 수 없었다. 대체 왜 이런 절망감을 느끼는 거지? 이 맹렬한 여성 혐오주의는 또 뭐지? 움직일 때마다 더 늪에 빠져드는 것 같은 분위기, 이 축 늘어진 악몽 같은 분위기는? 하지만 그는 행복해 보이지 않았던가? 그는 열정적으로 그녀와 대화하고 섹스했다. 그리고 아버지답게 아이들을 자상하게 돌봤다. 임신 소식에 뛸 듯이 기뻐하기도 했다. 그가 젊은 시절 시달렸다고 고백한 광장 공포증은 더 이상 그를 괴롭히는 것 같지 않았다. 친구들이 찾아오면 가장의 역할을 즐거이 해냈다. 손님들을 양들이 풀을 뜯는 들판으로 데려가, 녀석들을 한 마리 한 마리 소개했고, 앤이 이 사람이 이 중 한 녀석을 잡아야 할 때마다 세상에 그런 신파극이 없어요, 라고 농담하면 짐짓 화를 내기도 했다. 물론 둘이서 말다툼을 하기도 하고, 그녀가 무슨 말을 듣고 참는 성격이 아니어서 언성이 높아질 때도 있었다. 물론 그는 자기 커리어와 돈과 사회적 신분 때문에 걱정도 할 것이고, 곧 태어날 네 번째 아이를 생각하면 마음이 편치만은 않을 것이다. 물론 예술가들은 고민이 많은 것이 사실이지만, 아무리 그래도! 그는 나를 위해 글을 쓴다고, 또 첫 번째 책이 출판되면 나에게, 그리고 우리가 나눈 그 굉장한 대화들에 바칠 거라고 수백 번 말하지 않았던가? 그런데 쓴 것이 고작 이거라니!

그녀는 항의했다. 「아니! 내 생리대 사오는 게 그렇게 부담스러웠으면, 싫다고 하지 그랬어!」

하지만 그는 이건 그저 책일 뿐이라며 슬그머니 발뺌했다.

「뭐야? 그저 책일 뿐이라고? 자기는 마치 너무나 행복한 듯이 미소 지으며 나를 사랑한다고 말하면서 나하고 살고, 나하고 섹스하고, 나하고 애까지 하나 만들었어. 그런데 혼자가 되자마자 나를 증오한다는 소리를 하고 있어? 밤마다 철천지원수 같은 내가 나오는 꿈을 꾼다는 소리를 쓰고 있냐고?」

「오, 바로 그거야…….」 그는 부드럽게 톤을 낮추며 대답했다. 「책은 꿈과 같은 거라서 삶과 아무 관계 없어……. 심지어 종교 재판관도 꿈에서는 죄를 지을 수 없다고 생각할 거야. 야만인들만이 그런 생각을 하는 거야. 내가 거기에 대해 미르체아 엘리아데의 책을 읽은 적이 있는데…….」

「엿이나 처먹어!」

1960년 2월 25일에 로라가 태어났다. 어머니와 아이가 병원에서 돌아왔을 때, 이번에는 필이 날문 경련 수축으로 입원해야 했는데, 그는 자신도 해산의 고통에 육체적으로 참여하고 싶은 거라고 농담했다. 하지만 그보다는 얼마 전부터 복용량을 늘려

온 다양한 약품, 그러니까 아버지가 되는 불안감을 극복하기 위한 진정제라든지, 더 많이, 더 잘 작업하기 위한 암페타민 같은 약들 탓일 거였다. 퇴원한 뒤 그는 따분하기 이를 데 없는 어떤 소설을 맹렬히 작업하기 시작했다. 이 소설에는 마린 카운티에 사는 두 쌍의 불행한 부부가 등장하는데, 한쪽은 알코올 의존증에 빠진 아내 때문에 야망을 펴지 못하는 자수성가한 남자 이야기이고, 다른 쪽은 기회만 생기면 인생 낙오자인 자기 남편의 기를 죽이는 부유한 집안 출신의 자신만만한 여자 이야기였다. 그는 첫 번째 커플의 모델로 이웃에 사는 어떤 부부를 취했고, 두 번째 커플의 모델로는…….

그는 천천히 고개를 저었다. 「오, 정말 그건 아니야……. 그건 자기 강박 관념이라고. 무엇보다 난 운전면허를 취소당한 일이 없잖아.」

아닌 게 아니라, 소설 앞부분에 인생 낙오자 사내가 운전면허를 박탈당해, 여자가 매일 아침 차를 운전해 그를 샌프란시스코까지 출근시키는 얘기가 나온다. 그녀는 왔다 갔다 하느라 쓸데없이 시간을 허비하지 않기 위해, 꾀를 짜내 남자가 도안가로 일하는 광고 회사에서 일자리를 따내는데, 그녀가 일을 더 잘하자 사장은 그를 해고해 버린다. 실업자가 된 이 루저는 치욕을 이기지 못해, 너무도 찬란하게 시작된 아내의 커리어를 망가뜨리려고, 그녀가 사임하지 않을 수 없게 만들려는 목적으로 피임 기구도 하지 않은 그녀를 강간해 버린다. 「상관없어!」 여자는 의기양양하게 외친다. 「낙태해 버릴 거니까!」

그해 가을, 앤은 다시 임신했다. 예상 밖의 임신이었고, 타이밍도 좋지 않았다. 그녀도 낙태하기로 마음먹었는데, 다섯 번째 임신이 몸에 안 좋은 결과를 가져올 수도 있고, 경제적으로 부담이 될 수도 있고, 남편이 썩 달가워하지 않을 수도 있다는 점을 우려했기 때문이다. 필은 격렬히 반대하면서 그녀가 로봇보다 감정이 없다고 비난했다. 이에 앤은 당신은 나만큼이나 애를 원치 않았어, 당신은 뚱뚱하고 망가지고 의존적이 된 내 모습을 보면서 마침내 나에 대한 우월감을 느끼고 싶었을 뿐이야, 라고 맞받았다. 이렇게 전쟁이 며칠간 계속되다 결국 앤은 집을 나갔고, 다시 돌아와서는, 자, 이제 됐어, 더 이상 이 얘기는 하지 마, 라고 힘없이 말했다. 필은 그의 서재에 들어가 쾅 하고 문을 닫았다.

『모두 똑같은 이를 가진 사내*The Man Whose Teeth Were All Exactly Alike*』의 집필이 1960년 어느 시점에서 이뤄졌는지 한두 달 오차 범위 내로 정확히 알 수 없기 때문에, 이 소설이 그들의 부부 생활 중에 일어난 일을 곧바로 옮긴 것인지, 아니면 예측하고 쓴 것인지, 그것도 아니면 — 이는 두 번째 가설의 다른 버전인데 — 앤이 원고를 읽고 그 내용을 그대로 실행해 버리기로 마음먹은 것인지 판단하기 힘들다. 어쨌든 낙태를 하고 얼마 되지 않아, 앤은 가족의 수입을 늘려 보려고, 무엇보다 괴로운 집안 분위기를 벗어나려고 일을 하기로 결심한다. 물론 그것은 예술적 성격의 일이었다. 찰흙으로 독창적인 형상들을 빚어 몇 번 칭찬을 들은 적이 있는데, 어느 이웃 여자와 대화하던 중에 수제 장신구 가게를 열 생각이 떠올랐던 것이다.

필로서는 이보다 더 불쾌한 일이 없었다. 그의 소설 주인공처럼 앤의 이 결정에서 자신의 무능에 대한 비웃음을 느꼈다. 그다음 에피소드에 대해서는 둘의 증언이 엇갈린다. 그는 아내가이제 웃기는 짓은 충분히 했다고 생각해, 돈도 안 되는 일에서그를 끌어내어 저주받은 작가를 책임감 있는 사업가로 바꾸고싶어 했다고 주장한다. 반면 앤은 그가 창조적 무력감에서 벗어나기 위해 장신구 제조로 전업하고 싶어 했으며, 자신은 오히려그에게 타자기로 돌아가라고 난리를 쳤다고 말한다. 한 가지 확실한 것은, 개업 후 얼마간 뚱하게 지내던 그가 공방에서 어정거리는 버릇이 생겼다는 사실이다. 그는 거푸집이며 송곳 등을만지작거리기도 하고, 이 정밀한 도구들을 연습 삼아 다뤄 보기도 했다. 광내기 같은 하급 일마저 본래 수공예를 좋아하던 그의 마음에 들었다. 용광로에서 나온 장신구들의 무게를 손바닥으로 가늠해 보면서, 그는 그것들의 빈틈없는 아름다움과 너무도 천박해 보이고 누덕누덕 기운 흉물처럼 느껴지는 자신의 소설들을 서글프게 비교하곤 했다. 그는 완벽한 구(球)를, 적절한무게를 지니고 흠잡을 데 없는 무언가를 산출하려 열망했다. 앤과 동업하는 여자는 자기가 영감을 길어 내는 일본 전통 예술에대한 책들을 그에게 보여 주었다. 거기에는 모든 대립 항의 균형과 중국 철학에서 말하는 〈도(道)〉에 대한 얘기가 가득했다.그는 이런 조화를 갖춘 책을 꿈꾸었다. 하지만 이런 책을 쓰기에, 아니 구상이라도 하기에 자신이 너무나 형편없다고 느꼈다.

그는 울적했다. 그리고 더 울적해질수록 집에서는 더 견디기 힘든 사람이 되어 갔다. 어느 날 앤은 그에게 제안했다. 우리 집에서 도보로 10분 거리의 외진 벌판에 있는 보안관의 오두막을 빌리면 어때? 내가 알아봤는데, 지금 사용하지 않는대. 집세도 거의 공짜고. 거기 있으면 방해받지 않고 조용히 작업할 수 있을 거야. 그는 망설였다. 만일 제안을 받아들이면 그것은 배수의 진을 친다는 뜻이었다. 더 이상 빠져나갈 구멍이 없을 거였다. 만일 거기 가서도 책다운 책을 써내지 못한다면 더 이상 아무것도 쓰지 못한다는 얘기였다. 그 오두막은 최후의 단계, 낭떠러지의 문턱이었다. 거기서 승리해 나오든지 아니면 죽든지 둘 중 하나였다.

그는 동전을 던졌고, 숨을 멈춘 뒤 점괘를 뽑았다. 9, 8, 7, 7, 6, 8.[2] 〈풍(豊)〉, 풍요로움, 충만함.

안은 밝고 바깥은 움직이니, 이는 위대함과 풍요함을 낳는다. 여기서 괘가 그리는 것은 진보된 문명이다. 하지만 이것

---

2 주역점을 치는 방법 중 하나인 돈점으로, 괘를 뽑는 방법은 다음과 같다. 첫째, 동전 세 개를 던진다. 둘째, 동전의 양면 중 숫자가 있는 면은 2, 그림이 있는 면은 3을 얻는다. 셋째, 세 개의 동전에서 얻은 숫자를 합한다. 예를 들어 셋 다 숫자이면 2+2+2=6이고, 셋 다 그림이면 3+3+3=9이다. 이런 식으로 6, 7, 8, 9 중 하나를 얻게 되는데 6과 9는 음(陰)이고, 7과 9는 양(陽)이며, 음인 6과 양인 9는 각기 양과 음으로 바뀔 수 있는 동효라고 한다. 이렇게 하여 얻은 여섯 개의 음양의 선으로 이뤄진 것을 육효 혹은 괘라고 하며, 그 의미는 주역과 이후에 나온 주해서들을 참조해 상황에 맞게 해석한다.

이 절정이라는 것은 이 굉장한 풍요의 상태가 오래 지속될 수
없음을 암시한다.

그는 오두막을 빌리기로 결정했다.

6
중부(中孚), 내면의 진실

17세기 말 베이징에서 돌아온 예수회 수사들은 중국에서 가장 오래된 책이며, 내게 지혜의 열쇠로 여겨지는 『주역』을 유럽에 소개했다. 이 책에서는 온 우주가 음과 양, 그러니까 쉬운 예를 들자면 그림자와 빛, 암컷과 수컷, 휴식과 움직임, 땅과 하늘, 차가움과 뜨거움 등에서 확인할 수 있는 두 개의 상호 보완적 원리로 환원된다. 동전의 앞뒷면 가리기 같은 종류의 간단한 방법을 통해 인간은 신탁을 구하는 순간, 세계에 존재하는 이 음양의 정확한 배합 비율을 나타내는 괘를 얻어 내고 거기에 자기 행동을 맞출 수 있다. 삶의 무한한 다양성으로, 그리고 이 삶의 흐름으로 매 순간 바뀌는 상황들은 더도 아니고 덜도 아니고 딱 64개의 괘로 분해된다. 바로 이런 이유로 『주역』은 〈변화에 대한 책〉이라고 불린다. 『주역』은 어떤 고착된 상태들이 아니라, 그 상태들로 가게 하는 추세들을 묘사한다. 『주역』은 모든 순간이 하나의 이행(移行)이며, 절정은 쇠락을, 패배는 미래의 승리를 예고한다는 것을 안다. 따라서 어둠 속을 헤매는 자에게 다시 빛이 올 거라고, 정오의 태양 아래 환호작약하는 자에게 석양이 벌써 시작되었다고 알려 주며, 현명한 자에게는 강물에 떠 있는 빈 배처럼 사물의 순리에 몸을 맡기는 미묘한 기술을 가르쳐 준다.

이후 2세기 동안 이 64괘를 하나하나 설명하는, 그리고 공자 등의 성현이 썼다고 여겨지는 알쏭달쏭한 글들에 대한 다양한 번역본이 나왔다. 이 번역본들은 1924년까지 동양학 전문가들의 테두리를 벗어나지 못하다, 이해에 중국을 사랑하는 독일 목사 리하르트 빌헬름이 내놓은 매우 뛰어난 번역본이 『주역』의 독자 수를 갑자기 증가시켰다. 카를 구스타프 융은 빌헬름 목사의 열렬한 추종자 중 하나였고, 융의 제자 케리 F. 베인스는 1951년에 이 책의 영어판을 출간했다(에티엔 페로의 프랑스어판이 나오기 위해서는 1968년까지 기다려야 했다). 빌헬름의 이 번역본은 1950년대에 은밀하면서도 풍요로운 성공을 거두다 이후 20년 동안 그야말로 폭발적인 인기를 얻는다. 존 케이지는 거기에서 화음을 전개하는 방식을 끌어냈고, 물리학자들은 아원자 입자의 행태를 규명하기 위해 이 책을 사용했다. 이들보다 수준은 조금 낮지만 히피들은 대마초를 몇 대 피우고 나서 동전 세 개를 양탄자 위에 여섯 번 휙 던진 다음, 〈인내는 유익하느니라. 소를 돌보면 운이 따르리라〉 혹은 〈네 엄지발가락에서 해방되어라. 그리하면 벗이 다가오리니 그를 믿어도 될 것이니라〉 같은 말들을 나름대로 해석해서 삶의 지침으로 삼기도 했다.

딕은 말하자면 아방가르드의 후미에 위치한 사람이라고 할 수 있었다. 1960년에 융의 어느 글을 통해 『주역』을 발견한 그는 이후 이 책을 떠나지 않았다. 앤도 여기에 입문시켰다. 곧 집안 전체가 신탁이 내리는 모호한 법에 따라 살게 되었고, 걸핏하면 그것에 자문을 구했으며, 가장 일상적인 결정을 내릴 때도 그것의 판결에 의지했다.

『주역』을 실행하는 데는 두 가지 방법이 있는데, 하나는 그것을 지혜의 책으로 읽는 거고, 다른 하나는 그것을 점술로 사용하는 것이다. 다시 말해, 거기서 삶을 대하는 방식에 대한 일반적인 가르침을 기대할 수도 있고, 〈남아 있는 기름으로 다음 주유소까지 가는 데 충분할까?〉와 같은 매우 구체적인 문제에 대한 구체적인 답을 얻을 수도 있는 것이다. 첫 번째 접근 방식은 더 훌륭하고 더 분별 있어 보인다. 적어도 두 번째 것보다 실망할 위험이 적다. 그런데 불행히도 딕이 살면서 추구하지 않는 게 하나 있다면, 그것은 바로 지혜였다. 『주역』을 기준 틀로 삼는 도교 사상이 유연함과 인내와 초연함의 효용에 대해 가르치는 모든 것, 더 넓게 말하자면 경험과 금욕에 바탕을 둔 삶의 접근 방식들은 그에게 전혀 흥미가 없었다. 이 점에서 그는 본질적으로 비의(秘儀)주의자였다. 보이는 것 뒤에 숨어 있는 어떤 비밀의 존재를 믿는 그는 삶이 조금씩 점진적으로 그 비밀을 가르쳐 준다고 상상하지 않았고, 우리의 지성이 스스로의 힘으로 그것을 획득하는 것이라고 생각했다. 그가 교양이나 정신분석이나 종교에서 기대한 것은 그를 어떤 훌륭한 존재로 만들어 주는 것이 아니라, 플라톤의 말에 따르면 다만 실제 세계의 그림자만 보인다는 그 동굴에서 빠져나갈 수 있도록 그에게 패스워드를 내주는 거였다.

처음 작가가 되었을 때, 그는 동료 작가 중 하나인 프레드릭 브라운이 쓴 짤막한 콩트를 아주 재미나게 읽었는데, 그것은 다음과 같은 내용이었다. 전 세계 과학자들이 협력해 거대한 컴퓨터를 한 대 만들고, 거기에 인간의 지식을 이루는 모든 데이터를, 그것들을 한데 연결할 수 있는 프로그램과 함께 집어넣는다. 그리고 그 컴퓨터를 작동시키는 엄숙한 순간이 온다. 과학자는 약간 떨면서 키보드에 첫 번째 질문을 두드린다. 〈신은 존재하는가?〉 곧바로 대답이 튀어나온다. 〈이제부터 존재한다.〉

어떤 의미에서 보면 『주역』은 이 컴퓨터와 비슷하고, 그것의 64괘로 이루어지는 게임은 우주를 — 이 동사의 두 가지 의미에 있어서 — 이해하는 comprendre [1] 어떤 프로그램과 비슷하다고 할 수 있다. 딕은 어떻게 라이프니츠가 그 온전한 선들과 부러진 선들의 조합에서 0과 1의 전적인 사용에 기반을 둔 자기 시스템의 예시(豫示)를 발견했는지, 특유의 현학적인 어조로 앤에게 설명해 주었다. 그런데 이 라이프니츠의 시스템 역시 현대 정보 처리 기술의 이진법적 작업을 예고하고 있는바, 궁극적인 질문들을 만들어 내고, 이 질문들을 제기할 기회를 찾고 있던 사람에게 이것은 완전히 신들의 선물처럼 보였다.

---

1 프랑스어 동사 comprendre에는 〈이해하다〉와 〈포함하다〉라는 두 가지 뜻이 있다.

『주역』은 그에게 보안관의 오두막을 임대해, 거기서 정말로 가치 있는 책을 한 권 써내든지 아니면 그냥 뒈지든지, 둘 중 하나를 하라고 충고했다(이 극적인 양자택일은 물론 그의 생각이었다.『주역』은 결코 그런 말을 하지 않았을 것이다. 그냥 〈만일 실패한다면 그건 아직 때가 무르익지 않았기 때문이며 그대가 너무 성급하게 서둘렀기 때문이니라〉라고 모호하게 말했을 것이다). 그는 오두막에 가져간 장비 일체 ― 베인스가 옮긴 검은색『주역』두 권, 점괘를 뽑을 때 사용하는 중국 엽전 세 개 ―를 타자기 옆에 가지런히 늘어놓았다. 그런 다음, 앉아서 기다렸다. 사람들은 신탁을 구하기 전에 잡념을 없애라고 말하지만, 그는 아무리 애써도 되지 않았다. 갖가지 형상과 종종 곱씹어 보곤 하는 생각들이 의식의 수면에 떠다녔다. 그는 이 부유하는 조각 중 어떤 것이 책 가운데 자리 잡을 거라고 생각했지만, 결코 억지로 해서는 안 되었다. 모든 게 물 흐르듯 자연스럽게 저절로 이뤄져야 했다.

그 가운데에는 어떤 장신구의 형상이 있었다. 브로치일 수도 있고, 어쩌면 펜던트일 수도 있었다. 아무튼 단단히 응축된 어떤 것, 손바닥 안에 딱 들어오는 어떤 것이었다. 값비싼 패물은 아니었지만, 그것을 천천히 들여다보며 손바닥으로 무게를 느껴 보면, 자신 안에 어떤 변화가 이는 느낌이 들었다. 거칠었던 파도가 가라앉았다. 더 이상 대립하는 것들이 없었다. 아니면 있을 수도 있지만, 너무나 균형을 이룬 나머지 더 이상 대립항들로 느껴지지 않았다. 평온함 그리고 자명함. 이 장신구가 책

속에 들어가야 했다. 책은 이 장신구 같아야 했다.

하지만 여기서 다루려는 것은 몇 달 전부터 그가 주로 성찰해 온 나치즘 문제인데, 어떻게 그런 책을 쓸 수 있단 말인가? 나치 즘에 관련된 책을 무수히 읽었고, 최근 예루살렘에서 있었던 아이히만 재판에 대한 해나 아렌트의 책을 읽은 그는 만일 자신이 언젠가 진지하게 글을 쓰게 된다면 바로 이 주제가 될 것임을 알고 있었다. 20세기 후반기에 사는 모든 사람은 나치즘과 어떤 식으로든 함께 살아가야만 한다. 딕이 쌍둥이 누이 제인의 죽음 과 함께 살아야 했듯이, 20세기 사람들은 그런 것이 일어났다는 생각과 함께 살아야 하는 것이다. 그것을 생각하지 않을 수도 있지만, 그것은 여전히 여기 존재하고 있으며, 그의 책 안에도 있어야 할 터였다.

나치즘만큼 도교의 정신과 거리가 먼 것은 없었다. 그런데 도 를 숭상하는 일본인들은 나치의 동맹국이었다. 만일 그들이 전 쟁에서 승리했다면? 이런 종류의 책들은 이미 나왔고, 딕도 남 북 전쟁 때 남부가 승리한다는 내용의 책을 읽은 적이 있었다. 그는 만일 15년 전에 추축국들이 승리했다면 지금 과연 어떤 세 상이 되었을까 자문해 보았다. 제3제국은 누가 이끌고 있을까? 여전히 히틀러? 아니면 그의 참모 중 하나? 만일 그게 보어만, 힘러, 괴링 혹은 발두어 폰 시라흐라면 뭔가 달라지는 게 있을 까? 마린 카운티, 포인트 레예스 주민인 그에게도 뭔가 달라지 는 게 있을까?

가정적(假定的)인 미래가 아닌, 가정적인 과거를 상상하는 것은 참으로 기이한 느낌을 주었다. 생각하면 할수록 이 과거와 거기서 기인하는 현재가 현실성 있게 느껴졌다. 그것들은 존재할 수도 있었다. 아니, 어떤 의미에서는 지금 존재하고 있었다. 그것들은 그의 뇌를 통해 존재하고 있었다. 하지만 그것들은 수많은 다른 형태로 존재할 수도 있고, 이는 그의 선택에 달려 있었다.[2] 매 순간 수만 가지 사건이 도래할 수도 있고, 도래하지 않을 수도 있다. 매 순간 변수들이 기지(旣知)의 것들로 바뀌고, 가상이 현실로 바뀌며, 이렇게 매 순간 세계는 다른 상태를 나타낸다. 좀 더 소규모 차원에서 보자면, 작가는 무엇을 쓰든 이런 종류의 작업을 할 수밖에 없다. 모든 것이 일어날 수 있으므로, 어떤 것은 일어나고, 또 어떤 것은 일어나지 않게 하는 결정은 바로 작가의 몫이다.

딕은 『주역』에 조언을 구해야 할 때라고 느꼈다. 그는 60번째 괘를 얻었다. 〈절(節)〉. 절도, 절제.

연못에 물이 있는 것이 바로 절(節)이니, 이 때문에 군자는 수(數)와 도(度)를 만들며, 무엇이 미덕과 올바른 행동인지 찾느니라.

2 우리가 지금 〈세상〉 혹은 〈현실〉이라고 믿는 것은 그저 믿음일 뿐 절대적 진리가 아니다. 세계에 대한 하나의 공식적 버전일 뿐이다. 세상을 다른 식으로 상상할 수도 있다. 아니, 상상만이 아니라 다른 식으로 존재하는 현실을 포착할 수도 있다. 그것은 그저 생각만으로 그칠 수도 있고, 그 현실이 도래하도록 행동으로 옮길 수도 있다. 그게 혁명이고 예언자다.

여기에는 다음과 같은 주해가 붙어 있었다. 〈연못은 한정된 공간이다. 물은 무한하다. 연못은 무한한 물의 한정된 양만 담을 수 있다. 이것이 연못의 속성이다. 마찬가지로, 사람은 자신의 한계를 정함으로써 의미를 획득한다.〉

정말 놀랍군! ─ 딕은 속으로 중얼거렸다 ─ 어떻게 항상 이렇게 상황에 딱 맞는 점괘가 나올 수 있지? 『주역』을 비웃는 사람들은 이 책이 우리에게 상식적 조언만 해준다고 말하지. 인내, 절제, 끈기 같은, 어떤 상황에나 들어맞는 일반적인 조언만 준다고 말하는데, 이는 어느 정도 맞는 말이야. 사실, 소설에 어떤 정확한 배경이 필요하다는 것은 『주역』 없이 나 혼자서도 얼마든지 할 수 있는 생각이야. 하지만 이 책이 지금 그걸 내게 말했기 때문에, 내가 문제를 제기했기 때문에, 난 이 배경의 중요성을 갑자기 더 잘 보게 되었어. 예를 들어 내가 첫 번째로 해야 할 것은 바로 경계선들을 긋는 일임을 이해하게 된 거야.

딕은 다음과 같이 결정했다. 1947년에 압도적 승리를 거둔 후, 추축국 국가들은 세계를 나눠 가졌다. 유럽, 아프리카 그리고 북미 동부에서 로키산맥까지의 지역은 제3제국이 차지한다. 여기서 마르틴 보어만 수상은 전임자의 정책을 이어 나가 주민의 상당수를 죽여 비누로 만들고, 아프리카 대륙은…… 잘 모르겠는데, 뭐, 깊이 생각하고 싶지도 않다. 아시아와 태평양 지역 그리고 북미 서부에서는 일본이 더 인간적인 지배자로 군림한다. 강제 수용소도 없고 탄압도 덜하다. 미국인들은 점령국의 사회적 규범을 완전히 흡수한다. 일본인들과 마찬가지로 그들은 예의를 못 지키고, 체면을 잃는 것을 가장 두려워한다. 또 일본인들처럼 『주역』에 의견을 묻지 않고는 어떤 결정도 내리지 않는다. 평범한 캘리포니아주 사람은 어느 때든 동전을 던져 우연히 생성되는 것이지만 세계의 직조망에 깊이 연결되어 있는 괘의 형성을 흥미롭게 관찰한다. 온전한 선과 부러진 선의 교번은 각각의 사람에게 사물의 현 상태를 이해하기 위한 개별적이면서도 보편적인 열쇠를 준다. 각자 자리는 지금 살아 있거나 과거에 살았던 모든 존재와의 관계 속에서, 우주 전체와의 관계 속에서 정해진다.

이런 상호 의존성을 보여 주기 위해, 딕은 중심인물과 시점의 수를 여러 개로 늘렸다. 그들은 처음에는 프랭크 프링크, 줄리아나 프링크, 다고미 노부스케, 로버트 칠던, 가스우라 부부 등 그저 이름에 불과했다. 하지만 이 유령들이 살아 움직이기 위해서는 그들의 이름을 써놓고, 이 이름들로 역점을 치는 것으로 충분했다. 그들은 서로를 모를 수도 있지만, 그들 사이에 연결선들이 그어지기 시작했다. 캘리포니아주에 거주하는 일본인 고관 다고미는 제3제국 어느 귀빈에게 줄 귀한 선물을 찾고 있다. 이를 위해 그는 토박이 미국인 로버트 칠던의 골동품상을 찾아간다. 거기에는 점령군 엘리트들이 사족을 못 쓰는 제2차 세계 대전 이전 시대의 **코믹스**, 미키 마우스 손목시계, 글렌 밀러의 음반, 남북 전쟁 시대의 44구경 콜트 권총 등 〈원주민〉 골동품들이 가득했고, 칠던은 모두가 진품이라고 장담한다. 하지만 사실이 아니었으니, 이 골동품 대부분은 프랭크 프링크가 최근까지 일하던 불법 공장에서 공급하는 가짜다. 그 직장에서 해고당한 프랭크 프링크는 새로 귀금속 공예 사업에 도전한다. 그는 전에 줄리아나라는 여자와 결혼한 적이 있는데, 소설 도입부에서 그녀는 콜로라도주 어느 햄버거 가게에서 음식을 서빙한다. 딕은 줄리아나를 어떻게 처리해야 할지 명확한 생각이 없었지만, 별로 걱정하지 않았다. 그녀는 이런저런 우여곡절을 통해 결국에는 책의 중심부에 이를 터였다. 딕은 그녀가 완벽한 여자 주인공이 될 것을 확신했다. 이를 위해 그녀를 움직이게 하고, 거리를 걷게 하고, 샤워하게 하면 되었다. 다섯 번째 괘도 이렇게 말하지 않는가? 〈들에서 기다려라. 항심(恒心)을 유지하는 것이 이롭고 허물이 없다.〉 딕은 자기가 줄리아나라는 인물을 만든 것은 무엇보다 그녀와 사랑에 빠지기 위해서였다고, 별로 거리끼지 않고 털어놓았다.

하루에 아홉 시간 혹은 열 시간씩 열정적으로 작업했다. 책은 어딘가에 벌써 존재하는 것 같았고, 그는 그저 신탁의 지시에 따라 그것을 나타나게 하기만 하면 되었다. 만일 인물 중 하나가 그가 막연하게 품었던 계획과 반대되는 선택을 제안하는 괘를 뽑으면, 그는 마음에 드는 괘가 나올 때까지 다시 뽑고 싶은 유혹과 싸워야 했다. 결국 그는 이야기가 스스로 전개되도록 괘의 흐름에 몸을 맡겼다. 저녁이면 거기서 빠져나오는 게 점점 더 힘들어졌다. 그는 생각에 잠겨 오두막과 흰 저택의 울타리 사이 흙길을 걸었다. 집 안에서 사람들 목소리, 음악 소리, 포크와 나이프가 쨍강거리는 소리가 흘러나왔다. 그는 오랫동안 문앞에서 군용 장화에 묻은 흙을 털었다. 그는 첫 번째 책다운 책을 헌정하겠다고 약속한, 하지만 그 책 속에서는 자리를 얻지 못한 여자를 볼 때마다 믿기지 않는 마음이었다. 마치 이 책은 실제 인물들만을 용납하는데 그녀는 그렇지 않은 것 같았다. 줄리아나는 까마귀처럼 새카만 머리였다. 어떻게 내가 이런 금발의, 게다가 이렇게 날카로운 여자와 결혼할 생각을 했단 말인가? 그녀는 마치 예수를 자신의 호흡에 새겨 넣기 위해 끊임없이 그의 이름을 반복했던 러시아 순례자들처럼 항상 소리 지르고, 〈옛 같은!〉, 〈씨발!〉 같은 쌍욕을 입에 달고 다녔다. 마치 입에서 두꺼비들이 쏟아져 나오는 것 같았다. 하지만 그는 얌전히 굴면서 식탁 차리는 것을 도왔다. 딸애들이며 아기와 놀아 주었다. 그러고는 욕실에 가서 심리적 균형을 위해 필요한 갖가지 약을 먹었다. 가끔씩 저녁 늦게, 거기에 아무도 없는 게 확실할 때, 장신구 가게를 들르기도 했다. 공방 안에서 혼자가 된 그는 작업대 앞에 앉았다. 그리고 솔, 펜치, 절단용 가위, 연마기 등 자신도 다루는 법을 알고 싶은 이 작고도 정밀한 도구들을 어루만졌다. 하지만 그걸 모른다고 해서 슬프지는 않았다. 그의 삶에서 이 부분은 책 속에 자리 잡았기 때문이다. 프랭크 프링크가 바로 이런 공방에서 작업했는데, 그가 만들어 내는 것은 지금 필의 눈 아래 있는 이런 번쩍거리기만 한 싸구려 장신구들이 아니었다. 아무도 의식적으로 의도하지 않았지만, 그의 가마에서 나오는 역사적 가치도, 미적인 가치도 없는 물건들은 훨씬 높은 어떤 정신적 가치를 숨기고 있었다. 그것들은 균형 잡히고 조화롭고 도(道)와 일치했다. 그것을 조용히 들여다보기만 하면 실제 세계, 그러니까 외관의 세계 아래 숨어 있는 세계에 들어갈 수 있었다. 앤의 공방에는 그런 것이 없었지만 그의 책 속에는 있었다. 어떤 의미에서는 그의 책 전체가 그런 것이라 할수 있었다. 문학적 차원에서는 별것 아니지만 신비스럽게도 우리를 진실에 이르게 하는 어떤 창조물 말이다. 그의 세계, 앤의세계는 뭔가 이상하다는 느낌이 갈수록 더해졌다. 이 책은 이칠해진 화폭에서 조금 찢긴 부분이고, 이 구멍을 통해 볼 줄 아는 사람이라면 다른 쪽 세계로 넘어갈 수 있을 것이다. 하지만그럴 수 있는 사람은 거의 없다. 앤은 말할 것도 없고.

이야기 구성 방식이 조장하는 복잡하면서도 자연스러운 경로 중 하나를 통해, 프랭크 프링크의 장신구 중 하나가 선물을찾다 간접적으로 프링크의 실직과 전업을 초래한 — 둘 다 그사실을 모르고, 한 번도 서로 만나지 못한다 — 일본인 고위 관료 다고미의 손에 들어간다. 다고미 역시 나름 고민이 있다. 한사람의 생명을 구하기 위해 두 사람을 희생시켜야 하는데, 불교신자에게는 견디기 힘든 현실이다. 낙담한 그는 검은 정장 차림의 홀쭉한 모습으로 샌프란시스코 어느 공원 벤치에 앉아 별생각 없이 호주머니에서 장신구를 꺼내 잠시 만지작거리다 들여다보기 시작한다. 은빛 삼각형이 햇빛에 반짝거린다.

생각에 잠겨 공원을 나온 다고미는 거리에 자전거 택시가 한 대도 보이지 않는 것에 놀란다. 부두에 이른 그는 입을 딱 벌리며 걸음을 멈춘다. 어마어마하게 큰 콘크리트 띠가 만을 따라 쭉 뻗어 있었던 것이다. 마치 놀이 장터에서 보는 어떤 거대한 롤러코스터 궤도와도 비슷한데, 그 위로 이상한 형태의 차들이 개미 떼처럼 지나가고 있다. 다고미는 처음에는 자기가 꿈을 꾸고 있는 거라고 생각한다. 매일같이 이곳을 지나갔지만, 다 지으려면 몇 달 아니 몇 년은 족히 소요될 저 미래에서 온 것 같은 길을 한 번도 본 적이 없었다. 하지만 아무리 눈을 깜빡거려도 그 광경은 사라지지 않는다. 얼이 빠진 그가 어떤 행인을 붙잡고 물어보자, 저것은 엠바카데로 고속도로라는 대답이 돌아온다. 행인의 대답은 마치 동네 바보를 상대하는 것처럼 놀라면서도 재미있어하는 어조다. 일개 백인이 이렇게 건방지게 나오자 다고미는 기분이 나쁘다. 그는 기운을 좀 내고자 어떤 간이식당에 들어가는데, 카운터에 앉아 있는 백인 중 그에게 자리를 양보하는 사람이 아무도 없다. 발밑의 땅이 쑥 꺼지는 기분이다. 여기가 어디지? 내가 대체 어떤 악몽 속에 떨어진 거지? 은빛 삼각형이 길을 잃게 한 것이다. 그를 그의 우주, 그의 공간, 그의 시간에서 거칠게 끌어낸 것이다. 그는 어디가 어딘지도 모르는 채로, 황혼에 잠겨 있고 위협적으로 느껴지는 어떤 장소를 헤맨다. 여기가 객관적 실체를 가진 곳인지 아니면 그의 몸이 갑작스레 쇠약해진 것인지 더 이상 알 수가 없다. 내이(內耳)에 심한 장애가 온 걸까? 아니면 몽유병? 환각?

그러다 자전거 택시들이 다시 나타나고, 미국인이 일본인을 위해 자전거 택시 페달을 밟고 있다. 친숙한 세계가 다시 모습을 드러낸다. 다고미가 이곳을 떠나 있던 시간은 10분도 안 되었을 것이다. 하지만 그는 대체 자기가 어디를 갔었는지 생의 마지막 순간까지 자문할 것이고, 그곳의 문을 연 그 이상한 장신구는 두 번 다시 쳐다보지 못할 것이다. 또 세간에 큰 물의를 일으킨 호손 아벤젠의 유명한 소설 『메뚜기는 무겁게 짓누른다』도 두 번 다시 펼쳐 보지 않을 것이다.

이 호손 아벤젠은 제3제국에서는 금서로 지정됐지만 일본군 점령 지역에서는 어느 정도 자유롭게 읽히며 격렬한 논쟁을 불러일으킨 책을 쓴 SF 작가다. 이 책이 묘사하는 것은 1945년에 연합군이 승리를 거둔 상상적 세계다.

주위 사람들에게 테스트해 보듯이, 딕은 아벤젠의 소설을 그의 책에 나오는 거의 모든 등장인물에게 읽혀 본다. 어떤 독자들이 보기에 이 소설은 너무 어처구니없고 쓸데없는 종류의 픽션, 심지어 미래를 예상하는 소설보다 어처구니없고 쓸데없다. 우리는 앞으로 어떤 일이 일어나지 않을 거라고는 장담할 수 없지만, 과거에 어떤 일이 일어나지 않았다고는 장담할 수 있는데, 실제로 일어나지도 않은 일을 쓰는 것이 대체 무슨 의미가 있단 말인가? 하지만 이 책이 이상하고 불안하게 느껴진다고 하는 이들도 있다. 그들 중 하나는 이렇게 말한다. 「지금까지 아무도 이런 책을 쓸 생각을 하지 않았다니, 참 희한하군요. 이 책은 우리에게 생각하게 만들고 어떤 정신적 교훈도 담고 있는데 말이에요. 예를 들어 우리가 자신의 행복을 소중하게 여기도록 도와줘요. 물론 일본인들의 지배를 받는다는 게 썩 유쾌한 일은 아니지만, 더 고약한 자들 아래 들어갈 수도 있었잖아요…….」

가장 강렬한 반응을 보인 사람은 줄리아나다. 이 매력적이고 병적으로 예민한 흑발 여인을 상상하면서, 딕은 단지 그의 에로틱한 판타지를 마음껏 해방한 것만이 아니라 — 그에게는 결국 그게 그거지만 — 이상적 여성 독자상을 그려 본 거였다. 그녀는 그를 실망시키지 않는다. 그녀는 아벤젠의 소설이 이상하다고, 재미있다고 혹은 우리가 곰곰이 성찰해 보도록 한다고 생각하지 않는다. 그녀는 이 소설이 **참되다고** 생각했다. 〈이걸 나만 알고 있는 건가? 분명히 그럴 거야. 『메뚜기는 무겁게 짓누른다』의 의미를 파악한 사람은 나 말고 아무도 없어. 작가는 우리우주에 대해, 지금 여기 우리를 둘러싸고 있는 것들에 대해 얘기하고 있어. 그는 우리에게 세상을 있는 그대로의 모습으로 보여 주고 싶은 거야. 이 사람을 꼭 만나 봐야겠어.〉

이야기의 풍미를 더하기 위해 딕이 책의 세계 속에서 자신의 것과 짝을 이루는 책을 쓰는 작가를 언급했을 때, 그는 이 작가가 과연 모습을 드러내게 될지, 책의 인물들이 실제로 그를 보게 될지 아직 몰랐다. 어쩌면 그가 존재한다는 사실을 모르는 편이 나을지도 몰랐다. 그를 묘사한다는 생각은 딕에게 매혹과 두려움을 동시에 안겨 주었다. 마치 거울에 다가설 때처럼 말이다.

자기 자신을 만나러 가면서 지금 누가 오고 있을까, 자문해볼 때의 심정이다. 물론 그것은 거울에 비친 그림자, 그저 하나의 반영(反影)에 불과하다. 하지만 어떤 종류의 사람들은 이 거울 뒤에 어떤 깊숙한 공간이 숨어 있지 않다고 생각하지 못한다. 그들에게는 사람들이 편평하다고 생각하는 이 표면 반대쪽에 우리의 세계만큼이나, 어쩌면 그 이상으로 완전하고 현실적인 세계가 존재하지 않는다고 상상하는 게 불가능하다. 우리가 보고 있는 이 통로가 거울의 세계 깊숙이 뻗어 있지 않다고는 결코 상상하지 못한다. 더 나아가 이들은 진짜 세계는 거울 저편에 있고, 우리는 그림자 세계의 주민이라는 생각에 이르게 된다. 필은 어린 시절부터 이걸 알고 있었고, 심지어 다른 사람들보다 더 잘 알고 있었는데, 그는 거울 저쪽 편에 살고 있었기 때문이다. 사람들이 〈현실〉이라고 부르는 이쪽 편에서 제인은 죽었고 그는 죽지 않았다. 하지만 저쪽 편에서는 그 반대였다. 죽은 것은 그였고 제인은 불쌍한 쌍둥이가 살고 있는 거울 위로 애태우며 몸을 굽히고 있었다. 어쩌면 진짜 세계는 제인의 세계이고, 그는 그림자의 세계에, 어떤 림보[3] 안에 살고 있는지도 모른다. 그가 겁먹지 않도록 현실을 완벽하게 모방해 놓았지만, 그는 죽은 자들 가운데서 살고 있는 것이다. 딕은 언젠가 여기에 대해 책을 한 권 써야 할 거라고 생각했다. 사실 우리 모두가 죽었다는 사실을 누군가 발견하게 되는 이야기 말이다.

---

3 가톨릭에서 세례를 받지 못하고 죽은 유아의 경우처럼, 원죄 상태로 죽었으나 죄를 지은 적이 없는 사람들이 머무르는 곳.

신탁은 그에게 거울 저편에 숨어 있는 세계를 묘사하라고 명했고, 그는 순종해서 한 걸음 한 걸음 인도를 받았다. 그는 거울 저편 세계에서 그를 대신해 호손 아벤젠이 쓰는 책을 묘사했다. 또 앤과 정반대인 그 흑발 여자를 묘사했다. 오히려 그가 상상한 것은 제인이라 할 수 있었는데, 앤은 절대로 이해하지 못하고 제인은 이해할 수 있는 것을 이 여자는 이해했다. 호손 아벤젠이 얘기하는 것은 다른 세계, 상상의 세계가 아니라 실제 세계라는 사실이었다. 그리고 이제 그녀는 그를 만나고 싶어 한다. 그리고 만일 자신이 아벤젠이었다면, 자신은 그녀를 너무나 만나고 싶으면서 동시에 끔찍이도 두려울 것 같았다. 마치 제인 혹은 죽음을 만나는 것처럼 말이다. 하지만 그에겐 결정권이 없었다.

책의 결말이 가까워지고 있었다. 그는 남은 페이지 수를 세어 보는 독자만큼이나 그걸 분명히 알고 있었다. 줄리아나는 로키 산맥을 가로지르는 어느 황량한 도로변에 차를 세운다. 그녀의 검은 머리칼이 축축하게 젖어 있다. 몇 시간 전에 그녀가 면도칼로 경동맥을 그어 죽인 어느 나치가 준 새 원피스 아래에서 작고 단단한 젖가슴이 팔딱거린다. 그녀는 핸드백에서 손때 묻은 검은색 『주역』 두 권을 꺼내고, 여전히 엔진이 돌아가고 있는 자동차 안에서 동전 세 개를 던지며 묻는다. 〈자, 이제 어떻게 해야 하죠? 내가 어떻게 해야 할지 제발 알려 주세요!〉

그녀는 42번째 괘 — 〈증가〉 — 를 얻었고, 세 개의 동효(動

爻)는 이를 43번째 괘 — ⟨결단⟩ — 로 바꾸었다.

결단해 왕의 궁정에서 실상을 알리되 진실대로 고해야 할
것이라. 위험.

딕은 입술을 깨물었다. 그는 역점을 칠 때 가끔 그렇듯이 마음 내키는 대로 해석할 수 있는 어떤 모호한 대답을 기대했다. 그런데 이것은 소름이 끼칠 정도로 명확했다. 왕궁으로 가야 한다. 줄리아나는 다시 출발한다.

책 도입부에서부터 아벤젠은 어느 산지의 외딴 벙커에 산다는 말들이 있었지만 — 그래서 별명이 ⟨높은 성의 사내⟩였다 — 딕은 이곳의 묘사에 더 이상 관심이 없었고 그게 사실이 아님을 알고 있었다. 줄리아나의 여행은 콜로라도주 샤이엔 교외에 있는 어느 집 앞에서 끝난다. 납작한 돌로 포장된 소로를 따라가면 차고가 나오고, 정성껏 가꾼 잔디밭에는 아동용 세발자전거가 서 있는, 흰색의 커다란 저택이다. 일층은 전등으로 환하게 밝혀져 있고, 사람들의 목소리와 음악 소리가 흘러나온다. 파티가, 어떤 평범한 파티가 있는 모양이다.

그녀는 안으로 들어간다. 아직 몇 페이지가 더 이어지겠지, 라고 딕은 생각했다. 쓰기 힘든 대화가 한 번 있고 나서 끝날 거야. 그럼 이 빌어먹을 소설이 무엇을 얘기하는지 알게 되겠지.

위험.

아벤젠의 아내가 줄리아나에게 손짓으로 남편을 알려 준다.

아, 호손 아벤젠이 저렇게 생겼군. 덩치가 크고, 수염이 덥수룩한 친구가 칵테일 올드 패션드를 홀짝거리고 있다. 그녀는 그에게 다가가고, 그녀가 자신을 소개하지도 않았는데 둘은 벌써 대화를 하고 있다. 그는 그녀에게 술 한 잔을 권하고, 그녀는 받아들인다. 뭘 마시지? 그래, 올드 패션드만 아니면 돼.

그녀는 찾아온 용건을 설명하고 나서 질문을 한다. 왜 당신은 이 책을 썼죠? 그는 자신이 어떻게 신탁을 사용했는지, 그것이 어떻게 그를 대신해 주제와 역사적 시기와 인물들을 정해 주고, 이야기를 만드는 데 필요한 온갖 자잘한 선택을 해주었는지 설명했다. 그는 자신이 심지어 이 책이 얻게 될 반응에 대해서까지 문의했다고 털어놓았다. 그러자 신탁은 이 책이 엄청난 성공을 거둘 거라고, 그의 커리어에서 첫 번째 대성공작이 될 거라고 대답했단다.

딕은 타자기에서 손을 내려놓았지만, 줄리아나는 답답한 듯 고개를 흔든다. 자신은 어떻게 아벤젠과 신탁이 이 책을 썼는지 알려고 여기 온 게 아니었다. 이것은 그녀도 오래전부터 알던 바였다. 그녀는 이유를 알고 싶어 했다. **왜** 신탁은 아벤젠이라는 대리인을 통해 소설을 쓰기로 결정했을까? 그리고 왜 **이** 소설이었을까? 왜 다른 주제가 아니라 이 괴상한 주제였을까?

아벤젠은 대답할 수가 없다. 딕도 마찬가지였다. 신탁에 물어보는 것 외에는 다른 수가 없다. 따라서 그들은 『주역』과 중국 엽전 세 개와 작괘를 위한 백지 한 장과 연필을 탁자 위에 가지런히 놓는다. 그런 다음 묻는다. 「신탁이여, 왜 당신은 『메뚜기는 무겁게 짓누른다』를 썼나요? 우리는 여기서 어떤 교훈을 얻어야 하나요?」

덕은 잠시 숨을 멈추었고, 이윽고 엽전을 여섯 번 던졌다. 그렇게 육효를 만들었다.

상괘는 손(巽)이요 하괘는 태(兌)라.

61괘. 중부(中孚),[4] 내면의 진실.

산 위에 바람이 불어 수면에 파문이 이느니라. 이렇게 보이지 않는 것이 보이는 결과들로 나타나느니라.

잠시 침묵이 흐른다.

「이게 무슨 뜻인지 알겠어요.」 마침내 줄리아나가 말한다.

아벤젠은 불안스러운, 거의 무섭기조차 한 표정으로 그녀를 노려본다.

「내 책이 사실이다, 그 말이오?」

「네.」

「독일과 일본이 전쟁에서 졌다고요?」

「네.」

그는 책을 덮고 말없이 일어선다.

「심지어 당신도…….」 줄리아나는 경멸적인 어조로 말한다. 「당신도 진실을 똑바로 쳐다볼 용기가 없군요.」

그러고 나서 그녀는 밖으로 나간다.

---

4 손괘와 태괘가 거듭된 것으로, 못 위에 바람이 있음을 상징한다.

딕은 어안이 벙벙해 그녀를 눈으로 좇았다. 이게 책의 결말이란 말인가? 이런 결말을 원하는 편집자는 아무도 없을 것이다. 그에게 이 결말을 설명하고, 정당화하라고 요구할 것이다. 심지어 작가인 그 자신조차 이 결말이 불편하기 그지없었다. 그는 『어긋난 시간』에서는 레이글 검의 예감이 옳았다고 단언하는 것으로 그치지 않고, 그 이유도 설명했다. 그는 주인공을 중심으로 돌아가는 세계를 설명하는 대(對)미사일 방어전 이야기를 지어내느라 머리를 쥐어짰다. 이런 설명은 독자들에 대한 그의 의무이기도 했다. 그런데 지금 『높은 성의 사내』를 쓰면서는 이 점에 대해 조금도 신경 쓰지 않았다는 사실을 깨달았다. 다시 말해 자신은 마지막 책 마지막 장에 와서야 누가, 어떻게 그리고 왜 죽였는지 자문해 보는 한심한 추리 소설 작가처럼 굴었던 것이다. 그는 『주역』에 기대를 걸었다. 『주역』이 어떤 출구를 마련해 주리라 생각했다. 그런데 『주역』은 모호하면서도 사람을 조롱하는 듯한 말 한마디만, 이 형편없는 화두 하나만 툭 던지고는 그를 저버린 것이다. 이 배신이 더욱 짜증 나게 느껴지는 것은, 만일 자기가 제때 제대로 작업했더라면, 이야기 곳곳에 필요한 암시를 심어 놨더라면, 이런 종류의 진실 폭로는 나치즘을 — 적어도 부분적으로 — 다루는 책에 완벽하게 들어맞을 수 있는 요소였기 때문이다.[5] 이것은 해나 아렌트를 읽을 때 그

---

5 표면적으로는 전체주의가 지배하지만, 사실은 민주주의가 지배하는 세상이 무대인 이야기. 사실은 전체주의가 지배하지만 겉으로는 민주주의가 지배한다는, 상당히 개연성 있는 현실을 거꾸로 얘기한 것이다. 이 이야기는 그런 의미를 가질

를 강하게 사로잡은 생각이기도 했다. 아렌트에 따르면, 전체주의 국가의 목적은 사람들을 현실에서 단절시키고, 그들을 허구 세계에서 살게 하는 것이었다. 전체주의 국가들은 평행 우주 창조라는 허무맹랑한 몽상에 실체를 부여했다. 성 토마스 아퀴나스는 부정하고, 성 페트루스 다미아니는 인정했던 전능자의 특권, 즉 과거를 바꾸고, 있었던 것을 없게 만드는 특권을 나치와 볼셰비키는 역사를 다시 쓰고, 그들이 지어낸 거짓 역사를 부과함으로써 쟁취했다. 트로츠키는 붉은 군대 수장이 아니었고, 베리아Beria는 소련 대백과사전에서 사라져 버리고, 대신 덜 수치스러운 이웃 항목, 〈베링Bering 해협〉 내용을 늘렸다. 또 이들보다는 덜 유명한 집단 수용소 희생자들에 대해 말하자면, 나치의 목표는 그들을 죽이는 게 아니라 그들이 아예 존재한 적 없게 만드는 거였다. 아렌트는 한 놀라운 대목에서 경찰이 살 만한 가치가 없다고 판단되는 개인 각각의 주변 인물들을 표시해 놓은 커다란 종이를 묘사한다. 이 개인을 표시하는 점을 중심으로 가족, 그리고 가까운 친구를 표시하는 점들을 동심원 형태로 배열해 놓은 것이었다. 가족과 친구 다음에는 직업상 접촉하는 사람들과 먼 지인, 그다음에는 없어져 버렸으면 하는 이 존재를 개인적으로 알지는 못하지만 그에 대한 얘기를 들었던 사람들이 오는데, 종이 크기라는 현실적인 문제만이 이 원을 인류 전

수 있었다. 다시 말해 좀 더 개연성 있는 이야기는 후자다. 겉은 민주주의지만 실상은 전체주의인 세상. 그런데 바로 그 이야기는 딕의 현실 그 자체였다. 그렇다면 딕의 현실은 허구란 말인가? 딕은 현실이 아닌, 소설 속에 있는 것일까?

체로 확장시키는 것을 막아 주었다. 어느 날 딕은 어느 통계학자의 글에서, 인류는 대여섯 번 악수를 통해 모두가 서로 연결될 수 있다는 아주 재미있는 이론을 읽었다. 그는 앤에게 설명했다. 「이게 무슨 뜻이냐면, 자기는 리처드 닉슨이나 인도 베나레스 주민 중 하나와 악수한 사람과 악수한 사람과 악수한 사람과 악수한 사람과…… 살면서 반드시 한 번쯤 악수를 하게 된다는 소리야.」 전체주의적 유토피아의 악몽이자 연료이기도 한 이전 세계적 전염 원리의 논리적 귀결은 강제 수용 집행인들을 포함한 모든 사람을 강제 수용소에 처넣는 것이다. 하지만 심지어 전체주의 국가도 현실 원리에서 완전히 자유로울 수는 없기 때문에 다른 해결책을 찾아야 했는데, 그것은 실종자들을 이 세상에서 깡그리 지워 버리는 거였고, 여기에는 자료뿐만 아니라 일시적으로 살아남은 자들의 기억까지 포함되었다. 그리고 전체주의 국가들이 인류가 발견하게 한 가장 소름 끼치는 것 중 하나는 바로 이 작업이 가능하다는 사실이었다. 딕은 생각했다. 만일 지금 제3제국이 유럽을 지배하고 있다면, 그들의 기하급수적 확대 논리로 수천만이 몰살당했을 수도 있지만, 어쩌면 살아남은 사람들도 시체 태우는 화덕이 내뿜는 연기로 매일 목구멍이 따끔거리는데 아무것도 모르고 있을 수 있어. 만일 살아남는다는 게 이런 대가를 치러야 하는 거라면, 글쎄, 그래야 할 필요가 있을까?

그는 또 일반 대중을 위한 어느 과학 잡지에서 다음과 같은 심리학 실험에 대한 기사를 읽은 적이 있었다. 칠판에 선을 두 개 긋는데, 하나(A)는 다른 하나(B)보다 확연히 길다. 그런 다음 칠판을 다섯 사람에게 보여 주면서, A와 B 중 어느 것이 더 긴지 묻는다. 이렇게 우스울 정도로 쉬운 문제 앞에서 모두가 한 차례 웃음을 터뜨린 뒤 한 사람씩 대답한다. 그룹에서 네 명은 실험자와 공모해, 사실이 명확한데도 불구하고 A보다 B가 더 길다고 단언한다. 이 실험의 유일한 피실험자인 다섯 번째 사람은 큰 심리적 혼란을 겪은 끝에, 결국에는 예외 없이 감각의 증언을 거부하고 일반적 의견에 합류한다. 전체주의 국가들이 더 큰 규모로 행한 것이 바로 이런 종류의 실험이었다. 그들은 사람들에게 의자를 보여 주면서, 그들이 이것은 탁자라고 말하게 만드는 능력을 개발했다. 더 나아가, 그게 탁자라고 믿게 만들었다. 이런 관점에서 볼 때, 그가 책에서 얘기한 내용이 그렇게 터무니없는 것만은 아니었다. 심지어 어떤 깊은 진실을 만졌다고까지 할 수 있었다.

물론 — 딕은 생각했다 — 역방향으로의 가설로 소설을 썼으면 더 그럴듯했을 거야. 왜냐하면 어떤 민주주의 체제가, 그게 아무리 마녀사냥 등으로 썩어 들어가고 있다 할지라도, 사람들로 하여금 자신이 어떤 전체주의 체제하에 살고 있다고 믿게 할 이유는 별로 없으니까. 반면, 만일 독일과 일본이 승리했다면, 미국인들을 더 잘 지배하기 위해 그들이 정반대로 믿도록 한다고 상상하는 것은 충분히 가능해. 미국인들은 자신이 제3제국의 미쳐 버린 신민이라는 사실을 전혀 모르는 채, 교외의 평화로우면서도 시시한 삶을 계속해 나가고, 자기네 헌법을 자랑하고 있는 거지. 매년 수백만의 동포가 흔적도 없이 사라지는데 아무도 거기에 주의를 기울이지 않고, 문제도 제기하지 않는 거야. 그만큼 인간에게 무지의 본능은 강력한 거지. 하지만 이 경우, 자신이 사는 세상에 의심을 품고, 거기에서 소설의 얼개를 끌어내야 할 사람은 거울 속 분신인 호손 아벤젠이 아니라 이른바 〈자유 미국〉의 주민, 필 딕일 거야.

그런데 그가 지금까지 한 일이 바로 그거였다.

자, 진정하자…….

그는 이 터무니없는 생각의 톱니바퀴에서 벗어나기 위해 머리를 부르르 흔들고 기지개를 켰다. 그는 결론을 위한 영감을 얻으려는 목적으로 점괘 주해를 다시 한번 훑어보았다.

〈편견 없는 마음만이 진실을 받아들일 수 있느니라.〉

그는 시뻘겋게 화난 편집자에게 이 말을 하는 자신을 상상하면서 혼자 킥킥거렸다. 그러고는 마지막 시도를 해보았다.

몽(蒙). 아둔함.

내가 어린 바보를 찾지 않고, 어린 바보가 날 찾느니라. 한 번 물으면 난 알려 주지만, 두 번 세 번 묻는 것은 성가신 것이라. 성가시면 알려 주지 않을 것이라. 인내가 유익하니라.

알았어, 알았어. 딕은 기분이 상해서 말했다. 그래, 알았다고!

그렇다면 줄리아나는 말할 수 있는 것을 모두 말한 거였다. 그는 타자로 〈끝〉이라는 단어를 쳤고, 거기에 자기 얘기가 나오는지, 또 아벤젠은 문제를 어떻게 해결했는지 알기 위해 『메뚜기는 무겁게 짓누른다』의 마지막 페이지를 읽어 보고 싶다는 생각을 하며 집으로 돌아왔다.

7
바보짓

점괘가 예언한 대로, 『높은 성의 사내』는 딕의 문학 커리어에서 첫 번째 성공작이 되었다. 그는 미국 SF 작가가 기대할 수 있는 가장 큰 상인 휴고상을 받았다.

몇 주 후, 그가 쓴 열한 편의 주류 문학 소설이 들어 있는 큼직한 소포가 도착했다. 동봉된 서신에서, 그의 에이전시는 자신은 할 수 있는 데까지 해봤지만 아무도 원하는 사람이 없으며, 이런 쪽으로 쓴 작품은 아쉽지만 포기하겠다고 설명했다. 딕은 실망했으나 결코 놀라지는 않았다. 어떤 이해할 수 없고도 뛰어넘을 수 없는 장애물이 마치 자기장처럼 자신을 이 약속의 땅으로부터, 존경할 만한 문학으로부터 떨어뜨려 놓고 있다는 생각에 익숙해져 있었다. 주사위는 던져졌다. 이제 그는 소의 꼬리가 되느니 닭의 머리가 될 거였다. 내 카르마가 그걸 원하고 있어, 라고 그는 농담 반 진담 반으로 말하곤 했다.

그가 느끼기에 이 이중의 판결은 그의 자존심이나 앤의 자존심에 썩 달갑지 않은 자리를 결정적으로 부여해 주는 것 같았다. 하지만 그는 이게 자신의 자리라는 것을, 그리고 자신은 오직 여기에서만 진가를 발휘할 수 있다는 것을 깨닫기 시작했다. 물질적 파급 효과를 기대했지만 결국 주지 않은 상(償) 이상으로, 거울 이편에서 호손 아벤젠 역을 하며 느끼는 쾌감에다 완벽한 장인이 된 듯한 느낌은 그에게 자신의 길을 찾았다는 확신을 주었다. 여기서 그가 쓰고 있는 것은 SF로 분류될 수밖에 없었지만 이런 것을 쓸 수 있는 사람은 오직 자신뿐이었다. 이로 인해 가난한 무명 작가로, 기껏해야 이 좁은 바닥에서나 알려진 작가로 남아야 한다고 해도 어쩔 수 없었다. 그는 이것을 기꺼이 받아들이지는 않았지만 다른 선택이 없는 게 오히려 자신에게는 행운이라는 것을 어렴풋이 느끼고 있었다.

나이가 거의 5천 년이나 되는 신탁이 딕에게 〈내면의 진실〉을 보장해 준 이후, 그는 **이디오스 코스모스**의 미궁 속으로 체계적으로 빠져들었다. 이제부터 그의 개인적 〈바보짓〉은, 현실은 각자의 주관성에 의해 여과되기 때문에 직접적으로 파악하기 불가능하며, 현실에 대한 보편적 합의는 어떤 기만의 결과일 뿐이라는 직관을 중심으로 짜일 거였다. 모든 이성적 존재들이 각각의 지각과 판단을 뛰어넘어 〈현실〉로 간주하기로 합의하는 것은 하나의 환상이요, 다수를 속여 먹으려는 어떤 소수나 만인을 속여 먹으려는 어떤 외부의 힘이 꾸미는 하나의 시늉일 뿐이다. 우리가 현실이라고 부르는 것은 현실이 아닌 것이다.

딕의 이러한 직관에 접목된 것은, 당시 시대적 흐름이 태평양 연안에까지 싣고 온, 그리고 모종의 변질된 의식의 방식들을 절대적 〈현실〉에 대한 직접적 통로로 제시하는 사상이었다.

1954년, 올더스 헉슬리는 윌리엄 블레이크의 한 문장(〈만일 **지각의 문들**이 깨끗하게 닦인다면, 모든 것이 있는 그대로의 모습으로, 즉 무한한 모습으로 나타날 것이다〉)에서 따온 〈지각의 문〉이라는 제목으로 메스칼린[1] 체험담을 발표했다. 커리어 초기 뛰어난 풍자 작가였던 헉슬리는 신비주의에 대한, 그리고 모든 종교의 보편적 토대에 대한 연구 쪽으로 방향을 틀어 많은 팬을 놀라게 하고 심지어 경악하게 했다. 메스칼린은 그에게 엄청난 효과를 안겨 주었다. 그는 그 약물이 신비적 깨달음을 가져오지는 않는다고 표면상으로 인정했지만 이렇게 주장했다.

통상적인 인식의 궤도 밖으로 튕겨 나가, 시간을 초월한 몇 시간 동안 외부 세계와 자기 내부를 생존의 강박 관념에 사로잡힌 동물이나 단어와 관념들로 포화된 인간에게 보이는 모습으로가 아니라, 절대적 정신이 직접적이고도 절대적으로 포착하는 모습으로 보게 되는 것, 그것이야말로 비할 수 없는 가치를 가진 경험이요, 가톨릭 신학자들이 〈대가 없는 은총〉이라고 부르는 것, 구원을 위해 필요하지는 않지만 잠재적으로 유용한, 그래서 우리에게 나타날 때 감사히 받아야 하는 바로 그것이다.

1 알칼로이드의 하나로 무색 고체. 일부 선인장에 함유되어 있으며 환각 작용을 일으킨다.

요컨대 그는 메스칼린을 부처나 마이스터 에크하르트의 **이디오스 코스모스**, 다시 말해 궁극적인 현실을 잠시나마 맛볼 수 있는 수단으로 제시했다. 그것은 모두에게 열려 있고, 위험성이 없는 ― 약간 기분 나쁠 정도로 ― 손쉬운 방법이었다. 뭐, 완전히 위험성이 없다고는 할 수 없지만 말이다. 헉슬리는 자기 경험을 상세히 얘기하면서, 평소에 정신적 문제가 없는 모르모트인 자신조차 언뜻 감지한 심연을 언급하지 않을 수 없었다. 왜냐하면 〈절대적 현실〉로의 침잠은 신비주의적 상태뿐 아니라 광기의 특징이기도 하며, 따라서 스스로 항상 의식하지는 못하는 어떤 성향들이 사용자를 천국뿐 아니라 지옥으로도 데려갈 수 있기 때문이었다. 베르그송과 이른바 〈생의 철학〉의 뒤를 이어, 헉슬리는 인간의 뇌를 우리가 지닌 형편없는 수신기들에는 너무 풍부한 정보를 제공하는 〈절대적 현실〉을 여과하는 메커니즘으로 여겼다. 이 메커니즘은 마약에 의해 잠시 느슨해질 수도 있고, 정신병에 의해 만성적 손상을 입을 수도 있다. 그리고 헉슬리처럼 자신의 플란넬 바지 주름에서 부처의 법신(法身)을 발견하며 법열에 젖는 어떤 이들은 이 〈절대적 실체〉를 평정한 마음으로 관조한다면, 이것 앞에서 〈끊임없이 다가오는 그것의 기이함과 그 극도의 강렬함을 인간적 혹은 우주적 악의로 해석하고, 살인적 폭력에서부터 긴장증에 이르는 격렬한 반응들을 보일 정도로〉 공포에 사로잡히는 사람들도 있다. 〈이 악몽 같은 길에 일단 들어서면, 더 이상 멈출 수가 없다. 한번 잘못 시작하면, 주위에서 일어나는 모든 일이 자신을 향한 어떤 음모의 증

거처럼 보인다.〉 헉슬리는 두려워하며 매듭짓는다. 〈그렇다, 나는 이제 광기가 뭔지 안다고 생각한다.〉

1943년에 알베르트 호프만이 제약 회사 산도스를 위해 합성한 LSD 25의 최초 실험자들은 이 성분이 광기를 직접 체험해 보는 것 외 다른 용도로 사용될 수 있으리라고 전혀 상상하지 못했다. 대부분 정신과 의사였던 이들은 이 물질을 환자들이 느끼는 것을 잠시나마 느끼게 해주는 〈조현병 유발 물질〉로 여겼다. 나중에 와서야 사람들은 헉슬리의 영향, 그리고 이 약물을 숭배했던 로스앤젤레스의 여러 종교 성향 소규모 과학 단체들의 영향하에 이것을 절대적 현실을 체험하기 위한 용도로 사용할 것을 고려하게 되었다. 어떤 이들은 이 물질을 그것의 가장 오래된 암호명인 〈신〉이라는 이름으로 부르기를 서슴지 않았다.

1960년대 초 캘리포니아주에서 널리 읽히던 『지각의 문』을 발견했을 때, 이 책에서 헉슬리가 전개하는 생각들은 딕에게 어떤 친숙한 반향을 불러일으켰다. 그도 늘 그렇게 생각해 왔던 것이다. 하지만 당시 그는 LSD도 메스칼린도 하지 않았고, 심지어 대마초를 건드린 적도 없었으며, 만일 누가 자신을 마약하는 사람으로 취급했다면 깜짝 놀랐을 것이다. 그는 어깨를 으쓱하며 대답했으리라. 자신은 명화들로 장식된 서재에서 한가로이 그런 종류의 실험을 행하고, 거기에 대해 아주 유식하게 논하는 그런 우아한 작가 중 하나가 아니라, 가족을 먹여 살리기 위해 책상에 붙어 뼈 빠지게 일해야 하고, 마약을 할 시간도 경제적 여유도 없는 프롤레타리아일 뿐이라고 말이다. 물론 그는 쉴 새 없이 알약을 복용하고 있었다. 두근거림을 위한 서파실, 공황 장애를 위한 세목시드린, 대뇌 자극을 위한 벤제드린, 또 이 약들의 부작용을 완화시키기 위한 기타 자질구레한 것들……. 물론 이 모든 알약은 이따금 그를 이상한 상태로 빠뜨리곤 했다. 사물과 사람들이 마치 엑스레이를 비춘 것처럼 보였는데, 사람들 속에 라디오나 텔레비전 수상기 내부처럼 전선이며 금속이나 플라스틱으로 된 부품들이 어지럽게 얽혀 있었다. 이런 환영들은 조금도 유쾌하게 느껴지지 않았다. 또 몇 해 전부터 매일 최대한의 양으로 복용하는 어떤 약품의 설명서를 한번 읽어 보고 싶은 마음이 들어 펼쳤다가 거기서 이 약을 남용하면 〈환각, 망상, 심각한 심장 장애 그리고 **사망**을 초래할 수 있다〉는 문구를 발견했을 때도 마찬가지였다. 하지만 작업 리듬이 거기에 달려 있어, 이 약들 없이는 지낼 수가 없었다. 정말이지 이런 것을 복용하는 것은 쾌락을 위해서도 아니요, 2백 달러짜리 플란넬 바지에서 부처의 법신을 발견하기 위해서도 아니었다. 그리고 그는 청바지만 입었다.

반면, 정신병에 관해서라면 거의 패러디로 느껴질 정도로 증상들을 빠짐없이 모아 놓은 그의 소설 『알파성의 씨족들 *Clans of the Alphane Moon*』(1964)이 증언하듯이, 그는 자신을 일종의 전문가로 여겼다. 이 위성은 처음에는 정신병에 걸린 지구인 식민들을 수용하는 치료소였으나 전쟁으로 지구와 교류가 단

절되었고, 그 결과 두 세대 전부터 거기 방치된 정신병자들은 인도의 카스트 시스템과 비교될 수 있는 여러 씨족으로 구성된 사회를 이룬다. 우선 조광증적이고 지배적이며 공격적이고 그들의 도시인 다빈치 언덕에서 절대적 권위를 행사하는 맨스족, 교묘한 정치가이자 전략가이며 수많은 방어 시스템으로 보호되는 아돌프빌 벙커에 숨어 사는 편집증 환자 파르족, 음울한 코튼 매더 마을에서 한없이 늘어져 있는 조울증 환자 뎁족, 행성 공무원으로 채용되곤 하는 강박장애 환자 옵콤족, 변덕스러운 창의적 재능으로 햄릿-햄릿 마을을 유쾌하게 꾸며 놓는 다형성 정신 분열증 환자 폴리족, 떠돌이 시인이며 예언가인 스키츠족, 마지막으로 사회 최하층에 있으며 돼지우리 같은 간디 타운에 웅크리고 있지만 강력한 정신적 능력을 지닌 성인들도 섞여 있는 파과증 환자 히브족. 딕은 이 소설을 통해 생존의 관점에서 다양한 정신병의 장점을 비교해 볼 작정이었고, 당시 시대적 분위기에 걸맞게 충분히 긍정적인 결론을 끌어냈다. 알파성의 사회는 상당히 잘 돌아가고 있으며, 모두가 공식적으로는 건강하다고 여겨지지만, 사실은 이 임상적 범주 중 하나에 묶일 수 있는 우리 사회와 크게 다를 바 없다. 그리고 지구에서 방문객이 도착하면 통관 절차처럼 이런 분류를 하는데, 테스트 결과는 이른바 정상적인 사람들이 자신에 대해 얼마나 모르는지를 보여 준다.

　사람들을 대상으로 이런 심리 테스트를 해보는 것은 딕이 소년 시절에 즐기던 놀이 중 하나였다. 그는 주변 사람들을 관찰하고, 그들이 어떤 종류의 정신병에 대한 성향이 강한지 보기 위해, 최대한 자연스럽게 질문했을 때, 거기에 대해 어떻게 반응하고 대답하는지 살폈다. 물론 그는 그의 소설에 나오는 정신과 의사들만큼 정교한 심리 분석 테스트를 갖추지 못했지만 그는 자신의 직관을 믿었고, 필요한 경우에는 『주역』의 도움을 받아 나름의 진단서를 꾸밀 수 있었다. 앤의 딸들은 딕이 제안하는 〈당신은 어떤 종류의 미치광이일까요?〉 놀이를 열광적으로 받아들였다. 자신을 생쥐로 여기는 사람? 자신을 에이브러햄 링컨으로 여기는 사람? 자신을 정신 병원장으로 여기는 사람? 아니면 또 누구? 딸들은 끊임없이 그 놀이를 했고, 거기에 자기네 친구들까지 끌어들였다. 그 계절 내내 아이들은 모이기만 하면 그 놀이였고, 그들이 다음과 같은 대화를 나누며 폭소를 터뜨릴 때마다 여교사는 짜증이 나 죽을 지경이었다.

「하지만 호랑이는 신발 흙 털개를 먹지 않아!」

「맞아, 하지만 우리 교장은 그걸 모를걸?」

이걸 유행시킨 장본인이 루벤스타인가(家) 아이들이라는 사실을 알게 된 여교사는 그들의 부모에게 알리려 했다. 앤이 집에 없어서 딕이 그녀를 맞았는데, 그는 그녀의 교육 이론에 깊은 관심을 보이면서 앞으로는 자기가 신경 써서 아이들의 과도한 상상력을 가라앉히겠노라며 안심시켰다. 하지만 그녀를 배웅하면서, 아기 로라를 깔깔거리게 만드는 그 미친 광신도 같은 표정을 짓고 싶은 충동을 이기지 못했다. 그는 눈을 번쩍거리며 냉소적이면서도 황홀한 듯한 표정을 하고서 이렇게 속삭였다.

「이걸 아무한테도 말하면 안 되는데요……. 난 유명한 작가, 필 딕입니다.」

여교사는 경악해서 그를 쳐다봤다. 그의 얼굴은 교사의 푸념을 경청한 세심하고도 책임감 있는 학부모로 돌아와 있었다.

「뭐라고요?」 그녀는 더듬거리며 반문했다.

「네? 아무 말도 안 했는데요?」

그녀는 자기가 꿈을 꾼 걸로 생각하기로 했다.

앤은 이런 익살스러운 장난들을 별로 좋게 받아들이지 않았다. 그녀는 아이들 앞에서 그들의 아버지가 정신 병원에서 사망했다는 사실을 떠올리려 하지 않았지만, 필에게는 그의 병력을 가지고 공격을 서슴지 않았다. 그들이 관계를 시작했을 때, 필은 거기에 대해 많이 얘기했었다. 더구나 가족에 대한 감각이 있었던 앤은 도러시를 종종 초대했는데, 도러시는 시어머니가 며느리에게 할 수 있는, 하지만 아들로서는 옆에서 듣고 있기 짜증스러운 온갖 속내 이야기를 털어놓았다. 그가 어렸을 때 얼마나 착했는지, 얼마나 낯을 가렸는지, 그의 죽은 쌍둥이 누이에 대해 정신과 의사들이 뭐라고 말했는지, 몇 살까지 이불에 오줌을 쌌는지 등 말이다. 또 그녀는 자신처럼 쌍둥이를 낳은 동생 매리언에 대해서도 기꺼이 얘기했다. 그녀와 달리 매리언은 쌍둥이 중 누구도 죽게 내버려 두지 않았고, 흠잡을 데 없는 가정주부의 모습을 보여 주었다. 그러나 필이 대학생이었던 1940년대 말엽 그녀는 뚜렷한 이유 없이 심각한 정신 질환을 앓았는데, 이 질환이 긴장성 조현병으로 발전했다. 도러시는 입원한 그녀를 자주 면회 가며 정성껏 보살폈고, 잠시 호전되어 퇴원했을 때는 최근에 아들이 독립해 빈방이 있는 자기 집에서 지내게 했다. 그녀는 헌신적으로, 하지만 그때그때 떠오르는 엉뚱한 생각에 따라 사이언톨로지 요법이나 빌헬름 라이히의 오르곤 테라피 같은 기적적인 치료법들을 옮겨 다니며, 기상천외한 방식으로 동생을 돌봤다. 그녀는 동생의 병에 대해 낭만적인 생각을 품었고, 생의 끝자락에 다다른 매리언이 자꾸 뭔가에 삼켜지는 듯한 끔찍한 느낌에 사로잡히자, 그녀는 지금 어떤 놀라운 환상을 즐기는 것이라고 주장했다. 어느 날 그녀는 10년 전 매리언이 죽었을 때 자기 일기장에 적어 둔 추도사를 앤과 필에게 읽어 주었다.

그녀는 더 이상 살기를 원치 않았습니다. 그녀가 살고 있었던, 그리고 우리가 창조의 정수(精髓)로 여기는 모든 것을 담고 있는 다른 세계의 매력이 너무나 강했기 때문입니다. 그녀는 이 세계와 모든 이에게 공통된 세계에서 동시에 살아 보려 애썼지만 허사였습니다. 하지만 살면 살수록 나는 각자 자신만의 세계를 가지고 있으며, 현실 세계에 진정으로 속한 사람은 아무도 없다는 것을 확신하게 됩니다. 우리는 모두가 이방인인 것입니다.

이 낭독은 필을 불편하게 만들었다. 앤은 잔인한 눈빛으로 윙

크를 했는데, 이 눈짓의 의미는 명백했다. 〈아하, 집안 내력이 있었구면!〉

(이야기를 보충하자면 이렇다. 매리언이 죽은 지 얼마 되지 않았을 때, 홀아비가 된 남편이 찾아와 주장하기를, 자기는 고인으로부터 그때까지만 데면데면한 사이였던 도러시와 결혼하라고 명하는 메시지를 받았다. 그리하여 1954년에 결혼식이 거행되었고, 이후 도러시는 동생의 쌍둥이를 입양해 키웠는데, 이 점은 필이 자신이 얼마나 흥미로운 케이스인지 보여 주려 할 때마다 화룡점정 격으로 사용하던 디테일이었다.)

『높은 성의 사내』를 발표한 이듬해 쓴 『화성의 타임슬립』에서 딕은 메스칼린을 잠시 맛보고 돌아온 헉슬리보다 훨씬 진지하게 〈정신병자로 산다는 것은 어떤 느낌인가?〉 하는 문제를 제기한다.

작품 전체에 걸쳐 등장인물들에 파급을 미치는 어떤 자살에서부터 시작되는 이 소설은 지구가 방기하고, 경쟁 세력들이 제각기 영토를 차지하고 힘을 겨루는 화성을 무대로 펼쳐지는 어떤 부동산 투기 이야기다. 막강한 힘을 가진 수자원 노동조합의 우두머리는 사업상 목적으로 미래를 보고자 한다. 이때 어떤 상냥한 정신과 의사가 당시 유행하는 이론을 그에게 설명해 주는데, 이 이론에 따르면 자폐증과 일반적인 조현병은 시간 인식 장애에 다름 아니라는 것이다. 조현병 환자를 우리와 구별 짓는 것은, 조현병 환자는 그가 원하든 원하지 않든 지금 이 순간에 모든 것을 갖는다는 점이다. 영화를 볼 때 우리에게는 장면들이 하나하나 이어지며 지나가지만, 조현병 환자에게는 필름 통 전체가 한꺼번에 쏟아져 내린다. 그에게 존재하는 것은 인과성이 아니라, 볼프강 파울리가 〈동시성〉이라고 불렀고, 융의 주장에 따르면 ─ 하나의 수수께끼를 다른 수수께끼로 대체한 격이지만 ─ 우연의 일치 현상을 설명해 준다는 그 비인과적 연결의 원리다. LSD에 취한 사람이나 ─ 우리가 신의 **이디오스 코스모스**를 알 수 있다는 가정하에 ─ 신처럼, 그는 영원한 현재 속에 잠겨 있다. 현실은 그에게 하나의 덩어리로 다가온다. 그것은 아직도 계속되고, 영원히 계속될 일종의 항구적인 자동차 사고인 셈이다. 따라서 어떤 의미에서 조현병 환자는 우리가 〈미래〉라고 부르는 것을 볼 수 있다. 이에 흥분한 수자원 노동조합장은 딕의 작품에 늘 등장하는 축 처진 인물, 그러니까 과거에 조현병을 앓은 적 있고 토스터에서부터 헬리콥터 프로펠러에 이르는 온갖 물건을 수리할 수 있는 ─ 중고 부속이 드문 화성에서는 귀하게 여겨지는 직업이다 ─ 어떤 남자에게 도움을 청한다. 조합장은 만프레드라는 자폐아와 정신적으로 접촉해, 그에게서 귀중한 정보를 빼올 수 있게 해줄 장치를 만들어 달라고 요청한다.

수리공은 별로 내키지 않는다. 그는 조현병 환자였던 자기 과거를 떠올리게 하는, 지금까지 간신히 억눌러 왔던 질문을 다시 깨울 수 있는 모든 것이 싫다. 과거에 그의 사장이 톱니바퀴와 전선으로 이루어진 인공적 구조물처럼 보인 적이 있었다. 그것은 환시나 환영이었던가, 아니면 가면이 벗겨진 진정한 현실이었던가? 하지만 그는 어린 자폐아에게 정을 느끼고, 매리언을 대하는 도러시만큼이나 낙관적인 마음으로 〈이 아이의 닫힌 정신 속에는 순수하고 아름답고 진정으로 순진무구한 어떤 세계가 숨어 있음이 분명하다〉고 상상하기에 이른다.

하지만 그것은 엄청난 착각이었다. 곧 이상한 사건들이 일어나기 시작한다. 브루노 발터의 모차르트 음반이 끔찍한 불협화음으로 느껴진다. 친구들과 파티를 즐기는데, 그들을 뚫어져라 응시하지 않으면, 시야 언저리에서 그들의 몸뚱이가 어떤 유기적 분해 작용에 의해 허물어지고 쩍쩍 균열이 간다. 사람들이 살고 있는 객관적 우주에 만프레드의 우주가 침범해 들어온다. 사람들이 조금이라도 틈을 보일라치면, 아이는 그들을 자신의 현실 속으로 끌어들인다. 그리고 이 현실은 엔트로피가 갉아먹는 소름 끼치는 현실, 바로 죽음의 영역이다. 딕은 스위스의 정신과 의사 루트비히 빈스방거의 임상 논문을 읽으며, 〈무덤-세계〉의 개념에 큰 충격을 받은 바 있었다. 조현병 환자는 모든 것이 이미 일어난 동시에 지금도 일어나고 있는, 그리고 더 이상 아무것도 일어날 수 없는 이 영원한 죽음 가운데, 이 무덤-세계에 살고 있는 ─ 이렇게 사는 것이 사는 거라고 할 수 있다면 ─ 것이다. 그리고 이 무덤은 다가오는 사람들을 삼켜 버리고, 모든 것과 모든 사람을 먹어 버릴 준비를 하고 있다.

모든 사람이 만프레드가 된다. 모두의 입에서 목소리 대신 침울한 괴성이 흘러나온다. 〈나는 아직 대화를 나눌 수 있는 누군가와 얘기하고 싶어! 만프레드 같지 않은 사람과 말이야!)라고 수리공은 겁에 질려 외치는데, 여기서도 그의 입술을 움직이는 것은 만프레드다. 수자원 노동조합장은 그가 바라던 대로 시간 속을 여행하지만, 이 시간은 만프레드의 그것으로 무덤-세계의 죽은 시간이고, 여행은 악몽으로 변한다. 성실한 비서는 포식자 괴물로 변하고, 물건들은 뾰족뾰족한 모습으로 적대감을 드러내며, 커피는 쓰디쓰고 더럽기 그지없다. 어떤 텅 빈 어둠의 가면이 조합장 위에 나타나더니 그의 얼굴 위로 내려온다. 그는 자신이 어리석게도 쫓아 버린 따뜻하게 살아 있는 현실을 더 이상 보지 못하리라는 것을, 자폐아의 세계에 영원히 갇혀 버렸다는 것을 깨닫는다. 그리고 그는 거기서 죽는다.

다른 사람의 악몽 속에서 죽는 것보다 끔찍한 일이 있을까? 딕은 조합장에게 이 결말을 면하게 해주고, 대신 더 자비로우면서도 아이러니한 결말을 맞게 한다. 마법이 풀리고, 그는 무덤-세계에서 빠져나온다. 그런데 나오자마자 이야기의 어느 겹가지에서 튀어나온 부차적인 인물한테 어이없게도 살해당한다. 죽어 가는 몸으로 병원에 호송되고 있을 때, 그는 자신의 죽음을 믿으려 하지 않는다. 그는 웃는다. 이제는 거기에 다시 끌려가지 않을 것이다. 그는 자신이 아직도 어처구니없이 죽었다가 다시 깨어나기를 반복하는 그 빌어먹을 조현병적 우주 안에 있다고 믿는다. 자신은 곧 깨어날 것이다. 하지만 이번에는 그런 일들이 결코 일어날 수 없는 따뜻하게 살아 있는 현실 가운데서 깨어날 것이다. 그는 이렇게 믿으며 죽는데, 이번에는 진짜다.

어쩌면 이편이 나을지도 몰라, 라고 수리공은 결론짓는다. 딕 역시 두 가지 이유에서 이편이 낫다고 생각한다. 첫째는 조합장이 자신은 죽지 않는다는 믿음 속에서 편안히 죽었기 때문이고, 둘째는 죽음보다 끔찍한 일이 일어날 수 있는 곳이 아니라 현실 세계에서 죽었기 때문이다.

딕은 이 책의 결말이 마음에 들었다. 이 결말은 그를 안심시켰다. 환상과 현실은 명확히 분리되고, 생존자들은 **코이노스 코스모스**의 단단한 땅을 밟으며 걷는다. 하지만 수리공의 의심은 아직 남아 있다. 조현병 환자는 완전히 치료되는 법이 없기 때문이다. 그는 이렇게 생각한다. 〈누군가 정신병자가 되면, 그에게는 더 이상 아무 일도 일어날 수 없어. 그리고 난 그런 상황 언저리에 있어. 어쩌면 난 항상 여기에 있었는지도 몰라.〉

어쩌면 난 항상 여기에 있었는지도 몰라.

딕은 이미 그런 생각을 했었다. 그것은 영화 시작 전 뉴스 시간에 미국 해병대가 일본인들을 화염 방사기로 태워 죽이는 장면을 보고 기분이 나빠졌던 날, 영화관에서 있었던 일이다. 도러시는 자기 아들이 얼마나 감수성이 예민하고 조숙한 반전주의자였는지 보여 주기 위해 앤에게 이 일화를 들려주었다. 하지만 그녀는 이날 아들이 정말로 느낀 것이 무엇인지 몰랐다. 그는 손에 팝콘 상자를 들고서 닳아빠진 빨간 플러시 천으로 덮인 좌석에 앉아, 자신이 대부분 모르는 1백여 명의 사람과 함께 갇혀 있는 이 상자 같은 홀의 벽면들 그리고 뒤쪽의 영사실에서 나와 스크린에 이르기까지 원뿔형으로 확대되는 빛줄기와 그 빛의 원뿔 안에서 춤을 추는 먼지들과 발밑의 양탄자에 찢어진 틈을 둘러보았다. 그러다 갑자기 뉴스가 시작되기도 전에 그는 **알고 있었다.** 바로 이것들 외에는 아무것도 존재하지 않는다는 것을 확실히 알고 있었다. 네 개의 벽면, 천장과 바닥 그리고 다른 수인(囚人)들 말이다. 자신이 외부 세계와 그 세계에서의 자기 삶에 대해 알고 있는 것들은 한 무더기의 가짜 기억들, 누군가 악의 혹은 선의로 그의 뇌 안에 주입한 어떤 환상에 불과했다. 그는 항상 이 상자 안에 있었고, 항상 자기 삶이라고 믿는 그 영화를 보고 있었다. 잠시 후, 밖으로 나가 버클리라고 불리는 미국 도시 거리를 어머니와 함께 걸어 집으로 돌아가서는, 슈베르트의 가곡들이 녹음된 음반을 돌린다고 믿겠지만, 사실 이 모든 것은 존재하지 않았다. 어머니도, 슈베르트도, 미국도, 독일도 존재하지 않았다. 심지어 지금 그와 함께 이 홀에 갇혀 있는 다른 관람객들도 마찬가지고, 어쩌면 이 엑스트라들은 영화의 일부분일지도 몰랐다. 그는 자신에게 한 가지 약속을 했다. 이제 나가게 되면, 아니 나갔다고 믿게 되면 속아 넘어가지 않겠다고, 사실은 자신이 여전히 영화관 안에 있으며 다른 현실은 존재하지 않는다는 사실을 상기하려 애쓰겠다고. 하지만 그는 일단 나가게 되면 이런 생각이 더 이상 확신의 무게를 갖지 못할 것임을, 생생한 진실이라기보다는 매력적인 역설처럼 느껴질 것임을 예감하고 있었다. 그는 잠시 후 미래의 자신이 되어, 그에게 속아 넘어가지 말라고 외치고 싶었다. 그 순간을 앞당기고 싶어서, 지금의 이 올바른 정신을 지니고 환상의 세계로 돌아가고 싶어서, 그는 뉴스를 보며 몸이 불편해진 척했다. 불안해진 어머니는 그를 출구까지 부축해 데리고 나갔다. 그들은 햇빛이 쏟아지는 거리로 나왔고, 거기서 그는 이 거리와 이 햇빛과 그에게 열심히 질문하고 있는 이 눈썹이 짙고 호리호리한 여자는 존재하지 않으며, 사실 자신은 여전히 영화관 안에 있고, 늘 거기 있었다는 사실을 알고 있다고 생각하며 얼마 동안 희열에 젖었다. 만일 자신이 이 소중한 통찰력을 잃지 않은 채 이 환상의 세계를 계속 돌아다니며 자기 역을 연기한다면, 그렇다면…… 어떨까? 유쾌할까? 아마도 아닐 것이다. 하지만 그는 유쾌함 같은 것에는 관심이 없었고, 다만 **아는** 것만이, 속아 넘어가지 않는 것만이 중요했다. 그리고 예상했던 일이 벌써 일어나는 게 느껴졌다. 환상이 다시 시작되고 있었다. 아무리 발버둥쳐도 소용없고, 아까의 확신이 벌써 약해지고 있었다. 의식 있는 상태에서 그의 마지막 소원은 언젠가 맑은 정신이 잠깐만이라도 돌아오는 거였다.

맑은 정신이 언뜻언뜻 돌아오곤 했다. 우선 어디서 전등을 켜야 하는지 알지 못했던 욕실 입구에서였다. 그리고 나중에는 독단적 성격의 금발 여인과 함께 사는 집에 있는 세 개의 욕실 중 하나에서였다. 열쇠로 잠긴 문 뒤에서 그녀가 욕설을 내뱉으며 돌아다니는 소리가 들렸다. 모두 환상이었다. 영화의 새 에피소드일 뿐이었다. 이 에피소드에 따르면, 그는 공상 과학 소설을 쓰는 서른다섯 살 턱석부리였다. 아주 박식하며, 현기증 나는 역설을 즐기는 남자였다. 딕은 화장실에 들어갈 때마다, 마르틴 루터의 깨달음도 화장실에서 있었다는 사실을 생각하며 미소 짓곤 했다. 그는 역사 이래 그의 직감이 취했던 문화적 형태들을 알고 있었다. 우선 플라톤의 동굴. 또 기원전 4세기에 자신이 나비인 꿈을 꾸는 중국 철학자인지 아니면 자신이 중국 철학자인 꿈을 꾸는 나비인지 자문했던 장자의 꿈. 그리고 더 위협적인 버전으로는 1641년에 르네 데카르트가 제기한 다음 질문. 〈내가 지금 나로 하여금 외부 세계의 존재와 내 육체의 존재를 믿게 하는 어떤 무한히 강력한 악마에게 속고 있지 않다는 것을 어떻게 알 수 있는가?〉 딕은 이런 식의 사변(思辨)을 직업적 특기로 삼았고, 영화관에서 갑자기 확신이 밀려들던 그 어린 시절 추억이 돌아온 후로는 원할 때마다 그것을 되살리는 방법을 알아냈다. 욕실에 혼자 들어가 거울에 비친 자기 얼굴과 자기 몸과 타일과 바닥과 샤워 박스 비닐 커튼에 붙은 죽은 바퀴벌레를 보기만 하면 이것들 외에 다른 모든 것은 현실이 아니라는 확신이 너무나 쉽게 들었다.

그는 항상 여기에 있었던 것이다.

8
부부의 광기

    비록 휴고상을 받기는 했지만,『높은 성의 사내』를 통해 달성한 문학적 쾌거조차도 그의 사회적, 물질적 상황을 조금도 바꿔주지 못했다. 큰 기대를 걸었던『화성의 타임슬립』은 대중의 주목을 받지 못하고 지나갔다. 그런데 앤의 죽은 남편 쪽 부유한 집안에서 지불하는 양육비와 장신구 숍의 첫 매출에도 불구하고, 그에게는 돈이 필요했다. 그것도 버클리 시절을 기준으로 하면 아주 많은 돈이 필요했는데, 부르주아 삶에 익숙해져 있는 네 여자에 아기까지 더하면 도합 다섯 식구를 먹여 살려야 했기 때문이다. 그리고 앤은 쥐꼬리만큼이라고 생각하지만, 그 몇 푼이라도 벌려면 엄청나게 일해야 했다. 암페타민은 그로 하여금 몇 주 만에 소설 한 권을 끝내 2년 동안 10여 권이나 출판할 수 있게 해주었으나, 약물의 이러한 도움에는 끔찍한 우울증이라는 대가가 따랐다. 그는 자신의 의무를 감당할 능력이 없음을 느꼈다. 그의 외모는 추해져 갔다. 무성한 수염 뒤에서 얼굴이 핏기를 잃고 부석부석해졌다. 시야 언저리에서는 커다란 검은 곤충들이 윙윙댔다. 이제 앤이 원수처럼 보였다. 그가 생각하기에, 그녀는 그를, 사람을 마비시키는 이중의 요구(〈당신은 일은 덜하고 돈은 더 많이 벌면 돼. 다른 남자들은 다 그렇게 하잖아?〉) 속에 가두고 그가 루저임을 증명하기를 즐겼다. 그녀는 그를 한심한 인간이라며 경멸하지만, 그녀에게는 경멸할 수 있는 어떤 한심한 인간이 필요한 거였고, 그는 그녀가 더 이상 원이 없을 정도로 정말 한심한 놈처럼 구는 데서 뻐딱한 쾌감을 느꼈다. 그는 약속대로 그녀에게 『높은 성의 사내』를 헌정했지만, 그녀는 헌정사를 읽으며 얼굴이 창백해졌다. 〈고맙게도 침묵해 주지 않았다면 내가 이 책을 결코 쓰지 못했을 아내, 앤에게.〉 그야말로 야비함의 걸작, **운테르멘슈**Untermensch[1]의 비열한 복수였으나 먼저 도발한 쪽은 그녀였다. 그녀의 모범적 미국 아내의 외관 뒤에는 나치 같은 면이 숨어 있었다. 자신이 옳다는, 자신만이 자연에 대한 권리와 사용권과 지식을 가지고 있다는 절대적 확신에 기반을 둔 잔인함이 말이다. 그는 알파성의 계급 시스템을 상상하면서, 자신은 스키츠족(어쨌든 이들은 예언가들이었으니 기분 좋은 가설이었다)일까, 아니면 뎁족(우울증에서 헤어나지 못하는 씨족. 하지만 이 가설은 갈수록 그럴듯하게 느껴졌다)일까 자문했지만, 아내에 대해서는 일말의 의심도 없었다. 그녀는 1백 퍼센트 조광증적이고 냉혹하며 털끝만큼의 공감 능력도 없는 포식자, 맨스족이었다.

---

1 독일어로 〈인간 말종〉이라는 뜻. 나치는 이 단어를 유대인, 슬라브인, 집시 같은 〈열등 민족〉을 지칭하는 말로 사용했다.

그는 이 소설 『알파성의 씨족들』을 그들의 관계를 묘사하는 심리 드라마로 꾸미며 혼자 즐거워했다. 주인공 척 리터스도프는 그와 비슷한 직업을 가졌다고 할 수 있었으니, CIA를 위해 〈모조 인간〉을 프로그래밍하는 게 그의 일이었다. 별로 영예롭지도 않고 보수도 박한 직업이었으나, 그는 사람들은 모르지만 CIA가 미묘하고 위험한 작업에 투입하는 안드로이드들의 입에서 자신의 문장들이 나온다는 데 큰 쾌감을 느꼈다. 이것은 자신이 은밀한 권력을 행사하며 매우 유용한 존재라는 느낌을 주었는데, 그의 아내 메리는 이 사실을 꿈에도 모를 거였다. 그녀는 이 직업을 창조적이지 못하고, 자기가 결혼하는 영광을 베풀어 준 남자에게 걸맞지 않은 한심한 일로 여겼다. 그녀는 척을 직업만이 아니라 모든 면에서 자기에게 걸맞지 않은 한심한 존재라고 생각했다. 그녀는 매력적이고 야심만만했다. 다른 사람들의 문제를 다루는 전문가인 그녀는 일말의 동정심도 없이 일을 처리했고, 자신에겐 아무 문제 없다고 확신했다. 딕은 이 부분을 쓰면서 혼자 큭큭댔다. 그날, 그는 그녀에게 알맞은 직업을 하나 찾아내고 너무나 즐거웠던 것이다. 정말이지 기막힌 아이디어였으니, 이 메리 리터스도프를 부부 문제 상담사로 만든다는 거였다. 수다스럽고 자기 확신에 차 있으며 항상 프로이트와 융을 입에 달고 다니는 그런 타입으로 말이다.

그럼에도 불구하고 혹은 바로 그 이유 때문에, 부부 문제 상담사의 남편은 달아난다. 그렇다, 척은 아내가 주소를 찾아내는 데 시간이 걸리기를 바라며 어느 지저분한 호텔로 피신한다. 주인공의 도피에서 딕은 잠시나마 안도감을 느낀다. 그 자신, 얼마나 도망치는 것을 꿈꿔 왔던가? 하지만 앤의 딸애들과 자신의 딸이 있었고, 의지박약인 데다 집을 나서기만 하면 벌벌 떨리는 새가슴이었다. 어디로 갈 것인가? 급히 짐을 꾸린 가방을 차 트렁크에 쑤셔 넣고 되는대로 차를 몬다고 생각하지만, 충동적인 가출은 예외 없이 그의 어머니 집에서 끝을 맺고, 그렇게 몇 시간 있으면 앤이 그를 데리러 왔다. 그는 붙잡힐 것을 확신하는 사형수가 경찰을 기다리듯, 문 앞에서 그녀를 기다리곤 했다. 그는 더 잘 숨더라도 그녀가 자기를 찾아낼 것임을 알고 있었다. 그리고 소설에서도 첫 번째 장에서부터 메리는 척을 찾아낸다. 어떻게 찾아냈는지 설명할 필요가 없으니, 이런 종류의 여자는 당신을 항상, 그리고 금방 찾아내는 것이다. 메리는 척에게 차갑게 설명한다. 이제부터 그는 법원이 부과할 어마어마한 양육비를 지불하기 위해 **정말로** 일해야 할 거라고.

「당신도 잘 알잖아?」척은 항의했다. 「내가 당신이 원하는 것을 다 줄 거라는 걸.」

「하지만 당신이 나한테 줄 수 있는 걸로는 충분하지 않아.」

「나한테 없는 것을 줄 수는 없는 노릇이잖아?」

「오, 아냐, 줄 수 있어. 판사는 내가 당신에 대해 항상 알고 있었던 바를 지금 깨닫기 시작하고 있어. 만일 누군가 당신이 하지 않을 수 없게 만들면, 당신은 한 여자와 아이들에 대해 의무가 있는 성인이 마땅히 해야 할 일을 충분히 해낼 수 있어.」

「하지만…… 나는 나만의 방식으로 살고 싶다고…….」

「당신은 먼저 우리에 대한 의무가 있어.」 메리가 말한다. 「당신은 자신에게 무슨 일이 일어났는지 절대로 이해하지 못할 거야. 당신은 죽을 때까지 빚을 갚아야 해. 숨이 붙어 있는 한, 당신은 내게서 벗어날 수 없어. 난 항상 당신이 지불할 수 있는 것보다 더 비싼 여자가 될 거야.」

이렇게 예쁜 말을 하고 나서 메리는 심리학자로서 그녀의 능력이 요구되는 어떤 미션의 일환으로 미치광이들이 사는 알파성으로 날아간다. 딕은 이 점만을 제외하고는 앤과의 관계도 똑같은 방식으로 흘러가지 않을까 생각하고 있었다. 그녀는 자기를 연체동물처럼 흐물흐물한 인간으로 만들어 놓은 뒤에도 절대 놓아주지 않을 것이다. 그는 척처럼 누군가의 공감과 동정이 너무나 필요했지만, 그것을 줄 수 있는 사람이 주위에 아무도 없었다. 그는 끔찍이도 고립되어 있었다! 앤은 자신을 그녀의 거미줄에 끌어들인 뒤 주위에 허공을 만들어 놓았다. 그들의 친구들은 그녀의 친구들이었다. 그들의 동물들은 그녀의 동물들이었다. 심지어 그들의 정신과 의사도 그녀의 정신과 의사였다. 나에게 애인이라도 하나 있다면……. 그는 클레오에게 전화하고 싶었다. 그녀의 목소리를, 그녀의 웃음소리를, 결국에는 듣기 짜증스러워졌지만 지금은 그 저의 없는 솔직함과 명랑함이 너무나 그리운 크고도 맑은 웃음소리를 듣고 싶었다. 그리고 그녀에게 말하고 싶었다. 헤어지고 나서 자신이 어떤 지옥에 떨어졌는지 그냥 얘기하고 싶었다. 하지만 그는 감히 그러지 못했다. 그녀는 유니버시티 라디오의 어느 판매원과 재혼했고, 그를 원망할 거였다. 어쩌면 그가 일언반구도 없이 그들의 집을 팔고 그녀에게 한 푼도 보내지 않았다는 사실을 알고 있을 거였다. 그렇게 하도록 만든 것은 앤이었다. 그녀는 재정이 넉넉해지면 돈을 갚자고 말했지만, 그는 그러지 않을 것임을 잘 알고 있었다. 그녀의 말에 넘어간 것은 비겁한 일이었다. 비겁하고도 비열했다. 하지만 죄책감을 느낄 때면 늘 그렇듯, 누구보다 자신을 불쌍히 여겼다.

하지만 지금은 자기 연민에 빠져 있을 때가 아니었다. 어찌 됐든 간에 계속 타자기를 쳐야 했다. 지금 갓 시작된 이 책이 3주 안에 끝나야 한다고 표시해 놓은 일정표에 눈을 박고 맹렬히 작업해야 했다. 대충 짜놓은 두 개의 이야기 — 척과 메리 사이 전쟁과 알파성 씨족들 간의 전쟁 — 를 연결할 방법을 찾아야 했다.

척의 CIA 상관들은 메리가 참가하는 미션에 속한 모조 인간을 조종하라고 그에게 지시한다. 그녀는 매력적인 여행 친구를 만났다고 생각하지만, 사실 그것은 그녀의 남편이 원격으로 조종하는 기계다. 척은 이 음란한 상황을 어떻게 이용할 수 있는지 곧바로 깨닫는다. 질투에 사로잡힌 남자 같으면 이 기회를 이용해 자기 아내를 유혹하고 다른 남자의 모습으로 그녀와 섹스하며 끔찍한 고통을 느끼겠지만, 척은 질투에 사로잡힌 남자가 아니라 자신을 파멸시키려는 가증스러운 여자의 남편으로, 이제 그녀를 죽여 버릴 수 있는 기회가 온 거였다. 상부에는 로봇이 자신의 통제를 벗어났다고 보고할 터였다. 물론 의심을 받겠지만, 아무것도 증명할 수 없을 테니까.

이런 생각은 한번 품으면 쉽게 사라지지 않는 법이다. 이 생각은 척의 뇌리를 떠나지 않았고, 필도 마찬가지였다. 약 열흘간, 집안사람 모두가 느끼기에 그는 아주 기분이 좋아 보였는데, 그가 알약을 뭉텅이로 삼키고 잠도 거의 자지 않는 집필 기간에는 놀랄 만한 일이었다. 〈당신, 지금 모범적인 남편을 연기해 보는 거야?〉라고 앤이 비아냥댔다. 사실 그가 연기하는 것은 다른 역으로, 자신과 비슷하게 만들어졌고 앤을 살해하는 임무를 띤 로봇이었다. 동시에 그는 〈모범적인 남편〉 프로그램을 작동시키면서, 공격할 기회를 노리는 로봇 프로그래머 역도 맡고 있었다. 이러한 상황은 앤이 설거지하는 동안 옆에서 그릇의 물기를 닦는 것 같은 아주 무미건조한 일에서도 짜릿한 재미가 느껴지게 했다. 그는 그녀가 움직이는 것을 쳐다보고, 그녀가 거드름 피우며 지껄이거나 〈엿 같은〉, 〈씨발〉 같은 쌍욕들을 연발하는 것을 들으면서, 이 여자는 잠시 후 남편이 자기를 목 졸라 죽일 수도 있다는 걸 꿈에도 모를 거라 생각하며 속으로 킥킥댔다.

2주 뒤, 척과 그는 둘이서 어깨를 나란히 하고 싸운 긴 여정을 마치고 기진맥진해 있었다. 그들은 그들에게 중요한 유일의 표적을 제거하지 못한 채 광인들의 별을 거대한 시체 더미로 바꿔놓았고, 지금은 어느 참호 밑바닥에 널브러져 이 모든 일을 돌아보며, 거기서 어떤 의미를 찾으려 해본다. 척은 이렇게 말한다. 「어쩌면 어느 날 이 모든 것이 더 이상 중요하지 않게 되었을 때, 난 뒤를 돌아보며 이 끔찍한 일을 피하기 위해서는 어떻게 해야 옳았는지 깨닫게 될지도 몰라. 지금 메리와 내가 피차 남은 생을 보내게 될 이 낯선 별의 음산한 풍경 속에서, 서로 죽이려고 이전투구를 벌이는 이 비참한 상황을 말이야.」

아닌 게 아니라 메리와 척은 둘 다 알파성 정신병자들 가운데 남게 된다. 따라서 그들은 어떤 임상적 그룹에 묶어야 하는지 판별하기 위한 테스트를 받게 된다. 그러자 뒤에서 두 번째 장의 참혹한 살육전, 소설 여기저기서 구멍이 뚫리는 플롯상 난맥, 자신이 한심하다는 느낌, 그리고 앤과의 불행한 결혼 생활 등으로 멍해져 있던 딕은 여기서 갑자기 정신을 차린다. 그는 이 테스트 진행 일을 정신과 의사 자격으로 메리에게 맡기고, 그 결과를 알리는 일은 자신이 맡는다. 그런데 오직 자신만이 정상이라 생각하고 남편이 보기에는 맨스족 유형이었던 메리는 코튼 매더 지구(地區)의 거대한 구덩이 속에 웅크리고 있어야 할 심각한 우울증 환자, 뎁족이었음이 밝혀진다. 반면, 늘 축 늘어져 있어 아내가 파과증 환자라고 비난했던 척은 어떤 병증도 없다는 사실이 드러난다. 그는 정상이었다. 이런 종류로는 유일한 사람인 그는 즉시 놈 씨족을 창시하고, 토머스 제퍼슨버그를 수도로 정하며, 다른 이들의 치유를 위해 일하겠노라 굳게 맹세한다. 그의 아내는 존경과 감사가 그득한 눈으로 그를 쳐다본다. 끝.

이 의기양양한 피날레보다 영어로 wishful thinking(희망 사항)이라고 하는 것을 더 완벽하게 보여 주는 예화는 상상하기 힘들다. 하지만 이 모든 일 가운데서 가장 희한한 점은 단지 소설에서만이 아니라 현실에서도 어떤 정신과 의사가 딕의 이런 관점들에 동의했다는 사실이다.

2년 전부터 필과 앤은 번갈아 가며 샌프란시스코 북쪽 교외에 위치한 샌러펠에 가서, 그들 사이 갈등 관계의 심판으로 여기게 된 플라이브 박사라는 이에게 상담을 받았다. 그들이 박사를 찾아가는 목적은 자신을 이해하기 위해서라기보다 그를 설득하기 위함이었다. 오래전부터 그의 환자였던 앤이 기대하는 것은 자기가 그를 더 오래전부터 알았다는 사실, 그리고 자신의 불만에 명백한 근거가 있다는 사실이었다. 그녀에 따르면 남편은 자신의 의무를 마주하려 하지 않고, 어른스럽지 못하고 고집스러운 태도를 견지하며, 털끝만큼도 현실 감각이 없다는 거였다. 그리고 그의 오이디푸스 콤플렉스(〈저 사람 어머니가 어떤 사람인지 박사님이 아신다면!〉)와 열등감과 죄의식은 그를 도저히 같이 살 수 없는 사람, 어쩌면 위험할 수 있는 사람으로 만들고 있단다. 필도 가만히 있지 않았다. 그는 앤이 그 상냥하고도 교양 있는 외관 밑에 공격적인 본성을 숨기고 있을 뿐만 아니라, 그 공격성을 충분히 행동으로 옮길 수 있는 여자이며, 이미 그렇게 한 적도 있다고 비난했다. 그는 그녀가 — 어떤 방법을 썼는지는 모르겠지만 — 전남편을 죽였고, 자신의 차례도 다가오고 있다고 확신했다. 그녀는 루벤스타인을 정신 병원에 처넣었으며 자기도 처넣을 거였다. 하지만 그리된다면 그나마 다행일 터였다. 그녀가 이런 복잡한 과정을 거치지 않고, 자기 손으로 직접 자기를 제거해 버릴 가능성이 더 크니까. 한번은 차고 진입로에서 자동차를 후진하며 자기를 차로 치어 죽이려고 했다. 또 한번은 자신을 칼로 위협했다. 심리적으로 불안정한 경향이 있다고 의사가 말하자, 그는 쓰디쓴 웃음을 터뜨렸다. 제 목숨이 위험에 처했으니 당연히 심리적으로 불안정하지 않겠습니까? 어쩌면 제가 편집증 환자일 수도 있겠지만, 편집증 환자도 자살하는 일이 있답니다. 조만간 제가 자동차 배기가스에 질식해 죽은 모습으로, 혹은 욕조에 빠져 죽은 모습으로 발견될지도 모르죠. 그럼 경찰 수사는 유감스러운 사건으로 결론 내리겠지만, 플라이브 박사님은 지금 제가 한 말을 기억하고, 아직 시간이 있을 때 아무 조치도 취하지 않은 것을 후회하실 겁니다…….

「그 인간 말은 듣지 마세요!」 딕의 말에 흔들린 플라이브 박사가 〈남편분이 넌지시 하시는 말씀〉에 대해 조심스레 얘기하자, 앤은 거세게 외쳤다. 「그 인간은 악마예요! 그는 상대가 누구든 간에 어떤 것이든 믿게 만들 수 있는 사람이라고요!」

앤은 자신의 이 말을 확인할 기회를 갖게 되었다. 1963년 어느 가을날 저녁 식사가 한창인데, 오두막을 임대해 준 바로 그

보안관이 그녀를 정신 병원에 데려가 사흘간 보호 관찰할 것을 명하는 공문서를 들고 찾아온 것이다. 그녀는 문서 하단에서 **그녀의** 정신과 의사의 서명을 발견하고 거의 발작하다시피 했는데, 이를 본 보안관은 자신의 불쌍한 임차인이 그가 매일 하소연하듯이 완전히 미친 여자와 결혼한 거라고 확신하게 되었다.

아주 괴로운 장면이었다. 앤을 강제로 끌고 가야만 했다. 딸아이들은 울었다. 필은 하늘이 무너져 내린다 해도 식사를 준비해야 하는 책임감 있는 아버지처럼 침통하면서도 엄숙한 표정으로 아이들을 돌봤다.

사흘이라던 관찰 기간은 2주로 늘어났다. 필과 아이들은 매일 아침 병원 문이 열리자마자 면회를 갔다. 입원의 충격은 엄청난 양의 진정제로 완화되어, 앤은 그들을 마치 맹장 수술 후 문병 온 사람들처럼 차분하게 맞았다. 분홍색 실내 가운을 입은 그녀는 단추를 쉴 새 없이, 그러나 급하지 않게 만지작거렸다. 동작은 느릿느릿했고 시선에는 초점이 없었다.

딕은 자신의 생명이 위협받고 있다고 정말로 믿었기 때문에 별로 후회하지 않았지만, 일종의 불안감에 사로잡혔다. 세상이 거꾸로 뒤집힌 듯한 느낌이었다. 아내가 미쳤다고 주장했지만, 광인들이 권력을 잡아 정신 병원 직원들에게 구속복을 입혀 버리는, 그런 악몽 같은 이야기 중 하나를 자신이 진짜로 실현해 버린 것 같았다. 그것은 고전적인 장면이었다. 가짜 원장은 이상한 소문을 듣고 달려온 경찰관에게 시설을 돌아보게 하면서, 벽에 쿠션을 댄 어느 감금실 앞에서 점잔을 빼며 말한다. 「네,

들어가서 한번 보실 것을 추천해 드립니다. 이 사람은 아주 기묘한 케이스예요. 자신이 원장이라 생각하고, 내가 이끄는 환자들에게 감금되었다고 주장해요. 놀라울 정도로 일관성 있는 망상이죠. 장담컨대 경관님도 금방 설득당할 겁니다. 하하하!」

이제 앤이 약물에 둔해져 그가 틀렸다고 할 수 없게 되자, 그는 정말 자기가 옳은 건지 더 이상 확신할 수 없었다. 그의 논리들은 그것을 들이댈 적(敵)이 없어지자 날카로움을 잃어버린 것이다. 며칠 지나자 그는 정신과 의사들을 찾아가, 이 모든 것은 끔찍한 오해이며 가둬야 할 사람은 바로 자신이라고 설명하지 않을 수 없었다. 내게는 조현병 성향이 있다, 내가 태어나서 6주 되었을 때 어머니가 내 누이를 굶어 죽게 했다, 그리고 나는 여러 가지 심리 테스트를 받았는데 알고 보니 내게는 이런저런 증상이……. 이 걸어다니는 병리학 사전에 질려 버린 정신과 의사들은 그런 얘기는 당신 주치의에게나 하라고 노골적으로 말했다.

이 주치의가 마음이 약해져 자기 말을 믿고 자기편을 든 뒤로, 필은 그에게 그렇게 신뢰가 가지 않았다. 한편 플라이브 박사는 자기가 실수한 게 아닌가 걱정하기 시작했는데, 딕의 방문과 그의 어수선하고 불신 어린 말들은 자신의 염려가 옳았음을 증명하고 있었다. 하지만 그는 자기가 틀렸다고 할 수는 없었고, 다른 선택이 없었으므로 환자의 흔들리는 확신을 붙잡아 주기로 했다. 아, 죄책감이 느껴진다고요? 너무나 정상적인 일이에요. 선생이 어떤 사람인지 아니까 하는 말인데, 그 반대라면 오히려

난 놀랄 거예요. 하지만 선생께서는 현실을 회피하거나 어떤 허구로 대체하려 하지 말고, 현실을 직시하고 받아들여야 해요.

자기가 현실을 직시하지 않는다는 것을, 혹은 현실을 보는 자신의 방식에 문제가 있다는 것을 의사가 인정하자, 딕은 곧바로 안심했다. 그는 자신의 과오는, 자신의 용서할 수 없는 과오는 자신이 완전히 정상이며, 아내가 절망적인 정신 상태에 있다는 사실을 깨닫지 못하는 것임을 받아들였다. 그는 마치 엔진이 없는 차의 시동을 걸려고 애쓰면서, 그것도 제대로 못 한다고 자책하는 한심한 친구처럼 행동했던 것이다.

「문제가 뭔지 알아요?」 플라이브 박사는 목소리에 은근히 확신을 실으며 되풀이했다. 「그건 차 안에 엔진이 없다는 사실이에요. 거기에 대해 선생은 아무 책임이 없어요. 그건 선생 잘못이 아니라고요. 반대로 선생 잘못은 자기가 잘못했다고 믿는 거예요. 그게 진짜 잘못이죠. 나는 그것을 〈현실 직시 거부〉라고 부릅니다. 선생 아내분은 병이 들었고 선생은 아니라는 것, 이 분명한 사실을 가지고 어떻게든 살아가야 한단 말입니다. 이걸 받아들이지 않는 게 바로 광기예요.」

딕은 거의 설득되어 플라이브 박사의 상담실을 나왔다. 큰 확신은 없었지만, 언젠가 앤이 이 말들이 진실임을 인정할 수 있기를 바랐다. 그는 아내가 『알파성의 씨족들』의 마지막 장면에서 메리처럼 가련한 미소를 지으면서 자기에게 고백하는 모습을 상상했다.

「난 뎁족이야. 내가 치른 테스트는 나에게 아주 심각한 병적 우울증이 있다는 걸 밝혀냈어. 내가 당신이 돈 버는 걸 가지고 끊임없이 잔소리한 것은 내 불안감 때문이었어. 지금 모든 게 잘못되어 가고 있다는, 만일 뭔가 하지 않으면 우리는 망할 거라는 나의 일그러진 시각 때문에 그런 거였어.」

교정쇄에서 이 대목을 읽으며, 그는 앤에 대한 연민이 갑자기 치밀어 오르는 것을 느꼈다. 눈물이 솟구쳤다. 너무나 연약하고 너무나 막막해하는 분홍색 환자복 차림의 그녀 모습이 보였다. 보호가 필요한 그 불쌍하고 겁에 질린 조그만 소녀를 날 짓밟으려 날뛰는 고약한 여편네로 여겼다니, 난 정말 미친놈이었어! 이제 그는 한 가지 생각밖에 없었다. 그녀를 품에 꼭 안고 안심시켜 주리라! 앞으로 절대 저버리지 않겠다고, 헤엄을 쳐서 그녀를 다시 이성의 기슭으로 데려오겠다고 말해 주리라! 그래, 그녀를 광기의 얼어붙은 황량한 세계에서, 그곳의 칼날 같은 능선에서 꺼내 오리라! 인내와 사랑으로 그녀가 현실 세계의 따스함을 되찾게 하리라!

강력한 정신 억제제로 인해 앤은 좀비 같은 모습으로 변해 돌아왔다. 플라이브 박사에 의하면, 그녀는 죽는 날까지 이 약을 복용해야 할 것 같단다. 그리고 그녀가 이 알약들을 복용하게 하는 것은 필의 몫이었다. 그녀는 맑은 정신을 회복하려는 열망을 멈출 만큼 정신이 흐려지지는 않아, 꾀를 부리고 알약을 다시 뱉으려 하곤 했다. 이를 의심한 딕은 아내 주위를 빙빙 돌며 그녀가 제대로 삼키는지 감시하고, 화분의 흙을 파헤치기도 했다. 그는 이렇게 중병에 걸린 여자와 결혼한 자신의 불행을 한탄했다. 어느 날 그녀는 딕이 자기 엄마와 통화하는 것을 들었다. 그는 하소연하면서 〈아마 **그녀도** 날 견뎌 내는 게 힘들었을 거예요〉라고 말했다. 비록 정신이 흐릿했지만 그녀는 분노가 치밀어 숨이 막힐 지경이었다.

  그는 만일 앤의 상태가 호전되지 않으면 어떻게 될까 생각해 보았다. 이혼해야 하나? 다른 여자를 찾아야 하나? 아니면 평생 저 짐 덩이를 안고 살아야 하나? 기독교인이라면 이렇게 말했으리라. 「내가 저 십자가를 져야 하나?」

  앤이 입원해 있을 때, 매력적이고도 기이한 여자가 하나 나타나 그에게 도움을 주었다. 스웨덴 출신으로 단단한 체격에 독주를 한입에 털어 넣는 마렌 해킷은 전에 경찰 수사관이었고, 대형 트럭을 몰았으며, 아이큐가 예외적으로 높은 사람들의 모임인 멘사 클럽 일원이기도 하여, 딕이 생각하는 〈예수쟁이〉 이미지와 거리가 멀었다. 하지만 그녀는 그녀가 사는 마을인 포인트 레예스에서 멀지 않은 인버네스에 있는 성공회 교구의 활발한 신도이기도 했다. 딕은 그녀의 충고에 따라 사도 바울의 서신들을 읽기 시작했다. 특히 〈사랑〉에 대한 부분을 열심히 읽었는데, 거기서 그가 그때까지 〈공감〉이라 불렀고, 사도 바울과 마찬가지로 모든 미덕 중에서 으뜸으로 여겼던 것을 발견했다. 결국 자신은 중병 걸린 여자의 남편, 이런 상황이 아니었다면 분명히 그의 몫이었을 빛나는 삶과 아름다운 여인들과의 사랑을 희생하고 아내를 지극정성으로 돌보는 눈물겨운 남편이었던 것이다. 그해 가을에 쓴 소설『작년을 기다리며』의 주인공은 이런 딜레마에 직면해, 딕이 마렌 해킷에게서 얻은 격려와 위안을 어떤 로봇 택시에게서 얻는다.

「기사 양반, 혹시 당신 아내에게 병이 있소?」

「선생님, 제게는 아내가 없습니다. 기계는 결혼을 하지 않습니다.」

「그렇군. 만일 당신이 나이고, 당신의 아내가 불치병에 걸렸다면, 그녀를 떠날 거요? 아니면 당신이 10년 후로 날아가 그녀의 손상된 뇌 기능이 회복될 수 없다는 것을 알게 된다 해도, 그녀 곁에 남겠소?」

「혹시 그 말은 선생님의 인생에서 유일한 목적이 아내분을 돌보는 거라는 뜻인가요?」

「그렇소.」

「전 남겠습니다.」택시가 말했다.

「왜죠?」

「왜냐하면 인생은 그런 식으로 구성된 현실로 이루어져 있기 때문이죠. 그녀를 저버린다는 것은 곧 있는 그대로의 현실을 견뎌 낼 수 없다는 뜻입니다. 어떤 특별한 조건들을, 더 견딜 만한 조건들을 바라는 거죠.」

「동감이오. 나도 그녀 곁에 남을 것 같소.」

「선생님께 신의 축복이 있기를 빕니다. 선생님은 좋은 분이
십니다.」

9
실제의 존재

　1963년 11월 어느 오후, 딕은 계속 내린 비에 진창으로 변한 목초지 사이 길을 걷고 있었다. 협곡에는 나무들이 물에 잠겨 가지들만 삐죽삐죽 나와 있고, 얼마 있으면 집에서 오두막까지 가는 데 배가 필요할 거였다. 이 홍수는 『곰돌이 푸』에서 그가 가장 좋아하는 대목 중 하나를 떠오르게 했으나, 어린 시절 애독서의 추억도 그의 기분을 달래 주지 못했다. 앤은 플라이브 박사가 처방한 약 복용을 멈춘 후 예전 모습으로 돌아갔다. 아니, 전보다 더욱 고약해져 딕을 죽도록 원망하며 괴롭혔고, 그는 자기가 그녀를 구해 준다는 달콤한 상상에 더 이상 빠져 있을 수 없었다. 이런 상황에서 떠나는 게 좋은가, 남아 있어야 하는가 알려 달라는 질문에 『주역』은 별로 달갑지 않은 답변을 주었으니, 〈썩은 것을 가지고 작업하라〉라는 의미의 〈고(蠱)〉였다.

　이 괘가 나타내는 것은 접시에 벌레들이 우글거리는 형국으로, 이것은 그의 현재 정신 상태와 결혼 생활, 그리고 삶 전체를 정확히 보여 주었다. 결론은 자명해 보였다. 이런 종류의 접시는 만일 조금이라도 자기 보존 본능이 남아 있다면, 뇌가 완전히 흐물흐물해지고 벌레들이 서로 잡아먹는 광경이나 보며 남은 생을 보내기 전에, 발로 콱 밟아 버리고 걸음아 날 살려라 도망치는 게 상책이었다. 하지만 『주역』에 따르면, 결정적인 것은 아무것도 없고, 모든 것은 변한다. 절정에 달한 괘들도 쇠락의 싹을 숨기고 있으며, 지금 뽑은 것 같은 가장 고약한 괘도 부흥의 싹을 품고 있다. 주해는 이렇게 설명하고 있었다. 〈이 정체된 상황에는 이 상황을 끝낼 수 있는 것도 포함되어 있느니라. 인간의 잘못으로 썩은 것은 인간의 노력으로 고쳐질 수 있으니, 이 바다를 건너면 좋은 일이 있으리라.〉

다른 말로 하자면, 도망가는 대신, 다시 말해 앤이 자신을 끌어들인 이 수렁에서 빠져나가는 대신 결혼 생활을 구할 필요가 있다는 얘기였다. 어쩌면 바다를 건너는 일이 거의 끝에 다다랐을지도 몰랐다. 도착하기 직전에 그만두는 것은 크리스토퍼 콜럼버스가 아메리카 해안을 몇 킬로미터 남겨 놓은 곳에서 뱃머리를 돌리는 것만큼이나 어리석은 짓일 터였다. 하지만 또 한편으로 보자면, 잘못된 길을 계속 고집하다 인생을 망칠 수도 있고, 지금 가고 있는 곳이 육지인지 죽음인지는 아무도 몰랐다.

머리 위에서 새 한 마리가 울었다. 그는 눈을 들어 올렸다.

하늘에 어떤 거대한 얼굴이 있었다. 로봇처럼 생긴 소름 끼치는 어떤 얼굴이 그를 내려다보고 있었다.

그는 겁에 질려 눈을 질끈 감았다. 눈꺼풀 너머로 보이는 잔상은 얼굴 형태라기보다 너무나 사악하게 느껴지는 표정 그 자체였다. 마치 세상의 모든 악이 거기에, 다시 말해 코를 둘러싼 어두컴컴한 구멍에서 흘러나오는 눈빛에 집중되어 있는 것 같았다. 그는 자신이 지금까지 살아오는 내내 이것을 보게 될까 두려워해 왔음을 깨달았다. 어렸을 때 그를 그토록 겁나게 했던 아버지의 방독면은 이것을 예고했었다. 그리고 이제 이것을 보게 된 것이다. 앞으로 결코 잊지 못할 거였다. 앞으로는 결코 평온하게 잠을 잘 수 없을 거였다.

그는 천천히 눈을 떴다. 고개를 땅을 향해 숙이고 있어, 먼저 그의 신발이, 축축한 땅에 단단히 박힌 커다란 군화가 눈에 들어왔다. 묵직하고도 너무나 현실적인 그것을 보자 안도감이 느껴졌다. 그는 눈을 들어 올렸다.

얼굴은 여전히 거기서 자신을 내려다보고 있었다.

이번에는 눈을 감지 않고 입을 열어 말해 보려 했다. 입에서 흘러나와 〈난 두렵지 않아. 넌 실제로 존재하지 않아〉라고 말하는 목소리가 가늘게 떨렸다. 자기 목소리로 느껴지지 않았다. 하지만 그가 말하기로 결심한 단어들을 천천히 발음하고 있어, 그는 계속 밀어붙였다. 「넌 존재하지 않아. 넌 나의 뇌가 만든 환영일 뿐이야. 요즘 난 너무 불행했어. 너무 고독하고, 마음이 너무 괴로웠어. 그것 때문에 네가 보이는 거야. 하지만 넌 실제로 존재하지 않아.」

얼굴은 킬킬대는 것 같았다. 그것은 킬킬거림 그 자체였다. 죽어서 킬킬대기만 하는 무언가였다. 딕은 후닥닥 달려 도망치기 시작했다. 한 번도 멈추지 않고, 누구와도 마주치지 않고, 진흙이 튀어 옷을 더럽히는 물웅덩이를 피하려 하지도 않고, 하늘을 올려다보지도 않고, 거기에 더 이상 얼굴이 없으리라는 희망을 품지도 않고 집까지 계속 달렸다.

여러 날 동안 하늘의 얼굴은 그와 숨바꼭질했다. 용기를 모아 아직도 그게 하늘에 있는지 보려고 눈을 들어 올리면 사라져 버리고, 더 이상 생각하지 않으면 슬그머니 시야에 기어들었다. 눈꺼풀 뒤로 어른대는 섬광을 포함해 눈이 포착하는 모든 것이 그것을 품고 있거나 예고했다.

결국 견디다 못해 딕은 플라이브 박사와 상담하기 위해 샌러펠에 갔는데, 박사는 의심쩍은 표정을 지으며 그에게 혹시 요즘 잡지들에 화제가 되고 있는 그 마약을 복용하지 않았느냐고 물었다. 당시에는 로스앤젤레스의 가장 인기 있는 정신분석 치료사들이 환자 중 가장 부유한 이들에게 한 회당 2백 달러 가격으로 권하는 LSD를 기반으로 한 요법 얘기가 한창이었다. 영화배우 케리 그랜트가 『타임』에 털어놓은 바에 따르면, 자신은 1년 전부터 매일 이 요법을 받고 있는데, 이 습관이 세상을 보는 방식과 연기하는 방식을 완전히 바꿔 놓았다는 거였다. 이를 알게 된 플라이브 박사는 그랜트의 최근작 「샤레이드」를 보러 가서, 과연 배우에게 어떤 변화가 있는지 살폈는데, 아닌 게 아니라 미리 사정을 알고 관찰해 보니 변화가 느껴졌다는 거였다. 이 LSD에 대한 열광의 물결은 할리우드뿐 아니라 가장 존경할 만한 학계에까지 이르렀단다. 하버드 대학교의 티머시 리어리라는 교수가 학생들에게 이 마약 사용을 권고해 해직되었다는 거였다. 이 교수는 자신이 LSD에 취해 엄청난 것들을 경험했다고 주장했단다……

딕은 어깨를 으쓱했다. 네, 나도 그것 얘기를 들었어요. 또 거의 비슷한 말을 하는 헉슬리의 글도 읽었고요. 하지만 난 LSD를 한 적이 없어요. 그것은 포인트 레예스에서 구할 수 있는 종류의 물건이 아니죠. 그리고 내가 경험한 것은 하버드 교수의 그것과 확실히 다른 거예요. 만일 같은 거라면, 난 이 교수가 그걸 그토록 열심히 전파하고 다니는 것을 이해하지 못하겠어요. 만일 그가 나와 같은 것을, 다시 말해 자기를 삼켜 버리려는 하늘의 그 괴물 같은 얼굴을 봤다면, 학생들에게 자신처럼 하라고 할 리가 없으니까요. 그게 아니라면, 이 사람은 정말 개자식 중 개자식이죠. 자기 주인에게 먹잇감을 몰아주는 사탄의 종인 거예요. 하기야, 잘 생각해 보면 그것도 가능한 일이긴 하죠. 네, 가능하긴 하지만 소름 끼치는 일이에요. 이 리어리라는 사람이 정말로 그랬다면, 그에 비해 아돌프 히틀러는 성가대 소년에 불과하지 않을까요?

어허, 진정해요, 진정해, 라고 환자의 태도에 점점 짜증이 나는 것을 느끼며 플라이브 박사가 말했다. 그는 더 확실한 영역으로 퇴각하는 게 좋겠다고 생각하며 피로와 불안감, 그리고 앤의 입원 등이 환각을 일으킨 거라고 설명했지만, 딕은 쉽게 승복하려 하지 않았다. 첫째, 나는 그렇게 끔찍한 것이 현실이 아닌 내 머릿속에만 존재한다는 사실이 뭐가 그리 안도감을 주는지 이해하지 못하겠고, 따라서 만일 박사님께서 나를 진정시키기 위해 그리 말씀하시는 거라면, 죄송하지만 실패하셨어요. 둘째, 난 내게 무슨 일이 일어났는지 아주 잘 알고, 그런 것을 〈환각〉이라고 부르지 않아요. 아니, 오히려 그와 정반대죠. 박사님이 말씀하신 그 피로, 암페타민, 개인적 불행, 그리고 어쩌면 어떤 내밀한 심리 상태 등의 여러 가지 이유로 현실을 여과하는 정신적 메커니즘이 내 안에서 작동을 멈춘 거예요. 현실을 가려서 그것을 견딜 만한 것으로 만들어 주던 스크린이 찢어진 거죠. 난 분명히 봤고, 지금 내 문제는 어떻게 하면 내가 본 것에도 불구하고 계속 살아갈 수 있느냐 하는 거예요.

「박사님, 존 콜리어가 무슨 말을 했는지 아세요?」 그가 물었다. 「우주는 어떤 사람이 유리잔 안에 맥주를 붓고 있는 것과 같은 거래요. 거품이 무수히 이는데, 우리 우주는 이 거품 중에서 하나의 거품 방울에 불과하답니다. 어떤 이들은 이 방울들 속에서 맥주 붓는 친구의 얼굴을 언뜻 보게 되는데, 이런 사람들에게는 삶이 더 이상 전과 같지 않게 되죠. 내게 일어난 일이 바로 그거라고요.」

플라이브 박사가 물었다. 「그렇다면 선생께서…… 신을 봤다는 얘긴가요?」

딕은 샌러펠에서 돌아오는 길에, 마렌 해킷이 다니는 교회가 있는 인버네스를 들렀다. 피오르 기슭이 있는 그곳은 가톨릭 의식을 위한 것이지만 마렌처럼 북구의 검소하고도 평온한 이미지를 환기시키는 예쁜 목조 건물이었다. 딕은 안으로 들어가, 고해 성사를 하고 싶다고 말했다. 그는 신부가 정신과 의사보다 덜 답답하다고 생각했다. 적어도 그가 하는 말에 귀를 기울이는 사람이었다. 신부는 마치 딕의 말을 이해하는 것처럼 여러 차례 얼굴을 고통스럽게 찡그렸다. 그런 그의 모습은 어떤 늙은 사냥꾼을 연상시켰다. 예전에 흉측한 늑대와 마주했고, 그 괴물을 세상에서 완전히 없애 버렸다고 믿고 있었는데, 어느 날 겁에 질려 찾아온 어떤 젊은이의 얘기를 듣고 자신의 적이 돌아왔으며, 이제 한 번 더 싸움을 벌여야 한다는 것을 깨달은 사냥꾼의 표정이었다. 딕의 고백을 다 듣고 난 신부는 아주 간단하게 〈선생은 사탄을 만나셨소〉라고 말했다.

이 진단은 딕을 위로해 주었다. 교회는 그의 말을 진지하게 받아들이고, 지금 뭐가 문제인지 아는 것이다. 하지만 교회가 문제를 너무 쉽게 해결하려 한다는 생각이 들었다. 그가 만난 것은 신 자신이고, 이 악몽의 주인공은 신이지 그의 사악한 종이 아니라는 사실을 거부하고 있는 것이다. 그렇다면 이 세상이 아무런 검토 없이 선한 신을 상정할 정도로 완벽하다는 얘긴가요? 이 가설을 내놓자 신부는 한층 슬픈 표정을 지었지만 놀라지는 않았다. 아무것도 그를 놀라게 할 수 없는 것 같았다. 가장 지독한 신성 모독에도 그는 심각하긴 하지만 흔히 있는 어떤 증상을 마주한 경험 많은 의사처럼 고개를 슬프게 끄덕이기만 할 게 틀림없었다. 그의 이런 태도는 짜증스럽기도 했지만, 안심되는 것이 사실이었다. 하늘을 가득 메운 그 금속 얼굴 앞에 이제 그 혼자만 있는 게 아니었다. 다른 사람들도 그 얼굴을 보지는 않았지만 그게 존재하는 것을 알고 있고, 그와 함께, 그리고 그를 위해 기도할 거였다.

그가 가톨릭에 귀의하겠다고 앤에게 밝혔을 때, 그녀의 반응은 그를 놀라게 했다. 클레오였다면 웃음을 터뜨렸을 거고, 버클리 사람들 모두가 그녀와 함께 깔깔댔을 거였다. 하지만 앤은 감동했다. 그녀는 그를 안아 주었다. 그리고 자기도 그와 함께 세례를 받고, 아이들도 받게 할 거라고 속삭였다. 불행은 우스꽝스러움을 느끼는 감각을 무디게 하고, 신에게 돌이키게 한다. 기독교인들에 따르면, 이게 바로 불행의 용도이기도 하다. 딕은 앤이 이 개종을 결혼 생활을 지키기 위한, 혹은 지금의 힘든 기간을 견뎌 내기 위한 최후의 시도로 보고 있다는 것을 깨달았다. 그는 마지막 기회를 망치지 않으리라 결심했다.

그들은 세례를 준비하기 위해 몇 차례 교리 문답 수업을 받았다. 두 사람 다 종교 교육을 받은 적이 없었지만, 신부로서는 딕의 모호하고도 잡다한 신학적 개념들보다 차라리 무지가 나았다. 딕에게는 항상 이단적 인물들의 가치를 인정하고, 정경들을 다 읽지도 않고서 위경들을 더 높이 두는 경향이 있었던 것이다.

아이들은 영성체의 원리를 잘 이해할 수 없었다. 아이들은 충격을 받았다. 예수는 자신의 살을 먹고 자신의 피를 마시라고 했는데, 그들은 이게 끔찍하게 느껴졌다. 이것은 일종의 식인

행위 아닌가? 어머니는 그들을 안심시키기 위해 이것은 〈누군가가 하는 말을 덥석 삼키다〉와 같은 표현처럼 그저 하나의 비유일 뿐이라고 설명했다. 이 말을 들은 딕은 항의했다. 세상의 신비스러운 일들을 모두 그런 식으로 평범하게 합리화해 버리려면 굳이 가톨릭 신자가 될 필요가 없다는 거였다.

「사돈 남 말 하고 있네.」앤은 신랄하게 쏘아붙였다. 「종교를 당신이 쓰는 그 공상 과학 소설 같은 식으로 취급하려면 굳이 가톨릭 신자가 될 필요가 없다고!」

「내가 바로 그 얘기를 할 참이었어.」필이 맞받았다. 「만일 우리가 신약이 얘기하는 것을 진지하게 받아들인다면, 열아홉 세기 조금 넘는 시간 전부터, 다시 말해 그리스도가 우리에게 성령을 남기고 떠나신 후로 인류는 일종의 돌연변이를 겪어 왔다는 사실을 인정해야만 해. 어쩌면 그렇게 느껴지지 않을 수도 있겠지만 이건 사실이고, 만일 당신이 내 말을 믿지 않는다면 당신은 더 이상 그리스도인이 아니야. 이렇게 말하는 것은 내가 아니라 사도 바울이고, 이게 정말로 어떤 공상 과학 이야기처럼 느껴진다면 뭐 난들 어쩌겠어? 영성체 성사는 이러한 돌연변이의 동인(動因)인 거고, 따라서 당신의 불쌍한 딸들에게 그것이 일종의 바보 같은 기념 행위라고 설명하지는 말라고. 얘들아, 내가 이야기 하나 해줄게. 한 가정주부가 저녁 식사에 손님들을 초대했어. 그녀는 아주 훌륭한 5파운드짜리 등심 한 덩이를 주방 선반 위에 올려놓았어. 손님들이 도착했고, 그녀는 응접실에서 식전주로 마티니를 조금 마시며 그들과 담소를 나눴지. 그러다가 양해를 구하고는 등심을 요리하러 주방으로 갔는데……
그게 어디론가 사라져 버린 거야. 그런데 그녀가 무얼 봤는지
알아? 한쪽 구석에서 혀로 주둥이를 느긋하게 핥고 있는……
바로 그 집 고양이였어.」

「난 무슨 일이 일어났는지 알겠어요!」 딸 중에서 가장 큰 아
이가 끼어들었다.

「좋아! 무슨 일이 일어났지?」

「그 고양이가 등심을 먹어 치웠어요.」

「오, 그렇게 생각하니? 그래, 너 참 똑똑하구나. 하지만 내 얘
기를 좀 더 들어 보렴. 손님들이 몰려왔어. 그들은 토론을 벌였
지. 등심 5파운드는 증발해 버렸고, 고양이는 아주 만족하고도
배부른 기색을 하고 있었어. 모든 사람이 이 사실에서 너와 똑
같은 결론을 이끌어 냈지. 그런데 손님 하나가 이렇게 제안하는
거야. 우리, 확실히 알아보기 위해 이 고양이의 무게를 재어보
는 게 어떻겠습니까? 그들은 모두 조금 취한 상황이어서, 다들
아주 굉장한 생각이라고 생각했지. 그들은 고양이를 욕실로 데
려가서는 저울 위에 올려놓았어. 녀석은 무게가 정확히 5파운
드였지. 고양이 무게를 재보자고 제안한 손님은 말했어. 자, 됐
어. 계산이 딱 맞는군! 사람들은 무슨 일이 일어났는지 이제 확
실히 알았다고 확신했어. 이때 또 다른 손님 하나가 의혹에 사
로잡혀 이렇게 말하는 거야. 〈근데 **고양이는 어디 있죠?**〉」

성탄절이 되었다. 비가 그치고, 하늘의 얼굴도 사라졌다. 전

나무 아래에서 필과 앤은 서로에게 신앙 서적을 선사했다. 아이 중 맏이는 다양한 화장 도구, 화장품, 머리 액세서리, 그리고 켄이라는 이름의 남자 친구가 딸린 바비 인형을 선물로 받았다. 〈아메리칸 드림〉을 이상적으로 희화화한 이 인형들을 본 딕은 버클리 주민 출신답게 조롱하고 싶은 마음이었지만, 이내 바비와 켄에 매혹되었다. 그는 미래의 고고학자들 혹은 화성인들이 이 유일한 유물을 가지고 우리의 문명을 재구성하는 상황을 상상해 보곤 했다. 미니어처를 들여다보는 사람은 누구나 그렇듯이, 그는 인형들의 디테일이며 정밀함, 그리고 부족한 점들을 살피느라 시간 가는 줄 몰랐다. 바비의 헤어드라이어는 앤의 것보다 더 정교하고 더 현실적으로 느껴졌다. 인형의 브래지어는 진짜 브래지어처럼 훅이 채워지고 쉽게 풀리지도 않았지만, 그 안에 들어 있는 것은 젖꼭지도 유륜도 없는 젖가슴이었고 — 앤이 등을 돌린 틈을 타서 — 인형의 팬티를 아래로 내려 보면, 에이 이런! 털도 없고 아무것도 없었다. 미래의 고고학자들은 20세기 인간들은 도대체 어떻게 번식했는지 알아내려고 머리를 쥐어짜리라. 하지만 어쩌면 미래 고고학자들은 전혀 놀라지 않을 수도 있으니, 그들은 켄과 바비와 완전히 똑같은 모습일 것이기 때문이다. 켄과 바비는 우리를 대체하게 될 미래의 인류를 미리 보여 주는 것이다. 아니면 — 그러지 말란 법이 없지 않은가? — 그들은 외계인 침공의 전위대인지도 모른다.

그에게는 이 주제가 매우 매력적으로 느껴졌는데, 사실은 이미 여러 번 사용한 적이 있었다. 특히 그가 또 다른 성탄절, 그러

니까 앤과 그녀의 딸들과 처음 보낸 성탄절 다음 날 쓴 단편에
서였다. 거기에는 가니메데[1]인들이 지구의 시장에 뿌리려 하는
각종 장난감을 의심스러운 눈초리로 테스트하고 있는 세관원
들이 나온다. 원칙적으로 평화적이고도 교육적인 장난감들이
지만, 가니메데인들의 팽창주의적 성향을 잘 아는 세관원들은
경계의 끈을 늦추지 않는다. 그들은 이 가니메데인들이 싸우지
않고 다른 행성들을 정복하기 위해 전에도 써먹은 적 있는 어떤
음험한 형태의 침공 수단을 두려워하고 있었다. 가장 간단한 대
처법은 말할 것도 없이 가니메데에서 오는 모든 수입품을 거부
하는 것이겠지만, 법이 그걸 막고 있었다. 따라서 눈을 크게 뜨
고, 혹시 있을지 모르는 트로이 목마를 찾아내야 했다. 테스트
에 맡겨진 세 종류의 장난감 중에서 두 개는 성격이 명확해 보
였고, 하나는 불분명했다. 입은 사람의 모습을 〈헷갈리게〉 하고,
이중인격을 조장하게끔 디자인된 카우보이 복장을 치를 떨며
거부하는 것은 엄청난 지식인이 아니더라도 가능한 일이었다.
아주 바보 같고, 심지어 전쟁놀이도 아닌 어떤 변종 모노폴리
게임을 통과시키기 위해서는 굳이 대단한 통찰력을 갖출 필요
가 없었다. 하지만 거기에는 이상한 성채도 하나 있었다. 거기
에 딸린 조그만 로봇 병사들의 역할은 누가 봐도 공성전을 벌이
는 거였는데, 문제는 세 시간마다 도개교가 내려오면 병사들이
다가가 다리를 건너고, 도개교가 다시 올라가 병사들이 더 이상
보이지 않게 된다는 점이었다. 그러고 나면 성문을 열 수가 없

1 목성의 위성 중 하나로, 태양계에서 가장 큰 위성.

었다. 수십 명의 병사를 삼켰는데 그것의 무게를 재보면 단 1밀리그램도 늘지 않았다. 복잡하면서 목적이 없는 이 시스템의 유희적, 교육적 의도가 뭔지 알 수 없었다. 대체 뭐 하자는 얘긴가? 위험성은 대체 무엇인가? 조사관들은 이 신비스러운 성채 안에 대체 무엇이 들어 있는지, 그리고 삼킬 병사들이 다 없어지고 나면 무슨 일이 일어날지 궁금했다. 이를 알기 위해서는 약간의 불안감을 느끼며 기다리는 수밖에 없었고, 조사관들이 기다리는 동안 우리가 하고 있던 이야기로 — 그러니까 이 책을 쓴 지 4년 후 — 돌아와 보자. (테스트 결과는 이 장의 끝부분에서 밝혀진다.)

딕은 바비와 켄의 사용법에 대해 다른 아이디어가 있었다. 그는 이미 화성을 배경으로 소설을 두어 권 썼는데, 여기서 이 행성은 사람들이 어쩔 수 없이 혹은 강제로 이주하게 되는 특별히 척박한 식민지로 그려진다. 이 불쌍한 식민들은 정신 감응 능력을 지닌 자칼 떼가 그나마 가장 매력적인 동물인 황량한 사막에 흩어진 토굴 같은 지하 공간에서 권태와 혼잡과 무기력 속에 살아가고 있다. 상황이 이러니, 파스칼적인 확장된 의미에서의 종교를 포함한 모든 형태의 오락이 환영받을 수밖에 없으며, 그런 것을 제공할 수 있는 지구의 기업들에는 군침 도는 시장이 아닐 수 없었다. 이 화성에서 〈인민의 마약〉은 〈팻 인형 세트〉 놀이였다.

바비와 켄의 클론이라 할 수 있는 팻 인형과 그녀의 남자 친구 월트는 지구의 캘리포니아주에 사는 것으로 설정되어 있다.

그리고 사람들은 이 커플의 부러운 삶을 극히 사실적으로 재현할 미니어처 액세서리들을 얼마든지 구입할 수 있다. 일단 기본적 아이템 — 집, 정원, 자동차, 섹시한 수영복, 잔디깎이 — 이 확보되면, 토굴 주민들은 이 뜨거운 소비의 열기 속에서, 인형 회사에 매수된 어느 행성 간 디스크자키 커플이 분위기를 띄우는 가운데, 끊임없이 인형들의 우주를 확장하고 개선해 간다. 집 주변 거리, 카페테리아, 미용실, 함께 모여 수다 떠는 고등학교 동창들, 대형 슈퍼마켓, 야자수가 늘어선 해변, 상담실과 함께 배달되는 정신분석 치료사, 파이프, 그리고 프로이트의 장정본들은 기가 막힌 아이템으로 인기가 매우 높다……. 공식적으로 식민들은 큰 비용을 들여 그들의 미니어처 차고에 설치한 자동문을 작동시키며 혹은 팻 인형을 태운 신형 포드 컨버터블을 시내로 몰고 가서 미니어처 주차 요금 미터기에 미니어처 1달러 동전 — 개당 20달러나 되니, 소형화와 운반을 위한 비용이 만만치 않기 때문이다 — 을 집어넣으며 더없는 행복감을 느껴야 옳다. 사실 그들은 바보가 아니고, 식민지 소설들에 나오는 가난한 백인들이 오래된 지하철표 냄새를 킁킁댄다 하여 그들의 고향 파리로 돌아갈 수 없는 것처럼, 이런 유치한 놀이를 한다고 해서 자신들이 지구로 옮겨진다고 믿지는 않는다. 하지만 팻 인형 세트 회사는 어떤 불법 암거래의 합법적인 위장 수단에 불과했으니, 이 놀이를 상업화한 레오 뷸레로의 회사는 놀이 세트에 어떤 마약을 곁들여 파는 것이다. 이 마약은 가니메데 행성에서 생산되는 **캔**Can-D라는 것으로, 사용자에게 자신이 **실**

제로 팻과 월트이고, 자신의 비참한 육체를 떠나 그 찬란한 몸속으로 들어가는 환상에 빠지게 한다. 그들의 육체가 화성의 더러운 토굴 한구석에서, 체모도 없는 플라스틱 인형을 손에 꼭 쥐고서 무기력하게 뒹구는 동안, 그들의 정신은 몸을 빠져나와 훨훨 날아가는 것이다. 이 정신은 최악의 경우 그것이 깃들었던 사람에 대한 희미한 기억 — 우리가 전생에 대해 느낄 수 있는 직감 같은 것 — 만 간직한다. 이 번데기에서 해방된 정신은 팻이나 월트 같은 만족스러운 정체성 속에서 파트너와 함께 그 어떤 윤리적 검열도 없고, 모든 한계를 벗어난 경험을 맛볼 수 있다. 여기서는 간통, 근친상간, 살인 같은 것들이 꿈속이나 순수한 욕망만큼이나 제약을 받지 않는다. 다만 그것은 공유된 꿈이고, 다른 차원에서 실현된 욕망이란 점이 다를 뿐이다. 더 좋은 것은 — 더 나쁜 것일 수도 있겠는데 — 여럿이서 함께 마약을 하면 동일한 몸에 여럿이 함께 들어가 그 감각을 공유할 수 있다는 점이다. 하여 딕이 그해 겨울에 쓴 책의 첫 번째 장면 중 하나에서, 같은 토굴에 살던 여섯 사람이 월트와 팻이 어느 햇빛 쏟아지는 해변에서 나누는 달콤한 섹스에 함께 참여한다. 〈그들의 검게 탄 두 몸뚱이 안에는 여섯 사람이 있었다. 여섯 속의 둘, 둘 속의 여섯. 영원한 신비였다.〉

〈캔-D〉를 할 때마다 경험하는 이 〈전이(轉移)〉의 신비 앞에서, 식민들은 〈신자〉와 〈불신자〉 진영으로 나뉜다. 후자들에게 놀이 세트는 그들이 상실한 우주의 상징적 재현물일 뿐이고, 자신을 팻이나 월트와 동일시하는 것은 현실을 견뎌 낼 수 있도록 도와주는 환상에 불과하다. 반면, 전자들은 놀이 세트의 미니어처화된 요소들이 지구를 **재현하는** 것이 아니라, 지구 **자체가 되는** 그 신성한 순간을 현실로 여긴다.

영성체 성사는 어떤 기념 의식에 불과한 걸까, 아니면 구세주의 실제적 존재를 불러오는 일일까? 몇 주 전 같았으면 딕은 이 문제를 어떤 재미있는 논쟁의 화두, 두 개의 정신 유형을 나누는 구분선 정도로 여겼을 것이다. 하지만 이해 겨울에는 두려워 떨면서 스스로에게 다른 질문을 했다. 만일 자신이 하늘에서 보았고, 이제는 사라져 버렸는지 너무 자주 확인하고 싶지 않은 존재가 실제적 존재라면 과연 어떻게 될까?

〈내 살을 먹고 내 피를 마시는 사람은 내 안에서 살고 나도 그 안에서 산다.〉(『요한복음』 6장 56절). 별생각 없이 파머 엘드리치의 살을 먹고 피를 마시는 자에게 과연 어떤 일이 일어날까?

딕이 어린 시절에 탐독했고, 나로 하여금 작가의 길을 걷게 했기에 그에게도 마찬가지였을 거라 생각하고 싶은 러브크래프트의 이야기들에는, 너무나 섬뜩해 작가가 묘사하기를 포기하는 것이 끊임없이 등장한다. 러브크래프트가 이 회피를 정당화하기 위해 동원하는 다양한 형용사 중에서, eerie(으스스한), uncanny(기묘한), hideous(끔찍한) 같은 것들보다 한층 특이한 표현은 바로 eldritch다. 딕이 보기에 엘드리치는 프로이트가 unheimlich(이상하게 불안하게 하는)라는 단어에 집어넣은 모든 것을 포괄하는 쾌거를 이뤘고, 여기에 〈공황감〉 차원까지 첨가하고 있었다. 그가 이 단어에서 보는 것은 음험하고, 사악하고, 친숙해 보이지만 사실은 아닌 그런 면뿐 아니라 갑자기 몰려오는 어떤 두려움, 우리를 울부짖게 만드는, 잠에서 깨어나기 위해 울부짖듯이 울부짖게 만드는 극도의 공포이기도 한데, 여기서 끔찍한 점은 우리가 벌써 깨어났지만 피신할 곳이 아무 데도 없다는 사실이다.

이 소설을 시작하면서 딕은 자신이 어디로 가는지 알고 있었다. 하지만 그는 거기로 가는 게 끔찍이 두려웠다. 성탄절과 새해 첫날 사이 그는 첫 1백 페이지를 썼고, 화성의 배경 — 토굴, 팻 인형, 캔-D 등 — 을 설정해 놓았다. 그는 팻 인형 세트를 사와 그 아래 숨어 있는 마약 밀매 사업의 보스로 레오 뷸레로라는 호감형 악당을 설정했고, 그의 부하로는 항상 죄책감에 사로잡혀 있고, 생의 중요한 순간에 항상 나쁜 선택을 했다고 후회하는 우울증 환자 바니 메이어슨을 택했다. 딕은 이것으로 만족하고, 이런 요소들만 가지고 놀아 볼 수도 있었다. 〈전이〉가 초래하는 여러 가지 역설로 아주 괜찮은 소설을 꾸밀 수도 있었다. 하지만 그는 첫 몇 페이지에 〈파머 엘드리치〉라는 누군가의 귀환에 대한 불안한 소문들도 뿌려 놓는다.

파머 엘드리치는 한탕 노리며 떠돌아다니는 인물로, 10년 전에 프록시마 항성계로 떠난 이후 더 이상 소식이 없던 자다. 사람들은 그가 죽었거나, 그보다 더 끔찍한 일을 당했으리라 믿는다. 그런데 그를 다시 봤다고, 그가 돌아왔다고 말하는 사람들이 나타나기 시작한다. 세 개의 보철물로 — 인공 팔, 반짝이는 강철 의치, 눈을 대신하는 파노라마 카메라가 장착된 두 개의 가느다란 홈 — 보건대 그가 틀림없다는 것이다. 엘드리치는 — 혹은 엘드리치의 자리를 차지한 **어떤 것**일지도 모른다는 말도 있었다 — 우리가 아는 세계 바깥에서, 모든 가정의 오랜 벗 **캔-D**를 묻어 버릴 수 있는 어떤 새로운 환각제를 가지고 왔다. 이 마약, **추**Chew-Z에는 이런 광고 문구가 붙어 있다. 〈신은 영원한 생명을 약속하고, 우린 그걸 나눠 줍니다.〉

열흘째 되는 날, 딕은 레오 뷸레로가 파머 엘드리치와 마약 시장을 나눠 갖기 위한 협정을 맺으려고 — 뷸레르는 그렇게 믿는다 — 달에 도착하는 장면을 썼다. 저녁 식사 시간이어서 딕은 타자기에서 손을 떼는데, 다시 타자기 앞에 돌아오면 레오 뷸레로에게 추-Z를 먹이리라는 것을 알고 있었다. 잠자리에 들면서 그는 만일 자기가 오늘 밤 죽는다면 어떻게 될까 자문해 보았다. 엘드리치는 자기 없이 어떻게 해나갈 것인가?[2] 하지만 그는 죽지 않았고, 잠을 자지도 않았다. 결국 그는 소리 없이 일어났다. 욕실에서 알약이 든 약장을 열기 전에, 그는 나중에 자기 얼굴을 떠올리기 위해 오랫동안 거울을 들여다보았다. 그런 다음, 옷을 걸치고 밖으로 나갔다. 그가 지나가자 풀밭에 서 있던 말이 조그맣게 푸르르며 울타리로 다가왔다. 녀석의 축축한 주둥이에서 김이 뿜어져 나왔다. 그는 녀석을 쓰다듬어 준 다음, 다시 어두운 밤길을 걷기 시작했다. 마치 자신이 두 사람

---

2 엘드리치는 일종의 신인데, 자기가 없으면 이 신도 존재할 수 있을까, 라는 의미다.

으로 분리되기라도 한 듯, 오두막을 향해 걷고 있는 자기 모습을 일종의 경악 상태에서 쳐다보았다. 어린 시절에 꾼 꿈의 조각들이 다시 떠올랐다. 자기가 어떤 미끄럼틀을 만들고, 그 계단을 기어오르는 꿈이었다. 그리고 아래로 미끄러져 내려가야 하는 순간이 왔다. 저 아래에 보이는 별도 없는 하늘을 향해, 점점 빨라지는 속도로 굴러떨어져야 하는 순간이 왔다.

레오는 하얀 벽만 있는 어떤 방에서 의자에 앉아 있다. 그의 옆에 놓인 트렁크에서, 엘드리치의 목소리가 흘러나온다. 자기는 태양계를 침범할 터인데, 지금까지 없던 특별한 방식을 사용할 거란다. 레오는 신경 쓰지 않는다. 그는 여기에 사업을 논의하러 온 것이다. 서로 원만히 타협할 방법이 없는지, 아니면 경쟁 상대로 등장한 이 외계 환각제와 목숨 걸고 싸워야 하는지 파악하기 위해서 말이다. 그는 서서히 부아가 치민다.

이때 눈앞에서 방이 쾅 터져 버린다.

그는 잔디로 덮인 어느 언덕에 서 있다. 조그만 여자아이가 그와 가까운 곳에서 요요 놀이를 하고 있다. 모든 것이 정상이고, 모든 것이 이상하다. 『이상한 나라의 앨리스』 같은 분위기라고도 할 수 있지만, 아니다. 여기에는 뭔가 다른 것이, 훨씬 불쾌하게 느껴지는 뭔가가 있다.

엘드리치.

여자아이는 엘드리치다. 설명할 수는 없지만 너무나 분명한 사실이다. 잔디도 엘드리치다. 요요도, 들이마시는 공기도 엘드리치로 가득하다. 이에 레오는 자신이 〈추-Z를 복용하면 가게 되는 곳〉에 있으며, 자신도 모르는 사이 누군가 자신에게 그걸 먹였다는 것을 깨닫는다. 아마도 달에서 갇혀 있던 그 텅 빈 하얀 방에서 먹은 것이리라. 하지만 어쩌면 그 텅 빈 하얀 방 자체도 환각의 일부일 수 있다. 그렇다면 언제 먹은 것일까? 그가 달을 향해 출발하기 전에? 아니면 그보다 훨씬 전부터 마약에 취해 있지 않았다고, 엘드리치가 평생 동안 그를 가지고 놀지 않았다고 증명할 만한 것은 아무것도 없었다. 어쩌면 엘드리치는 그로 하여금 자기 삶을 살고 있다고 믿게 만들며 놀았는지도 모른다. 마치 물고기를 낚싯바늘에 걸어 놓고 그것을 잡아채기 전에 가지고 노는 잔인한 낚시꾼처럼 말이다. 아닌 게 아니라 엘드리치는 그렇게 하고 있었다. 엘드리치는 레오를 끌어들인 미로 입구에서 그 세 개의 보철물과 함께 직접 모습을 드러내고는, 물고기에게 낚시의 비결을 설명하는 낚시꾼처럼, 그것에 비하면 캔-D는 싸구려 모조품에 불과한 〈진짜 제품〉에 대해 자세히 설명해 준다.

「우선, 우리가 우리의 이전 몸으로 다시 돌아가게 되면 ― 여기서 캔-D에는 전혀 적용될 수 없는 〈이전의〉라는 표현을 쓴 것에 주목해야 할 거요[3] ― 당신은 시간이 조금도 흐르지 않았음을 알게 될 거요. 우리가 여기서 50년을 보낸다 해도 사정은 변하지 않소. 우리가 다시 달에 돌아가게 되면, 거기

3 캔-D는 실제로 몸(다른 세상)을 바꾸는 게 아니라 단지 환각을 보는 것.

서는 아무 일도 일어나지 않은 것처럼 느낄 거요. 지금 이 순간, 어떤 이가 우리의 몸을 주시하고 있다 해도, 털끝만큼의 의식 상실도 감지하지 못한다는 얘기요.」

「그렇다면 여기서 우리가 지내는 시간을 결정하는 것은 무엇이죠?」레오가 묻는다.

「우리의 의지요.」

「그렇지 않습니다. 난 지금 몇 시간째 여기서 나가려 애쓰고 있어요.」

「그렇소. 하지만 지금 우리가 있는 이곳을 만든 것은 당신이 아니오. 내가 만들었소. 여기 있는 모든 것은 내게 속했소. 심지어 당신의 몸까지도.」

「내 몸까지?」레오가 깜짝 놀라 반문한다.

「당신을 여기에, 이 우주 안에 이런 모습으로 존재하게 하는 것은 바로 나의 의지요. 그리고 더 중요한 것은, 이게 어떤 환각이 아니라 진정한 우주라는 사실이오.」

「많은 사람이 캔-D에 대해서도 그런 말을 하죠. 그들은 자신이 실제로 팻이나 월트였으며, 지구에 체류했다고 마치 신앙 선언을 하듯이 말한다고요.」

「광신도들이지.」엘드리치가 경멸적으로 내뱉는다. 「하지만 당신은 내 말을 믿는 게 좋을 거요. 그렇지 않으면 절대로 살아서 여기를 나가지 못할 테니까.」

「환각 속에서는 죽을 수 없어요. 나는 내 세상으로 돌아가겠소.」

그리고 그의 의지만으로 만들어 낸 어떤 층계를 통해 레오는 덫과 같은 엘드리치의 우주를 빠져나간다. 그가 돌아온 곳은 지구에 있는 그의 사무실이고, 그는 동료들에 둘러싸여 있다. 잔뜩 흥분한 그는 경쟁 관계에 있는 마약에 취해 경험한 일을 그들에게 들려주면서, 그게 캔-D만 못하다고 주장한다.

「현실적인 느낌이 전혀 없어. 자기가 환각 속에 있다는 것을 곧바로 알게 되니까. 그건 의심의 여지가 없는 사실이지…… 그런데 퓨게이트 양, 무슨 일이야? 왜 나를 그렇게 쳐다보는 거지?」

「미안해요, 사장님…….」 퓨게이트 양이 말끝을 흐린다. 「그런데 사장님 책상 밑에 뭔가 있어요.」

뭔가 있다고? 레오는 허리를 굽히고 책상 밑을 들여다본다. 아닌 게 아니라 뭔가가 그를 쳐다보고 있다. 뚜렷한 형태가 없는 어떤 것이다. 어둡고도 빈정거리는 듯한 어떤 것이다.

「음, 그렇군…….」 레오는 한숨을 내쉰다. 「퓨게이트 양, 추-Z의 출시에 대한 대응 방안을 논의하는 것은 더 이상 의미가 없겠어. 왜냐하면 지금 난 누구에게도 말하고 있지 않으니까. 지금 난 엘드리치가 가둬 놓은 세계에 혼자 있는 거야.」

만일 그가 이 더러운 괴물을 보내 자기가 얼마나 철저히 나를 장악하고 있는지 보여 주지 않았다면, 난 끝없이 계속했겠지. 어떻게 나가야 할지 알 수 없는 이 가짜 우주 안에서 1세기는 살았을 거야.

빌어먹을, 난 망해 버렸어!

오, 하느님, 도와주소서! 만일 도와주신다면, 만일 당신의 권능이 이 세계에까지 미칠 수만 있다면, 난 당신이 원하시는 것을 무엇이든 하겠나이다!

몇 주 전부터 예정되어 있던 세례식이 다음 날 거행되었다.

온 가족이 가장 좋은 옷을 차려입고 교회에 갔다. 딕은 넥타이와 팔꿈치에 가죽을 댄 트위드재킷 차림이었는데, 앤은 그렇게 하고 있으니 진짜 작가처럼 보인다고 말해 주었다. 종교 의식에 대한 경험이 별로 없는 딕이 판단하기에는 모든 게 정상적으로 진행되는 것 같았다. 신부는 부드러운 목소리로 의식을 진행했다. 아이들과 앤과 대모(代母)를 자임한 마렌 해킷은 잔뜩 집중해 있는 것 같았다. 어린 로라도 의젓하게 앉아 있었다. 이 조그만 목재 교회당 안에 있으니 마음이 놓였다. 안전하게 보호받는 느낌이었다. 그럼에도 불구하고 몸이 떨리는 것은 어쩔 수가 없었다. 이 모든 광경은 어떤 불경한 패러디 같은 느낌을 주었다. 언제든 엘드리치가 극적으로든 은근하게든 그의 존재를 드러낼 것만 같았다. 이 엘드리치는 그가 만들어 놓은 배경 중 어느 미세한 요소를 살짝 옮겨 놓을 수도 있고, 신부를 번쩍 들어 올려 벽에 던져 박살 내버릴 수도 있었다. 세례용 물을 황산으로 바꿔 놓을 수도 있었다. 아니면 아무도 눈치채지 못하는 가운데, 어떤 공모자에게 하듯 그에게 눈만 한 번 찡긋하는 것으로 만족할 수도 있었다. 이를 위해서는 신부의 눈을 이용하리

라. 딕은 신부의 눈과 마주칠까, 거기서 하늘의 얼굴과 그 소름 끼치는 눈빛을 보게 될까 두려웠다. 사람들이 부르는 『시편』 139편 찬송은 이렇게 말하고 있었다.

야훼여, 당신께서는 나를 환히 아십니다.
내가 앉아도 아시고 서 있어도 아십니다.
멀리 있어도 당신은 내 생각을 꿰뚫어 보시고,
걸어갈 때나 누웠을 때나 환히 아시고,
내 모든 행실을 당신은 매양 아십니다.
입을 벌리기도 전에 무슨 소리 할지,
야훼께서는 다 아십니다.
앞뒤를 막으시고 당신의 손 내 위에 있사옵니다.
그 아심이 놀라워 내 힘 미치지 않고
그 높으심 아득하여 엄두도 아니 납니다.
당신 생각을 벗어나 어디로 가리이까?
당신 앞을 떠나 어디로 도망치리이까?
하늘에 올라가도 거기에 계시고
지하에 가서 자리 깔고 누워도 거기에도 계시며…….

교회에서 돌아온 필은 메피스토펠레스 흉내를 내며 아이들을 깔깔거리게 했고, 자신은 뿔이 나고 긴 화살 꼬리가 달린 꼬마 악마가 아마도 그들의 방문에 방해를 받은 듯 세례당 뒤를 후닥닥 뛰어가는 모습을 봤노라고 말했다. 그냥 우스갯소리였다. 그리고 앞으로 무슨 일이 일어나든, 이제 그는 세례받은 몸인 것이다.

다시 책의 가마솥 안으로 뛰어든 딕은 새로운 지원군의 필요성을 느꼈다. 그에게는 자기 세례의 증인이, 그 안에서 자기가 물과 성령으로 세례받은 사랑의 하느님의 종(從)이, 이제 소설 전면에 등장한 그의 분신 바니와 동행할 사람이 필요했다. 지금 새로운 인물을 끌어들인다는 것은 원칙상 조금 늦었다고 할 수 있었지만, 딕은 바니가 화성으로 가는 길에 젊은 〈신(新)기독교인〉 앤을 만나게 한다. 성실함과 기독교적 미덕의 모델 같은 여자 앤은 비참한 현실이 최고로 신나는 환상보다 나으며, 식민들의 마약 중독은 그들의 영적 갈증과 교회만이 그들에게 줄 수 있는 것에 대한 열망의 표시일 뿐이라고 확신한다. 하지만 애석하게도, 딕은 그 선한 결심에도 불구하고 긍정적인 남자 주인공 혹은 여자 주인공을 묘사하는 데는 영 소질이 없는 작가다. 하물며 성녀(聖女)라니⋯⋯. 화성에 도착하기 무섭게 이 우주의 선교사는 와르르 무너져 버리고, 얼마 안 가서 사납게 달려드는 절망감에서 벗어나기 위해 캔-D 1회분을 삼킨다. 어둠을 벗어날 길은 그것밖에 없기 때문이다. 그리고 오래지 않아 이보다 훨씬 더 무서운 추-Z의 유혹이 찾아왔을 때, 그녀는 기도해 봤자 아무 소용 없음을, 자신은 결국 굴복할 것임을 안다. 〈하느님은 영원한 생명을 약속했고, 우리는 그것을 나눠 줍니다〉라는 엘드리치의 광고 문구에 벌써 넘어가 버린 것이다. 하지만 그녀는 이 말이 거짓이란 것을, 만일 사실이라면 그거야말로 최악이란 것을 안다.

어떤 방문객이 프록시마 항성계로부터 찾아와, 우리가 수천 년 전부터 희구해 온 것을 제공한다면…… 여기에 뭐 그리 근본적으로 나쁜 게 있단 말인가? 정확히 말하기는 힘들지만, 분명히 있다는 게 느껴진다. 왜냐하면 이것은 엘드리치에게 예속되는 것을 의미하기 때문이다. 이제부터 엘드리치는 우리와 항상 같이 있으면서, 우리의 삶에 스며들 것이다. 그리고 과거에 우리를 보호해 왔던 〈그분〉은 힘을 잃고 뒷전으로 밀릴 것이다.

우리가 〈전이〉될 때마다…… 우리는 하느님이 아니라 파머 엘드리치를 보게 될 것이다.

바로 그런 일이 일어나기 시작한다. 이번에는 바니가 추-Z를 복용하고, 딕이 자신과 동일시하는 것은 레오 뷸레로가 아닌 바니 메이어슨이므로, 책 전체는 엘드리치의 발밑으로 들어간다. 바니는 계속 바뀌는 중국 가면처럼 끊임없이 모습을 바꾸며 낯설게 다가오는 우주들의 지옥 같은 혼돈 속에서 애를 쓰고, 비틀거리고, 몸부림친다. 잠시나마 누군가를 믿으면 그의 겉모습에 균열이 가면서 총안 같은 눈과 인공 팔과 강철 이빨, 즉 파머 엘드리치의 〈세 개의 성흔〉이 드러나는 공간에서 말이다. 악몽에서 간신히 빠져나온 바니는 옆에 누운 〈신기독교인〉 앤을 발견하는데, 그녀의 번득이는 이빨과 말 없는 빈정거림은 그의 환상을 깨버리고, 이 악몽은 영원히 끝나지 않을 것임을 깨닫게 한다. 추-Z를 먹은 사람은 영원히 파머 엘드리치 안에서 살게 되는 것이다. 한번 들어가면 결코 빠져나갈 수가 없다. 더욱 무서운 것은 모두가 그 그물을 향해 몰려가고, 한번 그 안에 들어가면 누구에게도 경고해 줄 수 없다는 사실이다. 바깥에서는 아무것도 모른다. 엘드리치는 모든 사람을, 살아 있는 모든 것을 하나하나 삼킬 것이다. 그는 하나의 행성이 되는 동시에 그 행성의 모든 주민이 될 것이다. 그는 그들 문명의 영혼이 되고, 각 사람의 영혼이 될 것이다. 그는 문명이 되고, 각 사람이 되어, 더 이상 아무것도 남지 않게 될 것이다. 어쩌면 벌써 파머 엘드리치 외에는 아무것도 남아 있지 않을지도 모른다. 어쩌면 바니 메이어슨을 괴롭히고, 필 딕이 옮겨 쓰고, 지금 내가 다른 식으로 표현하고 있으며, 당신이 당신의 뇌라고 믿는 것 안에까지 흘러들어 온 이 겁에 질린 생각들은 자신의 영원한 인형극을 공연하기 위해 덧없는 피조물인 우리를 이용하는 파머 엘드리치 안에만 존재하는 것인지도 모른다.

어쩌면 이 모든 것이 파머 엘드리치의 정신 속에서, 그의 통제하에서 일어나는지도 모르지만, 바니와 앤과 화성의 식민들은 전이가 끝난 후 각자 느낌을 나눈다. 모두가 이 경험이 매력적이었다고 말했지만, 여기에는 뭐랄까…… 뭔가 이상한 것, 뭔가 거북한 것, 〈그림 가운데 언뜻 비치는 어떤 그림자처럼, 기어

가는 듯한 어떤 존재가 어딘가에〉 느껴진다고 입을 모은다.

「이 존재는…….」 바니가 그들 모두에게 말한다. 「내가 말하면 여러분 모두가 알 수 있는 이름을 갖고 있습니다. 분명히 그것은 자신을 그렇게 지칭하지 않겠지만요. 우리가 그것에 이 이름을 부여한 거죠. 우린 언젠가 그것과 마주하게 되어 있었어요.」

「지금 〈신〉을 말하고 있는 거예요?」 앤이 조그맣게 묻는다.

바니는 그저 고개만 한 번 끄덕인다.

「**악한**…… 신이라고요?」 프랜 샤인이 반문한다.

「악은 그것의 한 양상에 불과하죠. 우리의 주관적 체험으로 인한 느낌일 뿐이에요.」

딕은 가톨릭 신자였다. 귀의한 지 얼마 안 되고 나름의 방식으로 믿는 신자였지만, 가톨릭은 가톨릭이었다. 이 대화 부분을 타이핑한 후, 그는 이것으로 이야기를 끝낼 수 없어 앤과 바니 사이에 오간, 아주 아름다우면서도 아주 이상한 신학적 대화를 하나 추가했다. 지금, 그리고 그들이 자신의 삶이라고 믿는 것의 끝에 이르기까지, 그리고 어쩌면 그 너머에까지 엘드리치가 자신들 안에 산다는 것을 둘 다 알고 있다. 모든 것이 정상으로 돌아왔지만, 그는 여기에 있고, 영원히 여기에 있을 것이다. 어쩌면 신은 바로 이것, 이 악몽인지도 모른다. 하지만 그들은 이 존재와 〈이것보다 2천 년 전에 우리를 찾아온 것〉 사이에 차이가 있다는 것 또한 알고 있다. 그 차이는 무엇인가? 엘드리치는 감소하는 대신 증가하고 도살되는 대신 도살하고픈 우리의 인간적 욕망을, 자신을 선호하는 우리의 편협하고 동물적이고 팽창주의적인 성향을 증식시킨다. 이 포식 동물적인 신은 그저 자연적인 신일 뿐이다. 반면 2천 년 전에 왔던 다른 신, 온유하고 마음이 가난했던 신은 다만 작아지려고만 했다. 취하는 대신 주려고만 했고, 심지어 자기 목숨까지 주려고 했는데, 이 초자연적 성격은 역설적으로 그를 엘드리치보다 현실적인 존재로 만들었다.[4]

딕은 가톨릭 신자이기도 했지만 그의 소설들에 나사를 한 번 더 돌리고 싶은 충동에 사로잡히는, 다시 말해 이야기를 끝내기를 너무나 힘들어하는 〈쥐〉 딕이기도 했다. 그리스도를 언급하며 파머 엘드리치의 책을 끝내는 것은 나쁘지 않은 결말이었다. 하지만 이 장을 쓰고 나서 엘드리치에게 마지막 발언권을 주고 싶은 유혹을 견딜 수가 없었다. 이 유혹은 결론짓는 것에 대한 순수하게 철학적인 혐오, 그리고 마지막 반전이 있는 이야기들에 대한 더 오래되고 유치하면서도 삐딱한 취향에서 기인했다. 그는 괴물이 죽어 다시 평화가 찾아오고, 삶은 정상을 회복하고, 생존자들과 관객 모두가 안도의 한숨을 내쉬는 장면으로 끝날 것처럼 보이지만, 관객 중에서 가장 영리한 이들은 제대로

---

4 사람들이 그를 환영해, 표면으로 나온 존재가 된다. 그것이 〈현실〉이 된다. 실재의 현실은 동물적인, 악한 존재인 엘드리치다.

된 연출가라면 불의의 일격을, 다시 말해 모든 것을 뒤집고 관객을 의자에 못 박을 마지막 반전을 남겨 놓았다는 것을 아는 공포 영화의 수사법에 경도되어 있었다. 딕은 가톨릭 신자이긴 했지만, 최후의 승리는 괴물과 어둠과 공포에 안겨 줘야 했다. 따라서 레오는 화성으로 향하는 로켓에서 자신을 포함한 모든 승객이 파머 엘드리치의 세 개의 성흔을 지녔다는 것을, 마약의 도움 없이도 역병이 승리했음을 알게 된다. 그는 불안하게 자문한다. 〈만일 이 역병이 우리 뇌에까지 이른다면? 만일 우리가 이것의 해부학적 구조만이 아니라 정신까지 갖게 된다면…… 이것을 파괴하려는 우리의 계획은 어떻게 되는 걸까?〉

딕은 여기에서 이야기를 끝낸다. 하지만 나로서는 우리가 몇 페이지 앞에서 보았던 그 테스트 얘기를 꺼냈다면 더 미묘한 결말이 되었을 것 같다. 신비스러운 성채는 병사들을 모두 삼키고 나서 꼼짝하지 않는다. 폭발하지도 않고, 다른 것으로 변하지도 않고, 더 이상 아무것도 하지 않는다. 게임은 끝난 것처럼 보인다. 수수께끼는 온전히 남는다. 조사관들은 의심을 떨치지 못하고 그것을 지구에 들이는 것을 거부하며, 조현병을 퍼뜨리는 카우보이 복장도 통관을 불허한다. 반면 무해해 보이는 변종 모노폴리 게임은 입국을 허가하는데, 곧 사람들은 그것이 〈지는 사람이 이긴다〉라는 규칙에 따라 플레이되는 것을 알게 되고, 이 게임은 아이들 사이에서 엄청난 성공을 거둔다. 지구의 아이들은 이 게임에 매혹되고, 이것의 규칙에 담긴 메시지에 따라 행실을 바꾸고 살아간다. 이 기묘한 성채와 사람을 미치게 만드는 카우보이 복장은 사실 교란용 아이템에 불과했고, 정복을 위한 진정한 무기는 바로 이거였다. 이제 공격을 받으면 지구인들은 저항하지 않고, 오히려 왼쪽 뺨을 내밀 것이다. 그들은 그들을 기독교인으로 만드는 정복 작업, 지금까지 없었던 형태의 정복 작업에서 놀라울 정도로 유순한 희생자들, 기꺼이 도살될 준비가 되어 있는 양들이다. 그렇다면 이 메시지의 근원은 어떤 사랑의 신이 아니라 호전적인 정복자들이었다. 예수도 파머 엘드리치의 스파이 중 하나였던 것이다.

10
〈혁(革)〉, 혁신, 허물벗기

그해 봄에 딕은 포인트 레예스에서 도망쳐 나와 버클리로 돌아왔다. 불행한 결혼 생활이라는 삶의 변두리에서, 그 구역질 나는 간주곡에서 빠져나온 그는 자신이 없는 동안 세상이 변한 것을 발견했고, 이 변화가 마음에 들었다. 시골구석에 처박혀 있던 그는 1960년대 초에 이 나라에서 여러 가지 일이 일어나고 있다는 것을 어렴풋이나마 알고 있었다. 학생들이 벌이기 시작한 연좌 데모, 연쇄 살인마 케릴 체스먼, 마틴 루서 킹, 플라이브 박사가 딕이 빠져들었다고 의심했던 신종 마약 등의 얘기를 들었던 것이다. 존 F. 케네디가 암살되었다는 소식을 듣고는 울기도 했다. 하지만 이 모든 것은 스무 살 먹은 어떤 천재의 비음이면서 날카로운 목소리가 「세상은 변하고 있네The times, they are a-changin'」를 노래하고 있는 라디오에서나 일어나는 일처럼 느껴졌다. 딕이 느끼기에 이 시기는 어떤 다른 시대에 속한 것 같았고, 이 모든 변화가 자신은 결코 접근하지 못하는 진정한 삶의 무대인 어떤 평행 우주에서 일어나는 것 같았다. 하지만 그가 새로이 획득한 자유는 모든 것을 바꿔 놓았다. 이제 쇼는 그 없이 공연되지 않을 것이고, 그도 여기서 역을 하나 맡게 될 터였다.

내가 전에 알았던 어느 하사관은 신병들, 나아가 인류 전체를 〈괜찮은 친구들〉과 〈불량한 녀석들〉이라는 대립적인 두 진영으로 나누었다. 이 두 범주가 어떤 종류의 인간들을 포괄하고 있는지는 짐작이 갈 것이고, 나는 개인적으로 이 범주들이 어느 정도 유효하다고 생각한다. 짐작이 안 가는 분은 내가 앞에서 언급한 음반 커버를 장식한 밥 딜런의 사진을 한번 보기 바란다. 마르고, 거만하고, 고집 센 얼굴에 여자 같은 속눈썹, 그리고 무엇을 물어보든 〈아니〉라고 대답할 것 같은 모습, 이게 바로 아주 멋진 모습으로 나타난 〈불량한 녀석〉이다. 이런 종류의 인물들을 시대의 영웅으로 만든 문화적 격변 속에서, 딕의 핸디캡들은 오히려 장점이 되었다. 공부를 마치지 못했다고? 사람들은 시스템과 그 가치들을 거부하는 중퇴자들을 좋아했다. FBI의 감시를 받았다고? 이는 그의 미덕을 보장하는 증표였다. 프롤레타리아들이나 읽는 주변적 장르의 책을 쓴다고? 그것은 문학적 기득권층에 속한 넥타이 차림 좀비들에게 아부하기를 거부하는 존경할 만한 모습이었다. 〈괜찮은 친구〉가 되는 데 실패했다고? 그는 아주 멋있는 〈불량한 녀석〉이 될 거였다.

소년기의 소심함을 벗어나지 못했고, 자신에 대해 불편함을 느끼던 소시민 딕은 1964년, 놀랍게도 자신이 새로운 시대정신과 너무나 잘 맞는다는 사실을 발견했다. 항상 자신을 주변적 존재로 여기다 주변부가 오히려 세상의 중심이 된 그 몇 해 가운데로 떨어져 내린 그는 이 주변부 중에서도 주변부, 다시 말해 모두가 약속이나 한 듯 장발에 민속풍 장신구를 달고 대마초를 뻑뻑 피워 대는 샌프란시스코 베이 에어리어의 SF 작가 동아리에 쉽사리 끼어들 수 있었다. 이 집단에서는 너무나 편리하게도 동족 간 결혼이 성행했는데, 최근에 소설가 에이브럼 데이비드슨과 원만하게 결별한 젊은 그래니아는 딕을 숭배했고, 체중에 심각한 문제가 있긴 했지만 나름의 매력이 없지 않았다. 둘이서 『주역』 점괘를 뽑아 보니, 〈유대〉와 〈결합〉을 의미하는 〈비(比)〉가 나왔다. 그들은 오클랜드의 한 조그만 집에서 친구처럼 애인처럼 동거하기로 결정했고, 이곳은 주변 SF 작가들의 집합소가 되었다. 포인트 레예스에서 숨 막히는 가정생활과 유배 같은 삶을 보낸 뒤에 맛보는 이 새로운 인간관계는 딕을 매혹시켰고, 오로지 〈위대한 문학〉만을 떠받드는 앤 때문에 5년 동안 짓밟힌 그의 자존심을 회복시켜 주었다. 이제 바닥에 책상다리를 하고 앉거나, 얼룩이 져도 아무도 신경 쓰지 않는 낡은 소파에서 뒹굴며, SF를 왕도로 생각하고, 그를 이 방면 가장 대담한 탐험가로 여기는 동료들 틈에서 제멋대로 살 수 있었다. 그는 더 이상 수염을 자르지 않았다. 또 유니버시티 라디오에서 클래식 음반 외에는 팔려고 하지 않고, 애늙은이처럼 로큰롤을 경멸했던 — 사산한 쌍둥이 누이가 있었던 엘비스 프레슬리는 예외였다 — 그가 당시 〈팝 뮤직〉이라고 불리기 시작하던 것의 전문가가 되어, 손가락을 딱딱 튕기며 골반을 흔들면서, 〈릴랙스)하고픈 의지를 그 무거운 몸뚱이 전체로 열심히 표현하는 인간이 되었다. 그는 마침내 삶이 시작되었다고 생각했다.

이제 딕 주위에 모여든 팬들은 그의 안에 있는 어설픈 배우를 밖으로 끌어냈다. 그에 대한 전설이 만들어져 있었고, 그는 결코 이 전설을 깨뜨리고 싶지 않았다. 그의 책들, 어쩌다 대중 앞에 나타났을 때의 모습, 그리고 포인트 레예스 시절 거의 은둔자처럼 살았던 것을 바탕으로 사람들은 그가 이상하고 마약 중독이고 망상적이고 천재적인 인물이라며 떠들어 댔다. 사실 그는 그렇게 보이려 애쓰지 않아도 그 모든 것이었다.

그의 새 친구들은 서로 집을 방문하며 시간을 보내곤 했는데, 딕은 자신의 광장 공포증을 과장되게 강조하면서, 좀처럼 움직이려 하지 않았다. 자가용이 있지만 그것으로는 집에서 정신과 의사 상담실만 오갔다. 조금이라도 방향을 바꾸면 그는 당황해, 금방 사고를 내곤 했다. 결국 사람들은 그를 보러 집으로 찾아와야 했고, 모임 장소와 게임 룰을 지배하는 이 〈산중거사(山中居士)〉 같은 위치는 그 안의 〈쥐〉를 만족시켰다.

편집증에 대해 말하자면, 그의 염려들은 일견 근거가 있어 보였다. 그는 한창 이혼 소송 중이었는데 원만하게 진행되지 않는 상황이었고, 같은 시련을 통과한 사람들 — 꽤 많았다 — 은 그가 항상 신경이 곤두서 있고 피 튀기는 부부 싸움에 이어진 법적 분쟁 중에서 〈천하의 악녀〉라고 하는 여자에게 자칫 어떤 무기라도 쥐여 주게 될까 봐 노심초사하는 심정을 충분히 이해할 수 있었다. 그래서 성냥갑만 한 집에서 동거하고 있었지만, 그는 그래니아와의 관계를 숨기는 편을 택했다(다시 말해 그것을 숨기는 게 얼마나 중요한지 모든 사람에게 설명했다). 또 사람들은 앤이 사립 탐정을 시켜 자신을 감시하고 자신의 전화 통화를 도청하고 있다는 주장에도, 뭐 그럴 수 있겠거니 하며 고개를 끄덕이곤 했다. 하지만 그의 행동이 도를 넘어서는 때가 있었다. 예를 들어 고양이 집 아래에서 도청 마이크를 찾기 시작하고, 찾아내지 못하면 더 강한 상대, 즉 그의 오래된 적 FBI나 『높은 성의 사내』가 발표된 이후 그를 죽이겠다고 공언해 온 신나치주의자들이 개입한 거라는 결론을 끌어낼 때, 혹은 한창 전화 통화 중에 상대가 사기꾼이 아니라 정말로 친한 친구 레이 넬슨이나 잭 뉴콤이 맞는지 확인하려고 테스트할 때, 혹은 겨우 그 테스트를 통과해 다시 통화하고 있는데 갑자기 대화를 끊으며 숨어서 듣고 있는 사람들에게 욕설을 퍼부을 때(〈야, 이 자식들아, 난 너희가 우리 대화를 듣고 있다는 걸 다 알아! 하지만 너희는 내게 말할 수 없겠지? 그래서 내가 말하는데, 야, 이 자식들아, 엿 먹어라! 엿 먹으라고!〉), 사람들은 폭소를 터뜨리기도 하고 걱정도 하면서, 〈맞아, 이게 바로 필 딕이지! 정말 그의 책들처럼 약간 맛이 가고, 그의 책들처럼 너무나 재미있는 인간이야!〉라고 자기들끼리 속닥거리곤 했다.

그가 너무나 재미있는 사람이라는 데는 아무도 이견이 없었다. 그는 자신의 강박적인 망상들을 위해 항상 들끓고 있는 상상력을 사용했다. 그와 대화를 하다 보면 그 어떤 일도 일어날 수 있었다. 통상적인 편집증 환자의 단조롭고 무미건조한 망상이 아니었다. 그의 적들, 그들의 방법, 그들의 목적, 그리고 특히 그들을 고발할 때 그가 취하는 진지함 정도는 상황과 영감과 상대에 따라 달라졌다. 그의 안에는 일종의 카멜레온이, 상대가 자기 말에 넘어올 사람인지 알아내고, 상대가 기대하는 정도를 간파할 줄 아는 능란한 배우가 들어 있었다. 그리고 이따금 연기가 삐끗하게 되는 것은, 상대의 기대를 채워 주려다 약간 〈오버〉하기 때문이었다. 어느 날 저녁에는 어떤 전 세계적 음모의 희생자였다가, 다음 날에는 그걸 까맣게 잊어버릴 수도 있었다. 아니면 전날 한 얘기를 자신의 전설적인 편집증과 아무렇지 않은 듯 결부시키면서, 그 말을 진지하게 받아들인 것에 오히려 놀라곤 했다. 오, 정말로 내 말을 심각하게 받아들였어요? 그렇다면 당신도 편집증 환자일 가능성이 있어요. 그게 아니라면 내 말이 사실이라고 생각하는 충분한 이유가 있다는 건데, 이는 곧 당신이 내 적들과 연결되어 있다는 얘기네요.

그는 작업할 때를 — 이때도 필요에 의해 정신없이 진도를 나가긴 했지만 결국 싫증을 느끼곤 했다 — 제외하고는, 병적일 정도로 산만했다. 그는 앤이 공격할 경우 자신을 방어하기 위해 구입했다는 조그만 권총을 그래니아에게 보여 주곤 했다. 그는 이것을 앤에게, 그리고 필요할 경우 자신에게 사용할 준비가 되어 있노라고 말했다. 몹시 불안해진 그래니아는 이 사실을 친구들에게 말했다. 사람들은 최악의 상황을 염려했다. 어느 일요일 오전, 앤이 어린 로라를 안고 문 앞에 나타났다. 그와 얘기하고 싶다면서 말이다. 화들짝 놀란 그는 문을 열어 주기 전에 권총을 흔들어 대며 이리 뛰고 저리 뛰다 마치 코미디의 한 장면처럼 그래니아를 벽장 속에 밀어 넣었다. 그녀는 총성이 울리지 않을까 가슴 졸이며 거기서 몇 시간을 보냈다. 하지만 들리는 것은 로라가 옹알대는 소리, 필이 그 멋진 베이스의 목소리로 슈베르트의 가곡을 부르며 프라이하는 달걀과 베이컨이 지글대는 소리, 그러고 나서는 풍성한 식탁에 오랜만에 둘러앉은 가족이 내는 소리뿐이었다. 브런치는 오후 초반까지 계속되었다. 마침내 앤과 로라가 떠나고 영웅적인 일을 한 그래니아가 반쯤 질식하고 방광이 터질 것 같은 상태로 벽장에서 기어 나왔을 때, 필은 그녀를 보고 몹시 놀라는 표정을 지었다. 아니, 왜 나와서 인사하지 않았어? 그래니아가 항의하자, 그는 잠시 정신이 깜빡했다는 것을 인정하고는, 아마도 복용하는 약들 때문일 거라고 설명했다. 하지만 다음 날이 되자 그는 또다시 권총을 흔들어 대며 앤을 저주하고, 그녀에게 — 혹은 FBI, 나치 등에게 — 매수된 스파이가 아닌지 확인하기 위해 친구들에게 복잡한 테스트를 부과하기 시작했다.

몇 달 후, 그래니아는 더 평화로운 룸메이트를 찾게 되어 이사했다. 필은 그녀를 붙잡아 보려고 청혼했지만 허사였고, 그러다가 혼자 사는 것을 견딜 수 없어 어떤 친구 커플에게 들어와서 지내라고 했다. 그렇게 해서 3주를 함께 지냈는데, 그는 이때 처음으로 LSD를 경험했다.

딕은 얼마 전 하버드 대학교에서 일어났고, 「신체 강탈자의 침입」 스타일의 1950년대 SF 영화 시나리오를 떠오르게 하는 일련의 사건을 신문을 통해 흥미 있게 지켜봐 왔다. 저명한 대학교수 몇 사람이 정신 의학 영역에서 유용할 것으로 추정되는 어떤 마약에 대한 연구 프로그램을 시작했다. 실험이 시작되고 얼마 지나지 않아, 동료와 주변 사람들은 그들이 변한 것을 느꼈다. 동공이 확대되고, 황홀하고도 신비스러운 얼굴을 하고 다녔으며, 원래는 철저한 물질주의자였던 사람들이 이제는 〈사랑〉, 〈황홀경〉, 〈신과 하나되기〉 같은 얘기만 하고 다녔다. 좀 더 정확한 설명을 요구하면, 그들의 말은 모호해졌다. 그건 말로 묘사할 수 있는 것이 아니기 때문에, 직접 체험해 보라는 거였다. 호기심에 사로잡혀 마약을 체험해 본 사람들은 완전히 변해서 돌아왔다. 이들처럼 마약을 해보지 않는 이상, 이들과는 더 이상 대화를 할 수 없게 되었다. 캠퍼스에 소문이 퍼졌고, 자신도 체험해 보고 싶다며 티머시 리어리 박사의 조그만 연구실 문을 두드리는 사람이 갈수록 많아졌다. 또 눈을 번쩍이며 노래하는 것 같은 목소리로 어처구니없는 얘기를 늘어놓으며 학장을 짜증 나게 하는 사람도 갈수록 많아졌다. 정말이지 이건 역병이나 다름없었다.

그전까지는 크게 위험하지 않은 괴짜 정도로 여겨졌던 티머시 리어리가 목소리를 높이기 시작했다. 강연회와 세미나를 개최하고, 인류 역사에서 아주 중대한 순간이 다가오고 있다고 기자들에게 설명하기 시작했다. 엔리코 페르미가 원자 분열 현상을 발견한 것과 거의 동시에 알베르트 호프만이 LSD를 발견했다는 사실이 매우 의미심장하다는 거였다. 이것은 인류가 한편으로는 종(種) 전체를 파괴할 수 있는 수단을 얻었고, 다른 한편으로는 진화의 더 높은 단계로 나아갈 수 있는 수단을 얻었음을 의미한단다. 만일 우리가 이 두 번째 선물을 받아들이고, 뇌에 숨겨져 있는 탐험되지 않은 대양 안에 빠져든다면, 인류는 **호모 사피엔스**를 뛰어넘어 **코스모스**와의 지혜롭고도 즐거운 소통 속으로 들어갈 것이며, 신을 체험하게 될 거란다. 어떤 의미에서는 **신 자신이** 될 거란다.

이런 말들은 말 자체만으로는 많은 사람을 설복시킬 수 없었다. 하지만 계시를 봤다고 주장하는 다른 이들과 달리, 이 리어리는 산도스 제약 회사 덕분에 입증할 방법이 있었다. 사실 LSD의 엄청난 작용에 몸을 맡긴 사람들은 최악의 경우 겁에 질려 나왔지만, 대부분 생각이 완전히 바뀌었다. 저명한 지식인과 예술가들뿐만 아니라, 포드 재단 회장 같은 사업가들도 열성적인 신도가 되었다. 리어리는 교도 당국으로부터 매사추세츠주 콩코드 교도소 수감자들에게 LSD 요법을 시행할 허가를 얻어 냈다. 이 새로운 영성체는 냉혹한 범죄자들을 신비스러운 영감으로 채워 주어 간수들을 놀라게 했다.

과학적 엄격함과 거리가 먼 이런 실험들에 하버드의 엄숙한 이름이 엮이는 것에 질겁한 대학 당국은 리어리를 해고했고, 이로써 그에게 본격적인 예언자의 길을 열어 주었다. 그는 자신을 공격하는 사람들을 〈회칠한 무덤〉으로 취급하고, 〈새로운 진리는 적들을 설득해서 승리할 수 있는 게 아니다. 그것이 승리할 수 있는 것은 적들이 결국 죽어 버리고, 그 진리를 자명한 것으로 여기는 새로운 세대가 등장하기 때문이다〉라는 닐스 보어의 말을 인용했다. 그는 한 독지가가 빌려준 성관에 추종자들을 불러 모아 공동체를 만들었고, 이들은 피어오르는 향연(香煙)과 인도 고전 음악 라가의 선율 속에서 리어리의 지도하에 LSD가 열어 주는 세계의 체계적인 탐험에 몰두했다. 이런 여행에서 티베트판 사자(死者)의 서(書)로 알려진 『바르도 퇴돌』이 안내자 역할을 했다. 내적 공간의 여행 안내서라 할 수 있는 이 책은 늙은 올더스 헉슬리가 새로운 세대에게 주는 작별 선물이었다. 일설에 의하면, 그는 임종 침상에 누워 이 책을 읽었고, 숨을 거두기 몇 시간 전에 LSD를 주사해 달라고 부탁했는데, 그것은 비겁함 때문이 아니라 저승길을 온전히 느껴 보기 위해서였단다.

리어리와 그의 친구들 말에 따르면, 이 선구적 의식은 곧 보편화된다는 거였다. 그들은 자신을 〈타임캡슐 속에서 20세기의 어두운 세월을 보내는 21세기 인류학자들〉로 여겼지만, 전 인류적 개종이 머지않았음을 조금도 의심치 않았다. 그들은 LSD 사용의 기하급수적 증가를 기대했다. 1961년에 LSD 사용자 수가 2만 5천이니까, 1969년에는 4백만, 즉 사회가 변화하지 않을 수 없는 임계점에 이를 거였다. 그들은 중산층에서 마약에 의한 정신적 탈조건화가 진행되는 속도로 볼 때, 1970년대 중반에는 미국 대통령이 마약 사용자가 되고, 국제 정상 회담도 마약에 취해 진행되며, 이는 물론 세상에 득이 될 거라고 확신했다.

1964년에 이런 메시아적 비전은 — 적어도 20년 후 백악관의 어떤 친구가 자신은 대마초를 피우긴 했지만, 연기는 흡입하지 않았다고 주장할 거라는 생각보다는 — 그럴듯하게 느껴졌다. 리어리가 얘기하는 것들은 신문을 통해 알려졌다. 〈바르도bardo〉[1]라는 말이 갑자기 유행을 탔다. 〈바르도 체험〉, 〈바르도 음악〉, 〈바르도 영화〉 같은 말들이 나돌았다. 예술계, 과학계, 사교계와 아무 관계 없고, 케리 그랜트와 거리가 멀고, 자신을 전혀 마약 중독자로 여기지 않지만, LSD를 체험해 보고 이게 정말로 정신의 문을 열어 준다고 인정하는 사람이 적지 않았다. 〈정신분석 3년보다 LSD 한 방이 더 낫다〉라는 말이 유행할 정도였다. 버클리에서는 1회분 표준량인 250밀리그램이 약 10달러에 합법적으로 거래되었다. 딕의 친구들은 그것을 규칙적으로 사용하면서 그 놀라운 효과에 대해 떠들곤 했다. 한마디로 딕이 피할 수 없는 상황이었다.

게다가 그는 이 새로운 영역의 개척자로 알려져 있어 더욱 피할 수 없었다. 『파머 엘드리치의 세 개의 성흔』이 발표되었을 때, 모든 독자는 이것이 LSD를 주제로 한 위대한 소설이라 생각했고, 이러한 소문은 입에서 입으로 퍼져 나가며 그의 명성을 높이는 데 일조했다. 딕은 반박하는 것을 끔찍이 싫어하는 성격이었고, 오벨릭스는 어렸을 때 마법의 물약 통 속에 떨어졌기 때문에 초인적인 힘을 내기 위해 특별히 물약을 마실 필요가 없

---

1 티베트 불교에서 죽음과 환생 사이 상태를 말하며, 불교 용어로는 중유(中有)라고 한다.

다는 르네 고시니의 논리를 알지 못했던 사람들이 자신을 환각제 권위자로 취급해도 그냥 받아들였고, 마치 현인 같은 얼굴을 하고서 자신의 오랜 경험을 바탕으로 충고를 해주곤 했다.[2] 사실 그는 LSD를 두려워하고 있었다.

그의 예감은 옳았으니, 그게 좋지 않게 끝났기 때문이다. LSD를 투약받은 지 한 시간도 되지 않아 친구들과의 접촉이 완전히 끊기고 〈추-Z를 했을 때 가게 되는 곳〉, 다시 말해 파머 엘드리치의 세계에 옮겨져 있는 자신을 발견했다. 필은 터널, 풍경, 카타콤을 지나서 결국 반원형 극장에 도달했고, 거기서 그는 초기 기독교인들과 같은 운명을 겪을 예정이었다. 자신은 망해 버렸다는, 이곳에서 영원히 빠져나갈 수 없다는 확신이 엄습했다. 그는 합리적인 생각으로 자신을 안심시키려 했다. 지금 일어나고 있는 일은 내가 마약을 했기 때문이야. 이 마약은 앞으로 몇 시간 동안, 그들 말로는 아홉 시간 내지 열 시간 동안 작용하겠지만, 그다음에는 여기서 풀려날 수 있어……. 불행히도 그는 자신이 이 아홉 내지 열 시간 후에도 살아 있을지 확신할 수 없었고, 이 〈아홉 내지 열 시간〉이 그의 주관적 경험 속에서는, 다

2 르네 고시니와 알베르 우데르조의 만화 『아스테릭스』에 나오는 갈리아의 마을 사람들은 로마군과 싸울 때마다 사제가 만든 마법 물약을 마셔야 힘이 나지만, 주인공 오벨릭스는 어려서 사고로 마법 물약 통에 빠진 까닭에 굳이 물약을 마시지 않아도 이미 천하장사이다. 따라서 저자의 말뜻은 비록 사람들이 딕의 기묘한 글을 LSD 복용의 산물로 오해했지만, 사실 딕은 원래 정신이 불안한 성격이었기 때문에 굳이 LSD를 복용하지 않아도 그런 글을 쓸 수 있었다는 것이다.

시 말해 그가 느낄 수 있는 유일한 현실 속에서는 수 세기 동안 지속될 위험이 있었다. 그렇다면 어렸을 때 그가 믿었던 게 어느 정도 진실이었다. 그가 치과에 갈 때마다 치료 시간은 **정말로** 영원히 계속됐다. 그는 언제나 거기에 있었다. 전에도 **늘** 거기에 있었다. 다른 모든 것은 환상일 뿐이었다. 그는 제발 자비를 베풀어 그 환상을 돌려 달라고 레오 뷸레로처럼 간절히 기도했다. 바깥에서 그를 둘러싸고 있는 사람들은 그가 라틴어로 웅얼대는 소리를 들었다. 그중에서 라틴어를 할 줄 아는 사람이 아무도 없어, 그가 횡설수설하는 말 가운데 오직 〈리베라 메, 도미네(주여, 저를 구원하소서)!〉라는 표현만 귀에 들어올 뿐이었다. 그는 공포로 일그러진 얼굴에 땀을 뻘뻘 흘리며 이 말만 쉬지 않고 반복했다.

이렇게 일정 시간 동안 친구들에게 상당히 불안감을 안겨 준 뒤, **코이노스 코스모스**로 돌아온 딕은 하루 동안 계속 잤고, 깨어난 뒤에는 〈여보게들, 난 지옥에 있었고, 기어서 빠져나오는 데 2천 년이 걸렸어〉라는 말로 이 여행을 요약했다.

사람들은 순진하게도 이 말에 놀랐다. 이 도취의 시기에 〈배드 트립bad trip〉[3]은 매우 드물었던 것이다. LSD를 하면 무지갯빛 대양에서 헤엄치거나 모든 것을 이해하고 모든 것을 통제하는 듯한 느낌이 들었다. 각자 취향과 기질에 따라 느끼는 것이

---

3 LSD 같은 환각제가 초래하는 몹시 무섭고도 불쾌한 체험. 일반적으로 경험이 없거나 무책임한 사용자가 충분한 준비 없이 적절하지 않은 환경에서 LSD를 할 때 발생하며, 사용자의 해소되지 않은 심리적 갈등을 반영한다고 여겨진다.

달랐다. 관조적인 사람들에게 세상은 그들 신경계의 리듬에 따라 부드럽게 맥동 치는 얀 페르메이르의 그림처럼 본질의 차분한 직관으로, 활발한 사람들에게는 깜빡대는 꼬마전구들이 하늘 끝까지 뻗어 있고, 공짜 게임을 얼마든지 즐길 수 있는 거대한 핀볼 게임 머신으로 나타났다. 딕 혼자만 그의 책들에 묘사된 악몽 같은 세계에 갇히고, 그러고 나서는 자기가 본 게 궁극적 현실인지, 아니면 ── 이 또한 별로 유쾌하지 않은 가설이었지만 ── 단순히 자기 정신의 반영에 불과한 건지 끝없이 자문했다.

양분법적 논리를 좋아하는 그는 세상에 두 종류 사람밖에 없다고 결론 내렸다. 한쪽 사람들에게는 현실의 실체가 빛과 생명과 기쁨이고, 다른 쪽 사람들에게는 죽음과 무덤과 혼돈이었다. 가장 깊고 어두운 심연에서도 그리스도를 보는 사람들이 있는가 하면, 도스토옙스키의 스비드리가일로프처럼 영원을 거미줄투성이의 불결한 욕실로 상상하는 사람들도 있다. 아우슈비츠를 겪었음에도 불구하고 사랑과 신의 무한한 긍휼을 믿는 사람들이 있는가 하면, 푸른 하늘과 삶이 주는 갖가지 기쁨에도 불구하고 모든 것의 근원적인 섬뜩함을 감지하는 사람들도 있는 것이다. 물론 LSD가 가차 없이 드러내는 각 개인의 정신적 구조가 이 서로 다른 반응을 상당 부분 설명해 준다고 할 수 있었다. 하지만 딕이 볼 때 이것은 단순히 상이한 의견이나 기질의 문제가 아니었다. 진실은 분명히 두 진영 중 하나에만 있고 다른 쪽에는 없을 터였다. 타협은 불가능했다. 얼마 전부터 그

212

의 것이 된 기독교적 관점에서 말하자면, 그리스도가 부활했든지 아니든지, 둘 중 하나였다.

그는 자신이 무얼 믿고 싶은지 알고 있었지만, 또한 자기 정신의 깊은 곳이 믿는 게 무엇인지도 알고 있었고, LSD는 그것을 확인해 주었다. 자신이 어느 진영에 속했는지 아는 그는 자신의 믿음이 틀릴 수만 있다면, 아니 적어도 틀렸다고 확신할 수만 있다면 어떤 것이든 내놓을 준비가 되어 있었다.

LSD를 시험해 보는 데 최고의 때를 택했다고는 할 수 없었다 (그에게 과연 〈최고의 때〉가 있을지 모르지만). 여자 없이 혼자 사는 것은 그에게 맞지 않았다. 심지어 그래니아와 동거할 때도, 옆에 지나가는 여자가 있으면 누구든 꼬시려 들지 않고는 배기지 못했다. 그렇게 혼자 난리 치며 갖가지 일화로 그의 전설을 키워 갔다. 그는 다소 플라토닉하게, 하지만 항상 떠들썩하게, 만나는 모든 여자와 사랑에 빠졌다. 그는 사람 사귀는 범위가 그리 넓지 않아, 대부분 친구의 여자들이었다. 어떤 친구들은 그의 적극적인 구애에 얼굴을 찌푸렸고, 어떤 이들은 그냥 재미있어했다. 이런 연적에게는 별로 두려워할 게 없다고 확신했기 때문이다. 그가 아무리 똑똑한 작가, 놀라운 입담꾼이라 해도 측은한 호기심 외에 다른 감정을 불러일으키기엔 너무 무거운 정서적 요구를 질질 끌고 다니는 수염 나고 덩치 큰 아이에 불과했다. 1964년 겨울 동안, SF 작가의 아내 네댓 명이 그에게서 편지를 받았다. 하나같이 열정적이고 우스꽝스럽고 징

징대는 내용이었는데, 거기서 딕은 자기 누이 제인에 대해 얘기하기도 하고, 자기가 얼마나 고독하고 우울한지 보여 주기 위해 엘리자베스 시대의 형이상학파 시인들의 시나 슈베르트의 「겨울 나그네」 가사를 베껴 놓기도 했다. 또 전화도 걸었는데, 주로 밤늦은 시간에 마약에 취해 전화를 걸어서는, 여자가 혹은 대신 전화를 받은 남편이 자기 넋두리를 열심히 듣지 않는 것에 놀라곤 했다. 그리고 이 열렬한 로맨티스트는 사람들과 같이 있을 때 완전한 양아치로 변할 수도 있었다. 그를 점잖게 밀어내는 여자를 〈나쁜 년〉으로 취급하기도 하고, 새로운 여자가 들어오면 세 번째 여자의 무릎을 주무르는 채로 그 여자에게 관심을 돌리기도 했다. 이런 온갖 쇼를 다 한 뒤 비로소 정신이 들면, 자신이 스스로를 우스꽝스럽게 만들고 있으며 우울한 천재의 위치를 웃기는 괴짜의 그것과 바꿈으로써 너무 많은 것을 잃고 있다는 걸 깨달았다. 하지만 잘못을 시정하기 위해 그가 할 수 있는 것은 또다시 편지를 쓰고, 전번보다 더 야심한 시간에 전화를 거는 것밖에 없었다. 그렇지 않으면 아예 못 말리는 놈 행세를 하기로 하고, 언제든지 여자를 올라탈 준비가 되어 있는(한 번도 한 적은 없지만) 팔스타프[4]류의 수염 난 뚱보 호색한의 모습을 뻔뻔스레 연출하기도 했다.

SF계에는 자신을 위한 여자가 없다는 것을 깨달은 그는 인간

---

4 셰익스피어의 희곡 「헨리 4세」와 「윈저의 즐거운 아낙네들」, 그리고 후자를 각색한 베르디의 오페라 「팔스타프」에 나오는 희극적 인물. 유부녀들에게 연서를 보내 유혹하려다 결국 망신당하는 호색한이다.

관계 범위를 넓히려 애쓰며 주소록을 마르고 닳도록 뒤적이다 결국 포인트 레예스 시절 후반부를 같이 보냈고, 그를 사도 바울에 입문시켜 주었으며 성공회 교회에 들어오게 한 마렌 해킷과 다시 연결되었다. 그녀는 전에 어떤 알코올 의존자와 결혼했다 이혼했는데, 이 첫 번째 결혼에서 얻은 의붓딸들과 함께 살고 있었다. 장녀 낸시는 유럽에 유학 가서 심리학을 공부했고, 특히 거식증으로 병원 신세를 졌던 프랑스에서 얼마 전에 돌아와 있었다. 그녀는 거의 들리지도 않는 모기 같은 목소리와 호리호리하면서도 촉촉한 몸, 그리고 커튼처럼 얼굴을 가린 긴 직모 머리칼을 가진 부드럽고도 수줍은 열아홉 살 처녀였다. 낸시는 사람들이 보고 있지 않으면 청바지 호주머니에서 자기 사진을 꺼내, 마치 자신이 정말로 존재하는지 확인하려는 듯 한참 들여다보곤 했다. 딕은 몇 주 동안 해킷가의 세 여자를 뻔질나게 찾아갔는데, 누구도, 심지어 그 자신도 그가 셋 중에서 누구를 위해 — 아직 여자로서 매력을 잃지 않은 대모인지, 아니면 두 딸내미인지 — 찾아오는지 알 수가 없었다. 마침내 낸시 쪽으로 마음을 굳힌 그는 그녀에 대한 자신의 사랑뿐만 아니라 만일 그녀가 자신을 뿌리친다면 자기 삶이 얼마나 황폐해질 것인지 알렸다. 「난 점점 더 많은 약을 먹게 될 거고, 먹지도 못하고, 자지도 못하고, 글을 쓰지도 못하고, 곧 죽게 될 거야.」 어색한 침묵과 수줍은 미소를 수없이 보인 끝에, 결국 낸시는 딕의 간청대로 그의 뮤즈가 되기로 허락했다. 그리고 1965년 봄, 같이 살기 위해 그의 집으로 들어왔다.

11
인간이란 무엇인가?

　그로부터 1년 전, 정신적 붕괴 직전 상태로 포인트 레예스를 떠났을 때, 『주역』 점의 47번째 괘, 〈혁(革)〉은 그에게 〈혁신, 허물벗기〉를 예고했다. 그는 이 예언이 그를 둘러싼 사회와 그의 운명 가운데서 실현되는 것을 보았다. 그는 변신하는 과정에서 고통받고 남에게도 고통을 주었지만, 이제는 더 나은 새로운 주기가 시작되고 있었다.

　그는 낸시와 결혼함으로써 지금까지 그의 감정적 삶을 지배해 온 실패 패턴을 끊어 버린 것을 날마다 기뻐했다. 이제 그에게는 돌봐 줘야 할 사람이, 그를 바꾸려 하지 않고 있는 그대로의 모습을 사랑해 주는 이 아이-여자가 있는 것이다. 그들은 양성(兩性)의 균형을 존중하는 커플이었다. 수염이 텁수룩하고, 비대하고, 창조적인 그는 양(陽)이었고, 호리호리하고, 촉촉한 물기가 느껴지고, 그늘진 듯한 분위기의 그녀는 음(陰)이었다. 그들은 〈도(道)〉의 가호를 받고 있었다. 그들은 함께 웃고, 서로에게 짓궂은 장난을 치고, 괴상하고 장난스러운 별명을 붙여 주었다. 토마스 만의 『마의 산』에 나오는 결핵 걸린 두 연인이 사진 대신 서로의 폐 엑스레이 사진을 교환하듯이, 그들은 자신에게 어떤 공포증이 있는지 얘기하고, 피차의 정신 의학적 증상들을 진단해 보면서 서로를 너무 잘 이해하고 있는 것에 놀라곤 했다. 딕은 순진무구하면서도 천변만화하는 아기처럼 까르르 웃는 낸시에게서 느껴지는 따스함과 그가 전에 알았던 모든 것의 차가움을 끊임없이 비교했다. 한쪽에는 최근에 그들이 이사해 들어온 샌러펠의 초라한 집의 정겨운 무질서…… 그리고 다른 한쪽에는 포인트 레예스 저택의 그 완벽하면서도 편집광적인 흰색……. 소아 위생에 대해 이상한 원칙을 가지고 있었던 딕의 어머니는 그를 만져 준 적이 거의 없었다. 그의 누이는 죽었다. 또 앤의 관능은 무서울 정도로 격렬한 에로티즘으로 표현되었다. 그러나 낸시는 달랐다. 그녀는 벌써 희끗희끗해진 그의 수염을 잡아당기기도 하고, 그가 욕조에 몸을 담그고 있으면 같이 들어와 물장난도 치고, 그의 불룩 나온 배도 편안하게 대했다. 몇 해 전부터 그가 거울을 보고 기겁하는 이 새로운 육체는 낸시의 손가락 아래에서 부드럽고 따스한 어떤 것, 사랑받는, 따라서 사랑스러운 어떤 것이 되었다. 이렇게 안정을 되찾고 사랑받고, 그의 작품을 숭배하며 그의 이론을 홀린 듯 들어 주는 친구들에게 둘러싸인 그는 일 년을 허랑방탕하게 보낸 뒤 다시 규칙적인 습관들을 되찾았다. 다시 글을 쓰고, 낸시가 진정한 인간이 무엇인지 — 다정하고, 관대하고, 상처받기 쉬운 존재 — 보여 주어, 이 인간의 영광을 기리는 글 외에는 다른 것을 쓸 수 없었다.

하지만 인간을 찬양하기 위해서는 먼저 그 반대되는 것을 규정하고 추적해야 했다. 그런데 인간과 반대되는 것은 동물도 아니고, 물건도 아니요, 인간의 모조물, 바로 로봇이었다.

SF는 초창기부터, 아니 골렘[1]이나 프랑켄슈타인까지 포함시킨다면 그 이전부터, 이 불안스러운 존재를 인간의 가장 교활한 적으로 묘사해 왔다. 1950년대에 아이작 아시모프는 로봇과 그것을 창조하는 작가들에게 〈행동 규범〉을 부과함으로써, 〈로봇의 반항〉이라는 주제를 과학적으로 터무니없는 것, 그리고 비난받을 만한 안이한 소설적 수단으로 매도해 추방하려 했지만, 결국 성공하지 못했다. 픽션들이 갈수록 개연성을 띠고 〈생각하는 기계〉의 가능성이 작가나 철학자 같은 일부 몽상가들만이 아니라 과학계까지 흔들어 댐에 따라 불안감은 점점 커져 갔다. 미국의 수학자 노버트 위너가 내놓은 〈사이버네틱스〉라는 말은 큰 파장을 일으켰고, 그것이 담고 있는 생각들은 두 개의 서로 얽혀 있는 문제를 제기했다. 첫째, 인간이 창조한 기계가 어느 날 인간처럼 생각할 수 있을까? 둘째, 그렇다면 인간처럼 생각한다는 것은 무엇인가? 혹은 우리가 생각하고 행동하는 방식 가운데 특수하게 인간적인 것으로 간주될 수 있는 것은 무엇인가? 이렇게 인공 지능에 대한 논쟁이 시작되었는데, 이 가운데서 두 진영이 팽팽히 맞섰다. 하나는 물질주의자들로, 이들은

1 유대교 전설에 나오는 진흙 인간. 인간의 명을 따르는 로봇 같은 역할을 한다.

정신의 모든 작업이 적어도 이론적으로 분해되어 복제될 수 있다고 확신했고, 또 한 진영은 정신주의자들로, 이들은 언제나 알고리즘에 저항하는 어떤 〈나머지〉가, 이들 각자가 속한 동아리에 따라 〈기계 속 유령〉, 〈반성적 의식〉 혹은 그냥 단순히 〈영혼〉으로 부를 수 있는 〈나머지〉가 남는다고 주장했다.

딕은 신학 서적과 대중을 위한 과학서를 동일하게 좋아하는 사람으로서 이 논쟁을 지켜보았다. 그러던 중 어느 앤솔러지를 뒤적이다 영국 수학자 앨런 튜링이 1950년에 쓴 획기적인 글을 발견했다. 소개 글에서 간단히 묘사된 튜링이라는 인물은 딕을 매혹시켰다. 그는 현대 IT 공학의 창시자 중 하나이고, 영국 첩보부의 요청에 따라 독일 잠수함의 암호 메시지를 해독하는 컴퓨터를 발명해 영국의 승리에 기여했으며, 이상한 상황에서 자살했단다. 또 생각하는 기계의 문제를 지금까지 아무도 뛰어넘지 못한 탁월한 방식으로 제기했단다.

이 유명한 글에서 튜링은 인공 지능의 가능성을 부정하는 과거와 현재와 미래의 모든 주장 — 기계는 그것이 하도록 프로그램된 것만 할 뿐이다, 어떤 특정한 작업에 특화되었다, 취향도 변덕도 없다, 고통도 느끼지 못한다 등 — 을 열거한다. 튜링은 이 주장들을 하나하나 논박하면서, 어떤 기계가 인간처럼 생각할 수 있는지 판정하기 위해 오직 하나의 기준만 취하자고 제안하는데, 그것은 〈기계가 인간에게 《기계도 인간처럼 생각한다》라고 믿을 수 있게 할 수 있는가, 없는가?〉 하는 문제였다.

튜링이 그의 글에서 지적했듯이, 의식이라는 현상은 오직 내부에서만 관찰될 수 있다. 나는 내게 의식이 있다는 것을 알고 있고 심지어 의식 덕분에 그 사실을 아는 것이지만, 당신에 관한 한 아무것도 그걸 내게 증명해 주지 못한다. 반면, 나는 당신이 어떤 신호들을, 내 것들과 유사하기 때문에 당신이 나처럼 생각하고 느낀다고 추론할 수 있는 몸짓과 말 같은 신호들을 낸다고는 말할 수 있다. 튜링은 이렇게 말한다. 이제 가깝거나 먼 미래에, 기계는 그것이 모든 자극에 인간의 것만큼이나 설득력 있는 신호들을 대답으로 내놓을 수 있도록 프로그래밍될 것입니다. 만일 그렇게 된다면, 대체 어떤 명목으로 그것의 〈생각 인증서〉 발급 요청을 거부할 수 있을까요?

이 기준에 맞춰 튜링이 고안한 테스트는 인간 시험관 하나, 인간 후보자 하나, 그리고 기계 후보자를 세 개의 방에 고립시키는 방식으로 이뤄진다. 시험관은 컴퓨터 키보드를 통해 각 후보자와 소통하면서 누가 인간이고 누가 기계인지 판별하기 위해 여러 가지 질문을 한다. 그 질문은 블루베리 파이에 대한 취향일 수도 있고, 어린 시절 성탄절에 관련된 추억일 수도 있고, 성적 취향일 수도 있고, 혹은 컴퓨터가 인간보다 빨리 계산할 수 있는 수학 문제일 수도 있다. 가장 내밀한 것들과 가장 괴상한 것들을 포함한 모든 종류의 질문이 허용되는데, 심지어 혼란을 일으키기 위한 고전적 테크닉인 선불교식 〈화두〉까지 포함되어 있다. 한편 두 후보자는 시험자가 자신이 인간이라고 믿게 하려고 최선을 다하는데, 하나는 진심으로 그러고, 다른 하나는 그의 프로그램에 들어 있는 갖가지 — 이를테면 일부러 계산을 틀리게 하는 것과 같은 ── 책략을 사용한다. 결국 시험관은 판결을 내려야 한다. 그가 잘못된 판결을 내리면 기계가 이기고, 이렇게 되면 기계가 생각한다고 인정하지 않을 수 없게 된다. 만일 정신주의자가 기계가 보여 준 것은 **진정한** 인간적 사고가 아니라고 우긴다면, 그는 이에 대한 증거를 대야 한다는 게 튜링의 주장이었다.

튜링의 테스트는 딕이 즐기는 애깃거리 중 하나가 되었다. 어떤 정신과 의사라도 속여 먹을 수 있다고 자부하는 그는 만일 자기가 기계 역할을 맡는다면 너무나 재미있겠다고 생각했다. 그는 이 주제를 변형시킨 다양한 테스트로 친구들을 괴롭혔는데, 특히 그들이 자신이 본인인지 아니면 사기꾼인지 증명하게 하는 그 괴상망측한 전화 통화 중에 써먹었다.

그가 낸시와의 신혼 기간에 쓴 소설에 따르면, 화성의 식민지화가 안드로이드 제조 기술을 진보시킨 덕분에, 1992년에는 1960년대 미국의 자동차 모델만큼이나 많은 수의 안드로이드 모델이 존재하게 된다. 어떤 모델은 아주 기본적인 것으로, 여기에는 인간의 얼굴을 한 기계-도구나, 고립되어 사는 식민들을 위한 이웃집 가족 같은 것이 포함된다. 외로운 식민들은 저렴한 가격으로 스미스 씨 가족 혹은 스크럭스 씨 가족으로 집 주변을 꾸밀 수 있는 것이다. 이런 가족에는 신문을 읽고 잔디를 깎는 아버지 조지, 온종일 블루베리 파이를 굽는 어머니 프랜, 그들의 자녀인 밥과 팻이 있고, 옵션으로 구매하는 독일셰

퍼드 머턴도 있다. 이 안드로이드들이 할 수 있는 대꾸는 여남은 개에 불과하지만, 그것만으로도 누군가와 함께 있다는 느낌을 가질 수 있다. 세일즈맨은 이렇게 묻는다. 「만일 당신에게 진짜 인간 이웃들이 있다 해도, 과연 이보다 더 풍부한 대화를 나눌 수 있을까요?」

하지만 이것은 저급한 상품, 진짜 인간과 전혀 구별되지 않는 완벽한 모델을 가진 사람들이 경멸해 마지않는 싸구려 제품에 불과하다. 인간을 완벽하게 모방한 이 고급 모델들은 자기 위치에 머물러 있는 한 아무런 문제가 없다. 하지만 어떤 것들은 — 안드로이드들의 스파르타쿠스라 할 수 있을 터인데 — 주인에게서 도망쳐 자유롭게 살려고 한다. 그러면 위험한 존재가 된다. 그런데 이들을 파괴하는 임무를 띤 특수 요원들이 있으니, 바로 〈현상금 사냥꾼〉이다(원작의 현상금 사냥꾼을 리들리 스콧의 영화에서는 〈블레이드 러너〉라고 부른다). 안드로이드들을 제대로 구별하기 힘들기 때문에 현상금 사냥꾼들은 실수할지도 모른다는 강박 관념에 시달린다. 그들은 멀쩡한 인간을 레이저 건으로 박살 내는 위험을 줄이기 위해, 용의자에게 테스트를 치르게 한다. 튜링의 테스트와 초급 수준의 심리학 실용서들, 그리고 거짓말 탐지기라는 우스꽝스럽고도 구역질 나는 미국적 신화(〈당신의 동공이 수축됐소. 따라서 당신은 유죄요.〉 내가 이 글을 쓰고 있는 1992년 5월에 그들은 이런 추정을 근거로 어떤 친구를 전기의자로 보냈다) 등을 결합시킨 것 같은 테스트 말이다. 그런데 문제는 안드로이드 제작자들이 끊임없이 새로운 매개 변수로 로봇의 두뇌를 업데이트하기 때문에 이런 테스트가 금방 쓸모없어진다는 점이다.

따라서 딕은, 1992년에 가장 발전된 안드로이드들은 튜링의 것을 포함한 모든 종류의 테스트를 쉽게 통과할 수 있으리라는 전제에서 출발했다. 튜링은 테스트를 통과하는 안드로이드는 인류 공동체의 일원으로 받아들여야 한다는 식으로 말했지만, 딕은 그러고 싶은 생각이 없었다. 따라서 그는 정신주의자들이 궁지에 몰렸을 때 흔히 하는, 그리고 튜링이 알았다면 반칙이라고 비난했을 짓을 했다. 바로 새로운 기준을 하나 도입한 것이다. 그 새로운 기준은 무엇이었을까? 그 답은 독자들이 이 책을 제대로 읽어 왔다면 어렵지 않게 찾아낼 수 있을 것이다.

그것은 물론 공감 능력이다. 성 바울로는 이것을 〈사랑〉이라고 불렀고, 주님을 향한 세 가지 덕 중에서 가장 큰 것으로 여겼다. 지식을 뽐내기 좋아하는 딕은 〈**카리타스**Caritas〉라고 표현했다. 또 그것은 **아가페**agapē였다. 〈네 이웃을 너 자신처럼 사랑하라〉는 황금률을 지키는 것이었다. 타인 입장이 되어 보고, 그의 행복을 갈망하고, 그와 함께 고통받고, 경우에 따라서는 그 대신 고통받는 것이었다.

이런 기준으로 인간과 모조 인간을 구별하는 것을 봤다면 튜링은 당연히 빈정거렸을 것이다. 그는 세상에는 사랑이라고는 눈곱만큼도 없는 사람들이 수두룩하며, 또 기계가 사랑에서 나온 것으로 여겨지는 행동들을 하도록 프로그래밍하는 것도 이론적으로는 얼마든지 가능하다는 점을 지적했을 것이다.

하지만 딕은 경계선을 쭉 그어 놓고 그 위에 자리 잡고 앉아 인본주의적 혹은 종교적 설교를 늘어놓는 타입이 아니었다. 오히려 그가 느끼기에 자신이 할 일은 이 선을 계속 전진시키면서 그에 따라 제기되는 난점들을 들춰내는 것이었는데, 바로 이런 작업이 『안드로이드는 전기양의 꿈을 꾸는가?』 같은 SF 스릴러를 그야말로 현기증 나는 인공두뇌학적 신학 논문으로 만든 것이다.

만일 인간과 반대되는 것이 모조 인간이라면 공감 능력과 반대되는 것은 무엇일까? 잔인함? 교만? 멸시? 이것들은 다만 결과일 뿐이다. 딕이 생각하기에, 모든 악의 근원은 자기 속으로 기어 들어가는 것, 자기 껍데기 안에 갇히는 것, 정신 의학적으로 말하자면 〈조현병〉으로 진단되는 것이었다.[2] 여기에서 첫 번째 난점이 제기되는데, 그것은 〈안드로이드〉적 인격과 융이 〈감정의 영구적인 절약〉이라고 표현한 〈조현병〉적 인격 사이에 보이는 기묘한 유사성이다. 조현병 환자는 느끼기보다 생각한다. 그는 세계와 자기 말을 순전히 지적, 추상적으로 이해하고 모든 것을 하나의 **실제적** 감정, 심지어 하나의 생각조차 이루지 못하는 잡다한 요소들의 전체로 환원한다. 조현병 환자는 〈나는 누군가와 대화하기 위해서 암페타민이 필요해〉라고 말하기보다 〈난 옆에 있는 유기체로부터 시그널을 수신했어. 하지만 내 배

---

2 안드로이드의 사고방식은 조현병 환자의 그것과 다를 바 없다. 즉 인간과 안드로이드는 구별할 수 없다.

터리를 충전하기 전에는 나의 시그널을 송출할 수 없어〉(딕은 다른 사람이 이렇게 말하는 것을 들었다고 주장하지만, 난 딕 자신이 말했을 가능성을 배제하지 않는다)라고 말할 수 있는 사람이다. 조현병 환자는 『허풍선이 과학자의 고백』의 주인공처럼 자신의 90퍼센트가 물로 이루어져 있으며, 자기 몸이라고 하는 것은 사실 자기 유전자가 살아남기 위한 생존 모듈에 불과하다는 사실을 항상 염두에 둔다. 대부분 사람은 감정을 통해 세상을 접촉하고, 생각으로 이 감정을 포착하고, 문장으로 이 생각을 묘사하고, 단어들로 이 문장을 구성하는 데 반해, 조현병 환자는 끊임없이 철자와 숫자를 — 그가 사람이면 26개 철자를, 컴퓨터이면 숫자 0과 1을 — 조합한다. 그는 자신이 생각한다고 믿지 않고, 자신의 뉴런들이 작동한다고 믿는다. 그는 자기 뉴런들이 작동한다고 생각하지 않고, 그것들이 유기 화학 법칙들을 따른다고 생각한다. 인공 지능은 아마도 이런 식으로 생각하거나 생각한다고 믿을 것이다. 어쨌든 〈반성적 의식〉이라는 명목으로 인공 지능 프로그램에 입력할 수 있는 것은 이런 종류의 생각이다. 요컨대 조현병 환자는 기계의 생각을 가지고 있다. 그리고 내가 생각하기에, 딕이 튜링 테스트의 지나치게 까다롭지 않은 버전을 통과한 최초의 인공두뇌 중 하나가 바로 편집증 환자를 흉내 낸 MIT의 〈페리〉라는 프로그램이었다는 사실을 알았다면 무척 좋아했을 것이다. 별로 어렵지 않은 일이었다. 페리는 어떤 정신분석학자처럼 모든 질문에 다른 질문으로 대답했으며, 심지어 상대의 질문을 반복하기까지 했다. 어떤 익살

꾼은 그렇다면 내친김에 파과증 환자를 시뮬레이션해 완벽한 프로그램을 만들어 보는 게 어떻겠느냐고 말하기도 했다.

현상금 사냥꾼이 느끼기에, 이런 테스트들의 문제점 — 그것들의 신뢰성을 떨어뜨려, 그것들을 적용하는 것을 너무 괴롭게 만드는 것 — 은 조현병 환자들을 기계처럼 생각하지만, 결국 그들도 인간이라는 사실이다. 딕은 이 점을 잘 알고 있었다. 개인적으로 다른 이들과 공감하고 싶은 욕구와 강한 편집증적 성향 사이에서 갈등했기 때문이다. 공감과 편집증이라는 이 양극단은 그의 의식 속에서 선과 악, 지킬 박사와 하이드 씨를 의미했고, 따라서 그는 〈우리는 선을 행하고자 하나 할 수 없고, 오히려 우리가 혐오하는 악을 행한다〉는 성 바울로의 말씀이 무엇을 의미하는지 정확히 알고 있었다.

그는 낸시가 자신을 따스함과 기쁨과 타인에 대한 관심으로 부드럽게 이끌어 주는 공감 능력이 있는 배우자임을 알게 되어 너무 기뻤다. 그녀 덕분에 자신까지 증오에 찬 편집증 환자로 만들고, 두 사람을 각자의 성안에, 상호 불신 속에 가두었던 그 편집증 성향의 여자, 그 증오하는 기계에서 벗어날 수 있었던 것이다. 하지만 솔직히 말해 자신 역시 잘못이 없지 않았다는 사실을 인정해야 했다. 미친 여자의 불쌍한 희생자였지만, 어쩌면 자신이 그녀 안의 광기를 깨웠는지도 모른다. 또 앤은 부분적으로는 그의 잘못으로 인해 그만큼이나, 아니 그 이상으로 고통받았다는 사실도 인정해야 했다. 만일 두 사람 중에서 미친 사람이 그가 아니고 앤이라면, 그가 그렇게나 떠들며 강조하는

〈사랑〉이 그녀를 저주하고 박살 내는 대신, 그녀 입장이 되어 그녀를 구해 줄 것을 요구하고 있었다. 교회도 다르게 말하지 않았다. 죄는 정신의 병이고, 우리는 병자들을 보살펴야 한다. 그리스도는 구속을 위해 오셨지만, 무엇보다 병자들을 치료하기 위해 오신 것이다. 그리고 만일 조현병 환자가 고통을 느낀다면, 어쩌면 안드로이드도 마찬가지일 수 있었다. 튜링식으로 얘기하자면, 만일 안드로이드의 프로그램이 고통을 설득력 있게 흉내 내도록 짜여 있다면, 대체 어떤 권한으로 우리는 이 고통이 진짜가 아니라고 생각할 수 있으며, 그를 동정하지 않을 수 있단 말인가? 이게 바로 두 번째 난점이었다.

소설 가운데서 이런 위기가 발생하는 것은 현상금 사냥꾼이 복음주의적인 이유나 튜링적인 이유보다 에로틱한 이유로, 그가 쫓는 안드로이드들에 대해, 더 정확히는 그들 중 하나에 대해 연민을 품게 될 때다.

이 직무상 과실 행위는 어떤 새로운 여건에 의해 조장되고 가중된다. 제조업자들은 가장 정교한 안드로이드들에게 아주 사악한 장난을 하는데, 그들의 프로그램 속에 인위적 기억을 이식해 그들이 자기가 인간이라고 믿게 하는 것이다. 안드로이드들은 인간들처럼 어린 시절 추억이 있고, 기시감과 감정을 느낀다. 겉으로 봐도 인간과 구별할 수 없지만 내부적으로도 구별할 수 없다. 그런데 그들은 아무것도 모른다. 그리고 의심을 받고, 테스트를 치르게 되면, 그들은 우리 인간들이 기겁하듯이 기겁한다. 「나에게 진실을 말해 줄 거죠? 만일 내가 안드로이드라면,

그걸 내게 말해 줄 거죠?」

어떤 SF 작가, 그것도 형편없는 문체의 작가가 쓴 글에서 전율이 느껴질 뿐 아니라 본질적인 무언가를, 근원적인 무언가를 접했다는 확신이 들게 하는 구절들을 발견하는 것은 참으로 기묘한 일이다. 여기서 우리는 우리의 일부분이며, 아직 아무도 그 깊이를 알아내지 못한 심연을 언뜻 보게 되는 것이다. 『안드로이드는 전기양의 꿈을 꾸는가?』는 바로 이런 순간 중 하나를 담고 있으니, 자기 조건을 발견하게 된 안드로이드가 공포의 비명을 발하는 순간이다. 치료할 수도 위로할 수도 없고, 그때부터 악몽처럼 모든 것이 가능해지는 절대적 공포의 순간 말이다.

만일 인간을 규정하는 게 공감 능력이라면, 안드로이드들도 그걸 가질 수 있을 것이다. 만일 그게 종교적 경험이라면, 안드로이드들도 신을 믿고 그들의 영혼 가운데서 신의 존재를 느끼며 그들 안에 새겨진 회로를 통해 찬송가도 부를 것이다. 그들도 감정과 의혹과 고뇌를 느낄 것이다. 또 이 고뇌를 형상화하기 위해 책도 쓸 것이다. 이렇게 되면 이 모든 것이 진정한 공감 능력, 진정한 신앙, 진정한 감정과 의혹과 고뇌, 진정한 영감이 아니라, 설득력 있는 시뮬레이션에 불과하다고 누가 말할 수 있을 것인가? 만일 자기 실상을 알게 된 안드로이드가 발하는 소름 끼치는 비명이 단순히 어떤 언어적 자극에 대한 프로그래밍된 반응, **비트**bit들의 활성화가 산출하는 예정된 반응에 불과하다면(인간의 뇌는 금속이나 플라스틱 부품이 아닌 유기적 세포들로 이루어져 있긴 하지만, 이런 묘사는 이 인간 뇌의 작동 방식에도 완벽하게 적용될 수 있다), 이 사실은 1) 모든 것을 바꿔 놓을 것인가, 2) 아무것도 바꿔 놓지 못할 것인가, 3)성확히는 모르지만 뭔가를 바꿔 놓을 것인가?

세 가지 중에서 마음에 드는 것을 하나 골라 보라.

현상금 사냥꾼이 조금은 불안스럽게 지적했듯이, 안드로이드가 정체를 가장 잘 숨길 수 있는 방법은 현상금 사냥꾼이 되는 것이다.

아니면 ─ 딕은 생각했다 ─ SF 작가가 되든지.

12
이단적 예술가의 초상

그 시대에는 모든 게 새것이어야 했다. 물결도, 개척지도, 소설도 다 새로워야 했다.[1] 모든 것이 이름을 바꿨고, 대서양의 양쪽에서 툴툴대는 늙다리들은 손가락 사이에 담배를 끼우고 안경을 이마에 얹은 채로 〈헤어 스타일리스트〉가 된 미용사들에 대해 빈정대곤 했다. 마찬가지 열풍은 사람들이 〈과학 소설〉이라는 약간 바보같이 느껴지는 명칭을 〈사변 소설speculative fiction〉 혹은 〈새것new thing〉 같은 더욱 그럴듯한 것들로 바꾸게 만들었다. 사실 사변 소설은 별 의미 없는 이름이었고, 〈새것〉은 아무 의미도 없었지만 폼 나는 것이 사실이었다.

미국에서 이 〈새것〉의 가장 적극적인 흥행업자는 할런 엘리슨으로, 입맛이 까다로운 팬이었다가 끈질긴 노력과 수완으로 다양한 장르를 능란하게 다루는 작가요 홍보 분야 귀재가 된 사람이

---

1 각각 프랑스 영화계의 〈누벨바그nouvelles vagues(새로운 물결)〉, 미국 케네디 대통령이 내놓은 〈뉴 프런티어New Frontier(새로운 개척지)〉 정책, 프랑스 문학계의 〈누보로망nouveau roman(새로운 소설)〉을 암시하는 말이다.

었다. 큰 그림을 그리고 있던 엘리슨은 바보 같은, 그리고 사람을 바보로 만드는 장르, 졸병들이나 좌절한 말단 직원들의 심심풀이 공상용으로나 적합하다고 여겨지는 장르를, 1960년대의 열광과 흥분 속에서 발명가와 우상 파괴자와 기상천외하고 때로는 엄청나게 명석한 전위 작가들의 집합소로, 한마디로 팝송을 좋아하는 젊은 세대가 어떤 고전적인 화성학자에게 이질감을 느끼듯이, 이 격동의 시대와 앞으로 올 시대가 이질감을 느낄 부르주아적이고 무기력한 미국 문학의 돌격대로 만든 일대 변신을 화려하게 연출해 보기로 마음먹었다. 엘리슨은 자신의 성명서 겸 앤솔러지『위험한 예지Dangerous Vision』가 미국 문학에 혁명을 가져올 거라고 생각했다. 그러면 문학적 기득권의 스타인 고어 비달이나 토머스 핀천 같은 이들이 찾아와 노먼 스핀래드나 새뮤얼 딜레이니 같은 작가 옆에 끼워 달라고 머리를 조아릴 거였다. 이 거창한 꿈은 비록 실현되지 않았지만, 모든 것이 가능해 보이고, 미래를 배경으로 펼쳐지는 이야기는 필연적으로 미래의 문학이 될 수밖에 없다는 순진한 생각이 의미 있게 여겨지던 그 몇 해 동안, 천시받는 몇몇 작가의 삶을 밝혀 주었다. 엘리슨에게 초대되어, 자신도 문학의 제신전에 한 자리 차지했다고 생각한 서른두 명의 작가는 후대를 위해 포즈를 취하듯이 저마다 단편을 썼다. 또한 의식을 집전하는 엘리슨은 작가들을 기리기 위해 작품마다 장황하고, 열렬하며, 자니 카슨[2]과 야코부스 데 보라지네[3] 사이를 오가는 어

---

2 미국의 유명한 토크쇼 진행자.

3 도미니크 교단 수도사에서 출발해 제네바 대주교가 된 작가. 성인전(聖人傳)

조로 소개글을 곁들였다. 그러고도 충분하지 않자, 각 작가에게 후기를 곁들이도록 권유했다. 각자의 성격에 따라 선배들에게 감사의 말을 쓰든, 겸손하게 굴든, 반대로 으쓱대든, 자기 모습을 가장 멋지게 보여 줄 수 있는 글을 자유롭게 쓰라는 거였다.

어떤 작가도 이런 종류의 유혹에 저항할 수 없는 법이고, 저항하는 이들은 〈침묵〉이라는 더 높은 차원의 웅변을 노렸다. 1965년 말에 열광적인 태도의 엘리슨에게서 연락을 받은 딕은 만일 이 〈위험한 예지자들〉의 특공대에 반드시 들어가야 할 작가가 하나 있다면 바로 당신 필립 K. 딕이라는 말을 듣고 너무나 행복했고, 너무나 즐거이 자신의 자화상을 그렸다.

딕의 이 글을 읽어 보면, 친구들에게 둘러싸여 있고 코담배와 환각제, 그리고 하인리히 쉬츠[4]와 그레이트풀 데드[5]를 좋아하고, 요하네스 스코투스 에리우게나[6]에 대해 얘기해 주어 무식한 히피들을 매혹시키고, 아주 젊고 아주 수줍고 아주 상냥한 아내의 너그러운 시선하에 지나가는 여자는 죄다 곁눈질하는 쾌활한 은둔자를 발견하게 된다. 포인트 레예스에서 자신이 앤과 파머 엘드리치에 짓눌려 이성을 잃는다고 생각했던 불행하고도 고뇌에 찬 남자는 40대에 가까워지면서 자신의 신학적 가설과 위대한 선배들의 가설을 직접 확인하기 위해 다양한 마약에 열

『황금 전설』을 썼다.

4 독일의 작곡가.

5 미국에서 1965년에 결성된 록밴드.

6 아일랜드 출신의 스콜라 철학자.

중하는 일종의 사람 좋은 구루가 된 것처럼 보였다. 그는 이 선배들을 기회가 닿을 때마다 인용하고, 가장 평범한 SF 작품도 보이티우스,[7] 마이스터 에크하르트 혹은 성 보나벤투라[8]에게서 가져온 경구(警句)들을 사용해 인용문의 패치워크로 변모시켰다. 그 자신은 끔찍했던 단 한 번의 경험 이후 두 번 다시 시도하지 않았음에도 불구하고, 마치 LSD의 백전노장인 양 굴면서, 티머시 리어리처럼 〈20세기에 LSD 없이 종교 생활을 하는 것은 맨눈으로 천문학을 연구하는 거나 마찬가지다〉라고 주장했다. 그는 어느 날 이 리어리가, 캐나다에서 순회공연 중이던 비틀스 멤버 존 레넌의 호텔방에서 자기에게 전화를 건 일을 얘기하는 것을 즐겼다. 맞아! ― 딕은 자기 말에 사람들이 믿기지 않는다는 듯한, 홀린 듯한 표정 짓는 것을 즐기며 엄숙히 되풀이했다 ― 진짜 존 레넌의 호텔방에서 전화를 걸었다니까! 마약에 완전히 맛이 간 이 두 남자는 『파머 엘드리치의 세 개의 성흔』을 다 읽고 열광해 도저히 가만히 있을 수가 없었던 것이다. 이거였어! 바로 이거였다고! 레넌은 카펫 위를 기어다니면서 딸꾹질하며 외쳤다. 그는 벌써부터 이 소설을 영화화하겠다고 떠들어 댔다. 사이키델릭 스타일 영화로, 준비 중인 자신의 앨범 「서전트 페퍼스 론리 허츠 클럽 밴드」와 짝을 이루게 할 거란다. 불시에 전화를 받은 딕은 이게 그 어마어마한 스타들인 척하는 장난꾼들이 아닌, 진짜 레넌과 리어리가 맞는지 확인하기

---

7 고대 로마 시대 말기의 철학자.
8 이탈리아 피렌체의 성인.

위해 테스트를 부과할 생각조차 하지 못했다. 하지만 다음 해 앨범이 나왔을 때 딕은 제목을 알아봤을 뿐만 아니라, 레넌이 얘기했던 LSD를 찬양하는 노래 「루시가 다이아몬드들과 함께 하늘에 있네Lucy in the Sky With Diamonds」도 포함된 것을 보았다. 이 일화 이후 딕의 **네임-드로핑** 성향과 자기 세상에 모종의 은밀한 영향력을 행사하고 있다는 믿음이 갈수록 강해졌다. 사실 〈phildickian(필 딕적인)〉이라는 형용사는 어떤 기묘한 상황들과 세상을 보는 비틀렸지만 정확한 시각을 지칭하면서, 구성원 간 정체성을 확인하기 위한 일종의 암호로 사용되기 시작했다. 꼭 SF 팬만은 아닌 젊은이들, 예컨대 폴 윌리엄스 같은 로큰롤 비평가나, 로버트 크럼이며 아트 스피걸먼 같은 만화가도 그가 시대의 숨겨진 천재 중 하나인 것처럼 말했다.

이 새로운 역할은 그에게 잘 맞았다. 그는 전에 그를 소름 끼치게 했던 것과 거리를 두면서, 이 위험한 강박 관념을 하나의 직업적 트레이드마크, 그의 전설의 한 부분으로 변환시키고 있었다. 당시 사람들이 말했듯, 그의 장기는 신(神)이었다. 이 분야에서는 아무도 그를 따라올 수 없었고, 당시 신조에 따라 경화된 전통들을 비웃는 전복적인 모습을 보이는 한, 그런 주제를 다룬다고 아무도 그를 비난하지 않았다. 그는 『파머 엘드리치의 세 개의 성흔』을 쓰던 3주 동안의 일들도, LSD가 다시 그를 악몽 가운데 빠뜨렸을 때 느꼈던 공포도 떠올리고 싶지 않았다. 하지만 그는 사람들이 이 책이 일종의 〈검은 미사〉[9]인 것처럼

9 악마를 숭배하는 의식.

얘기하고, 이 〈검은 미사〉라는 제목이 붙은 스크랴빈의 오싹한 소나타 음반을 그에게 선사하고, 만일 그가 몇 세기 전에 태어났더라면 종교 재판관들이 열 번은 화형에 처했을 거라고 떠들어 대는 게 기분 좋았다. 당시 톨킨과 M. C. 에스허르와 함께 전 세계적 영광을 얻은 보르헤스를 발견한 그는 신학을 환상 문학의 한 분야처럼 얘기하는 이 아르헨티나 작가의 장난스럽고도 매끄러운 딜레탕티슴과 그의 매력적이면서도 위험하지 않은 지적 유희에 경탄을 금치 못했다. 딕은 보르헤스의 역설들(딕은 〈미국은 두 가지 미신을 키우고 있으니, 하나는 신이 존재하지 않는다는 것이고, 다른 하나는 담배 브랜드들 간에 차이가 있다는 것이다〉라고 농담을 했다)과 그의 장난스러운 현학을 흉내 내곤 했다. 또 보르헤스의 모범을 따라, SF계의 또 다른 〈지성인〉, 로저 젤라즈니와 함께 종교적 환상 소설『데우스 이라이 *Deus Irae*(신의 분노)』에 착수해 10년 동안 함께 끙끙댔으나, 결국에는 이게 밑도 끝도 없는 얘기라는 것을 깨달았다.

하지만 딕은 보이는 모습과 달리 그렇게 초연하지 않았다. 그의 내부에는 문학적 이단과 LSD를 통해 그 끔찍함을 미리 맛본 지옥을 두려워하는 소심한 신도가 공존하고 있었다. 누군가 그 앞에서『성경』의『요한 묵시록』을『창세기』와 마찬가지로 문자 그대로 해석하면 안 되는 알레고리로 취급할라치면, 그는 오직 자신만이 불행한 진실을 아는 것처럼, 인간들이 장밋빛 환상에 빠져 있다는 것을 아는 것처럼 괴로운 표정으로 고개를 설레설레 젓곤 했다. 그는 신을 사랑하고 싶었지만, 그보다는 악마를 더 두려워했다. 그가 이따금 뜬금없이 이런 중세적 종교성을 표현할 때마다, 사람들은 기꺼이 그를 용납하곤 했다. 그들은 그의 이런 태도를 어떤 재미난 도발, 또 하나의 삐딱한 일탈 행위 정도로 받아들인 것이다. 그리고 불교적 색채가 약간 섞인 당시 불가지론적 분위기 속에서는 일탈이 어려운 일도 아니었다. 꼭 이단인 펠라기우스파나 알비파가 아니더라도, 그저 가톨릭 신자면 충분했다. 낸시는 그가 앤과의 종교적 결혼이 취소되지 않은 마당에 다른 여자와 같이 살며 죄를 짓는다고, 이제 영성체도 할 수 없게 되었다고 한탄하는 것이 결코 농담이 아니라는 것을 얼마 후에야 깨달았다. 딕이 느끼기에, 앤과의 이혼보다 성찬식 — 그가 뛰어든 전쟁에서 그를 보호해 줄 수 있는 유일한 것 — 에 참여할 수 없다는 사실이야말로 자신이 〈검은 미사〉로서 이 성찬식을 조롱하면서 범한 신성 모독에 대한 형벌인 것 같았다. 종교적 삶에 대한 향수는 그로 하여금 다양한 대체물을 만들게 했는데, 그중에서 가장 기묘한 것, 마약과 관련되지 않은 유일한 것은 『안드로이드는 전기양의 꿈을 꾸는가?』의 부차적인 플롯을 이루는 축인 〈공감 상자〉라는 것이었다(이런 딕에 대해 여러 가지 말을 할 수 있겠지만, 그는 전혀 개의치 않는다).

안드로이드 사냥이 자행되는 경찰 사회에서 어느 비밀 종교 의식에 사용하는 도구인 이 공감 상자는 양옆에 핸들이 달린 조그만 텔레비전 수상기처럼 생겼다. 그 핸들을 잡고 상자 위로 몸을 기울이면 곧바로 어떤 장면을 볼 수 있는데, 이 장면이 반복되는 게 바로 의식의 핵심이다. 이름이 〈머서〉라는 것만 알려진 어떤 노인이 돌팔매질을 당하며 산 비탈길을 힘겹게 오르고 있다. 하지만 〈머서교(教)〉의 신도는 단지 구경하는 것으로 그치지 않고 함께 참여한다. 울퉁불퉁한 땅 위에 질질 끌리는 것은 자신의 두 발이고, 날아오는 돌덩이에 찢어지는 것은 자신의 살이고, 죽도록 슬프지만 또 설명할 수 없는 기쁨을 느끼기도 하는 것은 자신의 영혼이다. 그는 머서와 하나가 되고, 같은 순간 지구와 다른 식민화된 행성들에서 공감 상자의 핸들을 잡고 있는 이들도 마찬가지다. 그는 자신처럼 괴로워하고 기뻐하는 다른 이들에 둘러싸여 있는 것을 느낀다. 그는 이 모든 이와 일체가 된다. 머서와의 융합 ─ 말하자면 길과 성인의 통공의 조합으로서 ─ 파머 엘드리치의 통제하에 이루어지는 〈전이〉와 정반대되는 것이다. 그것은 고립시키지 않고 한데 모으며 파멸시키지 않고 구원한다. 그리고 항상 새롭게 거듭난다. 산 정상에 이른 머서는 쓰러져 죽지만, 무덤에 옮겨진 뒤 다시 일어선다. 「언제나!」 등장인물 중 하나가 외친다. 「그리고 그와 함께 우리도 다시 일어서지! 그래서 우리도 영원한 존재가 되는 거야.」

이 모든 것에 심히 불쾌해진 속세의 권력은 이를 불법 종교로 규정하고 신도들을 탄압하며, 심지어 이에 맞서는 이념적 운동까지 벌인다. 이 캠페인의 도구는 아주 논리적이게도 또 다른 상자인 텔레비전이며, 여기에 등장하는 스타 토크쇼 진행자 버스터 프렌들리는 마조히즘적 충동에 사로잡혀 현실을 벗어나 공동으로 고통받는 머서교 신자들을 매일 저녁 비웃는다. 만일 이게 좋은 시간을 보내기 위한 거라면 넘어갈 수 있겠단다. 하지만 얼굴에 돌을 맞고, 알지도 못하는 무수한 사람들과 불행을 나눈다? 그것도 스위치만 누르면 항상 기분을 유쾌하게 만들어 주는 세속적인 우울증 치료제가 있는데? 이건 도저히 상식적으로 이해할 수 없는 행동이란다.

소설 끝부분에서, 버스터 프렌들리는 머서교가 사기극이라는 충격적인 사실을 증거를 들어 밝힌다. 그것은 다름 아닌 정부가 제공하는 〈민중의 아편〉으로, 이것을 금지하는 것도 더 소비하게 하려는 음험한 계획의 일부였다는 것이다. 산을 오르는 장면은 스튜디오에서 촬영되었고, 텔레비전 프로그램 채널은 아니지만, 성격이 같은 채널로 방영된단다. 시청자들은 머서가 원래 인간이었는지 아니면 뜻을 가늠할 수 없는 어떤 우주적 의지가 지구에 집어넣은 어떤 원형(元型)적 실체인지 자문했지만, 사실 이 머서는 어느 종영된 텔레비전 시리즈에 출연하던 단역 배우라는 거였다. 알코올 의존자이기도 한 이 늙은 배우가 그의 인생 배역을 연기하기 위해 감당해야 했던 유일한 고통은 고무 돌멩이로 얻어맞고 케첩 피를 흘리는 게 아니라, 촬영 중에 위스키를 끊어야 한다는 사실뿐이었단다.

버스터 프렌들리의 이 무거운 조롱 앞에서, 인간의 모든 종교적 희망은 무너져 버린 것처럼 보인다. 하지만 그렇지 않다. 딕이 엠마오의 만남[10]을 옮겨 놓은 기가 막힌 장면에서, 머서는 그

10 엠마오 마을로 향하던 두 제자에게 부활한 예수가 나타난 사건(『루가복음』

의 제자 중 하나 앞에, 즉 프로그램이 끝나 화면에 하얀 눈만 내리고 있는 공감 상자 앞에 망연자실한 어느 추종자 앞에 나타나 차분하게 설명한다. 버스터 프렌들리가 말한 것은 그 알코올 얘기를 포함해 모두가 사실이고, 위스키를 마실 수 없어서 늙은 알코올 의존자인 자신이 너무나 불쾌했던 것도 사실이지만, 그렇다고 해서 달라지는 것은 없다고 말이다. 정말이지 달라지는 것은 아무것도 없단다. 「왜냐면 자네는 여기 있고, 나도 여기 있기 때문이야.」

명백한 사실에 반하는 이 신앙 선언을 통해, 딕은 당시 여론을 혹은 적어도 종교적 문제들에 관심을 가진 여론의 일각을 들끓게 하던 논쟁 가운데서 자기 입장을 정했다. 1947년 사해(死海)에서 발견된 두루마리 필사본은 엄청난 물의를 일으켰고, 만일 공관 복음서에 의해 예수의 것으로 치부된 가르침 상당 부분이 그가 태어나기 이전 문서에 존재한다면, 이 가르침은 생각하는 것만큼 독창적이지 않고, 그렇게 가르치며 다닌 사람도 당시 팔레스타인 지방에 무수히 존재했던 설교자 중 하나일 수 있다는 생각을 일반에 확산시켰다. 요컨대 예수는 일종의 사기꾼일 수 있다는 얘기다. 논쟁을 지켜보는 불신자들은 이 사해 사본이 기독교에 대한 강력한 반대 증거라고 생각했다. 교회 성직자들은 물론 깊은 충격을 받았다. 심지어 어떤 이들은 이 일로 인해 신앙이 흔들리기까지 했는데, 그중에는 성공회 캘리포니아주
24장 13절).

교구 주교 제임스 A. 파이크도 포함되어 있었다.

파이크 주교는 당시 진보적 성직자의 모델로 세상에 잘 알려진 인물이었다. 전직 변호사에 뛰어난 설교자인 그는 민권을 위해 투쟁하고, 마틴 루서 킹과 어깨를 나란히 하고 셀마 행진에 참여하기도 했으며, 케네디가 사람들과 친구 사이였다. 교회 의식에 로큰롤 음악을 도입한 이도, 스테인드글라스에 통상적인 다른 성인들과 함께 알베르트 아인슈타인, 서굿 마셜, 존 글렌의 모습이 아주 사실적으로 묘사된 샌프란시스코 그레이스 대성당의 완공을 주관한 이도 바로 이 사람이었다. 그의 사진은 『타임』과 『뉴스위크』의 표지를 장식했으며, 그는 텔레비전에서 높은 시청률을 자랑하는 「딘 파이크 쇼」를 진행하기도 했다. 또 최근에는 성직자적 시크함의 절정을 보여 주려는 것인지, 그가 생각하기에 사도 시대에서부터 세상에서 사라져 버린 것 같은 성령의 존재에 대해 대담한 입장을 취함으로써 이단 심문을 받은 터였다.

1965년 가을, 마렌 해킷은 베이 에어리어의 한 여성 단체 대표로 있을 때 파이크를 만났고, 그의 정부가 되었다. 그로부터 얼마 후 낸시와 그녀의 남편은 주교와 마렌이 은밀히 동거하는 아파트에 초대되었다. 이때 주교는 아내와 헤어졌지만 아직 이혼하지 않은 상태여서, 마렌 해킷과는 내연 관계였다. 딕은 사람을 주눅 들게 하는 유명 인사와 낯선 곳에서 만나는 것이 격정되었다. 하지만 저녁 시간이 끝나갈 무렵, 그는 카펫 위를 뒹굴며 장모의 성직자 애인에게서 발산되는 기분 좋은 파동에 즐거워져 엄청나게 웃고 떠들어 댔다. 종교 문제에 심취해 있는 두 사람을 붙여 놓으면 어떤 일이 일어나는지 모두가 알거니와, 사막 교부들과 아마겟돈 전투 등에 대한 대화가 끝없이 이어졌다. 이렇게 짐[11]과 필 — 첫 번째 날부터 그들은 서로 이름으로 불렀다 — 은 그 후 3년 동안 이어질 대화를 시작했다. 구제 불능 지식인인 두 사람 모두 논쟁과 인용을 좋아했다. 둘 다 중세 실재론자들처럼 말은 곧 사물이며 언어적 형태를 부여할 수 있는 관념에는 필연적으로 상응하는 현실이 존재한다고 믿었다. 둘 다 인쇄된 것을 무한히 존중하면서, 책들이 서로 모순될 수 있다는 사실에는 무감각했으며, 그들이 읽는 모든 것을 신뢰했고, 그 내용을 다른 사람들에게 설득시키는 재능이 뛰어났다. 다독가인 그들은 자주 의견을 바꿨으며, 이로 인해 이따금 사람들이 당혹스러워했지만 개의치 않았다.

논쟁을 벌이는 두 사람 중에서, 짐은 강단과 공개 토론에 익숙한 사람으로서의 권위와 더 완전하고 더 정돈된 신학적 지식을 가지고 있었다. 하지만 필은 〈쥐〉, 교회의 쥐들 중에서도 가장 기상천외한 쥐였다. 짐은 부랑자 같은 옷차림을 하고 있지만, 능히 혼자서 주교단 전체를 혼낼 수 있을 것 같은 이 이름 없는 작가가 자신에게 내미는 덫들에 입을 다물 수가 없었다. 모순을 좋아하는 그들은 무언가에 동의하는 것을 견디지 못했고, 이단적인 생각을 내놓도록 서로를 부추겼다. 주교에게 이런 충동은 더 실제적인 중요성을 지니고 있어, 그는 — 더 치밀하다

11 파이크 주교의 이름인 제임스James의 애칭.

고는 할 수 없어도 ─ 더 열정적으로 논리를 펼쳤다.

우리 시대 여명기에 근동 지방에서 벌어진 격렬한 종말론적 논쟁에 관심이 많았던 주교는 딕에게 그노시스주의에 대해 한 바탕 강의를 했다. 그의 주장에 따르면 우리는 하마터면 기독교인이 아니라 그노시스주의자가 될 뻔했으며, 그노시스주의자가 되지 못한 탓에 진실의 관점에서는 어쩌면 손해를 봤을지도 모른다는 거였다. 그는 그 고뇌에 찬 이론들, 기독교 정통 교리가 너무나 성공적으로 침묵 속에 몰아넣은 탓에 그 대부분이 성 히에로니무스의 악의에 찬 논평을 통해서만 우리에게 알려진 그 과격한 이론들을 열정적으로 설명했다. 기독교 자체가 하나의 이단파지만, 그노시스주의자들은 이 이단파 중에서도 이단파로, 여전히 종교적 자유사상가들을 매혹시킬 고귀한 패자, 궁극적인 〈불량한 녀석〉들이란다. 딕은 이 상태의 세상은 뭔가 잘못되었다는 직관을 바탕으로 가르침을 펼친 발렌티누스와 바실리데스 같은 영적 거장들을 좋아하지 않을 수 없었다. 그들은 말하기를, 이 세상은 감옥이자 환상이요, 실수이자 어떤 잔인한 2급 신이 우리에게 벌이는 못된 장난이라는 거였다. 하지만 이것을 의식하고, 깨어 있으려 치열하게 노력하는 사람에게는 2급 신이 우리를 가두고 있는 어둠에서 빠져나와 진정한 신의 빛까지 올라가는 것이 가능하단다. 이 얘기를 들으며 딕은 자신이 평생 자기도 모르는 사이 그노시스주의자였다는 사실을 깨달았다. 이 무덤 같은 세계에 갇혀 버린 존재로서 그는 이 이론에 전적으로 찬동했지만, 또한 여기에 해결책이 있다고 믿고 싶었다. 그런데 이 해결책, 진리와 생명에 이르는 이 길은 바로 그리스도가 아닌가요?

이 대목에서 주교는 산타클로스를 믿는 아이에게 진실을 알려 줘야 하는 사람처럼 난감한 표정을 지었다. 그는 사해 두루마리 사본의 연구와 출판을 책임진 국제적 팀에서 영국 대표를 맡은 존 알레그로를 만나러 두세 달마다 마렌과 함께 런던에 다녀오곤 했다. 그런데 여행할 때마다 주교는 충격적인 진실들을 알게 되어 몹시 괴로워하는 동시에 극도로 흥분해서 돌아왔다. 이날도 그는 마지막으로 밝혀진 사실들에 근거해, 복음서는 다 사기이고, 예수는 에세네파[12] 추종자였으며, 일단의 유대교도들이 이 예수를 중심으로 거대한 음모를 꾸민 거였다고 신나게 떠들어 댔다.

이러한 폭로 ─ 이것은 그저 〈과학적 사실〉일 뿐이라고 주교는 검지를 치켜세우며 강조했다 ─ 앞에서, 딕은 교리를 옹호하는 역할을 맡지 않을 수 없었는데, 이러한 역할은 모순을 즐기는 그의 정신과 그의 가장 깊은 소망을 둘 다 만족시켰다. 친구의 이어지는 공격 앞에서 그는 마치 머서처럼 대답했다. 「네, 좋아요. 하지만 설사 그게 사실이라 해도, 바뀌는 것은 하나도 없어요. 지금 주교님의 모습은 『햄릿』이 우리가 아는 〈윌리엄 셰익스피어〉가 아니라, 셰익스피어라는 이름을 가진 누군가에 의해 씌었을 거라고 주장하는 대학교수가 생각나게 하네요. 만일

---

12 1세기 무렵 사해 주변에 종교적 공동체를 이룬 유대교의 한 파로 신비적 금욕주의를 내세웠다.

주교님이 그리스도가 하느님의 아들이라고 믿는다면, 그분이 부활해 사망을 박살 냈다고 믿는다면, 설사 누군가가 그분이 어떤 한심한 잔챙이에 불과하고 심지어 역사적으로 존재하지도 않은 인물이었다고 주장하고, 논리적으로 증명한다 하더라도, 바뀌는 것은 전혀 없어요. 주교님이 역사적 진실을 추구하는 것은 1백 퍼센트 옳은 일이지만, 진리는 바로 그분 자신이라는 것을 잘 아실 거예요. 만일 그렇지 않다면 지금 주교님이 하시는 모든 말씀은 주교님이 진리이신 그분을 믿지 않는다는 것을, 다시 말해 주교님은 무지하다는 것을 의미할 뿐이에요.」

이에 주교는 자신이 성직자로서 섬기는 종교를 믿고 있는지 더 이상 확신이 안 선다고 고백하지 않을 수 없었다. 그리고 이 때문에 불안하다고.

이 시기의 절정은 버섯의 날이었다. 파이크는 런던에서 〈일급 비밀〉 정보를 가지고 돌아왔는데, 그의 말에 따르면 예루살렘 성서 학교의 도미니크 수사들은 없애 버리고 싶어 하고, 평소에 숨기는 게 없는 편인 존 알레그로조차 드러내기를 꺼리는 정보라는 거였다. 예수 혹은 그의 전설을 만들어 낸 이들은 단지 어떤 종파의 가르침을 대중화했을 뿐이며, 이 종파의 신도들은 사해 위쪽에 있는 동굴들에서 어떤 버섯을 재배했다고 한다. 그들은 이 버섯으로 빵과 수프를 만들어 먹었는데, 이게 바로 두 종류 영성체의 기원이란다. 그런데 이 버섯이 일종의 환각제라는 사실이 밝혀졌단다. 고대부터 풍요의 상징으로 숭배 대상이었고, 아직도 시베리아 여러 부족이 ─ 이들의 인구가 급감한 원인 중 하나가 이것이라고 한다 ─ 사용하고 있는 **아마니타 무스카리아**amanita muscaria[13]가 바로 그것이란다. 따라서 기독교는 이 버섯 숭배의 한 사례, 그것도 비교적 늦게 나타난 사례에 불과하며, 당시의 세속적이고 종교적인 권력을 거스르지 않기 위해 이것을 위장시킨 신약은 하나의 민꽃식물[14]을 숨긴 암호문이라는 거였다.

주교는 한탄했다. 「아, 이제 이 사람들의 종교는 바로 환각 여행을 하는 거라는 사실을 알면서 일요일마다 영성체를 나눠 주게 생겼어요.」

「그리고 예수는 마약 밀매업자였다는 것도 생각하시겠죠!」 딕은 이렇게 말하고 방이 떠나갈 듯이 웃음을 터뜨렸다. 그런 다음, 정색하면서 이렇게 덧붙였다. 「그런데 말이에요, 난 그 사실을 오래전부터 어렴풋이 짐작했고, 심지어 어느 정도 글로 쓰기도 했답니다. 하지만 그분에 대한 나의 믿음은 조금도 줄어들지 않았어요.」

1966년 2월, 스무 살이던 파이크의 아들이 엽총으로 자살했다. 그의 행동을 설명하기 위해 다양한 가설이 제기되었다. 아버지에게 너무 짓눌렸다, 아버지의 애인을 사랑했다, 자신의 동성애적 성향을 발견했다, LSD의 부작용이었다…….

13 이것은 학명이고, 우리말로는 〈광대버섯〉이다.
14 꽃이 피지 않고 홀씨로 번식하는 식물을 말하며, 버섯도 여기에 포함된다.

이때 딕은 파이크에게 편지를 보냈는데, 거기에는 이런 구절이 있었다.

나는 죽고 난 직후 실체가 마침내 우리에게 나타날 거라고 생각합니다. 카드 패들이 마침내 뒤집히고, 판은 끝나고, 우리는 우리가 단지 어렴풋이 짐작했던 것을, 거울 속에서 흐릿하게 보기만 했던 것을 보게 될 겁니다. 바로 성 바울로가 말씀하신 거죠. 『바르도 퇴돌』도 그렇게 말하고 있습니다. 또 『곰돌이 푸』도 그렇게 말했죠. 우리는 숲의 다른 장소에서 모두 다시 만나게 될 거라고요. 거기에는 언제나 꼬마 아이와 그의 곰이 놀고 있을 거라고요. 난 이것을 믿습니다. 사실은 내가 믿는 전부죠. 설사 내 생각이 틀리고, 루크레티우스의 말이 맞는다고 해도(〈우리는 더 이상 없을 것이기 때문에 아무것도 느끼지 못할 것이다〉), 뭐 상관없어요. 난 거기 없을 것이기 때문에 실망하지도 않을 거고, 그것은 나한테 좋은 일이니까요. 하지만 어떤 내기를 하자는 것은 아니에요. 난 다른 선택이 없고, 주교님도 마찬가지죠.

그러나 주교는 카드 패 밑면을 보기 위해 사후의 순간까지 기다릴 수가 없었고, 성 바울로도 곰돌이 푸의 말도 믿을 수가 없었다. 그는 직접 알아보고 싶었다. 그들을 괴롭히는 죄책감에서 벗어나기 위해 무엇이든 할 준비가 되어 있던 주교와 마렌은 심령술사들을 접촉했고, 짐 주니어의 죽음에 이은 여름이 되자 눈을 번쩍거리면서 아들이 돌아왔다고 말하기 시작했다. 아들이 자신은 그들을 용서했으며, 그들이 행복하기를 바란다고 말했다는 거였다. 책에 나오지 않고, 책으로 귀결되지 않으면 아무것도 일어나지 않는 사람인 파이크는 저승에 대한 자기 경험을 바탕으로 책을 한 권 쓰겠다고 계약을 맺기까지 했다. 그는 기독교의 유효성에 대해 계속 자문해 보고 있었다. 〈유효성〉은 그가 사용한 단어였지만, 딕으로서는 이게 친구의 내면에서 일어나고 있는 싸움을 고려하면 어처구니없을 정도로 약하고, 유행을 탄 표현으로 느껴졌다. 주교는 짐 주니어가 자기 의심을 끝내 주기를 기대했다. 아들은 저쪽 세상으로 넘어갔기 때문에, 예수가 어떤 마약 중독자 종파의 생각들을 퍼뜨리는 설교자에 불과했던 것인지, 아니면 정말 하느님의 아들인지 말해 줄 수 있을 거였다. 〈정말 미쳤군!〉 하고 딕은 생각했다. 미쳐도 정말 한심하게 미쳤어! 어떻게 어떤 역사적 문제를 해결하기 위해 자신의 죽은 아들을 참고 자료로 사용할 수 있지? 하지만 그는 깊은 속에서 알고 있었다. 만일 비슷한 상황에 처했다면, 자신도 그렇게 했을 거라고. 자신도 평생 참고할 수 있는 책을 찾아왔으며, 주교에게 이것은 단순히 어떤 역사적 문제가 아니라 신앙이냐 신앙의 상실이냐의 문제, 다시 말해 사느냐 죽느냐의 문제라는 것을. 그에게 그리스도를 잃는다는 것은 — 비록 그가 마치 사업을 전환하는 문제를 진지하면서도 차분하게 얘기하는 비즈니스맨처럼 성직을 떠나 〈민간 부문〉(이것은 주교가 사용한 표현이었다)에 들어갈 것을 고려한다고 벌써부터 말하고 있었지만 — 모든 것을 잃는 것을 의미할 터였다.

파이크는 자신이 추천하는 어떤 영매가 진행하는 교령회(交靈會)에 참석하라고 필과 낸시를 설득했다. 딕은 마지못해 받아들였다. 이렇게나 명석하고, 이렇게나 자신과 비슷한 정신의 소유자가 두려움에 사로잡혀 이런 어처구니없는 믿음에 빠져드는 모습은 정말이지 보기 괴로웠다. 그야말로 악화가 양화를 구축하는 격이었다. 하지만 딕은 이런 생각이 들었다. 지금 주교님은 죽은 아들이 나타났다고 굳게 믿고 있어. 하지만 예수님의 제자들과 나 자신도 그리스도의 부활을 굳게 믿지 않았어? 사람들은 내 믿음이 터무니없다고 생각할 텐데, 내가 무슨 권리로 주교님의 믿음이 근거 없다고 어깨를 으쓱할 수 있지?

영매는 샌타바버라에 살고 있었다. 아일랜드 출신 노부인인 그녀는 자신이 영매를 해서 번 돈 전부를 IRA[15]에 보낸다고 말했다. 필과 낸시는 교령회가 진행되는 동안 나중에 주교가 책을 쓸 때 사용할 수 있도록 메모를 했다.

영매와 점쟁이, 그리고 좀 더 일반적으로 말해 초(超)심리학자들은 직감과 고객이 무의식적으로 내놓는 단서나 일반에 잘 알려진 요소들에 의지하는데, 이것들을 교묘히 섞어 얘기하면 비밀을 신통하게 알아내는 듯한 느낌을 줄 수 있다. 요컨대 〈뻥을 치는〉 것인데, 그게 빗나가면 슬그머니 지나가고, 맞으면 성공한 것이다. 하지만 이런 역술가 중 하나를 찾아가 본 적 있는

15 Irish Republican Army(아일랜드 공화국군)의 약자로, 영국령 북아일랜드와 아일랜드 공화국의 통일을 요구하는 반(半)군사 조직.

사람이라면 누구나 위와 같은 점들을 감안해 걸러 낸다 해도, 결코 설명할 수 없는 어떤 찌꺼기가 남는다는 것을 안다. 어떤 정확한 디테일, 그렇게 중요한 것은 아닐 수 있지만, 대체 어떻게, 그 어떤 셜록 홈스 같은 추리를 통해 이 초심리학자들이 알아냈는지 알 수 없는 아주 구체적이고도 특별한 디테일 말이다. 뭐, 이런 일들이 있는 게 사실이고, 아주 신기하기도 하지만, 그렇다고 해서 어떤 종류의 신비술에 인생을 걸고 싶을 정도는 아닐 것이다. 이날 짐 파이크 주니어의 유령은 영매의 입을 통해, 필과 낸시가 버클리의 어느 레스토랑 사장, 그러니까 그들이 KGB 요원으로 의심하고 있던 어느 사내에 대해 자주 하는 지극히 사적인 농담을 암시했다. 이후 몇 주 동안 필은 어떻게 샌타바버라의 영매가 버클리 어느 부부의 사적인 농담을 알게 되었는지 합리적으로 설명하려고 시도하다, 레스토랑 사장은 정말로 KGB 요원이고 영매도 마찬가지인 거라 결론짓고 더 이상 신경 쓰지 않았다. 게다가 파이크와 마렌도 짐 주니어의 영혼이 자신은 두 사람을 용서하며 둘이 행복하게 살기를 바란다고 되풀이하는 것에 감격해 정신이 없던 터라, 이 디테일을 알아채지 못하고 넘어갔다. 기독교의 〈유효성〉에 대해서는, 영혼은 유감스럽게도 아무 말이 없었다.

몇 주 뒤, 짐 주니어의 용서에도 불구하고 암 투병 중이라서 혹시 주교가 변심할까 걱정하던 마렌 해킷이 자살했다. 이를 위해 그녀는 딕과 파이크와 마찬가지로 평소 자주 사용해 약효를 잘 아는 알약들을 섞은 치명적인 칵테일을 사용했다. 세코날과 아미탈 그리고 덱사밀……. 필이 장모와 주교의 약장에 있는 이것들을 몰래 꺼내 쓴 게 대체 몇 번이던가?

그들의 관계 초기에 마렌은 그에게 어떤 바위처럼, 기독교적 미덕들을 실행하는 사람들이 갖는 힘과 희망의 체현처럼 보였기에, 그녀의 비극적 죽음은 더욱 충격으로 다가왔다. 그녀의 사망 소식을 접한 그는 운명의 수레바퀴가 돌아 버렸음을, 좋은 주기가 끝나고 자신과 또 자신과 비슷한 사람들이 너무도 행복했던 시간이 끝나 버렸음을 깨달았다. 그가 너무나 사랑했던 태평하고도 열정적인 1960년대 위로 검은 베일이 드리워지고 있었다. LSD가 금지된 뒤로, 〈배드 트립〉에 대한 이야기가 점점 많이 떠돌았다. 마치 사악한 파머 엘드리치가 LSD가 불법화된 것을 이용해 순진한 히피 문화의 요람지인 헤이트애슈베리 교차로에 진을 친 것 같았다. 이곳 주민들은 거리와 골든게이트 공원에서 탬버린을 치고 행진하면서, 〈옴〉 소리를 내어 나쁜 파동들을 쫓아내려 했으나 허사였다. 이제는 죽는 사람들도 생겼다. 마피아가 마약 시장을 통제하고 온갖 지저분한 마약들을 거리낌 없이 팔아 치운다는 소문이 떠돌았다. 사람들은 마치 아무 일도 없는 듯이 굴었으나, 딕은 과일 속에 벌레가 들어 있다는 것을 알고 있었다.

하지만 딕의 우주는 더없이 안정적으로 보였다. 사십 줄에 접어든 그는 체중이 늘었고, 그에 따라 더 지혜롭고 신중해졌다.

폭풍우는 물러난 것 같았다. 사랑하는 여인은 그의 아기를 임신하고 있었다. 그들은 더 큰 집으로 이사했다. 그는 대중에게 알려지기 시작했고, 외국에서 번역되는 책이 갈수록 늘어났다. 그는 불어나는 인세로 터무니없는 것을 주문했다. 어린 시절 꿈인 동시에 탄탄하게 자리 잡은 남자의 꿈이라 할 수 있는 그것은 거대한 철제 방화 캐비닛으로, 그는 거기다 엄마 집을 나온 이후 가지고 다니던 보물들을 정리해 넣을 생각이었다. 원고, 편지, 희귀 음반, 수집한 우표, 만화책, 그리고 오래전부터 시중에서 찾을 수 없게 된 SF 잡지……

서랍을 빼고도 무게가 350킬로그램이나 되고, 서재 한쪽 면 전체를 차지할 이 괴물이 배달되었을 때, 기쁨에 뒤이어 이상한 불안감이 몰려왔다. 이런 물건을 사고 나면, 더 이상 움직일 수 없는 법이다. 닻이 내려지고 모든 게 끝난다. 그러고 나서 바그너 오페라의 용(龍) 파프너가 어떻게 죽었으며 쌓아 놓은 보물을 어떻게 잃었는지 생각났고, 이제는 배가 불러 안주할지 모른다는 걱정보다 이 모든 것을 잃을지도 모른다는 두려움이 엄습했다. 그는 배달원들을 도와주려다 탈장이 일어났는데, 이것을 하늘이 자신을 책망하는 신호로 해석했다. 땅에 재산을 쌓아 놓지 마라. 네가 소유했다고 믿는 모든 것을 빼앗기리라.

『주역』은 이렇게 말했다. 〈명이(明夷)〉, 빛이 어두워진다.

마침내 발간된 엘리슨의 앤솔러지가 도착했다. SF 문학계라는 조그만 바닥에서는 온통 이 얘기뿐이었다. LSD에 취해 걸작을 생산하는 천재적 마약 중독자로 그를 소개하는 소개글에 딕은 미소를 지었다. 엘리슨이 과장하는 경향이 있긴 했지만, 솔직히 자신도 이런 식의 암시를 흘리곤 했었다. 그러고 나서 그는 글쟁이의 피할 수 없는 본능에 이끌려, 자신의 단편 「옛 선조들의 믿음」을 다시 한번 읽어 보았다.

이 이야기의 무대는 조지 오웰과 해나 아렌트, 그리고 지난 수십 년 동안 일어난 일들에 바탕한 어느 전체주의적 세계였다. 이런 것을 묘사하는 것은 딕의 특기 중 하나였다. 이곳은 시민들이 텔레비전을 본다기보다 거꾸로 텔레비전이 시민들을 보고 있는 사회다. 각 텔레비전 화면 뒤에 설치된 — 시청률 조사원이라면 반색했을 — 감시 카메라는 시청자가 텔레비전을 열심히 보고 있는지, 그리고 매일 화면에 엄숙한 얼굴을 하고 나타나는 〈지도자〉의 가르침을 제대로 받아들이고 있는지 면밀하게 체크한다. 그러던 어느 날 한 사내가 불법 약물을 삼키고 나서 이 얼굴이 아닌 다른 무언가를 보게 된다. 악몽에 나오는 문어 같은, 혹은 파머 엘드리치의 분신 같은 소름 끼치는 어떤 것이다. 이것은 환각이야, 라고 그는 생각하지만, 이 환각이야말로 궁극적인 현실의 광경 아닐까 하는 의심이 들기 시작한다. 이어지는 이야기는 이 의심이 옳았음을 확인해 준다. 어떤 저항 조직과 접촉하게 된 주인공은 이 광경을 보게 만든 것은 환각제가 아니라, 오히려 환각을 깨게 하는 탈(脫)환각제라는 사실을 알게 된다. 이 세계에서는 모두가 환각제를 복용하고 있다. 자신도 모르는 사이 수돗물에 탄 환각제를 복용하고, 그 효과로 매일 저녁 〈지도자〉를 멋진 모습으로 보게 되는 것이다. 이 마약의 해독제, 이른바 〈명석제(明晳劑)〉를 복용하는 이들만 이 지도자를 본연의 모습으로, 다시 말해 매번 다른 모습으로, 매번 다르게 흉측한 모습으로 볼 수 있다. 왜냐하면 사실 지도자는 신 자신, 주인공이 마침내 직시하게 된 변덕스럽고도 잔인한 신이기 때문이다. 이 광경보다 더 소름 끼치고 위험한 것은 없으며, 여기서 이야기는 끔찍이도 모호한 방식으로 끝맺는다.

그것은 섬뜩한 이야기였다. 그것을 쓰면서 딕은 아주 자랑스러워했다. 그런데 일 년 후 짐 파이크 주니어와 마렌의 죽음을 겪은 뒤 다시 읽어 보니, 느낌이 달랐다. 그것은 여전히 끔찍했지만, 다른 식으로 끔찍했다. 끔찍한 것 이상이었다.

그가 장기로 삼는 것들이 모두 진열되어 있었다. 자신의 자화상을 그리며, 마치 평생 이용할 것처럼 순진한 만족감을 느끼며 자랑스럽게 내보였던 그 모든 밑천이 말이다. 전체주의, **이디오스 코스모스**와 **코이노스 코스모스**, 환각제, 궁극적인 현실, 신(神)…….
필립 K. 딕의 작은 세계 전체가 이 단편에 깔끔하게 담겨 있었다.

여기에 안드로이드만이, 모조품만이 빠져 있었다. 그럴 만한 이유가 있었으니, 이 단편 전체가 하나의 모조품이기 때문이었다. 어떤 교묘한 위조범이 〈딕의 방식으로〉 글을 쓰고자 했다면, 어떤 컴퓨터 프로그래머가 딕 스타일의 글을 쓸 수 있는 프로그램을 만들었다면, 그 결과는 바로 이와 비슷했으리라.

하지만 이 글을 쓴 것은 바로 그였다. 그리고 그는 바로 그 자신이었다. 그렇게 대단하지는 않아도, 실제적이고 진정한 존재였다. 아무도 모르는 사이 필 딕을 대신하고 있는 어떤 안드로이드가 아니라, 필 딕 자신이었다. 딕은 이것을 확신할 수 있었다.

맞는다. 하지만 만일 그가 안드로이드였다 해도 이걸 확신했을 것이다. 이런 생각을 똑같이 했을 것이다. 사실, 이것은 안드로이드가 전형적으로 하는 생각이기도 했다. 그리고 이 사실을 의식하고는 두려움에 사로잡힐 터인데, 왜냐하면 그는 그렇게 하도록 프로그래밍되었기 때문이다.

이 둘 중에서 어느 쪽이 진실인지 증명할 길이 없었지만, 그는 — 이 〈그〉가 누구인지 알 수 없지만 — 두려웠다.

13
죽은 이들이 사는 곳

1967년 봄, 낸시는 딸을 낳았고, 바그너 느낌이 나는 이솔더 프레야[1]라는 이름을 지어 주었지만, 언제나 〈이사Isa〉라고 불렀다. 아기의 탄생은 낸시가 독립하고 싶어 하면서 시작된 부부의 갈등을 심화시켰다. 그녀가 남편이 골라 준 책들을 읽고, 남편의 서재에서 흘러나오는 음악을 듣고, 남편이 서재에서 나오기를 참을성 있게 기다리며 집에 있는 한, 그는 둘의 취향이 너무나 일치하는 것에 경탄하고, 그녀가 세상에서 가장 공감이 뛰어난 여자라고 말하곤 했다. 하지만 낸시가 파트타임 일자리를 구해 더 이상 하루 종일 그를 보살펴 주지 않고, 이런 변화에 그가 놀라는 것에 놀라고, 그가 분개하는 것에 분개한 날부터, 그는 그녀도 약간 조현병 증상이 있지 않나 자문하기 시작했다. 그 혼자로는 충분한 생활비도 벌지 못하고, 젊은 아내에게는 세

---

1 이솔더는 리하르트 바그너의 오페라 「트리스탄과 이졸데」를 암시하며, 이졸데의 미국식 발음이다. 프레야 역시 바그너의 4부작 악극 「니벨룽겐의 반지」에 등장하는, 북유럽 신화에 나오는 미와 사랑의 여신 프레이야를 뜻한다.

상 전체를 대신할 수 있는 존재가 되지도 못한다고 암시하며 모욕감을 안겨 주는 이런 상황에서 아기의 존재는 그를 위로해 줘야 옳았으나, 그는 겉보기보다 딸에 대해 질투심이 많았다. 그는 낸시의 마음속에서 이사에게 밀려날까, 또 이사의 마음속에서 낸시에게 밀려날까 전전긍긍했다. 아내를 어린아이 취급하는 데 익숙해 있던 그는 아주 어린 나이에 쌍둥이 누이가 굶어 죽은 소아과적 경험 — 그는 하루도 빼놓지 않고 이 일을 언급했다 — 을 가지고 그녀를 의사처럼 가르치려 들었다. 낸시는 아기에게 모유를 먹였다. 그는 한편으로 (자기 어머니는 그러지 않았기 때문에) 그녀를 칭찬했지만, 다른 한편으로 소외감을 느꼈고, 이 영역에서는 그녀와 경쟁할 수 없어 그녀가 젖을 물릴 때마다 이것을 도발로 여겼다. 그는 자신이 쓸데없는 존재처럼 느껴졌다. 그는 균형을 맞추기 위해 젖병을 들고 아내 몰래 수유하기 시작했다. 아기를 품에 안고서, 나는 네 아빠야, 아가야 사랑해, 난 널 절대로 버리지 않을 거야, 라는 말을 되풀이하면서 말이다. 이 이중적인 수유와 아빠가 해주는 이 불안한 말들에 아기는 단식 투쟁으로 대응해 부모를 기겁하게 했다. 의사는 〈아기가 너무 긴장감을 느끼는 것 같아요〉라고 말했는데, 이 상식적인 진단이 아기 아버지를 죄책감과 원한이 번갈아 오는 끔찍한 상태에 빠뜨리게 될 줄은 꿈에도 생각하지 못했다. 〈나는 편집증 환자야〉라고 그는 한탄했다. 그러다 10분 후에는, 〈이번에도 나는 미친 여자와 결혼한 거야〉라고 말했다.

그는 마음을 진정시키기 위해, 약장을 뒤져 알약을 한 움큼씩 삼켰다. 그는 활력을 얻고, 사기를 북돋우고, 누군가와 맞서기 위해서도 약을 먹었다. 또 작업을 하고, 휴식을 취하고, 잠을 청하고, 잠에서 깨어나기 위해서도 약을 먹었다. 사람들은 그를 마약 중독자라고 했는데, 이게 틀린 말은 아니었지만 그는 마약의 미덕을 이론화하면서도 LSD를 악마처럼 두려워했고, 대마초는 예의상 어쩔 수 없는 경우에만 피웠다. 그의 기호는 전적으로 처방약 쪽이었다. 그는 그것들의 효과가 정확하고 비교적 일정하다는 점, 그리고 어느 정도 지식 있는 사람에게는 다양한 조합이 가능하다는 점을 좋아했다. 다시 『안드로이드는 전기양의 꿈을 꾸는가?』를 예로 들자면, 미래의 미국 가정에는 집마다 컴퓨터가 한 대씩 있는데, 사용자의 뉴런과 연결되어 있는 이것은 다양한 옵션을 제공하는 카탈로그에서 원하는 기분을 선택할 수 있게 해준다. 예를 들어 프로그램을 적절히 맞춰 놓으면, 침대 매트리스 광고나 아침 식사용 음료 광고의 주인공처럼 더없이 쾌활한 기분으로 침대에서 벌떡 일어난다. 부부 싸움이 일어났을 때는 분노를 진정시키는 신경 억제제, 반대로 분노를 돋우어 싸움의 승자가 되게 하는 흥분제 사이에서 무엇을 고를까 망설인다. 의혹에 사로잡혔을 때는, 과감하게 결정할 수 있도록 〈결단력〉 프로그램을 이용한다. 좀 더 세련된 소비자들은 해적판 프로그램에 포함된 〈우울증과 쓸데없는 자책〉 옵션을 한 번 실험했다가, 이것을 〈미래가 숨기고 있는 수많은 가능성과 삶의 자신감 회복〉 옵션으로 바로잡을 수도 한다.

딕은 이런 식으로 약들을 사용했다. 한 줌의 암페타민은 저녁 파티에서 그를 빛나는 손님으로 만들어 주었고, 어느 날 주교의 욕실에서 슬쩍해 온 큼직한 상자는 잠을 자지 않고 작업해 2주 만에 소설 한 권을 쓸 수 있게 해주었다. 그는 이런 절정의 순간들은 우울증, 인식 장애, 기억 상실, 공포감, 자살 충동 같은 완전히 정신과적인 증상들을 대가로 요구한다는 것을 알고 있었지만, 다양한 진정제와 안정제의 도움을 받아 — 적어도 이론적으로는 — 다시 빠져나올 수 있었다. 그는 파머 엘드리치가 이런 상태들의 밑바닥에 웅크린 채 자신을 기다린다는 것을 알고 있었지만, 이것은 치러야 할 대가, 계약의 일부였다. 또 그는 앞일은 알 수 없다는 것을, 이런 종류의 계약에는 깨알 같은 글자로 써진 조항들이 포함되어 있고, 어느 날 그것을 읽겠지만, 그때는 돌이키기에 너무 늦다는 것도 짐작하고 있었다. 그는 자신의 몸을 화학적 칵테일 셰이커로 만들어 버렸고, 이제부터 그의 문제는 매일의 삶을 마주하게 해주는 것들을 찾는 거였다. 왜냐하면 일상의 아주 사소한 상황들도 어떤 보조제를, 그리고 그 부작용을 완화시켜 줄 부수적인 약들을 요구했기 때문이다.

그는 대여섯 명의 의사에게서 약을 구했고, 자신이 원하는 것을 정확히 알고 있어, 필요한 처방이 나올 수 있는 증상을 자신 있게 읊곤 했다. 또 약국도 여러 곳을 이용했다. 사실은 낸시를 보낸 것인데, 그때마다 고민에 빠지는 그녀는 집에서 점점 더 활동 반경이 넓어졌다. 하지만 그것만으로 충분하지 않아, 길거리에서도 구매해야 했다. 다시 말해 스피드[2] 중독자들은 헤로인 중독자들과 함께 가장 약물 의존적이어서, 가장 취약하고도 가장 속여 먹기 좋은 대상이라는 것을 아는 딜러들에게서 말이다. 이들이 공급하는 약물의 불확실한 품질은 딕이 스스로 전문가라고 자부하는 일, 즉 약들을 섞어 원하는 것을 만드는 데 방해가 되었다. 그는 「옛 선조들의 믿음」에서 글이 뭔가 굳어졌다는 느낌, 이 단편소설을 다시 읽을 때 너무나 충격적으로 다가와 작품의 콘셉트 전체를 의심하게 만든 양상을 이것 탓으로 돌렸다. 마치 어떤 보이지 않는 적이 그가 느끼기에 너무나 자명한 사실, 다시 말해 그는 이제 끝난 작가, 그 자신의 유령 혹은 모조품에 불과하다는 비극적인 사실을 모두에게 보여 주려고 이런 뻔한 글을 쓰게 한 것 같았다. 딕은 점점 더 빈번해지는 편집증 발작에 시달렸는데, 그는 이것도 이 쓰레기 같은 약들과 그것을 공급하는 적들 탓으로 돌렸다. 적어도 정신이 맑을 때는 이렇게 해석했지만, 그렇다고 크게 달라지는 것은 없었다. 그 무렵 그가 즐기던 농담에서, 〈선생님, 누군가 나를 편집증 환자로 만들려고 내 음식에 어떤 약물을 넣는 것 같아요〉라고 하소연하는 환자에게 의사가 대꾸했듯이 말이다.[3]

모두가 알고 있듯이, 편집증 환자들에게도 적이 있는 법이고, 앤과 이혼했을 때처럼 이때도 그에게는 골칫거리가 있었다. 비

2 암페타민과 헤로인을 섞은 마약.
3 편집증 환자가 자신의 편집증을 의식한다고 해서 크게 달라지는 것은 없다. 여전히 편집증 환자로 남는다.

록 수입이 얼마 되지 않았지만, 그에게는 체납 세금이 제법 있었는데, 어느 날 세무서 직원이 들이닥쳤다. 모든 형태의 권력을 두려워하고, 구제불능의 죄의식 콤플렉스에 사로잡혀 있는 그에게 이 소동은 파국 그 자체였다. 더욱이 당국이 그의 수입에 관심을 보이기 시작한 시기도 의미심장했다. 베트남 전쟁을 위해 걷는 세금의 납부를 거부하자는 내용이었는데, 그가 수백 명의 미국 작가 및 출판인들과 함께 서명한 항의문이 『램파츠 Ramparts』에 발표되고 얼마 지나지 않은 1967년 봄이었던 것이다. 우연의 일치든 아니든 간에, 이 사실은 그의 해묵은 공포를 일깨우기에 충분했다. CIA, FBI, 그리고 에드거 후버[4] 자신이 그의 껍질을 벗기려고 세무서 직원의 가면을 쓰고 다가오고 있는 거였다. 아니, 그들이 노리는 것은 그의 영혼인지도 몰랐다. 그에게 스피드를 공급하는 딜러들은 그들을 위해 일하고, 아마 의사들도 마찬가지일 터였다. 그는 자신도 모르는 사이 모종의 세뇌를 당하고 있었다. 이제 조금 있으면 올바르게 생각하는 시민으로 변할 것이다. 얼마 전부터 그의 오랜 적 리처드 닉슨의 몸을 입고 활동하는 빅 브라더를 좋아하게 될 것이다. 또 사회 주변부에 있는 모든 이를 혐오하고, 더 이상 신을 믿지 않으며, 대신 존 버치[5]나 게일로드 하우저[6]를 믿을 것이다. 가장 끔찍한 일은 이렇게 살면서 자신이 행복하다고 믿는다는 사실이었다.

4 미국의 공무원으로, 1935년부터 1972년까지 FBI 국장을 역임했다.

5 미국의 침례교 선교사로, 중국 공산군과의 전투에서 사망했다.

6 미국의 영양학자로, 건강을 위해 자연식품 섭취를 권장했다.

지금의 이 너저분한 인간과 정반대로 건강하고 균형 잡힌 사람이 될 것이다. 그리고 곧 그도, 그리고 다른 이들도 — 왜냐하면 이들도 다른 존재들로 대체될 것이므로 — 이 과거의 자신을 기억도 하지 못할 것이다. 어쩌면 그들은 **벌써** 대체되었을지도 모르고, 지금 자신이 느끼는 이런 불안감은 이게 분명히 과거의 자신이라는 것을 계속 믿게 하려고 저들이 입력한 사실적인 디테일에 불과한지도 모른다. 또 그는 자기 책들이 자신의 영혼과 고통의 깊은 곳에서 끄집어낸 것이라 확신하면서, 프로파간다에 의해 교묘히 프로그래밍된 책들을 쓰고 있고, 이 프로파간다는 누군가를 소외시키는 저들의 메시지를 사회 저변에 은밀히 퍼뜨리기 위해 이 책들의 전복적인 외관을 이용하고 있는지도 몰랐다. 어쩌면 자신도 모르는 사이, 그의 독자들도 모르는 사이, 그의 책들은 잠재의식적 차원에서 단 한 가지 얘기만 하고 있는지도 모른다. 어이, 친구들, 저 눈 찢어진 놈들을 학살해 버리자고! 놈들의 아가리에 네이팜탄을 쑤셔 넣자고! 저 병역 기피자 놈들, 마약에 중독된 놈들, 저 불량한 시민 놈들을 모조리 고발하자고! 그가 최근 작품들을 읽을 때 역겨웠던 것은 바로 이 때문인지도 몰랐다. 하지만 반대로 그는 자기 상상력만 따른다고 믿으면서 자신도 모르는 사이 힘 있는 자들의 제국을 위협할 수 있는 어떤 중대한 비밀을 발견하고, 또 책에서 묘사하고, 그 때문에 누군가가 그를 박해하고 무력화시키려 하는지도 몰랐다.

그는 요란한 표지로 장식된 자신의 문고판 책들을 뒤지며, 자신의 지극히 명석한 무지가 밝혀낸 비밀이 무엇인지 찾기 시작했다. 결국 그의 의심은 시민들이 어떤 흉측한 존재가 자신들을 다스리는지 알지 못하도록 수돗물에 환각제를 섞는 이야기인 「옛 선조들의 믿음」으로 향했다. 또 몇 해 전에 쓴 『마지막에서 두 번째 진실*The Penultimate Truth*』도 의심쩍게 느껴졌다. 이 책에서 인간들은 현대의 니벨룽겐족처럼 땅속에 숨어 고생하며 사는데, 이들은 지상에서 화학전이 한창이라 믿고 있지만, 사실은 몇 명 안 되는 뻔뻔한 지도자가 생명의 공간을 독차지하기 위해 텔레비전을 통해 진실을 조작하고 있는 거였다. 텔레비전이 보여 주는 베트남 영상들이 공포탄과 축소 모형과 케첩을 사용해 스튜디오에서 촬영한 것이 아니라는 증거가 어디 있는가? 심지어 베트남이 실제로 존재한다고 단언할 수 있는가? 지금 그가 〈나〉라고 불러야만 하는 저 조로해 버린 비대한 몸뚱이를 공포에 사로잡혀 거울로 보고 있는 이 방의 바깥에 뭔가 존재한다고 과연 말할 수 있는가?

의사 선생님, 난 지금 미쳐 가고 있는 것 같아요. 혹시 이걸 막을 수 있는 약이 있을까요?

한데, 그 약들이 나를 어떻게 만들까요? 나를 〈정상적인〉 인간으로 만드나요? 그런가요? 위험하지 않은 존재로, 순응적인 존재로 만드나요? 내 영혼을 삼켜 버리는 건가요? 난 당신을 알아요, 당신의 수법이 뭔지 알아요. 그거 알아요? 내가 전처에게 같은 수법을 써먹었다는 거? 아니, 난 그렇게 순진한 놈이 아니에요. 당신은 결코 그 고약한 것들을 내게 먹이지 못할 거예요.

하지만 선생님, 그래도 뭔가 해야 해요. 이런 상태로 계속 있을 수는 없어요. 이러다 미쳐 버릴 거예요. 죽어 버릴 거예요. 미쳐서 죽는 것, 이게 최악이에요. 자기가 정말로 죽는다고 확신하지 못한 채로 죽는 것 말이에요. 궁극적인 현실, 다시 말해 우리가 죽을 때 보게 된다고 성 바울로께서 말씀하신 것이 진짜 현실인지, 아니면 환상에 불과한 것인지 모르는 채로 죽는 것 말입니다.

난 무서워요.

『안드로이드는 전기양의 꿈을 꾸는가?』에서 필 딕은 〈키플 kipple〉이라는 신조어를 만들어 냈는데, 이 단어는 엔트로피 법칙에 의해 만물이 지향하게 되는 분해와 쓰레기와 혼돈의 상태를 뜻한다. 딕의 삶은 이 〈키플〉을 향해 전속력으로 달려가고 있었다. 지금 〈딕의 삶〉이라고 말했지만, 그게 정말 자기 삶인지 알 수 없고, 자기가 아직 살아 있는지도 확신하지 못하는 마당에 무슨 의미가 있단 말인가?

그의 삶에 아직 의미 있는 게 있다면 그것은 타자기, 그리고 누르면 들어가는 키들—Q, W, E, R, T, Y, U, I, O, P—이었다. 또 책 한 권을 시작하는 일이었다. 이게 서른두 번째인지 서른다섯 번째인지는 더 이상 모르지만, 어쨌든 해야 한다는 것은 알고 있었다. 돈을 벌어야 하기 때문이고, 그러지 않으면……. 그래, 어떻게 된단 말인가? 이를 위해서는 자기 문체가 주는 역겨움을 극복해야 했다. 너무 건조한 문체여서 단어들이 하나하나 바스러져 먼지가 되어 종이 위로 떨어져 내릴 것 같았다. 구문은 또 어떤가? 빈약하고, 반복적이고, 순전히 논리적인 구문, 안드로이드의 구문이었다. 어휘는 갈수록 추상적으로 되어 갔다. 온기도 놀라움도 없는 어휘, 감각적인 것은 전혀 없고 세계의 살의 두께를 전혀 환기하지 못하는 어휘였다. 삶은 없고 문장들만 있었다. 심지어 문장도 없고 단어들만 있었다. 아니, 단어도 없고, 종이 위에 기계적으로 쏟아부어져 어떤 의도에서라기보다 반사적으로 모여드는 글자들만 있었다. 흰개미들이 유독 가스에 중독되어 죽어 가면서도 그들의 유전자가 프로그래밍한 형상을 이루기 위해 열을 짓듯이 말이다.

이런 반사적인 루틴과 스피드 몇 알로 활성화된 딕의 흰개미들은 인물들에게 생명을 부여하지는 못했지만, 좀비들에게 이름을 붙여 주었다. 이렇게 이름들을 찾아내고, 이 이름들이 생기를 띠게 할 개인적 버릇들을 찾아내는데, 이만해도 어디인가? 이것도 이야기를 시작할 하나의 방법이 된다. 딕이 만든 이론에 따르면, 강한 캐릭터는 이름이 길수록 좋고, 항상 우울감에 젖어 있는 루저는, 예를 들면 〈필 딕〉처럼 성(姓)을 포함해 두 음절인 게 좋다는 거였다. 따라서 이번에는 글렌 런시터가 보스이고 조 칩이 그의 부하인데, 동전이 없어 커피 머신을 사용하지 못하고, 집의 냉장고도 현관문도 못 열며, 아침에 일어나자마자 외상으로 좀 근무해 달라고 가사 도우미 로봇들에게 사정해야 하는 친구다. 이 마지막 부분은 캐릭터를 살리는 데 아주 좋은 디테일이어서, 딕은 얼굴도 두껍게 책이 끝날 때까지 두고두고 써먹는다. 요컨대 어떤 책을 자동 항법 모드로 만들기 위해 이런 작은 디테일들만 한 게 없고, 이런 것 몇 개만 찾아 놓으면 흰개미들이 알아서 부지런히 일하는 것이다. 또 흰개미들의 프로그램에 〈각 인물이 입는 옷을 묘사하되, 이야기의 무대가 1992년, 다시 말해 지금부터 20년 후라는 사실을 잊지 말 것〉이라는 명령어를 집어넣을 수도 있었다. 그 결과는? 합성 비큐나천으로 만든 레깅스, 운석 부스러기들이 박힌 조끼, 거미줄 섬유로 짠 사리, 버트런드 러셀의 일그러진 초상화로 장식된 화성산(産) 리넨 셔츠……. 앤을 열받게 하고, 더 일반적으로는 교양 있는 독자들의 SF에 대한 그 무한한 경멸을 정당화하는 유치한 것들이었다.

당신의 프라이버시를 보호하세요. 어떤 낯선 이가 당신의 생각을 노리고 있나요? 당신의 뇌 속에는 정말 당신 혼자만 있나요? 텔레파시 능력자와 예지자들을 조심하세요. 당신이 한 번도 만난 적 없는 누군가가 당신의 행동을 예측하나요? 당신이 만나고 싶지도, 당신의 집에 초대하고 싶지도 않은 누군가가? 이제 더 이상 걱정하지 마세요. 가장 가까운 곳에 있는 보호 회사에 연락하시면, 당신이 불법적 정신 침입의 피해자인지 확인한 다음, 저렴한 가격으로 이 침입을 무력화해 드립니다.

이것은 바로 번창 일로에 있는 정신 보호 시장을 지배하는 런시터사(社)의 광고 문구다. 텔레파시 능력자들, 예지자들, 초능력 억제자[7]들……. 이 정도면 교양 있는 독자들을 아연실색하게 할 스토리를 만들기에 충분하다. 딕의 팔자는 뇌 속에 남은 찌꺼기를 닥닥 긁어 흰개미들이 그런 스토리들을 만들게 한 다음 〈심령 영역 테스터〉(미래의 직업으로 그럴듯하잖아, 안 그래, 자기야?)인 조 칩을 집중 공략하게 하는 것이기 때문이다. 이 조 칩은 〈심령 영역〉들을 테스트하고, 근근이 살아가기 위해 모두에게 돈을 꾸는 일 말고도, 사장에게서 임무를 하나 받았는데, 그것은 달에 가서 사악한 정신병자들로 오염된 어떤 사업가의 공장을 청소할 초능력 억제자 팀을 꾸미는 일이었다. 이렇게 조 칩은 한 사람 두 사람 — 모두 조현병 성향이 약간 있다 — 스카우트하고, 그 덕분에 딕은 또 몇 페이지를 채울 수 있게 되지만, 같은 주제로 칭송받는 「황야의 7인」 같은 영화를 생각하면 비교적 적당히 끝낸다고 할 수 있다. 이 영화는 오직 이 얘기만, 즉 팀이 어떻게 만들어졌는가 하는 얘기만 하고, 용병들의 본격적인 임무 이야기는 형식적으로 총을 몇 발 쏘고 나서 엔딩 크레디트를 내려 버린다. 하지만 딕은 성실하게도 팀원들을 초능력자와 초능력 억제자들이 계획에 따라 대결을 벌여야 하는 달로 보낸다. 그리고 앞으로 얘기를 어떻게 전개해 나갈지 종이쪽지에 갈수록 흔들리는 글씨로 몇 줄 끼적인다. 딕이나 조 칩이 좋아하는 종류의 검은 눈을 가진 어떤 여자를 통해 스토리를 풀어 나간다는 내용의 메모인데, 그녀는 모든 사람을 과거로, 혹은

---

7 필립 K. 딕의 『유빅』 원문에서는 inertial이며, 남의 정신을 침범해 지배하려는 텔레파시 능력자나 예지자의 초능력을 막는 능력이 있는 사람을 말한다.

절대로 빠져나갈 수 없는 어떤 대체 우주로 옮길 능력이 있다. 또 〈정상적인〉 시공간으로 되돌릴 수도 있는데, 이 경우 자신이 돌아온 곳이 어디인지, 즉 현실인지 다른 환상인지 알지 못하니, 이 또한 딕의 〈18번〉이다.

흰개미들은 비슷한 프로그램을 열 번이나 실행했기 때문에, 정상적이라면 별로 어렵지 않게 작업을 처리했어야 한다. 하지만 여기서 뭔가 일이 생겼다. 딕은 열한 번째에는 그게 안 된다는 것을 갑자기 깨달았다. 끝난 것이다. 애써 봐도 소용없었다. 마치 어린 시절 레고를 쌓듯이 단어를 하나하나 쌓으려 해봐야 아무 소용 없었다. 레고 조각들은 그를 얼어붙게 하는 고집스러운 적대감을 보이며 와르르 무너지곤 했는데, 지금은 단어와 글자들이 그랬다. 적대적인 것을 넘어, 무기력했다. 죽어 있었다. 그의 좀비들은 그렇게 합성 비큐나 레깅스를 입고 추위에 오들오들 떨며 달에 영원히 갇혀 있을 것이다. 그 반사적인 움직임을 마지막으로 발휘해, 알약 몇 개의 도움을 받아, 그에게 다시 시작할 수 있다는 환상을 주었던 흰개미 떼는 꼼짝하지 않았다. 흰개미들은 죽어 있었다. 뇌세포들이 죽기 시작한 것 같았다. 아니, 태어났을 때부터 하루에 수천 개씩 죽어 왔는지도 모른다. 어쩌면 그의 뇌세포들도 모두 죽었는지 모른다. 어쩌면 그가 죽었는지도 모른다.

상념의 조각들이 마치 물이 괴어 있는 어항 속 물고기들처럼 그의 뇌 안에서 부유하고 있었다. 어떤 침울한 반감, 흐릿한 걱정, 괴로운 추억 들이었다. 그것들이 어쩌다 수면을 깨면서 올라오면, 섬광 같은 공포가 완전히 꺼져 버린 신경망을 타고 흐르며 그의 안에 퍼졌다. 마치 그가 어렸을 때 가던 치과의 대기실에서처럼 말이다. 그래, 내가 평생 두려워하던 게 바로 이거였어.

어쩌면 우리가 죽었을 때 이런 식으로 생각하는지도 모른다.

전에 딕은 어느 잡지에서 〈극저온 보존법〉에 대해 읽은 적이 있었다. 그것은 죽은 사람을 매장하는 대신, 더 발전된 과학이 그를 되살릴 수 있는 날까지 얼음 속에 보존하는 기술이었다. 월트 디즈니는 영원히 살기 위해 여기에 기대를 걸었던 듯하다. 또 의학적 죽음이 오기 직전에 몸을 냉동시킬 수도 있는데, 이렇게 하면 뇌의 활동이 미세하게나마 유지되어, 어느 날 다시 깨어날 가능성이 커진다고 했다. 딕은 그의 보물들이 든 괴물 같은 캐비닛을 등지고, 마비되어 버린 타자기 앞에 앉아, 어느 냉동된 시신 위에 놓인 모니터의 검은 화면에 조용히 깜빡이는 뇌파를 상상해 보았다. 거의 일직선이지만 완전히 그렇지는 않은 뇌파 말이다. 반(半)생명 상태로 보관된 어떤 사람의 뇌 속에서 이어지는, 거의 분간되지도 않는 미세한 파동을 일으키는 것은 과연 무엇일까? 꿈? 상념의 조각들? 어둠 속에 떠다니는 이미지들? 아니면 의식의 찌꺼기? 어렴풋이나마 스스로를 〈나〉라고 여기고 어떤 공간, 어떤 시간, 어떤 경계들, 즉 자신의 조건을 떠올리고 있는 어떤 것? 어쩌면 이 혼수상태에서 누군가, 혹은 전에 누군가였던 어떤 것이 뇌는 흐물흐물해지고, 세무서 직원에게 쫓기는 신세이고, 엔트로피에 의해 완전히 곤죽이 되고,

조 칩과 그의 동료들의 운명을 책임지기를 거부하는 글자들의 무덤 앞에 앉아 있는 어떤 SF 작가라는 임의적 형태로 자신을 보고 있는지도 모른다. 뭐, 이 글자들도 그냥 죽어 버리는 편이 나으리라. 이것들이 없어진다 해도 아무도 아쉬워하지 않을 터인데, 달의 공장들에 정말로 위험이 가득하다면 기회 또한 없지 않았다. 80쪽에서 이 책을 끝내 버리기 위해서는 어떤 것이라도 상관없었다. 그들의 호스트, 공장의 소유주가 환영 인사를 하려고 나타나, 계속 미소 지으며 거대한 풍선처럼 천장으로 떠오르는 것으로 충분했다.

이 풍선은 알고 보니 인간의 형태를 한 자살 폭탄이었다.

그대로 폭발하기만 하면 되었다.

막이 내린다.

연기가 걷히고, 사람들은 자기 몸을 만져 보며 아직도 살아 있음에 놀란다. 보스인 런시터만 중상을 입었다. 조 칩과 다른 사람들은 그를 떠메어, 이유는 모르지만 너무나 쉽사리 쥐덫에서 빠져나와 다시 우주선으로 돌아가 죽어 가는 런시터를 냉동실에 넣는다. 그리고 지구로, 더 정확히는 〈사랑하는 형제들의 모라토리엄〉이 있는 제네바로 달려가서는, 런시터를 부랴부랴 냉동 처리한다. 이제 임무에서 해제된 조와 팀원들은 그들에게 어떤 일이 일어난 건지, 그 어처구니없는 함정의 의미가 무엇이었는지 이해하려고 애쓰지만 허사다. 우리는 그 덫에서 빠져나온 것 같은데, 이상하게도 그게 더 불안하게 느껴져. 마치 어떤 사악한 힘이 우릴 가지고 장난치는 것 같아. 우리가 뇌가 제거된 쥐들처럼 찍찍 울며 이리저리 뛰는 것을 보면서 재미있어하는 것 같아. 우리가 이렇게 애쓰는 걸 보면서, 이렇게 불안한 억측을 이어 가는 걸 보면서 미소 짓는 것 같아. 그러다가 지겨워지면, 또 우리를 움켜잡아 너덜너덜해진 몸뚱이를 다시 컨베이어 벨트에 올려놓겠지.

조는 이렇게 말하며 담뱃갑에서 담배 한 개비를 꺼낸다. 바짝 말라붙은 그것은 손가락 사이에서 힘없이 부스러진다. 「정말 이상해요.」 그가 사랑에 빠진 웬디가 한숨을 쉰다. 「내가 늙어 버린 것 같은 기분이 들어요. 나도 늙어 버렸고, 당신의 담배들도 늙어 버렸어요. 우리에게 일어난 일 때문에, 우리 모두가 늙어 버렸어요.」 그녀를 위로하기 위해 커피 한 잔을 주문한다. 하지만 커피에서는 재의 맛이 난다. 커피 윗부분에는 지저분하게 느껴지는 희끄무레한 막이 둥둥 떠 있다. 자동판매기들은 그들이 가진 동전을 거부한다. 동전에 새겨진 것은 월트 디즈니의 낯익은 얼굴이 아니라, 30년 전부터 더 이상 사용하지 않는 조지 워싱턴의 얼굴이다. 곧 그들은 호텔의 옷장 바닥에서, 쭈글쭈글 오그라들어 미라같이 된 웬디 — 부드럽고, 다정하고, 따스했던 웬디 — 의 시체가 천 조각 무더기 속에 웅크리고 있는 것을 발견한다. 뭔가 끔찍한 일이 일어나고, 더 고약한 것은 이 뭔가에 일관성마저 결여되어 있다는 사실이다. 만일 이 모든 것이 달에서 그들이 노출되었던 폭탄의 뒤늦은 효과였다면 비록 끔찍하긴 하지만 이해할 수는 있을 것이다. 하지만 그렇다면 그들은 그 일의 유일한 피해자여야 할 텐데, 그들 주위 세계가 영향을 받은 것처럼 보이는 것이다. 모든 것이 단지 늙어 버렸을 뿐만 아니라 퇴행해 이전 형태들로 돌아가는 것 같다. 어떤 변덕스럽고 모든 논리적 제약을 벗어난 과정이 사물들을 그들의 최종적인 먼지 상태 혹은 원초적 마그마 상태로, 그리고 살아 있는 생명체들을 시체와 배아 상태로, 삶의 양 경계 바깥으로 이끄는 것 같다. 젊은 여자가 미라로 변하고, 담배가 먼지로 변할 뿐만 아니라, 전화번호부가 이제 무용지물인 구판으로 돌아가고, 텔레비전이 제2차 세계 대전 이전 라디오로 변하는 것이다. 〈어쩌면 바로 이것인지도 몰라. 이 불확실성의 느낌, 심지어 모든 것이 해체되는 가운데서도 느껴지는 이 불확실성의 느낌이야말로 우리를 갉아먹고 있는 죽음의 신호인지 몰라〉라고 조는 생각한다. 그곳은 엔트로피가 지배할 뿐만 아니라 일관성이 전혀 없는 공간이다. 마치 어떤 괴물 같은 실험용 쥐가 녀석의 종족이 겪은 그 모든 것에 복수하기 위해, 끊임없이 게임의 규칙을 바꾸며 우리를 괴롭히면서 재미있어하는 것 같다. 어디에 발을 디디든지 숨겨진 지뢰가 터지는데, 매번 다른 식이다. 갑자기 노화가 가속되기도 하고, 과거로 퇴행하기도 하고, 때로는 아무 일 일어나지 않기도 한다. 또 엘리베이터를, 초현대식 어떤 엘리베이터를 타면 그것은 녹아내린 고철과 플라스틱 무더기로, 기묘하게도 어렸을 때 당신을 닮은 어떤 벨보이가 작동시키는 지난 세기의 오래된 기계로 변할 수 있다. 혹은 당신이 어떻게 해볼 수 없는 가운데, 건물의 원래 층수보다 훨씬 아래로, 수십

층 아래로, 수백 층 아래로 내려가기 시작하는데, 저 밑에서 무엇이 기다리고 있을지 ─ 구체적으로는 상상할 수 없지만 ─ 생각만 하면, 차라리 그냥 이렇게 계속 내려가기를 바라게 된다.

이럴 수는 없어, 혹시 다른 것이 존재하지 않을까? 어떤 도피처? 지금 우리를 괴롭히고 있는 힘보다 강력한 어떤 힘? 이 가학적인 조물주 위에 있는 어떤 신?

주여, 저를 구원하소서!

그런데 여기서 뭔가 일어난다. 뭔가 나타난다. 뭔가, 아니 그보다는 누군가 모습을 드러낸다. 동전 위에 런시터의 모습이 보인다. 조가 아직 퇴행하지 않은 전화 수화기를 들자, 지금 〈사랑하는 형제들의 모라토리엄〉의 극저온 보존고 안에 냉동되어 있어야 할 런시터의 목소리가 지직거리는 잡음 속에서 흐릿하게 들린다. 조는 죽어 가는 한 동료를 데리고 화장실로 가는데, 소변기 위에 런시터의 서명이 붙은 낙서 한 줄이 보인다.

〈나는 살아 있고, 너희는 죽었다.〉

이에 그는 진실을 알게 된다. 달에서 죽은 것은 바로 자신, 조였다. 그와 그의 동료들은 죽었다. 그리고 모두 반생명 상태에 있다. 그들의 몸은 극저온 관 속에 누워 있다. 그들의 의식에서 남은 것이라곤 느껴질락 말락 한 뇌파의 미세한 파동뿐이다. 바깥에서 보면 거의 아무것도 없다. 간간이 어수선한 꿈이 스쳐 가는 긴 잠을 자고 있다고 사람들은 생각한다. 하지만 안에서 보면, 다시 말해 그 어수선한 꿈속에서 보면 이 모든 것은 그들의 삶이, 아니 그들의 삶 이상의 것이 소름 끼치는 어떤 것에 의해 위협받고 있는 악몽이다. 자, 이게 바로 어떻게 된 일인지는 알 수 없지만 런시터가 깨달은 사실이다. 죽지 않고 살아남아, 지금 그들의 무기력한 몸 위로 고개를 숙이고서, 그들을 접촉하기 위해, 그들을 구조하기 위해 애쓰는 런시터가 말이다.

런시터는 이 반만 살아 있는 자들의 유동적인 세계에 일종의 견고한 발판을 마련하기 위해 할 수 있는 모든 것을 한다. 동료의 죽음에 낙담한 조는 몸을 숨긴 호텔 방에서 텔레비전을 켜는데, 거기에는 다름 아닌 런시터 자신이 호스트로 활기차게 진행하는 어떤 새로 나온 가정용품 광고 방송이 한창이다.

입맛을 잃으셨습니까? 먹는 음식마다 눅눅한 배추 맛이 느껴지나요? 퀴퀴한 냄새가 여러분의 삶을 망치고 있습니까? 유빅은 이 모든 것을 바꿔 줍니다! (그는 산뜻한 색상의 스프레이 통 하나를 흔들어 보인다.) 염가형 모델로 나온 이 유빅 스프레이 한 통만 있으면, 온 세상이 엉긴 우유로, 낡아빠진 텔레비전으로, 어느 시절 것인지 알 수 없는 구식 엘리베이터로, 그리고 아직은 나타나지 않은 다른 쇠퇴의 표현들로 변할지도 모른다는 걱정을 말끔히 쫓아 버릴 수 있습니다. 아실지 모르겠지만, 이런 종류의 쇠퇴는 많은 반(半)생명인들에게 정상적인 경험이며, 바로 여러분의 팀이 그 좋은 예인데, 여러 개의 기억 체계가 한데 녹아 있는 경우에 특히 그렇습니다. 하지만 이번에 새로 나온, 너무나 효과가 좋은 이 유빅만 있으면 모든 것이 바뀝니다!

런시터는 장사꾼 같은 미소를 지으며 사라진다. 이에 조는 엔트로피에 대한 유일한 치료제라는 기적의 스프레이를 찾아 헤매기 시작한다. 하지만 이게 웬일인가! 천신만고 끝에 그것을 찾아내고 보니, 1939년경에 나온 아무 효과 없는 엉터리 물약 형태가 되어 있다. 퇴행 작용을 멈추게 한다는 물질이 퇴행 작용에 굴복한 것으로, 세상에 이렇게 끔찍한 아이러니는 없다.

이런 생각이 떠올랐을 때, 딕은 공포에 사로잡혔다. 그가 보기에 자신이 〈구하기 불가능한 대중 소비 제품〉이라고 역설적인 표현으로 제시한 이 물질은 단순히 세계를 다시 제어할 수 있게 해주는 약이 아니었다. 그보다 더 깊은 의미가 있었는데, 그것은 엔트로피의 아가리에서, 조물주의 사악함에서, 죽음에서 우리를 빼내 주는 구원의 힘이기도 했던 것이다.

딕과 그의 흰개미들은 재미 삼아 각 장이 시작될 때마다 런시터처럼 제품의 무수한 효능을 자랑하는 광고 문구를 제사(題辭)로 삽입했다.

맥주를 주문하는 최고의 방법은 〈유빅〉이라고 크게 외치는 것입니다.

인스턴트 유빅은 갓 갈아서 내온 원두커피의 향을 고스란히 간직하고 있습니다.

유빅은 눈 깜짝할 사이 당신을 다시 일으켜 세웁니다.

빚 때문에 걱정되십니까? 유빅 신용 저축 회사를 방문하십시오.

유빅 브래지어는 당신의 가슴을 세상에서 가장 아름다운 가슴으로 만들어 드립니다.

구취가 심하십니까? 걱정 마요, 에드, 아주 간단한 해결책이 있으니까요. 유빅 치약을 사용해 봐요!

하지만 소설 끝부분에 이르러, 그는 메디슨 애비뉴[8]를 패러디하는 대신, 『요한복음』 첫 구절들을(그리고 『도덕경』의 첫 번째 시도 조금) 흉내 냈다.

나는 유빅이라.

나는 우주가 존재하기 전에 존재하느니라.

내가 해와 세상들을 만들었고,

살아 있는 모든 것과 그들의 거처들을 창조했느니라.

그들은 내가 말하는 대로 가고, 내가 시키는 대로 하느니라.

나는 〈말〉이고, 내 이름은 한 번도 말해진 적이 없느니라.

나는 유빅이라고 불리지만, 그것은 내 이름이 아니니라.

8 미국 광고업계를 이르는 말.

나는 존재하고, 항상 존재할 것이니라.

딕은 항상 영성체의 개념에 사로잡혀 있었다. 그는 〈내 살을 먹고, 내 피를 마시는 자는 영원한 생명을 얻느니라〉와 같은 말을 아주 진지하게 받아들였다. 그가 보기에 어떤 빵 조각 하나가 그리스도의 몸이라 말하고, 그 빵조각이 실제로 그리스도의 몸으로 변하는 것이 — 물론 소유할 수는 없지만 — 인간이 받을 수 있는 최고의 능력이었다. 바로 이 때문에 파이크 주교에게서 성직을 포기하고 〈민간 부문〉에서 일하고 싶다는 말을 들었을 때 그렇게나 슬펐던 것이다. 『높은 성의 사내』에서 딕은, 적어도 그의 소설적 분신은 그의 동시대인들이 보는 것과 다른 세계를 그리고, 또 이 세계가 진짜라고 말함으로써 이 보이지 않는 왕국의 신비를 — 세속적이고도 저급한 방식이긴 했지만 — 기렸다. 그리고 그렇게 한 것은 옳았다. 이유를 설명할 수도, 증명할 수도 없지만, 그에게 이것은 분명한 사실이었다.

딕은 자신이 『파머 엘드리치의 세 개의 성흔』을 통해 어떤 부정적 영성체를 묘사하는 불경죄를 범했다고 자책했다. 그렇게 함으로써 사악한 조물주를 무장시켜 준 것 같았다. 그런데 그는 자신과 인물들이 발 디딜 곳을 잃고 방황하는 『유빅』의 그 정신적 혼돈 속에서, 그들의 생명을, 그리고 어쩌면 그 자신의 생명을 구하기 위해 모종의 〈추-Z〉 해독제를, 다시 말해 모종의 긍정적인 영성체를, 아니 간단히 말해 — 비록 스프레이 통이라는 우스꽝스러운 형태이긴 하지만 — 영성체 그 자체를 만든 것이다. 하지만 구제 불능 〈쥐〉인 그는 이렇게 도피처를 지어 놓자마자 그 도피처 한복판에 적이 드나들 수 있는 지하 통로를 뚫어 놓았다. 유빅은 분명히 존재하고 죽음과 엔트로피로부터 우리를 구원하지만, 죽음의 군주에게는 유빅도 엔트로피의 지배를 받게 할 능력이 있었다.

딕은 공황 상태에서 책의 마지막 장들을 썼다. 이제 그것은 시체들과 끔찍한 변신들이 이어지는 정신없는 질주일 뿐이고, 조 칩은 퇴행하지 않은 유빅 통을 손에 넣고, 이 림보를 차지하려 다투는 힘들의 정체를 알아내려 애쓴다. 그는 이렇게 생각한다. 〈아직 우리의 적과 정면으로 맞닥뜨린 것 같지는 않아. 우리 보호자도 마찬가지고.〉

런시터는 단지 이 〈보호자〉의 대리인일 뿐이었지만, 딕은 이 〈보호자〉에게 어떤 얼굴을 부여해야 할지, 아직 정하지 못했다. 도움을 줄 수 있는 젊은 여자들이 이 반생명인들의 세계를 하나둘 스쳐 가며 유빅과 한 가닥 희망을 주지만, 결국 한 줄기 바람과 함께 사라져 버린다. 그리고 거의 추억을 남기지 않는다. 반면, 정신병에 걸린 설치류 같은 그 불안하고도 잔인한 눈빛을 꿈속에서 여러 번 마주쳤기 때문에 적이 어떻게 생겼는지 잘 알고 있었다. 딕은 『유빅』에서 그에게 〈조리〉라는 이름을 붙였다. 열다섯 살 때 죽어, 〈사랑하는 형제들의 모라토리엄〉에서 반생명 상태로 들어간 소년이다. 나이가 어리기 때문에 다른 관에 누운 이들보다 강한 뇌 에너지를 가진 그는 그들의 정신이 한데 섞여 있는 상태를 이용해, 마치 다른 전파 발신기들보다 강력한 어떤 전파 발신기가 주위 주파수들을 삼켜 버리듯 그들을 삼켜 버린다. 조리는 이들의 의식이 부유하는 우주를 자기 멋대로 주물러, 그들을 괴롭히기도 하고, 길을 잃게 하기도 하며, 그가 짠 거대한 그물망의 어느 곳으로 이끌기도 한다. 그는 죽었지만 살아남았고, 다른 이들에게 남아 있는 생명을 빨아들여 죽음의 힘을 증가시켰다.

그리고 이 소년은 쌍둥이였다.

『유빅』은 끝내기 불가능한 책이었다. 일반적으로 딕은 〈끝〉이라는 단어를 쓰는 것을 끔찍이 힘들어했는데, 자기가 쓰는 작품이 대체 무슨 이야기인지 알지 못했기 때문이다. 조리와 유빅 중에서 누가 승리할지 결정하기란 불가능했다. 간단히, 자신도 몰랐기 때문이다.

〈지혜의 책〉이라는 명성을 괜히 얻은 것이 아닌 『주역』은 이런 종류의 답변을 거부했다. 만일 딕이 정통 기독교인이었다면, 결국 빛이 승리했다고 말했을 것이다. 그는 그렇게 믿고 싶었고, 또 그렇게 믿을 수만 있다면 자신의 생명까지, 아니 영혼까지 내줬을 것이다. 하지만 그의 속 더 깊은 곳에 있는 무언가는 그의 의지에 반해 영원한 어둠을, 무(無)가 아닌 살아 있는 죽음의 승리를 믿었다. 차라리 그것이 무였다면 오히려 안도했을 것이다. 하지만 그것은 무가 아니라, 무였던 어떤 것 혹은 누군가였다. 태어났을 때부터 이것에 속해 있던 딕 자신의 반쪽은 그를 삼켜 버리기 위해 그쪽으로 끌어당기고 있었다. 바로 그의 반쪽이 그를 이끌어 가는 이 무언가 혹은 누군가의 승리를 그는 믿었던 것이다.

그의 프로그램이 작동을 멈추기에 필요한 단어 수가 채워지자, 딕은 마침내 소설에서 빠져나오기 위해 〈쥐〉의 해묵은 수법을 사용했는데, 그것은 결론짓지 않으면서 결론 내리게 해주는 마지막 프레임 전환이었다. 책의 중간 부분에서부터 조와 그의 동료들은 어딘지 알 수 없는 공간에 있는 반면, 런시터는 비록 거의 비현실적인 곳이 되긴 했지만, 영혼의 포식자 조리의 변덕에서뿐만 아니라 유빅의 구원하는 힘에서도 벗어나 있는 〈외부〉 세계에 살아 있는 것처럼 이야기되고 있다. 아닌 게 아니라 마지막 장에서 우리는 런시터를 모라토리엄의 홀에서 다시 보게 된다. 하지만 그가 커피 한잔 마시려고 호주머니에서 동전을 꺼내 자판기에 집어넣는데, 기계가 거부한다. 자세히 살펴보니, 동전에 조 칩의 얼굴이 새겨져 있다.

이해, 1968년은 스탠리 큐브릭의 영화 「2001 스페이스 오디세이」가 개봉된 해이기도 했다. 모든 사람과 마찬가지로 딕도 이 영화를 보았는데, 그는 특히 우주인이 살인적 광기에 사로잡힌 컴퓨터 HAL 2000의 전력을 끊으려는 장면에서 깊은 인상을 받았다. 컴퓨터의 차갑고도 차분한 합성 음성은 전축 음반이 잘못된 속도로 돌아갈 때처럼 점점 더 낮아지고, 그것의 회로가 파괴됨에 따라 이상하게도 점점 더 인간적이고 비장한 어조를 띤다. 지금 무슨 일이 일어나고 있는지 의식한 HAL은 처음에는 위협하고, 그러지 말아 달라고 위협한다. 하지만 우주인이 **그 내부에서** 죽음의 작업을 수행하고 있는 거대한 전자뇌는 그것의 구성 요소들과 연결이 조금씩 끊긴다. 이렇게 HAL이 튜링 테스트를 훌륭하게 치르게 해준 반성적 의식은 점차 사라지는데, 이상하게도 아직 남아 있는 것은 인간 특유의 것으로 여겨지는 것, 기계에는 전혀 어울리지 않는 것, 바로 고통이다. 그러고는 이 고통마저 사라지고—고통을 표현할 수 있는 능력을 상실했는지도 모르지만 — 들리는 것이라곤 일관성 없는 문장들과 망가진 메모리 뱅크에서 새어 나오는 조각난 노래 파편들뿐이다. 그러다가 더 이상 아무 소리도 나지 않는다.

딕이 1960년대 말에 쓴 책들은 바로 이런 장면을 생각나게 한다.

『죽음의 미로』에는 어느 적대적 환경의 행성에서 서로를 죽이며 싸우는 한 무리 인간이 등장한다. 마지막 장에서 이들은 퍼서스-9이라는 우주선의 승객으로, 어떤 프로그램상 오류로 인해 끝없는 여행을 하게 된, 다시 말해 마지막 사람이 죽을 때까지 우주선 안에서 함께 살아야 하는 운명이 된 사람들이라는 사실이 밝혀진다. 무료함을 달래고자, 그리고 서로의 존재를 견뎌 내고자 그들은 침대를 떠나지 않은 채로 탈출하는데, 바로 우주선 컴퓨터가 그들을 위해 설계한 다중 뇌(腦)적인 인공 우주로 들어가는 것이다. 소설의 배경이 되는 행성은 현실의 우주, 다시 말해 표류하는 우주선(이것이 정말로 현실의 우주인지는 확실하지 않다. 어쩌면 이번에도 궁극적 현실 바로 앞에 놓인 현실일지 모른다)의 여건들을 하나하나 전치해 놓은 이 인공 우주의 행성 중 하나일 뿐이다. 이 행성에는 컴퓨터 자체도 어떤 흉측한 곤충 형태로 존재하는데, 누가 질문하면 『주역』 스타일의 경구로 대답하는 이 일종의 스핑크스는 인물 중 하나가 이유는 설명할 수 없지만 그의 머리에 갑자기 떠오른 〈퍼서스-9〉이란 말이 무엇을 의미하는지 묻자 그대로 폭발해 버린다. 딕은 오래전부터 이렇게 신을 폭발시키고, 그에게 자신의 존재를 드러내지 않을 수 없게 하는 이런 치명적인 질문을 찾으려 애써 왔지만, 여기에서 이것은 그저 글쓰기의 기계적 버릇 중 하나, 딕의 흰개미들이 실행하는 프로그램이 반복하는 짜증스러운 오류에 불과하다. 이런 점은 이 책의 신학적 구조에서도 마찬가지로 나타난다. 우주선의 컴퓨터는 사람들이 방문하는 우주에 어떤 의미가 있는 것처럼 보이게 하려고, 승객들이 그들의 다양한 신앙에 대해 제공하는 정보를 바탕으로 어떤 융합 종교를 만들어 내는데, 사실 이것은 몇 달 전 딕과 파이크 주교가 킬킬대며 나눈 대화의 결과일 뿐이었다.

이게 우연의 일치인지 아니면 융이 말한 공시성(共時性)인지 모르겠지만, 딕이 단말마와도 같은 이 혼란스러운 책을 쓰고 있을 때 주교의 사망 소식이 들려왔다. 아들과 연인의 잇따른 죽음에 상심하고, 저세상과의 교신에 관한 내용을 담은 저서가 베스트셀러가 되기를 기대했으나 실패한 것에 실망한 이 환속한 전직 성직자는 캘리포니아주의 몇몇 사업가와 함께, 인류가 기존 종교들의 최선의 요소를 종합한 성숙하고 보편적인 종교를 가지고 〈물병좌의 시대〉로 들어갈 수 있도록 돕기 위해 〈종교적 이행을 위한 재단〉을 설립했다. 이 잔치에 누구를 초대해야 좋을지 알아내기 위해, 파이크는 기독교의 〈유효성〉에 대한 해묵은 문제를 해결할 필요를 느꼈다. 따라서 에세네파가 의식을 행하던 이스라엘의 쿰란 계곡으로 가서 〈예수〉라고 불리던 인물이 정말로 그리스도, 〈기름 부음을 받은 자〉, 〈말씀〉, 그리고 하느님의 아들인지, 다시 말해 진행 중인 〈이행〉에 끼일 자격이 있는지 알아보기 위해 현지로 떠났다. 그는 사해를 굽어보는 동굴들에서 아직 자라고 있을지도 모를 환각 버섯들에서 답을 얻을 수 있기를 기대했다. 예루살렘에 도착한 다음 날인 1969년 10월 어느 날, 그는 렌터카를 직접 운전해 유대의 광야로 들어간다. 코카콜라 몇 병과 일주일 뒤 조수석에서 펼쳐진 채로 발견된 도로 지도 한 장만 가지고 떠난 것이다. 차가 발견되고 며칠 지나서야 배고픔과 갈증으로 죽어 있는 그를 모래 속에서 찾아낼 수 있었다. 수색 작업이 벌어지는 동안, 파이크의 처남은 주교를 도와달라고 기도했는데, 그 대상은 하느님과 짐 주니어, 그리고 유명한 영매 에드거 케이스였다. 조앤 디디온은 작고한 주교에 대한 기사에서 〈나는 이렇게 가장 가슴 아픈 성(聖) 삼위일체를 들어 본 적이 없다〉라고 썼다.

파이크가 죽기 얼마 전, 앤서니 바우처도 암으로 세상을 떠났다. 딕은 10년 동안 그를 보지 못했는데, 자신의 젊은 시절 멘토였으며, 한 사람이 SF 작가인 동시에 신실한 가톨릭 신자와 음악 애호가와 의로운 사람일 수 있다는 사실을 보여 준 이 부드럽고도 자애로운 남자의 죽음을 몹시 슬퍼했다. 그리고 그가 키우던 고양이 두 마리도 죽었다. 그러는 사이 교활한 딕은 백악관의 주인이 됐고, 티머시 리어리는 감옥에 갇혔다. 헤이트애슈베리에서는 〈배드 트립〉과 그로 인한 범죄에 대한 흉흉한 소문들만 들려왔다. 그리고 1969년 8월 9일, 로스앤젤레스의 시엘로 드라이브 도로에서 샤론 테이트와 그녀의 친구들이 참혹하게 살해당했다는 소식이 전해지자, 모두가 치를 떨었지만 놀라지는 않았다. 언젠가는 일어날 일이었다고 생각한 것이다.

그해 겨울, 딕은 암페타민 과용으로 병원에 입원했고, 거기서 신장과 췌장이 심각하게 손상되었다는 진단을 받았다. 하지만 퇴원하자마자 또다시 시작했다. 그는 최근에 가장 좋아하게 되었으며, 엘리자베스 조(朝)적 우수의 가장 절절한 표현이라 할 수 있는 아리아 곡과 류트 곡들을 작곡한 존 다울런드에게서 제목을 빌려 온 소설을 쓰기 시작한다. 『흘러라 내 눈물, 경관은 말했다』의 첫 부분에서 누군가가 자신의 정체성을 상실한 채 잠에서 깨어난다. 전날까지만 해도 유명 인사였던 이 사람을 아무도 알아보지 못한다. 그의 신분증도 아무런 의미가 없고, 모든 흔적이 사라져 버렸다. 그는 더 이상 아무것도 아니다.

1970년 여름이 시작될 무렵, 딕은 이 책을 포기해 버렸다. 그리고 그가 수백 번 예상했던 일이 결국 일어나고 말았다. 더 이상 글을 쓸 수 없게 된 것이다. 단어 하나도, 글자 하나도 쓸 수 없었다. 흰개미들은 완전히 죽어 버렸다.

수입이 없어진 그는 사회 복지 수당을 신청한다.

낸시는 그의 발작과 마약, 그리고 자기가 미쳐 버릴 것 같다는 소리를 더 이상 견딜 수 없었다. 그녀 자신도 다시 우울증에 빠지는 느낌이었다. 그녀는 어린 이사를 데리고 9월에 집을 나갔다. 당시 세 살이던 아이는 아버지가 차를 쫓아 달려오는 모습을 뒤 차창을 통해 보았다. 그의 실루엣은 점차 작아졌고, 차가 거리 모퉁이를 돌자 더 이상 보이지 않았다.

14
〈프릭〉들

그는 자살을 피하는 유일한 방법은 단 1분도 혼자 있지 않고, 원하면 아무나 오게 하여 그의 빈집을 채우는 것임을 깨달았다. 먼저 벗이 되어 준 사람은 그와 애매한 친구 사이였던 낸시의 오빠와 그녀의 여동생 남편이었다. 딕처럼 최근 아내에게 버림받은 두 사내는 닉 카사베츠의 영화에 나오는 인물들처럼 모이면 우선 우울하게 술잔부터 기울였다. 그렇게 어느 정도 술기운이 오르면, 필이 틀어 주는 바그너의 음악을 들으며 뻑뻑 마리화나를 피워 댔다. 또 길거리에서 여자들을 꾀어 집에 데려오기도 했다. 더 이상 설거지를 하지 않았고, 쓰레기도 내놓지 않았다. 그렇게 이들은 자유가 얼마나 좋은지 열렬히, 하지만 큰 확신 없이 떠들어 댔다. 그러나 몇 주 뒤, 지쳐 버리고 주인장에게 질려 버린 두 손님은 건강에 더욱 신경 쓰는 홀아비의 삶 쪽으로 퇴각해 버렸다.

하시엔다 웨이 707번지의 문은 늘 열려 있었고, 거기 가면 언제나 마약을 얻을 수 있다는 소문이 떠돌아, 홀아비들을 대신해 샌러펠의 온갖 마약 중독자, 젊은 건달, 가출 성향이 있는 십 대, 그리고 — 우드스톡 페스티벌 이후 〈히피〉라는 말을 대체하던 표현을 사용하자면 —〈프릭freak〉[1]이 몰려들었다. 앤과 헤어지며 잘 정돈된 집들의 세계, 차고 안의 잔디깎이, 그리고 친밀하게 지내던 보안관과도 결별한 이후, 그의 인간관계의 평균 연령은 현저히 낮아졌다. 그의 나이 절반밖에 안 되었던 낸시의 친구들은 그녀보다 어렸고, 베이 에어리어의 SF계 인물도 대부분 그의 후세대 친구들이었다. 파이크 주교, 마렌 해킷, 앤서니 바우처는 죽고 없었다. 이제 마흔한 살이 된 그는 온 세상을 〈프릭〉(우리)과 〈스트레이트〉(그들)로 나누고, 나이 서른이 넘으면 누구나 〈스트레이트〉로, 다시 말해 당연히 적으로 분류하는 젊은 친구들의 세계에 있었다. 그리고 딕 자신도 마조히즘이 아니라 카멜레온의 본능에 따라 이런 시각을 공유했다. 그는 1950년대에 혹은 — 얼마 되지도 않은 과거지만 이 새 친구들에게는 호랑이 담배 먹는 시절처럼 느껴진다는 — 1960년대 초에 활약한 버클리의 용사들보다 이 젊은 애들과 함께 있는 것이, 그들의 언어가 진심으로 더 좋았다. 명확한 생물학적 증거에도 불구하고, 그는 자신을 장벽의 양쪽 중 올바른 쪽에 있는 사람, 〈프릭〉 중 하나로 여겼고, 얼마 되지 않아 젊은 친구들은 너무나 침울하면서도 너무나 재미있는 이 이상한 뚱보 아저씨를 그들의 일원으로 받아들여 주었다. 그들은 딕을 〈은둔자〉라고 불렀다.

1 본문에도 암시되어 있듯이, 부르주아적인 가치관을 거부하는 반사회적 젊은 이들을 이르는 단어.

그는 결코 집을 나가지 않았기 때문이다. 그들은 잠을 자는 법이 없는 것 같은 그의 집에 어느 시간이든 들를 수 있었고, 그에게서 관심과 마약과 알코올과 음악과 대화와 섹스(그는 때로 불편하게 느껴질 정도로 집요하게 이것을 제안하곤 했는데, 여자들 입장에서는 그의 유일한 단점이었다)를 얻을 수 있었다.

어느 날 몸에 문신을 한 어떤 친구가 운전하는 할리 데이비슨 뒷좌석에 타고 도나가 도착했다. 이 장(章)에 등장하는 모든 이와 마찬가지로, 〈도나〉에게는 인쇄되어 세상에 알려지기를 원치 않는 다른 이름이 있었다. 하지만 딕이 몇 해 뒤 썼고, 내가 이 장에서 다루는 책에서 그녀는 〈도나〉라고 불렸다. 머리칼도 검고 눈동자도 검은 그녀는 옷도 검은 가죽 점퍼를 입고, 모든 사람을 경계하는 태도로 공격적으로 대했다. 문신한 사내는 그녀와 한바탕 싸운 뒤 그녀를 버려두고 혼자 떠났다. 그녀는 갈 데가 없어, 거기서 지내라는 필의 제안을 받아들였다.

첫날 저녁부터 그는 그녀에게 자기가 가장 좋아하는 아리아 「흘러라, 내 눈물아」를 들려주었다. 그는 무지한 대중에게 굳이 자신의 교양을 숨기려 하는 타입이 아니었고, 손님들도 기분이 내킬 때는 서기 3세기에 이집트 사막에서 메뚜기를 먹고 살았다는 승려들 얘기며, 신에 대한 그의 희한한 이론을 싫어하지 않았다. 또 그들은 딕이 그 엄청난 컬렉션에서 이상한 음반들을 꺼내 틀어 주는 것을 좋아했는데, 나는 개인적으로 이 불우한 열여덟 살 소녀 중 하나였고 지금은 마흔 살이 되어 벌써 이혼을 두 번이나 하고 「샌타바버라」²에서처럼 완전히 사람이 바뀌어 아이다호주 보이시의 대형 로펌에서 일하고 있는 어떤 여자가 이따금 저녁 시간에 톰 콜린스의 두 번째 노래를 들은 뒤, 존 다울런드의 「류트를 위한 아리아」 음반을 듣는 장면을 상상해 보곤 한다. 그녀에게는 제퍼슨 에어플레인³보다 더 사적인 〈뱅퇴유의 작은 소절〉⁴이라 할 수 있는 이 노래는 젊은 시절의 희미하면서도 강렬한 추억들을 떠올리며, 그녀를 울고 싶게 하리라.

그로부터 많은 시간이 지난 어느 날, 하시엔다 웨이 패거리의 일원이었던 한 여자는 이렇게 회상했다. 「사실 좀 이상하고 위험한 시절이긴 했어요. 하지만 영원히 함께 보내야 할 사람을 하나 골라야 한다면, 난 필을 택할 거예요.」

그들이 느끼기에는 이 모든 것이 영원히 지속될 것 같았다. 그들은 계속 그렇게 그들만의 음반을 듣고, 대마초 궐련을 말고, 어른들의 세계에서 멀리 떨어져 한가로이 세월을 보낼 것 같았다. 만일 그들에게 좌우명이 있었다면, 그것은 〈지금 좋은 시간을 보내라, 왜냐하면 내일 넌 죽을 것이기 때문이다〉였을 것이다. 또 너희도 늙을 거라고 말했다면, 그들은 모욕감을 느

---

2 NBC에서 1984년부터 1993년까지 방영된 텔레비전 연속극.

3 미국에서 1965년에 결성된 사이키델릭 록 그룹으로, 1960년대 히피 문화의 대변자라 할 수 있다.

4 뱅퇴유는 프루스트의 『잃어버린 시간을 찾아서』에 등장하는 음악가로, 그가 작곡한 「작은 소절」은 화자의 개인적 추억과 결부되어 그것을 들을 때 격렬한 정서적 반응을 일으킨다.

껐을 것이다.

그들은 항상 마약에 취해 있었다. 그런데 취향이 서로 달라서 항상 사이좋게 지내지는 못했다. 소파에 드러누워 계속 마리화나를 말아 피우며 낄낄대는 친구가 암페타민에 떡이 된 사람이 옆에 앉아 지껄이는 소리를 제대로 따라갈 수 없는 건 당연했다. 그들의 영화는 흘러가는 속도가 서로 같지 않았던 것이다. 그들 모두가 자신이 관객이자 배우이자 시나리오 작가이자 감독이 되는 저마다의 영화 속에 살고 있었는데, 그들에게 이 영화는 〈스트레이트〉들이 만족해하는 따분하고 집단적인 다큐멘터리보다 비교할 수 없이 풍부하고 신선하고 매력적으로 느껴졌다. 그리고 패거리 내에서 영화의 내용이 서로 일치하는 경우도 많았다. 물론 처음부터 끝까지 그렇지는 않지만, 어떤 이미지들은 서로 정확히 통했다. 뭔가 기묘한 것을 똑같이, 그리고 동시에 보고 이해하고 생각했다고 본능이 말해 주면, 그들은 이게 뭔지 알기에 함께 웃음을 터뜨렸다. 누군가 복도 끝에 있는 화장실에서 소변을 보고 돌아오면서 〈가만있어 봐, 이 복도란 것은 방치고 참 희한한 방이야, 복도를 발명한 건축가는 마약에 완전히 맛이 가 있었던 게 틀림없어〉라고 중얼거리고, 이 얘기를 사람들에게 들려주면 모두가 배꼽을 잡는데, 그의 말이 맞기도 하거니와 — 〈맞아, 듣고 보니 그렇네!〉 — 이 말을 하는 친구도 완전히 맛이 가 있었기 때문이다. 「야, 대기실은 또 어떻고?」 어떤 친구가 눈물 나도록 웃으며 맞장구를 쳤다. 「말이 돼? 방이 대기를 한다는 게?」

어느 날 이들 패거리는「혹성 탈출」시리즈를 연속으로 상영하는 드라이브 인 영화관에 갔다. 아직은 3부까지밖에 나오지 않았지만, 차 안에 굴러다니는 마리화나 한 대에 영감을 받은 필은 친구들을 위해 앞으로 이어질 모든 에피소드를 상상해 주었다. 그 마지막 작품이 될 제8부「돌아온 혹성 탈출의 아들」에서는 율리우스 카이사르, 셰익스피어, 링컨 같은 역사적 인물이 총출동하는데, 사실 이들이 원숭이라는 거였다. 그는 겨드랑이를 벅벅 긁고 꺅꺅거리는 소리를 내면서 각 인물을 연기했고, 사람들은 들고 있던 팝콘을 쏟으며 웃어 댔다.

영화관에서 나온 그들은 자동 세차장으로 가서 소용돌이치는 회전 브러시들, 지진이 일어난 것처럼 으르렁대는 거품이 이루는 터널 속을 차와 함께 통과했다. 기계가 정지하자 그들은 다시 동전을 넣고 터널 속으로 들어갔고, 이것이 영화보다 더 재밌다고 입을 모았다. 게다가 그날따라 컨디션이 좋았던 필이 요란한 기계음을 덮으려고 소리를 질러 가며 이런 얘기까지 해 주니 더욱 그렇다는 거였다.

「이 원숭이들 이야기를 보니까 뭔가 생각났는데, 그게 뭔지 알아? 세상에는 진짜 사기꾼만이 아니라 가짜 사기꾼도 있는 것 같아. 내가 텔레비전에서 어떤 친구를 봤는데 말이야, 이 친구는 자기가 전 세계적으로 유명한 사기꾼이라고 주장하더라고. 자기가 존스 홉킨스 대학교 유명한 외과 의사 행세도 하고, 하버드 대학교 어느 물리학자 행세도 하고, 노벨상 받은 어떤 핀란드 소설가 행세도 하고, 어느 영화 스타와 결혼한 실각한 아르헨티나 대통령 행세도 했다는 거야…….」

「그러다 덜미가 잡혔나?」

「아니, 아까 말했듯이 이 친구는 가짜 사기꾼이야. 위에서 말한 사기를 친 적이 없는 작자라고. 원래는 디즈니랜드에서 비질하던 청소부였는데, 어느 날 어떤 유명한 사기꾼에 대한 기사를 읽은 거야. 그는 중얼거렸지. 이런 빌어먹을, 나도 얼마든지 이런 사람 행세를 할 수 있는데 말이야! 그러고 나서 한 번 더 생각해 보고는 이렇게 말했어. 아니, 왜 멍청하게 그런 고생을 한담? 그냥 내가 사기꾼 행세를 하면 끝나는 건데 말이야. 그래서 이 친구는 그걸로 돈을 쓸어 담았어. 진짜 사기꾼보다 훨씬 더 많이 벌었지. 그런데 어쩌면, 이제 이 친구 행세를 하는 인간들도 생겼을지 몰라.」

어느 날 어떤 사람이 더 이상 밤낮을 구별할 수 없도록 창문을 모두 검은색으로 칠해 버리자는 아이디어를 냈다. 어차피 덧창을 여는 일도 별로 없단다. 그러자 또 한 친구가 음반에 붙이는 상표를 모두 시커멓게 칠해 버리자고 제안했다. 그러면 무슨 음반을 트는지 알 수 없으니, 틀 때마다 놀라움을 맛보지 않겠냐면서 말이다. 필은 반대했다.

어느 날 〈스트레이트〉인 이웃 여자가 집 주방에 들어와 자기를 무섭게 하는 커다란 곤충 한 마리를 죽여 달라고 부탁했다. 딕이 그렇게 해주자 그녀는 말했다. 「이게 이렇게 위험하지 않은 일인 줄 알았다면, 차라리 내가 할 걸 그랬어요.」 오랫동안 그들은 이 문장을 추악하기 그지없는 〈스트레이트〉 정신을 표현하기 위한 일종의 암호로 사용했다. 누가 문장의 첫 단어 몇 개만 말하면, 모두가 자신은 이런 부류에 속하지 않는 것을 자랑스러워하며 웃음을 터뜨렸다.

어느 날 누군가 카를로스 카스타네다[5]의 책들을 가져와, 그 책들이 집 안에 굴러다녔다. 야키Yaqui족[6] 주술사의 가르침 가운데 특히 하나가 그들에게 와닿았는데, 모두가 자기 자리를 찾아야 한다는 거였다. 세상에서만이 아니라 방 안에도 올바른 자리, 자기에게 맞는 자리, 자신의 자리가 있단다. 그리하여 여러 주 동안 각자 자리를 찾는 게 하나의 의식이 되었고, 나중에는 개그가 되었다. 가장 좋은 안락의자를 차지한 사람은 〈이것은 나의 자리야!〉라고 말하며 자리를 지켰고, 만일 어떤 〈스트레이트〉가 말했다면 가장 역겨운 소유욕을 요약했을 이 문장은 이렇게 적절한 어조로 말하면 감히 공격할 수 없는 무엇이 되곤 했다.

어느 날 마약 밀수 사업을 진지하게 해보면 어떻겠냐는 얘기

---

5 페루 출신 미국 작가로 환각제 복용과 초월적 의식에 관해 서술한 『돈 후안의 가르침』으로 1970년대에 큰 인기를 얻었다.
6 카를로스 카스타네다의 스승인 돈 후안이 속한 멕시코 원주민 부족을 지칭한다.

가 나왔다. 하지만 토론은 마리화나에 힘입어 하수구로 빠졌다.

「세관원들이 신고할 게 없느냐고 물으면, 〈글쎄요, 마약이 좀 있는데요〉라고 대답할 수는 없겠지. 그러면 어떻게 해야 하는지 알아? 커다란 마리화나 덩어리를 가져다가 그걸 인간 모양으로 조각하는 거야. 그리고 거기에 용수철과 미니 카세트 등으로 조그만 기계 장치를 만들어 넣은 뒤, 그걸 네 앞에 세우는 거야. 그리고 세관원 앞을 통과할 때가 되면, 그것 등에 달린 태엽을 돌려. 세관원이 신고할 게 없느냐고 물으면, 마리화나 덩어리는 〈저요? 아무것도 없는데요?〉라고 대답하고, 그대로 쭉 걸어가는 거지. 국경 건너편에 들어갈 때까지 말이야.」

「태엽 대신 태양광 전지를 쓰는 게 어때? 그러면 몇 년이고 계속 걸어갈 수 있을 거야. 결코 멈추지 않겠지.」

「맞아, 그럼 지구 끝까지도 갈 수 있을 거야. 그런데 어떤 에스키모 마을에서, 키가 2미터인 이 마리화나 덩어리가…… 네 생각에는 값이 얼마나 될 것 같아?」

「1백만 달러.」

「에이, 그것보다 더 나가. 2백만 달러야. 그러면 에스키모들은 뼈다귀를 깎아 창을 만들다 그 마리화나 덩어리가 헐레벌떡 달려오는 것을 보는 거야. 2백만 달러짜리인 그놈은 〈저요? 아무것도 없는데요?〉라고 되풀이하며 눈 속에서 핫둘, 핫둘, 제자리 뛰기를 하고 있지.」

「와, 씨발, 에스키모들이 기절초풍하겠다. 그들에겐 전설이 되겠지.」

「한번 상상해 봐, 네가 네 손자들에게 이렇게 얘기해 주는 장면을. 〈우리 조상님들이 살고 계실 때, 최상급 아프가니스탄산 마리화나 덩어리가 찾아왔단다. 키가 2미터나 되는 녀석은 불을 뿜으며 《야, 에스키모 개자식들아!》라고 소리쳤지. 하지만 결국 우리는 뼈창으로 녀석을 찔러 죽여 버렸단다.〉」

「애들도 안 믿을 거야.」

「어차피 요즘 애들은 아무것도 안 믿어. 어떤 애한테 뭔가 얘기해 주는 것만큼 짜증 나는 일도 없다니까. 한번은 어떤 녀석이 〈아저씨, 최초의 자동차들은 어땠어요?〉라고 묻더라고. 빌어먹을, 난 1950년대에 태어났는데 말이야!」

그들이 나누는 대화는 거의 이런 식이었다. 이렇게 그들은 세월을 보냈다. 〈벨라 자이Bela jai〉라고 딕은 말하곤 했다. 벵골어로 〈시간은 간다〉라는 뜻이었다. 그러면 모두가 낄낄대며 〈벨라 자이〉를 합창했다.

어느 날 도나가 자신은 항상 거짓말을 하니까, 자기가 하는 말을 하나도 믿지 말라고 필에게 말했다. 필은 이런 말을 하는 것은 그녀가 처음 아니라고 대답한 뒤 자신이 거짓말쟁이라고 말한 에피메니데스의 역설에 대해 얘기하고는 그녀의 말을 믿지 않았다. 다시 말해, 그는 계속해서 그녀의 말을 믿었다.

또 어느 날은 그녀가 말하기를, 자신의 그곳을 잘 간수해야 하기 때문에 그와 잘 수 없다고 말했다. 자기는 그 안에 코카인 1파운드를 숨겨 캐나다 국경을 넘을 생각이라는 거였다. 어쨌든 그녀는 누가 자기를 건드리는 것을 좋아하지 않았다.

그가 슬픈 얼굴이 되자, 그녀는 그에게 아주 센 것을 한 방 해주기로 마음먹었다. 우선 볼이 풍선처럼 부풀 정도로 마리화나를 힘껏 빨아들인 뒤, 그 연기를 그의 입 속에 불어 넣어 주는 거였다. 이렇게 하면 약 기운이 두 배로 강해질 뿐 아니라, 입술에 닿는 도나의 입술 감촉과 그녀의 입에서 뿜어져 나와 자기 입 안으로 밀려 들어오는 연기의 느낌이 너무 좋았다. 도나의 〈센 것 한 방〉은 딕의 삶에서 가장 에로틱한 추억 중 하나였다.

어느 날 딕이 나중에 그의 책에서 〈배리스〉라고 이름 붙인 어떤 친구가 자기는 코카인을 그램당 84센트에 공급할 수 있다고 큰소리쳤다. 그러고는 슈퍼마켓에 가서 햇빛 차단제가 든 스프레이 한 통을 그 가격에 샀다. 집에 돌아온 그는 제품에 섞인 코카인 결정체를 분리하기 위해 주방을 조그만 화학 실험실로 바꿔 놓았다. 「이것 보이지?」 그는 스프레이 성분표에 〈벤조카인 1그램〉이라고 적힌 것을 가리키며 설명했다. 「좀 아는 사람은 다 알지. 이게 코카인의 상업적 암호라는 사실을 말이야. 물론 이 스프레이 통에다 코카인이라고 적으면, 사람들이 구름같이 몰려가서 나처럼 할 것 아니겠어?」 싱크대 주위에 둘러선 사람들은 덤프트럭들이 이 스프레이를 제조하는 클리블랜드의 공장에 후진해서 들어가는 광경을 상상하기 시작했다. 트럭들이 공장에 수천 톤의 순수 코카인 원료를 쏟아붓고 거기다 기름과 갖가지 지저분한 것을 섞으면, 공장 반대쪽에서는 산뜻한 색깔의 스프레이가 줄줄이 나와 슈퍼마켓 선반에 수백 개씩 쌓이리라. 누군가가 말했다. 「그렇다면 말이야, 배리스처럼 쩨쩨하게 이런 짓 하는 대신에 그 덤프트럭 한 대만 매수하면 되지 않겠어? 트럭에 실린 것을 통째로 사버리는 거야. 한 7백 내지 8백 파운드 되겠지. 그런데 덤프트럭 한 대에 얼마나 실을 수 있지?」

그들은 덤프트럭 한 대에 얼마나 들어갈 수 있는지만 생각하며 오후를 보냈는데, 실험은 물론 실패로 끝났다. 다음 날이 되어서야 그들 중 하나가 1백 달러나 하는 코카인 1그램을 84센트에 판다는 게 얼마나 말도 안 되는 얘기냐고 말했다.

어느 날 어떤 로큰롤 잡지에 글을 쓰고, 딕의 열렬한 팬이기도 한 폴 윌리엄스라는 친구가 그를 찾아왔다. 그들은 1968년에 만화가 아트 스피걸먼의 소개로 알게 되었는데, 마리화나 주요 성분인 THC를 피우며 아주 재미있는 저녁 시간을 함께 보낸 적이 있었다. 그런데 그들이 THC라고 믿었던 것은 사실 말에게 사용하는 PCP라는 진통제로, 이후 10여 년간 〈에인절 더스트angel dust〉라는 이름으로 그 바닥에 엄청난 피해를 몰고 온 끔찍한 약물이었다. 나이는 젊지만 반(反)문화계에서 잔뼈가 굵은 폴 윌리엄스는 이런 경우를 많이 봐왔지만, 그래도 너무나 변해 버린 딕이 항상 약에 취해 있는 새파랗게 젊은 애들 가운데서 구루 노릇을 하는 광경에 큰 충격을 받았다. 그는 시엘로 드라이브가의 사건이 있기 전 찰스 맨슨과 그의 패거리를 접했던 사람들은 꼭 자기 같은 느낌이었으리라 생각했다.

어느 날 일주일 전부터 딕의 집에 기거하던 젊은 아가씨 하나가 LSD 체험 중 혼수상태에 빠졌다. 기겁한 딕이 그녀를 병원으로 옮겼는데, 전신 혈관 수축 진단이 나왔다. 뇌혈관의 반이 막혔는데, 아마도 회복되긴 불가능할 거란다. 의사는 이런 종류의 일을 매일같이 보는 터라, 무슨 일이 있었는지 물어보지도 않았다. 여자는 살아났지만, 뇌는 영구적으로 손상된 채였다.

얼마 후 또 한 아가씨가 벽장 속에 틀어박혔고, 마침내 기어 나와서는 도끼로 자기 팔을 자르려 했다. 하지만 완전히 성공하지는 못했다. 딕은 그녀도 입원시켰다.

어느 날 딕은 서재 보안 캐비닛 비밀번호를 잊어버렸다. 그는 만일의 경우에 대비해 그걸 아무 데도 적어 놓지 않았다. 마약 중독자 세계에서는 도둑질이 흔했기 때문이다. 이들이 보기에 조금이라도 가치 있는 물건은 원래 누군가에게서 훔쳐 온 것이고, 심지어 그것으로 물건의 가치가 인정되기도 했다. 딕에게는 전생에서 가져왔다고 생각해 아끼는 물건들이 있었는데, 그는 그것들을 캐비닛에 보관하면 안전하다고 생각했다. 그런데 비밀번호를 잃어버려 나 자신도 건드릴 수 없게 되었으니, 더 안전하게 된 셈이야, 라고 딕은 스스로를 위로했다.

이런 기억의 구멍들은 딕을 불안하게 했다. 딕은 생각했다. 나중에 누군가 우리의 비참하고도 고통스러운 삶을, 「혹성 탈출」을 보고 세차했던 날처럼 우리가 함께 보낸 즐거웠던 순간들을 기억해 줘야 할 텐데. 그래야 우리가 잊히지 않을 수 있어. 그래야 사람들이 우리를 이해할 수 있는 더 좋은 날이 왔을 때, 우리 흔적이 남아 있을 수 있다고.

어느 날 그들이 아는 어떤 여자가 그녀에게 헤로인을 공급하는 딜러이기도 한 애인과 대판 싸웠다. 그러자 이 친구는 헤로인 두 봉지를 여자의 다리미 손잡이 안에 숨겨 놓은 뒤, 경찰에 익명으로 전화를 걸었다. 헤로인을 발견한 여자는 지체 없이 그것을 자기 정맥에 — 그녀의 두 팔은 마치 수세미 같았다 — 주사했고, 달려온 경찰은 아무것도 찾아내지 못했다. 화가 머리끝까지 치민 딜러는 그녀를 구타했다. 그 후 며칠 동안 그녀는 그가 자기를 죽일까 봐 걱정되었다. 그녀는 필에게 털어놓았고, 필은 그녀를 보호하기 위해 살인 청부업자를 고용해, 계속 그 친구가 나댈 경우 그를 처리해 버리기로 결정했다. 덩치 좋은 흑인 두 사람이 며칠 동안 그녀에게 찰싹 붙어 다녔다. 그녀는 그들이 자기를 가지고 노는 건지, 아니면 필이 자기를 가지고 노는 건지, 아니면 그들이 필이 주는 돈만 챙기고 결정적 순간에는 슬그머니 빠져나갈 속셈으로 그를 가지고 노는 건지 알 수 없었다. 그리고 또 모를 일 아닌가? 그녀는 이 인간들이 정말로 킬러인지, 아니면 그냥 까부는 애들인지 정말 알 수 없었고, 얼마 후 다른 도시로 이사 가버렸다.

하루는 딕이 나중에 그의 책에서 〈제리〉라고 이름 붙인 친구가 이를 털어 내려고 머리칼을 흔들기 시작했다. 그에게는 이가 한 마리도 없었지만 아무리 그 사실을 말해 줘도 소용없었다. 그는 펄펄 끓을 정도의 샤워기 물 아래에서 몇 시간을 보냈지만, 밖으로 나와서도 아직 머리에 이가 있는 것 같았다. 얼마 후 그는 온몸에, 아니 몸속에까지 이들이 버글대기 시작하는 느낌이 들었다. 녀석들이 물어뜯어 끔찍이 고통스러웠다. 그러자 시중에 존재하는 모든 종류의 살충제 스프레이를 사서, 온 집 안에 뿌리고 다녀 사람들을 질식시켰다. 그렇게 그는 욕실에서 울부짖으며 며칠을 보냈다. 정신 병원 구급차가 달려와 계속 울부짖는 그를 실어 갔다. 그리고 몇 달 후, 그는 자살했다.

그 한 해 동안 필이 정신 병원에 데려가거나 문병 간 사람이 적어도 열 명은 되었다. 사람들이 그에게 인정한 점이 하나 있었으니, 그것은 더 이상 아무것도 해줄 수 없는 상황에도 결코 사람들을 저버리지 않는다는 사실이었다. 필도 우울증이나 공황 발작으로 세 차례나 입원해야 했다. 하지만 사람들은 그가 메테드린 정제를 일주일에 1천 개, 스텔라진을 하루에 40밀리그램, 그리고 그가 결코 사양하는 법이 없는 온갖 지저분한 것을 집어삼키는 사람치고는 상태가 비교적 괜찮다고 생각했다.

하루는 누가 그들의 공동 친구가 죽었다고 알려 주었다. 그는

〈글로리아가 자살했어〉라고 하지 않고, 〈글로리아가 오늘 자살했어〉라고 말했다.

마치 어차피 일어날 일이었다는 듯이.

어느 날 그는 자동차 운전대가 흔들려, 하마터면 길옆에 처박힐 뻔했다. 운전대가 말썽을 부린 것은 이번이 처음 아니었다. 크게 심각한 일은 아니었지만 그는 가장 효과적인 테러 행위는 그게 범죄 행위라는 것을 증명할 수 없게끔 조금씩 망가뜨리는 것임을 알고 있었다. 자동차의 점화 장치에 폭탄을 연결하면 의심의 여지가 없어진다. 하지만 일련의 사소한 사건들이 시간상으로 흩어져 마치 기계가 닳아서 발생한 것처럼 보이게 하면, 표적이 된 사람은 전혀 반응할 수 없게 된다. 그는 자신을 의심하고, 자신이 편집증에 걸렸다고 생각한다. 자동차가 또 말썽이라고? 뭐, 노상 일어나는 일이잖아? 이것은 그의 친구들이 생각하는 바이기도 했다. 이 모든 것이 그의 머릿속에서 일어나고 있다고 말이다. 그렇지만 이것은 그가 근원을 찾아낼 수 있는 그 어떤 공격 행위보다 확실하게 그를 파괴해 갔다.

어느 날 누군가 그를 위해 준비한 커피 잔 앞에서 이 커피에 아주 독한 LSD를 탔을지도 모른다는 생각이 떠오르더니, 계속 따라다녔다. 그 LSD는 그의 머릿속에 어떤 공포 영화를 무한히 재생할 거고, 그 영화는 평생 계속될 거였다. 만일 누군가 그에게 앙심을 품고 있다면 ─ 이는 마약 중독자들 세계에서 흔한 일이고, 다양한 사건으로 증명되고 있는데 — 이자는 충분히 그런 짓을 할 수 있었다. 혹은 그가 자고 있을 때 헤로인에 스트리크닌을 섞은 진한 혼합액을 주사할 수도 있을 터인데, 그리되면 죽을 수도 있고 아니면 완전히 죽지는 않더라도 목숨은 붙어 있지만 공포 영화가 무한 반복되는 마찬가지 결과에 이를 거였다. 그리되면 그의 삶은 주사기와 수저[7]의 노예가 되고, 그는 어느 정신 병원 독방 벽에 머리통을 박으려다 튕겨 나기를 반복하는 신세가 되어, 밤이고 낮이고 몸에서 이를 털어내려 발버둥 치고, 왜 포크를 입까지 올릴 수 없는지 자문하게 될 거였다.

이것은 모든 딜러를 노리는 위험이었고, 마약 단속반 경찰들도 마찬가지였다. 이 둘 사이 경계는 불분명했다. 그가 사는 동네 같은 구역에서 경찰차는 사이키델릭한 낙서로 뒤덮이고, 수염이 텁수룩한 〈프릭〉들이 운전하는 고물 폴크스바겐이라는 사실은 만인이 아는 바였다. 마약 단속반 요원들이 때로는 딜러를 자처하며 마리화나 또는 그보다 독한 마약을 팔면서 자기 정체를 숨기는 한편, 짭짤한 수입을 올린다는 사실도 모두가 알고 있었다. 또 요원 중 어떤 이들은 직접 마약을 하게 되어, 경찰직을 유지하면서 잘나가는 딜러뿐 아니라 마약 중독자가 되는 일도 있다는 것 또한 모두가 아는 사실이었다. 역으로 어떤 딜러들은 누군가에게 복수할 일이 있거나 단속반의 손아귀가 가까워지는 것을 느껴 경찰 끄나풀 노릇을 하기도 했다. 모두가 이 모든 것을 알고 있었지만, 그 누구도 명확한 진실을 알지 못했

7 마약 중독자들은 분말로 된 마약을 용해할 때 흔히 수저를 사용한다.

다. 경찰, 딜러, 사용자 모두가 상황에 따라, 그리고 상대가 하고 있다고 여겨지는 역할에 따라 끊임없이 역할을 바꾸고 있었다. 그들은 길을 잃은 것이다.

어느 날 그는 도나가 경찰 쪽이라고 생각했다. 그래서 그녀에게 그렇게 말했다. 그녀는 그가 그렇게 생각하는 것을 아주 잘 이해한다고 대답했다. 그들이 살고 있는 세계에서는 충분히 있을 수 있는 일이니까.

하루는 영화관에서 돌아오며 경찰이나 다른 누군가가 그들이 없는 사이 집에 들어왔다고 확신했다. 어쩌면 그들 중 하나가 밀고했을지도 몰랐다. 어쨌든 누군가 왔었다. 이것은 당연히 남아 있어야 할 흔적들을 그자가 얼마나 세심하게 지워 버렸는지 보면 충분히 짐작할 수 있는 일이었다. 마치 영화에서처럼 경찰들이 가구 서랍들을 빼내어 그 밑에 스카치테이프로 붙여 놓은 게 없는지 확인하는 모습이 눈에 선했다. 또 알약들이 와르르 쏟아져 나올 수도 있는 스탠드 다리도 분해하고, 화장지에 싸서 비상시 물만 내리면 곧바로 사라지도록 숨겨 놓은 작은 봉지들을 찾아 변기 속을 들여다보는 모습들도 보였다. 그러나 어쩌면 — 이것은 훨씬 더 두려운 가설인데 — 경찰들이 마약을 찾으러 온 게 아니라 그들을 옭아매려고 어딘가에 마약을 숨기려 왔을지도 몰랐다. 그곳은 어디나 될 수 있었다. 전화기 안일 수도 있고, 콘센트 속일 수도 있고, 화장대 속일 수도 있었다. 그들은 몇 시간 동안 집 안을 샅샅이 뒤졌다. 결국 아무것도 찾아내지 못했지만 그렇다고 안심되는 것은 아니었다.

어느 날 그는 자기 집에서 24시간 내내 감시되고 있다는 확신이 들었다. 전화도 도청될 가능성이 있었는데, 어쨌든 가장 기본적인 조처는 마치 도청되고 있는 것처럼 행동하는 것일 터였다. 그래서 그의 집에서는 아무도 마약 때문에 전화를 걸지 않았다. 그리고 공중전화를 사용할 때도 경찰들은 소량 거래는 신경 쓰지 않으리라 기대하며, 주문량을 10분의 1로 줄여 말하는 등 갖가지 암호를 사용했다. 하지만 문제는 전화만이 아니었다. 그는 집 안 곳곳에 도청 마이크와 카메라가 숨겨져 있다고 믿었다.

그는 짭새들이 이 모든 것을 감시하기 위해 어떻게 할 것인지 생각해 봤다. 예를 들어 어떤 짭새가 하시엔다 웨이 707번지에 특별 배치되었다면, 이 친구는 각 방에서 일어나는 일들을 보여주는 화면들 앞에 온종일 붙어 있을까? 모든 것을 보고, 모든 것을 듣고 있을까? 같은 얘기를 끝없이 반복하는 마약 중독자들의 지루한 대화를 다 듣는 것일까? 항상 똑같은 그 수천 킬로미터의 침울한 필름을 다 들여다본다고? 물론 어느 부분은 빨리 돌려 보리라. 그렇다면 결정적인 부분을 놓칠 가능성도 충분히 있었다. 아주 중요한 어떤 디테일, 그가 눈 빠지게 찾고 있는 어떤 정보, 경찰이 감시하고 있는 이유 자체인 무언가를 말이다. 바로 이렇게 될까 봐 짭새는 늘 노심초사하리라. 그가 하는 일에는 뭔가 끔찍한 구석이 있었다.

다른 한편으로, 그는 이 짭새의 자리에 있고 싶었다. 자기 적들이 누구인지 알아내고 싶었다. 그가 외출했을 때 그의 집에서 혹은 그가 다른 방에 있을 때 어떤 방에서 무슨 일이 일어나는지 알고 싶었다. 숲 안에 아무도 없는데, 나무가 넘어진다 해도 소리가 들리겠는가? 내가 보고 있지 않을 때 도나는 어떻게 할까? 나에 대해 뭐라고 말할까? 어떤 놈하고 잘까? 그녀의 거기에다 무엇을 집어넣을까? 그리고 그녀의 거기는 어떻게 생겼을까? 그는 그녀가 베개를 뜯어 그 속에다 그의 귀중품들을 쑤셔넣고, 그저 심술부리려고 온갖 것을 훔치고, 그의 마리화나를 피우고, 그의 전화 요금을 치솟게 하려고 시외 전화를 거는 등 별짓 다 하는 모습을 상상해 봤다……. 그렇다면 나 자신은? 만일 내가 하루 종일 촬영된다면, 내가 하는 일들을 녹화된 필름으로 보고 놀라지 않을까? 밤중에 소변을 보려고 일어날 때, 실제로는 무엇을 하는 걸까? 사람들은 자신의 녹음된 목소리를 처음 들을 때 그것을 전혀 알아보지 못한다는데, 이것은 촬영된 내 모습에 대해서도 마찬가지일 거야. 내가 수염 텁수룩하고 건장한 뚱보인 줄 알았는데, 알고 보니 비실비실한 안경잡이일 수도 있어. 아니, 나는 분명히 나 자신을 알아보게 될 거야. 옷을 보면 알 수 있어. 아니면 내가 아닌 것을 하나하나 탈락시키면 돼. 그게 여기 살고 있는데, 도나도 아니고, 배리스도 아니고, 개도 아니고, 고양이도 아니라면 그것은 필연적으로 나일 수밖에 없어…….

이론적으로는 그랬다.

15
흘러라, 내 눈물아

어느 날 저녁, 외출했다 귀가한 그는 현관문을 열고 왼쪽에 있는 스위치를 눌렀다. 이때 눈앞에 펼쳐진 광경을 보고는 식료품 봉지를 떨어뜨리고 말았다. 종이 뭉치며 부서진 물건들이 바닥에 어지러이 널려 있었다. 스테레오 세트는 어디론가 사라지고 없었다. 창문은 문짝째 날아가고, 거대한 보안 캐비닛은 어떤 폭발물이 터졌는지 가운데에 구멍이 뻥 뚫려 있었다. 집 안은 쑥대밭이었다. 〈오, 하느님, 감사합니다!〉 우선 이런 생각이 들었다. 〈내가 편집증에 걸린 게 아니었어!〉

약 열흘 전부터 그는 뭔가 일어나기를 기다리고 있었다. 자동차는 갈수록 이상해지고 위협적인 전화들이 걸려 왔다. 어느 날 밤, 그런 전화 중 하나에 잠이 깬 도나는 거의 히스테리 상태에 빠져, 자기들이 공격받을 거라는 말만 되풀이했다. 딕에게 이런 공포감을 — 아니, 그 어떤 공포라도 — 전염시키는 것은 그리 어려운 일이 아니었다. 그는 권총을 한 자루 구입해 꽉 움켜쥐고 집 안을 배회하기 시작했다. 또 완전히 내린 블라인드 틈으로 혹시 누가 다가오는지 살피고 사각지대에서는 걸음을 늦추기도 했다. 그는 그들 앞에 어떤 위험이 도사리고 있는지 설명하며 친구들을 괴롭혔고, 심지어 경찰에 보호를 요청하기까지 했다. 경찰은 그의 요청을 묵살했으며, 친구들은 이미 이력이 나 있었다. 그들은 필이 끊임없는 발작 상태로 살고 있다는 것을, 어떤 보이지 않는 적들이 자신을 괴롭힌다고 믿는 주인공이 등장하는 그의 책들 분위기를 자기 주위에 만들고 있다는 것을 알고 있었다. 주인공의 친구들 역할은 그에게 〈아니야, 넌 엉뚱한 생각을 하고 있어, 이 모든 건 네 머릿속에서만 일어나는 일이야〉라고 말해 주는 거였고, 필의 친구들 역시 그 일을 나무랄 데 없이 해냈다. 그런데 이번에도 그의 책에서는 모든 명백한 사실에도 불구하고 주인공이 옳은 것으로 밝혀지는데, 현실도 책처럼 하고 있었다. 마치 현실과 딕이 힘겨루기를 하다가 결국 현실이 굴복해 필 딕적인 현실이 되기를 받아들인 것처럼 말이다.

경찰에 전화할 때 그는 늑대가 온다고 외치다 결국 늑대에게 잡아먹히고, 이제 늑대의 배 속에서 아무도 오지 않을까 걱정하는 한편으로, 자기가 죽으면 사람들이 얼마나 죄책감을 느낄까 생각하며 짜릿해하는 아이 같은 환희에 젖어 있었다. 하지만 그가 누구인지 익히 아는 경찰은 면전에서 전화를 끊어 버렸다. 저 약쟁이들 소굴인 하시엔다 웨이의 허언증 환자는 이제 지긋지긋했고, 그들에겐 다른 할 일이 있었다. 결국 형사 두 명이 어슬렁거리며 찾아와 피해 상황을 확인했는데, 떠날 때가 되었을 때 그들 중 하나가 대체 왜 이런 짓을 했느냐고 딕에게 물었다. 다른 사람들은 경찰의 이런 무례한 행동을 무시해 버렸지만, 딕은 분노와 두려움에 덜덜 떨면서 자기는 보험도 들지 않았다고 갑자기 날카로워진 목소리로 설명하기 시작했다. 다음 날 그가 도난당했거나 파손된 물품 리스트를 파출소에 가져가자, 그들은 그 구역에서 한 번도 주거 침입 절도 신고가 들어온 적이 없다는 이유로 접수를 거부했다. 그러더니 한 경찰관이 샌러펠에는 당신 같은 말썽꾼이 필요 없으며, 더 고약한 일이 일어나기 전에 사는 곳을 옮기는 게 좋을 거라고, 조언인지 위협인지 모를 말까지 했다.

이 사건으로 그는 스테레오 세트, 캐비닛에 보관하던 기념품 전부, 그리고 이미 상당히 손상된 안정감을 잃었다. 그 대신 자기 생각이 옳다는 확신과 끝없는 성찰의 주제를 얻었다. 3년 후 더 큰 주제를 얻을 때까지 그는 끊임없이 이 뼈다귀를 곱씹었다. 1971년 11월 17일, 대체 누가 왜 자기 집을 털었을까?

그는 이게 동네 건달들이나 전에 한 번 그의 집을 거쳐 간 누가 벌인 〈평범한〉 범죄일 수도 있다는 생각을 처음부터 배제했다. 그가 생각하기에, 그런 잔챙이들은 그런 폭발물을 사용할리 없었다(게다가 그가 정체를 밝히지 않은 어떤 정보 제공자는, 어느 전직 CIA 요원에게서 듣기로 군대에서나 사용되는 희귀한 폭발물이라고 말했다). 그렇다면 평범한 물질적 욕심이 동기가 될 수는 없었다. 누군가 그에게 겁을 주고 싶었든지 아니면 무얼 찾으려 했던 거다.

별 의미 없는, 하지만 딕은 아주 의미심장하게 여겼을 어떤 우연의 일치로 — 융이 말한 공시성의 좋은 예라 할 수 있으리라 — 내가 이 장(章)을 쓰기 시작했을 때 우리 집도 도둑을 맞았다. 그때 나는 조서를 작성하러 방문한 경찰관에게서, 이런 일을 당한 사람은 누구나, 도둑이 닥치는 대로 막 뒤진 게 아니라 어떤 특정한 무언가를 찾았다는 — 대부분 경우에는 잘못된 — 느낌을 받는다는 얘기를 들었다. 도둑이 귀중품들을 무시하고 어떤 하찮은 물건을 가져갔다면, 도둑맞은 사람은 일반적으로 서두르거나 잘 모르기 때문에 하는 이런 선택의 논리적 이유를 찾아내느라 머리를 쥐어짜는 것이다.

이런 의미에 대한 욕구의 가벼운 발현은 우리에게 건강한 활력을 부여하지만, 딕의 정신은 그야말로 혼란의 도가니가 되었다. 누군가 고생스럽게 그의 거대한 캐비닛을 폭파시켜야 했다면, 그것은 그 안에 뭔가 귀중하거나 누군가에게 문제가 될 수 있는 어떤 것이 들어 있었다는 얘기다. 하지만 그게 무엇이란 말인가? 자기 소설 중 하나에서 어떤 위험한 진실을 자신도 모르는 사이 건드렸을 수 있다는 생각이 다시금 딕의 뇌리에 떠올랐다.

가장 최근에 발표한 『죽음의 미로』 머리말에서, 딕은 그가 고(故) 파이크 주교와 나눈 신학적 대화들을 언급했다. 그리고 파이크 주교는 저세상과의 접촉을 다룬 책에서, 집필에 도움을 준 필과 낸시에게 감사의 뜻을 표했다. 그때 딕은 이 감사의 말에 감동했지만, 이제 여기에 얼마나 큰 위험이 도사리고 있는지 깨달았다. 파이크가 취한 입장은 당시 큰 물의를 일으켰다. 어떤 종교적 광신자들이나 교권 지상주의적 종파 신도들이 파이크의 친구 덕이 그의 이단적 작업을 이어 가고 있거나 그걸 이어 갈 수 있게 하는 자료들을 보유하고 있다고 의심했을 수 있다. 예를 들면 예수 그리스도가 마약 밀매에 연루되었다는 사실을 폭로하는 문서 같은 것 말이다……

또 다른 가설은 그를 더 멀리 이끌었다. 이 가설의 출발점은 낸시가 떠난 뒤 중도에 포기한 책『홀러라 내 눈물, 경관은 말했다』였는데, 여기에는 시공간적 연속성의 느낌을 관장하는 신경 중추를 마비시켜, 사용자를 모든 준거점이 사라진 우주에 빠뜨리는 어떤 신종 마약이 등장한다. 아무도 읽지 않았고, 완성되지 못한 이 원고는 그의 에이전시 캐비닛 속에서 잠들고 있었지만, 그는 어느 날 저녁 이 작품의 줄거리를 며칠 동안 집에서 지냈던 상당히 수상쩍은 어떤 친구에게 얘기해 준 게 생각났다. 이 친구 말로는, CIA가 LSD의 일종인 어떤 물질을 가지고 〈멜로 젤로〉라는 암호명하에 이런 종류의 실험을 실시하고 있다는 거였다. 그 얘기를 듣고 얼마 후 ── 그리고 도둑을 맞기 얼마 전 ── 그 못지않게 수상쩍은 또 다른 친구가 그를 찾아왔다. 그는 자신이 베트남에서 발생한 어떤 바이러스의 확산을 조사하는 보건 기관에서 나왔다고 주장했는데, 그가 묘사하는 바이러스 증상들은 멜로 젤로의 그것과 아주 비슷했다. 예를 들어 집에 들어가면 꼭 남의 집에 들어온 것 같고, 아무것도 누구도 알아

볼 수가 없으며, 더 고약한 것은 아무도 자신을 알아보지 못하는 것 같은 느낌이 든다는 거였다.

이것은 딕의 책에서 일어나는 일들과 정확히 일치했다. 예를 들어 유명한 텔레비전 사회자 제이슨 태버너는 어느 날 아침 어떤 낯선 방에서 익명의 존재가 되어 잠에서 깨어난다. 전날 저녁 3천만 명의 미국인이 시청한 그의 텔레비전 쇼에 대해 들어본 사람이 아무도 없다. 또 일주일 전 『타임』 표지를 장식한 그의 얼굴을 아무도 알아보지 못한다. 그의 애인도, 에이전시도, 비서도 그를 모른다며 쫓아낸다. 그는 더 이상 신분증도 없고, 경찰 파일에도 동시대인의 기억에도 그의 흔적이 남아 있지 않다.

이 책의 집필을 중단하고 1년이 넘은 뒤 이 친구의 얘기를 들었을 때, 딕은 반신반의했다. 이상한 얘기이기는 하지만, 그것은 그가 마약 중독자들에게서 듣기도 하고 혼자 온종일 상상해보기도 하는 망상 중 하나와 상당히 흡사했기 때문이다. 그리고 만일 자신이 소설 줄거리를 밝히고 난 뒤가 아닌, 밝히기 전에 이 친구가 CIA의 실험 얘기를 했더라면, 그저 신기한 우연의 일치 정도로 받아들였을 거다. 하지만 도난 사건에다, 범인이 군용 폭발물을 사용했다는 사실은 이런 생각을 일거에 날려 버렸다. 이제 그는 방산업체가 지원하는 어떤 정예 팀이 그가 떠벌린 것보다 더 많은 것을 알고 있는지 알아보기 위해 그의 문서를 뒤졌을 가능성이 있다고 생각했다. 그들은 그의 원고를 수색했지만 결국 찾아내지 못했다. 하지만 그 비밀 부대 요원들은 거기서 끝내려 하지 않았다. 그들은 분명 그의 에이전시를 생각했을 것이다. 그렇다면 에이전시에게 전화를 걸어, 그쪽도 캐비닛이 폭파되지 않았는지, 새 비서를 채용한 일은 없는지, 혹은 출판인이라고 자처하는 사람들로부터 어떤 군침 도는 제안을 받은 적은 없는지 알아봐야 했다. 하지만 딕은 그런 전화를 하면 의심을 살 수 있을 것 같아 생각을 바꿨다. 또 에이전시가 이렇게 대답할까 두렵기도 했다. 「이봐, 필, 도대체 무슨 말이야? 자네가 원고를 다시 보내 달라고 한 게 바로 지난주 아니야?」

그는 거기에 얼마나 체제 전복적인 생각이 담겨 있는지 보기 위해, 원고를 다시 읽어 보고 싶었다. 왜냐하면 거기에는 마약 이야기만 있는 게 아니기 때문이었다. 그것의 진정한 주제는 마약으로 인해 제이슨 태버너가 들어가게 된 평행 우주, 다시 말해 어떤 강력한 경찰의 손아귀 안에 있는 어떤 전체주의 사회였다. 이것 자체로는 크게 문제 될 게 없었다. 조지 오웰을 연상시키는 이런 종류의 묘사는 SF의 단골 메뉴 중 하나이고, 자유세계의 그 누구도 이런 것을 문제 삼지 않는다. 하지만 문제는 이 책이 얘기하고 있는 것이 바로 자유세계라는 점이었다. 소설의 배경은 미국이었고, 대통령 이름까지 명시되었다. 딕은 이 책이 출간되게 하려면 이름을 바꿔야 한다고 생각해 새 이름까지 하나 찾아냈다. 페리스 F. 프리몬트Ferris F. Fremont, 즉 FFF였는데, 왜냐하면 F는 알파벳의 여섯 번째 글자이고, 666은『요한묵시록』에 나오는 〈짐승〉의 숫자였기 때문이다. 하지만 그의 펜 끝에서 자연스럽게 흘러나와 백지에 선명히 새겨진 폭군의 이름은 다름 아닌 리처드 밀하우스 닉슨이었다.

오래전부터 딕은 자신이 사회 밑바닥으로 내려가고 있을 때 권력의 정상으로 기어오르는 것을 관심 있게 지켜본 이 털투성이 캘리포니아주 전(前) 지사에 대해 나름의 이론을 가지고 있었고, 그 이론을 말버러 담배로 유명한 필립 모리스사와 KKK 단의 연관성을 설명할 때만큼이나 자신 있게 논증해 보이곤 했다. 말버러의 경우, 담뱃갑의 흰 면과 붉은 면을 나누는 선은 K 자 형태이며, 그렇게 담뱃갑의 앞뒷면과 밑바닥에 새겨진 세 개의 K, 즉 Ku Klux Klan을 합하면 KKK가 된다는 거였다. 한편, 닉슨의 경우에는 Cui prodest scelus, is fecit(이득을 볼 수 있는 자가 저질렀다)라는 라틴어 격언을 끌어들였다. 존 F. 케네디 암살과 로버트 케네디 암살, 마틴 루서 킹 암살, 그리고 조지 월리스에 대한 테러, 이 모든 일로 이득을 볼 수 있는 사람이 리처드 3세나 스탈린처럼 추악하고 교활한, 그리고 그들처럼 자기보다 뛰어나 자기가 목적을 이루는 데 방해되는 정적들을 제거해 버릴 수 있는 어떤 인물이 아니라면 대체 누구이겠는가? 그렇다, 닉슨은 스탈린과 같은 책략을 사용해 권좌에 오른 거였다. 왜냐하면 그는 사방에 첩자를 심어 놓았고, 첩보 기관들이 그를 지지했기 때문이다. 또 소련 사람들도 그를 지지했는데, 그가 그들의 이익에 부합했기 때문이다. 사실 그는 그들 중 하나였다.

논증이 이 대목에 이르면, 모두가 폭소를 터뜨렸다. 세상에, 닉슨이 빨갱이라니, 정말 필다운 얘기네! 하지만 필은 계속 우기면서, 자기 얘기를 가만히 생각해 보면 진실이라는 것을 금방 깨달을 거라고 주장했다. 닉슨은 처음부터 공산당에 고용되어 있었고, 매카시즘 시대에 얻은 골수 보수파 정치가의 명성으로 자신을 은폐하고 자유 국가 미국을 소련의 비밀 식민지로 만드는 작업을 해왔단다. 그 결과, 지금 시민들은 감시를 받고, 조직적 밀고가 행해지고 있으며, 가장 기가 막힌 것은 소련인들은 적어도 자신이 감옥에 갇혀 산다는 의식이라도 있는데 평균적인 미국인들은 그걸 모른다는 거였다. 요컨대 닉슨의 독재 정권은 나치가 시간이 없어 이루지 못했고, 후발 주자인 소련인들은 그들의 유전적 야만성에 발목이 잡혀 도달하는 데 실패한 이상에 거의 근접해 있단다.

덕은 솔제니친이 노벨상을 받았을 때, 그의 작품은 안 읽었지만 적어도 그에 대한 기사들은 읽었다. 그는 솔제니친을 존경했으나 이 작가는 소련에 있기 때문에 일이 쉬웠다고 생각하지 않을 수 없었다. 소련인들은 적어도 이 사람 말을 믿었을 거다. 이성이 있는 사람이라면 이 사람 말을 믿지 않을 수 없는 것이다. 하지만 미국의 솔제니친은 어떤가? 만일 그가 진실을 말하고, 솔제니친이 스탈린의 죄악을 고발하듯이 닉슨의 죄악을 고발한다면, 그를 정신 병원에 처넣을 필요조차 없었다. 왜냐하면 사람들이 그를 미친놈으로 여기고, 아무도 그의 말을 듣지 않을 것이기 때문이다. 덕은『흘러라 내 눈물, 경관은 말했다』에서 전체주의적 미국을 묘사하면서 자기는 단순히 소련의 상황을 일반화하는 것이라고 생각했는데, 생각하면 할수록 이 책이 자신의『수용소군도』처럼 느껴지는 거였다. 다시 말해 이 작품은 예언자의 책인데, 이 책이 보여 주는 내용이 어떤 보이지 않는 현실, 상식적으로 받아들일 수 없는 현실이기에 더욱 그랬다. 그런데 진실을 알고 있는 자들, 정부의 범죄자들은 착각하지 않았다. 그들은 그를 세무 조사하고, 박해하고, 그의 집을 털었다. 또 필요하다면 주저 없이 그를 물리적으로 제거해 버릴 거였다.

이제 그는 소련에 있는 그의 동지처럼 공포 속에서 살아야 했다. 적들은 그에게 타격을 가했고, 또 타격을 가할 거였다. 친구들은 〈은둔자〉의 집을 더 이상 안전한 곳으로 여기지 않아, 또 어떤 이들은 그가 느끼기에 뭔가 그에 대해 캥기는 게 있기 때문에 떠나 버렸다. 한편 경찰은 그를 피해자라기보다 오히려 범죄자로 취급하고 있었다. 그들은 언제고 들이닥쳐 그를 체포할 수 있었다. 그러면 세상은 더 이상 그에 대한 얘기를 듣지 못할 거였다. 그 자리에서 총살당하지 않으면, 알래스카 어느 수용소에 가 있을 테니까.

휑하니 비어 버리고, 음악도 없고, 바스락 소리만 나도 소스라칠 정도로 조용해진 집에서 남은 원고며 서류 등을 정리하던 딕은 2월에 캐나다 밴쿠버에서 열리는 SF 컨벤션 초청장을 발견했다. 보통 때 같았으면 가지 않았을 것이다. 하지만 이 같은 암울한 시기에, 주최 측이 모든 비용을 부담하는 초대 작가 신분으로 외국에 나간다는 것은 한 줄기 빛과 같았다. 연설문을 작성해야 하는데, 그는 그것을 자신의 유언장으로 삼을 작정이었다. 어쩌면 죽게 될지도 모르지만, 솔제니친이 스톡홀름에서 그랬듯, 자신이 생각하는 바를 세상에 크게 외치지 않고는 떠나지 않을 거였다.

그는 1년 반 만에 처음으로 타자기 앞에 앉았다. 도나는 충성심으로, 혹은 달리 잘 곳이 없어 아직도 그를 보러 오곤 했다. 그녀는 그에게 영감을 주었고, 심지어 캐나다에 같이 가자는 그의 제안을 받아들이기까지 했다. 그의 옆에서 그녀는 그가 컨벤션에서 찬양할 생각인 미국의 희망, 젊은 세대를 대표할 거였다.

음험하게 미국에 자리 잡은 이 경찰 사회에서, 그가 보기에 어떤 저항을 기대할 수 있는 것은 오직 〈프릭〉들뿐이었다. 정치적 반대파들은 늘 그렇듯 타협하거나 아니면 조작당할 거였다. 자신이 대단한 줄 아는 어른들은 빅 브라더를 사랑하고, 그들의 취약하고 실수투성이인 인간성을 전체주의 체제의 모범 시민, 안드로이드 같은 인간들의 확신과 맞바꾸는 것 외에는 아무것도 바라지 않았다. 따라서 자유에 아직 기회가 남아 있다면, 그것은 바로 젊은 친구들의 〈불량스러운〉 정신이었다. 「자, 여러분!」 그는 부르짖었다. 「속이세요! 거짓말하세요! 무임승차하세요! 다른 곳으로 가세요! 문서를 위조하고, 지자체 저수지에 LSD를 뿌리고, 여러분의 차고에서 당국이 사용하는 것들을 능가하는 전자 기기를 만드세요! 만일 텔레비전 화면이 여러분을 지켜보고 있으면, 텔레비전을 조작해 여러분의 거실을 감시하는 임무를 띤 경찰 똘마니가 자기 거실을 볼 수 있도록 만드세요! 벌금이 나오면 위조지폐와 부도 수표와 훔친 신용 카드로 결제하세요! 만일 판사가 여러분에게 유죄 판결을 내리면, 그자

딸내미의 피임약을 아스피린으로 바꿔 놓으세요! 포르노 잡지를 구독하세요! 그의 신용 카드 번호를 사용해 다른 행성에 있는 도시들에 장거리 전화를 걸어 밤새도록 수다를 떠세요!」

도나는 강연회에 참석할 예정이었다. 그뿐만 아니라 강연이 끝날 때쯤 필은 그녀에게로 고개를 돌려, 일어서라고 요청할 계획이었다. 그러면 가죽 점퍼와 부츠 차림에 검은 머리를 눈까지 내려뜨린 반항적인 젊은 세대의 대표자는 브리티시컬럼비아 대학교의 반원형 강의실을 가로질러, 연단에 선 그의 옆으로 올 거였다. 그리고 모든 사람이 보는 앞에서 그의 입에 키스를 하고 그에게 마리화나를 건네면, 그는 박수갈채 속에서 불을 붙일 거였다. 이 시나리오는 그녀가 그의 침대에 올라오기를 거절한 밤들을 조금이나마 위로해 주었다.

하지만 애석하게도, 캐나다로 출발하는 날 도나는 나타나지 않았다. 그녀는 딕이 사준 항공 티켓을 팔아 치우고 그의 곁에서 깨끗이 사라져 버렸다. 따라서 그는 혼자 떠났다. 갈아입을 옷가지 몇 벌과 『성경』, 그리고 도나가 배신한 이후 자신이 봐도 어처구니없게 느껴지는 연설문이 든 가방 하나만 들고서.

이제는 성숙한 민주 시민이 되어 소싯적에 데모 진압 경찰을 파시스트로, 그리고 저 불쌍한 퐁피두 대통령을 독재자로 취급했던 것을 창피해하는 우리에게도 딕의 이 연설은 어처구니없게 느껴진다. 하지만 이 연설에는 컨벤션의 청중을 경악케 할 만한 것이 전혀 없었다. 당시에는 급진적 미국인들 입에서 이런 말을 듣는 것이 다반사였기 때문이다. 같은 해 리어리는 〈현재 진행 중인 로봇화에 저항할 것〉을 권유하고, 〈살인 경찰 로봇〉, 다시 말해 경찰에 총을 쏘는 것은 〈신성한 행위〉라고 주장했다. 따라서 딕은 농업 진흥회에서 프랑스 치즈의 다양성을 치켜올리고, 유럽 연합의 관료주의를 단죄하는 시장처럼 박수를 받았다. 사람들은 그를 인터뷰하고, 사진을 찍고, 시내 구경을 시켜 주어 그 아름다운 경관에 입이 딱 벌어지게 하고, 젊고 예쁜 여성 팬들을 소개해 주어 입이 더 크게 벌어지게 했다. 또 그를 나이트클럽에 데려가기도 했다. 그를 잠시도 가만히 놔두지 않았다. 도나와 도난 사건과 그의 삶을 위협하는 파시스트들은 안개처럼 사라져 버렸다. 이제 그는 안식처와 새로운 친구들을 찾은 거였고, 새 친구들은 이 밴쿠버에서 새로운 삶을 살겠다는, 그가 오자마자 내린 결정을 반신반의하면서도 열광적으로 받아들였다. 이 기쁜 소식을 축하하기 위해 그들은 함께 술을 마셨다. 모두가 그에게 자기 주소와 전화번호를 주었고, 언제든지 오면 환영이라고 말했다. 딕은 예의상 하는 초대의 말도 진지하게 받아들이는 사람이었다. 컨벤션이 끝난 뒤에는 호텔비가 자기 부담이어서, 딕은 그를 인터뷰한 어느 기자 집에서(그 기자의 아내 수전도 딕의 책을 좋아했다) 신세를 지게 되었다. 처음 며칠 동안 부부는 그의 기발한 언행과 유머에 매혹되었다. 그는 그들의 현관문을 두드린, 그리고 엔트로피와 열역학과 화체(化體)[1]에 대해 떠들어 댄 번쩍이는 눈빛의 뚱뚱한 털보를 평생 기

---

1 영성체의 빵과 포도주가 예수의 살과 피가 되는 것.

억하게 될 어느 여호와의 증인을 가지고 놀면서 그들을 눈물 나도록 웃게 했다. 하지만 아파트에는 방이 두 개밖에 없어, 거실 소파에서 잠을 자는 이 거구의 사내가 금방 불편하게 느껴졌다. 아직 대학생이었던 수전은 남편이 출근해 일하는 동안 집에서 열심히 학과 공부를 했다. 이런 상황에서 누군가 같이 있어 주면 수전이 매우 기뻐할 거라고, 딕은 생각했다. 말과 달리, 아파트를 찾는 게 그리 급하지 않았던 그는 그녀가 동행해 줘야만 집을 보러 갔다. 그것이 유일하게 외출하는 때였다. 그 나머지 시간은 거실 안을 왔다 갔다 하고, 『성경』을 읽고, 음악을 듣고, 5분마다 수전이 처박혀 있는 방문을 노크하며 음악 소리가 너무 크지 않느냐, 커피를 마시고 싶지 않느냐, 혹은 공부하는 게 재미있느냐고 물었다. 그리고 자신의 18번으로 삼은 다울런드의 아리아를 애절한 목소리로 불러 주기도 했다.

흘러라, 내 눈물아, 너의 샘에서 떨어져 내려라.
나는 영원히 추방되었으니, 울게 내버려 두어라.

그녀는 처음에는 이렇게 로맨틱한 구애에 가슴이 뭉클하기도 하고, 기분이 좋기도 했지만, 그가 자기 남편을 헐뜯기 시작하자 부아가 치밀었다. 그녀의 싸늘한 반응에 화가 난 딕은 공격적이고 음험해졌으며 의심이 많아졌다. 주인들이 없을 때 전화를 받으면, 그들의 친구에게 푸념을 늘어놓았다. 수전과 그녀의 남편은 정말 힘들게 그를 내쫓았다. 몇 년 후, 딕의 평전을 쓰기 위해 질문하러 방문한 작가에게 그들은 여전히 존경하는 이 사내에 대해 지나치게 나쁜 증언을 하지 않으려고 최선을 다했다. 남편은 다음과 같이 짤막하게 결론지었다. 「그분은 매 순간 그 누구보다 강렬하게 사셨고, 다른 사람도 자기 우주 안으로 들어오길 바라셨어요. 하지만 우리는 더 이상 계속하고 싶지 않았어요.」

컨벤션의 들뜬 분위기에 취해 딕에게 밴쿠버에 머무르거나 다시 오면 전화하겠다고 약속하게 한 검은 머리 아가씨들도 더 이상 계속하고 싶지 않았다. 어떤 싸구려 호텔방에 앉아 그의 주소록에, 그다음에는 전화번호부에 달라붙은 그는 여름에 수영 코치로 뭇 여성들을 몰고 다니다, 시즌이 끝나 파리로 올라와 해변에서 정복한 부잣집 아가씨들과 다시 관계를 이어 보려는 소방대원의 쓰디쓴 실망감을 맛보았다. 모두 남편이나 애인이 있었고, 아니면 단순히 그와 만나는 것 말고는 다른 할 일이 있었다. 많은 여자가 누가 전화했는지 알고는 거북해했다. 마치 컨벤션이 끝난 뒤 그에 대해 어떤 불쾌한 사실들을 알게 된 것처럼 — 분명히 수전의 짓이리라 — 말이다. 심지어 어떤 여자들은 그를 기억하지 못하거나 기억하지 못하는 척했다. 마치 『흘러라 내 눈물, 경관은 말했다』를 읽은 사람들처럼 행동했다.

또다시 뭔가 이상해지고 있었다. 그는 — 우리 인생길의 한중간에서[2] — 새로운 삶을 시작할 계기를 찾았다고 믿었는데, 이렇게 낯선 땅에 혼자 있게 된 것이다. 최상의 가설은 지금 아무

2 단테의 『신곡』 중 「지옥」 첫머리에 나오는 구절.

도 그에게 신경 쓰지 않는다는 것이고, 최악의 가설은…… 최악의 가설은 누군가 그를 끝장내기 위해 그의 본거지에서 멀리 떨어진 여기로 끌어들였다는 거였다. 샌러펠의 경찰은 그에게 어딘가 다른 곳으로 가서 목매달아 뒈지라고 말했고, 그는 그 말대로 했다. 출발하기 며칠 전, 그러니까 그들이 함께 떠난다고 믿고 있었을 때, 그는 도나에게 말했다. 결국 나는 그 짭새가 시키는 대로 하게 되었어. 그런데 만일 내가 떠나지 않으면 어떻게 될까? 만일 내가 저들의 계획을 어그러뜨린다면? 그러자 그를 잘 알고 있는 도나는 당시에도 그에게 충격적으로 느껴지는 말을 했다. 만일 당신이 가지 않는다면, 누군가 다른 사람이 가서 강연을 할 거예요. 그러면 그 누군가는 당신 대신 필립 K. 딕이 되는 거죠……. 어쩌면 그런 종류의 무언가가 일어난 것인지도 모른다. 어쩌면 그는 그 자신이 아니고, 그의 역할을 하는 임무를 띤 어떤 요원이나 안드로이드인지도 모른다. 컨벤션 기간에 그는 이 역할을 기가 막히게, 그러니까 그 자신조차 아무것도 알아채지 못할 정도로 완벽하게 해냈다. 그에게 가짜 기억이 이식된 거고, 그는 자신이 불온한 작가이자 신학 애호가이며 구제 불능 바람둥이인 필립 K. 딕이라고 철석같이 믿는 것이다. 그리고 그는 여기 남기로 결정했다. 이 결정은 그의 프로그램 일부일까? 아니면 그렇게 결정함으로써 그는 그 프로그램에서 벗어나 그를 파괴하려고, 혹은 그에게 무엇이 고장 났는지 알아보기 위해 작업실로 데려가려고 몇 주 전부터 공작해 온 안드로이드의 주인들을 경악하도록 한 것일까? 세계 공식적 버전으로는, 그가 예정대로 밴쿠버를 떠난 것으로 되어 있었다. 따라서 모두가 마치 그가 여기 없는 것처럼 구는 것은 조금도 놀랄 일이 아니었다. 그가 유일한 주민인 한 조각 현실 속으로 들어감으로써, 그는 유령이 되어 버렸다.

나는 여기서 추론하고 싶지 않다. 만일 내가 여기서 어떤 소설을 쓰는 거라면 거리낌 없이 그렇게 할 것이다. 난 딕의 삶 가운데 그 2주 동안 있었던 일을 상세히 묘사해 보고 싶은 유혹을 느꼈다. 그 2주는 내 주인공의 전기 가운데 하나의 구멍이라 할 수 있는데, 나는 이런 종류의 구멍에 — 1926년 11일 동안 어디론가 사라진 애거사 크리스티를, 테르미도르의 쿠데타 전날 밤에름농빌에 갔다고 하는 로베스피에르를, 혹은 광야로 간 그리스도를 따라가 보며 — 자신의 둥지를 틀어 볼 꿈을 꾸지 않는다면 그것은 소설가가 아니라고 생각한다. 증인이 없이 흘러간 이런 시간에는 강력한 소설적 마법이 달라붙는다. 그리고 나는 원할 때는 일주일이고 여섯 달이고 낯선 이들밖에 없는, 혹은 아무도 아는 이가 없는 곳에 있는 사치를 누릴 수 있는 사람들과, 삶의 제약으로 인해 항상 지인들의 시선 아래 묶여 있어야만 하는 사람들 사이에는 깊은, 하지만 지금껏 거의 주목되지 않은 불균형이 존재한다고 생각한다.

글렌 굴드의 말처럼, 각 사람에게 혼자 지내는 시간과 다른 사람들과 함께 지내는 시간 사이에는 그에게 맞는 이상적 비율이 존재한다. 글렌 굴드는 자신의 경우 사람들과 보낸 한 시간을 씻어 내기 위해 며칠이 필요하다는 거였다. 반면 딕은 혼자 있는 것을 끔찍이 두려워했다. 그의 이상은 마음이 내키면 혼자 방에 틀어박혀 일하되, 옆방에는 여자 하나가 그를 기다리며 대기하고 있는 거였다. 이런 이유로 그의 머릿속에 어떤 생각이 오갔는지 억측하는 것은 위험한 일이지만, 전기 작가는 그의 삶에서 일어난 일들, 즉 그가 어느 날 어디에서 누구와 함께 있었는지는 별로 어렵지 않게 밝힐 수 있다. 다섯 명의 아내와 수십명의 친구가 증언해 줄 수 있기 때문이다. 따라서 덜 노출된 삶에서는 눈에 띄지 않고 지나갔을 이 2주가 특별히 신비롭게 느껴지는 것이다.

많은 사람이 집에 도둑이 드는 것처럼, 많은 사람이 외국의 어느 도시에서 며칠 동안 혼자 지내게 된다. 아마도 딕은 — 이렇게 단언할 수 있는 근거는 전혀 없지만 — 변두리 동네 파출소에 하루에도 수십 건씩 신고되는 것 같은 평범한 도난 사고의 피해자였을 것이다. 또 1972년 3월에 그는 뚜렷한 목적 없이 밴쿠버에 죽치고 지내면서 호텔 방에서 텔레비전도 보고, 알약도 한 움큼씩 삼키고, 신이 전기 작가들에게 소개할 필요 없다고 판단한 아가씨들에게 전화를 수백 통 걸었다 냉대를 받으며 시간을 보냈을 가능성이 크다. 하지만 증인이 없고, 심지어 그조차 증인이 되지 못했다. 이 2주는 지나가자마자, 아니 어쩌면 지나가면서 그의 기억에서 깨끗이 지워져 버린 것이다.

3월 23일, 그는 다시 자신을 찾아냈다. 그의 책에서 제이슨 태버너가 그랬듯이, 그는 어느 더러운 호텔방 침대에 누워 있었다. 그는 기자의 젊은 아내 수전에게 전화를 걸어, 자신은 〈빛을 끄려 한다〉고 알렸다. 짜증이 난 그녀는 다울런드의 「흘러라, 내 눈물아」를 인용한 이 말의 의미를 제대로 이해하지 못한 채로 더 듣지도 않고 전화를 끊어 버렸다.

헛된 빛이여,
그 빛을 멈추어라.

하지만 그는 그녀가 아주 잘 이해했으며, 그녀가 전화를 끊어 버린 것은 〈그럼 뒈져 버려〉의 뜻이라고 생각했다. 그래서 그는 브로민화 칼륨[3] 7백 그램을 삼켰다. 그리고 잠이 들었다. 잠시 후 다시 정신을 차려 보니, 왼쪽 손바닥에 언제인지 모르지만 오른손으로 휘갈겨 쓴 어떤 전화번호가 보였다. 그것은 응급 출동 서비스 전화번호였다.

병원에서의 며칠이 이어졌다. 그는 금방 회복되었지만 이제 어디로 보내느냐가 문제였다. 그는, 자신은 아무 데도 갈 데가 없다, 나가자마자 또 시도할 거다, 자신은 약쟁이다, 라고 주장했다. 혹시 캐나다에 마약 중독 치료 센터가 없나요? 당연히 있다고, 의사는 대답했다. 엑스칼레이라는 치료 프로그램이 있단다. 하지만 착각하면 안 되는데, 거기는 어떤 레저 리조트가 아

---

3 과거에 항경련약과 진정제로 널리 사용되었던 브로민과 칼륨의 화합물.

니란다. 마약이 완전히 금지되고, 금단 현상을 완화해 줄 보조제도 없으며, 계속 감시를 받아야 하는 곳이란다. 아주 좋아요! 딕은 단언했다. 나에게 딱 필요한 곳이에요!

그렇지만 엑스칼레이에서는 헤로인 중독자만 치료해요.

문제없어요, 전 헤로인 중독자예요.

아마도 의사는 세상 모든 마약으로 형편없이 망가져 있지만, 적어도 헤로인의 흔적만큼은 보이지 않는 환자의 비대한 몸을 의심스러운 눈초리로 살펴봤을 것이다. 그는 체중이 1백 킬로그램이나 나가는데, 엑스칼레이는 해골처럼 바짝 마른 헤로인 중독자들을 위한 치료 센터였다. 하지만 그가 임상 경험이 풍부하고 별로 농담은 즐기지 않는 사람들과의 인터뷰 후 거기에 받아들여진 것을 보면, 역시 딕에게는 의료진을 가지고 노는 재주가 있었던 모양이다.

엑스칼레이처럼 〈빡센〉 마약 치료 센터에 입원하는 의식은 환자가 자의로 들어간다는 점만 빼고 — 심지어 딕의 경우는 들어가겠다고 우기기까지 했다 — 수인의 교도소 입감과 별로 다르지 않았다. 민간인 사복 대신 환자복과 천 슬리퍼를 착용하고, 본명은 임의로 지은 어떤 이름과 바꾼다. 또 자신의 과거나 외부 세계 전반에 대해 얘기하지 말아야 한다. 지시받거나 지켜보는 가운데 하는 일 말고는 아무것도 하지 못하게 된다.

그 말고도 많은 이에게서 관찰되는 역설에 의해, 딕은 자신이 보내질까 봐 몹시 두려워했던 집단 수용소와 비슷한 이 시설에 받아들여진 것에 안도감을 느꼈다. 전에는 자유를 빼앗길까 봐

전전긍긍하던 사람이 이제는 누가 자신을 맡아 주기만을 바라게 된 것이다. 이제 자기 대신 결정하는 것은 다른 사람들이었다. 기상 시간, 취침 시간, 작업 시간, 쉬는 시간……. 아, 얼마나 편한지! 또 자신을 표적 삼은 경찰의 감시를 끊임없이 고발하던 그가 자신을 지켜보는 사람이 없으면 말할 수 없는 공허감을 맛보게 된다는 것을 깨달았다. 보는 사람이 없으면 더 이상 존재하지 못했다. 하시엔다 웨이에서의 마지막 몇 달 동안에도, 경찰이 자신을 촬영할까 봐 두려워하면서, 동시에 그래 주기를 바라며 이 점을 어렴풋이 느꼈다. 그 영상을 자신은 영원히 보지 못한다 해도, 아니 그 누구도 못 본다 해도, 그것이 어딘가에 존재한다는 사실을 아는 것은, 아니 짐작이라도 하는 것은 굉장한 일이었다. 자신은 더 이상 기억하지 못하는 날과 밤들의 매 순간 자신이 무엇을 했는지 밝혀 주는 증언이 어딘가에 존재한다는 것을 아는 것은 얼마나 큰 위안인가! 물론 그런 증언은 필 딕이라고 불리는 인간 기계가 한 말과 행동만을 밝혀 줄 거였다. 카메라가 그의 생각까지 담지는 못하겠지만, 날아온 명세서를 살펴볼 때 기억나지 않는 수표들에 자기가 정말로 서명을 했는지 안 했는지 알 수만 있다면, 또 원래 호의적이었는데 나중에 그를 질책하고 나선 어떤 이들에게 자기가 전화 통화 중에 어떤 거친 언사를 사용했는지 아닌지 알 수만 있다면 그 어떤 대가도 치를 수 있었다. 그것은 내가 아니었어! 그렇게 하면 무슨 약은 짓이라도 하는 것처럼 착각하며 내 행세를 한 어떤 약쟁이 놈이었다고! 하며 딕은 자신을 변호하려 단언했지만, 사람들이 자기 말을 믿지 않는다는 것을 느끼고 있었고, 그 자신도 확신할 수 없었다. 그 필름의 하이라이트는 물론 주거 침입 도난 사건이었다. 그는 닉슨의 경찰 소행이라고 믿었지만, 경찰뿐 아니라 위에서 말한 그에 대해 호의적이었던 사람들까지도 그가 범인이라고 생각했다. 세무서가 그에게 요구할 서류들을 없애 버리기 위해, 혹은 사람들의 관심을 끌기 위해, 혹은 광기에 사로잡혀서 그랬다는 거였다. 닉슨과 자기 중에서 대체 누구의 소행이란 말인가? 첫째로 그 영상이 정말로 존재하고, 둘째로 정부가 그것을 변조하지 못했다는 가정하에 오직 그 영상만이 진실을 밝혀 줄 수 있었다. 그는 언젠가 그것을 볼 수 있게 해달라고 간절히 기도했다.

엑스칼레이에서는 촬영을 하지는 않았지만, 한순간도 혼자 놔두지 않았다. 공동 침실에서 함께 자고, 단체로 샤워하고, 화장실에서 일을 볼 때도 문을 반쯤 열어 놓았다.

첫 번째 주에 화장실은 딕의 세계였다. 그곳을 관리하는 것은 신참의 필요와 능력에 맞는 일로 여겨졌다. 그가 입원했을 때 신참은 그를 포함해 두 사람이었고, 화장실은 층마다 한 곳씩 도합 세 곳이어서, 일을 확실히 할 수 있었다. 감시원이 그들에게 양동이와 대걸레와 빗자루를 내주며 〈중요한 것은, 그냥 일을 하는 게 아니라 자부심을 느낄 정도로 제대로 하는 거요〉라고 말했듯이 말이다. 딕은 시키는 대로 레스토랑 테이블을 닦듯이 변기에 묻은 똥을 꼼꼼히 닦아 냈다. 그렇게 그는 작업에 열

중하면서도, 정신 못 차릴 정도로 빠져들지는 않았다. 변기 하나를 가지고 한두 시간 작업하고, 그게 끝났다고 생각하면 다른 것으로 넘어가곤 했다. 이것은 엑스칼레이에서 보기 힘든 균형 잡힌 행동이었다. 예를 들어 그의 동료는 일을 끝까지 해내는 법이 없었다. 그에게 타일 바닥을 닦으라고 시키면, 그는 보여준 시범대로 일을 시작했지만 몇 분 뒤 어떤 보이지 않는 장애물에 부딪혀 다시 출발점으로 돌아왔다. 그렇게 다시 시작하지만, 마치 흠집이 난 음반처럼 똑같은 곳에서 장애물에 부딪혔다. 그런 식으로 하루를 보낼 수 있었다. 딕은 그를 도와주고 싶었지만, 대체 어떻게 해야 한단 말인가? 그 친구를 대신해 바닥을 닦아 줄 수는 있지만, 마약이 유리화된 혼돈의 덩어리로 만들어 놓은 그의 뇌를 녹여 줄 수는 없었다. 거기에 새로운 것은 전혀 들어갈 수 없었으니, 그 친구는 생물학적으로는 살아 있지만 뇌는 죽어 버렸기 때문이다. 이 손, 이 눈, 이 혀는 아직 기능을 발휘하고 있었지만, 그것들을 사용하는 사람은 사라지고 없었다. 〈다시 해봐, 다시 해보라고〉라며, 마지막으로 들은 말만 앵무새처럼 반복하는 반사적 기계만 남았다. 일반적으로 사람들은 앵무새가 자기들이 하는 말을 전혀 이해하지 못한다고 생각한다. 그래서 하시엔다 웨이에서 월세 사는 친구 중 하나였던 제리는 장난삼아 자기 앵무새에게 〈나는 사람들이 시켜서 하는 말을 전혀 이해 못 해〉라는 문장을 가르쳤다. 그런데 어떤 이유인지 모르겠지만, 평소에 그렇게 말을 잘 듣던 이 앵무새 녀석이 그 말을 따라 하지 못하는 거였다. 그리고 이런 순환적 프로그램에서 잠시 탈출이라 할 수 있는 일이 딕의 동료에게도 일어났으니, 그는 초점 없는 시선을 딕에게로 들어 올리더니 그가 들은 마지막 문장 대신 〈왜 나는 할 수 없는 거지?〉라고 애처롭게 물었다.

딕은 가슴이 뭉클했다. 마치 청각 장애를 가진 어린아이가 들을 수 있고, 사지 마비 환자가 걸을 수 있다는 것을 갑자기 알게 되는, 「미라클 워커」[4] 같은 인간미와 희망이 넘치는 영화의 한 장면을 보는 것 같았다. 하지만 대화를 해보려 하자 그는 계속 〈왜 나는 할 수 없는 거지?〉만 반복했고, 결국 딕은 자기가 이 친구 앞에서 무심코 이 문장을 했던 게 아닌가 자문하게 되었다. 어쨌든 대답은 해야 할 텐데, 대체 뭐라고 할 것인가? 〈자네가 할 수 없는 것은, 자네의 뇌가 완전히 망가졌기 때문이야〉라고? 차라리 변기 물을 내려 버리는 편이 백 마디 말보다 나으리라.

마약 중독에서 벗어날 가능성이 남아 있는 사람에게 엑스칼레이의 요법은 나름 효과가 있었으니, 무엇보다 마약에 대한 낭만적 생각을 산산이 부숴 버릴 수 있었다. 가망 없는 환자들은 좋은 본보기가 되었고, 그것을 보는 다른 이들은 마약으로 인해 자신들도 될 뻔했던 것에 대한 히스테릭한 증오를 함께 나누었다. 중독에서 빠져나온 사람 중에는 바깥에 나가면 다시 마약을 하게 될까 봐 두려워 감시원 신분으로 엑스칼레이에 남은 사람

4 헬렌 켈러와 앤 설리번 선생님의 유명한 실화를 바탕으로 만든 1962년 전기 영화.

이 많았는데, 이들은 난폭 행위로 악명을 떨쳤다. 전적으로 개심자들로만 구성된 이 직원들은 자신들이 죄와 싸우지 죄인과 싸우는 게 아니라고 생각했겠지만, 죄가 상당수 죄인을 완전히 삼켜 버렸기 때문에 뱀파이어로 변한 인간들을 처리하는 반 헬싱 교수처럼 일말의 감정도 섞이지 않은 단호한 적대감으로 무장하고 이들을 다뤘다. 물론 인간 자체는 동정할 만하지만, 보이는 것과 달리 그는 더 이상 여기에 없는 것이다. 여기에는 뱀파이어만 있을 뿐이고, 이 뱀파이어를 남을 해칠 수 없는 상태로 만들어야 했다.

낸시가 떠난 뒤 마약을 구하려는 강박증이 딕의 세계를 지배했다면, 이 엑스칼레이 세계를 지배하는 것은 마약에 대한 증오였다. 타고난 카멜레온인 그는 새로운 가치 체계를 곧바로 받아들여, 모두가 둘러앉아 저마다 머릿속에 오가는 생각을 얘기하는 공동 발표회에서 인기 스타가 되었다. 취지와 달리 거기서 주로 오가는 것은 서로를 모욕하는 말이었는데, 딕은 그곳의 모든 이와 마찬가지로 남의 좆이나 빠는 놈, 개새끼, 똥 덩어리, 비데에 낀 찌꺼기, 매독 걸린 좆 같은 놈으로 취급당해도 별로 개의치 않았다. 하지만 자기 누이와 관련된 험담은 참아 내지 못했다. 이를 알아챈 사람들은 그쪽을 공략 포인트로 삼았다. 야, 네 누이하고 그 짓 했냐? 하지만 딕은 그에게 집적대는 한 멍청한 녀석에게 〈괜찮아, 목요일에 다시 들를게〉라고 대답하며 결정적 카운터펀치를 날렸다. 이 대꾸에 웃음보가 터졌는데, 적어도 이게 조금 전 누군가 한 이야기를 암시한다는 것을 이해한 사람들은 배꼽을 잡았다. 어떤 친구가 있었는데, 그가 〈리언〉이라는 친구를 만나려고 그의 집에 찾아갔단다. 그리고 그 집 앞에서 사람들에게 리언을 만날 수 있냐고 물었더니 〈아, 미안한데, 리언은 죽었어요〉라고 대답했고, 이에 이 친구는 〈괜찮아요, 목요일에 다시 들를게요〉라고 말했단다.

이렇게 딕이 한바탕 웃긴 일 이후, 엑스칼레이에서 상대방의 말이 잘 이해되지 않는다든지 대답하기 싫다든지, 혹은 누가 밑 닦는 화장지 좀 찾아오라고 시켰는데 찾을 수 없다든지 하면, 〈괜찮아, 목요일에 다시 들를게〉라고 대답하며 귀찮은 상황을 해결했고, 딕은 암묵적인 합의에 의해 이 관례적 표현의 발명자로 여겨졌다. 엑스칼레이에서는 각 참가자가 발표회에 기여한 점들을 모아 매주 리스트를 작성하는데, 거기서 딕이 유머를 보여 주었다는 점이 공로로 인정되었다. 한 의사의 말에 따르면 그는 불행한 개인적 조건에도 불구하고, 사물의 우스운 면을 보는 능력을 잃지 않았다. 사람들은 박수를 쳤고, 그는 답례를 하면서 〈괜찮아, 목요일에 다시 들를게〉라고 앵무새처럼 반복했다.

16
영혼의 겨울

　2주 지나자 그가 변기 닦는 일을 충분히 했다고 판단되었고, 각자 능력을 최대한 발휘하도록 하는 게 센터의 원칙이어서, 딕은 타자기 뒤에 앉아 그가 〈홍보〉라고 표현한 일을 하게 되었다. 센터의 활동에 대한 보고서를 준비하기도 하고, 마약 문제에 관련된 신문 기사를 스크랩하기도 하고, 독지가들에게 기부를 요청하는 서신을 작성하기도 했다. 그러면서 한가한 시간에는 센터에 대한 이론을 세웠는데, 바로 이곳이 헤로인을 제조하는 비밀 공장이라는 거였다. 동일한 손이 독과 그 해독제를 공급하고 있다는 얘긴데, 그 목적은 새로운 유형의 개인, 즉 고분고분하게 말을 잘 듣고, 인간성을 상실한 미래 사회의 안드로이드 시민을 만드는 거란다. 조직은 이들을 처음에는 마약에 중독시키고, 그다음에는 아주 교묘하게 마약에서 구해 주어 그것을 증오하고, 그것에서부터 보호해 줄 수 있는 유일한 존재인 주인을 사랑하게 함으로써 노예로 만든다는 거였다. 그리고 딕 자신은 이 조직의 톱니바퀴 중 하나가 되었는데, 이 자리야말로 조직을 관찰할 수 있는 최상의 위치라는 게 그의 생각이었다.

그는 위아래가 붙은 푸른색 환자복 차림으로 복도를 어슬렁거리면서, 비밀 실험실로 가는 통로가 없는지 보려고 문들을 하나하나 열어 보았다. 이렇게 의심을 품긴 했지만, 센터 직원들을 만나면 열렬하고도 진지하게 감사 인사하는 걸 잊지 않았다. 태어나서 처음으로 자신이 쓸모 있는 존재로 느껴졌고, 가족을 찾은 기분이었다. 만일 센터 측이 원한다면, 그는 이 엑스칼레이에서 평생을 보내며 그의 동류이자 친구인 이 불쌍한 마약 중독자들을 위해 최선을 다해 일할 수도 있었다.

그는 아직 그에게 남아 있는 미국의 존경할 만한 친구들(하시엔다 웨이 시절 이전에 사귄 친구들)에게 편지를 보내, 타인에 대한 봉사를 통해 구원을 받게 하는 이 프로그램에 대해 열정적으로 설명했다. 하지만 편지를 읽는 사람 입장에서는 혼란스럽기 이를 데 없었으니, 밴쿠버에 정착했노라고 의기양양하게 선언하고 얼마 지나지 않아 캐나다의 환상이 깨진 가장 어두운 시기에 쓴 구조 요청 편지가 날아들었고, 그러고 나서 채 한 달도 안 되어 또 이런 편지가 날아온 것이다. 이렇게 다양한 내용의 편지를 이곳저곳에서 어지러이 보냈지만, 그래도 몇 통의 답신이 용케도 엑스칼레이까지 찾아들었다. 그렇게 소설가 어슐러 K. 르 귄은 아무 데도 갈 곳이 없다는 그의 처지를 딱하게 여기면서도, 그녀의 집에서 지내고 싶다는 그의 부탁은 단호히 거절했다. 그녀와 잘 알지 못하는 사이인데도, 딕은 그가 삶을 완전히 망쳐 놓고 있는 젊은 부부의 집에서 편지를 보내, 자신의 불행을 설명하고, 손님으로서 혹은 모범적인 공동 세입자로서 최선의 노력을 다할 것을 약속하면서, 지금 항간에 흘러 다니리라 추측되는, 그리고 그를 견디기 힘든 편집증 환자로 묘사하고 있을 나쁜 소문들을 불식시키려 애썼던 것이다. 그가 한두 번밖에 만난 적 없지만, 주소록에 이름이 적힌 사람들에게 죽어 가는 어조로 자기 좀 받아 달라고 쓴 편지들에는 답장이 없었다. 사실 그는 대부분 사람에게 편지를 보냈다는 사실을 기억하지 못하고 있었다. 사정이 이러했기에, 그는 SF를 좋아하는 교수이며 캘리포니아 주립 대학교 풀러턴 캠퍼스에 와서 자기 학생들과 토론하면 어떻겠느냐고 과거에 제안한 적 있는 윌리스 맥넬리라는 사람에게서 답장을 받았을 때, 놀라지 않을 수 없었다. 맥넬리는 자신이 가장 좋아하는 작가가 향수병으로 괴로워하고 있다니 참으로 유감이며, 이런 어려운 때 자신에게 연락할 생각을 했다는 게 ─ 약간 놀라기도 했지만 ─ 너무 기쁘다고 말했다. 풀러턴의 대학 공동체와 SF 동아리는 쌍수를 들어 그를 환영하겠으며, 혹시 도난 사건 이후 남아 있는 원고를 대학 도서관에 맡길 생각이 있으시다면 다시없는 영광이겠단다……. 그리고 무엇보다 학생 두 명, 더 정확히는 그의 작품의 열렬한 팬인 여학생 두 사람에게 편지를 읽어 주었더니, 그에게 환대와 쉴 곳을 제공하겠다는 거였다.

이 같은 전망은 캐나다 같은 추운 나라에서 환자들의 발이나 씻어 주고, 마약 추방을 위한 글이나 끼적이고 있어야 하는 삶을 단박에 덜 매력적인 것으로 만들어 버렸다. 더욱이 한 달 동안 마약을 완전히 끊고 청소를 열심히 한 덕분에 건강도 거의 회복한 터였다. 편지를 받은 그날, 그는 환자복을 세탁소에 가져다주고 자기 옷을 찾은 뒤 퇴원 확인서에 서명하고는, 목요일에 다시 들를 것을 약속하며 로스앤젤레스로 날아갔다.

비행기에서 내린 그는 어떤 열차에서 굴러떨어진 뒤 역까지 터덜터덜 걸어온 사람처럼 보였다. 갑자기 길을 잃어버린 사람, 뚜렷한 계획이 있다기보다 막연한 자기 보존 본능에 이끌려 움직이는 사람, 한마디로 벼랑 끝에 이른 사람이었다. 이런 모습을 하고 나타난 그를 기다리고 있는 환영 위원회는 그의 구조 요청에 마음이 짠해진 두 명의 아가씨와 — 애석하게도 그렇게 예쁘진 않았다 — SF 작가 지망생이며 이름은 티머시 파워스라고 하는 호감 가는 얼굴의 청년으로 구성되어 있었다.

찾아야 할 수하물은 없었다. 줄로 동여맨 찌그러진 서류 가방 하나, 팔에 걸친 비옷, 그리고 손에 든 『성경』이 그가 가진 전부였다. 이런 궁색한 행색이 야기한 어색한 분위기를 풀어 보고자, 파워스는 가벼운 차림으로 여행하는 것의 장점에 대해 농담을 했다. 딕은 탁한 목소리로 도둑맞은 이야기를 혼잣말하듯 늘어놓았다. 이제 자기는 빈털터리다, 놈들이 다 가져가 버렸다 등등. 그러고는 차창을 통해 로스앤젤레스 남쪽에 끝없이 펼쳐진 교외 지역의 고속도로가 이어지는 것을 멍하니 바라보았다. 도로 표지판 하나가 그들이 닉슨의 본거지이자 버클리 주민에게는 거의 초자연적인 정치적 비열함의 상징인 오렌지 카운티

336

로 들어섰음을 알려 줬을 때, 딕은 재미있어하며 낄낄거렸다. 그는 자기가 거기서 10년을 살게 될 거라는 사실을 모르고 있었다.

몇 주 동안 그는 전쟁 신경증에 걸려 전장에서 돌아온 병사처럼 행동했다. 혼자 있으면 공황에 사로잡혔다. 거리에서 조금 느리게 지나가는 자동차가 모두 수상쩍어 보였다. 그는 혹시 전파를 송출하고 있는 게 없나 하고 라디오 안테나들을 유심히 살폈다. 또 새 친구 중에서 자신을 파멸시키려 공모하는 세력이 보낸 요원이 없는지 알아보기 위해 『주역』점을 치기도 했다. 다행히 그는 혼자 있는 경우가 거의 없었다. 늘 사람들로 둘러싸여 있었다. 많은 작가에게 일어나는 일이지만, 글쓰기를 중단한 이후 그의 명성이 커져, 그는 — 당시엔 이런 표현이 없었지만 — 이른바 〈컬트 작가〉가 되어 있었다. 맥넬리 교수 덕분에, 그는 『높은 성의 사내』의 저자와 친구처럼 지낸다는 사실을 스스로 신기해하는 이 컬트 사제들의 열렬한 환영을 받았다. 이 팬들의 동아리는 하시엔다 웨이의 〈프릭〉들과 전혀 달랐다. 거기서 마약은 재미 삼아 혹은 음악을 더 잘 음미하기 위해 마리화나를 한 모금 피우는 정도의 위험하지 않은 형태로 존재할 뿐이었다. 대화는 편안한 분위기에서 오갔지만 교양이 흘러넘쳤다. 사람들은 이 아파트에서 저 아파트로 서로 방문했고, 아무거나 손에 잡히는 것을 섞어서 만든 거대한 샐러드를 가운데 놓고 즉흥적인 만찬을 벌이기도 했다. 모두가 빈털터리였지만, 약쟁이들의 그 지저분한 빈곤과는 성격이 전혀 달랐다. 그것은 아르바이트로 생활비를 버는 대학생들이나 젊은 예술가들이 영위하는 사랑스럽고도 자신에 찬 보헤미안의 삶이었다. 만일 딕이 그토록 수줍게 굴지 않았더라면, 그의 버클리 시절 분위기가 딱 이랬을 수도 있었다. 대부분 사람이 청소년기를 벗어나 경험하는 그룹의 삶, 친구들끼리의 삶을 그는 뒤늦게야 알게 되었고, 그것은 악몽으로 마감되었다. 그리고 이제 마흔넷의 나이가 되어 맛보는, 함께 영화 구경을 하고, 드라이브를 즐기고, 중고 음반 가게들을 돌아다니는 평화롭고도 화창한 삶은 참으로 달콤했다.

그가 진정으로 다시 일어서기 위해서는 여자가 필요했다. 주위 젊은 남녀들은 쉽게, 쉽게, 하지만 너무 방만하지 않게 짝을 이뤘다. 그만이 짝이 없었다. 그는 처음 도착했을 때부터 린다라는 아가씨를 알게 되었다. 〈린다〉라는 이름과 아기처럼 포동포동한 뺨 때문에 최근 그의 우상이 되었고, 그가 소속 음반사를 통해 팬레터로 그야말로 융단 폭격하고 있던 가수 린다 론스태트를 연상시키는 여자였다. 공식적으로 딕은 그녀와 〈외출하는〉[1] 사이였는데, 이 동사는 문자 그대로 해석해야 했으니, 두 사람은 함께 영화를 보러 가고, 저녁 늦게까지 수다를 떨고, 그녀가 운전기사가 되어 그를 집까지 데려다주는 사이였다. 그에게는 아직 자동차가 없었는데, 로스앤젤레스에서 차가 없다는

1 프랑스어로는 sortir이며, 이 말에는 〈밖으로 나가다〉, 〈외출하다〉의 뜻 외에 〈데이트(동침까지 포함된)하다〉의 뜻이 있다.

것은 큰 핸디캡이었다.

린다는 스물한 살밖에 되지 않았고, 예전의 낸시처럼 어려운 청소년기를 보냈다. 그녀는 자기 아버지뻘이고, 주위 모든 사람이 존경해 마지않는 이 총명하고 교양 있는 남자가 자신에게 보이는 관심을 기분 좋게 느꼈다. 그녀가 보기에, 그는 힘든 세월을 살아온 것 같았다. 비록 배가 약간 나오긴 했지만, 그는 그녀도 느껴지는 그 깊은 경험을 바탕으로 어렵지 않게 그녀를 유혹할 수 있었으리라. 하지만 그가 어떻게 했는지 한번 보라.

어느 날 저녁, 그는 그녀를 할런 엘리슨과 또 한 명의 SF 작가와 함께하는 저녁 식사에 데려갔다. 그녀는 어른들의 모임에 자기도 초대된 것을 너무나 기쁘게 생각했다. 레스토랑에 들어가기 전에, 그는 그녀에게 편지를 내밀면서, 이것의 답장에 자기목숨이 달려 있다고 엄숙하게 말했다. 그러고 나서 저녁 식사내내 그녀에게 눈길 한 번 주지 않고, 두 동료와 함께 아주 저질스러운 농담을 나누며 이 자리가 불편하기만 한 수줍은 처녀를어쩔 줄 모르게 만들었다. 린다는 화장실로 도망가서 울음을 터뜨렸고, 편지를 뜯어 보았다. 아주 길게 쓴 편지는 그녀의 눈을의심케 했다. 그는 그녀를 사랑하고, 그녀와 같이 살고 싶으며, 결혼하고 싶단다. 만일 그녀가 거절하면, 자기는 죽을 거란다. 지금 자기 주위 세계 전체가 마치 『유빅』에서처럼(팬들로 둘러싸인 그는 모두가 자기 작품들을 알고 있다고 상상하고는, 그것들을 인용하는 습관이 생겼다) 무너져 내리고 있단다. 그렇단다, 자기에게 그녀는 은혜로운 유빅과 같은 존재, 빛이요, 진리요, 생명이란다. 그녀는 자기가 살기를 원하는지 아니면 죽기를 원하는지? 더 일반적으로 말해, 그녀는 생명의 편인지 아니면 죽음의 편인지?

〈나는 오늘 하늘과 땅을 증인으로 세우고 너희 앞에 생명과 죽음, 복과 저주를 내놓는다. 너희나 너희 후손이 잘살려거든 생명을 택하여라.〉(『신명기』 30장 19절.)

택하라, 린다!

린다는 새하얘진 얼굴로 돌아왔다. 아무도 그녀에게 신경 쓰지 않았다. 하지만 차 안에 둘만 있게 되자, 그는 희끗희끗한 수염 밑으로 엄숙한 표정을 지으며 그녀를 쳐다보면서 〈자, 린다, 어떻게 생각해?〉라고 물었다. 린다는 제대로 말을 잇지 못했다. 이에 그는 그녀가 거절하는 거라 결론 내리고, 갑자기 날카로운 목소리로 깐죽대기 시작했다. 아니, 이런 편지를 진지하게 받아들이다니, 바보 아니야? 언젠가 네가 말했잖아, 여태껏 한 번도 청혼을 받아 본 적이 없다고. 그래서 내가 이렇게 한 번 받게 해 준 거야. 아주 멋진 농담 아니었어?

돌아오는 길은 음산하기 이를 데 없었다. 그녀는 아무 말 없이 덕을 집 앞에 내려 주었다. 하지만 그들은 다시 만났다. 그는 마치 아무 일 없었다는 듯이 다시 구애하기 시작했다. 하루는 거만하게 나오다 다음 날은 애원하는 등 마치 감수성 예민한 십대처럼 굴었는데, 다 큰 어른이 이러는 것을 보니 린다는 어떤 기괴한 코미디를 보는 듯한 기분이었다. 그가 자신에 대해 뭐라고 얘기하는지 몰랐던 그녀는 자신이 동아리의 웃음거리가 되었고, 남자에게 꼬리 치다 막상 접근하면 뒤로 빼는 여우 같은 여자로 취급되는 것을 느꼈다. 유약한 심성의 소유자인 그녀는 어쩔 줄 몰라 하다, 결국 이 모든 게 자기 잘못이라고 생각하게 되었다. 그가, 자신에게 화살 박힌 하트가 그들의 이니셜과 함께 그려져 있고, 그 옆에는 사전에서 오려 낸 〈자위(自慰)〉의 정의(定義)를 붙여 놓은 것 같은 우편 엽서들을 줄줄이 보내오는 것을 보면, 자기는 성숙하지 못한 여자임이 분명하다는 생각이 들었다. 한 번도 같이 잔 적이 없는 사이임에도 불구하고, 그는 그녀를 설득해 부부 문제 상담소에 데려가는 데 성공했을 뿐 아니라, 그들 〈커플〉의 모든 문제점의 책임을 그녀에게 뒤집어씌우기까지 했다. 또 그는 그녀 때문에 얼마나 고생하는지! 이 몹쓸 놈의 사랑이 죄라고, 그는 그녀의 신경증 발작의 불똥을 고스란히 받아내야 할 뿐 아니라 그 미친놈들이 득실대는 곳에 그녀와 함께 앉아 있어야 하는 것이다! 지금까지 살아오면서 정신과를 한 번도 가본 적이 없고, 또 어느 날 가게 되리라 상상도 못 했던 자신이 말이다! (몇 년 뒤, 딕이 열네 살 때부터 정신과를 들락거렸고, 심지어 그의 팬 가운데에도 그를 완전히 맛이 간 인간으로 여기는 사람이 많다는 사실을 알게 된 린다는 깊은 안도감을 느꼈다. 그렇다면 난 미친 게 아니었어!)

딕이 어느 날 저녁 파티 중에 테사 버스비라는 여자를 알게 되면서 린다의 고난은 끝났다. 테사는 그의 동침 제안을 받아들였고, 바로 그다음 날 아침부터 그의 아파트에서 살았다. 이런 순순한 태도에, 딕은 그녀가 적들에게 고용된 스파이라고 추론했다. 그가 어떤 종류의 여자를 좋아하는지 잘 알고 있는 저들은 일을 제대로 한 셈이었다. 테사는 키가 작달막하고, 치렁치렁한 긴 흑발과 쿵후로 단련된 날씬하고도 유연한 몸매를 지니고 있었다. 그녀는 작가가 되고 싶어 했다. 그녀는 열여덟 살이었다. 딕은 이렇게 놀라운 공감 능력을 가진 여자를 만나 본 적이 없었다.

딕에게는 무엇이든 이론화하려는 경향이 있다는 것을 앞에서도 봤지만, 문학적 배출구가 막혀 버린 지금, 이 이론화의 열정은 두 주제에 집중되었다. 하나는 도난 사건으로, 그는 여기에 대해 매일 새로운 설명을 찾아냈고, 다른 하나는 자신의 감정적 삶으로, 그가 보기에 여기에는 두 개의 성향이 대립하고 있었다. 첫 번째 성향은 그를 앤처럼 남자의 기를 꺾는 폭군적이고 조현병적인 여자들 쪽으로, 두 번째 성향은 부드럽고 상처받기 쉬운 흑발의 여인들 쪽으로 이끌었다. 아, 그런데 애석하게도 이런 여자 대부분은 낸시나 최근에 만난 린다의 경우에서 볼 수 있듯이, 알고 보니 남자의 기를 꺾는 폭군적이고 조현병적이었다. 하지만 — 그는 이 말을 속으로 되풀이했고, 주위 사람들에게도 되풀이했으며, 심지어 『주역』에서도 되풀이했다 — 이번에는 진짜였다. 그는 반복되는 불행을 벗어난 것이다. 오랫동안 방황한 끝에 마침내 안식할 항구에 이르렀고, 자신을 농락한 그 많은 모조품을 거친 뒤 테사에게서 완벽한 흑발의 여인을 찾은 거였다. 따스하고도 인간적이며, 남자를 자신이 바꿔 놓고 싶은 모습으로가 아니라, 있는 그대로의 모습으로 사랑할 수 있는 여자 말이다. 그는 그녀가 타이츠 차림으로 운동하는 모습을 보는 게 좋았다. 그 차분한 호흡과 느리면서도 정확한 움직임이 좋았다. 그녀와 함께 조깅하는 것도 좋았다. 티머시 파워스가 그들에게 선물한 『돈키호테』의 몇 장을 그녀에게 소리 내어 읽어 주는 것도 좋았다. 일어나고 싶지 않은 날이면, 그녀가 음식을 침대로 가져다주는 게 좋았다. 그가 좋아하지 않는 것은 그녀가 1분이라도 곁을 떠나 있는 것이었다.

가을에 테사는 임신을 했다. 그녀에게 뭔가 헌정하고 싶고 돈도 벌어야 했기 때문에, 그는 『흘러라 내 눈물, 경관은 말했다』 원고를 찾아와 그것을 끝내기로 마음먹었다. 더 이상 암페타민을 복용하지 않아 예전만큼 빨리 집필하지는 못해 작업을 하는데 여러 달이 걸렸다. 그러는 동안 그 전해 여름 워싱턴의 어느 빌딩에서 일어난 주거 침입 사건에 대한 수사가 예기치 못한 양상을 띠게 되었다.

이 사건은 처음에 별것 아닌 것 같았다. 그것은 선거철이면 거의 불가피하게 행해지는 더러운 짓거리 중 하나로 여겨졌고, 민주당 전국 위원회 본부에서 체포된 괴한들이 대통령 재선 추진 위원회와 관련되었다는 게 밝혀졌음에도 불구하고, 11월에 닉슨 대통령은 의기양양하게 재선되었다. 이 모든 상황에 구역질이 난 딕은 텔레비전에서 정치 얘기만 나오면 채널을 돌려 버렸다. 그런데 이듬해 초, 기자들 사이에서는 『워싱턴 포스트』의

명명을 따라 〈배관공〉으로 통하던 워터게이트 일곱 도둑의 재판이 시작되자, 딕은 다시금 호기심을 느꼈다. 이 〈배관공〉이라는 말은 당시 엄청난 유행어가 되었다. 평범하면서도 위협적인 표현은 이 재판과 텔레비전으로 방영된 어빈 특별 위원회 청문회를 통해 미국인들이 통치자들의 수법에서 발견한 모든 것 ― 전화 도청, 불법 가택 수색, 비자금 사용, 스피로 애그뉴 부통령이 〈정치적 불량배들〉이라고 부른 이들에 대한 FBI 공작, 미연방 영토 내에서 CIA의 권한 남용 ― 을 너무 잘 요약하고 있었다. 세계 최고 헌법에 의해 보장된 시민의 자유가 1960년대 후반부터 위협받아 왔다는 생각이 사람들의 머릿속에 조금씩 자리 잡기 시작했다.

새로운 사실이 밝혀질 때마다 풀러턴의 친구들 사이에서 딕의 위상은 높아 갔다. 맞아, 딕이 그렇게 말했었어! 그들은 그를 놀리고, 편집증 환자 취급했었다. 그는 자기 집에서 일어난 도난 사건이 너무 비밀스러워 아무도 들어 본 적 없는 어떤 기관들의 소행이라고 수도 없이 주장했지만, 그럴 때마다 그들은 미소를 머금었다. 그러나 이제 그들은 실제로 이 기관들 얘기를 듣게 되었다. 아니, 세상은 온통 이 기관들 얘기뿐이었고, 필이 정확하게 봤다는 것을 인정하지 않을 수 없었다.

그런데 놀랍게도 딕은 별로 만족한 기색이 아니었다. 돈키호테는 자기가 보기에 무장한 기사들이 있는 곳에서 사람들이 계속 풍차들만 보면 기분 나쁘지만, 갑자기 모두가 태도를 바꾸어 그가 옳다고 말하면 더욱 기분 나빠지는 사람이다. 그리고 딕은 토론 중에 사람들이 자기편 드는 것을 전혀 좋아하지 않았다. 그럴 때면 곧바로 의견을 바꿨다. 친구들이 그의 혜안에 경의를 표하면 표할수록 그는 더 모호하고 신비하게 굴었다. 마치 눈에서 비늘이 떨어져 나간 뒤, 그들이 전보다 더 눈이 멀어진 것처럼 말이다. 그들이 그의 새 소설이 닉슨에게 투척할 화염병이 되리라 상상하면서, 그것에 대해 열심히 물어보면, 그는 어깨를 으쓱하면서 그런 것들은 다 지난 얘기이고, 자신에게는 더 급한 문제가 있다고 대답했다.

1973년 봄, 딕은 낸시가 떠난 뒤 그가 빠져든 배신과 혼란의 세계에서 겪은 경험들의 결론이 될 책, 다시 말해 그의 가장 위대한 작품이 될 책 작업에 착수했다. 자신이 예전 마약에 대해 쓴 책들이 순진하게 느껴졌다. 이 책들을 쓸 때는 마약 중독자들의 세계에 대해 잘 몰랐다. 하지만 충분히 경험하고 나서 그곳을 빠져나온 그는 이제 증언할 수 있었다.

도스토옙스키는 자신을 처형장으로, 그리고 다시 유형지로 보낸 테러리스트적 유토피아로부터 교훈을 끄집어 내겠다는 각오로 『악령』을 집필했지만, 딕이 『스캐너 다클리』를 쓸 때의 마음가짐도 이와 비슷했다. 그는 이 책을 도나와 하시엔다 웨이와 엑스칼레이의 친구들에게 — 비록 몇 사람은 죽고, 몇 사람은 식물인간이나 영원한 공포 덩어리가 되어 있었지만 — 헌정했다. 전복적인 마약 중독자 놀음을 하고, 티머시 리어리 뺨치는 말들을 하며 몇 년 보낸 뒤, 마약에 대한 딕의 관점은 전과 완전히 달라졌고, 이 때문에 헌정사를 가득 채운 이름들에 리처드 클라인디엔스트 검찰 총장도 포함시킬 것을 고려했다. 클라인디엔스트는 프랑스의 레몽 마르셀랭[2]과 거의 비슷한 인물이어서 이 계획은 친구들을 분개하게 했고, 딕은 클라인디엔스트가 닉슨의 심복인 존 딘, 해리 홀드먼, 존 엘리히만과 함께 사임하자, 그에게 위로 편지를 보내는 것으로 만족했는데, 만일 이 편지가 당사자에게까지 전달되었다면 그는 꽤나 당혹스러워했을 것이다.

그는 밤중에 테사가 자고 있을 때 글을 썼다. 혼란과 절망 속에서 겪었던 그 모든 일이 다시 떠올랐다. 끝없이 이어지는 대화, 함께 지내는 즐거움, 서로에 대한 불신, 너무나 실없는, 그러다가 신랄해지는 농담, 미친 듯한 폭소, 음험한 미소와 바보처럼 킥킥거리는 웃음, 멍한 순간들, 갑자기 느껴지는 공포, 바로 눈 밑에 있는 마리화나를 온종일 찾던 일, 경찰들에 대한 두려움, 갑자기 기억이 나지 않는 것, 살다가 영화의 같은 장면이 계속 반복되는 것 같은 느낌, 그러면서도 뭔가 조금 변한 것 같은데 그게 정확히 뭔지 모르는 불안한 느낌……. 귀에 긴 스테레오 헤드셋에서는 린다 론스태트의 노래와 다울런드의 「흘러라, 내 눈물아」가 끝없이 흘러나왔다. 걱정했던 것과 달리, 암페타민이 없어도 문제가 되지는 않았다. 하지만 테사는 새벽녘에 눈물이 가득한 눈을 부릅뜨고 테이블에 앉아 있는 그의 모습을 발

---

2 프랑스의 정치가. 1968년에서 1974년까지 내무장관을 역임했으며, 1968년 5월 혁명으로 촉발된 자유주의적 흐름을 탄압한 보수적 철권 정치의 상징과 같다.

견하곤 했다.

그는 책을 팔고 싶다면 SF 작품을 써야 한다는 것을 알고 있었다. 그런데 이번에 쓰는 책의 소재는 너무 현실적이어서 약간 부담이 됐지만, 이 제약이 그에게 새로운 가능성을 열어 주었다.

이 작품의 주인공이며 지저분한 아파트에서 대부분 등장인물과 함께 사는 마약 중독자 밥 아크터는 오렌지 카운티 마약 단속반 일원인 〈프레드〉이기도 하다. 그가 위장 신분으로 변질되어 버린 경찰관인지, 아니면 밀고자로 전향한 〈프릭〉인지는 분명하지 않지만, 어쨌든 이런 경우가 너무 흔했기 때문에 경찰은 마약반 요원들을 역으로 경찰에 잠입한 마약 카르텔 조직원들로부터 보호하기 위해, 그들에게 〈스크램블 슈트〉의 발명이 가능케 한 익명성을 부여한다. 요원이 그의 상관들과 만날 때 입는 이 피부 같은 막은 어떤 컴퓨터에 연결되어 있는데, 이 컴퓨터의 메모리에는 신체적 특성에 대한 데이터가 수억 개 저장되어 있다. 그리하여 컴퓨터는 이 데이터베이스를 훑어 가면서 눈과 모발의 색깔, 코의 형태, 치열의 유형, 얼굴 윤곽을 일일이 프로그래밍해 요원이 입은 막에 매 순간 새로운 모습이 나타나게 한다. 목소리도 같은 방식으로 처리된다. 이 모든 것은 〈스크램블 슈트〉를 입은 사람을 묘사하고, 확인하고, 녹화하는 것을 불가능하게 만들며, 그를 이상적인 〈보통 사람〉으로 만든다.

프레드의 상관들이 그에게 밥 아크터에 대해 — 다시 말해, 그들은 모르지만 그 자신에 대해 — 조사하라고 지시하면서 이야기는 본격적으로 시작된다. 아크터는 자기 집에 24시간 작동하는 카메라와 녹음기를 숨겨 놓는다. 이것은 딕의 꿈이었지만, 꼭 그의 것만은 아니었다. 1973년 7월 16일, 워터게이트 스캔들 중 또 한 번 깜짝 놀랄 만한 사실이 밝혀졌는데, 대통령이 몇 년 전부터 상대가 모르는 사이 대화 내용을 죄다 녹음해 왔다는 것을 백악관의 한 보좌관이 폭로한 것이다. 대통령 집무실에서 누군가의 목소리가 울리면 녹음기가 자동으로 돌아가기 시작했다는 거였다. 이 사실에 온 미국이 치를 떨었지만 딕은 별로 놀라지 않았고, 오히려 자신의 오랜 적에게 일말의 연민을 느꼈다. 여론이 하나의 협박 수단으로 여기는 것은 그가 잘 아는 어떤 불안감의 표시였기 때문이다. 그가 보기에 닉슨이 원했던 것은 방문객들이 말한 것보다 자신이 한 말의 흔적을 간직하는 거였다. 닉슨은 다른 사람들을 염탐하는 것만큼 자신을 염탐했던 것이다. 그는 이따금 자신의 대화를 녹음한 테이프들을 틀어 보았을까, 아니면 그 테이프들이 존재한다는 사실을 아는 것만으로 충분했을까? 혹시 그 테이프들을 듣고 있는 자신도 녹음하지 않았을까? 그는 2, 3일마다 〈스크램블 슈트〉를 걸치고 화면 앞에 앉아 자기 집에서 일어났던 일들과 지금 일어나는 일들을 보고 있는 밥 아크터를 흉내 내는 것은 아닐까? 문제는 매일 24시간 분량의 필름을 봐야 하는데, 그가 잠도 자지 않고 하루에 24시간 동안 화면 앞에 붙어 있는다 해도, 자신이 필름의 등장인물 중 하나가 되어야 하므로 상당 시간 화면 앞에가 아니라 화면상에 있어야 하기 때문에 충분하지 않다는 사실이다. 아크터는 이 딜레마에서 벗어나기 위해 필름을 1백 퍼센트 다 보는 것을 포기하고, 샘플 보기 방식을 택한다. 즉 테이프를 앞뒤로 빨리 돌리면서 어떤 특정한 장면을 찾는다. 이렇게 세 시간 가운데 2~3분 분량 부분만 주의 깊게 들으면 큰 것을 놓칠 염려가 없으니, 마약 중독자들의 대화는 항상 그게 그것인 까닭이다. 전체주의 국가의 경찰도 같은 원칙으로 도청한다. 그들은 모든 사람의 대화를 녹음하지만, 인력이 부족한 탓에 — 국민 전체를 고용할 수는 없는 노릇이므로 — 녹음 테이프를 복불복으로 청취하는 것이다. 하지만 이런 방식은 아크터를 안심시키지 못했다. 만일 결정적인 정보가 빨리 지나친 구간에 숨어 있다면? 이런 의심은 이 정보들이 다른 사람이 아닌 바로 자기 자신에 대한 것이었기 때문에 그를 더욱 힘들게 했고, 이 용의자는 그에게 갈수록 맹렬해지는 호기심을 불어넣었다.

프레드는 자문한다. 밥 아크터는 혼자 있고, 보는 사람이 없다고 생각할 때 무엇을 할까? 그는 마약 조직 가운데서 겉보기보다 훨씬 중요한 역할을 맡고 있을지 모른다고 의심하는 이가 많은데, 혹시 그게 사실 아닐까?

리처드 닉슨도 자문했을지 모른다. 대통령은 뭘 하고 있을까? 소련을 위해 일하고 있을까? 워터게이트를 도청하라고 지시한 것은 아닐까? 그걸 증명하는 테이프를 그가 지워 버렸을까? 그가 증거 테이프를 지워 버리는 장면을 녹음한 테이프가 존재하는 것은 아닐까?

샌러펠의 집에 도둑이 들었을 때 필립 K. 딕은 무얼 하고 있었을까, 라고 필립 K. 딕도 자문해 보곤 했다.

생각하면 할수록, 그 짓을 한 것은 바로 자기 자신이라는 경찰의 설명이 개연성 있게 느껴졌다. 그런 기억이 전혀 없었지만, 이것은 아무것도 증명해 주지 못했다. 친구들은 처음에는 그를 의심했으나 결국 의심을 거뒀는데, 너무나 한꺼번에 생각을 바꿨기 때문에 그는 휴지통에 처박았던 의혹을 다시 꺼내 들지 않을 수 없었다. 하지만 녹화 필름이 없고, 그것을 얻을 희망도 없었기 때문에, 그는 도난 사건의 진실을 영원히 알 수 없다는 사실을 체념하고 받아들였으며, 무엇보다 자신이 이런 가설을 차분하게 고려해 볼 수 있다는 사실은 과연 무엇을 의미하는지 자문해 보았다. 자신은 광기에 한 걸음 더 다가선 것일까, 아니면 반대로 자신의 지난 광기들을 마침내 의식할 수 있을 만큼 충분히 명석해진 것일까?

이 또한 아무것도 증명해 주지 못한다는 것을 알았지만, 그는 자신이 전보다 더 명석해졌다고 느꼈다. 편집증이 미국에서 가장 흔한 열정이 되고 있어, 그는 마치 어떤 심미가가 대중화된 어떤 고상한 취미를 버리듯이 자신의 편집증을 버리고, 그것을 하나의 병증으로 환원시켜 그것의 숨은 원인을 찾아내려고 했다. 그는 테사를 만나기 전까지 자신의 남녀 관계를 재앙으로 만들어 온 반복적 모티프를 찾아낸 것과 마찬가지로, 자신의 지적, 심리적 삶을 지배해 온 모티프도 발견했다고 생각했다. 그가 기억할 수 있는 한, 그는 자신에게 일어나는 일이 우연의 결과, 안무 없는 전자들의 춤, 우연한 조합들의 소용돌이일 수 있다는 생각을 언제나, 그리고 온 마음으로 배격해 왔다. 그가 보기에는 모든 것이 어떤 의미를 지녀야 했고, 그는 이 전제에 따라 자기 삶을 들여다봤다. 그런데 우리에게 일어나는 모든 것 뒤에 어떤 의미가 숨겨져 있다는 생각은 필연적으로 여기에 어떤 의도가 있다는 생각으로 이어지게 된다. 누군가 자기 삶을 어떤 그림으로 보려고 하면, 얼마 안 가 거기서 어떤 계획의 실행을 보게 되고, 그렇다면 누가 이 계획을 짰을까 자문하게 된다. 우리 모두가 다소 창피해하면서 느끼는 이러한 직감은 두 가지 형태의 사고에서 그 완전한 표현을 발견하는데, 하나는 종교적 신앙이요, 다른 하나는 편집증인바, 이 둘 다를 경험해 본 딕은 이 둘 사이에 과연 본질적 차이가 있을까, 하는 생각이 갈수록 강하게 들었다.

심하게 덴 적이 있는 그는 더 이상 믿고 싶지 않았다. 현실이 무언가를 감춘 담요라고, 우리가 바늘을 찌르기도 하고 다시 빼내기도 하지만 그 뒷면만 볼 뿐 나중에 찬란하게 드러날 앞면은 보지 못하는 어떤 태피스트리라고 말이다. 그는 성 바울로와 곰돌이 푸의 허튼소리를 너무나 오랫동안 믿어 왔다. 〈지금은 우리가 거울로 희미하게 보지만, 어느 날 우리는 보게 되고, 서로의 얼굴을 분명히⋯⋯. 우린 숲의 다른 장소에서 다시 만나게 될 거고, 거기엔 언제나 한 작은 사내아이와 그의 곰이 놀고 있을 거야⋯⋯.〉 하지만 이제는 루크레티우스의 냉혹한 지혜를 받아들여야 할 때가 온 것이다. 〈우리는 더 이상 없을 것이기 때문에 아무것도 느끼지 못할 것이다.〉 밝은 빛 가운데서 얼굴과 얼굴을 마주하고 보게 될 사람은 아무도 없을 것이고, 지금 우리가 거울 속에 어렴풋이 보인다고 믿는 것은 죽음의 공포와 아무런 이유 없이 고통받은 자의 두려움으로 일그러진 우리 자신의 그림자에 지나지 않는다. 이런 물질주의는 불가지론적 현대 사회에서 양식(良識)의 표현으로 여겨지지만, 딕은 우리의 욕망에 너무나 깊은 상처를 내는 이런 물질주의를 마음 깊은 곳에서 받아들이는 사람은 거의 없다는 걸 알고 있었다. 어쨌든 우리는 뭔가 믿고 싶어 하고, 의미를 원하는 것이다. 하지만 딕은 이런 태도가 어디에 이르게 하는지 혹독한 경험을 통해 알게 되었고, 이제 그의 의무는 다른 이들에게 경고하는 거였다.

누군가 인터뷰하러 찾아오면, 그는 현실에 대한 이 새로운 이론을 장황하게 늘어놓았는데, 현실에 대한 모든 이론은 헛되고 틀렸으며 모종의 정신 질환을 숨긴 증상에 불과하다는 거였다. 현실은 그저 단순하고, 돌처럼 딴딴하고 멍청한 거란다. 또 현실에는 숨겨진 밑바닥이 없단다. 우리는 현실에서 어떤 반복적인 양상을 관찰하고, 거기서 매일의 삶을 영위하기 위해 어떤 규칙들을 이끌어 내지만, 그 정도로 끝내야 한단다. 다시 말해 대부분 사건은 우연히 발생한다는 사실을 인정해야 한단다. 딕은 각자의 〈교회〉를 고발하는 전향한 스탈린주의자와 환속한 신부를 연상시키는 격렬한 어조로 의미가 없는 곳에서 의미를 찾을 때 범하게 되는 과오의 예들을 열거했다. 그가 아는 어떤 여자는 『성경』 공부를 통해, 지금 그리스도가 지구의 중심부에, 마술사들로부터 보호해 주는 유리 관(棺) 속에 살고 있다는 확신을 얻었단다. 그 자신도 다른 사람도 아니고 파이크 주교 같은 뛰어난 인물의 영향을 받아 그에 못지않게 괴상망측한 것들을 믿게 되었다. 하지만 마약의 지옥을 빠져나오듯 그런 어리석은 믿음에서 벗어났고, 이제는 증언할 수 있단다. 그는 농담 반 진담 반의 어조로, 알코올 중독 치료 센터에서 중독자들의 토론회를 진행하듯이 〈의미 중독자〉들의 토론회를 진행하는 얘기를 했다. 적어도 나는 내가 무슨 말을 하는지 알고 있어요! 마약을 입에 댄 적도 없고, 마약이 주는 쾌감을 맛본 적도 없으면서 마약을 성토하는 그런 친구들과는 종류가 다르단 말입니다!

그는 진실을 찾는 이들이 궁극적인 비밀에 접근했다고 믿을 때 느끼는 그 전율을 몇 번이나 경험했는지 모른다. 심지어 아직도 그것을 느낄 때가 있었고, 이 때문에 그의 경고가 더욱 의미 있었다. 그는 치료되지는 못했지만 적어도 자신이 병자임을 알고 있었다. 그의 병은 규칙적으로 재발하곤 했다. 해마다 도난당한 날인 11월 17일이 가까워지면 문과 창문을 다 막아 놓은 아파트에서 테사와 함께 이 운명적인 날을 보내곤 했다. 그가 느끼는 공포감은 진정한 것이었지만, 그렇다고 해서 그의 판단력을 흐리게 하지는 않았다. 이건 그저 편집증 발작일 뿐이었다. 그는 내려진 블라인드 뒤에 숨어 땀을 뻘뻘 흘리는 자기 모습을 마치 경찰관 프레드가 밥 아크터를 보듯이 지켜보았다. 그리고 자신을 그의 불행한 주인공과 비교하면서 진단을 좀 더 세련되게 다듬었다. 그래, 난 다중 인격이야.

오랫동안 앓아 자기 병을 잘 알고 있는 환자들처럼, 이제 그는 첫째, 〈엑스칼레이 같은 기관들은 사실 비밀 마약 공장이다〉

혹은 〈닉슨은 공산주의자다〉라고 쓰는 것. 둘째, 이것을 믿는 것. 셋째, 이게 진실이라고 믿는 것. 이 세 가지를 아주 명확히 구분하게 되었다. 그는 자신은 SF 작가이고, SF 작가로서 자신이 하는 일은 이런 가설들을 고려해 보는 것이라는 점에서, 이런 얘기를 쓰는 것은 가능하지만 이것을 믿는 것은 잘못이라고 생각했다. 무엇보다 그는 자신이 어떤 얘기를 쓸 수는 있지만, 그렇다고 하여 그게 진실이라는 법은 없음을 알고 있었다. 자신은 단지 SF 작가일 뿐만 아니라 확실한 편집증 환자이기도 하고 현실 세계를 자기 책의 세계와 혼동하는 경향이 있다는 것을 깨달았다. 그는 자신의 이런 맑은 정신이 자랑스러웠고, 무슨 일이 있어도 이런 상태를 유지하리라 마음먹었지만, 어떤 악습에서 벗어난 이들이 다 그렇듯, 삶이 우울하게 느껴지는 것은 어쩔 수가 없었다.

『돈키호테』의 마지막 장은 〈슬픈 얼굴의 기사〉가 광기에서 치료되고, 이렇게 치료됨으로써 죽는 장면을 보여 준다. 죽어 가는 그는 아주 이성적이면서도 감동적인 말을 하면서, 산초 판사의 양식(良識)을 칭찬하고, 기사도 소설들을 저주한다. 그것은 문학사 가운데 가장 슬픈 장(章) 중 하나다.

1973년이 끝나갈 무렵, 풀러턴에서 딕의 삶은 이 장과도 비슷했다. 그는 죽지 않았다. 그는 새 아내를 얻었고, 그녀는 그에게 크리스토퍼라는 이름의 아이를 낳아 주었다. 그에게는 새 친구들도 있었다. 그리고 글쓰기도 다시 시작했다. 당시 세상에서 일어난 어떤 사건은 그의 직감들이 옳았음을 증명해 주었다. 문학적 부활의 징후들도 나타나고 있었다. 하지만 그는 더 이상 풍차들을 기사들로 여기지 않게 되었고, 어쩌다 그렇게 할 때면 자기가 틀렸다는 것을 알고 있었다. 그는 자신을 정신의 돈키호테로 간주했다. 그의 모험은 세르반테스의 돈키호테 못지않게 완벽했으나 이제 모험은 끝났고, 이야기의 교훈도 나온 터였다. 이제 그는 마지막 장에 이르러 있었고, 서두르지도 슬퍼하지도 않으면서, 불구자의 소소한 즐거움을 맛보며 〈끝〉이라는 단어를 기다리고 있었다.

17
제국은 결코 끝나지 않았다

1974년 2월 20일, 딕은 테사와 아기 크리스토퍼와 함께 사는 조그만 아파트에서 끙끙 신음하고 있었다. 전날 사랑니 하나를 발치했는데, 밤사이 마취제 효과가 사라지자 세상이 갓 봉합된 턱뼈 속에서 쿵쿵 느껴지는 끔찍한 통증 그 자체였다. 고통이 곧 끝날 거라는 이성적인 생각은 도움이 되지 못했다. 그가 원하는 것은 단 하나, 여기에 없는 거였다. 이것이 끝날 때까지(이것이 언젠가 끝난다는 가정하에) 더 이상 존재하지 않는 거였다.

테사의 전화를 받은 치과 의사는 어떤 구강용 진통제를 처방했고, 그녀가 환자를 1분도 혼자 두지 못하겠다고 우기는 바람에, 약국에 전화해서 약을 최대한 빨리 배달해 달라고 요청했다.

30분 뒤, 초인종이 울렸다. 딕은 물에 적신 티백 하나를 잇새에 물고서 현관문을 열었다. 풍성한 흑발에 흰 제복을 입은 젊은 여자가 문 앞에 서 있었다. 그녀의 목걸이에 물고기 형상이 새겨진 금 펜던트가 달려 있었다. 딕은 마치 이 장신구에 최면이라도 걸린 듯 잠시 아무 말도 못 했다.

「8달러 40센트예요.」 여자는 그에게 약이 든 봉투를 내밀면서 말했다(어쩌면 이 말을 반복했을 수도 있다).

딕은 호주머니를 뒤져 10달러짜리 지폐를 꺼낸 뒤 물었다.

「이 장신구…… 이게 뭐죠?」

「물고기예요.」 여자가 대답했다. 「초기 기독교인들이 사용하던 상징이죠.」

약봉지를 받아 든 딕은 현관의 어둑한 그늘 속에서 은은히 빛나는 물고기를 살펴보며 꼼짝하지 않고 서 있었다. 자동으로 작동하는 현관 등이 꺼져 있었다. 그는 통증도 잊어버렸다. 지금 여자가 무얼 하고 있는지도, 자신이 무얼 하고 있는지도 잊어버렸다. 헤어드라이어로 머리를 말리던 테사가 침실에서 나와 다가왔다. 그의 시선 방향을 따라간 그녀는 그가 지은 황홀한 표정이 여자의 가슴 탓이라고 생각했다. 여자는 테사를 보고 드디어 잔돈을 거슬러 줄 생각을 했고, 몸을 돌려 떠나 버렸다. 테사는 문을 닫으며 어떤 농담을 했는데, 딕의 귀에는 들어오지도 않았고 나중에 그녀도 잊어버렸다. 그래서 신을 — 만일 그가 존재한다면 — 제외하고는 이 세상의 그 누구도 이 전기(傳記)에서 바로 이곳에 있어야 할 그 대사가 무엇이었는지 모른다.

『높은 성의 사내』에서 일본 사업가가 도(道)와 조화를 이룬 장신구를 봤을 때, 외관의 베일이 걷히면서 일본인은 처음으로 실제 세상을 보게 된다. 딕은 자기 경험과 12년 전 자신이 다고 미에게 부여했던 경험 사이 유사성을 나중에 가서야 의식하게 되었다. 하지만 자기가 평생을 기다려 온 것이 방금 일어났음을 알고 있었다.

진실의 순간. 임무 수행 보고. 떠오르는 기억.

그렇다, 그게 드디어 온 거였다.

그는 자신이 누구인지, 지금 어디에 있는지, 늘 어디에 있어 왔는지 알고 있었다.

약국 직원의 목에 걸린 그 금빛 물고기는 망각의 장치를 해제하기 위해, 그를 현실로 되돌리는 프로그램을 작동시키기 위해 오래전에 준비된 코드였다.

이제 그는 현실 가운데 있었다.

〈제국은 결코 끝나지 않았다.〉

기이하면서도 왠지 친숙하게 느껴지는 이 문장이 뇌리에 스쳤을 때, 그는 이게 진실을 말하고 있다는 것을 깨달았다. 여자는 비밀리에 활동하는 기독교도였고, 그도 마찬가지였다. 그녀는 이 사실을 그에게 알리려고, 그의 갇힌 기억들을 풀 수 있는 표시와 함께 파견된 거였다.

하지만 왜 이렇게 은밀하게 행동해야 하는가? 왜 이런 암시적인 대화가 필요하며, 왜 이렇게 음모자들처럼 만나야 한단 말인가?

그것은 로마인들의 감시를 피하기 위해서였다.

로마인이라고? 어떤 로마인? 우리는 1974년 캘리포니아주 오렌지 카운티에 있지 않은가?

아니야.

아니야, 아니야. 우리는, 좀 더 정확히 말하자면 우리 대부분은 자신이 1974년에 미국 민주주의 체제하에서 살고 있다고 믿고 있을 뿐이야. 레이글 검은 자신이 1950년에, 다고미는 자신이 일본이 전쟁에서 승리한 세계에, 조 칩과 그의 동료들은 자신들이 살아 있는 자들 가운데 산다고 믿었듯이 말이야. 하나 그것은 착각이었고, 누군가는 진실을 알고 있었어. 그리고 그들은 투쟁하고 있어. 넌 방금 그들의 대열에 합류한 거야.

이제 넌 깨어 있는 자들의 보이지 않은 군대에 합류했어. 저 고속도로와 전기 콘센트들, 저 기분 좋고도 치밀한 현실의 느낌을 주는 하워드 존슨 레스토랑¹들과 함께 〈현실〉이라는 이름으로 대중에게 부과된 저 홀로그램 너머로 감옥의 쇠창살을, 제국이 노예들을 가둬 놓은 거대한 감옥을 보고 있는 사람들 가운데로 들어온 거라고. 넌 오래전부터 자신도 모르는 채 그들 중 하나였기 때문에, 오늘 이 비밀 저항군들, 어둠 속에 행군하는 이 빛의 수호자들 가운데로 들어오게 된 거야.

느껴져? 네 안에서, 네 몸의 밑바닥에서 뭔가 다시 움직이기 시작하는 것이? 네 안에 있는 시계가 네게 정확한 시간과 정확한 날짜를 알려 주고 있어.

---

1 미국에서 1954년에 창립된 호텔 및 레스토랑 체인.

지금은 서기 70년이야.

이제 그걸 알기 때문에, 그게 사실이라는 걸 알기 때문에, 넌 놀라지 않아. 사실 넌 벌써 알고 있었지.

구세주께서 이 땅에 오셨고, 다시 떠나셨어. 하지만 그분은 곧 다시 오실 거야. 그분께서 약속하셨지. 이 세대가 지나기 전에 다시 오시겠다고. 넌 그분을 보게 될 거야. 네 주님의 말씀을 의심할 거야? 아니, 넌 우리와 같은 사람이고, 우리와 함께 있어. 넌 그분이 돌아오시기를 기다리고 있어. 온갖 박해에도 불구하고 그분을 맞이하기 위해 즐거이 준비하고 있다고.

은총을 받아 진실을 알게 된 사람은 주님이 요구하실 때 뒤로 물러서면 안 돼. 비치는 빛 앞에서 여러 가지 합리적 설명을 늘어놓으며, 예를 들어 자기에게 일어나는 일이 환각이라고, 알레고리라고, 전생의 기억이라고 생각하면서, 눈을 가려서는 안 된다고. 아니, 이것은 말 그대로의 진실, 즉각적인 진실, 유일한 진실이야. 로마는 지금 여기에 있어. 평범한 미국인들은 아무것도 보지 못하지만, 로마는 그들이 사는 세계 저변에 깔려 있는 현실이야. 제국은 결코 끝나지 않았어. 단지 그 신민들의 눈에 보이지 않을 뿐이지. 감옥 벽에다 어떤 영화를 영사하듯이, 제국은 그들을 위해 이 환상의 우주를, 대부분 관객이 19세기에 걸친 역사와 거기서 나온 세계를 치밀하게 그린 다큐멘터리라고 생각하는 아주 뻔뻔스러운 허구를 만든 거야. 하지만 영화가 상영되는 동안에도 전쟁은 계속되고 있어. 영화 보기를 거부하는, 그것을 현실로 받아들이기를 거부하는 사람들은 무자비하게 사냥당하지. 영화관에서 빠져나가는 것을 막고는 화장실에서 도살하는 거야. 좀 더 신중한 이들은 저들을 속이지. 그들은 그냥 스크린 앞에 앉아 있어. 눈을 감고서, 정신은 깨어 있는 채로 말이야. 그렇게 그들은 자신의 길을 가면서, 다른 왕을 섬기고 있어. 그들에겐 갑옷도 무기도 없어. 오직 튜닉과 샌들만 있고, 간혹 서로를 알아볼 수 있게 해주는 팔찌나 목걸이에 달린 금빛 물고기가 있을 뿐이지. 그들은 희망과 위험으로 묶인 비밀 공동체를, 암호로 소통하고, 버려진 주파수 채널을 이용하고, 땅바닥에 비의적인 기호들을 그리는 비밀 공동체를 이루고 있어.

하느님을 찬양하라! 우리가 널 이렇게 찾아냈어. 이제 넌 우리 가운데로 돌아온 거야.

이어진 밤들에 그는 꿈을 많이 꾸었고, 이 꿈들은 자신의 통과 의례를 보완하기 위한 것임을 깨달았다. 꿈에 가장 많이 나타난 것은 펼쳐진 책들이었다. 만일 그것들을 읽을 수 있었다면, 또 기억할 수 있었다면, 그가 궁금했던 모든 것에 대한 답을 찾을 수 있었을 것이다. 불행히도 책장은 눈앞에서 마치 복사기 렌즈 앞에 있는 것처럼 너무 빨리 넘어갔다. 게다가 그것들은 어떤 이상한 알파벳으로 써 있는 것 같았다. 그는 낙담해 꿈에서 깨어났지만, 책의 정보가 자신도 모르는 사이 그의 뇌 어딘가에 새겨졌다고 확신했다. 어쩌면 어떤 보안상 이유로 그의 의식이 닿지 않는 곳에 숨겨 놓았는지도 몰랐다.

어떻게 말해야 할까? 어떤 지글거리는 후광 같은 것이 그의 둘레에서 윙윙대고 있었다. 그것은 지성 있는 어떤 생명체처럼 행동했고, 친숙한 사물들을 감싸며 그것들에 에너지를 불어넣었다. 그의 정신, 아파트, 그들 세 식구로 이뤄진 조그만 세계는 거의 죽었다 갑자기 재충전된 배터리 같았다.

그는 테사를 쳐다보았다. 그녀는 소파 끄트머리에 작은 동물처럼 몸을 둥글게 웅크리고는, 스누피가 그려진 머그잔에 담긴 커피를 홀짝거리고 있었다. 또 갓난아이 옷을 입고 카펫 위를 기어가는 크리스토퍼도 보았다. 고양이들도 보았다. 이들은 아무것도 모르고 있는 것 같았다.

아내에게 모든 진실을 밝히지 않고, 어떤 행동 규칙들을, 기본적인 주의 사항을 가르쳐야 할 거였다. 다행히도 그는 이미 그녀를 조심스러운 삶에 익숙해지게 했다. 이런 점에서 많은 사람이 그의 편집증으로 여기는 것은 오히려 축복이었으며, 어쩌면 그의 통과 의례 성패가 달려 있는 조건일 수도 있었다. 오랫동안 그는 경찰, 세무서 직원, FBI 등 모든 것을 두려워했지만, 그렇게 두려워하는 게 옳았고, 최근 몇 달 동안 이 두려움을 부인한 것은 틀렸다. 두려움은 그를 단련시키고, 그에게 숨어 사는 자들의 반사 능력을 부여하였다.

또한 그는 이상한 것들을 말하는 버릇이 있었다. 사람들은 그의 말이 농담인지 진담인지, 그는 자신의 말을 믿는 건지, 아니면 문득 머리에 떠오른 어떤 괴상한 이론을 상대방에게 그냥 한번 테스트해 보는 건지 알 수 없었다. 필립 K. 딕과의 대화는 정상적인 대화 규칙을 따르지 않기 때문에 어떤 경우에도 놀라서는 안 된다는 것이 잘 알려진 사실이었고, 이런 암묵적인 규약은 그에게 완전히 미친놈처럼 보이지 않으면서도 자유롭게 말할 수 있는 여지를 남겨 주었다. 하지만 위험성은 남아 있었고, 신중하게 행동하는 게 좋았다.

그는 테사에게 봉헌용 양초를 사오게 했다(「뭐? 무슨 양초라고?」「그냥 아무 양초나 사와…….」). 그들의 침실에 조그만 제단을 꾸미며, 〈성 필립보 네리 앞에 나타난 성모〉상 앞에 촛불을 계속 밝혀 두려는 생각에서였다.

테사가 슈퍼마켓에 가 있는 동안, 크리스토퍼가 낮잠에서 깨어 울기 시작했다. 딕은 아들이 간식으로 먹는 코코아 우유를 만들어 왔다. 방에 들어서자 아기는 젖병을 향해 두 손을 내밀었고, 딕은 입에 물려 주었다. 어떻게 된 건지 모르겠지만, 그는 주방 식탁 위에 놓여 있던 빵 조각 하나도 가져왔다. 갑자기 그는 이유를 깨달았다. 하마터면 주방으로 돌아가 물을 가져올 뻔했지만, 곧바로 생각을 바꿨다. 만일 로마인들이 어쩌다 이 장면을 보게 된다면, 빵과 물의 조합에 촉각을 곤두세울 것이다. 모든 것이 자연스럽게 이뤄져야 했다. 어떤 아버지가 아기와 놀고 있는 광경 외에는 아무것도 보지 못해야 했다. 크리스토퍼에게 빵 조각을 준 다음, 아기가 그것을 먹는 틈을 타 젖병을 빼앗아 꼭지를 살짝 비틀어 코코아 우유가 아기 머리에 흐르게 했다. 이어서 재빨리 아기의 이마에 코코아 우유로 성호를 찍으며 그리스어로 〈성부와 성자와 성신의 이름으로〉라고 속삭였다. 그러고 나서 아기에게 젖병을 돌려주었다. 아기가 우유를 빨고 있을 때, 딕은 아기를 꼭 끌어안으며 〈이건 비밀인데, 너의 세례 명은 폴[2]이야〉라고 귀에 대고 속삭였다. 이 의식 전체는 몇 분밖에 걸리지 않았고, 사정을 모르는 사람은 봐도 뭐가 뭔지 몰랐을 것이다. 딕은 이 모든 의식을 본능적인 동작으로, 그보다 무한히 강력한, 하지만 그와 아들의 안녕을 신경 쓰는 어떤 힘에 이끌려 정확하고도 권위 있게 집행했다.

크리스토퍼가 세례를 받은 날 밤, 라디오를 통해 적의 공세가 시작되었다. 며칠 전부터, 딕에게는 부드러운 음악을 틀어 주는 방송국에 주파수를 맞춰 놓고 볼륨을 아주 낮게 해서 라디오를 항상 켜놓는 습관이 있었다. 이 청각적 동반자는 그를 안심시켜 주었고, 소스라치듯이 잠에서 깨어나 여기가 어딘지 모르고 있을 때 하나의 준거점이 되어 주었다. 그렇게 그들은 봉헌용 향초들로 둘러싸인 성모와 칼리 사이먼과 올리비아 뉴턴존 혹은 그가 제일 좋아하는 가수 린다 론스태트의 감미로운 목소리의 가호 아래 잠들곤 했다.

새벽 3시경, 테사는 불안한 기척에 잠에서 깨어났다. 눈을 꼭 감고 두 손으로 귀를 틀어막은 필이 침대에 앉은 채 몸을 앞뒤로 흔들고 있었다. 그러면서 떨리는 목소리로 〈리베라 메 도미네!〉를 반복했다. 기겁한 테사는 꼼짝도 하지 못했는데, 그녀가

2 바울로의 영어식 발음.

깬 것을 알아챈 그는 갑자기 〈저것 좀 멈추게 해!〉라고 소리를 꽥 질렀다. 그녀가 〈저것〉이 라디오라는 걸 몰라 머뭇거리고 있는데, 그는 참지 못하고 침대 아래로 뛰어내려 가 라디오를 끄더니, 그대로 들고서 주방으로 뛰어갔다. 그러고 나서 돌아온 그는 부들부들 떨고 있었다.

본인의 설명에 따르면, 그는 「유 아 노 굿」을 부르는 린다 론스태트의 목소리에 잠에서 깨었다. 그녀의 최근 앨범에 수록된 곡으로, 평상시에 딕이 아주 좋아하는 노래였다. 하지만 이번에는 노래 가사가, 아니 가사와 섞여 있는 어떤 것이, 일종의 기생충 같은 것이 귀에 들어왔는데, 이 기생충은 다름 아닌 그의 이름이었다. 바로 그에게, 필 딕에게 론스태트는 〈유 아 노 굿(넌 형편없어)〉이라고 심술궂게 되풀이하고 있었다. 넌 형편없어, 넌 뒈져도 돼, 넌 뒈져야 해. 론스태트는 혹은 론스태트를 이용하는 반기독교적 테러리스트들은 그의 죽음을 원하고 있었다.

테사는 간신히 그를 진정시켰다. 부부는 다시 잠이 들었다. 하지만 잠시 후, 분명히 꺼놓은 라디오가 다시 돌아가기 시작했다. 이번에는 론스태트 대신에 아마도 합성음인 듯한 어떤 느리고 음산한 목소리가 싸구려 대중음악을 배경으로 유치하고도 위협적인 음담패설을 늘어놓았다. 미국 속어로 〈좆〉을 뜻하는 〈딕Dick〉이란 이름이 저질스러운 농담의 단골 메뉴인 것은 사실이었으나, 이날 밤에는 이 이름이 들어가지 않는 얘기가 없었다. 그리고 이 음담패설 사이사이에 살해 위협이, 아니 그보다는 소름 끼칠 정도로 강한 설득력을 지닌 자살에의 권유가 끼어들었다.

그가 용기를 내어 주방으로 가자 욕설이 멈추었다. 하지만 침실에 돌아오자 다시 시작되었다. 다시 잠에서 깨어난 테사는 귀를 기울여 봤지만 아무것도 들을 수 없었다. 결국 그는 트랜지스터를 싱크대에 집어넣고 물을 가득 채워 버리고는, 밀랍으로 귀를 막아 버렸다.

다음 날이 되자, 자기가 들은 것은 의식 상태에서 들은 게 아니라는 생각이 들었다. 적들은 그가 자는 동안 그를 세뇌하기 위해 이 프로그램을 방송했던 것이다. 전에 그는 어떤 외국어 공부 카세트 광고 전단을 우편으로 받은 적이 있는데, 그것은 자고 있을 때 베개 밑의 스피커에서 외국어가 흘러나오게 하는 방식이었다. 그런데 그가 우연히 잠에서 깨어나 저들이 그의 뇌에 주입하려는 자살 권유 방송을 들음으로써 저들의 계획을 망친 거였다. 그렇다, 바로 그거였다! 하지만 대체 얼마 동안이나 들었던 걸까? 그리고 대체 몇 번이나 자신도 모르는 사이 그 치명적인 음파에 노출되었던 걸까?

잠들었던 뇌가 금빛 물고기에 의해 다시 활성화된 이후, 그의 뇌는 여러 개의 주파수가 동시에 포착되고 상반되는 정보들이 쏟아져 들어오는 무선 수신기로 변해 버린 것 같았다. 그렇다면 이제 해야 할 일은 채널들을 구별하고, 그것들의 근원을 밝히며, 그 의도를 따져 보는 것이었다.

아주 힘든 싸움이 될 거였다.

만일 자신의 뇌를 무선 수신기로 간주해야 한다면, 그것의 능력치를 최대한으로 높이는 게 좋지 않겠는가? 그와 테사가 구독하던 어느 대중 과학 잡지에서, 그는 비타민 다량 섭취가 좌뇌와 우뇌의 소통을 향상시킬 수 있다는 기사를 읽은 적이 있었다. 그는 이 요법이 젊은 조현병 환자들만 실험 대상으로 삼았다는 사실을 신경 쓰지 않고, 한번 시도해 보기로 마음먹었다. 그래서 하루에 세 번씩 알약을 몇 움큼씩 삼켰는데, 그 결과 잠을 제대로 잘 수 없었고, 눈을 감으면 눈꺼풀 밑으로 끊임없이 섬광이 일었다. 또 머릿속 생각이 마치 어두운 통로를 사사삭 기어가는 파충류들처럼 엄청 빠른 속도로 돌아갔다. 그러다가 새벽녘이나 오후에 겨우 선잠이 들라치면, 이상한 꿈들이 찾아왔다. 대부분 그리스·로마 시대를 연상시키는 것들이었다. 그는 콜로세움 한가운데, 거대한 도마뱀들이 열려고 날뛰는 쇠 우리에 갇혀 있었다. 또 어떤 때는 검정과 금색이 섞이고, 삼각대 위에 놓인 항아리가 보이기도 했는데, 어떤 목소리가 지금은 기원전 840년이라고 알려 주는 거였다. 그 목소리는 그리스어로 말했지만 그는 뜻을 이해했고, 깨어나서 기원전 840년에 대체 무슨 일이 있었던 걸까 자문했다. 그가 가진 『브리태니커 백과사전』에 따르면, 그 시기는 미케네 문명 시대에 해당했다. 그는 다른 모든 단서가 수렴되고 있는 듯 보이는 사도 시대보다 8세기나 앞선 이 먼 옛날이 갑자기 튀어나온 이유를 설명해 보려고 머리를 쥐어짰지만 허사였다.

어느 날 밤 테사가 싱크대에서 꺼내 놓은 라디오를 곁눈으로 흘깃거리며 주방을 어슬렁거리던 덕은 자기가 약 용량을 잘못 계산했다는 것을 깨달았다. 비타민C 정제 하나에는 1백 밀리그램이 아니라 5백 밀리그램이 들어 있었다. 그러니까 생각했던 것보다 다섯 배나 많은 양을 복용했던 것이다. 재빨리 계산해 보니 8일 전부터 매일 7그램씩 더 먹어 온 거였고, 여기에 다른 비타민들까지 합하면 몸을 그야말로 비타민 덩어리로 만든 셈이었다. 그는 약간 불안한 마음으로 자러 들어갔다. 선반 위에는 성모상 앞에서 봉헌용 양초들이 타오르고 있었다. 테사는 — 알몸이었는지 잠옷을 걸쳤는지 모르겠다 — 옆에서, 크리스토퍼는 칸막이 뒤 요람에서, 그리고 고양이 핑키는 거실 소파에서 자고 있었다. 들리는 것이라곤 그들의 숨소리, 냉장고 돌아가는 소리, 멀지 않은 곳에서 자동차들이 고속도로를 질주하며 내는 어렴풋한 소음뿐이었다.

별안간 공중에 떠 있던 색의 얼룩들이 벽을 타고 움직이기 시작했다. 빨리, 점점 더 빨리, 마치 원심력에 의해 어떤 거대하고도 모든 것을 빨아들이는 바깥 공간으로 튕겨 나가듯이 말이다. 그 얼룩들은 우주의 언저리에 이르렀는데, 이 〈언저리〉라는 생각이 그를 소름 끼치게 했다. 우주는 장갑처럼 뒤집어지고 있었다. 침대 위에 꼼짝 못 하고 누워 있는 그는 앞으로 끝없이 뻗어 가는 어떤 빛의 통로 안으로 돌진해 들어갔다. 그렇게 내달리고, 고꾸라지고, 빛의 속도로 빠져들어 갔다. 마치 우주 비행사가 태양계를 벗어나는 영화 「2001 스페이스 오디세이」 마지막 장면 같았다.

그러더니 얼룩들이 명확한 윤곽을 갖추면서 서로 연결되고, 서로 위치를 바꾸고, 금방금방 모습을 바꾸는 형상들을 이뤘다. 단 몇 초 사이 파울 클레의 그림 수백 장을 보는 느낌이었다. 이어 칸딘스키도 분간되었고, 피카소의 여러 시기에 걸친 작품들도 보였다. 이것은 몇 시간 동안 계속되었다. 화가 한 사람당 수백만 점의 그림이, 다시 말해 그 화가가 평생 그린 숫자보다, 아니 그가 몇 세기를 살았다면 그렸을 숫자보다 훨씬 많은 그림이 나타났다. 그렇게 각 화가는 빠른 속도로 지나갔고, 나타났는가 했는데 어느새 그 후계자의 후계자에 의해 지워졌지만, 각자에게는 딕의 정신에 강렬한 느낌을 주고, 거기에 그의 지고한 완벽성을 각인시킬 시간이 충분히 있었다. 딕은 심미가가 아니었고, 항상 자신은 시각적 감각이 빈약하다고 한탄하곤 했다. 그런데 처음으로 형언할 수 없는 강렬한 아름다움이 이글거리는 화염처럼 그에게 나타났다. 그는 할 수만 있다면 아무 선입견 없이, 아무 생각 없이 그것을 즐기고 싶었겠지만, 그게 바로 그가 할 수 없는 부분이었다. 그의 안에 순수한 쾌락에 대한 자리는 없고 의미에 대한 자리만 있을 뿐이었고, 벌써 그는 자신이 보는 것들의 의미를 찾고 있었다. 그는 이 순간 자기 망막에 카메라를 이식할 수 있었으면 좋겠다는 마음이었을 것이다. 이 놀라운 컬렉션의 흔적을 남겨, 나중에 그것을 평가해 보기 위해서 말이다. 그에게는 그것을 보는 것만으로 충분하지 않았다. 그는 그것이 어디서 왔으며, 무엇을 의미하는지 알아야 했다. 왜냐하면 이것은 분명 뭔가 의미했을 것이기 때문이다. 이 시각적 환희는 결코 무상이거나 우연한 것일 리 없었다. 누군가 그에게 추상화들처럼 배열된 화려한 섬광들의 형태로, 그 성격을 알 수 없는 정보들을 보내고 있는 거였다.

얼마 후 크리스토퍼가 울기 시작했고, 테사는 투덜거리며 우유를 준비하러 비틀비틀 주방으로 갔다. 딕은 질펀했던 밤의 향연 찌꺼기에서 아직 헤어 나오지 못하고 누워 있었다. 움직임이 느려진 그 색의 웅덩이들은 점차 희미해졌고, 결국 서서히 사라졌다. 그는 몸이 가뿐해지고 눈도 물로 씻긴 것처럼 환해진 것을 느끼며, 자기가 변형되었다는 확신과 함께 몸을 일으켰다.

하지만 이 변형은 딕의 고질적인 억측 벽(癖)에 조금도 영향을 주지 못해, 이후 며칠 동안 그의 생각은 그야말로 상상의 나래를 폈다.

사실 그것은 늘 똑같은 문제였다. 그가 받은 이 메시지들은 자기 머리에서 나온 것일까, 아니면 어떤 외부의 존재로부터 온 것일까?

정신과 육체가 서로 연결되었다는 물질주의적 관점에서 보자면, 해답을 멀리서 찾을 필요가 없었다. 그는 자기 비타민 요법에 대한 기사를 다시 한번 꼼꼼히 읽어 보고, 약병에 붙은 설명문을 검토하고, 건강 염려증 환자의 동반자인 의학 사전을 뒤적였다. 그리고 이 조사에서 과학적으로 너무나 그럴듯하게 느껴지는 결론을 이끌어 냈으니, 비타민의 산성 성분이 그의 뇌에서 아미노산의 급격한 감소를 초래한다는 거였다. GABA 액이라고도 불리는 이 물질은 적절한 수준으로 유지되면 어떤 신경회로, 그러니까 우리가 분홍색 코끼리나 줄줄이 이어지는 칸딘스키 그림들을 보게 하는 신경 회로가 과도하게 작동하는 것을 막는다고 했다. 이런 점에서 GABA 액은 LSD와 정반대라고 할 수 있었다. 이게 부족하면 환상의 세계가 시작되는 것이다. 딕은 이 GABA 액에 너무 만족한 나머지, 자동차에서 이상한 소리가 나면 〈아, 이거 점화 장치 때문이야〉라고 말하듯이, 〈아, 지금 GABA 액이 부족한 모양이야〉라고 말하곤 했다.

이와 병행해서 진행한 또 하나의 조사는 파울 클레와 칸딘스키의 작품을 참고하게 했고, 그는 테사를 도서관에 보내 이들 관련 서적을 빌려오게 했다. 그는 거기서 두 화가의 작품 상당수가 레닌그라드 미술관에 소장되어 있다는 사실을 알게 되었다. 이 정보는 어떤 추억을 떠오르게 했다. 몇 해 전 누군가 그에게 텔레파시 소통 영역에서 소련인들이 행한 실험에 대해 얘기해 준 적이 있었다. 혹시 내가 그런 실험의 대상이 된 게 아닐까? 레닌그라드 미술관의 추상화들을 촬영한 다음, 그 이미지를 가속해 편집한 영상으로 캘리포니아주 풀러턴에 사는 한 시민의 뉴런을 폭격하고 있는 것은 아닐까?

만일 그렇다면, 대체 왜? 왜 다른 사람이 아니라 굳이 필립 K. 딕이라는 시민을 택했을까? 우연히 고른 걸까, 아니면 어떤 이유가 있는 걸까? 그리고 왜 추상화들인가? 이것도 우연인가? 다시 말해 텔레파시 초능력자가 제대로 기능하는지 확인하기 위해 아무 메시지나 필요했던 것일까? 아니면 이 메시지는 특별한 의미를 담고 있는 것일까?

첫 번째 질문은 형식적인 것일 뿐이었으니, 그는 저들이 자신을 노린다는 것을 믿어 의심치 않았다. 물론 그는 진공청소기 세일즈맨이 방문한 날, 여호와의 증인도 찾아오는 것을 수상쩍게 여기거나, 적어도 의미심장하게 여기는 성향이 자신에게 있다는 걸 알고 있었다. 그는 자신의 이런 성향을 경계하고 싶었다. 하지만 팩트는 팩트였고, 모든 과학적 설명의 기반이 되는 절약의 원칙은 불과 3주 사이 제국에 맞서 싸우는 은밀한 기독교도들과 접촉한 다음, 소련의 텔레파시 초능력자들과 또 접촉했는데, 이 사건들 사이에 아무런 관계가 없다고 생각하는 것을 금지하고 있었다. 그렇다면 남은 일은 어떤 관계인지 알아내는 것이었다.

이 프로그램을 작업하는 소련 과학자들은 금빛 물고기 연합에 속했을까? 그보다는 이들이 제국에 봉사하며, 소련은 이 제국의 — 가장 교묘한 분신은 아닐지라도 — 노골적인 분신이라고 상상하는 게 더 논리적일 터였다. 하지만 저항군들을 잊어서는 안 되었다. 어쩌면 저항군 과학자들이 목숨 걸고 그와 접촉을 시도하고 있을지도 몰랐다. 그럴 수도 있지만, 아닐 수도 있었다. 어쩌면 전혀 저항군이 아니고, 제국의 충성스러운 종들인 소련 과학자들이 물고기 숭배자들이 그에게 전달하려는 메시지를 발견하고, 그것을 중간에서 교란하려 한다는 가설이 더 설득력 있을 수도 있었다. 하시엔다 웨이에서 지내던 시절, 프릭 중 하나 — 나중에 죽은 어린 친구였다 — 는 누군가 전화를 걸려고 하면, 아무 숫자나 아주 높고 빠르게 지껄여 번호를 제대로 누르지 못하게 만드는 특기가 있었다. 만일 러시아인들이 지금 이런 걸 노리고 있는 거라면, 메시지는 단지 주파수를 포화시키기 위한 것일 뿐이기 때문에 아무런 의미가 없을 거였다. 하지만 너무 성급하게 결론 내리면 안 되었다. 메시지가 혼란스럽게 느껴진다는 사실은, 이것이 보이지 않는 동지들이 그에게 전달하려는 진짜 메시지가 아니라는 증거가 되지 못하는 것이다. 아닌 게 아니라 이 메시지는 그의 의식적인 뇌가 아니라 더 깊은, 따라서 더욱 안전한 피질 하부 어느 부분을 겨냥하고 있을 가능성이 컸다. 이렇게 딕은 자기 안에 이미 데이터가 쌓여 있고, 이 데이터는 자신이 의식하지 못하는 사이 신경 체계를 프로그래밍함으로써 그를 깊은 곳에서부터 변화시킨다고 확신하게 되었고, 그 어떤 합리적 반론도 이 확신을 흔들 수 없었다. 이렇게 그를 변화시키는 것은 어쩌면 그를 위한 것이겠지만, 어쨌든 분명한 것은 빛의 승리를 위한 것이라는 사실이었다.

그 후 딕의 꿈들은 갈수록 강렬해졌다. 빠른 속도로 진행되는 어떤 수업을 내용도 모르면서 듣고 있는 기분이었다. 하지만 불쾌하게도 언어는 알아냈으니, 러시아어가 거의 확실했다. 키릴 문자로 인쇄된 어떤 기술 교본들이 한 페이지 한 페이지, 수백 페이지가 연이어 휙휙 넘어갔다.

이때 딕은 렘의 기사가 생각났다.

그로부터 몇 달 전, 누군가 그에게 어느 폴란드 잡지에 실린 기사의 독일어 번역문을 보내 주었다. 기사를 쓴 스타니스와프 렘은 공산권에서 가장 위대한 SF 작가로 꼽히는 사람이었다. 그의 책들은 각국 언어로 번역됐으며, 영화감독 안드레이 타르콥스키는 그의 동명 소설을 기반으로 「2001 스페이스 오디세이」에 대한 소련 영화의 응수라 할 수 있는 「솔라리스」를 제작하기도 했다. 그런데 이 중요한 인물이 친히 펜을 들어 미국 SF에 대한 긴 분석 글을 썼으니, 대충 요약하자면 미국의 SF는 필립 K. 딕만 빼놓고 다 쓰레기라는 거였다.

렘의 비판은 이른바 〈고급 문화〉의 개념에 의지하고 있었기 때문에, 대중 문학 작가들 틈에 끼여 있는 고고한 순수 문학가라고는 할 수 없는 딕을 예외로 한 것은 놀라운 일이었다. 렘 자신도 딕을 그렇게 보려 하지 않았고, 대신 그의 형편없는 취향, 둔탁한 문체, 엉성한 플롯을 지적했다. 그럼에도 불구하고 딕과 그의 동료들 사이 간극은 『죄와 벌』의 도스토옙스키와 여타 추리 작가 나부랭이들 사이 간극과 비교할 만하다는 것이 렘의 주장이었다. 딕은 나름의 방식으로 현대 세계에 대한 예지적 관점을 표현했으며, 이런 면은 『유빅』에서 가장 잘 나타난다는 거였다.

이런 칭찬에 딕은 우쭐한 기분도 들었지만, 동시에 혼란스럽기도 했다. 한 번도 『유빅』을 자신의 최고 작품 중 하나로 여긴 적이 없기 때문이다. 작품 자체보다는 그 책을 쓰던 시절이, 자신의 가정과 정신이 완전히 무너져 버리던 그 끔찍했던 시절

이 떠올랐다. 그런데 몇 달 사이 유럽의 여러 인물이 대충 만들어진 이 작품에서 신비한 의미를 발견했다는 거였다. 그의 책을 출간한 프랑스 편집자 중 하나인 파트리스 뒤빅은 가을에 그를 찾아와, 자신은 이 작품을 여태까지 나온 책 중에서 가장 중요한 다섯 작품 중 하나로 여긴다고 엄숙하게 선언했다. 「잠깐, 파트리스, 그러니까 최고 SF 작품 중 하나란 뜻이죠?」 「아니, 천만에요.」 파트리스가 고개를 가로저었다. 「인류 역사에서 가장 중요한 다섯 권의 책 중 하나란 말입니다.」 딕은 이유를 알 수 없었고, 다른 네 개 작품이 무엇인지도 몰랐지만, 뒤빅의 확신에 찬 태도는 그를 생각에 잠기도록 했다.

그는 『유빅』의 폴란드어판을 출간하기 위해 무진 애쓰고 있던 렘과 서신 교환을 시작했다. 그런데 폴란드를 비롯한 사회주의 국가에서는 저자 인세를 그 나라 안에서만 받을 수 있다는 사실이 밝혀지면서 일이 꼬이기 시작했다. 렘은 그렇다면 이 기회에 폴란드를 한 번 방문하면 어떻겠느냐, 또 즈워티[3]가 산처럼 쌓여 있는 바르샤바에서 강연회를 열어도 괜찮지 않겠느냐, 라며 친절하게 제의했다. 그러자 어디로 튈지 모르는 딕의 태도가 돌변했다. 그는 자신의 에이전시와 폴란드 출판사에 편지를 보내 그들을 맹렬히 비난했다. 특히 렘에게 그랬는데, 먼저 자기가 절대 오지 않을 거라 생각해 인세를 꿀꺽하려 한다고 비난하더니, 그다음에는 반대로 이 미끼로 자기를 꾀어 거기로 오게 해서는 다시 못 나가게 할 속셈이라고 주장했다. 이 두 번째 가

3 폴란드의 화폐 단위.

설이 평범한 횡령보다 더 그럴듯하게 느껴져, 그는 이 사실의 여러 가지 복잡한 함의를 — 렘이 더 이상 편지를 보내지 않아, 혼자만의 생각으로 — 캐며 겨울을 보냈다.

지금 동구권 첩보 기관들은 그의 작품이 얼마나 전복적인 성격을 띠는지 따져 보고 있는 게 분명했다. 렘 — 혹은 렘이라는 이름 뒤에 숨은 집단 — 이 쓴 기사가 증명하듯이, 그들은 그의 작품에 숨은 의미를 해독하기 시작한 것이다. 그들은 그를 잠재적 솔제니친으로 여기고 있었다. 사후 삶의 비밀은 말할 것도 없고, 지금까지 감춰 왔던 미국의 소련화 비밀을 자유세계의 아직 남아 있는 부분에 폭로할 수 있기 때문에 소련의 솔제니친보다 한층 위험할 수 있는 솔제니친 말이다. 프랑스 텔레비전에서는 그가 노벨상을 받을 자격이 있는 작가라고 말했다지 않은가? (뒤빅은 친절하게도 어떤 심야 문화 프로그램에서 나온 이 말을 그에게 전해 주었는데, 딕은 영향력 있는 프랑스 지식인들이 자신을 후보로 올리기 위해 스웨덴 심사단에 로비를 벌이고 있는 거라고 추측했다. 그리고 만일 닉슨의 독재 체제가 이제는 국제적 유명 인사가 된 반체제 인사를 스톡홀름으로 보내기를 거부하면 어떡하나, 벌써부터 고민하고 있었다.)

동구권의 그들은 일이 커지기 전에 폭탄을 해체할 방법을 찾고 있었다. 그들은 그에게 접근해 왔다. 시험 삼아 그에게 떡밥을 몇 개 던져 본 것이다. 어쩌면 뒤빅도 일당일지 모른다. 그리고 모두가 어느 정도 마르크스주의자이고, 딕의 책에서 자본주의에 대한 비판을 보고 있는 프랑스 지식인들도 분명히 KGB에 이용당하고 있었다. KGB에 조작되어, 저들의 목적에 유리한 방향으로 자유세계의 여론에 영향을 주고 있는 것이다. 뒤빅은 체스에서 〈비숍〉의 대각선 길을 트기 위해 전진시키는 하나의 〈폰〉에 불과하다. 이렇게 길이 트이자 렘이 등장해, 폴란드에 오라고 온갖 감언이설로 유혹한 것이다. 만일 그가 이 덫에 걸렸다면, 바르샤바에서 무슨 일이 일어났겠는가? 오, 그건 어렵지 않게 상상할 수 있었다! 성공적인 순회강연회, 축하 만찬, 건배……. 그리고 어느 날 아침에 그가 술이 덜 깬 상태로 일어나 보니, 벽이 새하얀 어떤 방이고, 주위에는 흰 셔츠 차림의 어떤 친구들이 손에 주사기를 들고 서 있다. 「미스터 딕, 오래 걸리지 않을 거예요. 오늘 저녁에도 강연회를 할 수 있을 거예요.」 그리고 그날 저녁, 그는 평소보다 많은 청중 앞에 서게 되는데, 그것은 외국 언론사 통신원들도 초대되었기 때문이며, 그는 자신이 〈나는 자유의 나라인 이곳 폴란드에 남기로 결정했습니다!〉라고 외치는 소리를 듣게 될 거였다.

다행히 그는 그들의 계획을 수포로 만들었고, 적어도 이번만큼은 세뇌를 피할 수 있었다. 그는 렘의 일당 가운데 몇 놈의 모가지가 달아났으리라 생각하며 너털웃음을 터뜨렸다.

하지만 그가 언젠가 — 어디서인지는 모르겠지만 — 들었거나 읽은 문장 하나가 떠올랐다. 〈그가 웃은 것은 적들이 그를 잡을 수 없었기 때문이다. 그는 그들이 일부러 그러고 있다는 것을 모르고 있었다.〉

그는 치명적인 공격이 준비되고 있다는 것을 알아챘지만, 그 공격이 어느 쪽에서 들어올지 알지 못하는 체스 플레이어처럼 불안했다. 렘의 시도, 키릴 문자로 써진 페이지들, 레닌그라드에 보관된 그림들의 영상, 이 모든 것은 그의 인생의 교향곡 가운데 소련의 악마적 주제가 돌아온다는 것을 예고하고 있었다. 그는 기다리고 있었다.

총알이 날아든 것은 3월 20일이었지만, 수상쩍은 기미가 느껴진 것은 18일이었다. 이날 등기 우편 한 통이 도착했고, 테사는 수취 증서에 서명을 했다. 편지를 보낸 사람은 딕의 팬이라고 서툰 영어로 자신을 소개하면서, 작가의 사인 하나와 만일 가능하다면 증정문을 곁들인 사진 한 장을 부탁했다. 그가 더 많이, 특히 여성 팬들에게 받지 못해 아쉬운 고전적인 팬레터였지만, 발신지가 에스토니아의 탈린이었다.

딕은 지금까지 살면서 에스토니아에서 보낸 편지를 받아 본 적이 없었다. 지도책을 펼쳐 보니, 예상대로 탈린은 레닌그라드에서 아주 가깝고, 바르샤바와 그리 멀지 않은 곳이었다. 그를 둘러싼 그물이 점점 좁혀지고 있었다.

갑자기 어떤 문장 하나가 입에서 튀어나왔다. 그가 생각지도 않은, 말하는 동시에 그 의미를 깨닫게 되는 문장이었다. 「테사, 오늘은 월요일이야. 수요일에는 또 다른 편지가 올 거고, 그것이 나를 죽일지도 몰라.」

그는 이에 대해 어떠한 설명도 거부하고, 다음다음 날까지 맥

없이 침대에 누워 지냈다.

20일 아침, 그는 테사를 보내 우편함에서 우편물을 찾아오게 했다. 그녀는 불안하면서도 엄숙하게 느껴지는 얼굴로 돌아왔다. 우편물은 모두 일곱 개였는데, 그는 뜯지 않은 채로 훑어보았다. 그중 여섯 개는 무엇인지 쉽게 알 수 있었다. 전단, 청구서, 스탬프가 찍힌 봉투, 낯익은 서체……. 일곱 번째 것에는 발신자에 대한 정보가 전혀 나타나 있지 않았다. 소인을 보니 뉴욕에서 부친 편지였다.

「이거야.」그는 콱 잠겨 버린 목소리로 말했다.

그리고 테사에게 봉투를 뜯어서, 자기에게 글을 보여 주지는 말고 어떤 내용인지만 설명해 달라고 부탁했다. 그것은 정확한 의미에서 편지는 아니었고, 『데일리 월드』라는 뉴욕의 어느 좌파 성향 신문에 게재된 문학 비평문 두 편을 종이 한 장에 복사해 놓은 거였다. 이 글들은 자본주의의 쇠락을 명석하게 묘사했다고, 미국에 거주하는 어느 소련 출신 여성 소설가를 칭찬하고 있었다. 〈쇠락〉과 〈죽음〉이라는 단어에 빨간 밑줄이 그어져 있었다. 그리고 소설가의 이름과 주소가 뒷면에 적혀 있어, 라고 테사가 알려 주었다. 어느 모로 보나 편지를 보낸 사람은 이 소설가인 듯했다.

딕은 질끈 눈을 감았다. 어찌 보면 평범한 상황이었다. 이 여자는 자신이 존경하고, 좌파 문학계에서 약간 명성을 누리는 작가가 자기 작품에 관심을 가져 주길 바라는 마음에서 자신에 대한 칭찬의 글들을 보여 준 것이리라. 하지만 이틀 전부터 내부의 음성을 들어 온 덕은 그게 아니라는 것을 알고 있었다. 이것은 다른 것, 말 그대로 하나의 신명 재판[4]이었다. 그의 대답에 그의 운명이 달려 있었다.

〈나는 오늘 하늘과 땅을 증인으로 세우고 너희 앞에 생명과 죽음, 복과 저주를 내놓는다. 너희나 너희 후손이 잘살려거든 생명을 택하여라.〉

이제는 그가 응수할 차례였다. 자신이 할 수 있는 모든 행마와 그에 따른 결과들을 마지막 외통수에 이르기까지 생각해 봤다. 적이 누구인지 알 수 있다면! 소련인인 게 분명해 보였지만, 분명해 보인다는 바로 그 점이 문제였다. 그리고 렘과 그의 패거리들이 보낸 너무나 매력적인 제안도 물리쳤는데, 이렇게 눈에 뻔히 보이는 미끼를 물 거라고 기대할까? 그렇다면 입문 과정에 있는 그를 순수한 영적 전통에 따라 여러 가지로 테스트해 보는 비밀 기독교도들일 가능성은 없을까? 여기서도 같은 반론이 제기되는데, 그에게는 소련 소설가와 접촉하고 싶은 생각이 전혀 없었다. 오히려 소련에서 오는 모든 것이 그를 기겁하게 했다. 이것은 그를 테스트하기에 적합한 재료가 아니었고, 테스트하고 있는 이들이 이 점을 모를 리 없었다. 따라서 이 테스트에는 어떤 다른 의미가 있었다. 이것은 단순히 이 편지에 응하

---

4 중세의 종교 재판에서 사용된 판결 방식으로, 피고에게 어떤 물리적 시련을 가해 그 반응을 보고 판결하는 것. 예를 들어 마녀로 지목된 사람을 물속에 빠뜨려, 물속에 가라앉으면 괜찮고 가라앉지 않으면 마녀라고 판결을 내렸다.

거나 — 그래서 지고 — 응하지 않거나 — 그래서 이기는 — 의 문제가 아니었다. 지금 그가 느끼는 유혹은 대답하는 것이 아니라 오히려 대답하지 않는 것이었다. 편지를 불태워 버리고, 머리를 베개 밑에 처박고, 이 모든 것을 더 이상 생각하지 않는 거였다. 이게 바로 저들이 그가 하기를 바라는 일이었고, 바로 그가 해서는 안 되는 일이었다. 그렇다면 뭔가? 대답해야 하나? 아니, 그것도 아니었다.

편지가 도착하고 두 시간 뒤, 딕은 FBI에 전화를 걸었다.

18
폭군의 몰락

경찰은 온갖 종류의 미친놈에 익숙해져 있다. 하지도 않은 범죄를 저질렀다고 스스로 신고하는 사람, 비행접시를 봤다는 사람, 미국 대통령에 대한 음모를 발견했다고 주장하는 사람……. 문제는 이런 괴상한 신고 가운데 진실의 조각이 섞여 있을 수 있다는 점이다. 큰 사건들은 이런 식으로 시작되는 법이다. 가장 좋은 것은 의심을 잃지 않으면서도 모든 것을 파악해 보는 것일 텐데, 시간과 인력 부족이 이를 어렵게 만든다. 그런데 다행스럽게도 의심이 허용되지 않는 경우가 있다. 예를 들어 어떤 친구가 자기는 세계적으로 유명한 SF 작가다, 프랑스에서는 노벨상 후보로까지 거론되고 있다, 자기 책 중 하나는 존 레넌에 의해 ─ 맞는다, 비틀스의 존 레넌이다 ─ 영화화될 뻔했다, 이 존 레넌에게 자기 책을 소개한 사람은 다름 아닌 티머시 리어리다(「내가 리어리의 생각에 찬성하는 것은 아니에요. 오히려 그 반대죠. 심지어 난 마약을 반대하는 책까지 썼어요. 아직 출간되진 않았지만, 그걸 전 검찰 총장 클라인디엔스트에게 헌정할까 고려하고 있어요. 이러면 내가 어떤 사람인지 알겠죠? 불행히도 내 생각은 잘못 이해되고 있어요. 이게 다 할런 엘리슨의 그 무책임한 글 때문이죠. 그 사람은 내가 마약에 취해 글을 썼다고 주장했는데, 물론 말도 안 되는 얘기죠.」)라고 주장할 때다. 또 온갖 보충 설명을 곁들이지 않고는 문장 하나를 시작할 수 없는 이 친구는 20여 분 동안 지루한 서론을 늘어놓은 뒤, 자기는 어떤 에스토니아 독자로부터 편지를 받았다, 그리고 2주 뒤에는 예상했던 대로 완전히 빨갱이는 아니지만 그래도 불그죽죽한 색깔의 어느 신문에 게재된 기사의 복사본도 받았다, 이건 분명히 KGB가 자기에게 접근하고 있는 거다, 라고 말한다. 그리고 자기 주장에 신빙성을 더하기 위해, 자기 인세가 폴란드에서 동결되었는데, 그 목적은 단 하나, 자기를 철의 장막으로 끌어들여 세뇌하려는 것이라는 등, 혼란스럽기 그지없는 이야기를 시작한다……. 그러면 경찰은 참을성 있게 들어 준 다음, 당신이 신고한 내용을 다 기록해 놨다고 안심시켜 주고, 그 친구가 그럼 자기가 어떻게 하면 좋겠냐고 물으면, 그의 이름을 불러 가며 이렇게 말한다. 「필, 당신은 벌써 많은 걸 했어요. 해야 할 일을 했다고요. 이걸 아무한테도 얘기하지 말아요. 이제 우리가 알아서 처리할 테니까요.」

이렇게 충분히 권위 있게, 엄숙하면서도 은근한 어조로 말하면 대부분은 거기서 얘기가 끝난다. 하지만 너무 환상을 품어서는 안 된다. 미친놈들은 그 순간에는 속아 넘어가지만, 얼마 안 가 자신이 당했다고 느끼고, 열 중 아홉은 다시 찾아온다.

덕은 전화를 끊자마자 방금 전화로 말한 내용을 요약한 편지를 한 통 — 약간 두서 없음을 사과하면서 — 썼다. 그리고 거기에 렘의 서신들, 에스토니아 팬의 편지, 『데일리 월드』 기사 복사본 같은 증거물들을 첨부하고 설명을 곁들였다. 이 편지는 이후 넉 달 동안 이어지게 될 열네 통의 편지 중 첫 번째인 동시에, 답장을 받은 유일한 것이었다.

친애하는 딕 선생,

귀하의 서신과 첨부해 주신 자료에 감사드리며, 이 모든 것을 주의 깊게 검토할 것을 약속드립니다.

혹시 우리가 관심을 가질 만한 다른 정보를 알게 되시면, 주저하지 말고 다시 연락해 주세요.

안녕히 계십시오.

로스앤젤레스 연방 수사국
윌리엄 A. 설리번

편지의 두 번째 문장은 별로 적절치 못했다. 그들이 관심을 가질 만한 정보를 〈혹시〉 알게 된다고? 지금 덕은 다양한 채널로 쏟아져 들어오는 정보들에 그야말로 파묻힐 지경이었다. 물론 모든 정보가 이 윌리엄 A. 설리번의 관심을 끌 수는 없을 거였다. 아마도 예전에 조지 스미스나 조지 스크럭스가 그랬듯, 신학 문제에는 관심 없는 사람일 테니까. 하지만 위협적인 분위기의 『데일리 월드』 기사 복사본을 보냈는데, 자신이 그날 밤에 퍼뜩 깨달은 것을 과연 그에게 숨길 수 있을까?

이 복사본에는 어떤 위험이, 우리 각자에게는 자신만의 키워드가, 즉 우리를 죽일 수도 있고 살릴 수도 있는 일련의 단어들이 있기 때문에 오직 자신에게만 적용될 수 있는 어떤 위험이 도사리고 있다고 느낀 그는 그것을 직접 읽지 않고, 테사가 대신 읽고 내용을 설명하게 했다. 그리고 바로 그날 저녁, 전화를 걸고 나서 즉시 FBI에 보내 버렸기 때문에, 그것은 그의 집에 몇 시간밖에 머물지 않았다. 하지만 그것을 봉투에 집어넣으면서, 종이에 눈길을 한 번 던지지 않을 수 없었다. 몇 개의 단어가 그의 망막에 꽂혔다. 결국 표적에 적중한 것이다.

그는 그 단어들을 쫓아 버리려고, 잊어버리려고 애썼지만 허사였다. 애초에 그것들을 보지 말아야 했다. 이제 그것들이 눈앞에서 춤을 추었다.

Antonetti   Olivetti   Dodd Mead Reinhardt   Holt

고유 명사들이었다. 아마도 글쓴이나 편집인의 이름일 것이었다. 그로서는 전혀 생각나는 게 없는, 하지만 그가 보게 하려고 보낸 이름들이었다.

그날 밤, 이 글자들은 감긴 눈꺼풀 아래에서 움직이며, 마치 파트너를 바꾸는 무희들처럼 서로 떨어졌다 다시 합치기를 반복했다. 새벽녘에는 단 한 쌍만이 남았다.

Olive Holt

올리브 홀트.

아, 그렇지!

버클리에서 그를 돌봐 주었던 베이비시터, 모두가 너무나 행복하게 산다는 소련에 대해 끊임없이 얘기해 주던 그 베이비시터였다.

언제부터 거기에 대해 생각하지 않게 되었던가? 언제부터 이 이름을 잊고 살아왔던가?

40년 전, 그들은 이 이름을 그의 뇌에 심어 놓았다. 오래전에 잠입한 배신자가 성문을 열어 도시를 내주듯이, 때가 되면 공산주의자들이 그의 뇌에 들어올 수 있도록 길을 터주기 위해서였다. 다시 말해, 올리브 홀트가 빨갱이들을 위해 수행하는 역할은 물고기 형태의 장신구가 기독교도들을 위해 수행하는 역할과 같은 것이었다. 아마도 이 물고기는 15년 전 『높은 성의 사내』를 집필할 때 그의 안에서 움직였을 것이고, 그보다 훨씬 이전인 어린 시절에 그의 내부에 새겨졌을 것이다. 그런데 하느님 감사하게도, 물고기는 베이비시터의 이름보다 먼저 수면에 떠올랐다. 기억의 작업은 제국이 아니라 기독교도들에게 유리하게 행해진 것이다.

물고기와 비밀 기독교도들에 대해서는 윌리엄 A. 설리번에게 말하지 않는 게 좋았다. 하지만 올리브 홀트에 대해서는 말했다. 또 일주일 뒤 그를 방문할 캐나다와 프랑스의 마르크스주의자 그룹에 대해서도 얘기했다. 어떻게 해야 하나요? 의심을 사지 않게 그들을 영접해야 하나요? 문을 열어 주지 말고, 전화도 받지 말까요? 그냥 여행을 떠나 버릴까요? 겁에 질린 편지들을 보냈지만 답장이 없었고, 전화를 걸 때마다 설리번은 자리에 없었다. 이에 딕은 자기가 알아서 해결해야 한다고 결론 내렸다. 그를 도와주지 않고 혼자 내버려 두는 것을 보면, 이것도 하나의 테스트인 모양이었다. 처음에 그는 도망가려 했으나, 예상했던 대로 차에 시동이 걸리지 않았다. 사보타주였다. 그래서 그는 정면으로 맞서기로 마음먹고 마르크스주의자들과 함께 오후를 보냈고, 그다음 날 설리번에게 편지를 썼다. 그들은 마이크를 들고서 날 유도 심문하려 했어요. 하지만 난 내 소설들에 대한 그들의 음험한 해석에 맞장구치지 않고, 그들의 덫을 무사히 빠져나왔어요! 어때요, 잘하지 않았나요?

불행한 얘기지만, 내가 여기서 이야기하는 것 중에서 지어낸 것은 하나도 없다. 거의 일방적인 방향의 이 서신 교환은 실제로 존재했다. 이것은 딕의 서신집 중에서, 그에게 결정적 해였던 1974년의 서신을 모은 제1권에 나온다. 저자가 보관해 온 카본지 복사본들을 가지고 이 서신집을 펴낸 폴 윌리엄스의 고백에 따르면, 자신은 고인이 된 친구의 명예를 위해, 그리고 살아 있는 많은 이에게 상처를 주지 않기 위해 이 자료를 파기해 버릴까 고려했다고 한다.

이 서신 교환자들의 증언은 서신집에 수록된 각 편지 첫머리에 소개되어 있는데, 세상에 진실은 존재하지 않고 오직 관점들만 존재한다는 생각에 아무리 경도되어 있다 할지라도, 스타니스와프 렘과 피터 피팅(딕을 방문한 〈마르크스주의자〉 중 하나)의 관점은 대부분 사람이 〈현실〉로 여기는 것과 연결되어 있는 데 반해, 딕의 그것은 명백히 정신 착란적인 시스템 안에서만 유효하다는 점을 인정하지 않을 수 없다. 그가 왜 렘에게 원한을 품었는지는 앞에서 설명했다. 한편, 그 무시무시한 〈마르크스주의자 그룹〉으로 말할 것 같으면, 그것은 어느 로큰롤 음악가와 그의 아내, 그리고 장프랑수아 리오타르가 서문을 쓴 어떤 SF 관련서를 저술한 프랑스 대학교수로 이루어져 있었다. 다시 말해 1970년대에 딕의 외국인 팬이 나온 집단의 완벽한 대표자라 할 만한 사람들이었다. 이런 골수 히피, 마르쿠제-라이히 류의 신좌파, 온순한 털보 같은 사람들에 대해 딕은 보고서를 써서 FBI에 보내야 한다고 생각했던 것이다.

개심의 본질은 사람을 장갑 뒤집듯이 180도로 바꿔 놓는 데 있다. 개심한 사람은 더 이상 전에 생각했던 것처럼 생각하지 않고, 전에 행동했던 것처럼 행동하지 않으며, 특히 이 개심이 종교적인 것일 경우 개심자는 전에 그가 단지 무관심했을 뿐만 아니라 혐오했던 방식으로 생각하고 행동하게 되는 아이러니한 일이 종종 발생한다. 그가 벗어 버린 옛사람으로서는 생각만 해도 끔찍할 이런 변화들에 그는 오히려 황홀해한다. 왜냐하면 이것들은 경험의 진정성을, 다시 말해 자신 안에 새로운 존재가 태어났다는 사실을 증명하기 때문이다. 그는 한술 더 뜨기도 한다. 회의적이고 냉소적인 지식인이었다 가톨릭으로 개종한 사람은 그의 새로운 신앙의 더 통속적인 형태들 — 집에서 하는 간단한 예배, 기적을 가져다주는 성모 메달 등 — 을 채택하기도 한다. 문학과 회화의 세련된 감식가였던 사람이 이제는 질베르 세스브롱[1]이나 유고슬라비아 소박파(素朴派) 화가들을 좋아하게 될 것이며, 결정주의에서 빠져나와 자유를 찾은 이의 미묘한 기쁨을 찾기도 한다. 자신의 자연적 성향과 반대로 가는 것, 이게 바로 이른바 〈회개〉라는 것이다.

반항적이고, 사회적 별종이고, 모든 형태 권력의 적이었던 딕은 자신이 스스로 FBI에 전화를 걸고, 그들의 보호를 요청하고, 그들에게 정보를 제공하리라고는 꿈에도 생각하지 못했을 것이다. 만일 『데일리 월드』 기사 복사본이 날아오기 몇 주일 전에 누군가 이 사실을 예언했다면, 그는 〈당신은 순대를 먹고 배탈 나서 죽을 거요〉라는 말을 들은 경건한 이슬람교도처럼 발끈했을 것이다. 버클리에서 자란 사람이 짭새들과 쑥덕댄다는 것은 있을 수 없는 일이었고, 만일 그렇게 한다면 그것이 증명하는 것은 단 하나, 그는 더 이상 그가 아니라는 사실이었다. 누군가 그를 대체했거나 조작하고 있고, 누군가 그 대신 행동하고 있는 것이다.

바로 그거야! 딕은 신나게 큭큭대며 생각했다. 그게 바로 나한테 일어난 일이야!

---

1 프랑스 작가로, 가톨릭 성향의 소설들을 썼다.

그리고 더 놀라운 것은, 내가 이걸 기뻐하고 있다는 사실이지.

그리고 내가 기뻐하는 게 옳다는 것을 확실히 알고 있다는 사실이야.

여기에 개심의 예가 두 가지 있다.

독실한 젊은 유대교도요, 유대교 새로운 종파의 맹렬한 박해자였던 사울은 다마스쿠스로 가던 중에 기이한 체험을 하고, 그 결과 잘 알려진 그 전염력 있는 열정을 품고 〈이제 사는 것은 내가 아니요, 내 안에 사는 그리스도시니라〉라고 외치고 다니는 바울로가 된다.

조지 오웰의 소설 『1984』의 주인공은 빅 브라더의 폭정에 맞설 용기를 조금씩 얻어 간다. 하지만 그는 체포되어, 고문과 너무나 효과적인 세뇌를 받게 된 나머지 책의 끝부분에 이르러 거짓으로 빅 브라더에 충성하는 게 아니라 진심으로 〈빅 브라더를 사랑하게〉 된다.

이 두 이야기 사이에는 여러 가지 차이점이 있다. 첫 번째는 계시와 고문 — 둘 다 인간 의식에 가해진 일종의 폭력으로 볼 수 있겠지만 — 의 차이다. 그리고 오웰과 그의 독자들은 『1984』의 주인공이 체포되기 전에는 명석한 정신을 지니고 있다가 비극적으로 정신이 돌아 버렸다는 것을 인정하지만, 『사도행전』의 저자와 그의 대부분 독자는 성 바울로가 이 변신을 통해 오히려 득을 보았다고 확신한다. 그런데 여기에 기묘한 사실이 하나 있으니, 개심자와 세뇌된 자가 동일한 확신을 공유한다는 점이다.

그리스도를 사랑하든 빅 브라더를 사랑하든 간에, 그들이 옳은 것은 지금이고, 전에는 틀렸다는 확신 말이다. 그 증거? 전에는 그들에게 일어난 일이 일어날까 봐 두려워 떨었지만, 지금은 그걸 보며 너무나 기뻐하고 있다는 게 증거다. 이러한 근본적인 단절은 개심자와 주변 사람들 간의 소통을 뱀파이어 영화에 나오는 드라큘라와 반 헬싱 박사 간의 소통만큼이나 어렵게 만든다. 사람들이 좀비들에게 물리는 것을 그토록 두려워하는 것은, 일단 감염되고 나면 감염된 것을 오히려 기뻐하게 되리라는 걸 알기 때문이다. 이전 관점에서 볼 때 가장 두려운 것은, 나중에는 자신이 더 이상 자신이 아님을 기뻐하게 될 것만 남게 된다는 사실이다. 지금은 두려워하는 자신이 있지만, 나중에는 더 이상 자신은 없고, 어떤 다른 존재가 승리하게 되는 것이다.

FBI에 전화하며 딕은 해방감을 느꼈다. 심리학적 관점에서 볼 때, 이것은 오랫동안 쫓기다 결국에는 지쳐 투항하면서 묘한 쾌감을 느끼는 사람의 안도감으로 해석될 수 있다. 딕 자신은 더 영적인 관점에서 이 감정을, 자신의 지치고 겁먹고 불안한 자아를 내려놓고 자기 행복을 위해, 그리고 자신을 통해, 스스로는 도저히 할 수 없는 것을 행하는 무한히 더 현명한 어떤 실체를 받아들이는 것으로 해석했다. 그의 적들 — 이 적들이 누구이건 간에 — 이 그에게 『데일리 월드』 기사 복사본이라는 덫을 내밀었을 때, 이 실체는 그가 결코 상상할 수 없었던, 따라서 유일하게 효과 있는 해결책을 제시해 주었으니, 바로 FBI에 알리는 거였다. 이 해결책은 어느 모로 보나 그에게 득이 되었다. 만일 FBI가 닉슨 시대에 범한 그 여러 가지 과오에도 불구하고 아직 제대로 일하고 있다면, 공산주의자들에게 쫓기는 상황에서 그들에게 보호를 요청하는 것은 당연했다. 그는 문을 제대로 두드린 셈이고, 그럼으로써 좌익으로 지낸 과거를 청산할 수 있었다. 반대로 만일 FBI가 저 비밀 공산주의자 수괴의 억압 도구가 되어 있다면, 이 양의 탈을 쓴 늑대를 피할 가장 좋은 방법은 바로 놈의 아가리에 들어가는 거였다. 다시 말해 그는 순진함을 가장하고 적을 자신의 게임으로 끌어들여, 적이 민주주의 수호자라는 그들의 공식적 역할을 수행하지 않을 수 없도록 만든 것이다. 닉슨과 그 일당의 종말이 가까워짐에 따라, FBI 내부에서 빛의 세력과 어둠의 세력이 싸울 가능성도 있는데, 이 경우 그는 분명히 제대로 선택했을 거였다. 물론 그는 윌리엄 A. 설리번이 어느 편에 속했는지, 그가 자기 보고서들을 읽으며 미소를 지을지, 아니면 화를 낼지 알고 싶었지만, 그의 안에 들어온 실체는 이 점에 대해 알려 주는 것이 불필요하다고 판단하고 있었다. 그 실체는 자기 선택의 이유가 무엇인지, 이 길이 어디에 이르는지 설명도 하지 않고 그를 인도했고, 그는 인도하는 대로 따라가기만 하면 되었다.

1974년 봄 동안, 그가 좌익으로서 지녔던 편견들을 싹 쓸어 버린 이 실체는 이번에 독신남의 오랜 습관들에 대해 잔소리해 대는 신혼 주부만큼이나 정력적으로 그의 몸과 마음을 청소하기 시작했다. 실체는 그가 수염을 자르게 했을 뿐만 아니라, 코에서 삐져나온 터럭들까지, 그가 그때까지 존재도 몰랐지만 이제는 마치 평생 사용해 온 물건을 사듯 편의점에서 자연스럽게 사는 특수한 소형 가위로 정리하게 했다. 실체는 그의 옷장도 다시 꾸몄다. 또 그의 약장도 정리해, 건강에 해로운 것은—그는 그것들이 해롭다는 것을 갑자기 알게 되었다—죄다 버렸다. 어느 날 실체는 와인이 산성이라는 사실을 알게 되었고, 이에 따라 그는 하룻밤 사이 취향이 변해 지금까지 끔찍이 여겨 왔던 맥주를 퍼마시기 시작했다. 실체는 그의 해묵은 세금 문제도 깨끗이 정리했다. 또 그의 계약서며 인세 지급 명세서를 꼼꼼히 살피고, 문제가 있는 부분을 찾아냈으며, 에이전시를 해고하라고 그를 부추겼는데, 이게 아주 어른스럽고 자신에 찬 행동으로 느껴져 딕은 친구들에게 자랑스레 떠들고 다녔다. 그는 결국 마음이 누그러져 에이전시에게 다시 기회를 주었고, 그러자 에이전시는 앞으로 나올 책에 대해 지금까지 어떤 계약보다 좋은 조건으로 계약을 따냈고, 딕은 자신의 위업을 크게 기뻐하며 이 전투의 개선장군이 되어 집으로 돌아왔다.

그리고 실체는 그의 아들 크리스토퍼의 목숨도 구해 주었다.

며칠 전부터 아이는 어딘가 몸이 불편해 보였다. 소아과 의사는 아무것도 찾아내지 못했지만, 아이는 계속 칭얼댔다. 어느 날 아침 딕은 안락의자에 앉아 눈을 지그시 감은 채 비틀스의 「스트로베리 필즈 포에버」를 들으며 명상에 빠져 있었다. 그런데 〈눈을 감고 인생길을 가면서〉라는 가사를 듣는 순간, 눈이 멀 듯한 분홍색 빛이 눈꺼풀 아래로 번쩍 지나갔다. 어떤 중대한 정보가 자신에게 전달되었음을 느낀 그는 비틀거리며 테사가 아이 기저귀를 갈아 주고 있는 방으로 들어갔다. 그리고 이따금 자신도 모르게 입에서 흘러나오곤 하는 그 굴곡 없는 음성으로 이렇게 말했다.

「테사, 크리스토퍼에게 선천성 질환이 있어.」

「하지만 의사 선생님이 아무 문제 없다고 했잖아…….」

「얘는 오른쪽 샅굴 부위에 감돈탈장이 있어. 벌써 음낭에까지 내려왔어. 복막이 내려앉은 거야. 크리스는 곧바로 수술을 받아야 해.」

그가 하도 우기는 바람에, 결국 테사는 아이를 풀러턴 병원 응급실로 데려갔다. 잔 박사가 크리스를 진찰했는데, 〈잔Zahn〉은 독일어로 〈이빨〉이라는 뜻이었고, 얼마 전에 계시받던 상황을 고려할 때 딕에게는 좋은 징조로 느껴졌다. 아닌 게 아니라 잔 박사는 딕과 같은 진단을 내렸다. 아이는 위험한 상황이었고, 바로 그날 저녁에 수술을 받았다. 그러고 나서 크리스토퍼는 더 이상 칭얼대지 않았다.

어안이 벙벙해진 테사는 이유를 알아내기 위해 오랫동안 남편을 추궁했다. 몇 달 전부터 그가 쏟아 내는 이상한 얘기들을 뒷받침할 수 있는 구체적인 사실이 처음으로 등장했기 때문이다. 하지만 딕은 상대방이 강하게 반박해야만 수긍했고, 사람들이 놀랐다고 하면 얼버무렸다. 그의 설명은 때에 따라 달랐다. 어느 날은 비틀스가 자기에게 크리스토퍼의 상태에 대해 알려

췄다고 말했고, 어느 날은 아이가 〈엘리, 엘리, 라마 사박다니〉[2]라고 말하는 것을 들었노라 주장했다. 이렇게 그가 아내에게 털어놓는 말들은 혼란스럽고 앞뒤가 맞지 않았지만, 어쨌든 그 대략적인 내용은 1974년 3월에서 8월 사이 좋은 의도를 지닌 어떤 실체가 그의 삶을 바꾸기 위해 자기 안에 들어와 영감을 주고 있다는 거였다. 그는 그 과정을 가정용 컴퓨터 사용자라면 친숙하게 느껴질 방식으로 묘사했다. 어떤 패스워드가 — 금빛 물고기 — 이 실체가 그의 두뇌 회로에 접근할 수 있게 해주었고, 이 실체는 거기에다 어떤 프로그램을 심어 놓았다. 그 후 이 프로그램이 계속 돌아가고 있다. 프로그램은 다양한 데이터 — 필립 K. 딕의 삶에서 일어나는 크고 작은 일들 — 를 수집해 그것들을 신속히 처리한다. 그리고 딕이 적절히 대응할 수 있게 처리한 결과를 그에게 알려 주는데, 이를 위해 통상적인 지각이 제공하는 모든 경로와 매체들을 꾀바른 기생충처럼 사용하기도 하지만, 필요한 경우에는 그가 듣는 노래 가사, 읽는 편지와 책, 도로 표지판, 시리얼 상자에 적힌 문구, 중국 레스토랑의 포춘쿠키 같은 덜 통상적인 것들을 사용하기도 한다. 이런 정보들은 종종 꿈에 나타나지만, 그는 잠이 별로 없고 낮에 선잠이 드는 경우가 많은 탓에, 깨어 있는 상태와 잠과 백일몽 사이의 경계가 분명하지 않았다. 매체보다는 메시지 자체가 더 중요했기 때문에, 그에게는 꿈속에서 읽은 문장과 현실에서 읽은 그것이

2 예수가 십자가 위에서 한 말로, 〈나의 하느님, 왜 나를 버리시나이까?〉라는 뜻이다.

큰 차이 없었다. 게다가 그는 꿈속에서 읽은 책이나 두툼한 교정쇄 다발이 현실에서도 존재하지 않을까 생각했다. 그는 꿈이란 도서관까지 가서 조사하는 수고를 덜어 주기 위한 것이라고 아주 산문적으로 해석했다. 그래도 호기심이 당기면 가끔 도서관으로 가서 직접 조사해 보기도 했다.

몇 주 동안 계속해서 어떤 책이 그에게 나타났는데, 그는 지금까지 자기가 품은 모든 의문에 대한 해답이 이 책에 담겨 있다고 확신했다. 책에 써진 텍스트는 너무 빨리 지나가 무슨 내용인지 알 수 없었지만, 서지 사항에 관련된 부분만큼은 꿈을 꿀수록 분명해졌다. 파란색 딱딱한 표지에 싸인 책은 7백여 페이지나 되었다. 출간 연도는 1966년, 아니 어쩌면 1968년일 수도 있는데, 분명하지 않았다. 제목은 Grove라는 말로 끝나고, 아마도 Budding인 듯한 단어도 포함하고 있었다. 페이지들이 불꽃에 둘러싸여 있는 모습이 여러 차례 보였기 때문에, 아마도 이 책은 특별히 신성한 책, 어쩌면 『다니엘서』에 나오는 그 책일지도 모르겠다는 생각이 들었다.

그는 서점과 도서관들을 뒤져 보았다. 그러던 어느 날 그 책을 발견했다. 의심의 여지 없이 바로 그 책이었다. 파랗고, 두툼하고, 1968년에 출간되었으며, 제목은 〈블루밍 그로브의 그림자The Shadow of Blooming Grove〉였다.

그는 자신의 탐색이 이제 끝에 이르렀다고 확신하며 책을 펼쳐 보았다. 세상의 모든 비밀이 자기에게 밝혀질 거였다.

그것은 워런 G. 하딩의 전기였다.

다른 사람 같았으면 이 모든 게 어처구니없다고, 아니면 적어도 그가 엉뚱한 책을 찾았다고 결론 내렸을 것이다. 하지만 딕은 둘 중 하나라고 생각했다. 즉 세상의 모든 비밀이 정말로 이 워런 G. 하딩 대통령 전기에 들어 있든지(아마 저자 자신도 모를 어떤 무의식적 형태로), 그게 아니면 그에게 영감을 주는 실체가 지금 그를 짓궂게 놀리고 있는 것이다. 어느 경우이든, 이 실체가 하는 짓은 뭔가를 떠오르게 했다.

아니, 〈뭔가〉라기보다 〈누군가〉였다.

글렌 런시터.

『유빅』에서 반(牛)삶의 미로에서 길을 잃은 부하들과 아주 사소해 보이는 것들을 통해 교신하고, 그들을 인도하고, 지금 무슨 일이 일어나고 있는지 알려 주려고 애쓰는 그 글렌 런시터였다. 〈나는 살아 있고, 너희는 죽었다〉라는 화장실 낙서도 그가 쓴 거였다. 광고 전단, 비행기가 하늘에 그리는 광고 문구, 그리고 담뱃갑 그림들에 숨어 있는 암호들은 그들이 생존할 수 있도록 그가 전하는 지시 사항이었다. 런시터는 심지어 텔레비전에도 등장해, 엔트로피에 대항하는 유일한 무기인 유빅 스프레이의 시범을 보여 주기도 했다.

딕은 자신이 계속 꾸는 꿈들이 자신을 어느 책으로 데려가려는지 깨닫기 시작했다. 그것은 워런 G. 하딩의 전기가 아니라 딕의 정신적 작동 방식을 분석한 실체가 딕이 워런 G. 하딩의 전기를 보고 생각하리라 예상한 소설이었다. 그는 스타니스와프 렘이나 파트리스 뒤빅 같은 사람들이 말하고 싶었던 게 무엇인지 이해하기 시작했다. 신성한 책, 불꽃으로 둘러싸인 책, 우주의 모든 비밀을 밝히는 책, 그것은 바로『유빅』이었다.

자신이 인류 역사상 가장 중요한 다섯 책 중 하나,『성경』이나『바르도 퇴돌』처럼 인간들이 그들의 존재 비밀을 알기 위해 펼쳐 봐야 할 책 중 하나를 썼다는 말이 더 이상 어처구니없게 느껴지지 않았다.『유빅』은 인간의 상황을 아주 직설적으로 묘사하고 있는 것이다.

이때부터 그는『유빅』과 이 책에서 인간들이 엔트로피와 맞서 싸울 수 있게 도와주는 실체 유빅을 구별하기 시작했다. 이제 그는『유빅』이 실체 유빅을 너무나 잘 묘사하고 있는 것은, 실체 유빅이 그를 통해『유빅』을 썼기 때문임을 깨달았다.『유빅』은 실체 유빅이 자신의 존재를 인류에게 드러내기 위해 보낸 메시지였다. 실체 유빅이 인류와 소통하기 위한 수단으로 어느 이름 없는 작가가 쓴 싸구려 소설을 택한 것은 너무나 논리적인 일이었다. 이것은 다양한 광고 문구, 텔레비전 광고, 그리고 화장실 낙서를 보충하고 있는 것이다. 내용과 형식, 매체와 메시지가 완벽하게 일치했다.

이 실체가 그를 직접적으로 접촉해 온 1974년 2월 이후, 실체는 그에게 은밀하게 암호명을 하나 주었으니, 그것은 바로 〈발리스VALIS〉였다. 〈방대하고, 활동적이고, 살아 있고, 지적인 시스템Vast, Active, Living, Intelligent System〉을 뜻하는 이 두문자어(頭文字語)는 그가 보기에 종교적인 색깔이 없고, 순수하게 묘사적이라는 장점이 있었다(이 이름을 제목으로 하는 책을 프랑스어로 번역한 로베르 루이는 너무나 훌륭하게도 이를 〈시바SIVA〉[3]로 옮겼다). 어떤 컴퓨터 프로그램 이름이라 해도 이상하지 않은 이름이었다. 몇 해 전, 실체는 그에게 〈도처에 존재하는 것〉을 뜻하는 〈유빅〉을 암호명으로 주었다. 그리고 딕은 그의 바르도 소설[4]의 각 장(章) 앞에 제사로 넣은 광고 문구들을 쓰면서, 성 요한이 『요한복음』 첫머리에서 〈로고스〉, 즉 〈말씀〉이라고 부른 것을 자신은 〈유빅〉이라고 부른다고 어느 정도 의식적으로 암시했었다.

다시 말해 이 이름이 의미하는 것은 〈하느님〉이었는데, 딕은 이 고유 명사를 사용하기 싫었던 것이다. 그게 깨끗하지 않게 느껴진 까닭이었다. 그것은 협소한 종교적 프레임들에 의해 더럽히고 왜곡되어 온 이름이었다. 유대교 신비주의자들처럼 그는 신의 이름들이 다양하게 존재하며, 이 이름들이 담긴 자루 밑바닥에서도 가장 밑바닥에는 진정한 신의 이름, 신 혼자만이 알고 있는 이름, 그것을 아는 것이야말로 어쩌면 신의 궁극적인 속성일지도 모르는 이름이 숨어 있다고 믿었다. 그리고 우리가 그 이름을 알 수 없는 한, 차라리 순수하게 관습적인 어떤 용어, 예를 들어 〈발리스〉 같은 이름을 사용하는 편이 나을 거였다.

그리고 이 용어는 꼭 관습적인 이름만은 아니야, 라고 딕은 생각했다. 왜냐하면 이건 그냥 그의 정신에 떠오른 이름이고, 발리스가 그의 정신에 영감을 주고 있기 때문이었다. 알 수도

---

3 발리스를 뜻하는 〈Système Intelligent Vivant et Agissant〉의 약자이다.
4 『바르도 퇴돌』의 성격을 지닌 소설.

없고, 명명할 수도 없는 이 실체는 그가 〈유빅〉이라는 이름처럼 혼자 상상해 냈다고 믿은 이 이름으로 자신을 드러낸 거였다.

하지만 딕에게는 찾아내야 할 다른 사람이 있었다. 그러니까 그의 삶 가운데서 런시터 같은 중개자 역할을 하는 존재였다. 런시터는 유빅이 아니었고, 우리의 마비된 의식에 도달하려 애쓰는 보통 사람일 뿐이었다. 우리를 깨우려 하는 자, 수단과 방법을 가리지 않고 로고스 농축액 스프레이를 팔려고 발버둥 치는, 말 그대로 유빅의 세일즈맨이었다. 딕은 어떤 의미에서 자신이 독자들에게 그런 역할을 한다고 자부하고 있었다. 하지만 누군가 그에 대해 그런 역할을 하고 있었다. 누군가 유빅, 혹은 발리스를 위해 그를 인도하는 메시지들을 보내고 있었다. 그리고 조 칩이 그랬듯, 이 혼란스럽고 모순적인 신호들의 안개 속에서 뭔가 친숙하게 느껴지는 스타일이 보이는 것 같았다.

그가 어떤 가설을 세울 때면 늘 그랬던 것처럼, 딕은 이번에도 사실들이 너무나 딱딱 맞아떨어지는 데 놀라움을 금치 못했다. 그가 FBI에 연락해 소련인들의 음모를 분쇄해 버린 뒤로 러시아어로 꿈을 꾸는 일은 더 이상 없었지만, 고대 그리스어로 꿈꾸는 일이 갈수록 잦아졌다. 그런데 그가 일생 동안 알아 온 사람 중에서 이 언어를 이해한 사람은 단 한 명이었으니, 바로 파이크 주교였다. 파이크는 그가 낮과 밤에 받는 영감 대부분이 수렴되는 고대 세계와 고대 종교를 잘 아는 사람이기도 했다. 그는 잡다한 참고 문헌을 뒤지며 하는 지적인 보물찾기놀이를 좋아했고, 말년에는 죽은 자와 산 자들의 소통 가능성을 탐색하기도 했으며, 그 특수한 소형 가위로 코털을 자르기도 했다. 딕은 주교의 욕실에서 암페타민을 슬쩍하다 그 가위를 발견했었다.

이런 수많은 단서가 고인이 된 주교를 유력한 지도 교사 겸 영적 무단 침입자 후보로 올려놓았다. 하지만 꿈과 읽은 것들과 자유 연상을 통해 떠오르는 다양한 직관에 따라 다른 후보자들도 등장했다. 딕은『브리태니커 백과사전』을 통해 시간을 거슬러 올라가면서, 쿠마에 무녀, 조로아스터, 엠페도클레스, 영지주의자 바실리데스, 파라오 아케나톤 등이 고맙게도 자신을 인도해 주는 것을 느꼈다. 그의 정신을 거쳐 간 이 모든 객 중에서 그와 가장 통한 사람은 거기에 거의 석 달을 죽치고 앉은 토머스라는 인물이었다.

딕은 자신의 정신적 대부를 찾으며 역사적 유명 인물들을 들먹이는 경향이 있었다. 그의 이런 네임-드롭핑 성향의 유일한 예외라 할 수 있는 미지의 인물은 1974년 3월 이후 딕이 자신 안에 헬레니즘 색채가 짙은 1세기 어느 성직자의 생각과 세계관, 심지어 표현들까지 들어 있다는 사실을 발견함에 따라 생겨났다. 딕이 꿈에서 발췌한 견본 몇 개를 가지고 풀러턴의 어느 교수에게 문의해 겨우 알아낸 바에 의하면, 이 토머스가 사용하는 그리스어는 파이크가 유일하게 알던 고전적이고도 문학적인 그리스어가 아니라, 사도 시대 근동 지방 전역에서 통용되던 일종의 피진[5]이라 할 수 있는 코이네 그리스어였다. 그것은 플

5 영어를 모르는 사람들 사이에 간단한 의사소통만 가능하도록 단순화시킨 영

라톤의 언어가 아니라 성 바울로의 언어였다. 토머스는 이 바울로와 마찬가지로 그리스도를 개인적으로 알지 못했다. 그는 혹독한 박해를 겪은 기독교도 제2세대에 속한 사람이었다. 하지만 그의 모든 형제와 마찬가지로 — 이는 그가 딕에게 설명해 준 내용이었다 — 그는 부활의 비밀을 알고 있었다. 예수가 그를 따르는 작은 무리에게 해준 영원한 생명의 약속은 결코 허풍이 아니었다. 그것은 어떤 신성한 양식을 먹는 것을 의미했다. 즉 존 알레그로와 그를 이어 파이크가 그렇게나 중시했던, 그리고 가톨릭의 영성체를 졸지에 빛바랜 상징에 불과하도록 위축시키는 그 유명한 버섯을 먹는 것을 의미했다. 이 생명의 양식 조각마다 — 유빅이 내뿜는 각 분무가 그렇듯이 — 현상 세계는 그것의 한 위격(位格)(딕은 파이크 주교가 가르쳐 준 이 표현을 너무나 좋아했다)에 불과한 정보가 온전히 담겨 있었다. 자신의 죽음이 가까워 오는 걸 느낀 토머스는 이 버섯을 먹었고, 부활했을 때 자신이 누구인지 제때 알 수 있도록 그의 두뇌 어딘가에 물고기 신호를 새겨 놓았다.

모든 게 계획대로 진행됐지만, 문제는 당시 모든 사람처럼 토머스도 그리스도의 재림이 임박했다 확신하고 그 기한을 20년으로 잡았는데, 실제로는 2천 년이 흘러 버렸다는 사실이다. 왜? 왜냐하면 서기 70년에 예루살렘이 무너진 뒤 로마인들이 신성한 버섯을 탈취해, 그들이 이해하지 못하는 종교의 모든 것

어의 변종. 노예나 무역상이 주로 사용했으며, 그중 일부는 토착화해 크리올어가 되었다.

을 파괴해 버렸듯이 그것도 파괴해 버렸고, 그 결과 이 살아 있
는 정보가, 우리의 불합리한 세계에서 유일하게 합리적인 요소
가 사라져 버렸기 때문이다. 제국과 어둠이 승리했다. 하지만
완전히는 아니었다. 그 버섯 중 몇 개가 한 단지 안에 숨겨졌고,
단지는 사해 연안 어느 동굴에 숨겨져 있었다. 야만과 환상이
이 땅을 지배할 때, 그것들은 거기서 거의 2천 년 동안이나 잠들
어 있었다. 실제 시간은 멈춰 있었는데, 이런 상태는 1947년, 고
고학자들이 쿰란 계곡의 동굴을 발견하고, 갇혀 있던 성령을 해
방시킨 날까지 계속되었다. 궁극적 진리를 찾는 파이크가 눈을
이쪽으로 돌린 것은 옳았지만, 너무 늦게 도착해 비극적인 죽음
을 맞게 되었다. 성령, 유빅, 발리스……. 이름이 무엇이든 간에
그것은 벌써 은신처를 떠나 버린 것이다. 어쨌든 그것은 여러
해 전부터 바람처럼 원하는 곳을 찾아다니며 역사하고 있었다.
예를 들면 캘리포니아주에 사는 어떤 소년의 의식과 무의식 속
에 역사했는데, 이 아이가 사실 그의 이름은 토머스이며, 그의
모든 동시대인과 마찬가지로 주후(主後) 70년경에 살고 있다는
말을 들었다면 기절할 듯 놀랐을 거다. 조금씩 조금씩, 그리고
그가 모르는 사이, 성령은 이 소년을 교육했다. 성령은 그에게
어떤 의혹을 불어넣었고, 그의 눈앞에서 외관의 장막을 슬쩍슬
쩍 걷어 보이곤 했다. 소년은 성장했고, 성령이 자신의 존재를
사람들에게 알리고, 그들의 상황을 계시하는 수단으로 삼은 공
상 과학 소설들을 쓰기 시작했다. 그가 아무리 이름 없는 존재
라 할지라도, 제국은 그를 주시하고 있었다. 제국 요원들은 그

의 책들의 어떤 암시적인 부분들에서 위험할 수 있는 요소가 배태되어 있음을 감지하고 있었다. 그는 박해당했다. 그리고 어느날, 마침내 때가 되었다. 물고기가 토머스에게 나타나, 그의 기억을 깨운 것이다.

그 후 그는 45년 동안 자신이었다고 믿어 온 사내의 몸에 들어가 살게 되었다. 이 사내는 선뜻 자리를 내주려 하지 않았지만, 몇 차례 개혁을 거치고 나자 동거가 즐거운 것이 되었다. 그것은 두 개의 운전대가 있는 운전 학원 자동차와 조금 비슷한 것이었다. 토머스는 필의 교육을 완성했고, 그리스어를 가르쳤으며, 노련한 비밀 저항군의 책략을 가르쳐 제국의 덫들을 피할 수 있도록 해주었다. 경찰에 신고해 오히려 그들을 꼼짝 못 하게 만든 것은 얼마나 멋진 한 방이던가! 그 대가로 필은 이 위험한 세계 가운데서 토머스의 발길을 인도해 주었다. 물론 토머스는 이 세계의 본질은 알고 있지만, 그것이 얼마나 기만적인 외관들로 가득한지는 모르는 것이다. 토머스에게서 가장 정감 가는 부분은 말도 안 되는 실수를 저질러 그가 이방인임을 드러낸다는 점이었다. 그는 딕의 역을 연기하면서 이따금 착각하기 때문에, 어떻게 대꾸해야 할지 살짝 귀띔해 줘야 했다. 토머스의 존재에 대해 알기 전, 과로나 그해 봄에 그를 잠시 입원하게 만든 고혈압 때문인 줄로만 알았던 이상한 행동들을 이제 딕은 이해할 수 있었다. 그는 자기 고양이들의 이름과 성별을 착각했다. 평생 해온 습관과 달리 타자기의 여백 조절기 위치를 옮겨 놓았다. 자기 자동차의 운전대도 낯설게 보였다. 그리고 레이글 검이 스탠드 끈을 가지고 그랬듯이, 존재하지도 않는 환기 스위치를 계속 찾았다. 어느 날 테사는 그가 문이 열린 냉장고 앞에서 웅얼대는 소리를 들으며 깜짝 놀랐다. 〈어, 맥주가 다 떨어졌네? 분명히 한 병 남아 있었는데…….〉 그러고 나서 〈참, 난 맥주를 안 마시잖아?〉라고 하더니, 결국에는 〈이건 내 냉장고가 아니잖아!〉라고 외치는 거였다. 전에 그를 불안하게 했던 이 모든 것이 이제는 토머스의 소행으로 느껴졌다. 그래서 물어보면 이 토머스는 웃음을 터뜨리며 맞는다고 시인했다. 이런 식으로 둘 다 꽤나 재미있게 지냈다.

제국이 인간들을 가둬 놓고 있는 가짜 세계에서 토머스의 마음에 가장 드는 것은 텔레비전이었다. 그는 날이면 날마다 텔레비전 앞에서 시간을 보냈다. 물론 당시는 제국이 몰락하는 광경이 텔레비전으로 생중계되고, 수인들이 자신의 상황을 알든 모르든 간에 이 흥미진진한 연속극을 열심히 시청하던 시기였다는 점은 잊지 말아야 한다. 닉슨은 시리카 판사에게 워터게이트에 대한 대화가 담긴 녹음테이프를 제출할 것인가? 처음에는 아니었으나 결국 절반을 지우고 제출했다. 하원은 배짱 있게 대통령을 탄핵할 것인가? 그렇다. 왜냐하면 그는 사법을 방해하고, 증거를 인멸하고, 허위 증언을 교사하고, 스캔들에서 자신을 보호하기 위해 CIA를 이용하고, 헌법이 정한 시민의 권리를 침해하고, 전자 기기로 불법 감시를 하고, 심지어 세무 사기까지 저질렀기 때문이다.

특별히 이 마지막 부분은 딕을 즐겁게 했다. 그는 손에 맥주 캔을 들고 소파에 앉아 이런 뉴스가 나올 때마다 마치 스포츠 팬처럼 박수를 치고 환성을 질렀다. 그의 옆에 앉은 토머스는 자기 팀이 이기는 것을 지켜보는 코치처럼 행동했다. 그는 전문가로서 각 장면을 논평했고, 주인장에게 일들의 내막을 밝혀 주었다. 덕분에 딕은 자신의 정신적 체험과 백악관의 적그리스도 패배 사이에 은밀하면서도 직접적인 관계가 있다는 것을 알게 되었다. 지난 2월, 그는 오랜 노력과 암중모색 끝에 마침내 장막을 뚫고 실제 현실에 이르는 데 성공했다. 그는 속고 있는 우리 감각의 증언에도 불구하고, 제국은 아직 끝나지 않았지만 그리스도의 재림이 멀지 않았다는 것을 깨달았다. 재림은 약속대로 1세기가 끝나기 전에 이뤄질 거였다. 그의 기억이 돌아온 게 신호였고, 그는 문으로, 성령은 이 문을 통해 다시 돌아와 가짜 세계를 끝내고, 쇠 우리를 뒤엎고, 『사도행전』에서는 마법사 시몬으로, 그의 책들에서는 파머 엘드리치 혹은 F. 프리몬트로, 그리고 1974년 미국에서는 리처드 M. 닉슨으로 불렸던 그 사악한 조물주를 쫓아 버릴 거였다. 성령은 세상을 다시 실제의 것으로 만들기 위해 일명 토머스라고도 하는 필립 K. 딕을 사용한 것이다.

8월 8일 닉슨이 사임했을 때, 딕은 토머스에게로 고개를 돌려 〈자, 됐어, 우리가 이겼어!〉라고 말했다. 하지만 토머스는 대답이 없었다. 그는 사라진 것이다. 뇌 가운데 혼자 남게 된 딕은 아주 슬펐다. 며칠 후, 그는 토머스가 그의 임무를 완수한 것이라

이해하고 체념했다. 이제 자신에게 남은 일은 지금까지 일어난 일들을 이해하고 사람들에게 얘기해 주는 것뿐이었다.

19
말들의 친구, 뚱보가 만난 것

토머스가 떠난 후, 딕은 자기 경험을 설명하는 책을 한 권 쓰려고 했다. 그리고 나보코프의 서배스천 나이트나 커트 보니것의 킬고어 트라우트처럼 상상적 작가가 쓴 것으로 설정된 소설들을 모은 전집에 참여하라는 제안을 받았을 때, 이게 괜찮은 접근 방법이 될 수 있겠다고 생각했다. 자신은 『메뚜기는 무겁게 짓누른다』를 쓴 유명한 소설가, 호손 아벤젠의 이름으로 글을 쓸 거였다.

자신의 책들을 다시 읽어 볼 때마다, 딕은 그것들의 예언적 성격에 경악을 금할 수 없었다. 1960년에 그는 장신구를 보는 것만으로도 진정한 현실에 접근할 수 있고, 상상적 세계를 묘사한 소설이 모든 사람의 눈에 감춰진 진실을 신비스럽고도 확실하게 드러낼 수 있다고 상상했었다. 그 책들 마지막 페이지를 쓸 때 『주역』은 그가 상상하는 모든 것이 사실이라고 말해 주었고, 그는 무슨 뜻인지도 모른 채 이 말을 책 속에 집어넣었다. 14년이 지난 뒤, 그는 깨달았다. 호손 아벤젠은 바로 자신이었다. 그렇다면 이제 호손 아벤젠이 다시 돌아와 〈그래요, 이 모든 것은 사실이었어요〉라고 말하고, 이를 사람들에게 이해시키는 게 논리적일 터였다.

『높은 성의 사내』 속편을 쓰는 것은 당연한 일로 느껴졌다. 게다가 이 작품은 가장 잘 알려졌고, 유일하게 상을 받은 책이기 때문에, 속편을 쓰면 돈이 될 수 있었다. 소설 첫 부분은 벼랑 끝에 몰려 있는 아벤젠을 보여 줄 거였다. 아내와 자식들에게 버림받고, 빈털터리에 병들고, 도난당하고, 은밀한 전체주의 체제에 박해당하고, 이 사악한 체제를 계속 고발하지만 아무런 반향도 얻지 못하는 상태다. 세례 요한은 그를 〈광야에서 홀로 외치는 소리〉라고 표현하겠지만, 그는 외치지 못하고 그저 납작 엎드려 있다. 바로 이때……

이때 뭔가?

일이 꼬이면서 소설이 주저앉고 만다. 왜냐하면 얼마 안 가 딕이 『높은 성의 사내』와 오랫동안 기다려 온, 그리고 이제 개선장군처럼 돌아온 속편 사이에 큰 차이가 있다는 걸 발견했기 때문이다. 첫 번째 경우에서 그는 어떤 이야기를 지어냈다 — 혹은 지어냈다고 생각했다. 그는 자유로웠다 — 혹은 자유롭다고 생각했다. 그런데 지금은 진실을 말해야 했고, 따라서 틀린 말을 해서는 안 되었다.

하여 그는 이 모든 것을 정리하기 위해 메모를 하기 시작했다. 그리고 일단 시작하고 나니 멈출 수가 없었다. 그는 소설과 타자기를 내려놓고, 매일 밤 『브리태니커 백과사전』을 참고해 가며, 헤드폰 볼륨을 있는 대로 높여 놓고 존 다울런드와 올리비아 뉴턴존을 들으며, 신이 자신을 이 땅에 보내며 맡긴 소명을 다하기 시작했으니, 바로 가설들을 세우는 일이었다.

그가 〈멈출 수가 없었다〉고 말했을 때, 나는 이 말을 문자 그대로 해석해야 한다. 이 맹렬한 메모 작업은 이 땅에서 딕에게 남은 세월인 8년 동안 그를 온전히 사로잡았다. 그는 이렇게 쓴 글 중에서 수백 페이지를 파기했지만, 그래도 8천여 페이지가 남아 있다. 그것을 다 읽은 사람은 아무도 없고, 심지어 그 자신도 읽지 못했다. 이는 꼼꼼하게 그의 전기를 쓴 로런스 서틴도 마찬가지로, 그는 자신이 발췌문들을 고르기 위해 샘플링 방법을 사용했다고 솔직히 털어놓았다. 이 발췌문들은 정신없이 흥분된 주제들을 보여 주긴 하지만, 발췌문의 성격상 어쩔 수 없이 50, 60페이지나 이어지는 그 끝없는 텍스트에서, 탈진해 쓰러질 때까지 멈추지 않았던 기나긴 밤들의 결실인 장문의 글들에서 많은 부분을 덜어 낸 것이다.

그는 자신을 인도하는 실체에 붙일 이름을 찾아냈듯이, 만일 우리였다면 그의 〈노트〉 혹은 그의 〈일지〉라고 불렀을(마찬가지로 푸아티에의 유폐된 여인이 자기가 무슨 말을 하는지 잘 알면서 나의 〈사랑스러운 커다란 말랑피아 구멍〉이라고 불렀던 것을 우리라면 〈난장판〉 혹은 〈돼지우리〉라고 불렀을 것이다)[1]

1 20세기 초 프랑스 푸아티에의 어느 대학 학장의 집에서 한 젊은 여성이 부모에 의해 25년 동안 배설물과 벌레가 가득한 방에 알몸 상태로 감금되어 온 것이 발

것에 대한 이름도 찾아냈으니, 바로 〈주해서〉²였다.

신학에서 이 단어는 딕도 잘 알고 있던 정확한 의미를 지닌다. 이것은 어떤 신성한 텍스트의 교리적 해석을 적은 글을 가리킨다. 〈신성한 텍스트〉는 성령이 직접 구술한 것은 아니라 할지라도, 적어도 성령의 감동을 받아 쓴 텍스트(이런 느슨한 정의는 인간 편집자에게 약간의 자발적 개입의 여지, 다시 말해 오류의 여지를 남긴다), 즉 신에게서 나온 텍스트다. 그러므로 — 위에서 말한 대로 약간의 오류 여지가 있다는 점은 감안해야겠지만 — 신성한 텍스트는 그것의 모든 부분에서 진리를 말한다. 가톨릭 신도들은 이런 텍스트가 〈무오(無誤)하다〉고 주장하며, 유대교 신비주의는 토라(율법)에서 우연한 요소는 단 하나도 없다는 확신에서 출발하며, 그에 따른 모든 극단적 명제들을 받아들인다. 유대교 신비주의자에게 글자 하나하나는 〈스스로 있는 자〉로 통하는 문을 열어 주는 것이다.

〈책〉의 종교들에 관심을 가진 사람에게 그것들의 정경 형성 과정, 다시 말해 어떤 텍스트가 신성한 것으로 선언되는 과정을 연구하는 것보다 더 흥미로운 것은 없다고 파이크 주교는 말했다. 모세 오경은 언제, 어떻게, 누구에 의해 집필되었는가? 언제,

견되어 세간에 큰 충격을 주었다. 그런데 병원으로 옮겨진 이 불행한 여성은 다시 그 방으로 돌아가고 싶다고 되풀이했는데, 이때 자신의 방을 〈나의 사랑스러운 작은 동굴〉 혹은 〈나의 사랑스러운 커다란 말랑피아 구멍〉이라고 표현했다. 〈말랑피아 Malempiat〉는 프랑스어에 존재하지 않는 단어이며, 이에 대해서는 해석이 분분하다.

2 딕은 이 원고들을 『주해서 *Exegesis*』로 출간하려고 했으나 그의 사후에 발췌본으로만 출간되었다.

어떻게, 누구에 의해『마르코복음』,『마태오복음』,『루가복음』,『요한복음』은 정경으로 인정되고, 다른 복음서들은 위경으로 선언되어, 각 시대의 제임스 파이크들이 가장 즐기는 놀이터로 삼은 변방으로 쫓겨났는가?

딕은 1974년 2월부터 그의 뇌에 그야말로 폭풍우처럼 몰아치는 정보들이 어떤 신성한 존재에서 나오는 것이라고 생각했다. 그가 〈발리스〉라고 부르는 신은 과거에 모세와 마호메트와 다른 몇 사람에게 말했듯이 지금 그에게 말하고 있었다. 이 신이 이번에는 어떤 작가를 찾아온 것인데, 그가 보기에 계시에 가장 적합한 현대적 형태, 즉 SF로 자기 〈말씀〉을 옮겨 적을 것을 기대했기 때문이다. 딕은 신이 자신의 전문적 능력을 이렇게 전적으로 신뢰하는 것을 이해할 수 없었다. 그는 기꺼이 옮겨 적고 싶었지만, 대체 무엇을 옮겨 적어야 한단 말인가? 자신이 〈주해〉해야 할 정경들은 대체 어디에 있단 말인가?

우선 그의 꿈에 나오는 책들이 있었고, 거기서 읽은 단어들이 있었고, 아들의 탈장에 관한 것 같은 정보들이 있었다. 그 자신의 책들이 있었으며, 그것들을 다시 읽으면서 발견한 것들도 있었다. 또 그의 눈을 부시게 하는 갑작스러운 확신들이 있었다. 예를 들어 자신이 주후 70년에 살고 있으며, 백악관의 적그리스도를 쫓아 버렸다는 확신 말이다. 하지만 그에 못지않게 눈이 부시고, 전에 그가 이미 써놓은 단편소설 두 개의 줄거리를 포개어 소설을 만들었을 때처럼 힘겹게 끼워 맞추지 않으면 이전 것들과 조화를 이루지 못하는 다른 확신들이 뒤를 이었다. 토머스가 떠난 후로는 다시금 모든 게 혼란스러워졌다. 그의 초자연적 비전이 밝혀 주지 않으니, 모든 게 뒤죽박죽이고 흐릿하기만 했다. 퍼즐 조각들은 전처럼 딱딱 맞춰지지 않았다. 이제 혼자 남겨진 딕은 자신의 기억이 돌아오고, 닉슨이 몰락해 다시 신의 계획 안으로 들어온 세상이 눈에 띄게 달라지지 않는 것을 이해할 수 없었다. 어쩌면 이 은밀하면서도 근본적인 변화를 길들이는 일이야말로 자신의 주해에 부여된 임무일지 모른다고 생각하며 딕은 자신을 안심시켰다. 어쩌면 그의 소명은 그가 간헐적인 빛으로 밝혀지는 어둠 속을 나아가기를, 신의 가장 큰 영광을 위해 일하면서도 자신이 엉뚱한 짓이나 하고 있는 자라고, 과업을 맡을 자격이 안 되는 자라고, 쓸모없는 종이라고 믿기를 원하는지도 몰랐다. 때가 되면 성령이 이 모든 것을 정리하고, 인류 전체를 개심시킬 수 있는 계시의 말씀을 그에게 단숨에, 그리고 직설적으로 불러 줄 거였다. 그때까지 그는 그가 체험했고, 체험하고 있는 모든 것, 그가 꿈꿨고 그의 머릿속에 스쳐 간 모든 것, 한마디로 〈필립 K. 딕〉이라는 이름의 프로그램이 받아들이고 처리하는 정보 전체를 주해 대상으로 삼아, 뭔가 짚이는 것과 억측들을 적어 가기만 하면 되었다.

　그는 자신에게 일어난 일들을 얘기하는 데 극도로 신중을 기했다. 그래서 테사와, 한 번도 만난 일은 없지만 그에 대해 박사 논문을 쓰면서 서신을 나누던 어떤 여자 외에는 아무에게도 속마음을 비치지 않았다. 다른 사람들에게는 모호한 암시나 쉽게 철회할 수 있는 농담을 늘어놓았다.

1974년 가을, 그의 젊은 숭배자이며 로큰롤 전문지 『롤링 스톤』 기자로 상당한 명성을 쌓은 폴 윌리엄스가 딕을 미국 반(反)문화를 이끄는 인물 중 하나로 소개하는 특집 기사를 쓰자고 편집자에게 제안했다. 이 아이디어는 받아들여졌다. 윌리엄스는 딕을 유명 인사로 만들려는 목적을 숨기지 않는 마라톤 인터뷰를 위해 풀러턴에 와서 며칠을 보냈다. 사안의 핵심을 잘 이해한 딕은 〈자신의 특이성을 공개적으로 시인한다〉는 뜻으로 당시 동성애자 세계에서 사용되던 표현대로 〈벽장에서 나오〉면 어떨까 고려해 봤지만, 이런 신비주의적 얘기는 이제 겨우 접근할 기회를 얻은 일반 독자층을 자신에게서 멀어지게 할 위험이 있다고 느꼈다. 그는 사회적 관계에서는 아주 서툴렀지만, 상대방이 자신에게 무얼 원하는지에 대해서는 아주 확실한 감각을 지니고 있었다. 지금 여기서 보여 줘야 할 것은 어떤 종교적 미치광이가 아닌 반항적인 별종의 모습이었고, 그는 자신의 진정한 본질을 드러내지 않으려 애썼다. 한편 윌리엄스는 딕의 책들에 대한 어떤 교육적인 기사로는 누구의 흥미도 끌 수 없다는 것을 이해하고 있었다. 그보다는 그의 두뇌가 얼마나 이상하게 작동하고 있는지 보여 주는 편이 훨씬 나았다. 이를 위해서는 어떤 주제도 상관없었다. 1971년에 있었던 그 도난 사건도 괜찮지 않겠는가? 집에 괴한이 침입한 작가, 이러면 사람들이 그의 책들을 사보려고 몰려들지 않겠는가? 그래서 정말로 그렇게 하기로 했다. 윌리엄스의 격려를 받아 가면서 딕은 나흘 동안,

헝가리 건축가 에르뇌 루비크가 얼마 전에 발명해 무수한 마니아들에게 즐거움과 짜증을 동시에 선물한 그 유명한 루빅큐브를 연상시키는 기상천외한 독백을 이어 갔다. 어느 정도 말이 되는 것들부터 완전히 헛소리처럼 느껴지는 것들까지, 수십 개의 가설이 시도되고, 포기되고, 다시 시도되고, 다른 가설들과 조합되기를 반복했다.『롤링 스톤』의 평균적 독자는 닉슨의 〈배관공〉 얘기라면 무엇이든 믿을 준비가 되어 있다는 것을 아는 딕은 자신의 도난 사건 배후에도 이들이 있다는 식으로 얘기하다, 배심원단이 흔들리는 기미가 보이면 주저 없이 진영을 바꾸는 미친 변호사처럼 첫 번째 가설을 무너뜨리는 논리들로 말을 바꿨다. 그는 어느 극우 단체, 블랙 팬서,[3] 파이크의 행태에 분노한 어느 광신 종파, 이웃들, 마약 중독자들, 경찰, 외계인 등을 차례로 비난하고, 면죄하고, 다시 의심하기를 반복했고, 그 대상으로 자기 자신도 빼놓지 않았다……. 그는 거의 3년간 이런 문제들을 가지고 계속 씨름해 왔는데, 여섯 달 전부터 더욱 시급하고 우주적인 중요성을 지니는 다른 문제들이 바통을 이어받았다. 어쩌면 그는 〈주해서〉를 위해 사용하는 방식들을 도난 사건이라는 비교적 사소한 문제에 적용해 보며 잠시 즐겨 본 것인지도 모른다. 윌리엄스는 완전히 〈맛이 간〉 기사를 만들었다고 확신하며 신나서 떠났다. 그런데 너무나 운이 좋게도 이 기사는 당시 특종 중의 특종이었던 패티 허스트[4]의 고백 기사가 실

---

3 1965년에 결성된 급진적인 흑인 운동 단체.
4 미국 언론 재벌의 상속녀로, 급진 무장 단체에 인질로 납치되었다가 그들 중

린 호에 함께 실렸고, 그 덕분에 온 미국이 잡지를 사서 페이지를 뒤적이다 도둑맞은 자기 집을 우주 모든 수수께끼의 중심으로 여기는 이 별난 작가를 발견하게 된 것이다. 딕은 하루아침에 유명 인사까지는 아니라 해도, 적어도 〈그 친구 알아?『롤링 스톤』에 기사가 실린, 완전히 맛이 간 친구 말이야〉라고 하면, 그게 누구인지 모두가 아는, 그런 인물이 되었다.

샌프란시스코로 돌아온 윌리엄스는 자신이 직접 조사한 내용으로 이 기사를 매듭지어야겠다고 생각했다. 샌러펠 경찰서로 간 그는 거기 있는 자료를 검토하고, 경찰관과 이웃들에게 문의하고 다녔는데, 결과는 그가 예상했던 대로였다. 즉 아무것도 없었다. 특별한 게 아무것도 없었다. 딕은 마린 카운티에서 하루에 평균 25회씩 발생하는 주거 침입 도난 사건의 피해자였을 가능성이 매우 컸다.

이 결론은 윌리엄스를 안심시켰으니, 그의 의도는 어느 작가의 들끓는 상상력을 부각시키는 데 있었고, 만일 딕이 옳았다면 오히려 놀랐을 거였기 때문이다. 한편 딕은 별로 이해하지 못했다. 이게 평범한 도난 사건이라는 가설을 완전히 배제하지 않으면서도, 만일 그 반대 경우라면, 다시 말해 이게 배관공이나 극우파나 외계인들의 짓이라면, 그들은 당연히 이걸 평범한 사건처럼 보이도록 꾸몄을 거라는 점을 내세웠다. 같은 맥락에서 그는 〈정보 공개 청구법〉 덕분에 FBI에 보관된 자신의 파일을 열

하나와 사랑에 빠져 그들과 함께 범죄를 저질렀다. 스톡홀름 신드롬의 대표적 예.

람할 수 있게 되었을 때, 20년 동안 자기 삶에 대한 자료가 빽빽이 들어 있으리라 기대했는데, 예상과 달리 단 한 건의 문서만 발견했지만, 별로 놀라지 않았다. 그것은 그가 조지 스미스와 조지 스크럭스를 알기도 전인 1950년대 초반에 쓴 편지로, 특수 상대성 이론의 문제점에 대해 알아보기 위해 소련 물리학자 알렉산드르 토프체프에게 보낸 거였다. 유일하고도 전혀 위험하지 않은 이 문서의 존재가 증명하는 것은 단 하나, FBI는 일반에 문서들을 공개하기 전 그걸 깨끗이 정리했다는 사실이다. 닉슨의 경찰 정치를 끝내 버린다는 법은 결국 연막에 불과했던 것이다.

이런 식의 설명이 비록 효과적이긴 했지만, 딕은 신과 자신의 만남에 대한 파일에도 도난 사건 파일이나 자신에 대한 FBI 파일처럼 아무것도 담기지 않을 수 있다는 가설을 고려하지 않을 수 없었다. 이 파일은 아무것도 아니거나 — 결국은 마찬가지 얘기가 될 텐데 — 그때그때 기분에 따라 기막히게 풍부하다고 느껴질 수도 있고, 정신병자의 헛소리로 느껴질 수도 있고, 어떤 상상력의 소산에 불과한 것일 수도 있었다.

그의 안에는 신이 20세기 후반의 미국에 자기 말씀을 전하기 위해 선택한 계시받은 자가 들어 있었다. 또 거기에는 이 계시받은 자가 빠져드는 환상을 끊임없이 고발하는 다른 사람도 있었다. 매일 밤, 이 두 사람은 그의 주해서를 둘러싸고, 하나는 성주로서, 다른 하나는 공성군으로서 싸움을 벌였다. 후자는 공격하고, 전자는 수비했다. 딕은 둘 중에서 누가 옳은지 판단할 수 없었기 때문에, 자기에게 일어나는 일들을 다른 사람이 이해할 수 있는 형태로 정리할 수 없었다. 하지만 그는 자기 안에서 두 목소리를 계속 싸우게 함으로써 유아론(唯我論)의 함정을 피할 수 있다는 희망을 잃지 않았다. 1976년, 그는 몇 주 만에 모든 출판사에서 거절당한 『발리시스템 에이Valisystem A』라는 소설을 썼다.[5] 이 소설에는 버클리의 음반 판매원 니컬러스 브래디와 그의 오랜 친구이며 SF 작가인 필립 K. 딕이 등장한다. 닉에게 일어난 일들은 여러분이 이미 아는 바다. 사랑니 발치, 금빛 물고기, 레닌그라드 미술관 그림들을 만드는 눈꺼풀의 섬광, 기사 복사본, 입버릇이 고약한 라디오(닉은 자지다, 닉은 좆이다), 그리고 어린 아들의 감돈탈장……. 한편 필은 닉이 털어놓은 이모든 얘기에 회의적인 태도를 취하면서도 너그럽게 귀를 기울여 주는 친구 역을 맡는다. 그는 이후의 작품들에서도 계속 이 역을 맡는 반면, 니컬러스 브래디는 호스러버 팻이라는 캐릭터로 바뀐다. 이 호스러버 팻Horselover Fat은 필의 알터 에고[6]라고 할 수 있는데, 왜냐하면 독일어로 dick은 〈뚱뚱하다fat〉라는 뜻이고, 그리스어에서 philip은 〈말을 사랑하는 사람lover of horses〉으로, 독일어와 그리스어가 섞였다고 할 수 있는 이 필립 K. 딕을 영어로 번역한 것이 바로 호스러버 팻이기 때문이다 (아마도 조심성 때문인 듯, 딕은 그의 어머니 이름 Kindred —

5 이 소설은 1985년 『앨버무스 자유 방송Radio Free Albemuth』으로 출간된다.
6 라틴어로 〈또 다른 자아〉, 〈내 안에 숨어 있는 또 다른 나〉를 뜻한다.

영어로 〈친족 관계, 혈연관계〉라는 뜻이다 — 에서 따온 K는 건드리지 않았다). 그리하여 호스러버 팻, 즉 말들의 뚱보 친구는 신을 본 미친놈이 되고, 필 딕은 그의 이성적인 친구가 된다. 팻은 그의 주해서에서 자기가 본 환상들을 설명하고, 필은 그의 소설을 위한 초고들에서 팻의 주해서에 대해 논평한다. 팻은 자신을 새로운 이사야로 여기며, 필은 팻을 망상형 조현병 환자로 여긴다. 필은 맑은 정신을 간직하고 싶어 하며, 팻은 자신이 미친놈으로 보일 수도 있다는 걸 인정한다. 그러나 덧붙이기를, 좀처럼 믿어지지 않겠지만 진실은 자기편이란다. 그러면 필은 고개를 설레설레 흔들고, 이렇게 쳇바퀴는 그들이 죽을 때까지 돌아가는데, 그 후는 나도 잘 모르겠다.

(나는 여러분이 어떻게 생각하는지 알고 있다. 당연히 나도 여러분과 생각이 같다. 하지만 난 우리가 판단을 중지하고, 이 재판을 망치지 않았으면 한다. 이 책을 쓰는 것은 바로 이 때문이다. 나 자신에게, 그리고 여러분에게 독서의 시간을, 이 정신적 수련의 시간을 부과하기 위해서다.)

그는 자신이 미쳤다는 것을 증명하는 논거들과 자신이 살아 있는 신의 손안에 들어갔다는 것을 증명하는 논거들을 동일한 열성으로 조사해 보았다. 심지어 이 공정함의 노력조차 두 방향으로 해석되었다. 하루는 이게 정신적 건강의 표시처럼 보였는데, 광인들의 특징은 자신이 정신적으로 건강하다고 믿는 것이기 때문이다. 또 다음 날은 두려움에 사로잡혔는데, 정신병자의 첫 번째 증상 중 하나는 바로 자신이 정신병자가 되고 있는 것은 아닌지 걱정하는 것이기 때문이다.

팻이 자기 정신에 들어와 있는 존재들의 리스트를 뽑고 있는 것과 병행해, 필은 자신의 정신적 쇠약에 책임이 있을 만한 것을 모두 찾아보았다. 극도의 고뇌와 불안감이 그의 책들에서 많이 묘사된 바 있는 자폐증 환자처럼 그를 자기 안으로 숨어들게 했을 수 있다. 물론 약물 과용도 문제였다. 그는 20년 전부터 자기 몸을 화학적 칵테일 셰이커로 만들어 왔고, 이제 신(神)만 하나 달랑 든 포춘쿠키와 함께 계산서를 받아 든 것이다. 할런 엘리슨은 이런 종류의 도정을 다음과 같이 거칠게 표현했다. 〈약을 먹었다. 신을 봤다. 정말 엿 같은 거래였다.〉

필은 자신의 모험이 너무나 평범하다는 사실에서 위안을 받아야 할지 아니면 더 우울해해야 할지 알 수 없었다. 1960년대에 복용한 약물이 자기 뇌 안에 쌓여 이제 그 부작용이 나타나고 있는 거라고 확신했다. 이것은 흔해 빠진 얘기였다. 캘리포니아주에는 그와 비슷한 종류의 〈프릭〉들이 주문을 외우며 LSD 플래시백[7]에 빠져드는 신흥 종파가 수도 없었다.

LSD 플래시백, 이 역시 빼놓을 수 없는 가설이었다. 1967년에 LSD 25가 금지되고, 이것에 대한 여론이 급격히 나빠진 이후, 주로 보수 언론이 퍼뜨린 루머는 솔직히 그렇게 흔치 않은

---

7 마약의 실제적 효력이 없어진 뒤, 마약의 효과를 다시 체험하는 것처럼 느껴지는 현상.

이 현상을 오랜 기간 잠복기를 가지는 AIDS 균만큼이나 위험한 시한 폭탄으로 만들었다. LSD에 노출된 적 있던 사람은 누구도 거기서 자유롭다고 확신할 수 없었다. 여기에 대해서는 아주 끔찍한 이야기들이 나돌았다. 학창 시절 나쁜 친구들의 부추김으로 딱 한 번 LSD를 해본 어떤 친구가 오랜 시간이 흐른 뒤 IBM 혹은 제너럴 모터스의 젊은 간부가 되어 회의에 참석하던 중 갑자기 알 수 없는 세상으로 옮겨져 버렸다는 이야기 말이다. 전화선이 뱀으로, 친절한 동료는 사악한 로봇으로 변했고, 다시 출현한 과거에 사로잡힌 이 경솔했던 친구는 도끼를 집어 들어 모두를 살해해 버렸다. 살인을 부른 이런 광기의 예가 있었기 때문에, 이 시절에 LSD 플래시백은 어떤 사건이 일어나면 경찰이 우선적으로 고려해 보는 가설 중 하나였다. 딕도 마찬가지였고, 자신이 신의 강박 관념에 사로잡힌 것은 1964년에 딱 한 번 해본 LSD 체험 때문일지도 모른다고 생각했다. 그때 그는 데우스 이라이, 즉 〈신의 분노〉의 시간이 찾아온 거라고 믿으며, 여덟 시간 동안 울면서 라틴어로 기도했었다. 이제 그 영화의 속편이 상영되고 있는 것인데, 그것은 앞으로 여덟 시간이 아니라 8년 동안 이어질 거였다. 아, 빌어먹을, 산도스!

이 가설은 비록 슬프긴 했지만 말이 되었다. 다만 팻이 지적했듯이 문제가 하나 있는데, 그것은 LSD가 누군가 라틴어를 말하게 했다는 얘기는 아무도 들어 본 적이 없다는 사실이었다. 또 그리스어로 플래시백을 했다는 얘기도 들어 본 적이 없었다. 물론 LSD에 취했든 꿈을 꿨든 간에, 자신이 그리스어나 라틴어나 산스크리트어를 했다고 믿었던 것일 수는 있었다. 하지만 1964년에 레이 넬슨이 — 이 사람도 LSD를 했던 게 사실이지만 — 라틴어로 욕설 퍼붓는 것을 정말로 들었기 때문에, 문제는 해결되지 못한 채 10년 전으로 돌려보내졌다. 그리고 지금은 어떤 이해할 수 없는 단어들이 머리에 떠올라, 들리는 대로 적어 놓고 나중에 조사해 보니 코이네 그리스어라는 거였다. 좋아, 필, 자네가 그렇게 회의적으로 나오는 것은 이해할 수 있어. 하지만 이 사실은 어떻게 설명할 건데? 1974년에 사는 어떤 캘리포니아 주민이 성 바울로와 그의 서신 교환자들이 사용했던 언어로 갑자기 생각하기 시작했다는 사실을 어떻게 설명할 거냐고?

좀 더 일반적으로 말해 — 팻은 계속해 나갔다 — 정상적이라면 있어야 할 이유가 전혀 없는 어떤 정보가 우리의 뇌에 존재하게 되는 사실을 어떻게 설명하지? 모든 것을 마약 탓으로 돌리고, 신과의 만남과 정신병의 관계를 죽음과 암의 관계, 즉 어떤 병적인 과정의 논리적 귀결이라고 말하는 것은 너무 안이한 태도야. 진정한 문제는 우리가 1974년 2월에 경험한 것을 신의 현현으로 볼 수 있느냐는 거야. 〈신의 현현〉은 신이 자신을 드러내는 것을 의미하지. 만일 신이 존재한다면, 신의 현현도 존재하는 거야. 모세는 화염에 싸인 떨기나무를 만들지 않았어. 엘리야도 호렙산에서 그 낮게 속삭이는 음성을 만든 게 아니고. 그래, 이제 나도 진정한 신의 현현과 그보다 훨씬 경우가 많은 환각을 구별하는 게 쉽지 않다는 걸 인정해. 하지만 난 기준을 하나 제안하고 싶어. 만일 어떤 목소리가 — 그게 목소리라고 가정한다면 — 누군가에게 그가 가지고 있지도 않고, 또 가질 수도 없는 정보를 전달한다면, 우리 앞에 있는 현상은 가짜가 아니라 진정한 것일 수 있다고 말이야.

어때, 동의해?

필은 기꺼이 인정할 수 있지만, 몇 가지 지적할 게 있단다. 우선 팻은 자신의 무식함을 약간 과장하는 경향이 있는 것 같단다. 어느 날 밤, 팻은 주해를 하다 자기가 꿈속에서 독일어를 알아들었다고 신기해했는데, 그는 원래 독일어를 유창하게 구사하지 않았던가? 또 뭐가 언제 일어났는지 항상 헷갈리는 경향이 있는 그는 이번에도 일들의 순서를 뒤바꿨을 가능성이 있다. 즉 백과사전에서 어떤 정보를 발견한 뒤에 자면서 그것을 꿈꾸었고, 다시 깨어나서는 전에 읽었던 것을 까맣게 잊어버리고 다시 백과사전에서 그걸 보면서 〈오!〉, 〈아!〉를 연발해 가며 감탄하는 것이다. 필이 보기에 그는 자신의 무의식 속에 어떤 것들이 들어 있는지 들여다볼 필요가 있었다. 30년 동안의 정신분석학 — 주로 융의 그것이긴 하지만 — 공부도 팻을 꿈에 대한 마법적이고도 원시적인 관념에서 해방시키지 못했다. 그는 여전히 꿈을 자기가 가져온 음식만 먹어야 하는 스페인 여관으로 보려 하지 않고, 외부 존재가 보낸 메시지나 예고로 여기고 있다. 그 결과, 금빛 물고기 목걸이를 한 여자가 찾아온 날 오후 낮잠을 자다 840이라는 숫자가 화염에 싸여 나타나는 걸 보고는, 잠에서 깨자마자 기원전 840년에 무슨 일이 있었는지 찾으면서 자신이 전생에 미케네 시대에 살았다고 상상하기 시작했다. 하지만 그가 정작 생각했어야 할 것은 약을 배달한 여자가 약값이 8달러 40센트라고 반복해 가면서까지 말해 주었다는 사실이다.

오케이, 팻이 인정했다. 하지만 그리스어는 어떻게 설명하지?

이 그리스어 문제에 대해서, 필은 약간 위험한 이론인 것을 그도 알고 있는 융의 이론과 어느 정도 타협해야 했다. 〈집단 무의식〉, 〈계통 발생적 기억〉 같은 개념들만 해도 그가 논의를 국한시키고 싶은 합리적 범위를 벗어났다. 하지만 신을 끌어들이지 않고 문제를 해결하기 위해서는 어쩔 수 없었다.

좋아, 하고 팻은 결정타를 준비할 때면 늘 보이는 미소와 함께 말했다. 그렇다면 크리스토퍼의 탈장은? 집단 무의식이 그걸 나한테 알려 주었다고 생각해?

필은 머리를 긁적였다. 그에게는 그 일이 분명히 있었다는 것을, 그리고 그 일이 이상하다는 것을 부인할 방법이 없었다. 하지만 거기에 대해서 얘기하자면, 세상에는 그런 이상한 일이 많았다. 매우 이성적인 사람들이 이따금 예지몽을 꾸기도 하고, 귀신같은 점쟁이를 만나기도 한다. 그와 낸시도 샌타바버라의 아일랜드 노파가 KGB 요원일 수도 있었던 버클리의 어느 식당 주인에 대해 말하는 것을 들으며 신기해하지 않았던가? 이 모든 것이 물론 신기하긴 하지만 지금까지 초감각적 인식을 배제해 온 우리의 세계관을 완전히 바꿔 놓을 정도는 아니었다.

그래도 이상한 것은 사실이었다.

크리스토퍼의 탈장 얘기에 잠시 동요한 필은 이른바 〈열매〉의 논리를 가지고 반격을 시도했다. 「예수께서는 『마태오복음』 7장 15절에서 거짓 예언자들을 조심하라고 말씀하셨어. 그들은 양의 탈을 쓰고 너희에게 나타나지만 속에는 사나운 이리가 들어 있다고 말이야.」 그리고 그는 비유를 아주 유연하게 사용해 가며 — 이는 그의 모방할 수 없는 문체적 특징 중 하나였다 — 말을 이었다. 「그리고 그분은 이렇게 경고하셨지. 너희는 행위를 보고 그들을 알게 될 것이다. 가시나무에서 어떻게 포도를 딸 수 있으며 엉겅퀴에서 어떻게 무화과를 딸 수 있겠느냐? 이와 같이 좋은 나무는 좋은 열매를 맺고, 나쁜 나무는 나쁜 열매를 맺게 마련이다…….」

자, 보라고! 필이 외쳤다. 이게 바로 신의 영감을 받은 자와 정신병자를 구분하는 진정한 기준, 유일한 척도란 말이야! 물론 여기서 그리스도께서 암시하시는 것은 사악한 거짓 예언자들, 히틀러나 짐 존스 같은 하멜른의 피리 부는 자들이지. 하지만 이 말씀은 어떤 이상한 목소리들을 듣고 단지 머리가 돌았을 뿐인데 자신이 예언자라고 믿는 자네 같은 선량한 친구에게도 적용될 수 있어. 따라서 자네에게도 신과 교류한 열매를 우리에게 보여 달라고 요구할 수 있지. 그래, 자네가 변했어? 물론 나도 알아, 자네는 그리스어를 이해하고, 자네의 에이전시를 해고하고, 코털을 다듬기 시작했다는 거…….

난 크리스토퍼에게 탈장이 있는 걸 알아냈어…….

오케이, 하지만 솔직히 자네가 전보다 나은 사람이 되었다고 말할 수 있어? 20년 전부터 자네는 사랑이니, 자비니, 아가페니 해가며 목소리를 떨면서 떠들어 대왔지. 자네의 이혼한 아내들에게는 성 바울로의 말씀을 인용해 가며 설교를 늘어놓는 편지를 보내고 말이야. 그래, 그 성 바울로께서『고린토인들에게 보낸 첫째 편지』에서 뭐라고 말씀하시는지 한번 보자고. 〈내가 인간의 여러 언어를 말하고 천사의 말까지 한다 하더라도 사랑이 없으면 나는 울리는 징과 요란한 꽹과리와 다를 것이 없습니다. 내가 하느님의 말씀을 받아 전할 수 있다 하더라도 온갖 신비를 환히 꿰뚫어 보고 모든 지식을 가졌다 하더라도 ― 듣고 있어, 팻? ― 산을 옮길 만한 완전한 믿음을 가졌다 하더라도 사랑이 없으면 나는 아무것도 아닙니다. 내가 비록 모든 재산을 남에게 나누어 준다 하더라도 또 내가 남을 위하여 불 속에 뛰어든다 하더라도 사랑이 없으면 모두 아무 소용이 없습니다.〉

이 말을 들으며 팻은 고개를 숙이고 슬픈 표정을 지었다. 필은 여세를 몰아 공격을 이어 갔다. 그래, 난 자네가 나쁜 친구가 아니라는 걸 알고 있어. 자네가 가난한 사람들을 돕고, 자선 단체에 수표를 보내고, 고통받는 아이나 고양이를 보고 눈물을 흘린다는 것도 알아. 하지만 자네에게 사랑이 없다는 사실에는 조금도 변함이 없어. 자네가 아무리 사랑을 가지고 싶어 하고, 사랑을 달라고 기도해도 자네는 어떤 유리 벽에 막혀 실제 세계, 감각적인 세계, 진정한 세계를 접할 수 없듯이, 타인을 접할 수 없어. 이게 바로 대죄(大罪)이고, 이것은 심지어 자네 잘못도 아니야. 자네는 죄인이라기보다 오히려 희생자야. 죄라는 것은 윤리적 선택이 아니라 정신의 병, 정신으로 하여금 자신과만 대화하게 하고, 같은 말을 끝없이 반복하게 하는 병이야. 자네는 바로 이 병에 걸렸어. 지금 자네는 일종의 가택 연금 상태에, 뇌의 미로 안에 갇혀 버린 거라고. 자넨 거기서 폐쇄 회로를 통해 자네의 목소리를 계속 녹음해 들려주는 녹음테이프들만 들어 왔고, 지금도 듣고 있고, 앞으로도 영원히 듣게 될 거야. 환상을 품지 말라고. 자네가 지금 이 순간 듣고 있는 것은 바로 자네 목소리야. 자네 목소리가 자네에게 말하고 있는 거야. 자네가 이따금 이 목소리에 속아 넘어가는 것은, 이 목소리가 무료함을 견뎌 내기 위해 다른 목소리들을 흉내 내고, 그 흉내 낸 목소리들과 복화술사처럼 대화하는 법을 배웠기 때문이지. 하지만 사실 자네는 혼자야. 파머 엘드리치처럼 혼자지. 알맹이가 다 빠져버렸고, 주민들이 모두 그의 성흔을 지니는 세계 안에 있는 파머 엘드리치처럼 혼자라고. 혹은 닉슨처럼 혼자지. 그가 헛소리할 때마다 돌아가기 시작하는 녹음기들이 숨겨진 대통령 집무실 안의 닉슨처럼 말이야. 하지만 닉슨은 어떤 의미에서 운이 좋다고 할 수 있지. 왜냐하면 사람들이 그에게 녹음테이프를 제출하게 하여, 그걸 듣고는 그를 그 벙커에서 쫓아냈기 때문이지. 하지만 자네에게 그렇게 해줄 사람은 아무도 없어. 자네는 생명이 다하는 날까지 자기 말을 듣고, 자신에게 반박도 해보지만, 결국에는 자신이 옳다고 생각하면서 살아갈 거야.

내가 옳다고 생각하는 게 바로 그런 의미인 거야?

정확히 그 뜻이야. 그리고 사실 자네가 옳아. 어쨌든 나는 자네가 틀렸다고 증명해 줄 수 없어. 아무도 자네에게 그걸 증명해 줄 수 없지. 자네의 모든 시스템은 반드시 옳다고는 할 수 없지만 논리적으로는 빈틈없는 논리, 즉 〈궤변〉이라는 논리 위에 세워져 있으니까. 예를 들어 자네는 내게 이렇게 말하지. 「어쩌면 난 예언자가 아닐 수도 있지만, 그렇다면 같은 이유에서 이 사야도 예언자가 아니야. 어쩌면 나는 내 무의식이 내뱉는 말도 안 되는 헛소리를 신의 음성과 혼동할 수도 있지만, 그렇다면 성 바울로도 마찬가지야. 필, 다마스쿠스 도로에서 그의 눈을 멀게 한 것과 내가 1974년 봄에 오렌지 카운티 풀러턴의 아파트에서 본 빛이 다른 거라고 대체 어떤 근거로, 대체 어떤 지식에 기대어 말할 수 있지? 나는 자네가 날 믿지 않는 게 틀렸다고 말할 수는 없지만, 자네는 성 바울로도 믿지 못할 거라고 단언할 수 있어. 자네는 어깨를 으쓱하면서, 수많은 독실한 유대교도나 유식한 그리스인이 말했듯이, 바울로에게 일어난 일은 뇌전증이나 일사병 때문이라고 말했을 거야.」 오케이, 난 이렇게 나오는 자네에게 아무 반론도 펼 수 없어. 그리고 생태주의자들에게도, 그러니까 나무와 동물에게 인간과 똑같은 법적 권리를 부여하는 게 괴상하게 느껴진다고 말하면, 오랫동안 사람들은 여자와 흑인에게 그런 권리를 부여하는 것을 괴상하게 여겨 왔다는 점을 내세우는 과격한 생태주의자들에게 아무 반론도 펼 수 없지. 또 내가 현대 기술들이 우리 조상들의 눈에는 마술로 보일 수 있었다는 점을 인정하면, 지금 자네 말마따나 설명할 수도 없고 신비해 보이는 것들, 하지만 나는 콧방귀도 안 뀌는 것들이 언젠가는 과학의 영역에 편입될 거라는 점까지 인정하라고 나오는 사람들, 지금 초감각적 인식을 부정하는 사람들은 옛날 같았으면 갈릴리에서 일어난 일들도 부정했을 거라고 말하는 사람들에게도 반론을 펼 수 없는 게 사실이야. 난 개인적으로는 회의적이지만, 어쨌든 말이 되는 것은 사실이니까 그냥 입 다물고 있겠어.

자네는 입 다물고 있지만, 속으로는 이렇게 생각하겠지. 〈자네의 주해서를 몇 페이지만 읽어 봐, 그 글 자체가 진실을 말해 주고 있으니까. 그 글들은 그걸 쓴 사람의 광기를 너무나 웅변적으로 보여 주고 있어. 그 이론들이 단단하고 명징한 바울로의 서신들에 비하면 얼마나 복잡하게 얽히고설켜 있는지, 얼마나 모순적인지, 얼마나 말도 안 되는지 한 번만 읽어 보면 알 수 있지……. 진실에는 자기가 자기를 드러내는 자기 증명적인 무언가가 있듯이, 허위에도 그런 게 있는 법이고, 그것을 느끼지 못한다는 것은 판단력을 완전히 상실했다는 뜻이야.〉 자, 자네는 이렇게 생각하고 있는 것 아냐?

물론 난 그렇게 생각하지만, 자네가 무슨 말을 하고 싶은 건지 알고 있어. 그래, 맞아. 나의 그런 생각은 아무것도 증명하지 못하고, 다만 내 게으름을 증명할 뿐이지. 지금 내 코앞에 있는 자네의 주해서는 방금 쓴 거지만, 나와 신약 사이에는 2천 년에 걸친 관습이 가로놓여 있어. 만일 내가 이 신약을 새로운 눈으로 읽을 수 있다면, 세상에 이 기독교 교리만큼 괴상망측하고 상식에 어긋나는 게 없다는 걸 느끼게 되겠지. 그리스 신들의 이야기에는 인간적이고 친숙한 무언가가 있어. 우리 같은 사람들의 삶을, 그것도 좀 더 멋지게 보여 주면서 우리의 관심을 끌려고 하는 영화 같다고 할 수 있는 반면, 기독교는 우리가 아는 세계의 질서와 완전히 반대되게 얘기하지. 신이 십자가에 달렸다고 하기도 하고, 사람의 피와 살을 먹는 의식을 행하면 인간이 다른 존재로 변한다고 하기도 하고……. 인버네스의 성당에 다닐 때, 난 앤에게 이게 어떤 SF 작품 같다고 말한 적이 있어. 이것은 말도 안 되는 얘기인데, 바로 이 점 때문에 이게 진실일 가능성이 많다고 생각하는 사람은 자네 혼자만이 아닐 거야…….

그런데 정말 이상하지 않아? 내 계시들이 내 SF 작품들과 너무나 비슷하다는 게 말이야. 아니면 내가 그저 자신이 지어낸 얘기들을 믿기 시작했을 뿐이라고 생각하나?

맞아, 그렇게 생각해. 하지만 이걸 다른 식으로 설명해 볼 수도 있겠지. 즉 자네는 아무것도 지어내지 않았고, 이 계시가 자네의 SF 작품들을 통해, 자네도 모르는 사이 이 세상을 침범하기 시작했다고 말이야. 그리고 생각하면 할수록 어떤 느낌이 드냐면…… 이런 자네의 가설이, 어떻게 말해야 좋을까, 그럴듯하게 느껴진다? 논리적으로 느껴진다? 타당하게 느껴진다? 그러니까 신이 자신이 탈 자동차로 SF 작품을, 그리고 운전사로 자네를 선택한 거라 해도 전혀 놀랍지 않은 거지. 왜냐하면 신은 항상 이런 식으로 행동하니까. 그분은 건축가들이 버린 돌덩이 같은 천한 재료들을 사용해. 그분이 자기 백성을 택했을 때도 마찬가지였지. 그리스인이나 페르시아인을 택하지 않았고, 어느 이름 없는 종족, 아무도 들어 보지 못한 유목민들을 찾아갔어. 그리고 자기 아들을 자기 백성들에게 보내기로 결심했을 때도 마찬가지였어. 모두가 어느 왕족의 씨를 기다리고 있었지만, 그는 가난한 사람들 가운데서, 베들레헴의 어느 여관 마구간에서 조용히 등장한 거야. 신의 테크닉에 대해 우리가 아는 몇 안 되는 것 중 하나는, 그분은 사람들이 예상하지 않는 곳에 나타난다는 사실이지. 이건 그 자신이 『유빅』에서 너무나 분명하게 밝힌 점이야. 런시터의 메시지들은 로마 교황의 회칙이 아니라 텔레비전 광고나 화장실 낙서를 통해서 왔어. 만일 신이 오늘 인간들에게 말하기로 결심한다면, 그 대상은 교황도 아니고, 그분의 공식적인 대리인들도 아니라는 거, 적어도 이것 하나는 확실한 사실이야. 또 그분이 나름의 이유로 어떤 미국 작가에게 말하기로 결심한다면, 그것은 노먼 메일러나 수전 손태그가 아니라, 아무도 대수롭게 여기지 않는 싸구려 소설들을 줄줄이 써 대는 가장 이름 없는 삼류 작가일 가능성이 크지.

그렇다면 — 팻이 농담했다 — 내가 이 일을 위해 내 커리어를 아주 훌륭하게 이끌어 왔다는 걸 인정해야겠군. 그런데 이 모든 얘기가 어떤 루저의 헛소리처럼 느껴지지 않아?

맞아. 하지만 신은 그분의 계획을 위해 어떤 루저의 헛소리를 이용할 수도 있겠지. 그게 바로 그분의 스타일이니까. 자네도 알잖아? 〈그분의 뜻은 우리의 머리로는 헤아릴 수 없도다〉라는 말……. 그런데 문제는 일단 한 번 믿게 되면, 그다음부터는 멈출 이유가 전혀 없다는 점이야. 만일 그리스도의 부활을 믿으면, 그분이 행한 기적들과 그분이 어느 처녀의 배에서 나왔다는 사실을 거부할 이유가 없는 거지. 그리고 성모를 믿으면, 그분이 루르드와 파티마 혹은 순례자들이 완전히 얼굴이 변해서 돌아가는 시골 마을들에 나타나는 것을 금하는 것은 경솔한 짓이 되는 거고. 또 이런 신비로운 출현이나 치유, 기적의 메달을 믿는다면, 환생이나 인류 역사 혹은 자네의 주해서에 신비한 영향을 미쳤다는 대(大)피라미드를 믿지 말아야 할 이유가 없겠지. 팻, 자네의 약은 점이 뭔지 알아? 그건 자신은 목욕물인데, 아기를 희생시키지 않고는 이 물을 버릴 수 없다고 말한다는 점이야. 그런데 여기서 잠깐, 만일 내가 아기를 희생하는 것을 받아들인다면?

그러니까 자네 말뜻은…….

그래, 만일 신이 존재하지 않는다면?

그렇다면 내 주해서는 쓰레기 같은 헛소리들이 되겠지.

바로 그거야. 그리고 성 바울로도 그렇게 말했어. 만일 그리스도께서 부활하지 않았다면, 내가 너희에게 말하는 모든 것이 쓸데없는 소리라고 말이야. 그렇게 된다면 이사야와 슈레버 판사장 사이에는, 그리고 성 바울로와 자신을 성 바울로로 여기는 — 이를테면 나 같은 — 미친놈 사이에는 아무런 차이가 없겠지. 모두가 똑같이 정신병자인 거야. 자, 그래도 괜찮아?

아니라는 걸 자네도 알잖아. 그럼 우리 둘 다 망하는 거야.

자, 그래서?

아, 모르겠어. 그래, 내가 진 것 같아.

20
종착지

    필이 불안한 눈으로 지켜보는 가운데, 팻은 매일 밤 〈주해서〉 속으로 빠져들었다. 어떤 낯선 고장에서 길을 잃은 사람이 자동차 사물함에서 굴러다니는 지도를 ─ 미시간 지도, 탄자니아 지도, 오베르뉴 관광 지도 등 ─ 아무거나 꺼내 참고하듯이, 팻은 자신에게 일어나는 일들을 다양한 영적 경험들과 종교적 교리들과 비교했다. 그가 참고하는 자료는 그가 거들먹대며 밝히곤 했듯이 『브리태니커 백과사전』에서부터 그의 동료 론 허버드에게 짭짤한 수익을 안겨 주던 사이언톨로지의 출간물들에 이르기까지 다양했다. 또 그는 마이스터 에크하르트와 블라바츠키 부인[1]의 책들이 뒤죽박죽으로 꽂혀 있는 조그만 신비주의 전문서점들에서 카탈로그도 받아 봤다. 이렇게 참고 문헌을 공급받은 그는 끊임없이 새로운 이론을 만들어 냈는데, 그 각각은 이전 것보다, 그리고 앞으로 올 것보다 훨씬 타당하게 느껴졌다. 그가 곧 나올 거라 예고하고 다녔고, 그리스도가 비밀스러운 가

---

1 제정 러시아의 신비주의 사상가로, 뉴욕에 신지학 협회를 설립하였다.

르침을 비유로 쉽게 설명했듯이 그의 주해서를 쉽게 설명할, 그리고 그 선금은 이미 오래전에 써버린 소설에는 전혀 진척이 없었다. 옛날에 쓴 책들의 번역본에서 들어오는 인세가 수입의 전부였고, 낸시에게 양육비까지 보내야 했기 때문에 딕 일가의 생활은 궁하기 이를 데 없었다. 테사는 일하고 싶어 했지만, 그는 반대했다. 또 그녀가 대학에서 독일어 강의 듣는 것도 못마땅해했다. 자신은 그녀가 알아듣든 말든 대화에서 점점 더 빈번하게 독일어를 사용하고 있었음에도 말이다. 그는 장을 보러 가든, 크리스토퍼에게 산책을 시키든, 심지어 자기가 나갈 때 따라오든 간에, 그녀가 나가는 것 자체를 싫어했다. 그는 자신의 자유는 철저히 지키면서 그녀에게는 아무런 자유도 허용하지 않았다. 그에게 그녀의 생각은 조금도 중요하지 않았지만, 그걸 감추는 것은 용납하지 않았다. 지금 무슨 생각을 하느냐고 불쑥 묻고는, 뭔가 빼놓고 얘기하는 것 같으면 불같이 화를 내곤 했다. 그러면서 본인은 토머스가 그의 머릿속에서 지내던 몇 달 동안 아내에게 거의 말도 하지 않고, 텔레비전 앞에서 어떤 보이지 않는 상대와 중얼중얼 얘기를 나누고, 킬킬거리기도 하면서 그녀에게는 이에 대해 일언반구 설명이 없었다. 이런 상황에서 테사는 당연히 신경이 날카로워졌는데, 그는 성질을 내며 그녀를 나무랐다. 딕은 이런 피차의 불행을 확인 가능한 심리적 이유들 탓으로 돌리려 하지 않고, 설명할 수 없는 어떤 광범위하고 신비스러운 과정의 일부로 보려 했다. 빛이 승리하고 현실이 제자리를 찾게 된 지금, 모든 것이 더 나아져야 옳을 텐데, 오히려 모든 게 더 나빠지기만 하는 것 같았다. 그의 창조적 능력은 쇠약해졌고, 결혼 생활도 위기에 처했으며, 자동차까지 수명을 다해 버린 것이다. 적어도 겉으로 볼 때는, 그의 삶을 가둬 온 반복의 굴레가 아직도 끈질기게 버티고 있는 것 같았다.

이때 스물두 살 먹은 도리스라는 아가씨를 알게 된 그는 다시 한번 이 굴레를 부숴 버렸다고 믿었다. 통통한 체격에 결단력 있는 성격의 도리스는 최근 성공회 교회에서 가톨릭으로 개종한 참이었다. 그들은 종교적 포스터들로 꾸며진 그녀의 원룸에서 길고 긴 대화를 나누곤 했는데, 그 첫 번째 대화에서 그녀는 수녀가 되고 싶다는 뜻을 피력했다. 그는 이 계획에 전적으로 찬성하면서, 속으로는 어떻게 하면 이 아가씨를 침대로 데려갈까만 궁리했다. 만일 둘이서 같이 살게 된다면, 얼마나 짜릿한 삶이 될 것인가! 같이 신학에 대해 토론하고, 손 잡고 미사에 가고, 다양한 교구 활동에 참여하리라. 그는 도리스의 의중을 떠보기 위해 테사는 자기를 전혀 이해하지 못하며, 그녀가 자기를 꼼짝 못 하게 가둬 놓은 소시민적 보호막 속에서 질식해 가고 있다고 하소연했지만, 도리스는 이 고백을 결혼 생활에 지친 사내의 철없는 투정으로 대했다. 그러자 그는 이게 결정타가 되리라 생각하면서, 자신의 종교적 체험에 대해 얘기했다.

그 기나긴 이야기를 그녀는 매우 주의 깊게, 하지만 그가 느끼기에는 약간 학자 같은 태도로 들어 주었다. 그녀가 어떤 반응을 보일지 알 수 없었던 것은 사실이지만, 그래도 『타임』 설문 조사에 따르면 미국인의 40퍼센트가 신비적 체험을 했다고 주장한다는 얘기보다는 좀 더 열광적인 무언가를 기대했던 것이다. 도리스의 조심스러운 태도 뒤에는 정통적 신앙을 고수하려는 마음이 깔려 있었다. 그녀는 팻이 갈고닦은 이론들을 받아들일 용의가 있었고, 자기가 어떤 예언자적 사명을 부여받았다는 주장에도 고개를 끄덕였지만, 그녀에게 교리를 가르쳐 준 신부로부터 당시 사람들이 〈뉴에이지〉라고 부르기 시작한 것을 경계하라는 말을 들었기 때문에, 그에게 교리적인 보장을 요구했다. 이에 딕은 자신의 〈주해서〉는 딕 파이크식 짬뽕 종교와 아무런 관계가 없고, 어떤 새로운 종파를 만들고 싶은 생각이 전혀 없으며, 오히려 자신은 가장 정통적인 기독교 입장 위에 서 있다고 단언했다. 자신의 하느님은 아브라함의 하느님, 이삭의 하느님, 야곱의 하느님이라는 거였다. 하지만 구원의 역사(歷史)는 아직 완성되지 못했단다. 구약이 얘기하고 있는 성부(聖父)의 시대가 있었고, 신약에서 묘사된 성자(聖子)의 시대가 있었지만, 이제는 성령의 시대가 오고 있다는 거였다. 그렇다면 당신의 책들을 『성경』의 제3부로 여긴다는 말인가요, 라고 도리스가 불안하게 물었다. 아니면 자신을 새로운 메시아로 여기는 것은 아닌가요? 딕은 겸허하게 웃었다. 아니야, 하지만 어쩌면 세례 요한 같은 사람일 수도 있겠지. 예언자요, 두 시대를 잇는 다리 같은 인물, 구약에서는 가장 크지만 신약에서는 가장 작은 자, 마지막 선지자, 하느님이 더 이상 백성에게 말씀하지 않으시므로 모두가 애통해하고 있을 때 불쑥 일어선 자, 사막에서 부르짖는 자이지. 만일 자기가 『성경』을 제대로 읽는다면, 세례

요한은 꼭 나처럼 성령으로 불타오르는 수염쟁이였다는 걸 알게 될 거야. 자신에게 솔직히 한번 물어봐. 자기라면 그런 사람 말을 믿었겠어?

팻의 수사법에 필만큼 쉽게 휘둘리지 않은 도리스는 형식적으로 자문을 해봤지만, 대답에 있어서는 망설임이 없었다. 이로 인해 딕의 우정 반 애정 반의 감정은 약간 식어 버렸다. 하지만 1975년 봄, 이 아가씨의 몸에서 악성 림프종이 발견되었을 때, 그의 감정은 다시 불이 붙어 맹렬한 열정으로 화했다. 그는 그녀와 함께 살면서 그녀를 보살피고 싶었다. 그녀를 절대로 떠나지 않으려 했다. 하지만 테사는 어쩌고요? 가톨릭 신앙 때문에 결혼 관계를 가볍게 여길 수 없는 도리스가 반문했다. 그녀는 그가 가정을 버리는 것을 거부했지만, 그들은 끊임없이 만났다. 저녁이 되어야 집에 들어오는 딕의 입에서 나오는 것이라곤 도리스의 병과 도리스의 깊은 신심과 도리스의 숭고한 체념에 대한 얘기뿐이었다. 도리스가 자신의 신성한 사명에 대해 의심을 품었다는 사실을 잊어버렸거나, 아니면 그녀가 그렇게 함으로써 자기에게 유익한 겸손의 교훈을 주었다고 고마워하는 모양이었다. 딕에게는 세상의 그 어떤 머리칼도 도리스가 화학 요법을 받으며 착용하게 된 가발만큼 에로틱하게 느껴지지 않았다.

결국 더 이상 견디지 못한 테사가 크리스토퍼를 데리고 집을 나갔다. 티머시 파워스와 한창 토론 중일 때 그의 젊은 처남이 아내의 물건을 가지러 왔는데, 딕은 아무렇지 않은 척했다. 그는 자신이 의기소침해할까 봐 걱정하는 파워스를 안심시켰고, 같이 있어 주겠다는 제안을 거절했다. 그날 저녁, 그는 디기탈린 49개, 리브륨 30개, 아프레솔린 60개, 이렇게 도합 139개의 알약을 와인 한 병과 함께 삼키고, 양손의 정맥을 자른 뒤 차고에 들어가, 안에서 문을 잠그고 자동차 시동을 건 다음 자리에 누웠다.

그런데 점화 장치에 문제가 있어 시동이 제대로 걸리지 않았다. 매캐한 배기가스 속에서 불편하게 죽어야 할 이유가 전혀 없다고 생각한 그는 다시 집으로 들어가 기다시피 해서 침대까지 갔다. 얼마 후, 응급 의료 팀이 문을 부수고 방으로 들어왔다. 그가 다 떨어진 리브륨을 채워 넣으려고 비몽사몽간에 횡설수설하는 목소리로 약국에 전화를 걸었고, 이상한 기미를 느낀 약사가 의료 팀에 신고했던 것이다. 그의 삶에서 역사한 은총의 조력자인 약사들에 대해서는 가설을 한번 세워 볼 필요가 있겠다고, 나중에 딕은 생각하게 된다.

위세척 후 소생실로 옮겨진 그는 새벽녘에 의식을 회복했다. 그렇게 침대에 드러누워 마치 침실 갓등처럼 머리맡에 놓인 뇌파계를 응시했다. 검은 화면을 끊임없이 가로지르는 밝고도 조용한 선, 이게 바로 그였다. 그 선은 둔해진 뇌 속에서 어떤 흐릿한 상념이 떠오를 때마다 미세하고도 불규칙하게 요동쳤다. 그는 그 광경 속에 빠져들며, 장난감 자동차를 리모컨으로 조종하듯, 자신의 뇌파로 선의 형태를 바꿔 보려 했다. 어느 순간, 요동치는 횟수가 줄어들면서 선이 일직선이 되었다. 그 평온한 궤적이 자신이 죽었음을 의미하는 직선을 한참 동안 보고 있다는 느낌이 들었다. 그러고 나서 선은 마지못한 듯이 구불구불한 움직임을 되찾았다.

사흘 뒤, 무장한 경찰관 하나가 소생실과 병원의 정신 병동을 잇는 터널을 따라 그가 앉은 휠체어를 밀고 갔다. 사람들은 그를 몇 시간 동안 혼자 있게 놔두었다. 이제 걷는 데 아무런 지장이 없었지만, 무슨 이유에서인지 경찰관은 그에게 휠체어를 남겨 놓았다. 딕은 그것을 복도에 세워 놓고 오가는 사람들을 구경했다. 흰 셔츠 차림의 의사와 간호사들이 규칙적인 시간 간격으로 지나갔는데 매번 다른 사람들이었고, 눈빛이 상당히 멍해 보이는 환자 가운 차림의 사람들 역시 규칙적인 간격으로 지나가는데 항상 똑같은 사람들이었다. 아마도 어떤 관례에 따라 이렇게 한 바퀴씩 도는 모양이었다. 딕은 그게 뭔지 일어나서 확인해 볼 엄두가 나지 않아, 그냥 앉아서 사람마다 다른 리듬을 관찰하기만 했다. 정신병자들은 마치 하나의 속도만 알고 있는 듯 항상 똑같은 속도로 지나갔다. 달팽이처럼 느릿느릿 나아가는 사람도 있고, 항상 뛰어다니는 사람도 있었다. 그중에 그가 여러 번 본 여자가 있었는데, 비대한 몸집에 외모에 신경을 전혀 쓰지 않는 그녀는 옆에서 특별히 듣는 사람이 없는데도 불구하고 기이하게 사교적인 목소리로, 자기 남편이 침실 문틈으로 유독 가스가 흘러들어 가게 하여 자기를 살해하려 했다고 중얼거렸다. 그런데 이상하게도 그녀는 시간이 한참 지난 뒤 나타나서 불과 몇 초 동안만 그의 앞을 휙 지나칠 뿐인데, 그녀의 이야기 전체가 온전히 이해되었다. 그는 마치 벌레를 털어 버리듯이 고개를 흔들어 이 수수께끼를 털어 버렸다.

아직까지 느껴지는 것은 아니지만, 주위에 어정대는 게 느껴지는 고통을 쫓아 버리기 위해, 그는 자신의 〈주해서〉를 생각해 보려 했다. 보통 그는 자신이 하나의 우주 생성론을 만들어 내고 있다는 생각에 모종의 위안을 얻곤 했다. 이것은 고립된 개인보다 훨씬 규모가 큰 실체, 이를테면 문명들이나 할 수 있는 위대한 작업인 것이다. 하지만 이번에는 별로 흥미가 느껴지지 않았다. 신도 마찬가지였다. 〈엘리, 엘리, 라마 사박다니〉라고 중얼거려 봤지만, 마음속에 아무런 반향도 없었다.

그는 도나를 생각했다. 비록 서글픈 추억이긴 했지만, 그는 잠이 오지 않을 때 어떤 편안한 자세를 취하고, 어느 정도 형태를 갖춘 몽상에 빠져들 듯이 그녀를 생각하곤 했다. 도나는 헤로인 중독자가 되었을까? 죽었을까? 아니면 결혼했을까? 오리건주나 아이다호주에 살고 있을까? 어쩌면 교통사고로 불구가 되었을지도 몰랐다. 이유는 알 수 없었지만, 이 생각이 그럴듯하게 느껴졌다.

그는 클레오도 생각했다. 만일 그녀와 헤어지지 않았다면 그들의 삶이 어떻게 됐을지 상상해 보려 했다. 난 어떤 책들을 썼을까? 우리 아이들은 어떻게 생겼을까? 그에게는 그를 사랑한 여자가 있었지만, 그는 그녀를 차버렸다. 남자가 살면서 그런 선물을 두 번 받을 수는 없는데 말이다. 그녀가 지금 자기 모습을 본다면 뭐라고 할 것인가? 아내와 아들은 도망가고, 자동차 점화 장치는 숨을 거두고, 머리는 완전히 맛이 가버려 이렇게 입원해서 휠체어에 앉아 있는 꼴을 본다면 말이다. 아마도 그녀는 흐느끼리라.

그는 흐느꼈다.

그는 텔레비전을 봤다. 「자니 카슨 쇼」의 게스트는 새미 데이비스 주니어[2]였는데, 딕은 유리 눈을 달고 있으면 어떤 느낌일까 궁금했다. 그다음은 뉴스 시간으로, 샌클레멘테의 자기 집에서 지내는 닉슨의 짤막하고도 흐릿한 영상들이 나왔다. 정맥염에 걸려 죽을 뻔했다는 그 역시 휠체어를 타고 있었다. 너무 멀리서 촬영한 탓에 얼굴은 보이지 않고, 체크무늬 모포 아래로 조그맣게 오그라진 실루엣만 분간되었다. 딕은 또다시 울었다. 자신이 불쌍해서, 그리고 자신의 늙은 적이 불쌍해서 울었다. 전쟁은 끝났고, 그들은 같은 지점에서 다시 만났다. 둘 다 전쟁에서 진 것이다.

다음 날 그는 여러 가지 의례적인 검사를 받았다. 그는 최대한 정상적으로 보이려고 노력했지만, 그리 좋은 인상을 주지 못한다는 것을 깨달았다. 그래도 그들은 그가 재범이라는 사실은 모르는 것 같았다. 첫 번째 자살 기도가 외국이었던 게 다행이었다.

의료진은 그를 3주 동안 보호 관찰하겠다고 — 잘못하면 이

---

2 가수이자 배우였던 미국의 유명 연예인. 젊은 시절 사고로 왼쪽 눈을 잃어서 의안을 착용했다.

게 석 달로 늘어날 수도 있다고 덧붙이면서 — 말했다. 그는 자신의 권리를 읽어 달라고 요구할까 하다 그만두었다. 미친놈이 되면 입을 다무는 법을 배우게 되는 것이다.

　병원에서는 별다른 일이 일어나지 않았다. 소설들이 얘기하는 것과 달리, 환자들은 직원들을 지배하지 않았고, 직원들도 환자들을 학대하지 않았다. 주로 뭔가 읽고, 텔레비전을 보고, 앉아 있고, 꾸벅꾸벅 졸고, 카드놀이를 하면서 시간을 보냈다. 얘기도 조금 나눴지만, 그것은 시외버스 터미널에서 사람들이 버스를 기다리며 나누는 종류의 얘기였다. 하루에 세 번씩 플라스틱 식판에 담긴 음식을 먹었다. 또 하루에 세 번씩 약을 복용했다. 모두가 소라진과 어떤 다른 것을 먹어야 했다. 간호사들은 그게 무엇인지 알려 주지 않았지만, 옆에 서서 환자들이 다 먹는지 확인했다. 이따금 간호사들이 착각해 같은 약을 두 번 가져오는 경우도 있었다. 이미 그걸 복용했다고 아무리 설명해도, 간호사들은 먹어야 한다고 우겼다. 딕은 어떤 입원 환자가 이런 식으로 약을 두 번 주는 것은 환자들의 정신을 멍하게 만들기 위한 고의적인 책략이라고 주장하는 것을 한 번도 들은 적이 없었다. 조금 성깔 있는 환자들은 〈저 간호사들은 한심한 년들이야〉라고 투덜대는 정도였고, 순한 환자들은 〈저이들이 너무 바빠서 그래〉라며 넘어갔다. 여기에는 편집광들이 더 많을 거라고 생각할 수도 있겠지만, 천만의 말씀이었다. 심지어 딕 자신도 이 병원에 대해 어떤 이론들을 세워 보고 싶은 마음이 더 이상 들지 않았다. 그는 자신이 죽어 간다고 느꼈다. 육체적, 정신적, 영적인 생명이 마치 종기에서 고름이 흘러나오듯 그에게서 빠져나오고 있었다. 곧 텅 빈 고름 주머니만 남게 되리라.

그는 침대가 — 침대마다 환자의 손발을 묶는 가죽끈들이 달려 있었다 — 세 개 있는 방을 아무 말도 하지 않는 젊은 파과증 환자와 멕시코 분위기가 나는 어느 여자와 함께 사용했다. 여호와의 증인인 여자는 파과증 환자와 달리 사자와 양이 사이좋게 뛰노는 하느님의 왕국에 대해 온종일 지껄여 댔다. 딕은 이 하느님의 왕국은 자기가 잘 알며, 그것은 그녀가 생각하는 그런 목가적인 장소가 아니라고 얘기해 주고 싶은 마음조차 들지 않았다. 강제 수용소의 생존자들은 그곳을 경험해 보지도 않고 지껄여 대는 사람들의 착각을 바로잡아 줄 엄두도 나지 않는 것이다. 그들은 단지 고개를 절레절레 저으며 침묵을 지킬 뿐이다.

그는 신을 너무 일찍, 혹은 너무 늦게 만난 모양이었다. 생존의 관점에서 볼 때, 그에게 이것은 그렇게 성공적이지 못했다. 살아 있는 신과의 만남은 — 그가 만난 게 정말 〈그분〉이라면 — 매일 투쟁을 위해 필요한 힘을 그에게 주지 못했다. 아내와 아이를 지키기 위해, 한 남자가 맞서야 할 것에 용기 있게 맞서기 위해 필요한 힘을 주지 못했다.

그게 정말로 〈그분〉이었을까……. 딕은 더 이상 이 문제를 〈주해서〉 — 이 주해서에서 그가 한 것이라곤 상대가 그 반대 사실을 증명하지 못하게 하는 것뿐이었다 — 의 그 논리적이고도 학술적인 방식으로 제기하지 않았다. 그게 무슨 소용 있겠는가? 그는 자기가 무언가 만났다는 것을 알고 있었고, 그게 자기에게 아무런 유익을 가져다주지 못했다는 것을 이제 깨달았다. 하지만 그의 삶에서 무엇이 그에게 유익을 가져다주었던가?

포마이카 탁자들 위에는 오래된 신문이 수북이 쌓여 있었다. 딕은 그것들을 체계적으로, 그리고 건성으로 읽었다. 어느 날 그는 짤막한 기사를 하나 읽었다. 너무나 가슴을 무겁게 하는 내용이라 사실 자체 말고는 길게 부연할 필요가 없는 그런 종류의 사회면 기사였다. 그것은 부모가 어떤 가벼운 수술을 위해 병원에 데려간 세 살 먹은 사내아이 이야기였다. 아이는 다음 날 퇴원할 예정이었다. 하지만 마침 전문의가 실수를 범해, 아이는 몇 주 동안 필사적인 치료를 받은 뒤 귀가 먹고, 말도 못 하고, 눈도 멀고, 전신이 마비되어 버렸다. 영원히 말이다.

이 기사를 읽은 딕은 뜨거운 흐느낌이 치밀어 올라 가슴을 꽉 채우는 것을 느꼈다. 그렇게 오후 내내 공포로 부릅뜬 눈을 고정시킨 채 앉아 있었다. 여태껏 이토록 가슴이 아팠던 적은 한 번도 없었다. 다른 것은 생각할 수가 없었다. 아이가 깨어나는 순간 말고는 다른 것을 생각할 수가 없었다. 어둠 속에서 아이가 의식을 회복하는 그 순간만 생각났다. 아이는 먼저 불안했지만, 이 불안감이 곧 사라질 것임을 아는, 그런 종류의 불안감이었다. 자기가 어디 있는지 모르겠지만, 엄마 아빠는 멀리 떨어져 있지 않으리라. 그들은 불을 켜고, 그에게 말하리라. 하지만 아무것도 오지 않았다. 아무 소리도 들리지 않았다. 아이는 움직이려 해봤지만 그러지 못했다. 소리치려 해봤지만, 자신에게도 자신의 목소리가 들리지 않았다. 어쩌면 아이는 사람들이 만지는 것을 느꼈을지도 모르고, 사람들은 아이의 입을 벌려 뭔가 먹이려고 시도했을지도 모른다. 어쩌면 링거 주사로 양분을 공급했을지도 모르지만, 기사에는 여기에 대한 언급이 없었다.

그의 부모와 병원 의료진은 공포로 일그러진 얼굴을 하고서 그의 주위에 둘러서 있었지만, 그는 이 사실을 알지 못했다. 그와 소통이 불가능했다. 뇌파계는 그가 의식이 있다는 것을, 이 밀랍같이 굳어진 얼굴 뒤에, 이 보지 못하는 눈동자 뒤에 누군가 있다는 것을 나타내 주었고, 이 누군가, 이 산 채로 갇혀 버린 어린아이가 공포에 사로잡혀 소리 없는 비명을 지르고 있다는 사실을 모르는 사람은 아무도 없었다. 아무도 그에게 이 상황을 설명할 수 없었다. 설사 설명할 수 있다 해도 누가 그런 용기를 낼 수 있겠는가? 언제, 어떻게 이 아이는 자신에게 무슨 일이 일어났는지 깨달을 것인가? 이런 상태는 언제까지 갈 것인가? 이런 상태가 계속될 것인가? 이 세 살 먹은 사내아이는 어떤 말들로 이 상황을 생각할 것인가? 그는 벌써 말하기 시작했고, 어느 정도 추상화 능력을 갖췄다고 했다. 나이가 비슷한 크리스토퍼도 죽음에 대해 질문하기 시작하지 않았던가?

이런 것을 생각하면 우리는 기도하고 싶다. 누군가 우리의 기도를 들어줄 거라고, 우리가 간구하는 바를 이루어 줄 거라고 확신하고 싶다. 주여, 이 아이가 죽을 수 있게 해주소서. 아니면, 결국은 같은 말이 될 터인데, 당신이 아이를 어둠 가운데 빠뜨리셨으니, 그 어둠을 당신의 빛으로 채워 주소서. 아이를 당신의 품에 안아 주소서. 아이가 당신의 무한한 사랑 외에는 더 이상 아무것도 느끼지 못하도록, 영원한 어둠 속에서 그를 흔들어 재워 주소서.

그날 밤, 잠을 이루지 못하고 있는데 어떤 슬프고도 결정적인 확신이 그를 엄습했다.

그는 정말로 뭔가 만났고, 평생 뭔가 느껴 왔으나 그것은 신도 아니고, 악마도 아니었다. 그것은 제인이었다. 그는 자신의 죽은 반쪽 말고는 여태까지 다른 짝을, 다른 적을 가진 적이 없었다. 모든 것이 폐쇄 회로 안에서 이루어졌다. 그의 삶, 그리고 그가 상상해 낸 이 이상한 이야기들은 필과 제인 사이의 긴 대화에 불과했다. 그리고 오랫동안 그를 괴롭혀 왔고, 그가 그의 책들 소재로 삼은 불확실성은 결국 둘 중에서 누가 꼭두각시이고 누가 복화술사인지의 문제였을 뿐이다. 지금 그가 살고 있다고 믿는 세계, 즉 그가 어떤 영매처럼 신성한, 혹은 악마적인 다양한 모습들로 제인을 불러내는 세계가 진짜 세계인지, 아니면 제인이 살고 있는 공간, 그녀가 자신의 살아 있는 형제를 상상하고 있는 이 무덤, 이 검은 구덩이, 이 영원한 어둠이 진짜 세계인지 알아내는 문제였을 뿐이다. 그는 어떤 죽은 여자의 꿈에 등장하는 주역 배우에 불과했다.

아니면, 죽은 것은 제인이 아니라 그일 수도 있었다.

그렇다면 그는 48년 전부터 콜로라도주의 어느 구덩이 밑바닥에 누워 있는 셈이었다. 그리고 제인은 산 자들의 세계에서 그를 생각하고 있는 것이다. 이 둘 중에서 하나가 맞을 터인데, 이제는 무엇이 옳든 아무 상관 없었다. 이론들을 위한 시간은 끝난 것이다.

그는 평생 진정한 현실을 찾아 헤맸고, 이제 그것을 찾아냈으니, 바로 이 무덤이었다. 그의 무덤이었다.

그는 여기에 있었다.

그는 전부터 늘 여기에 있었다.

기사가 말하는 사내아이는 바로 자신이었다.

그리고 이번에는 더 이상 의심의 여지가 없었다. 이 최종적인 진실 뒤에는 다른 진실이 없는 것이다. 그는 자신이 종착지에 도달했음을 깨달았다.

또한 그는 이 깨달음을 잊어버려야 한다는 것도 깨달았다. 인공의 빛보다는 햇빛이 낫지만, 그래도 어둠보다는 인공의 빛이 나으니까. 그 반대로 말하는 것은 허세에 불과했다.

그는 잊을 거였다. 그는 이날 밤, 자신이 또 하나의 이론을 지어냈다고, 특별히 우울하긴 하지만 상황을 감안하면 충분히 이해할 수 있는 이론을 하나 만들어 냈다고 믿을 거였다. 그리고 자신의 환상으로, 자신이 살고 있다고 믿는 삶으로 돌아갈 거였다. 거기서 자신의 〈주해서〉를 또 휘갈겨 써댈 거였다. 타조처럼 모래 속에 머리를 처박기 위해서는 그만한 게 없으니까. 그러면서 마침내 진실을 알아낼 수만 있다면 목숨까지 바칠 수 있다고, 진실보다 더 탐나는 것은 없다고 진심으로 단언할 거였다.

그리고 다행스럽게도, 모든 걸 잊어버린 그는 이게 사실이 아니라는 걸 모를 거였다.

이것은 그가 아주 좋아했고, 어린 시절 제인에게 수없이 들려주었던 세 가지 소원 이야기와도 비슷했다.

첫 번째 소원: 나는 진실을 알고 싶어요. 나는 망각의 강을 거슬러 올라가고 싶어요. 나는 자루의 밑바닥을 보고 싶어요.

들어주겠노라.

두 번째 소원: 나는 그걸 잊고 싶어요. 내가 본 것을 더 이상 생각하고 싶지 않아요. 꼬마 아이의 이야기를 잊고 싶어요. 내가 세 번째 소원을 말할 수 있다는 사실을 잊고 싶어요. 모든 걸 잊고 싶어요.

들어주겠노라.

넌 세 번째 소원을 말할 권리가 있지만, 약속대로 그것을 영원히 알 수 없단다. 그것은 잊혔거든.

자, 이제 자려무나.

21
비평적 무더기

    그가 정신 병원에 입원해 있는 동안, 도리스는 꼬박꼬박 면회를 왔다. 그녀가 올 때마다 그는 애원했다. 퇴원하면 그녀의 집에 있게 해달라고, 그녀가 수술에서 회복하는 동안 옆에서 응원할 수 있게 해달라고, 그 시기가 끝나면 지금 그녀가 그리스도의 사랑으로 자신을 보살펴 주듯이 그녀를 보살필 수 있게 해달라고. 자신은 그녀를 사랑할 거고, 자기 자신도 사랑할 것이며, 하느님께서도 두 사람을 사랑해 주실 거라면서. 이제 테사도 떠난 마당에 같이 산다고 누가 비난할 수 있겠는가? 도리스는 이 논리에 설득되었다.

    그들은 샌타애나의 멕시코 구역에 위치한 한 신축 건물에서 방 세 개짜리 아파트를 구했다. 이 건물을 설계한 건축가는 모더니즘과 지방색을 조화롭게 결합한 모범적 예를 보여 주고 싶었던 모양이지만, 실제 모습은 어떤 현대적인 감옥과 흡사했다. 지하 주차장 출입구를 열기 위해서는 마그네틱 카드가 필요했고, 수위는 내부 CCTV 망을 통해 로비와 복도를 감시할 수 있었으며, 곳곳에 감춰진 스피커에서는 부드러운 음악이 흘러나왔다. 평생 단독 주택에서 살아왔고, 혼잡한 환경을 끔찍이 여기는 사람의 선택으로는 좀 이상했지만, 그는 한 번도 불평하지 않고, 죽을 때까지 거기에 남아 있었다.

새 아파트는 티머시 파워스의 집과 도리스가 사회봉사 프로그램 책임자로 일하는 성공회 교회에서 엎어지면 코 닿을 거리에 있다는 이점이 있었다. 그녀가 맡은 일 중 하나는 도움이 필요한 정말로 가난한 사람들로부터 주사 한 방, 혹은 약 몇 알 살 돈을 빼내기 위해 어떤 사기라도 칠 준비가 되어 있는 마약 중독자들을 가려내는 일이었다. 딕은 마약 중독자들도 가난한 사람들 못지않게 불쌍한 사람들이라고, 심지어 그들 못지않게 가난한 사람들이라고 설명해 봤지만 아무 소용이 없었다. 그녀는 그들을 협잡꾼으로 여기며 아주 싫어했다. 그녀는 요리를 하면서 교구에서 일어나는 일들, 그러니까 여느 직장에서나 똑같이 일어나는 반목과 원한과 좌절 이야기들을 —정말이야, 정말 그런 일이 있었다니까! — 들려주곤 했다. 이런 이야기들에서 항상 등장하는 멋진 주인공은 그녀를 개종시킨 신부였다. 그녀는 그를 〈래리〉라는 이름으로 불렀고, 그를 사랑한다고 털어놓았다. 그녀가 당사자에게 직접 고백하자, 래리는 자신은 사업과 쾌락을 혼동하지 않는다고, 아주 파이크적인 스타일로 대답했다. 이런 일이 있고 나서도 그는 도리스의 지고의 전범(典範)으로 남았다. 딕이 교구의 가십들로부터 화제를 돌리려고, 신앙이 독실한 여자와 같이 살면 꼭 하리라 마음먹었던 신학적 토론으로 그녀를 끌어들이려 했다. 예를 들어 딕이 자신의 신앙의 불가지론적 배경을 강조하기 위해 어떤 대담한 논리를 내놓으면, 그녀는 〈래리 말로는, 그건 다 헛소리래〉라고 맞섰다. 이에 그가 『성경』 말씀을 인용하면 〈래리한테 물어볼게, 하지만 그것은 『성경』에서 변질된 부분임에 분명해〉라고 대답하는 거였다. 래리와 도리스는 어떤 『성경』 구절이 마음에 들지 않으면, 이것은 위경이라고 선언했다. 그들은 사변과 논쟁과 이단적 사고를 조금도 좋아하지 않았다. 그녀의 공동 세입자가 그런 얘기를 해보려고 하면, 도리스는 눈썹을 찌푸리며 고집스러운 표정으로 당근을 박박 긁으며 더 이상 말을 잇지 못하게 했다. 죽어 가는 여자와 함께 사는 것은 딕이 상상했던 것만큼 신나는 일이 아니었다.

그들의 친구들은 이 동거를 불건전한 것으로 여겨 별로 탐탁해하지 않았고, 특히 딕이 매주 한 번씩 찾아가는 심리 치료사 모리스는 전혀 좋아하지 않았다. 검은 수염을 기르고 군용 작업복을 즐겨 입는 거한 모리스는 왕년에 무기 밀매를 한 적이 있고, 이스라엘군에서 복무한 사람으로 알려져 있었다. 이런 경험들이 그에게 남긴 것은 그의 직업과 전혀 어울리지 않는 퉁명스럽고도 고압적인 어조였는데, 특히 몇 마디 할 때마다 〈난 지금 농담하는 게 아니야!〉라고 덧붙이며 상대를 얼어붙게 했다. 이 말은 너무나 불필요했으니, 모리스가 농담한다고 생각하는 사람은 아무도 없었기 때문이다.

딕에 대한 그의 치료 계획은 윽박질러서라도 다른 사람들을 구하겠다는 쓸데없는 생각을 버리고 그냥 삶을 즐기게 한다는 거였다. 모리스의 주장에 따르면, 삶을 즐기기 위해서는 샌타바버라에 가서 주말을 보내면서, 〈젖탱이 큰 계집애〉 하나 혹은 여럿과 재미를 봐야 했다(이 〈젖탱이 큰 계집애들〉 얘기는 농담이 아니었다). 하지만 문제는 이런 형태로든, 아니면 다른 형태로든 딕은 쾌락에 전혀 재능이 없다는 점이었다. 그가 아는 것은 〈의미〉뿐이었지만, 신중하게 이 주제에 대해서는 얘기를 꺼내지 않았다. 다만 고개만 숙이고 태풍이 지나가기를 기다리고 있는데, 모리스가 이번에는 도리스와 관련해 호통치기 시작했다. 어쩌면 당연한 질책일 수도 있었던 것이, 심리 치료사들은 동정심에 의한 것이고, 사심 없는 것이라고 주장되는 행동들을 의심하는 경향이 있기 때문이다.

「자네가 원하는 것은 단 하나야!」 모리스가 짖어 댔다. 「자신이 괜찮은 인간이라고 믿고 싶은 거지. 만일 도리스가 암에 걸리지 않았다면, 자네가 그녀와 같이 자려고 할 것 같아? 천만에! 자네의 관심사는 단 하나, 자기가 착한 일을 한다고 생각하면서 죽음에 들러붙고 싶은 거라고. 그렇게 하면 자네한테는 일거양득이니까. 자신이 성인이라고 생각할 수도 있고, 편안한 마음으로 자살할 수 있단 말씀이야. 왜냐하면 이게 바로 자네의 수법이거든. 자네를 5분만 관찰하면 금방 알 수 있다고. 자, 이 친구야, 하고 싶으면 해! 뒈지고 싶으면 그냥 뒈지라고! 그래, 자넨 뒈질 거야. 난 지금 농담하는 게 아냐!」

「알겠어요.」 딕은 당황하며 웅얼거렸다.

그는 모리스를 멍청이로 여겼지만, 그의 말이 옳을 가능성도 완전히 배제하지 않았다. 심지어 신체의 질병은 우연히 생기는 게 아니라, 우리의 무의식적 욕망 ― 모리스가 좋아하는 게오르크 그로덱[1] 식으로 말하자면, 우리의 〈이드id〉 ― 을 실현해 준다는 정신 신체 의학적 이론에도 어느 정도 일리가 있다고 생각했다. 가장 과격한 정신 신체 의학자는 거리에서 차에 치여 죽는 사람은 그 자신의 죽음의 본능에 이끌려 그리되었을 뿐이며, 살해당한 사람은 자기 몸을 살인자의 칼 앞에 들이민 거라는 주장까지 펼친다(논쟁이 이 단계에 이르면, 아우슈비츠의 희생자들 혹은 그들의 〈이드〉가 자신의 죽음을 원했던 거냐고 반문하는 사람이 나타난다).

솔직히 도리스가 자신의 암을 원했다고는 말할 수 없었다. 하지만 그녀는 이 암과 역겨울 정도로 밀접한 관계를 맺어 오고 있었고, 이 관계는 역설적이게도 의사가 그녀의 병에 차도가 있다고 선언한 이후 더욱 밀접해지고 있었다. 그녀의 이런 모습은 덕에게 고양이 핑키가 집을 나갔을 때 느꼈던 감정을 떠오르게 했다. 그는 이 상실이 결정적일 수 있다는 사실을 받아들이지 못하고, 녀석이 돌아오기를 기다리고, 밤마다 녀석을 꿈꾸며 몇 주를 보냈다. 문에서 무슨 소리라도 들리면 소스라치게 일어섰다. 핑키가 온 걸까? 그러던 어느 날 정말로 핑키가 돌아왔다. 하지만 도리스의 경우 문제는 그녀의 병이 돌아올 건지 아닌지가 아니라, 그게 언제 돌아오느냐였다. 의사들은 돌아올 수 있

---

1 독일의 의사로, 정신 신체 의학psychosomatic의 선구자로 여겨진다.

다고 경고했다. 그것은 그녀 앞에 펼쳐진 카드 중 하나 밑에 숨어 있었다. 매일 그녀는 하나를 뒤집었고, 매번 그것은 암이 아니었다. 하지만 그녀는 그게 이 카드 중에 숨어 있고, 그것들을 하나하나 뒤집다 보면 언젠가 걸린다는 것을 알고 있었다. 그녀는 이 순간을 두려워하면서도 기다렸고, 그 전망은 모든 즐거움을 헛된 것으로 만들었다. 그녀 앞에서 어떤 농담을 하면서 웃으면, 마치 그녀를 모욕하는 것 같은 느낌이 들었다. 딕이 생각하기에, 도리스가 취할 수 있는 가장 현명한 태도는 삶의 끝을 예기하는 대신에 순간순간을 최대한 즐기는 것일 터였다. 하여 그는 그녀에게 쾌락주의를 설파했다. 세상에 그만큼 쾌락주의를 설교할 자격이 없는 사람이 없다는 사실과, 혈기 왕성한 도리스는 뚱하고 독실한 도리스보다 그를 훨씬 짜증 나게 할 거라는 사실은 잊고서 말이다.

이렇게 그들은 석 달을 보냈다. 그녀는 림프종의 재발을 불안하게 기다렸고, 딕은 평소 테크닉대로 자신을 견딜 수 없는 인간으로 만들었다. 〈주해서〉를 쓰고 있을 때는 무슨 일이 있어도 자기를 방해하지 못하게 하고, 쓰기를 멈추면 도리스가 반드시 달려와 그가 쓴 것에 대해 같이 토론해야만 했다. 게다가 그는 도리스가 다른 남자와 데이트하는 것을 용납하지 않았다. 그는 그녀가 일하는 것을 한탄했다. 그는 그녀가 경제적으로 자신에게 의지하기를 원했고, 자비로운 사람으로 인정받고 싶어 했다.

여름이 끝나갈 무렵, 옆에 있는 아파트가 비어 도리스는 거기로 이사 가기로 결정했다. 그러면서 둘의 관계가 변하는 것은 없을 거라고 딕을 안심시켰다. 계속 서로를 돕고, 그녀는 먹을 것을 만들어 주고, 그를 보러 올 거란다. 단지 각자 사생활을 위해 공간을 좀 더 가질 뿐이란다. 어때, 그게 낫지 않겠어?

아니, 그렇지 않아, 라고 딕은 생각했다. 그에게는 또다시 여자가 자기를 떠난다는 의미일 뿐이었다. 그는 너무나 상심한 나머지 고속도로를 역주행해 또다시 병원 신세를 지게 되었고, 거기서 마약 중독에 걸린 젊은 여자에게 빠져 그녀를 구원하겠다는 희망을 품게 되었다. 그 후 티머시 파워스는 핸들 잡기를 두려워하는 그를 매주 모리스의 상담실에 모셔다 드렸다. 딕은 모리스와 만나는 시간보다 훨씬 일찍 데려다주고 돌아가서는, 끝나는 시간보다 훨씬 늦게 와서 데려가 달라고 부탁했다. 파워스는 처음에는 상담 시간 동안 기다리는 수고를 덜어 주려는 배려라고 생각했지만, 딕이 매번 전화번호와 여자 이름이 적힌 쪽지를 가지고 나오는 것을 보고 경악을 금치 못했다. 그에게 정신병원은 사교 생활의 중심이자 나이트클럽이나 빨래방 같은 여자 꼬시는 장소가 된 거였다.

다음 장에서 얘기하게 될 일화를 제외하면, 다른 여자를 구하려는 그의 시도는 실패로 돌아갔다. 조현병 환자, 마약 중독자, 암 환자, 그가 다만 당신의 결함을 사랑할 수만 있게 해달라고 부탁한 이 모든 여자 사이에 저 인간을 피해야 한다는 소문이 퍼졌던 모양이다. 그는 한 번도 혼자 산 적이 없었다. 혼자 사느니 차라리 죽고 싶었다. 하지만 이번에는 삶의 본능과 죽음의 본능이 똑같이 무뎌졌는지, 아니면 이제 약간의 지혜를 얻었는지, 그는 적응했다. 그는 생의 마지막 몇 해 동안 조금도 변화가 없는, 특별한 사건은 거의 일어나지 않는 일상에 정착했다. 그렇게나 자주 이사 다녔던 그는 그 감옥-아파트 단지가 매각되자 겁에 질렸다. 그는 살고 있던 아파트를 사는 데 성공했고, 심지어 입주자 대표회의 의장이 되어 자기가 얼마나 변했는지 보여 주기 위해 감투 쓴 것을 자랑하기까지 했다. 이 무렵 돈은 그야말로 쏟아져 들어왔다. 옛날에 쓴 책들이 외국에서 계속 팔렸고, 워너 브라더스는 『안드로이드는 전기양의 꿈을 꾸는가?』를 〈블레이드 러너〉라는 제목으로 영화화하기 위해 저작권료를 지불했다. 하지만 그는 이 돈을 어떻게 해야 할지 알 수 없었다. 너무 늦게 찾아온 것이다. 그는 독신자의 삶과 항상 블라인드가 내려져 있고 고양이 오줌 냄새가 나는 그의 작은 아파트에 익숙해졌다. 밤마다 주해서를 쓰느라 끙끙대 아침에는 느지막이 일어났고, 청바지나 구겨진 꽃무늬 셔츠 등 아무것이나 주워 입고는 바로 옆에 있는 조그만 슈퍼마켓에 가서 냉동식품과 단것과 깡통에 든 고양이 밥을 사오곤 했다. 오후에는 그의 〈참고 문헌〉들을 읽고, 음악을 듣고, 편지를 쓰고, 전화를 걸고, 손님을 맞았다. 헤어지긴 했지만 테사와 화해했고, 그녀는 일주일에 여러 번 크리스토퍼를 데리고 찾아왔다. 폴 윌리엄스의 기사는 그를 뭘 좀 아는 기자들 사이에서 인기 있는 주제로 만들었다. 그들은 별난 인터뷰를 따낼 수 있으리라는 기대를 품고 자주 찾아왔고, 거의 대부분 만족해서 돌아갔다. 동거 생활을 끝내고 얼마

되지 않아 도리스는 다시 상태가 악화됐다. 그녀의 욕실과 필의 욕실을 가로막은 얇은 벽 사이로 그녀가 몇 시간 동안 신음하고, 헐떡대고, 토하는 소리가 들렸다. 필은 자기가 도울 수 있게 다시 집에 들어올 것을 제안했지만, 도리스는 거절했다. 그녀가 병원에 옮겨졌을 때, 그는 온종일 병상 옆에 앉아 그녀의 손을 붙잡고 울면서 며칠을 보냈다. 베개에 머리를 파묻은 그녀는 조그만 대머리 노인과도 흡사했다. 화학 요법은 그녀의 청력과 시력을 멀어지게 만들었다. 하지만 그가 기분이 좀 어떠냐고 물으면 그녀는 〈하느님께서 날 치료해 주시는 게 느껴져〉라고 조그맣게 대답하곤 했다. 절망한 그는 고개를 절레절레 저으며, 신을 더러운 개자식이라고 욕했지만, 모든 예상과 달리 도리스가 정말로 치료되자 기분이 살짝 상했다.

화요일 저녁마다 파워스는 자기 집에 그와 같은 신인 SF 작가 친구들을 초대했다. 딕은 기혼자였을 때는 이 모임에 참석한 적이 없지만, 독신의 몸으로 바로 옆에 살게 되면서 한 번도 빠지지 않았다. 여자들은 받아들이지 않았는데, 이전 같았으면 이런 상황에 못마땅해했겠지만, 지금은 누구를 유혹해야 한다는 강박 관념에서 해방되어 더 편안함을 느꼈다. 그는 다양한 위스키 브랜드와 담배 브랜드를 마치 전문가처럼 비교하며 빅토리아 시대 클럽맨 흉내를 내는 이 순진한 젊은 친구 가운데서 아무런 저의도 없이 자유롭게 얘기할 수 있었다. 이런 위스키 및 담배의 비판적인 음미와 새로 나온 책, 영화, 음반에 대한 토론이 대화의 주요 내용이었다. 그런데 딕의 등장은 여기에 〈주해서 업데이트〉라고 부를 만한 새로운 난을 추가함으로써 이 대화를 매우 특별한 것으로 만들었다. 화요일마다 그는 좋은 술 한 병과 자기 경험의 의미 — 이에 대해서는 모두가 알고 있었고, 아무에게도 말하지 말라는 엄명을 받은 터였다 — 에 대한 새로운 이론을 가지고 나타났다. 어느 날 그는 피타고라스의 사상과 조로아스터의 사상을 — 이 둘 사이가 언제 틀어졌는지 모르겠지만 — 화해시켰고, 그다음 주에는 불가지론자 바실리데스의 교리를 설파했다. 그의 영향하에 이 조그만 팬클럽은 좋든 싫든 간에 신학자 서클로 바뀌어야 했다.

어떤 꿈의 명령에 따라 〈리피돈〉 — 〈지느러미〉를 뜻하는 그리스어 rhiphidos에서 따온 것으로, 물고기를 암시한다는 것은 두말할 필요가 없다 — 이라는 이름의 클럽에는 이끄는 사람이 그 말고도 둘이 더 있었다. 바로 티머시 파워스와 K. W. 지터였는데, 하나는 착하고 조그만 친구이고 또 하나는 고약한 깡패 같은 친구여서 둘이 코믹 듀오를 결성해도 괜찮을 법했다. 금발에 통통한 볼, 파란 눈, 그리고 생글생글 웃으면서 언제나 봉사할 준비가 되어 있는 파워스의 소설들은 따뜻하고도 즉흥적인 상상력으로 가득했다. 이런 그의 착한 성품은 아마도 그가 재미를 위해 스스로 과장하는 면도 있을 거의 전설적인 순진함과 결합되어, 대탐정이 그를 끊임없이 놀래고, 무료한 날이면 안절부절못하게 만들며 장난치기도 하는 왓슨류의 대화 상대 역할을 맡게 했다. 파워스처럼 눈을 동그랗게 뜨고, 자기 턱을 어루만

지며, 다음과 같이 외칠 수 있는 사람은 아무도 없었다.

「필, 정말이지 이번에는 내가 넘어가지 않을 거예요…….」

「아니야, 파워스. CIA가 아주 강력한 어떤 마약을 발견했는데, 이걸 복용하면 자신이 친숙한 세계 안에 있고, 매일의 삶을 계속한다고 믿게 되지만, 사실은……. 아냐, 내가 이걸 얘기하면 안 돼. 자네 얼굴이 아주 창백해지는데, 지금 이 순간에도 우리의 뇌는 유리병 속에 둥둥 떠서, 지터가 우리에게 먹이는 그 엿 같은 것에 취해 환상 속을 헤맬 가능성이 아주 높아.」

「네? K. W.가요? (모두가 지터를 이니셜로 불렀다.)」

「아니, 그걸 눈치 못 챘어? 아까 그 악당이 커피를 만들었잖아. 그리고 본인만 안 마시고…….」

풀러턴에 처음 왔을 때부터 딕은 맥널리 교수 강의실 주변을 기웃거리고, 그가 보기에는 자신을 도발하기 위해 파견된 요원인 지터를 경계했다. 하지만 세월이 흐름에 따라 딕은 그를 냉대하기를 멈췄고, 오히려 이렇게나 살벌한 악당 같은 인물을 친구로 두는 것을 재미있게 여겼다. 비쩍 마른 몸, 툭 튀어나온 광대뼈, 그리고 파충류 같은 눈을 가진 K. W.는 서부 영화에 나오는 살인 청부업자처럼 느껴졌다. 그 역시 글을 썼는데, 모두가 심장을 뒤집어 놓는 고문과 신체 절단 장면들로 가득한 공포 소설이었다. 그를 좋아하는 사람은 그의 신랄한 유머에 대해 말했지만, 다른 이들은 그를 끔찍하게 여겼다.

지터에게 인생 최대 관심사는 남에게 속아 넘어가지 않는 거였다. 그는 다른 사람의 말을 마치 형편없는 중고차를 팔아넘기려는 카센터 사장 말을 듣듯이 여겼다. 이런 사기의 강박 관념은 영적인 영역에서는 공격적인 불가지론 형태로 나타났다. 파워스는 정통 가톨릭 신자였고, 교리에 대해서도 매우 엄격했다. 이런 그에게 충격을 주는 것은 너무나 즐거운 일이었다. 딕이 불경하거나 이단적인 얘기를 할라치면, 마치 어떤 노출증 환자를 본 것처럼 무관심을 가장하며 걸음을 빠르게 하는 도리스와 달리 파워스는 분개하고, 열을 내고, 반박하고 나섰다. 지금이 종교 재판 시대였다면 자신이 직접 딕의 화형대 장작불에 불을 붙이고 그의 영혼을 구원해 달라고 기도했을 거라고 — 이렇게 말하면 딕이 짜릿해한다는 걸 알면서 — 단언하면서 말이다.

그는 설명할 수가 없기 때문에 악의 존재를 부정하는 가톨릭 신도 중 하나였다. 악은 선이 취하는 우회로 중 하나일 뿐이라고 그들은 주장한다. 훌륭한 교육자이신 하느님이 사용하는 일종의 회초리라는 것이다. 아름답긴 하지만 설득력은 별로 없는 이런 생각에 맞서, 도스토옙스키 이후 문학적 관행은 어떤 섭리로도 정당화할 수 없는 〈어린아이들의 고통〉이라는 있는 그대로의 사실을 내세웠다. 이반 카라마조프는 여기에 대해 모든 것을 얘기했는바, 이반의 역할은 당연히 지터에게로 돌아갔다. 그런데 크리스토퍼가 치료된 예에서 어떤 논거를 끌어낼 때 말고는 자식 얘기를 꺼내는 법이 없는 딕을 제외하고 리피돈 클럽 멤버들은 아이가 없고 대신 고양이가 있었기 때문에, 그들의 정서적 우선 대상에 맞춰 논리를 펼치곤 했다. 그래서 누군가 하느님 이름을 입에 올리기만 하면 지터는 〈그럼 내 고양이는?〉

하고 으르렁대곤 했다. 이 〈하느님〉이라는 단어는 어쩌다 전기가 꺼지기라도 하면 사람들이 파워스와 딕을 약 올리려고 〈이런 젠장, 하느님이 퓨즈를 터뜨렸구먼!〉 하고 소리 지르는 이 클럽에서는 심심찮게 등장하는 메뉴였던 것이다.

어느 날 지터의 고양이가 자동차에 깔려 죽었다. 주인이 시신을 주우려고 달려가 보니, 녀석은 아직 숨이 붙어 있었는데, 피가 섞인 침을 질질 흘리며 헐떡대고 있었다. 지터는 이 피와 살의 곤죽 가운데서 영문도 모른 채 죽어 가는 짐승의 공포 어린 시선을 보았다. 잊을 수 없는 광경이었다.

「마지막 심판의 날에…….」 그는 말을 이었다. 「내 차례가 되면 난 말할 거야. 〈어이, 잠깐만!〉 나는 외투 아래서 프라이 팬처럼 뻣뻣해진 나의 죽은 고양이를 꺼내, 녀석의 꼬리를 잡고 대법관 코앞에 흔들면서 물어볼 거야. 〈자, 이건 어떻게 설명할 건데?〉」

「그건 우리 인간이 제기한 가장 오래된 질문이라 할 수 있지.」 파워스가 끼어들었다. 「그 뜻을 이해하려면 『욥기』를 읽으면 돼.」

「오, 그렇군.」 지터가 빈정댔다. 「내가 이해하는 것은 단 하나, 이 모든 게 완전히 엿 같다는 거야. 신은 존재하지 않거나 아니면 개자식이거나, 이 모든 광경을 내려다보며 딸딸이를 치고 있는 거야. 어? 그러고 보니 나도 내 〈주해서〉를 써야겠다는 생각이 드는데?」

「하지만 하느님이 너한테는 말씀하지 않아.」

「넌 누가 필한테 얘기하는지 알아? 누가 그에게 그리스어 단어들과 그 분홍색 빛을 보냈는지 아냐고? 멍청이 행성의 주민들이야. 가만, 필, 그리스어로 〈신의 지혜〉가 뭐라고 했죠? 뭐, 신성한 뭐시기?」

「하기아 소피아Hagia Sophia.」[2] 딕이 조심스레 말했다.

「그럼 〈신성한 헛소리〉는 뭐라고 해요? 〈하기아 멍청이〉?」

「〈하기아 모론Hagia Moron〉이라고 해야겠지. 모론도 하기아처럼 그리스어야. oxymoron[3]이라는 단어를 찾으면서 알게 됐지.」

딕은 늘 상대에게 공격할 여지를 남기면서 자신을 방어하곤 했다. 그는 자기 옆에서 이런 역할을 맡아 주는 지터를 오히려 고마워했다. 물론 그에게는 정교함이 부족했다. 정식으로 하는 논쟁에서는 그에게 기대를 걸 수 없었다. 하지만 바위처럼 거친 논리를 펴는 그는 한계를 상기시키는 동시에 상대를 돋보이게 하는 이중 역할을 해주었다. 한편으로 그는 신과의 왕래가 어쩌면 편집증적 망상에 의한 것일 수도 있다는 사실을 딕이 잊지 않도록 했다. 다른 한편으로는, 만일 딕의 광기에 대한 대안으로서 지터의 철학이 요약되는 〈모든 게 엿 같다〉라는 생각 외에

---

2 고대 그리스어로 〈신성한 지혜〉라는 뜻이다.

3 〈모순 어법〉이라는 뜻으로, 〈그럴싸해 보이지만 바보 같은 소리〉라는 뜻의 그리스어에서 나온 말.

다른 것이 없다면, 차라리 미치는 게 나았다. 그리고 사실은 그렇게 나쁜 친구가 아니었던 지터도 기꺼이 이 점을 인정하곤 했다. 「각자 알아서 기는 거죠, 뭐. 어쩌면 당신이 괜찮은 해결책을 찾았는지도 몰라요.」

그는 어떤 날들에는 매우 행복했다. 행복하기 위한 모든 게 있지 않은가? 큰 사건 없이 흘러가는 평화로운 삶, 코담배, 음악, 고양이, 짓궂은 농담을 건네면서도 그를 존경하는 신실한 친구들, 그리고 써 나감에 따라 주님께서 그와 세계에 대한 당신의 의도를 밝혀 주시는 〈주해서〉……. 아직은 모호하고, 모순적이며, 너무 많은 이론에 길을 잃기도 하지만, 그는 자기 안에 잠들어 있는 영(靈)이 어느 날 부르르 몸을 떨고 일어나, 이제 장난을 충분히 쳤다고 판단해 그의 흉물스러운 원고에 마침표를 찍어 주기를 기다리고 있었다. 그때 자신은 평소처럼 〈혹시 이런 것은 아닐까? 어쩌면 이런 것은? 혹시 만약 이렇다면?〉 등을 쓰고 있는데, 갑자기 그의 영혼 깊은 곳에 숨어 있던 것이 나타나 펜을 빼앗아 들고는 〈그의 말이 옳으니, 바로 이것이니라〉라고 쓰리라. 그러면 그게 바로 이거였다는 게 모두의 눈에 불을 보듯 명확해지리라. 만일 하느님께서 그를 당신의 서기(書記)로 선택했다면, 일은 반드시 이런 식으로 이뤄지리라……. 하지만 누가 하느님의 뜻을 말할 수 있단 말인가? 그것을 알아냈다고 자부하는 자는 그분의 노여움을 사지 않던가? 딕은 끔찍한 두려움과 좌절감을 느꼈고, 어쩌면 죽음이 찾아올 때까지 이 종이

의 늪에서 허우적대고 있는 게 자기 운명일지도 모른다고 생각
했다. 그는 비밀 중의 비밀이 이 종이 무더기 속에 감춰져 있다
고 거의 확신했지만, 그 사실이 그것을 찾아내는 것을 보장해
주는 것은 아니었다. 어쩌면 저 높은 곳에 있는 이가 그에게 이
잔인한 운명을, 이 끝없는 탄탈로스의 형벌을, 이 형이상학적
술래잡기 게임을 부과했는지도 몰랐다. 매 순간 어떤 음성이 그
가 정답에 거의 이르렀다고 말하며, 계속 어둠 속을 나아가게
했다. 그는 이렇게 농락당하며 불안과 의심 속에 죽어 갈 거였
다. 일단 저편에 넘어가기만 하면, 성 바울로가 말씀하셨듯이
마침내 진실을 정면으로 마주 보게 될 거라고 계속 중얼거릴 거
였다. 하지만 누가 알랴, 이게 정말 사실일지?

　시작한 지 3, 4년이 지났건만, 〈주해서〉는 처음 생각했던 것
보다 책이 되기에 한참 모자라게 느껴졌다. 그는 여기에 대해
파워스와 다른 친구들과 농담도 나눴지만, 사실은 마음이 너무
나 답답했다. 그는 어쩌면 아무도 읽지 않을 글을 수천 페이지
쓰고, 이론들을 세우고, 참고 문헌들을 뒤적여 왔지만, 이 방대
한 작업은 1974년 봄에 자신에게 일어난 일을 설명한다는 애초
목적에서 갈수록 멀어지고 있었다. 그는 선금을 받기 위해 앞으
로 쓸 책들의 개요를 작성했는데, 그것들은 모든 이에게, 심지
어 그 자신에게까지 너무나 유망하게 느껴졌다. 하지만 『높은
성의 사내』 속편도, 어떻게 어느 캘리포니아주 사업가의 정신에
서기 1세기 어느 에세네파 남자의 정신이 들어오게 되었는지
이야기하려 했던 〈죽은 자를 무섭게 하기To Scare the Dead〉 프

466

로젝트도 결국 실현되지 못했다. 전에 그는 다작 글쟁이였고, 진지한 작품은 언제 쓸 거냐고 누가 물으면 기분이 언짢았다. 하지만 지금은 더 고약했으니, 아직도 글을 쓰고 있냐고 묻는 것이었다. 사람들은 그의 상상력이 고갈되었다고 말했지만, 그는 다른 문제임을 알고 있었다. 그는 상상력을 발휘한 적이 한 번도 없었다. 다만 보고서들을 썼을 뿐이다. 보안상의 이유로 그는 무지 속에 가두어져 있었고, 마치 레이블 검이 지역 신문이 주최하는 퀴즈 대회 문제들에 답한다고 믿은 것처럼 자신이 스스로 이야기들을 지어내고 있다고 믿었다. 그러던 어느 날 그의 소원이 이루어져 눈앞을 가리던 베일이 올라가면서, 그의 〈주해서〉에 어지러이 굴을 뚫어 대던 형이상학적 산토끼들을 드러냈다. 이야기에는 하나의 의미가, 하나의 포인트가 필요한 법이지만, 그의 경우는 모든 의미가 한꺼번에 머리 위로 쏟아져 내린 것이다. 몇 해 전부터 그는 이 의미들을 참을성 있게 정리하고 분류했지만, 앞으로 더 나아갈수록 뒷걸음치고 있다는 것을 마음 깊은 곳에서 알고 있었다. 도저히 읽을 수 없는 종이 더미와 함께 수수께끼도 점점 더 불어나고 있었다.

딕은 이따금 생각했다. 자기는 1974년 봄에 죽어야 했다고. 이러한 식의 종말은 그의 프로그램 일부였고, 아마도 이 프로그램은 단 하나만을 제외한 가능한 모든 우주에서 그가 한 줌의 재나 빛으로 화할 때까지 예정대로 진행되었을 것이다. 그런데 이 프로그램에는 변종이 하나 있었고, 거기서 이상(異常) 현상이 발생했다. 최종적인 계시를 보고 죽는 대신, 그는 이 계시를 보고 살아남은 것이다.

프로그래머는 모종의 이유로 정상적이라면 저세상에 건너가서야 밝혀지는 것을 그에게 밝혀 준 다음, 그를 이 눈물의 계곡에 남겨 놓았다. 자기에게 더 이상 아무 일도 일어날 수 없고, 삶이 자신 없이 계속되고 있다는 느낌이 드는 것은 바로 이 때문이었다. 필립 K. 딕은 어떤 의미에서는 마흔여섯 살에 죽었다. 1974년 3월, 그의 이야기 마지막 페이지 하단에 〈끝〉이라는 단어가 인쇄된 것이다. 그에게 유예 기간을 준 것은, 이 이야기를 다시 읽어 보고, 그가 언뜻 본 것의 빛에 의지해 이 이야기의 의미를 파악하기 위함이었다. 그리고 그 목적을 이루면 정말로 죽게 할 거였다.

프로그래머의 관점에서 볼 때, 그의 경험에는 흥미로운 점이 없지 않았을 것이다. 하지만 딕의 관점은 미로에 갇힌 실험실 생쥐의 관점과도 비슷했다. 그는 한탄하곤 했다. 「나는 다른 것은 아무것도 하지 못하는 생각하는 기계가 되어 버렸어. 나는 자신에게 내가 풀 수도 없고 잊을 수도 없는 문제를 냈고, 거기에 꼼짝없이 갇혀 버렸어. 매일매일 나의 우주는 줄어들고 있어. 갈수록 일은 많이 하는데 내 삶은 점점 줄어들고 있는 거야. 이걸 생각하면 소름 끼치지만, 이게 내 카르마인 것 같아.」

더 이상 아무 일도 일어나지 않았다. 그는 더 이상 책을 쓰지 않을 거고, 더 이상 여자들을 만나지 않을 거였다. 이제 그에게 남은 일은 자신이 옛날에 쓴 책들을 다시 읽고, 자신의 삶을 떠올리고, 그 삶을 기록한 페이지들 하단에 어떤 만족스러운 에필로그에서 의미를 건져 내지 못하는 쓸데없는 각주들만 무수히 달아 놓을 거였다.

하지만 뭔가 일어났다. 뭔가, 아니 그보다는 누군가 찾아왔다.

22
그가 기다렸던 여자

    샌프란시스코 북쪽 〈달의 계곡〉이라 부르는 지역에 소노마라는 예쁜 소도시가 있고, 이 예쁜 도시에 조앤 심프슨이라는 예쁜 여자가 살고 있었다. 검은 머리칼과 무술로 다져진 유연하고도 탄탄한 몸을 가진 그녀는 햇볕에 탄 한쪽 발을 허벅지 아래에 집어넣은 반가부좌 자세로 앉아 있곤 했는데, 그녀의 이런 느슨하면서도 자연스러운 모습에서는 농염한 관능과 더불어, 대부분 사람보다 한 단계 위에 있는 것 같은 평정함이 느껴졌다. 그녀는 소아과 병원에서 일했으며, 융과 로널드 랭[1]과 스리 아우로빈도[2]를 읽었다.

    그녀는 SF에 별로 관심이 없었는데, 어느 날 우연히 딕의 소설을 읽게 되었다. 정확히 어떤 작품이었는지는 알려져 있지 않지만, 어쨌든 이 책을 읽고 나서 딕의 다른 책을 죄다 구입했다. 이 과정에서 그녀는 전문 서점 주인들과 관계를 맺게 되었는데,

---

1 영국의 정신과 의사이자 심리학자.
2 인도의 신비 철학적 시인이자 요가 사상가.

이들에게 자신이 최근 가장 좋아하게 된 작가가 1, 2세기 후에는 이 시대 가장 위대한 작가로 인정받을 것임을 확신한다고 말했다고 한다. 나는 그녀가 비슷한 시기에 나 자신이 했던 얘기를 했을 가능성도 배제하지 않는다. 동그란 안경을 쓰고 더러운 농구화를 질질 끌고 다니던 소년 시절, 나는 딕이 우리 시대의 도스토옙스키요, 모든 것을 이해한 사람이라며 떠들고 다녔다. 그렇게 별종도 아니고, 딕의 많은 팬처럼 사회적 루저도 아닌, 매력적이고 교양 있는 여성의 입에서 나온 말치고는 인상적인 발언이 아닐 수 없다. 딕을 개인적으로 알던 서점 주인 하나가 편지를 보내, 그가 자부심을 느낄 만한 이 여성 팬에 대해 알려 주었다. 서신 교환과 전화 교환이 이어졌다. 필과 조앤 둘 중에서 누가 먼저 『높은 성의 사내』 결말 부분을 언급했는지는 알 수 없지만, 어쨌든 조앤은 줄리아나처럼 『주역』을 차 트렁크에 넣고, 티셔츠 아래는 노브라인 채로 캘리포니아주 남부를 향해 달렸다. 그러고는 딕을 만나, 자기가 보기에 이것은 설명할 수는 없지만 분명한 사실인데, 당신이 쓴 것은 모두 진실이라고 말했다.

사실 높은 성의 사내가 사는 곳이 어느 교외 오두막이어서, 그녀는 딕이 조그만 아파트에 살고 있는 것을 보고 놀라지 않았다. 그녀는 이 수염이 텁수룩하고, 눈이 번쩍거리고, 옷은 아무렇게나 입었지만 기이한 비범함이 느껴지고, 한번 손짓할 때마다 담배 연기를 흐트러뜨리는 그가 아닌 게 아니라 호손 아벤젠과 많이 닮았다고 느꼈다. 이제는 나이도 거의 비슷했다. 그가 어떤 음료를 원하느냐고 묻자, 그녀는 당연히 올드 패션드라고 대답했고, 두 사람은 웃음을 터뜨렸다.

처음부터 그들은 마치 오래전부터 알아 온 사람들처럼 대화를 나눴다. 가장 평범한 말도 우리의 마음에 반향을 일으킬 수 있지만, 처음으로 만난 두 사람이 어떤 말을 듣고 똑같은 느낌을 갖는다는 것은 드물고도 놀라운 일이다. 윤회를 믿는 사람들의 말로는, 전생에 서로 사랑했던 사람들은 완전히 낯선 사람으로 만나도 이렇게 금방 마음이 통한다고 한다. 꼭 윤회를 믿어야만 남녀 간의 만남에서 이런 즐거움을 경험할 수 있는 것은 아니지만, 딕과 조앤 심프슨이 서로에게 끌리는 것은 두 번째보다 첫 번째 현상에 더 가까웠다. 의학적으로 말하자면 연인은 아니었다. 고된 〈주해서〉 작업으로 이 시기에 딕은 성 불능자가 되어 있었다. 하지만 그들은 거의 아파트를 나가지 않고, 그들에게 일어난 일은 자신들도 모르는 사이 오랫동안 준비되어 왔다는 황홀한 확신 속에서 3주를 함께 보냈다. 그들은 즉흥적으로 대화를 이어 나가다, 바로 그들의 상황을 암시하는 어떤 희곡 텍스트를 발견했던 것이다. 그들은 딕이 이 글을 썼다는 사실을 잊어버렸거나, 아니면 둘 다 누군가 이 글을 딕에게 구술했다고 믿었다.

두 사람은 블라인드가 내려진 아파트의 어스름 속에서 마치 눈먼 사람들처럼 손가락 끝으로 서로의 얼굴을 스치듯 어루만지면서 밤낮으로 얘기했다. 난 당신이 날 알아볼 줄 알았어요, 라고 조앤이 말했고, 그녀의 음색과 흰 치아의 반짝임을 통해 그는 그녀가 미소 짓는다는 것을 알았다. 그는 대답했다. 난 자기가 올 것을 알고 있었어. 언젠가 자기가 올 거라는 것을 오래전부터 알고 있었지만, 몇 주 전부터는 꿈이 예고해 주었지…….

그는 그녀에게 모든 것을 얘기해 주었다. 그는 하나의 영적 서사시였던 자신의 깨어남 이야기를 나지막한 목소리로 서두르지 않고 들려주었고, 두 사람은 그의 책들을 시간적 순서에 따라 돌아보면서 각 단계를 재구성해 나갔다. 조앤이 그의 설명을 앞질러 말할 때도 많았다. 그녀는 그의 책들을 읽으면서 자신도 모르는 사이 이미 모든 것을 간파한 것이다. 그는 어떻게 자신이 기억이 봉인된 채로 이 세계에 보내졌는지 설명했다. 손에 잡히지 않는 전등 끈이 세상이 뭔가 잘못되었다는 첫 번째 경보를 보내고, 그로 하여금 전 우주적 연극을 의심하게 했던 것. 1960년대 소설들을 통해 이 연극의 실체를 가늠해 보려 했던 것. 마약과 이식된 가짜 기억을 사용해 우리를 가둬 놓는 사악한 조물주를 『파머 엘드리치의 세 개의 성흔』에서 고발한 일. 그리고 『유빅』에서 이 조물주가 난폭하고도 억압적인 것만큼이나 겸허하고도 은밀한 구원의 힘이 처음으로 나타났던 것. 성령은 아주 미약한 숨결, 서민 동네 가정주부들을 위한 광고에 등장하는 싸구려 스프레이 통일 뿐이다. 자기야, 이걸 알아야 해, 이게 바로 가장 중요한 사실이라고…….그는 자신이 의미도 모르고 쓴 책들에 세상이 어떻게 반응했는지 설명했다. 친구들과 적들. 빛의 자식들과 어둠의 자식들. 적들이 그에게 안겨 준 패배. 방황. 죽음의 유혹. 10년 동안의 침몰. 그러다 1974년에 다시 수면으로, 기억으로, 빛으로 떠오른 것……. 하지만 뭔가 이상했다. 그 일이 있고 나서 모든 것이 그를 완벽한 기쁨으로 이끌어야 했는데, 모든 게 이상하게 돌아갔다. 그를 인도해 주던 토머스가 떠나고, 그는 또다시 가족을 잃었다. 그는 승자들의 진영에 들어왔고, 승리의 주역 중 하나라고 생각했는데, 결국에는 전쟁의 희생자였다. 그가 얼핏 본 것들은 모두 사실로 밝혀졌고, 빛이 승리했는데, 그는 여전히 농락당하고 있었다. 그는 이제 안전하게, 원하는 대로 자유롭게 산다고 하지만, 이게 무슨 삶이란 말인가? 샌타애나의 초라한 아파트에서 사랑도 없는 고독한 삶. 머릿속에서 무한히 돌아가는 닉슨식 녹음테이프들을 들으며, 너무나 아이러니하게도 분명히 잘못된 것일 우주 생성론을 세우느라 끙끙대는 온전히 정신적이기만 한 삶. 이 쥐새끼 같은 삶. 그가 상상하는 프로그래머는 소련이 스페인 내란 후 러시아 땅으로 피신한 국제 여단 전사들을 취급했던 것처럼, 즉 그들을 히틀러에게 넘긴 것처럼 그를 취급하면 안 되었다. 궁극적인 〈다른 이〉는 — 이 모든 것 뒤에 숨어 있는 게 그가 맞는다면 — 그를 이 세상에, 이 지옥에 버려둘 수 없었다. 이럴 수는 없었다. 그의 삶이 이렇게 끝날 수는 없었다. 절망과 고독의 밑바닥에서 그는 문득 깨달았다. 이런 식으로는 끝날 수 없다는 것을, 이 우울한 악몽은 해피엔드 바로 전에 나오는 장면, 최악의 상황을 걱정하게 하는 장면이라는 것을. 꿈속에서 어떤 여자가 다가왔다. 그녀가 바로 옆에 느껴지는 것 같았다. 침대 위에 그녀의 따스하고 탄탄한 몸이 느껴졌다. 그는 손안에 느껴지는 그 부드러운 젖가슴의 감촉을 이미 알고 있었다. 어느 날 밤 소스라치듯 잠에서 깨어난 그는 손을 뻗었고, 그 손에 베개 위에 동그랗게 웅크린 핑키의 털이 만져졌지만, 그는 절망하는 대신 미소를 머금었다. 프로그래머는 지금 그에게 장난을 치고 있고, 이 장난은 곧 끝날 거였다. 그의 보상이 찾아올 거였다. 그녀는 그를 보기 위해 하루 종일 차를 운전해 올 것이며, 티셔츠 밑에 브래지어도 하지 않고 한쪽 발을 허벅지 위에 올려놓는 반가부좌 자세로 앉을 거였다. 그래, 바로 그렇게.

아이고, 내가 얼마나 자기를 기다렸다고!

나도 알아요. 나도 이 모든 걸 알고 있어요. 이제 내가 여기 있잖아요.

조앤이 오자 딕은 생기를 되찾았다. 동네 슈퍼마켓과 파워스의 집에 갈 때, 그리고 파워스가 운전하는 차를 타고 모리스의 병원에 갈 때 외에는 외출하는 법이 없는 그가 몇 달 동안 어디 좀 다녀올 생각인데 고양이를 봐줄 사람이 없느냐고 물으며 리피돈 클럽을 깜짝 놀라게 만들었다. 맞단다, 자기는 여자 친구와 함께 소노마에서 여름을 보낼 계획이란다. 「아니, 너희는 그 사람을 모를 거야…….」 아, 그리고 9월에는 프랑스 메스에서 개최되는 SF 컨벤션에 특별 게스트로 참석하는 것을 수락했단다.

아무도 이 말을 믿지 않았지만, 그는 정말로 소노마에서 여름을 보냈고, 프랑스의 메스에 갔다. 이 모든 것을 조앤과 함께, 조앤의 끊임없는 격려와 TLC, 즉 tender loving care를 의미하는 그들의 내밀한 암호 속에서 했다. care는 누군가에 대한 보살핌과 그에 대한 염려의 뜻을 동시에 담고 있는바, 딕이 어떤 여자에게서 바라는 게 바로 이거였고, 조앤은 몇 달 동안 그에게 이것을 주었다. 또 그는 그녀에게서 선물로 받은 커다란 십자가를 묵직한 사슬에 매달아 밤낮으로 차고 다녔다.

그는 메스 컨벤션에서 연설해 달라는 요청을 받았는데, 더 이상 좋을 수 없는 타이밍이었다. 모든 사람에게는 두려워하는 게 하나씩 있지만, 또한 세상의 그 어떤 것보다 간절히 바라는 것도 하나 있는 법이다. 딕은 이런 달콤한 환상을 17년 전에 글로 표현한 적이 있는데, 이제 그게 실현되었다. 줄리아나가 와서 그가 옳았다고 말해 준 것이다. 이제 그는 골방에서 나와 세상에 대고 진실을 말할 수 있었다. 그리고 섭리의 교묘한 솜씨를 경탄하지 않을 수 없었으니, 그의 가장 열렬한 팬인 프랑스인들에게 개시하게 된 것이다.

연설 제목을 〈만일 이 세계가 고약하게 느껴진다면, 다른 세계 몇 개를 볼 필요가 있다〉로 정한 그는 거의 무아지경에서 글을 썼다. 유빅 스프레이가 엔트로피를 거꾸러뜨렸듯이, 조앤의 TLC는 그의 생각을 다시 젊어지게 만들었다. 어지럽기만 하던 〈주해〉의 공사장에서 마침내 일관성 있고, 이제는 정확하다고 느껴지는 우주 생성 이론이 솟아났다.『높은 성의 사내』에서 출발해, 조앤이 그의 문 앞에 나타난 지점까지 선을 그어 보기만 하면 되었다. 그 선을 따라 모든 게 정리되고 의미를 획득했다.

평행 우주들의 존재를 직관으로 느낀 것, 그리스도의 가르침, 1974년 봄의 체험에서부터 닉슨의 실각에 이르는 기간에 이루어진 프로그래머의 역사(役事). 그리고 당연히 이 신학 논문에는 사랑 고백이 빠질 수 없었으니, 마지막으로 그는 조앤이 찾아와 자신이 옳았음을 확인시켜 준 결정적 사건을 얘기했다. 어떤 의미에서 그녀의 존재는 신의 존재에 대한 증거라고도 할 수 있었다. 어쩌면 이 순간 스포트라이트가 그를 비추고 있으면, 그녀가 무대 위로 올라와 자신이 그에게 선물한 십자가에 입을 맞춘 다음, 입술을 그의 입 쪽으로 올리는 것도 나쁘지 않으리라. 아니, 그는 도나와 같이 있을 때 이미 이런 식의 연출을 계획한 적이 있지만, 그것은 행운을 가져다주지 못했다.

여름 내내 그는 녹음기에 대고 연설문을 읽었다. 조앤은 여러 차례 옆에서 들으면서 그의 억양을 다듬어 주었다. 그녀는 내용에 대해서는 이견이 없었던 모양이다. 드디어 그들이 프랑스행 비행기에 올랐을 때, 팻은 이제 세상이 완전히 자기 손안에 들어왔다고 생각했다. 그는 기내에서의 긴 밤을 눈을 반쯤 감고서 한 손으로 조앤의 손을 잡은 채 연설 문구를 웅얼거리며 보냈다. 이따금 청중의 반응을 상상하면서 속으로 쿡쿡쿡 웃기도 했다. SF 컨벤션에서 팬들 앞에서 하는 연설은 이미 몇 차례 경험이 있고, 듣기도 많이 했다. 대개는 유쾌한 일화들이며, 여러분도 다 알지 않느냐는 식의 장난스러운 윙크, 그리고 대가들에 대한 경의와 신인들에 대한 격려의 말 같은 것으로 이어졌다……. 자기가 말하게 될 것, 그의 짐 속에 들어 있는 아무도 모르는 폭탄을 생각하면, 자신이 마치 어떤 다단계 미팅에서 연설하게 된 예언자 이사야처럼 느껴졌다.

그는 자신이 눈부신 승리를 거두리라는 확신을 안고 대서양을 건넜다. 만일 그의 연설이 이해된다면, 다시 말해 청중이 그의 말을 믿는다면, 이 승리는 단순한 문학적 성공과 차원이 달랐다. 그의 말은 하나의 계시로 인정될 거였다. 그것은 사람들의 삶을 바꿔 놓을 거였다. 점점 더 많은 청중이 — 왜냐하면 당연히 그는 다른 강연회들도 열 거니까 — 그의 말을 들으려고 몰려들 거였다. 그는 레이글 검처럼 〈올해의 인물〉로 『타임』 표지를 장식하겠지만, 심지어 이런 칭호조차 언젠가는 — 우리 조상들이 그 중요성을 가늠하지 못하는 사건들에 보였던 반응이 그렇게 느껴지듯이 — 우스우면서도 가슴 뭉클하게 느껴질 것이다. 그는 평행 우주의 크리스토퍼 콜럼버스가 될 거였다. 나중에 사람들은 알게 되리라. 1977년 9월 24일, 새로운 시대가 시작되었다는 것을.

딕은 프랑스 독자들을 개종할 준비가 되어 있는 잠재적 제자 군단으로 상상했는데, 이는 완전한 착각이었다. 물론 그들은 그가 오기만을 손꼽아 기다렸다. 그러나 이들은 『샤를리 에브도 Charlie Hebdo』[3]의 젖으로 키워진 68혁명 세대로, 자신은 더 이상 그런 삐딱한 별종들이 아님을 자랑스러워하면서도, 이 미국

---

3 좌파적 성향의 프랑스 풍자 주간지.

작가에게서 그런 면모를 발견하고 신기해하며 좋아하는 사람들이었다. 그들의 우상이 오랫동안 펜을 잡지 못한 것은 어떤 〈개인적 문제들〉 때문이라는 소문에 구미가 당겼던 메스 컨벤션 참가자들은 마약에 해롱대는 어떤 추레한 남자가 낄낄거리면서 비행기에서 내리는 장면을 기대했지만, 결국에는 로큰롤 전문 기자들이 그들의 맛이 간 스타가 손에 광천수 병을 들고 행복한 가정생활과 긍정적 사고를 예찬하는 모습을 보았을 때와도 같은 실망감을 맛보았다. 딕은 건강했다. 건강해도 아주 건강했다. 연신 웃음을 터뜨리고, 젊은 여자들을 곁눈질하고, 음식도 곱빼기로 먹고, 사람들이 관심을 보여 주는 것에, 프랑스에 온 것에, 비행기를 탄 것에 너무나 행복해하는 것 같았다. 첫 번째 만찬 때 같은 테이블에 앉아 있던 한 여자가 그의 접시 옆에 잔뜩 놓여 있는 알약들에 대해 이게 뭔지 잘 안다는 듯, 한 눈을 찡끗하면서 질문을 했다. 그러자 딕은 위장병 때문에 먹는 약이라고 대답했는데, 너무나 당연하다는 듯이 말했기 때문에 여자는 이게 정말로 위장약인 모양이다, 라고 생각하지 않을 수 없었다.

다음 날 그의 연설을 듣기 위해 소피텔 호텔 대회의실에 모여 있던 사람들이 느끼기에, 딕은 입장할 때부터 훨씬 여유가 없어 보였다. 셔츠 단추를 풀어 활짝 드러낸 그의 털투성이 가슴팍에 걸려 있는 커다란 십자가는 보란 듯이 나타나 있지만, 그 의미를 알 수 없는 어떤 기호처럼 놀랍고도 불안하게 느껴졌다. 이게 그

480

의 기독교 신앙을 고백하는 표시일 리는 없었다. 그런 생각만으로도 풋 하고 웃음이 터졌을 것이다. 아니면 어떤 조롱의 뜻이 담겨 있는 것은 아닐까? 어쩌면 뱀파이어를 패러디하는 것일 수도? 그렇다면 흡혈귀를 쫓아낼 마늘이 있어야 할 것 아닌가?

이렇게 사람들이 어안이 벙벙해져 있는데, 딕은 땀을 뻘뻘 흘리고 있었다. 조앤은 그가 어떤 젊은 여기자에게 추근거린 것에 토라져 자기 방에 처박혀 있었다. TLC를 지원받지 못하는 딕은 외로웠고, 자기가 말할 것에 대해 전혀 확신이 없었다. 홀은 웅성거리는 사람들로 채워졌다. 의자들이 달가닥거리고, 여기저기서 카메라 플래시가 터졌다. 마이크는 테스트를 해보자 겁에 질린 가이거 측정기처럼 비명을 질러 댔다. 그 소름 끼치는 고주파 음을 잡기 위해 사람들은 딕에게 무슨 말이라도 좋으니 하고 싶은 말을 해보라고 부탁했다. 더플코트나 군용 외투 차림으로 맨 앞줄에 앉아 있는 깡마르고 냉소적인 수염쟁이들의 쇠테 안경으로 둘러싸인 눈들이 자신에게 집중되는 것을 느끼며, 딕은 〈말씀〉을 전할 때 성령이 모든 걸 알아서 할 것이니 두려워하지 말라는 성 바울로의 구절을 떨리는 목소리로 웅얼거렸다. 다행히 아무도 뜻을 이해하지 못했지만, 딕은 사도의 약속에 대한 확신이 사라져 버린 것을 깨달았다. 단지 술에 취해 말도 안 되는 내기를 걸었다 술이 깨어 궁지에 몰리게 된, 이제 모든 문이 닫혔으며 인생의 마지막 날까지 조롱당하는 일만 남았다는 것을 명확히 깨달은 자의 끔찍한 공황감만 느껴졌다. 일어나 뛰어서 달아나지 않으려고, 그는 신호도 기다리지 않고 다짜고짜 연설문을 읽기 시작했다. 그의 연설을 들었던 이들은 기계적이면서도 기어들어 가는 목소리, 전날 과도할 정도로 활달했던 회식자의 그것과 전혀 다른 목소리를 기억하고 있었다. 그때 많은 사람의 머릿속에 이런 생각이 스쳤다. 혹시 이 작가가 그의 작품들에 나오는 인물처럼 제대로 프로그래밍되지 않은 어떤 로봇으로 대체되었는데, 갑자기 합선되어 그를 둘러싼 이 모든 사람과 함께 연단에서 폭발해 버리는 것은 아닐까?

연설은 새로운 사상들의 출현, 나중에 가서 인식되는 그것들의 자명함, 그리고 발명과 발견 사이 고전적인 차이점에 대한 고찰로 시작했다. 딕은 우리는 아무것도 발명하지 못한다고 확신한다고 말했다. 우리는 다만 밝혀지기를 기다리는 진실들을 찾아낼 뿐이고, 누군가 이 진실들은 찾아낸다기보다는 이것들 스스로 〈발명가〉를 찾아낸다는 거였다. 이날 청중은 딕에게서 경직된 느낌을 받았고, 통역사가 끼어들며 하는 말들이 따분하게 느껴지긴 했지만, 그의 작품에 담긴 생각들에서는 아무런 이상한 점을 발견하지 못했다. 〈하늘의 왕국〉에 대한 암시가 십자가로 인해 이미 불안해진 이들의 귀를 쫑긋하게 하긴 했지만, 아주 잠깐이었다. 아는 것이 많은 어느 비평가는 옆 사람에게 고개를 기울이고 의미심장한 미소를 지으며, 신학을 일종의 환상 문학으로 간주한 보르헤스의 어느 구절을 인용했다.
아닌 게 아니라, 이제 딕은 말을 한 번 옮길 때마다 현실의 배열이 바뀌는 신과 그의 적의 체스 게임이라는 유명한 신학적 주제에 대해 얘기하기 시작했다. 이것은 거의 20분이나 계속되었다. 그가 전화번호부 숫자들을 읽어 내려갔다 해도 대부분 알아차리지 못했을 것이다. 하지만 주의 깊은 사람들은 막연한 불안감을 느끼기 시작했다. 다른 승객들은 별로 신경 쓰지 않는 것 같은 수상쩍은 소음이나 덜컹거리는 움직임에 어떤 사고 예감에 사로잡히는 열차 승객들의 예감과 비슷한 불안감이었다. 그들이 아니야, 우리가 너무 예민해서 그럴 거야, 이런 소리는 정상이야, 라고 믿으려 하는데, 갑자기 그의 불안감 자체에서 솟아난 듯한 끔찍한 진동이, 세상의 종말과도 같은 소름 끼치는 굉음이 발생한다. 기차가 정말로 선로를 이탈했고, 예감했던 그것이 정말로 찾아온 것이다.

딕은 헛기침을 하며 종이들을 한데 모았고, 갑자기 훨씬 높아진 목소리로 다시 말을 이었다.

자, 여기에서 우리는 또 다른 현재의 기억을 간직하고 있는 — 이 기억을 어떻게 얻었는지는 별로 중요하지 않습니다 — 누군가를 불러낼 필요가 있을 것 같습니다. 논리적으로 볼 때, 이 또 다른 세계는 지금 우리가 있는 세계보다 더 나쁜 곳일 것입니다. 왜냐하면 신은 뭔가를 향상시키는 방향으로 역사하기 때문이죠. 순수하게 이론적으로 볼 때, 이 신이 사악하거나 무능하다고 말할 수도 있겠지만, 나는 이런 생각을 진지하게 받아들일 수 없어요. 따라서 나는 여러분께 묻고 싶습니다. 우리 중에 대략 1977년경인 우리 세계보다 더 나쁜 세계를 개인적으로 기억하는 사람이 있을까요?

네, 있습니다. 바로 여기에 있는 나입니다.

여러분은 분명히 내 말을 믿지 않을 것입니다. 심지어 내가 자기 말을 믿는다는 것도 믿지 않을 것입니다. 하지만 이것은 사실입니다. 내 말을 믿고 안 믿고는 여러분 자유지만, 내가 지금 농담하고 있지 않다는 것, 적어도 이것만은 믿어 주시기 바랍니다. 이것은 매우 심각하고 매우 중요한 일입니다. 여러분도 아실 겁니다. 이런 것을 주장하는 것이 나 자신에게도 너무나 놀랍게 느껴진다는 걸요. 많은 사람이 전생을 기억한다고 주장하지만, 나는 또 다른 현생이 기억난다고 말하고 싶습니다. 이와 비슷한 주장을 한 사람은 내가 알기로 없지만, 내 경험이 유일하지는 않을 거라고 생각합니다. 하지만 여기에 대해 얘기하고 싶어 하는 사람은 어쩌면 내가 유일할 겁니다.

이 말에 모든 사람이 경악해 입을 딱 벌렸다. 딕은 그 모습을 보면서 3년 전 자기에게 무슨 일이 일어났는지 묘사했다. 그는 비밀 기독교인들에 대해, 그리고 닉슨이 실각하는 데 그들이 어떤 역할을 했는지 얘기했다. 또 자신은, 즉 필립 K. 딕은 우주의 얼개를 이루는 이 현실의 은밀한 변환 중 하나 가운데서 다시 프로그래밍된 변수이며, 이 과정에서 프로그래머를 직접 접촉하게 되었다고 설명했다. 보통 그분은 숨어 있다. 신학자들의 표현을 빌리자면 〈숨어 계시는 하느님〉인 것이다. 그분은 세상의 각 원자 속에 역사하시지만, 그분이 자기 목적을 위해 체스판 위의 말로 사용하는 이들 외에는 아무도 그분을 보지 못한다. 딕 자신도 이 체스 말이었고, 하느님의 손안에 들어가는 것이 얼마나 두렵고 놀라운 일인지 모른다고 한 성 바울로가 옳았음을 개인적 경험을 통해 말할 수 있단다. 이 하느님은 구약에서 이렇게 말씀하신다. 〈보아라, 나 이제 새 하늘과 새 땅을 창조한다. 지난 일은 기억에서 사라져 생각나지도 아니하리라.〉[4] 그는 결론을 내렸다.

이 말씀을 읽고 있으면, 내가 위대한 비밀을 알고 있다는 생각이 듭니다. 우리 가운데 왕국이 회복되면, 우리는 우리가 살았던 이 땅의 폭정도, 야만적인 일들도 더 이상 기억하지 못할 것입니다. 나는 왕국이 지금 오고 있다고, 아니 전부터 항상 오고 있었다고 생각합니다. 그리고 긍휼하신 분께서 지난 일을 다 잊어버리는 것을 우리에게 이미 허락하셨습니다. 나는 내 소설들과 이런 말들을 통해 여러분께 그 기억을 되살렸는데, 이건 제가 잘못하는 것인지도 모릅니다.

아닌 게 아니라, 그는 잘못했다.

연단에서 내려온 그는 자신이 어떤 끔찍한 짓을 저질렀는지 금방 깨달았다. 넋이 나간 통역사는 통역을 중단했지만, 영어를

---

4 『이사야서』 65장 17절.

할 줄 아는 방청객들은 무슨 일이 일어났는지 옆에 앉은 사람들에게 설명해 주었다. 세상에! 딕은 단지 미친 것만이 아니라 기독교 환자가 되었어요! 그를 둘러싼 숭배 분위기는 어색한 분위기로 바뀌었다. 사람들은 신기한 동물을 보듯이 그를 쳐다봤다. 이제는 그에게 어떤 어조로 말해야 할지 알 수 없었다. 그가 단축시킨 남은 체류 기간 동안, 사람들은 불편한 감정을 쫓아 버리고, 행사에 참여한 모든 이가 공유해야 마땅한 유쾌한 분위기를 유지하려고 무진 애썼다. 참가자들 사이에서는 우물쭈물 어떤 합의가 이루어졌으니, 딕의 행동을 장난으로 간주한다는 거였다. 오슨 웰스가 『우주 전쟁』을 라디오 드라마로 각색해, 온 미국을 공포에 빠뜨렸듯이, 이 못 말리는 딕이 어떤 소설 주제를 청중에게 테스트해 본 거고, 그걸 더 그럴싸해 보이게 하려고 그 헛소리를 믿는 척했다는 거였다. 이런 이론이 득세하는 것을 본 당사자는 자신도 거기에 합류하는 게 현명하다고 판단해, 호텔 복도나 엘리베이터에서 사람들과 마주치면 마치 〈다속았지롱!〉이라고 하듯이 요란하게 웃음을 터뜨리며 찡긋 윙크를 했다.

만일 내가 어떤 소설을 쓰는 거라면, 나는 그에게 있어 이 실패는 파국이었으며, 그는 비웃음과 어색함이 뒤섞인 사람들의 표정을 떠올리면 차라리 돌에 맞아 죽고 싶은 심정이었고, 결국 캘리포니아주에 돌아와서 시름시름 앓다 죽었다고 말했을 것이다. 이런 전개가 극적으로는 만족스럽겠지만, 실제로는 그렇게 진행되지 않았다. 그에게는 믿을 수 없는 적응력이 있었다. 그가 현실에 적용한 어떤 시나리오가 잘 굴러가지 않으면, 그저 또 다른 시나리오를 꺼내 들 뿐이었다. 팻은 크게 한 번 내기를 걸었다 진 도박꾼처럼 바짝 몸을 낮추었고, 필은 〈그러니까 내가 너한테 말했잖아!〉라고 소리치고 싶은 것을 꾹 참는 친구처럼 인상을 쓰고 있었으며, 딕은 여행에 만족하고, VIP 대접을 받은 것에 우쭐해진 관광객으로 대서양을 건넜다. 물론 자신의 연설 중 어떤 오해가 있었음을 아쉬워하긴 했지만, 그것은 좋은 레스토랑에서 현지 언어를 몰라서 원치 않는 유일한 요리를 주문한 것을 아쉬워하는 것과 같은 종류의 아쉬움이었다. 이것은 완벽하게 진행된 프로그램보다 오히려 더 유쾌한 추억을 만드는 코믹한 사고라고 할 수 있었다.

(「그렇지만 말이야.」 그는 조앤에게 말했다. 「좀 이상해. 그들은 서로에게 〈저 사람은 자기가 우리에게 얘기하는 것을 정말 믿는 걸까, 아닌 걸까?〉라는 부차적인 질문만 하고 있어. 진짜 중요한 질문은 〈그게 사실일까?〉인데 말이야.」)

딕의 모든 여자 중에서, 유일하게 큰 소동 없이 그를 떠난 사람은 조앤이었다. 심지어 그들은 절연하지도 않았다. 소노마와 샌타애나의 거리는 그들의 관계가 따스함을 유지하면서도 점점 약해지는 것을 정당화하기에 충분했다. 두 사람은 여행 중에 있었던, 그리고 여행이 그 조건이 되는 놀라운 만남들에 대해 생각해 보듯이, 달콤한 향수를 느끼며 이 관계를 다시 생각해 보곤 했다.

계획대로라면 메스의 연설을 통해 팻이 세상에 출현해야 했고, 조앤은 그를 숭배하는 종교의 여사제가 되어야 했다. 하지만 일이 틀어졌고, 딕은 다시 〈주해서〉 작업으로 돌아왔다. 거기에는 〈의미를 알지 못하는 이야기를 어떻게 얘기할 것인가?〉라는 해묵은 문제가 전과 조금도 달라지지 않은 모습으로 그를 기다리고 있었다. 그는 몽상하고, 이론을 세워 보고, 절망하다, 너무나 뜻밖에 해결책을 하나 찾아냈다.

그는 전에 쓴 작품들을 모은 전집을 위한 서문을 써달라는 의뢰를 받았는데, 무엇을 써야 할지 몰라 고민하다 젊은 시절 얘기를 하기 시작했다. 그는 뚜렷한 계획 없이 일화들을 얘기하고, 생각들을 개진하고, 그것들을 비판해 보았는데, 이 모든 것을 마치 친구들과 잡담하듯이 했다. 이렇게 펜이 가는 대로 쓰다 보니 너무나 자유롭게 느껴졌고, 이런 식으로 아무것도 증명하려 하지 않고 자신에게 일어난 일을 소탈하게 써내려 가면 괜찮겠다는 생각이 문득 들었다.

이렇게 해서 나온 소설이 『발리스』인데, 그 내용에 대해서는 앞의 두 장(章)에서 중점적으로 다뤘기 때문에 여기서는 별로 할 말이 없다. 2주 동안 집중적이면서도 여유 있는 작업 끝에 탄생한 이 책에서는, 캘리포니아주 샌타애나에 거주하고, 리피돈 클럽 멤버들을 똑 닮은 한 무리 친구들이 등장한다. 로마 가톨릭 신자 데이비드, 냉소적이지만 마음 넓은 케빈, SF 작가 필은 그들의 친구 호스러버 팻 때문에 걱정이 많다. 팻은 1960년대에 마약을 너무 많이 했고, 슬픈 일을 너무 많이 겪었으며, 1974년 봄부터는 자기가 신을 봤다고 주장한다. 필은 이 팻의 사연과 그들이 나누는 대화를 들려준다. 동정적이면서도 공정한 증인인 그는 팻의 이론들에 억지로 일관성을 부여하려 하지 않는다. 그가 팻의 〈주해서〉에 어떤 어조로 얘기하는지 한번 보라.

신으로부터 직접 받은 지식은 팻을 예언자로 만들었다. 하지만 환상과 신의 계시를 — 이 둘 간에 과연 차이가 있는지는 모르겠지만, 있다는 가정하에 — 더 이상 구별할 수 없게 된 그는 다음과 같은 말도 안 되는 얘기들을 썼다.

#50. 모든 종교의 최초 근원은 눈이 셋 달린 침입자들로부터 우주 생성 이론을 직접 받은 도곤 부족의 조상들로 거슬러 올라간다. 이 눈이 셋 달린 침입자들은 말하지도 듣지도 못하고, 텔레파시를 이용했으며, 우리의 대기에서는 호흡을 할 수 없었다. 이크나톤의 그것과 비슷한 길쭉하게 일그러진 두개골을 가진 그들은 시리우스 성계의 어느 행성에서 왔다. 그들은 손 대신 게의 집게에 비교될 수 있는 집게를 가지고 있었지만, 탁월한 건축가들이었다. 그들은 우리의 역사에 은밀히 영향을 미쳐 풍요한 결실을 맺게 했다.

이즈음 팻은 완전히 현실에서 유리되었다.

23
마지막에서 두 번째 진실들

덕에게 또 무슨 일이 있었던가? 그의 어머니가 죽었고, 그는 20년 동안 보지 못했던 클레오에게 전화를 걸어 울면서 부음을 전했다. 『안드로이드는 전기양의 꿈을 꾸는가?』를 영화화한 「블레이드 러너」의 판권료는 그에게 거금을 안겨 주었다. 그는 이 돈의 상당 부분을 자선 단체에 기부했고, 테사와 크리스토퍼에게 집을 사줬으며, 자기 집 옆에 있고 도리스가 잠시 살았던 아파트를 티머시 파워스에게 결혼 선물로 주려고 했다(파워스는 사양했다). 그는 여전히 화요일마다 파워스의 집에 갔고, 금요일에는 심리 치료사를 보러 갔다. 살을 빼려고 노력한 적도 있고, 또한 옷을 전보다 잘 입었다. 워너 브라더스 영화사 사무실에서 촬영된 사진 한 장은 성공한 작가의 모습을 꽤나 설득력 있게 보여 주고 있다. 리들리 스콧 감독 옆에 선 그는 건장한 체격이지만 배불뚝이는 아니고, 수염을 깔끔하게 다듬었으며, 세련된 가죽 재킷 차림이다. 조앤 심프슨이 마지막 사랑이었지만, 여자 몇 사람과 우정을 나눴고, 어쩌면 성관계도 한두 번 가졌을 수 있다. 그가 영화계에 진출시켜 주려 노력했던 한 젊은 여배우는 딕의 특성을 다섯 가지로 기억했는데, 그것은 친절함, 따스함, 충직함, 예술에 대한 헌신, 침울함이었다. 그는 어둑한 아파트 안에서 존 다울런드의 류트곡을 즐겨 들었는데, 「슬픔, 머물다」와 「울지 마, 슬픈 분수」 같은 곡도 들었지만, 가장 좋아하는 곡은 역시 「흘러라, 내 눈물아」였다. 그는 아들이 성장하는 모습을 멀리서 지켜보았고, 테사와 재혼할 것을 고려한 적도 있었다. 몹시 울적한 날이면 그녀에게 전화를 걸어 집으로 와서 자기를 안아 달라고 부탁하기도 했다.

신은 더 이상 그에게 말하지 않았다. 환상을 보는 일은 거의 없었고, 꿈도 덜 꾸었다. 그는 자신의 이런 상태를 그때그때 기분에 따라 구원의 길에서 새로운 시련으로 보기도 하고, 적의 결정적 승리 신호로 보기도 하고, 혹은 오랫동안 망상 속을 헤매다 마침내 맑은 정신이 돌아왔다는 신호로 보기도 했다. 하지만 어느 날 밤, 손님이 떠나고 나서 재떨이에 굴러다니는 대마초 꽁초를 무심코 주워서 피우고 있는데, 침묵하고 있던 신이 다시 나타났다. 딕은 이게 협잡꾼이 아닌지 확인하기 위해 그에게 테스트를 부과하고 싶었다. 그 순간 그의 머릿속에 떠오른 테스트는 너무나 완벽한 것으로 느껴졌다. 마침내 〈전능자〉로 하여금, 혹은 그게 누구든 간에 그분을 자처하는 자로 하여금 자신의 카드를 보여 주지 않을 수 없게 하는 질문을 찾아낸 것이다. 하지만 다음 날에는 너무나 애석하게도 이 결정적인 질문도, 그가 받았던 답변도 생각이 나지 않았다.

그는 달리 할 게 아무것도 없어, 〈주해서〉 작업을 계속해 나갔다. 그리고 책을 두 권 더 썼다. 더 정확히 말하자면 호스러버 팻이 한 권을 썼고, 필립 K. 딕이 한 권을 썼다.

팻의 책 『성스러운 침입』은 〈강생(降生)〉[1]이라는 다루기 불가능한 주제를 다룬다. 예수의 생애에 대해 글을 쓴 사람들은 모두가 이 수수께끼를 설명하기 위해 머리를 쥐어뜯어야 했다. 나사렛 출신 도제 목수는 자신의 신성한 본성에 대해 정확히 무얼 알고 있었을까? 그는 이것을 오랜 깨달음 과정을 통해 점진적으로 의식하게 되었을까? 혹시 십자가에서 자신을 신의 아들로 여긴 것은 환상이었다고, 자신은 이 환상의 노리개였다고 생각하지 않았을까? 아니면, 만일 그가 끝까지 부활을 확신했다면, 어떻게 〈수난〉을 심각하게 받아들일 수 있단 말인가?

이 책의 주인공은 유대 땅에 살았던 그의 선임자처럼 이름이 이매뉴얼[2]인 어린 소년이다. 중병에 걸린 어느 여자의 태내에 숨어, 일종의 밀수 같은 방식으로 지구에 들어온 그는 우리의 우주는 감옥이자 가짜이고, 창조주는 그가 창조한 세계를 더 이상 통제하지 못하며, 우리 모두는 강력한 제국이 우리의 뇌 안에 집어넣은 꿈을 꾸며 자고 있다고 알린다. 어렴풋한 직감, 의혹, 일상생활 가운데서 뭔가 삐걱거리는 점들은 우리 중에서 잠

1 하느님이 성령으로 마리아에게 잉태되어 신성과 인성을 함께 지닌 그리스도로 태어난 일.
2 예수의 이름(임마누엘)을 말한다.

이 덜 깊게 든 이들에게 이 진실을 예감하게 한다. 그들은 감히 그것을 믿지 못한다. 하지만 그것을 믿어야 하고, 깨어나야 한다. 이매뉴얼의 말을 듣고 믿는 자는 낙원에 들어가고 진정한 현실을 회복할 것이다.

다양한 인물이 이 아이가 자신의 근원과 사명을 발견하도록 돕는다. 거지 모습을 한 예언자 엘리야, 세례 요한, 조로아스터, 아테나, 여호와 자신, 그리고 유대교 신비주의자들이 〈신의 임재〉 의미로 사용하던 말 〈셰키나〉가 이름인 어떤 무게 잡는 계집아이······.

이 화려한 출연진은 할리우드 영화사들이 자신들과 계약 관계에 있는 스타를 죄다 불러 모아 만드는 이른바 〈프레스티지〉 영화를 떠오르게 한다. 이렇게 에세네파, 영지주의, 헤브라이즘 등에서 불러온 〈주해서〉의 가장 빛나는 스타들은 딕 방식의 특별 전통 요리들로 차려진 — 날조된 기억, 냉동 보존된 인체, 린다 론스태트와 그녀의 전자 류트 오케스트라가 연주하는 존 다울런드의 음악 — 뷔페 테이블 주위에서 한바탕 신나는 파티를 벌인다.

한마디로, 그가 노상 해온 방식이다.

『티머시 아처의 환생』은 이와 정반대다. 여러 겹으로 꼬여 있고, 예측을 불허하는 소설, 바로 〈쥐〉의 작품이다.

1979년, 미국의 가장 세련된 문필가 중 하나인 조앤 디디온은 1960년대에 관한 글을 모은 에세이집 『하얀 앨범*The White Album*』을 출간했다. 곧바로 저널리즘 문학의 고전 중 하나로 각광받은 이 모음집에는 파이크 주교를 완전히 박살 내는 글이 한 편 실려 있다. 여기서 파이크는 종교적 기회주의자, 지성이 없는 지식인, 속물, 이기주의자로 그려졌다. 이 글을 읽으며 딕은 마음이 너무 무거웠다. 특히 그는 상대방의 관점을 자기 것으로 받아들이는 성향이 있기 때문에, 디디온의 신랄한 풍자가 많은 부분 타당하며, 파이크에 대한 그녀의 비판이 자신에게도 적용된다고 느꼈을 것이다.

그는 자신의 〈주해서〉에 〈내 삶을 위한 변론Apologia Pro Mia Vita〉이라는 부제를 붙인 바 있었다. 그런데 이제 자신의 모델이자 자신도 그렇게 될까 봐 두려운 사람, 한마디로 그의 완벽한 알터 에고였던 파이크를 변호하는 글을 써보자는 생각이 들었다.

그런데 누가 이야기할 것인가? 그는 자신이 직접 이야기하는 방안을 잠시 생각해 봤지만, 그리하면 팻과 필이 끝나지 않는 시합을 계속하는 출구 없는 상황에 빠진다는 것을 깨달았다. 따라서 다른 관점을 찾아야 했다. 소설가라면 누구나 자신에게서 벗어나, 다른 누군가의 언어와 생각으로 글쓰기를 꿈꾼다. 믿기지 않는 얘기지만, 딕은 마지막에 이르러 이 꿈을 실현했다. 평생 처음으로 여자를 소설 주인공으로 삼은 것이다. 이 여자는 그의 달콤한 꿈에 나오는 따스한 검은 머리 여자도, 그의 악몽에 나오는 남자의 기를 죽이는 고약한 여자도 아니었다. 그는 처음으로 복합적이고 수긍할 만하며 그를 닮지 않은 인물을 창조했다.

주류 문학적 성격이 매우 강한 이 소설의 화자, 에인절은 캘리포니아의 유명한 성공회 주교, 티머시 아처의 아들 제프와 결혼했다. 제프는 자살했다. 주교와 그의 정부인 커스틴은 저세상으로 간 죽은 아들을 접촉했다고 주장했다. 커스틴도 자살한다. 주교는 유대 광야에서 이상한 죽음을 맞는다. 이 모든 일이 1960년대 말에 일어났다. 이 책은 존 레넌이 암살당한 1980년 12월 8일에 시작된다. 그로부터 3주 전, 로널드 레이건이 미국 대통령으로 당선되었다. 『주역』은 이렇게 말한다. 〈이는 천한 인간들이 마지막으로 남은 고귀한 이들을 몰아내려고 치고 나오는 때라. 박(剝)〉

에인절은 버클리 텔레그래프가의 한 음반 가게에서 매니저로 일한다. 샌프란시스코 베이 에어리어의 많은 사람이 그랬듯이, 그녀는 자신의 삶에 일어난 일들에 비틀스 음반들의 발매 연도로 날짜를 매긴다. 그녀의 결혼 생활에 파탄이 난 것은 「서전트 페퍼스 론리 하트 클럽 밴드」가 나왔을 때였다. 제프가 변사체로 발견되었고, 전축이 없는 호텔방에 제프는 폴 매카트니의 첫 번째 솔로 앨범을 가져갔다. 12년 뒤, 에인절은 「테디 보이」를 듣다 울고 싶어진다. 그녀는 이렇게 울고 싶어질 때가 많다. 소살리토의 어느 선상(船上) 세미나에서 앨런 와츠[3]와 똑 닮은 수피파[4] 교사로부터 반대되는 내용을 배우긴 했지만, 그녀는 우리가 이 땅에 사는 유일한 목적은 우리가 사랑하는 모든 것을

---

3 영국의 철학자, 작가, 연사로 서양인을 위해 동양 사상을 대중화했다.
4 이슬람의 신비주의적 경향을 띤 종파. 금욕을 중시하며 청빈한 생활을 이상으로 한다.

결국 빼앗긴다는 것을 깨닫는 것이라고 생각한다. 레넌이 죽은 날, 그녀는 세련된 소설가 제인 매리언이 자기 시아버지에 대해 쓴 기사를 우연히 읽는다. 그녀는 울음을 터뜨리고, 자신의 증언을 쓰기로 결심한다.

에인절 아처는 그녀가 〈팀〉이라는 애칭으로 불렀던 주교를 사랑하고 또 존경했다. 하지만 그렇다고 해서 눈이 멀지는 않았고, 딕도 자신에 대해 마찬가지였다. 사랑하는 이들을 잃고서 무엇이 잘못되었는지 이해하려 애쓰는 이 젊은 여자의 시각을 채택함으로써, 딕은 애초의 변론적인 계획에서 완전히 멀어지게 된다. 주교를 드높이고 그를 정당화함으로써 자신을 정당화하려는 목적으로 출발했던 그가 상대방의 말에 전혀 귀를 기울이지 않고 온갖 인용과 〈케리그마〉, 〈파루시아〉, 〈히포스타시스〉[5] 같은 말들이나 늘어놓는 차갑고 현학적인 인물을 그리며 디디온과 똑같은 말을 하게 된 것이다. 팀 아처는 모든 사람을 훈계하고, 입만 열면 〈사랑〉을 얘기하고, 한 손가락을 치켜들고 『고린토인들에게 보낸 첫째 편지』를 읽었지만, 자기 행동에 어떤 결과가 따를지 조금도 신경 쓰지 않고 자신의 길을 갔다. 속세의 하찮은 것들은 그 어떤 것도 진실에 대한 자신의 추구를 방해하면 안 되었다. 포장을 뜯고 새 셔츠를 꺼낼 때마다, 상자와 핀들을 바닥에 아무렇게나 떨어뜨리고는 그것들을 줍지도

---

5 케리그마kerygma는 기독교에서 복음의 전도를, 파루시아parousia는 플라톤 철학에서 이데아의 임재를, 히포스타시스hypostasis는 삼위일체론에서 신성의 세 위격(位格)을 의미하는 말이다.

않고 총총히 방을 나가곤 했다. 아내와 불화가 생기면, 결혼을 취소하겠다고 선언했다. 또 어떤 약속이 불편하게 느껴지면, 그 것은 더 이상 효력이 없다고 말했다. 잘못된 상태를 계속 유지 하는 것보다는 그냥 페이지를 넘기는 편이 낫다고 설명하면서. 디디온이 예리한 시각으로 1960년대의 본질적 특징으로 본 이 런 행동 규칙은 그의 삶 전체를 이끌었다. 그의 삶 전체는 급하 게 넘긴 페이지들, 대각선으로 대충 훑어 읽는 책이라 할 수 있 었다. 그리스도 자신도 이 페이지 중 하나, 여러 경험 중 하나에 불과했다. 의심과 유혹에 넘어가지 않고 그리스도에게 끝까지 충성한다는 것은 이 정신적 돈 후안에게는 걸맞지 않은 일이었 다. 그리고 돈 후안처럼 주교는 매번 진지하게 행동했고, 자신 의 세계관이 결정적인 것이라 생각했다. 하지만 어떤 새로운 책, 어떤 매력적인 새로운 이론을 만나면 지금까지의 모든 것을 의문시했다. 다섯 살 때 사전과 전화번호부를 처음부터 끝까지 읽었다는 — 그의 숭배자들이 그의 앎에 대한 열정을 예로 들 때 내세우는 사실이다 — 그는 어른이 되어서도 그가 제기하는 모든 문제에 대한 객관적 해답을 책에서 찾았다. 그는 베네룩스 3국의 농업 정책에 대한 문서가 어딘가 존재하듯이, 삶의 궁극 적 목적에 대한 공정하고도 신뢰할 만한 문서가 어딘가 존재한 다고 믿었다. 이런 종류의 문제들에 대한 해답이 — 왜냐하면 『성경』이나 『코란』을 믿지 않는 한, 이 해답들은 인간의 의견을 반영할 뿐이므로 — 서로 상충한다는 사실을 발견했음에도 불 구하고, 그는 상대주의에 빠지지도, 자신의 결정적인 진영을 정하지도 않고, 단지 끊임없이 확신을 바꿔 가기만 했다.

지적, 정서적 변덕스러움에 대한 이 사례 연구는 사실 딕의 자화상이나 다름없었고, 그에게 다시 한번 입장을 선회할 기회를 제공했다. 이제 그의 종교는 정해졌다. 파이크와 자신이 범한 과오들을 묘사하면서, 그는 에인절 아처 편에 선 것이다. 그녀는 적어도 땅에 발을 디디고 있었고, 죄인을 비난하지는 않지만 그가 도로 지도 한 장과 코카콜라 두 병만 가지고 승용차를 타고 유대 광야로 들어가게 한 어처구니없는 의미의 추구를 단죄했다. 끊임없이 궁극적 현실에 대해 궤변을 늘어놓는 사람들이 보이는 이 즉각적인 현실에 대한 경멸만큼 한심한 것은 없다. 사물의 밑바닥으로 내려간다는 환상은 그들이 사물의 표면을 간과하게 했다. 그들은 세상의 살을, 그리고 그것이 얼마나 부드러운지, 우리의 섣부른 판단에 얼마나 저항하는지 결코 알지 못한다. 그들은 삶을 놓쳐 버린 것이다.

그래, 나도 삶을 놓쳐 버렸어, 라고 딕은 한숨을 내쉬곤 했다.

구체성의 투사로 변신한 딕은 늘 그렇듯 이번에도 과도하게 나간다. 그는 의미를 추구하는 〈슬픈 얼굴의 기사〉에 불행하지만 따스한 마음을 잃지 않는 젊은 여자를 대립시키는 것으로 만족하지 않고, 조현병 환자까지 하나 끌어들여 속담 풀이를 잘 못하는 그를 인류의 새로운 모델로 제시한다. 딕은 어린 시절 정신과 의사에게서 〈속담 테스트〉를 받은 적이 있는데, 〈고양이가 없으면, 쥐들이 춤을 춘다〉와 같은, 잘 알려진 속담들의 의미를 설명하는 테스트였다. 상당한 지적 능력을 갖춘 사람은 주인이 자리를 비우면 종업원들이 활개를 친다고 말하겠지만, 지적 능력이 떨어지는 사람은 이 문장을 나름 구체적인 표현들을 사용해 다른 식으로 표현하고 말 것이다. 이를테면 〈집에 쥐들이 있다면 고양이가 녀석들을 사냥하고, 고양이가 떠나면 쥐들은 이제 걱정 없게 되어 춤을 춘다〉라는 식으로 말이다. 구체적인 것에 대한 새로운 열정에 이끌린 딕은 추상적 사고가 불가능한 이런 면을 자신도 걸려 있는 〈과도한 의미 추구〉라는 병에 대한 괜찮은 해독제로 제시한다.

아처 주교의 아들이 저승에서 돌아왔다는 사실이 모호한 정신적 현상들로 증명될 수 있다는 것을 정부(情婦)의 아들이며 조현병 환자인 빌이 의심하자, 주교는 답답해하며 이런 예를 든다.

「어느 날 자네가 주차해 놓은 차 밑을 보니 거기에 물웅덩이가 있다고 치자. 자네는 이 물이 자동차 모터에서 흘러나오는 것을 보지 못했기 때문에, 그것은 추정을 통해서야 알아낼 수 있는 사실이지. 하지만 자네가 그렇게 추정할 만한 이유가 충분히 있고, 그럴 권리가 있어. 난 과거에 변호사였기 때문에 무엇이 증거 가치를 지니는지 잘 알고 있지…….」

「그 자동차는 자기 집 주차장에 세워져 있나요, 아니면 공용 주차장에 세워져 있나요?」 조현병 환자가 말을 끊었다.

「대체 무슨 말 하는지 모르겠군.」 팀은 당황해서 잠시 말이 없다가 대답했다.

「만일 그게 주교님만 사용하는 전용 주차장에 세워져 있다면, 아마도 그 물은 주교님 차에서 나온 거겠죠. 하지만 모터에서 나오진 않았을 거예요. 그보다는 냉각 장치나 워터 펌프 혹은 전동축에서 나왔을 가능성이 커요. 만일 주교님이 자동 변속기를 사용하신다면, 거기에는 물과 아주 비슷한 어떤 특수 용액이 있어요. 주교님에게 자동 변속기가 있나요?」

「어디에?」

「주교님 차에요.」

「글쎄다. 난 지금 어떤 가상의 자동차에 대해 말하는 거야.」

「아, 그런가요? 어쨌든 가장 먼저 해야 할 일은 어떤 용액을 사용하는지 알아봐야 해요. 주교님은 땅바닥에 누워서 팔을 차 밑으로 뻗어 액체에 손가락을 적셔 봐야 해요. 자, 그게 기름인가요, 휘발유인가요, 브레이크액인가요, 아니면 그냥 물인가요? 그게 물이라고 해보죠. 그러면 이렇게 설명됩니다. 모터가 돌아가고 냉각기가 달궈지면, 끓어오른 물이 이 용도를 위해 특별히 만들어진 조그만 구멍을 통해 흘러나오게 되죠. 그런데 주교님 차종이 뭐죠?」

「아마 뷰익일 거야.」팀이 멍해진 얼굴로 대답했다.

「아니에요.」에인절이 조용히 말했다.「크라이슬러예요.」

「아.」팀이 말했다.

딕은 반복해서 말한다. 우리가 삶 가운데서 해야 할 일은 자신의 자동차를 수리하는 거라고. 어떤 가상의 차, 일반적인 차를 말하는 게 아니다. 세상에 일반적인 차는 존재하지 않는다. 실제로 존재하는 것은 개별적인 차들뿐이며, 우리에겐 살아가면서 만나는 차들만으로도 충분하다. 나머지는 모두 위험한 것들이다. 우리는 좀 이상하게 느껴지는 반복 현상들에 주목하고, 그것들 간의 터무니없는 연결 관계를 상상하다, 급기야 모든 것을 관장하는 어떤 전체적 의도를 믿기 시작해 그것을 알아내려 애쓴다. 한마디로 편집증 환자가 된다. 그러니 젊은이들이여, 조심하라! 이런 종류의 덫에 걸려드는 것은 너무 쉬운 일이니, 이것은 나 자신의 이야기이기 때문에 내가 잘 안다.

딕이 새로이 취한 이 입장은 이 책의 거위 게임[6]에서 우리를 16번째 칸[7]으로 돌아가게 한다. 아이러니와 자성(自省)의 칸, 〈영혼의 겨울〉로 말이다. 이제 집에 돌아온 돈키호테는 죽기 전에 산초의 세계관으로 개종한다. 그리고 세르반테스 역시 산초의 세계관을 채택한 듯하다. 왜냐하면 이야기의 교훈과 의미는 마지막 장에 나온다는 사실을 잘 알면서 소설을 이렇게 끝맺기 때문이다.

『티머시 아처의 환생』은 딕의 마지막 책이었기 때문에, 우리는 필의 우세승으로 경기가 끝났다고 생각할 수도 있다. 예를 들어 〈모든 게 엿 같다〉고 외치며 다니는 지터 같은 사람들은 이 마지막 〈유작〉에서 의미심장한 〈현실로의 회귀〉를, 세계의 어

---

6 주사위를 던져 나온 숫자만큼 칸을 옮기며 목적지에 도달하는 보드게임. 우리나라에서는 〈뱀과 사다리 게임〉이라는 표현을 쓴다.

7 제16장을 말한다.

처구니없고 복합적이고 경이로운 멍청함을 씁쓸하지만 담담한 마음으로 받아들이는 모습을 읽어 내곤 한다. 의미도 없고 저세상도 없으니 어쩌면 이게 더 나을지도 모른다. 어차피 인생은 이런 것, 즉 본연의 위치로 돌아온 〈돼지〉가 아니겠는가?

하지만 딕은 결코 돼지가 아니었다. 무슨 말인가 하면, 그는 어쩔 수 없는 〈쥐〉라는 얘기다. 그는 자신의 마지막 책을 죽은 주교가 그의 논리를 반박했던 젊은 조현병 환자의 정신과 몸으로 환생했음을 암시하는 장(章)으로 끝내고 싶은 유혹을 이겨 내지 못했다. 또 조현병 환자와 화자가 함께 마리화나를 피우면서 이 설명할 수 없는 일들을 지켜봤다고 말하며 마지막 장을 끝내고 싶은 유혹도 이겨 내지 못했다. 이제 지친 그는 죽음이 가까워지는 것을 느끼고, 룰렛이 회전을 멈추고 구슬이 어느 숫자 위에, 다시 말해 필연적으로 홀수와 짝수 중 하나에 멈추게 될 순간을 두려워하고 있었다. 그는 이 순간이 온다는 것을 알았지만, 마지막 숨을 내쉬게 될 때까지 결론을 내리지 않으려고, 자신의 말에 반박하려고, 무게가 있지만 최종 결론은 아닌 진실들만을 말하려고 악착같이 버텼다.

1981년 9월, 그는 마지막으로 환상을 봤다. 구세주가 다시 태어난 것이다. 그분은 스리랑카의 아주 가난한 집에서 타고르라는 이름으로 성장했다. 자신을 그의 길을 예비하기 위해 선택된 자로 여긴 딕은 이 타고르의 메시지를 요약한 기사를 한 편 써서 친구와 지인들에게 보냈고, 어느 이름 없는 동인지에도 보냈다. 문제의 메시지는 그의 강박적인 종교적 생각들과 당시 캘리포니아 캠퍼스들에서 맹위를 떨치던 이른바 〈심층 생태론〉을 짬뽕시킨 약간 한심한 내용이었다. 생태계는 신성하다, 생태계가 다치면 신도 다친다, 그리고 새로운 그리스도인 타고르는 인간이 생태계에 저지른 모든 죄악을 짊어지려 하고 있다⋯⋯.

친구들에게 보낸 편지들의 어조는 그가 이 메시지를 굳게 믿고 있었음을 보여 준다. 그러면서도 그는 이 기사에 호스러버 팻의 서명을 달았고, 자신이 최근에 쓴 글들을 풍자하는 기사를 같은 동인지에 발표했다. 이 기사에는 다음과 같은 내용이 있는데, 이 역시 친구들에게 보낸 메시지 못지않게 굳게 믿었을 것이다.

딕은 범죄자와 선동가들, 그리고 캘리포니아주 거리의 모든 인간 쓰레기 틈에서 보낸 세월 중에 쌓인 나쁜 카르마를 쫓아 버리려 애쓰고 있는 듯하다. 하지만 우리는 그에게 자신을 고치는 더 나은 방법을 다음과 같이 제안하고 싶다. 필, 이제 글쓰기를 멈추게나. 자네 머릿속에 떠오르는 그 모든 헛소리를 믿는 것을 멈추라고. 그냥 텔레비전이나 봐. 대마초가 당기면, 한 대 말아서 피워. 한 대 더 피운다고 해서 죽는 것은 아니니까. 그리고 자네 머릿속에서 과거의 그 고약한 세월과 그 고약한 세월들에 대한 자네의 반응이 깨끗이 가라앉을 때까지 그냥 아무 생각 없이 편하게 살아.

그는 이렇게 쓰고 나서 만족의 한숨을 내쉬었고, 그의 〈주해서〉로 돌아왔다.

504

24
확정할 수 없는 사람

우연이었는지 아니면 신의 섭리였는지, 또 불행인지 다행인지 모르겠지만, 그는 임종하면서 유언을 남기지 못했다. 그에게는 마지막 말을 선택함으로써, 자신이 필 딕으로 세상을 떠나는지, 아니면 호스러버 팻으로 떠나는지 사람들에게 알릴 기회 자체가 없었던 것이다.

1982년 2월 17일, 그는 인터뷰하러 찾아온 한 기자에게 최근 갖게 된 엉뚱한 생각을 길게 늘어놓았다. 자신은 최근 텔레비전에서 본 뉴에이지 운동의 일종의 구루인 벤저민 크림[1]을 이 혼란한 시대의 위대한 영적인 빛으로 여기고 있단다. 〈물병좌 시대〉에 대한 크림의 메시지와 타고르의 가르침 사이 유사성에 흥미를 느낀 딕은 자기 책 몇 권을 〈주해서〉에서 발췌한 설명문과 함께 그에게 보냈고, 그와의 만남에서 많은 것을 기대하고 있다

---

[1] 스코틀랜드의 작가이자 제교 통합주의를 주장한 종교가. 그는 여러 종교가 예언한 메시아의 재림은 〈세상의 스승〉, 마이트레야(미륵보살)의 형태로 이뤄질 거라고 예언했다.

는 거였다. 이렇게 기자에게 설명한 딕은 녹음기를 꺼달라고 부탁하더니, 이 모든 것에 대한 자신의 회의감을 털어놓았다. 그날 저녁, 딕은 기자에게 전화를 걸어 녹음기를 꺼놓고 한 얘기는 녹음된 것보다 자신의 깊은 생각을 더 잘 표현하고 있을지 모른다고 말했다. 지금 그가 고민하고 있는 건지, 아니면 재미있어하는 건지는 알 수 없었다. 이게 그가 나눈 마지막 대화였다.

그 다음다음 날 딕의 모습이 보이지 않고 문을 두드려도 소리가 없어 불안해진 이웃들이 문을 부수고 집 안으로 들어갔다. 그는 의식을 잃고 바닥에 쓰러져 있었다. 병원의 의사들은 뇌졸중 진단을 내리고 그가 회복할 거라고 생각했지만, 그 후 며칠 동안 발작이 두 번 더 찾아왔다. 그는 말도 못 하고 움직이지도 못했다. 두 개의 눈만이 그에게 의식이 있음을 보여 주었다. 그는 — 본인이 원하는지 원하지 않는지 알 수 없었지만 — 가톨릭 교회의 병자 성사를 받았다. 그러고 나서 혼수상태에 빠졌다. 사흘 동안 그의 몸은 튜브와 산소 호흡기로 간신히 생명을 유지하며 침대에 누워 있었다. 그의 옆에 놓인 모니터는 미약하긴 하지만 전혀 없지 않은 뇌파의 활동을 보여 주었다. 그의 옆을 지키는 이들은 깜빡이며 검은 화면을 가로지르기를 계속하는 밝은 선을 오랫동안 응시하고 있었다. 갈수록 폭이 줄어드는 저 자취는, 마침표가 되기를 거부하는 저 생략 부호들은 어떤 형태의 생각에 해당하는 것일까? 딕에게 아직 남아 있는 부분은 어떤 알 수 없는 공간에서 표류하고 있는 것일까? 그 공간의 깊은 곳에 모든 것에 대한 답이 숨어 살아 있는 걸까? 만일 그렇다면, 그 답을 들을 누가 거기에 있을까?

나는 누가 그에게 세 번째 소원을 말할 권리가 있다는 사실을 상기시켜 주었는지 알지 못한다. 또 나는 그가 거울로 어렴풋이 보았고, 이 땅에 체류하는 동안 계속 추구했던 것을 임종 순간 혹은 그 후에 분명히 보게 되었는지도 알지 못한다. 나는 신이 존재하는지 알지 못한다. 더 정확히 말해, 이 문제는 전기 작가의 소관이 아니라고 생각한다.

내가 아는 것은 도리스가 사흘 밤을 기도하며 그의 곁을 지켰다는 사실뿐이다.

그에게서 그의 영적 경험에 대해 들은 바 있는 그녀는 그가 길을 잘못 들었고, 살아 있는 하느님을 찾다 결국 자기 자신과 육신의 고통만 얻게 되었다고 생각했다. 하지만 그는 그분을 찾았고, 온 영혼으로 갈구했기 때문에, 도리스는 그토록 강한 갈망을 가진 사람은 길을 잃을 수는 있으되 영혼을 잃지는 않는다고 믿고 싶었다. 만일 하느님이 필을 불쌍히 여기지 않으신다면, 그분의 긍휼은 대체 어디에 있으며, 성인의 통공(通功)은 무슨 소용이 있단 말인가?

도리스는 그의 구원을 위해 기도했고, 하느님이 자기 기도를 들어주시리라고, 사실 우리 모두는 이미 구원받은 거라고 확신했다. 그리스도는 바로 이를 위해 오신 게 아니던가? 그녀는 이런 확신이 있었기 때문에, 삶이 계속되는 동안 매일 이 기도를 드리리라 맹세했다.

　(내가 이 글을 쓰는 순간에도 그녀의 삶은 계속되고 있고, 따라서 그녀의 기도 역시 계속되고 있다.)

　그러고 나서 뇌파가 편평해졌다. 그리고 닷새 동안 그 상태로 있었다. 그동안 그렇게 직선이 화면을 둘로 쪼갠 상태가 계속됐고, 결국 3월 2일 모니터 전원을 껐다.

　이제 아주 나이 든 노인이 된 에드거 딕은 아들의 시신을 찾으러 와서는, 53년 전부터 그의 자리가 기다리고 있는 콜로라도 주 포트 모건까지 싣고 갔다. 묘비에 필이 사망한 날짜만 새겨 넣으면 되었다. 필이 제인 옆으로 내려졌는데, 아기의 조그만 관이 다시 모습을 드러내자, 그때까지 표정이 없던 노인은 오열을 터뜨렸다.

후기

　덕이 사망한 뒤, 상속인들은 문학 관련 유언 집행자 역할을 폴 윌리엄스에게 맡겼다. 이후 전 세계 덕 애호가들의 신화적 장소가 된 글렌 엘런에 위치한 그의 차고에 소형 트럭 한 대 분량의 〈주해서〉와 카본지 서신 복사본을 포함한 각종 서류가 옮겨졌다. 이 차고를 중심으로 그들의 동인회보『필립 K. 딕 소사이어티 뉴스레터*Philip K. Dick Society Newsletter*』가 탄생했고, 이 회보는 10여 년 전부터 덕을 숭배하는 이 종교의 진척 상황을 기록하고 있다. 리들리 스콧의 영화와 아널드 슈워제네거가 출연한「토털 리콜」은 이 종교의 대중화에 기여했다.『발리스』에서 영감을 받은 오페라 한 편과 영화 프로젝트들이 있었으며, 덕에 대한 책들과 덕을 언급한 책들과 덕이 주인공인 책들이 수십 권 써졌다. 학술 회의와 종교 집회 성격을 동시에 띤 행사가 도처에서 개최되었다. 영국 배우 존 조이스는 이런 모임에 빠지지 않고 등장해 신도들 앞에서 〈메스의 연설〉을 낭독한다. 이런 모임에 참석하노라면『유빅』에서 죽은 글렌 런시터의 존재에 의해 조금씩 잠식되는 세계에 살고 있는 조 칩과 그의 친구들을 생각하지 않을 수 없다. 딕의 숭배자들은 우주의 은밀한 딕화(化)를 증명하는 디테일들을 지칠 줄 모르고 찾아낸다. 그들은 딕이 정말로 〈올해의 인물〉 혹은 〈밀레니엄 말의 인물〉로서 『타임』 표지를 장식하지 말란 법이 없다고 생각하며, 나 역시 가끔은 그렇게 생각한다. 홍수처럼 쏟아져 나오는 중간(重刊)본들과 무게 있는 신문들의 관련 기사 앞에서 그들은 로마 제국이 기독교를 인정했을 때 초기 기독교도들이 느꼈던 감정을, 승리감뿐만 아니라 카타콤과 영웅적 행위와 은밀함에 대한 아쉬움도 섞여 있는 그 미묘한 감정을 느끼고 있다. 〈해피 퓨happy few(행복한 소수)〉들은 ― 전도의 열정에 불타고 있다 할지라도 ― 더 이상 소수few가 아니게 되면 아주 행복하지happy 못한 것이다. 딕이 주류 문학의 인정을 받는 시대가 시작되었다. 지금 여러분이 읽은 이 전기가 그 징후 중 하나다.

이것은 지난 10년 동안 발간된 네 편의 전기 중 네 번째 것이며, 당연히 앞선 책들에 많은 빚을 지고 있다. 무엇보다 로런스 서틴의 『성스러운 침입: 필립 K. 딕의 생애 Divine Invasion: The Life of Philip K. Dick』를 많이 참조했고, 불행하게도 출간되지 못했지만 감사하게 저자가 내게 보내 주신 앤 R. 딕의 『필립 K. 딕을 찾아서 In Search of Philip K. Dick』도 큰 도움이 되었다. 나는 이 책을 쓰기 위해 다른 책도 많이 읽었고, 그들에게 진 빚을 인정하지 않을 수 없다. 두 가지 예를 들자면, LSD에 대한 정보는 제이 스티븐스가 쓴 『폭풍의 천국: LSD와 아메리칸 드림

Storming Heaven: LSD and the American Dream』에서 얻은 것
이고, 〈쥐 게임〉은 토머스 M. 디시가 묘사한 것이다(내 생각으
로는 그가 발명한 것 같다).

하지만 나의 주요 정보원(情報源)은 딕의 작품들이었고, 증인
들의 증언과 나의 상상에서 나오지 않은 모든 것은 거기서 얻
었다.

감사의 말

앤 R. 딕 외에도 나는 다음 분들께 감사드린다. 레이 넬슨, 조앤 심프슨, 티머시 파워스, 짐 블레이록, 도리스 사우터, 그리고 미국에서 나를 영접하고 필립 K. 딕에 대해 얘기해 주신 폴 윌리엄스, 20년 전 내게 『유빅』을 읽게 해주신 스테판 마르탱, 나를 따뜻하게 맞아 주신 질 투르니에와 니콜 클레르, 당신들의 자료와 지식을 내게 열어 주신 엘렌 코용과 로베르 루이, 에이전시와 발행인으로서 이 과감한 프로젝트를 믿고 지지해 주신 프랑수아마리 사뮈엘송과 엘리자베트 질, 마지막으로 내 부모님이신 엘렌 카레르 당코스와 루이 카레르 당코스, 자클린프레데릭 프리에, 프랑수아즈 부아예, 파트리스 부아예, 에르베 클레르, 그리고 나의 아내 안 등 내 원고를 읽어 주고, 개선할 수 있도록 도와준 모든 분께 감사드린다.

옮긴이의 말

필립 K. 딕은 내게 경이의 작가였다. 영화 「매트릭스」를 처음 보았을 때 느꼈던 충격을 아직도 잊을 수가 없다. 영화사에 길이 남을 이 위대한 3부작은 우리가 사는 세상의 본질을 너무나 예리하게 보여 주어 조금도 허구로 느껴지지 않았다. 그 놀라운 이야기가 황당하게 느껴지지 않고, 어쩌면 1백 퍼센트 진실일 수도 있다는 생각마저 들었다. 그러고 나서 20여 년이 지난 요즘 세상을 살아가면서 그 느낌이 약해지기는커녕 갈수록 강해지고 있다. AI, 메타버스, 로봇, 자율 주행차가 일상이 되어 버린 지금, 테크놀로지는 이제 인간의 하인이 아니라, 인간을 통제하는 실제적인 지배자이다.

물론 「매트릭스」의 시나리오를 쓴 사람은 감독 워쇼스키 자매이다. 하지만 이 천재적 영화인의 시나리오에 필립 K. 딕의 『파머 엘드리치의 세 개의 성흔』의 영감이 깊게 배어 있다는 건 모두가 아는 바이다. 비단 매트릭스만이 아니다. 「블레이드 러너」, 「토털 리콜」, 「페이첵」, 「스크리머스」, 「임포스터」, 「마이너

리티 리포트」, 「트루먼 쇼」 등 그의 작품을 영화화한 작품은 셀수 없을 정도이다. 또 요즘의 대다수 SF 영화, 아니 최근 쏟아져나오는 판타지물을 비롯하여 거의 모든 픽션 예술 일반은 직간접적으로 그에게 거대한 빚을 지고 있다. 오죽했으면 한 비평가는 필립 K. 딕이 단지 SF의 거장일 뿐 아니라, 어쩌면 인류 문학사상 가장 중요한 작가 중 하나라고 단언했을까.

문명의 현재와 미래를 꿰뚫어 보는 신비한 통찰력을 지닌 이작가는 과연 어떤 사람이었을까? 나의 이런 해묵은 궁금증을이 책은 시원하게 풀어 주었다. 놀랍게도 이 SF 작가는 신묘한후광에 싸인 도인도, 범접할 수 없는 카리스마의 지성인도 아니었고, 우리 주위에서 찾아볼 수 있는 아주 평범한, 아니 초라하고 냄새나고 조금은 찌질하기까지 한 평범한 사내였다. 순전히호구책으로 자기에게 가장 익숙하고 자신이 가장 잘하는 것, 즉당시만 해도 사회 하층민과 루저들이나 읽는 하급 대중 문학으로 여겨졌던 SF를 써서 근근이 밥줄을 이어 온 초라한 삼류 작가였다. 그런데 이 루저의 머릿속에 인류의 비밀과 운명을 꿰뚫는 메시아적 예지가 깃들어 있었다니 — 그의 영감의 원천 중하나였던 복음서에 의지해 말해 보자면 — 본디 메시아는 베들레헴의 여인숙 마구간 같은 누추한 곳에서 태어나는 것일까?

어쨌거나 이 매우 흥미진진한 평전을 쓴 사람이 역시나 내가좋아하는 프랑스 작가 중 하나인 에마뉘엘 카레르라는 사실이매우 반가웠다. 현재 프랑스 독자들의 최애 작가라 할 수 있는카레르는 — 적어도 내가 보기에는 — 필립 K. 딕과 유사한 점이 많다. 둘 다 천재적 감성과 통찰력을 지녔지만, 인간적으로 보자면 그다지 존경스럽지 못한, 즉 음험하고 모순적이고 변덕스럽고 조금은 찌질하기조차 한 사내들이다. 그 때문에 젊은 카레르는(이 책이 출판된 1993년에 카레르는 서른여섯 살이었다) 자신과 닮은 점이 많은 이 미국의 마이너 작가에게 그토록 열광했던 게 아닐까? 또 그렇게나 깊이 인간 필 딕을 이해했기에, 그의 SF들을 관류하는 비밀스러운 맥들을 콕콕 짚어 낼 수 있었던 게 아닐까?

어떤 점에서는 — 재능만을 제외하곤 — 이 두 작가와 비슷한 점이 많은 옮긴이도 이 책을 너무나 흥미 있게 읽었고, 인간 딕을 이해할 수 있었으며, 그의 작품들을 더욱 깊이 사랑할 수 있게 되었으니, 이 번역은 개인적으로 너무나 의미 깊은 작업이었다.

마니아를 제외한 일반인들에게는 어쩌면 생소할 수도 있을 것이다. 하지만 옮긴이 역시 20세기의, 아니 인류 문학사상 가장 중요한 작가의 하나라고 생각하는 이 위대한 소설가의 작품과 삶을 탁월하게 묘사한 이 평전을 독자 여러분도 마음껏 즐겨 주셨으면 한다.

2022년 2월 파주에서
임호경

지은이 에마뉘엘 카레르 Emmanuel Carrère
유례없이 문학적인 저널리즘식 글쓰기로 탁월한 역량을 인정받은 현대 프랑스 작가. 〈문학적 다큐멘터리〉, 〈작가 자신의 에고를 벗어던지고 얻어 낸 문학적 성취〉로 정평이 났다. 1957년 파리에서 태어나 지금까지 이곳에서 살고 있다. 파리 정치 대학에서 공부했고, 인도네시아에서 2년간 대체 복무를 했다. 3주 만에 완성한 데뷔작 『콧수염』(1986)은 존 업다이크로부터 〈멋지고, 번뜩이며, 냉혹한 작품〉이라는 평을, 『르 몽드』로부터 〈문학의 천재〉라는 찬사를 받았다. 『겨울 아이』(1995)로 그해 페미나상을 받으면서 전 세계 독자들에게 알려졌고, 클로드 밀러 감독의 동명 영화로 제작되어 칸 영화제 심사위원상을 받기도 했다. 일가족을 살해한 실존 인물 장클로드 로망의 심리를 파헤친 『적』(2000), 뒤메닐상을 받은 『러시아 소설』(2007), 아카데미 프랑세즈 문학 대상을 받은 『나 아닌 다른 삶』(2009), 르노도상을 받은 『리모노프』(2011), 초기 기독교 역사를 재구성한 팩션으로 프랑스 내에서만 수십만 부 이상 팔린 『왕국』(2014) 등 다수의 작품을 발표했다. 전기 작가로도 탁월한 카레르는 어릴 적부터 영향을 받은 SF 거장 필립 K. 딕의 인생을 모든 소설 기법을 사용하여 새로운 평전으로 발표하였다. 『필립 K. 딕』(1993)은 그를 심층적으로 파헤치며 그 인생이 경이롭든 거부감이 생기든 사실을 있는 그대로 기록하는 동시에 카레르 자신의 인생과 감상이 자연스럽게 섞여 있는 작품이다.

옮긴이 임호경
서울대학교 불어교육과를 졸업했다. 파리 제8대학에서 문학 박사 학위를 취득했으며, 현재 전문 번역가로 활동하고 있다. 옮긴 책으로는 에마뉘엘 카레르의 『러시아 소설』, 『왕국』, 요나스 요나손의 『창문 넘어 도망친 100세 노인』, 『셈을 할 줄 아는 까막눈이 여자』, 『킬러 안데르스와 그의 친구 둘』, 『핵을 들고 도망친 101세 노인』, 『달콤한 복수 주식회사』, 피에르 르메트르의 『오르부아르』, 『사흘 그리고 한 인생』, 『화재의 색』, 앙투안 갈랑의 『천일야화』 등이 있다.

필립 K. 딕 나는 살아 있고, 너희는 죽었다 1928-1982

지은이 에마뉘엘 카레르 **옮긴이** 임호경 **발행인** 홍예빈·홍유진
발행처 사람의집(열린책들) **주소** 경기도 파주시 문발로 253 파주출판도시
대표전화 031-955-4000 **팩스** 031-955-4004
홈페이지 www.openbooks.co.kr **email** webmaster@openbooks.co.kr
Copyright (C) 주식회사 열린책들, 2022, *Printed in Korea.*
ISBN 978-89-329-2206-5 03860 **발행일** 2022년 2월 25일 초판 1쇄